LESLIE GLASS

Jeder für sich allein

Buch

Ein Doppelmord in Schickeria-Kreisen ist für die Presse immer ein gefundenes Fressen, aber wenn eines der Opfer die Frau eines früheren nationalen Football-Idols ist, sorgt das für besonders fette Schlagzeilen. Besonders pikant ist außerdem die Tatsache, daß Merrill Liberty in Begleitung eines blonden, gutaussehenden jungen Mannes starb. Ihr Liebhaber? Die Gerüchteküche brodelt, und als sich schließlich herausstellt, daß ihr Mann Rick entgegen seiner ersten Aussage zum Zeitpunkt der Tat doch in der Stadt war, steht für die Presse der Täter und das Motiv fest. Zusätzlich angeheizt wird die Stimmung durch die Tatsache, daß Rick ein Schwarzer ist, dem durch seine Heirat der Sprung in das weiße Establishment gelang. In dieser Situation heißt es einen kühlen Kopf bewahren und keine vorschnellen Schlüsse ziehen. Aber April Woo, die für den Fall zuständige Kommissarin der New Yorker Kriminalpolizei, hat wegen ihrer chinesischen Abstammung zu oft am eigenen Leib unter Rassismus leiden müssen, als daß sie mit der Meute heult. Methodisch und gewissenhaft trägt sie wie bei einem Riesenpuzzle Fakten zusammen und kommt zu einer Lösung, die nicht nur sie überrascht, sondern einigen hohen Herren auch nicht in den Kram paßt…

Autorin

Leslie Glass ist waschechte New Yorkerin. Jahrelang arbeitete sie im Verlagswesen und für das New York Magazine, bevor sie ihre Zeit ganz dem Schreiben von Romanen widmete. Mit der Figur April Woo gelang ihr der große Durchbruch.

Leslie Glass ist verheiratet und lebt heute in New York City, Martha's Vineyard und in Florida.

Als Goldmann Taschenbuch außerdem lieferbar

Der Kuß des Feuers (41604)
Schwester, liebe Schwester mein (41611)
Tiefer Fall (41628)

Leslie Glass

Jeder für sich allein

Roman

Deutsch von Kristin Ruppert

GOLDMANN

Die Originalausgabe erschien 1998 unter dem Titel
»Judging Time« bei Dutton, New York

Umwelthinweis:
Alle bedruckten Materialien dieses Taschenbuches
sind chlorfrei und umweltschonend.

Deutsche Erstveröffentlichung April 1999

Umschlaggestaltung: Design Team München
Umschlagmotiv: Design Team München
Satz: Uhl + Massopust, Aalen
Druck: Elsnerdruck, Berlin
Verlagsnummer: 44286
Redaktion: Andrea Längst
CV · Herstellung: Heidrun Nawrot
ISBN 3-442-44286-9

1 3 5 7 9 10 8 6 4 2

Für meine Mutter Elinor Gordon.
Gerechtigkeit war ihre Leidenschaft.

Man sollte sich davor hüten, aus einer Erfahrung mehr Lehren zu ziehen, als sie einen lehren will – dabei sollte man es bewenden lassen; sonst geht es einem wie der Katze, die sich auf eine heiße Herdplatte setzte. Sie wird sich nie wieder auf einer heißen Herdplatte niederlassen – das ist auch gut so; aber sie wird sich auch nie mehr auf eine kalte setzen.

Mark Twain
Pudd'nhead Wilson's New Calender

1

Als Merrill Liberty am sechsten Januar, fünfzehn Minuten nach Mitternacht, an ihrem Tisch in *Liberty's Restaurant* ein Telefongespräch entgegennahm, hatte sie nur noch dreißig Minuten zu leben.

»Der Chef ist dran.« Mit einem Lächeln reichte ihr Patrice, der kaffeebraune Oberkellner aus Haiti, das schnurlose Telefon.

Merrill straffte sich und verzog das Gesicht, bevor sie nach dem Apparat griff. »Wo bist du?« fragte sie mit gedämpfter Stimme.

»Bin gerade nach Hause gekommen.« Ihr Mann klang genauso abgekämpft wie sie.

Sie nickte ihrem Begleiter zu – *er ist zurück* – und lehnte sich in dem Korbstuhl mit der hohen, fächerartigen Rückenlehne nach vorne. »Warum kommst du so spät, Rick?«

»Hey, Baby, fang nicht wieder damit an. Du weißt doch, was für ein Scheißwetter wir haben. Mein Flug wurde abgesagt. Hab ganz knapp noch einen Platz auf einem anderen erwischt. Ich bin froh, daß ich überhaupt noch heute abend zurückfliegen konnte.«

»Immer das gleiche.« Merrills Stimme, die in ihren Fernsehrollen meistens angenehm und sympathisch klang, nahm den – hinter den Kulissen weniger bekannten – schmollenden Unterton an. »Du hättest gar nicht hinfliegen brauchen«, murmelte sie.

Frederick Douglass Liberty, der seinerzeit als Footballspieler unter dem Namen Liberty Berühmtheit erlangt hatte, seufzte sein Märtyrerseufzen. »Du weißt genau, daß ich hin mußte.«

»Nein, weiß ich nicht.« Merrill warf Tor einen Blick zu. Der schüttelte den Kopf und schenkte sich lächelnd den letzten Rest Wein ein.

»Grüß ihn von mir«, murmelte Tor.

Merrill beachtete ihn nicht.

Er zuckte mit den Schultern.

»Warum setzt du dein Leben aufs Spiel, wenn das Wetter so schlecht ist?« wollte Merrill wissen.

»Für dich, Baby.«

»Wie geht's deinem Kopf?«

»Mein Kopf ist in Ordnung, aber ich bin total kaputt. Wie war euer Abend?«

Merrill fixierte Tor mit ihren dunkelgrünen Augen. Noch immer lächelnd schlürfte Tor seinen Wein. »Erstklassig.«

»Zeit, daß du nach Hause kommst.«

Merrill sagte ungeduldig: »Du warst den ganzen Tag unterwegs. Warum hast du es jetzt auf einmal so eilig?«

»Schon in Ordnung. Patrice sagte, ihr habt gerade mit dem Nachtisch angefangen. Laßt's euch schmecken.«

Seine Stimme hatte den bitteren Unterton, den sie so haßte, deswegen lachte sie unbekümmert. »Hier bleibt auch nichts geheim.«

»Das kannst du glauben.«

Unwillkürlich mußte Merrill Tor zulächeln. Die zielstrebige Art, mit der er sich gleichzeitig über ihre Apfelpastete und seine fritierte Banane in geröstetem Kokosmantel hermachte, war typisch für seine Herangehensweise ans Leben. Darüber mußte sie schon beinahe wieder lachen.

»Merrill – ?«

»Ja?«

»Denk dran, ich liebe dich.« Das waren die letzten Worte, die Rick Liberty seiner Frau sagte.

»Ich liebe dich auch«, waren ihre letzte Worte an ihn.

Tor verdrehte die Augen, als sie das Telefon ausschaltete und es Patrice überreichte, der sich unaufdringlich genähert hatte, um es abzuholen. »Ihr seid schon zwei.«

»Danke, Patrice«, sagte Merrill. »Richtest du Jon bitte aus, daß alles wieder mal vorzüglich war?«

»Mach ich gern. Aber er glaubt es sowieso nur, wenn du es ihm selbst sagst. Habt ihr sonst noch einen Wunsch?«

Tor hob fragend die Augenbrauen. *Wollten sie noch etwas?* Merrill schüttelte den Kopf. *Nein.* Patrice lächelte und entfernte sich wieder.

»Mit Rick alles in Ordnung?« fragte Tor.

Merrill runzelte die Stirn, bei Rick konnte man nie genau wissen. »Ja, alles in Ordnung«, sagte sie. Ihre Stimmung hob sich. »Hey, Tor. Laß mir auch noch was übrig, ja?«

»Bitte sehr, nimm dir.«

Nach fünfunddreißig Jahren in Amerika hatte Tor immer noch einen leichten skandinavischen Akzent; Merrill fand das reizend. Sie schnappte sich eine Gabel und probierte von der schmackhaften Apfelpastete, die nach einem Rezept von Ricks Mutter zubereitet wurde. »Wundervoll, wie immer«, war Merrills Urteil.

Tor starrte sie an. »Genau wie du.«

»Danke. Ich weiß, daß du das zu allen Frauen sagst.«

Er lachte. »Bei dir meine ich es aber wirklich.«

»Ich finde dich auch ziemlich großartig.« Merrills Gesicht leuchtete vom Wein, dem Essen und dem schönen Abend, den sie miteinander verbracht hatten. Sie fand Tor tatsächlich großartig. Sie fragte sich, ob Tor seiner Frau erzählt hatte, wie er den Abend zu verbringen gedachte und was die zauberhafte Daphne mit ihrer freien Zeit angefangen hatte. Das war aber nur ein flüchtiger Gedanke.

»Ich war schon immer verrückt nach dir, das weißt du.«

Tor war einen Meter dreiundachtzig groß, also drei Zentimeter kleiner als Rick und fast genauso robust gebaut. Er war allerdings vierzehn Jahre älter und hatte inzwischen ernsthaft mit einem Wohlstandsbauch zu kämpfen, den er nicht zuletzt seinem Alter und seiner Arroganz zu verdanken hatte. In Ricks Adern floß afrikanisches, indianisches und europäisches Blut; Tor hingegen hatte ausschließlich skandinavische Vorfahren: Er hatte silberblondes, volles Haar und blaue Augen wie ein Wikinger. Tors zweite Frau war die Tochter einer arabischen Prinzessin gewesen, und wenn die beiden Paare gemeinsam unterwegs waren, wunderten sich die Leute immer darüber, daß die beiden Blonden mit den Farbigen verheiratet waren und nicht miteinander.

»Hätte ich dich geheiratet, wären wir immer noch zusammen.«

Bei dieser Behauptung blitzten Merrills Augen auf. Tor bewegte sich auf gefährlichem Terrain. »Welches Mal?«

»Egal, jedesmal. Jetzt zum Beispiel.«

»Na ja, vielleicht in ein paar Tagen, wenn du deine jetzige Frau losgeworden bist.«

»Ach, du weißt Bescheid?« Er sah sie überrascht an.

»Liebling, du bist ein offenes Buch.« Merrill lachte und nahm einen Löffel fritierter Banane mit der leckeren, knusprigen Kokosumhüllung. »Ich verstehe nicht, wieso du immer ungeschoren davonkommst. Komm, geh'n wir nach Hause.«

Tor nahm den letzten Bissen und blickte auf. »Gut. Willst du ins Bett?«

Merrill nickte und schob den Korbstuhl zurück. Das Restaurant war in jener kalten Januarnacht um 00.38 Uhr noch nicht ganz leer. An der Bar saßen einige Leute vor exotisch gewürzten Kaffees und an den Tischen noch ein paar Gäste vor ihren Desserts. Sie bedauerte plötzlich, daß Tor immer soviel Rücksicht auf seinen Chauffeur nahm und ihn nach Hause schickte, wenn er sich übers Wetter beklagte. Vorhin war es kein großer Umstand gewesen, einen Häuserblock vom

Theater zum Restaurant zu gehen. Spät nachts jedoch, wenn aus jeder Straßenecke ein trügerisches, schneebedecktes Matschloch wurde, in dem man knöcheltief im eisigen Wasser versinken konnte und man Schwierigkeiten hatte, ein Taxi zu kriegen, erschien ihr die Aussicht, zu Fuß nach Hause gehen zu müssen, nicht sehr verlockend. Merrill griff nach ihrem fellgefütterten Wildledermantel, der auf dem Nachbarstuhl lag, warf ihn über den Arm und ging in die glänzende Stahlküche, um sich von Jon, dem Koch, zu verabschieden. Dann schlüpfte sie in ihren Mantel, winkte Patrice zu, der an einem der Tische beschäftigt war und verließ das Restaurant. Tor war vorangegangen, um ein Taxi herbeizuwinken.

Vor *Liberty's* gab es einen winzigen Vorgarten, von dem zwei Stufen zur Straße führten. Auf der Höhe des Gehwegs befand sich eine kleine Pforte. Die Zwergtannen, die dort in Kübeln standen, waren schneeverkrustet und noch mit weihnachtlichen Lämpchen geschmückt. Merrill schloß die beiden Türen des Restaurants und trat hinaus in den Vorgarten. Tor stand dicht neben einer anderen Person, als seien die beiden in ein Gespräch vertieft. Merrill zögerte. Sie hatte ein merkwürdiges Gefühl. Sie hörte, wie neben ihr auf der Straße Autoreifen durch den Schneematsch rollten, doch sie konnte keine Stimmen vernehmen. Die andere Person machte noch einen Schritt auf Tor zu, als wolle sie ihn umarmen. Tors breiter Rücken war Merrill zugewandt, und sie konnte nicht erkennen, was da vor sich ging. Plötzlich brach Tor geräuschlos auf dem nassen Gehweg zusammen. Merrill rannte zu ihm und rief seinen Namen. »Tor – !«

In Sekundenschnelle war sie bei ihm. »Was ist passiert? Mein Gott, was ist das für ein Ding? Was machen Sie da? Sie doch nicht! Nein! Tor, Tor – ?« Merrill war außer sich. Sie sah, wie etwas Glänzendes in einem Mantelärmel verschwand. Tor, der mit dem Gesicht auf dem eisigen Beton gelandet war, versuchte aufzustehen.

Merrill wollte ihm helfen, doch eine schwarz behandschuhte Hand griff nach ihrem Arm, so daß sie sich nicht neben ihn knien konnte. Entsetzt sah sie zu, wie Tor verzweifelt nach Atem rang, er wollte etwas sagen – beides mißlang. Seiner Kehle entrang sich ein fürchterliches Geräusch.

»Was machen Sie da? Lassen Sie mich los. Tor – Tor – ?«

Plötzlich wurde Merrill vom Wein etwas schwindelig. Außerdem irritierte sie die kräftige Hand, die ihren Arm umklammerte und nicht losließ. In ihren Augen brannten Tränen aus Angst um Tor – um sich selbst machte sie sich keine Sorgen. Sie dachte daran, *Hilfe* zu schreien, doch ihrer Kehle entrang sich nur ein Wimmern. »Sie?«

Sie kam nicht an Tor heran, konnte ihm nicht helfen. »Nein – bitte!« Zwei kräftige Hände hielten sie so eisern an den Armen fest, daß ihre Muskeln aufschreien wollten.

»Tor!«

Er bewegte sich nicht mehr. »O Gott, was haben Sie ihm getan?« Voller Entsetzen warf Merrill den Kopf herum, sah zur Tür des Restaurants und fing an zu schreien.

Sie wollte sich aus dem Schraubstock losreißen, der ihren Arm zu umklammern schien. »*Bitte,* lassen Sie mich gehen.« Sie hatte keine Zeit gehabt, den Mantel zuzuknöpfen, und er flatterte jetzt offen.

»Du blöde *Kuh!* Es ist zu spät, das siehst du doch, oder?«

Eine Hand löste sich von ihrem Arm. Merrill glaubte schon, sie sei endlich frei. Dann sah sie wieder das glänzende Ding, spürte einen Druck am Hals und hörte den Angreifer stöhnen. Es klang wie das Stöhnen eines Tennischampions kurz vor einem 170-Stundenkilometer-Aufschlag.

»Um Gottes willen, nein!« Sie stöhnte und spürte, wie in ihrem Hals etwas nachgab. Der Griff um ihren Arm lockerte sich und verschwand schließlich ganz. Aus ihrem Hals quoll Blut hervor wie aus einem Brunnen. Sie hielt die Hand darauf, um es aufzuhalten. »O Gott.« Ihr Mund füllte sich mit Blut. Sie stolperte, konnte nicht mehr atmen.

Die Pforte zur Straße schlug auf und zu. Vor ihren Augen verschwamm alles, und Merrill Liberty sah, wie Tors Mörder in der Nacht verschwand. Sie wandte sich der Eingangstür zu, konnte aber nicht mehr aufrecht stehen. Sie brach über ihrem toten Freund zusammen. Ihr Kopf fiel auf Tors Schulter, sein Rücken wurde von ihrem Blut durchtränkt. Ihre Augen waren vor Entsetzen geweitet. Als die Tür des Restaurants aufging und Patrice herausrannte, konnte Merrill nichts mehr sagen.

2

Am 1. November des Herbstes, in dem April Woo, Detective beim *New York Police Department,* zum Sergeant befördert worden war, hatte sich der graue Himmel wie ein Deckel über Manhattan gelegt und war über die Feiertage unerbittlich hängengeblieben. An den vier Tagen vor Thanksgiving regnete es und während des Festzugs selbst fiel Hagel. Vor Weihnachten schneite es dreimal, taute wieder und vor Neujahr fiel die Temperatur mehrmals unter Null. Das alte Jahr ging mit klirrender Kälte zu Ende, genau wie die Verbrechen in New York.

Neujahr war auf einen Mittwoch gefallen. Mit dem ersten Januarwochenende fanden die Festtage ein trübseliges Ende. Manhattans Touristensaison war vorüber, und Tausende Besucher kehrten zurück in ihre vier Wände überall auf der Welt, während die Stadt ausgelaugt und erschöpft zurückblieb. Die Einwohner New Yorks gingen nicht auf die Straße, sondern verkrochen sich in ihren Wohnungen und warteten darauf, daß das elendige Winterwetter umschlug.

Während des Thanksgiving-Festzuges war April Woo

nicht im 20. Revier an der 82. Straße und Columbus Avenue im Dienst gewesen. Zehn Tage zuvor war sie zum Sergeant befördert und versetzt worden. Sie hatte jetzt eine leitende Position in der Mannschaft des Reviers *Midtown North* knapp dreißig Häuserblocks weiter südlich. Als April an ihrem ersten Tag um 8 Uhr morgens zum Dienst antrat, war viel los gewesen. Kein einziger der sechs Detectives, die mit Telefonieren beschäftigt waren, hatte aufgesehen und »Hallo, wie geht's« gesagt, ihr freundlich auf die Schulter geklopft oder sonst irgend etwas Nettes gesagt, wie es üblich war, wenn eine Neue zum Team stieß. Statt dessen hatte man sie demonstrativ ignoriert.

Einen Meter zweiundsechzig groß, 50 Kilo schwer. Hübsches, ovales Gesicht, mandelförmige Augen, Knospenmund, Schwanenhals. Wie immer hatte April ihre private Cop-Uniform getragen: dunkelblaue Hose, dunkelblauer Blazer und an jenem ersten Tag außerdem einen dicken, roten Rollkragenpullover, der sie warm halten und ihr Glück bringen sollte. Einzig an der 9-Millimeter-Pistole an ihrer Taille erkannte man die Polizistin. Und daran, daß sie keine Ohrringe trug, auch nicht den Jadering, keine Halskette, kein Make-up, nur einen Hauch *Gingembre dore* auf den Lippen. Darauf zu verzichten fiel ihr schwer, denn eine feminine Aufmachung war ihr ebenso wichtig wie ihr Beruf. Sie liebte ihren Schmuck und vermißte ihr Make-up; ohne kam sie sich häßlich und dumm vor.

Das Revier *Midtown North* war größer und wichtiger als das Zwo-Null, die Mannschaftsräume waren jedoch unterteilt und wirkten daher kleiner. Als April an ihrem ersten Tag dastand und die Augen über die leere Verwahrungszelle ihres neuen Zuhauses und die Rücken ihrer Kollegen schweifen ließ, hatte der Kerl in dem großen Büro mit dem Namensschild *Lt. Hernando Iriarte* an der Tür die Stirn gerunzelt und mit dem Zeigefinger gewunken.

Hierher, bitte.

Aha, ein Stirnrunzler. Die Tür des Lieutenants hatte ein Glasfenster. April trat ein mit den Worten: »Sergeant Woo, melde mich zum Dienst, Sir.«

Lieutenant Iriarte war ein gutaussehender Mann; sein sorgfältig gestutzter Schnurrbart war kürzer und dünner als der ihres Möchtegern-Liebhabers Detective Mike Sanchez, den sie seit fast zwei Wochen nicht mehr gesehen hatte, da sie immer zu unterschiedlichen Zeiten frei hatten. Iriarte hatte außerdem einen kürzeren, strengeren Haarschnitt als Mike und war sehr gut gekleidet; er sah aus wie ein von seinem Erfolg überzeugter Geschäftsmann. In seiner Brusttasche steckten ein schneeweißes Taschentuch und eine Lesebrille. Letztere zog der Lieutenant jetzt heraus und setzte sie sich tief auf die Nase; er musterte April prüfend über den Rand der Brille hinweg, als wolle er sie nach ihrer Qualifikation fragen.

Sie wartete mit leicht gesenktem Blick. Diese asiatische Haltung, die Bescheidenheit und Selbstverleugnung ausdrückte, war ihr von Geburt an eingetrichtert worden, und sie mußte immer wieder dagegen ankämpfen, um als Polizistin gute Arbeit leisten zu können.

Iriarte beendete seine Begutachtung. »Ich will nicht behaupten, daß Frauen schlechte Cops sein müssen«, sagte er schließlich. »Wir haben sogar einen weiblichen Commander hier im Haus. Die können Sie sich vielleicht zum Vorbild nehmen.«

»Sir?« April hatte Frau Commander noch nicht kennengelernt und wußte nicht, was Iriarte damit sagen wollte.

»Es ist eine simple Sache, Frauen und Männer sind einfach verschieden«, sagte Iriarte. »Sogar ... sehr verschieden.«

»Ja, Sir.«

»Ich will, daß diese Unterschiede klar hervortreten.«

»Ja, Sir«, sagte April noch einmal. Sie wußte immer noch nicht, worauf er hinauswollte.

»Ich hasse es, wenn Frauen sich wie Männer benehmen, fluchen und im Männerschlafsaal schlafen. So eine hatten wir schon mal. Sie sagte, das gehöre zu ihrem Beruf, sie hätte ein Recht darauf, im Schlafsaal zu schlafen. Die sind wir losgeworden.«

April nickte. Aha.

»Sie können im Frauenschlafsaal schlafen«, fügte er hinzu.

»Ich gehe nach Hause, wenn ich Wechselschicht habe«, stellte April klar.

»Gut. Bleiben Sie für sich und bleiben Sie feminin.« Der Lieutenant klappte seine Brille zusammen und steckte sie wieder in die Brusttasche. Er deutete auf ein leeres Büro schräg gegenüber. »Dort ist Ihr Büro. Ich führe ein strenges Regiment.«

»Ja, Sir. Das habe ich gehört.«

»Es wird sicher gut laufen.« Er hob die Hand, den Handrücken ihr zugewandt – damit war sie entlassen. Das war vor sechs Wochen gewesen. Seitdem hatte sie sich um einige Dutzend Einbrüche, ein paar Vergewaltigungen und zwei erfrorene Obdachlose gekümmert. Eine »rechtmäßige« Tötung hatte sich ereignet, in die ein Cop verwickelt war, der offensichtlich von einem Verdächtigen mit einem blitzenden »Messer« (glänzendes Objekt) bedroht worden war. Wer konnte schon sagen, was genau vorgefallen war? Sie tat ihr Bestes. April war die Aufgabe zugefallen, den sieben Familienangehörigen die Sachlage zu erklären. Als sie aufs Revier kamen, ahnten sie noch nicht, daß er tot war.

Es hatte sich nicht viel geändert in diesen sechs Wochen. Am Montag der ersten Januarwoche fiel Aprils Blick um 23.45 Uhr durch das Fenster ihrer Bürotür auf ihren neuen Boss Iriarte. Lieutenant Iriarte kam gerade aus seinem außergewöhnlich ordentlichen Büro. Er trug einen taubengrauen Mantel (wahrscheinlich eine Kaschmirmischung), rückte den grauen Filzhut verwegen zurecht und ging durchs Mannschaftszimmer zum Umkleideraum, in dem alle Officers außer April ihre Mahlzeiten einnahmen. Lieutenant Iriarte war nur wenige Sekunden aus Aprils Blickfeld verschwunden, dann kam er wieder an ihrer Tür vorbei, zeigte ihr – ohne sie anzusehen – seinen Handrücken und verließ das Revier für die Nacht. Die nächsten fünfzehn Minuten bis zum Dienstschluß um 1 Uhr morgens trug April die alleinige Verantwortung. Alles war ruhig. Seufzend begann sie, ihren Schreibtisch aufzuräumen.

Um 1 Uhr warf sie einen Blick auf ihre Armbanduhr. »Zeit zu gehen«, murmelte sie. Sie hatte niemanden, mit dem sie reden konnte und redete deswegen mit sich selbst. Sie zog ihren Mantel über, schnappte die Schultertasche und verließ den Mannschaftsraum.

Sie nahm die Treppe ins Erdgeschoß, wo ein uniformierter Beamter kurz vor seinem Dienstschluß noch schnell den schmutzigen Schnee- und Eismatsch aufwischte, der sich in den durchgetretenen Stellen des grünen Linoleumbodens gesammelt hatte. Die Telefone in der abschreckenden Empfangshalle wurden von einem nicht sehr freundlichen Team bedient. Jeder, der das Gebäude betrat, mußte sich hier anmelden.

Über dem Schreibtisch hing ein mit goldenen Girlanden geschmücktes Schild, auf dem mit dickem roten Filzstift *Midtown North wünscht Frohe Weihnachten!* geschrieben stand. An der Wand daneben hing ein Plakat mit der Skizze einer Hand, die in eine Manteltasche greift und der mehrsprachigen Warnung *Achten Sie auf Ihre Geldbörse.* Darunter saß eine entnervte uniformierte Beamtin am Schreibtisch und redete in schnellem Spanisch auf einen schmollenden Hispanic ein.

Als April dem Ausgang zustrebte, legte ein glatzköpfiger Sergeant seine Hand vor die Sprechmuschel und rief ihr zu, »Woo, wo wollen Sie hin? Vor *Liberty's Restaurant* gab's zwei Tote. Machen Sie sich so schnell wie möglich auf den Weg, bevor die Wachmänner alles vermasseln.« Es war 1.02 Uhr.

Der Tatort war an der 45. Straße zwischen Eighth und Ninth Avenue. Das Revier *Midtown North* befand sich an der 54. Straße zwischen Eighth und Ninth Avenue. April rief vom Empfangsschalter oben im Mannschaftsraum an, daß sie noch einen Detective mitnehmen wollte. Charlie Hagedorn war als einziger noch da. April hatte nichts gegen Hagedorn, mochte ihn aber auch nicht besonders. Hagedorn war weiß, Anfang Dreißig, einsfünfundsiebzig groß und etwa neunzig Kilo schwer. Er trieb anscheinend keinen Sport. Sein dünnes, hellbraunes Haar klebte platt und energielos an seinem Kopf, und seine dünnen Lippen waren aufgesprungen. Er hatte eine schmale, rote Nase, Pausbäckchen und braune, schwermütige Augen.

Aprils Mutter, Sai Woo, eine waschechte, alte Chinesin, hätte sofort diagnostiziert, daß Hagedorn »nicht in Harmonie« war – zu viel Yin, zu wenig Yang. Yang war die männliche Komponente – aktiv und intellektuell stark. Yin war weiblich – passiv, empfänglich, großzügig, freundlich. Ein Yin-Überschuß bewirkte eine unausgegorene, passive Persönlichkeit, körperlich schwammig und schwach, ängstlich und verletztlich, unsicher und unentschlossen. Einen Yin wollte man nicht unbedingt dabeihaben, wenn man in irgendeiner Gasse von einem Zwei-Zentner-Mann mit einer Kettensäge bedroht wurde (dieses oft herangezogene Beispiel sollte weiblichen Cops klarmachen, daß sie für den Job ungeeignet waren). Vielleicht täuschte sich April auch in Hagedorn, sie kannte ihn ja noch nicht. Viele redeten genauso über sie.

Hagedorn wartete, bis ein Aufzug kam und seinen massigen Körper ein Stockwerk tiefer in die Eingangshalle beförderte, wo April ungeduldig auf und ab ging. Es war schwierig, als Boss konnte man nicht immer im eigenen Tempo arbeiten und auch nicht vom Protokoll abweichen, das der Arbeit manchmal einfach nicht gerecht wurde. Dem Protokoll nach gab es in jeder Situation zehntausend Dinge, die man einfach nicht tun durfte. Jetzt durfte April zum Beispiel nicht den Wagen holen. Sie mußte warten, bis Hagedorn in aller Ruhe auf dem Parkplatz einen unmarkierten Wagen ausgesucht hatte, um sie zum Tatort zu fahren. Was für ein Idiot. In der ersten Kurve kamen die alten Reifen des dunkelgrünen Pontiacs auf einer Eispfütze ins Schleudern. April klammerte sich am Beifahrersitz fest; sie sagte nichts, obwohl man ihr wahrscheinlich die Schuld geben würde, wenn einer ihrer Männer den Dienstwagen, in dem sie saß, zu Schrott fuhr.

Wortlos parkte Hagedorn den Wagen hinter ein paar Streifenwagen am Tatort. Die Officers, die als erste dagewesen waren, versuchten eher erfolglos, den Ort des Geschehens zu sichern. Mit Plastikbändern hatten sie etwa je dreißig Meter Gehweg zu beiden Seiten von *Liberty's Restaurant* abgeriegelt, doch innerhalb der Absperrung trampelten bereits sechs Leute herum.

April hatte sofort ein merkwürdiges Gefühl bei der Sache. Das war aber nicht ungewöhnlich. Jedesmal, wenn sie zu einem Tatort gerufen wurde, kribbelte ihre Haut, als bildeten sich neue Rezeptoren, damit sie so viele Informationen wie möglich durch möglichst viele Kanäle aufnehmen konnte. Manchmal – egal, wie viele Beweise die Spurensicherung gesammelt hatte und wie viele Zeugen und Verdächtige den Tathergang falsch geschildert hatten – waren es Aprils erste Eindrücke, die wie durch ein Labyrinth zur wahren Geschichte führten.

In diesem neuen Fall war erst mal ihr Yin gefragt. Ein Puzzle von riesigem Ausmaß lag vor ihr, neu und unbekannt; eine chaotische, fremde Landschaft, die sie jetzt betreten mußte.

Yin bedeutete, sie mußte erst einmal alles auskundschaften, bevor Yang aktiv zur Tat schritt. Hagedorn stellte den Motor ab. April war nervös. Trotz der vielen Menschen, die eigentlich auf ihrer Seite waren, ihre Autorität respektieren und sie unterstützen sollten, wußte sie, daß sie auf sich allein gestellt war. Die vielen Wagen und das Gebaren der Anwesenden ließen darauf schließen, daß es sich hier um »Den Fall« handelte, den jeder Detective zugleich herbeisehnte und fürchtete. Sie fuhr fröstelnd zusammen, hatte Angst, den Fall zu verpatzen.

Sie konnte die Leichen vom Wagen aus nicht sehen. Anscheinend lagen sie nicht auf dem Gehweg, sondern in dem kleinen Vorgarten, der von Zwergtannen mit fröhlich blinkenden Lichtern eingefaßt wurde und zu dem zwei Stufen nach unten führten. Einige uniformierte Beamte standen oben am Geländer eng beisammen und blickten mit Dampf vor den Mündern und stampfenden Füßen hinab. April öffnete die Wagentür, und ein eisiger Wind schlug ihr entgegen, der ihr viel beißender vorkam als noch vor wenigen Minuten. Eine vereinzelte Schneeflocke landete auf ihrer Wange. Na toll, jetzt fing es auch noch an zu schneien.

Auf der Straße bildete sich langsam eine Eiskruste über dem Schneematsch. Zwischen den gefrorenen Pfützen auf dem Gehweg lag pulvriger Schnee. Schlechtere Bedingungen konnte man sich für einen Tatort nicht vorstellen. Es wurde immer kälter. Und da seit der Tat ein Dutzend Menschen am Ort des Geschehens herumgelaufen waren, ließ sich vielleicht gar nicht mehr feststellen, ob der Täter irgendwelche Spuren hinterlassen hatte.

Beim Anblick der Beamten in dick gefütterten Uniform-Jacken, die den Schnee vom Geländer wischten und auf dem Gehweg hin und her stapften, um sich die Füße zu wärmen, mußte April an den Spiegel im *Bed-Sty*-Revier, ihrer ersten Dienststelle, denken. Der alte, fleckige Spiegel mit der abgesplitterten Ecke hatte in einem Schrank gehangen. Alle Streifenpolizisten beschwerten sich damals über sie – die dünne Chinesin, wahrscheinlich 'ne Lesbe, die so leise redete, daß man sie kaum verstand.

Steve Zapora war ihr Supervisor gewesen. Er war knapp zwei Meter groß, rotgesichtig und breit wie ein Kleinlaster. Jeden Tag beim Appell hatte dieser rotgesichtige Riese sie angeschrien, ihr Haar sei zu lang, es dürfe nicht auf den Hemdkragen fallen. Er bestand darauf, daß sie sich den Nacken ausrasierte und überprüfte persönlich, ob sie seinem Befehl nachkam. Und jeden Tag war er mit ihr nach unten gegangen. Sie mußte sich vor den blöden, dreckigen Spiegel stellen, wie ein Hund knurren und mit lauter Stimme sagen »Sie da, auf der Treppe, stehenbleiben. Sie da, mit der roten Jacke, stehenbleiben. Stehenbleiben.« Ein übers andere Mal, bis sie laut genug *stehenbleiben* sagen konnte, um Aufmerksamkeit zu erregen.

Dann hatte Zapora den größten Kerl im ganzen Haus geholt und ihr befohlen, ihn aufs Kreuz zu legen. April brachte den Kerl so schnell zu Fall, daß der gar nicht richtig mitbekam, wie ihm geschah. Völlig idiotisch hatte sie daraufhin die Hand vor den Mund gepreßt und »O Gott, das tut mir leid« gesagt. Danach hatte man sie allerdings anders behandelt.

April stieg nun aus dem Wagen. Ihr Atem dampfte. Direkt vor ihr waren zwei Typen mit schwarzen Strickmützen damit beschäftigt, Scheinwerfer aus einem Lieferwagen zu entladen. »Was haben die hier zu suchen?« wollte sie wissen.

Hagedorn zuckte mit den Schultern. »Ein Fernsehteam. Haben anscheinend den Polizeifunk abgehört. Ich kenn die Typen. Die sind hier in der Gegend.« Fünf Fernsehsender hatten Studios in der Nähe. Hagedorn warf seiner neuen Vorgesetzten einen verächtlichen Blick zu, weil sie das nicht wußte.

»Das weiß ich auch«, sagte April barsch. »Sehen Sie zu, daß sie verschwinden.«

»Was?« Er sah sie bestürzt an, als sie diesen neuen Ton anschlug.

»Sofort.« Sie duckte sich unter dem Plastikband hindurch; sie haßte ihn dafür, daß er sie zwang, sich so aufzuführen. Die Beamten drehten sich um und starrten sie an. Einer sagte: »Gute Frau, Sie können hier nicht rein.«

Dann erblickten sie Hagedorn, der mit einer Kopfbewegung Richtung April erklärte. »Sergeant Woo.«

April nickte ihnen schroff zu. »Hat Ihnen schon mal jemand gesagt, wie man einen Tatort absichert? Soll ich Ihnen das vielleicht mal erklären?«

Keiner sagte was. Offensichtlich froh darüber, daß sich jemand anderes der Sache annahm, gingen die Beamten etwas zur Seite und übergaben ihr das Kommando. April legte in ihrem Gehirn einen Schalter um und konzentrierte sich auf alle Gegebenheiten, an die sie sich später würde erinnern müssen, wenn sie im Büro war und nur auf Fotos zurückgreifen konnte. Sergeant Joyce hatte nicht immer einen Notizblock dabeigehabt. Sie verließ sich auf die Aufzeichnungen der anderen, doch April konnte nicht so schnell von alten Gewohnheiten lassen. Sie zog ihren Stenoblock hervor – Staatsanwälte nannten diese Blöcke *Rosarios* – und begann, alles aufzuschreiben. Wer anwesend war als sie ankam, was bisher veranlaßt worden war, was gerade passierte. Sie würde weiterhin alles chronologisch samt Uhrzeit festhalten, bis die Spurensicherung gekommen war, der Untersuchungsbeamte die Toten für tot erklärt hatte, bis die Leichen zuletzt in Plastiksäcke gepackt und weggeschafft worden waren und alle für den Rest der Nacht nach Hause gehen konnten.

Sie beugte sich über das Geländer. Ihre Finger waren vor Kälte schon so steif, daß sie kaum den Stift halten konnte. Der Vorgarten des Brownstone-Gebäudes, in dem sich *Liberty's Restaurant* befand, war etwa vier Quadratmeter groß. Ein Mann und eine Frau, die zum Teil von der blinkenden

Hecke verdeckt wurden, lagen auf dem Rücken neben den Stufen, als wären sie beim Weggehen erwischt worden. Die schmutzigen Hände des Mannes lagen mit den Handflächen nach oben neben dem blonden Haar. Er sah verwirrt aus, als hätte er fragend die Hände gehoben und sei gestorben, bevor er Gelegenheit hatte, seine Frage zu stellen. Unter dem geöffneten hellbraunen Mantel und dem schwarzen Sportjackett trug er einen grobmaschigen, grauen Rollkragenpullover. Gesicht und Haare waren ebenfalls schmutzig. Blut jedoch oder eine Verletzung, an der er womöglich gestorben war, waren nicht zu sehen. Ob vielleicht unter dem Haar etwas war? April überlegte.

Die Gewalt, die der Frau widerfahren war, stand in schrecklichem Kontrast dazu. Im düsteren Licht von tausend winzigen Blinklichtchen war das Blut, schwarz wie Tinte, auf ihren Händen, dem Gesicht, dem langen blonden Haar, der Vorderseite des dunkelbraunen Strickkleides und den Handgelenken zu sehen, die aus pelzgefütterten, schwarzen Wildlederärmeln hervorschauten. April konnte nur ein kleines Loch in ihrem Hals entdecken. Falls sie sonst keine Stichwunden mehr finden würden, hatte jemand genau gewußt, wo man zustechen mußte. April besichtigte die schreckliche Szene von oben; sie wollte dem Durcheinander da unten nicht noch ihre eigenen Fußspuren hinzufügen. Ihre Zähne klapperten vor Kälte.

Manchmal wußte sie sofort, was passiert war. Aus der Anordnung der Gegenstände und Personen am Tatort konnte man bisweilen auf die vorausgegangenen Ereignisse schließen. Ein Raubüberfall, der schiefging, der Täter zückte ein Messer oder eine Pistole. Nur eine Sekunde. Manchmal erwischte er ein paar Dollars, manchmal nichts. Oder Kerle, die ihre Frau umbrachten. Da gab es immer auslösende Momente. Und die konnte man herausfinden. Aber hier war die Sache undurchsichtig, es war nicht erkennbar, was passiert war. Ein unheimlicher Anblick. Zwei gutgekleidete Menschen vor einem teuren Restaurant, an dem selbst spät in einer eisigen Januarnacht jede Menge Leute vorbeikamen. Außer dem Loch im Hals der Frau deutete nichts auf Einwirkungen von außen hin. Die Handtasche der Frau war geschlossen und klemmte unter ihrem rechten Fuß. Merkwürdig. Weshalb sollte jemand ein solches Risiko auf offener Straße eingehen?

April drehte sich um, als eine freundliche Stimme sagte: »Hm, meine erste Doppelpackung dieses Jahr. Wissen Sie, wer das ist?«

Die schwarze Frau, die über Aprils Schulter spähte, war größer als sie, mit den hohen Absätzen sicher über einsachtzig. Der Schnee schien ihr nichts auszumachen. Aus dem strengen, französischen Knoten, der ihr schönes Profil betonte, hatte sich nur eine einzige Haarsträhne gelöst. Ein bezauberndes Lächeln entblößte weiße, ebenmäßige Zähne, ihre Nase war europäischer geschnitten als Aprils und ihr Blick neugierig und forschend. Sie trug goldene Ohrgehänge mit großen, roten Steinen, einen schwarzen Nerzmantel und um die Schultern einen Schal aus Samt und Seide. Sehr beeindruckend, eine stattliche Erscheinung. Ihr stolzer Gang, selbst in diesem trügerischen Schnee, fiel April auf. Sie hatte diese Frau schon einmal gesehen und glaubte zuerst, ein berühmtes Fotomodell vor sich zu haben, das sie vielleicht vom Titelbild einer Zeitschrift kannte. Doch dann stellte sich die Frau vor.

»Ich bin Dr. Washington. Sind Sie hier zuständig?«

»Ja. Ich bin – Sergeant April Woo.« April zögerte einen Augenblick, sie mußte sich daran gewöhnen, daß sie nicht mehr Detective war.

»Ich hab schon von Ihnen gehört«, sagte Dr. Washington.

April hatte auch schon von ihr gehört und war überrascht, sie hier anzutreffen. Es war nicht mehr üblich, daß eine Vertreterin vom Büro des *Medical Examiners,* des staatlichen

Leichenbeschauers, an den Tatort kam. In New York lief das jetzt anders. Meistens kam nur noch ein Untersuchungsbeamter an den Tatort, der nicht mal Arzt war. Dr. Washington musterte die beiden Leichen interessiert, dann sah sie zum schwarzen Nachthimmel auf, von dem jetzt weißer Schnee fiel. »Wenn die Spurensicherung nicht bald auftaucht, werden auf den Fotos nur schneebedeckte Leichen zu sehen sein. Wir sehen sie uns lieber mal genauer an. Haben Sie eine Ahnung, um wen es sich handelt?«

Ein großer schwarzer Mann in einer Daunenjacke, der sich bisher leise mit einem der uniformierten Beamten unterhalten hatte, begann zu jammern. »*Klar* weiß ich, wer das ist. War mir sofort klar. Sie sind gerade gegangen. Das sind Libertys Frau und sein bester Freund. Die Frau des *Besitzers*, ich sag's Ihnen. Ich wollte ihnen helfen.«

April konnte nicht hören, was der Beamte dazu sagte, doch der Mann protestierte daraufhin noch lautstarker. Kopfschüttelnd ging April die Stufen hinab, um ihn zu beschwichtigen.

»Ich bin Sergeant Woo.« April stellte sich dem aufgebrachten Schwarzen vor, dem ein halb so großer Officer, dessen Namensschild ihn als Matthew Hays auswies, zusetzte.

Der Officer streckte sich und ergriff als erster das Wort. »Dieser Mann hier hat die beiden gefunden. Offensichtlich hat er die Leichen ganz schön bewegt.«

Der große schwarze Mann wurde wütend. »Sie waren ja erst ein paar Minuten fort. Ich dachte, sie leben vielleicht noch.« Sein Gesicht war tränennaß. Mit dem Handrücken wischte er sich über die Wangen.

April kramte in ihrer Tasche nach einem Papiertaschentuch, reichte ihm die Packung und wartete, bis er sich die Nase geputzt hatte.

»Sind Sie Chinesin?« fragte er leise, als er fertig war. Officer Hays' Blick wich er sorgsam aus.

April nickte, er wollte anscheinend feststellen, ob sie hier das Sagen hatte.

»Ich hab noch nie eine chinesische Polizistin gesehen.«

»Ich bin hier geboren.« Sie erklärte ihm nicht, daß die meisten Chinesen in diesem Land lieber Hemden bügelten statt Streife zu gehen.

Der Mann dachte über ihr Geburtsland nach, ihm war anscheinend nicht klar, was er mit dieser Information anfangen sollte. Er warf Hays einen Blick zu, bevor er sich wieder an April wandte; er wußte offensichtlich nicht mehr, an wen er sich wenden sollte – an den weißen Mann in Uniform oder die chinesische Frau in Zivil.

Das passierte ständig. April lächelte ihm ermutigend zu. »Ich bin hier verantwortlich. Sie können mit mir reden.«

»Ich bin der Geschäftsführer des Restaurants«, sagte er widerwillig.

»Wie heißen Sie?«

»Patrice.«

»Patrice – und weiter?« April zitterte vor Kälte, doch sie wollte sich erst noch die Leichen ansehen, bevor sie hineinging.

»Patrice Paul«, erwiderte der Mann ungeduldig. »Darf ich bitte hineingehen? Ich muß meinen Chef anrufen und ihm mitteilen – er muß das doch wissen.«

»Wer ist Ihr Chef?«

Er deutete auf das Schild. »Liberty. Er ist Ihnen doch ein Begriff, oder?«

April zögerte. Sie war sich nicht sicher. Doch sie wollte vor diesem Zeugen das Gesicht nicht verlieren, falls es sich bei dem Ehemann des Opfers um jemanden handelte, den jede einigermaßen gebildete Person kennen sollte. Seit April das fünfte Revier in Chinatown verlassen hatte, war kein Tag vergangen, an dem ihr nicht schmerzlich bewußt wurde, was sie alles nicht wußte oder worüber sie noch nie nachgedacht hatte, bevor sie nach Uptown gekommen war. Sie hatte jetzt alle Scheine für einen College-Abschluß zusammen und würde im Juni am John Jay College für Strafrechtspflege ihr Examen ablegen. Langsam kam ihr allerdings der Verdacht, daß ein Diplom gar nichts bewies und auf Dauer nicht ausreichen würde.

Patrice Paul bestand nicht auf einer Antwort. Jetzt, da er mit jemand anderem reden konnte, blickte er den Beamten finster an.

»Ich werde jetzt drinnen telefonieren.«

»Später«, sagte April, die ihm nicht sagen wollte, daß dies nicht seine Aufgabe war. »Können Sie bitte schildern, was passiert ist, Mr. Paul?«

»Ich wollte ihnen helfen, das ist passiert. Ich hab getan, was jeder anständige Mensch tun würde«, behauptete er. »Meine Freunde sind überfallen worden. Meine *Freunde* waren das, meine *Gäste.* Was sollte ich denn tun? Hätte ich sie einfach da liegenlassen sollen? Ich wußte doch nicht, ob sie noch am Leben waren, vielleicht hätte ich ihnen helfen können.«

»Niemand macht Ihnen einen Vorwurf, Mr. Paul«, sagte April sanft. »Wir wollen nur herausfinden, was geschehen ist. Weshalb sind Sie nach draußen gegangen?« Sie warf einen Blick auf seine Hände, die in den Jackentaschen herumwühlten.

»Wie meinen Sie das? Immerhin sind zwei Leute überfallen worden.«

»Aha. Und woher wußten Sie das? Haben sie gerufen, gab es einen Kampf?«

»Woher ich das wußte?«

»Genau. Wieso sind Sie rausgegangen?«

April bemerkte, daß die helle Jacke, die über Patrice Pauls Schultern hing, vorn und an den Ärmeln Flecken hatte, die wie Blut aussahen. Er sah sie verwirrt an. Er wußte nicht, was er sagen sollte. Das war nicht ungewöhnlich.

»Ich sah aus dem Fenster«, sagte er schließlich. »Ich wollte sichergehen, daß sie ein Taxi bekamen.«

»Und was haben Sie gesehen?«

»Ich sah sie da liegen«, wimmerte er.

Der Officer schüttelte den Kopf. »Vor einer Minute haben Sie aber was anderes erzählt.«

»Ich bin ganz durcheinander, Mann. Kann ich jetzt reingehen und meinen Chef anrufen?«

»Officer, würden Sie bitte die Namen der Leute im Restaurant aufnehmen? Lassen Sie aber noch niemanden gehen, bevor ich es sage. Können Sie mir sagen, wo Mr. Liberty jetzt ist, Mr. Paul? Wir müssen ihn und die Angehörigen des anderen Opfers benachrichtigen.«

»O Gott, das ist Tor Petersen. Auch ein ganz wichtiger Mann. *Den* kennen Sie aber, oder? Irgendwo hab ich seine Privatnummer.«

April nickte. »Danke, Mr. Paul. Gehen Sie doch jetzt rein und wärmen sich ein bißchen auf. Wir reden gleich noch mal.«

»Kann ich meinen Chef anrufen?«

»Wo ist er denn?«

»Weiß nicht genau, jedenfalls nicht in New York«, antwortete er schnell. »Aber ich kann ihn anpiepsen, dann ruft er gleich zurück.«

»Wir müssen erst noch einiges klären, Mr. Paul.«

April wandte sich Dr. Washington zu, die im blutigen Schneematsch auf ihren hohen Absätzen mühelos wie eine chinesische Bäuerin in die Hocke gegangen war. Den glänzenden Pelzmantel hatte sie unter ihrem Hintern zusammengerafft und holte gerade ein Paar Gummihandschuhe aus ihrer Handtasche. Sie streifte sie so lässig über, als handele es sich um das übliche Ritual nach jeder Abendveranstaltung. April hatte auch immer Gummihandschuhe dabei für den Fall, daß sie in etwas Ekligem rumwühlen mußte oder keine

Spuren hinterlassen durfte. Ihr war bisher noch niemand begegnet, der außer Dienst genauso gewappnet war. Fasziniert beobachtete sie, mit welcher Professionalität Dr. Washington zuerst die weibliche, dann die männliche Leiche untersuchte. Patrice, der neben April stand, unterdrückte ein Schluchzen.

»Sehr interessant, sehr interessant«, murmelte Dr. Washington vor sich hin. »Sergeant, sehen Sie mal hier – « Sirenengeheul übertönte ihre weiteren Worte.

Die Sirenen erinnerten April an die Spurensicherung. Hätte nicht schon längst ein Team da sein sollen? Es schneite in dichten Flocken. Der Wind wurde stärker und Aprils ungeschützte Haut brannte, während sie unter ihrer Jacke heftig schwitzte. Sie konnte nicht benennen, weshalb sie so schreckliche Angst hatte. Ihr Herz war dem Zerspringen nah, weil sie ganz auf sich allein gestellt war. Lieutenant Iriarte, der sich beeilt hatte, um nicht in den Schnee zu kommen, war mittlerweile bestimmt schon fast zu Hause in Westchester.

Dr. Washington zog die Gummihandschuhe aus. »Sergeant, kommen Sie bitte mal?«

April riß sich zusammen. Sie trat in eine Pfütze, als sie der Rechtsmedizinerin entgegeneilte. An der empfindlichen Stelle, wo Sohle und Leder zusammentrafen, sickerte eisiges Wassser in ihren Stiefel und durchnäßte ihren Strumpf, sie erschauerte. Rosa Washington, die sich nicht um ihre Abendgarderobe sorgte und der das schreckliche Wetter nichts anzuhaben schien, deutete auf den Mund des Mannes, den der Geschäftsführer als Tor Peterson identifiziert hatte.

»Blau«, sagte Dr. Washington.

»Blau?« April betrachtete das schmutzige Gesicht des Mannes, das in einer verwirrten Miene erstarrt war. Wo war es blau?

»Sehen Sie? Da um den Mund herum, ganz blau.«

April fand, das Gesicht der Leiche sah grau aus, doch vielleicht lag das an der schlechten Beleuchtung. »Was bedeutet das?«

»Sieht aus, als habe der arme Kerl mit angesehen, wie seine Freundin erstochen wurde und einen Herzanfall erlitten.«

Washington richtete sich geschickt auf und klopfte den Schnee vom Pelzmantel. »Was die Frau angeht, sieht es aus, als hat der Täter sie völlig überrascht. Sie hat sich offensichtlich nicht gewehrt. Der Kerl hatte etwas Spitzes, ein scharfes Messer oder ein Stilett, wahrscheinlich kannte sie den Täter.« Die Rechtsmedizinerin blickte zum Eingang des Restaurants hinüber und zuckte mit den Schultern. »Morgen weiß ich mehr. Sie können ja schon mal nachsehen, welche scharfen, spitzen Geräte Sie in der Bar und in der Küche finden. Vielleicht hat er die Waffe ja wieder zurückgebracht. Natürlich kann er sie auch weggeworfen haben.«

»Danke.« April war froh über Hinweise.

3

Um 2.30 Uhr sah es draußen nicht gerade aus wie auf einer stimmungsvollen Weihnachtskarte. Mike Sanchez stand nach einer knappen Stunde Schlaf auf, duschte und zog sich an, bevor er hinaus in den Sturm wankte, um Heck- und Windschutzscheibe seines roten Camaros von Schnee und Eis zu befreien. Auf dem überdachten Parkplatz, der zu seinem Appartementgebäude gehörte, war der Wagen doch nicht ausreichend geschützt. Obwohl er das Eis erst zur Hälfte abgekratzt hatte, betätigte er die Zündung und stellte fest, daß die Batterie noch etwas Saft hatte. Darauf kroch er langsam mit quietschenden, klagenden Scheibenwischern durch Queens und war dankbar, daß man ihn jetzt geweckt hatte, statt erst in drei oder vier Stunden; dann hätte er sein Auto womöglich ganz ausbuddeln oder – noch schlimmer – öffentliche Verkehrsmittel benutzen müssen.

Seit ein paar Wochen wohnte Sanchez in der 21. Etage eines Gebäudekomplexes, der noch keine zehn Jahre alt war. Seine neue Wohnung bestand aus einem L-förmigen Wohnzimmer samt Balkon, der so breit war wie das Fenster, und von dem man einen wundervollen Ausblick auf die New Yorker Skyline hatte, der allein schon die Miete wert war, einem Schlafzimmer mit Blick auf den Parkplatz, auf dem er einen festen Stellplatz für sein Auto hatte; einem Badezimmer, in dem weder die Wasserhähne tropften noch die Rohre rasselten, wenn man das Wasser andrehte; einer Küche mit einer Spülmaschine und einem Fenster.

Bis auf das große Bett, in dem er bisher nur allein geschlafen hatte, den Tisch, an dem er erst einmal gegessen hatte und das relativ neue beige Tweedsofa aus zweiter Hand, das er von einem Detective hatte, der nach einjähriger Trennung wieder bei seiner Frau einziehen durfte, war die Wohnung noch ziemlich leer. Das Appartementgebäude namens *Garden Towers* war sieben Minuten vom Midtown Tunnel entfernt, der wiederum in der Nähe des Reviers an der 23. Straße war, wo Sanchez jetzt bei der Mordkommission arbeitete. Um die Ecke befand sich die Polizeiakademie, die bis zur Fertigstellung des neuen modernen Instituts in Queens die Mehrzahl der Untersuchungslabore beherbergte.

Mikes neues Leben hatte unter anderem den Vorteil, daß er humane Arbeitszeiten hatte; er arbeitete an fünf Tagen der Woche von 10 bis 18 Uhr, es sei denn, er war außerplanmäßig mit einem wichtigen Fall beschäftigt. Als Experte war er jetzt in der ganzen Stadt tätig und nicht mehr auf die Ereignisse in einem Revier beschränkt. Ihm wurde jeweils eins der kleinen Kabuffs zugeteilt, die jedes Revier für besondere Fälle bereitstellte. Er war jetzt einer der Außenstehenden, die zur »Unterstützung« hinzugezogen wurden und die er nie hatte leiden können, als er noch selbst zur Mannschaft eines Reviers gehörte. Er war bisher noch keinen Feindseligkeiten begegnet, und ihm gefiel der ständige Szenenwechsel. Auch sein Privatleben hatte sich verändert; er hatte jetzt eine eigene Wohnung, in der er mit seiner Traumfrau Zeit verbringen wollte. Doch für *armor ardiente,* wie sie ihm vorschwebte, war sie noch nicht lange genug dagewesen. Mike Sanchez hatte nie damit gerechnet, sich in eine Polizistin zu verlieben. Doch genau das war geschehen, und die Frau, die er liebte, arbeitete immer noch die mörderische Vierer-Zweier-Schicht, und ihre freien Tage fielen nie mit seinen zusammen.

Cops schalteten eigentlich auch nachts nie runter. Mikes Leben verlief dieser Tage relativ gemächlich, doch er war nicht daran gewöhnt, und es machte ihn verrückt. Am Abend vorher hatte er sich gefragt, wie er seinen zweiten freien Tag rumkriegen sollte, denn er hatte nichts zu tun gehabt, außer sich zu erholen. Doch kaum hatte er sich hingelegt, klingelte das Telefon, wo er über das Geschehen vor *Liberty's Restaurant* in Kenntnis gesetzt wurde. Zweifacher Mord. Er war dem Fall noch nicht offiziell zugeteilt – der Anruf war als Tip gedacht, falls er später in der Sache ermitteln würde –, aber falls er den Tatort besichtigen wolle, bevor die Leichen abtransportiert wurden, solle er trotz des unfreundlichen Wetters sofort nach Manhattan kommen.

Mike pflügte mit seinem Wagen so schnell wie möglich durch den Schneesturm, und seine Zweifel und Mißmut verflogen. Er hatte jetzt andere Sorgen. Er war ein großer Fan von Frederick Douglass Liberty gewesen. In Zeitungs- und Fernsehinterviews hatte er immer einen aufrichtigen Eindruck gemacht, ein Sportler für Intellektuelle. Mike war von ihm sehr beeindruckt gewesen – Liberty hatte allerdings jeden beeindruckt. Mit zweiundzwanzig Jahren schon war er große Klasse gewesen. Den anderen Spielern war er immer weit voraus. Er hatte sich nie Muster ins Haar rasiert, sich tätowieren lassen oder irgendwelche Körperteile gepierct. War kein Raufbold gewesen. Nach seiner Football-Karriere ließ er sich nicht in Kino- oder Werbefilmen vermarkten. Er wollte nicht leben wie ein »Star«, sagte er. Arbeiten wollte er, wie jeder normale Mensch – sehr normal! Er wurde ein wohlhabender Bankier. Das wußte Sanchez, weil Liberty jetzt oft im Wirtschaftsteil der Zeitungen zitiert wurde. Er war mit einer berühmten TV-Serien-Darstellerin verheiratet, offensichtlich eines der Opfer. Mike fragte sich, wo Liberty wohl gesteckt hatte, als seine Frau ermordet wurde. Hoffentlich war er weit, weit weg gewesen.

In dem kilometerlangen Tunnel fuhren weder vor noch hinter ihm andere Autos. Daß er als einziger durch den Midtown Tunnel fuhr, war ihm auch noch nicht passiert. Richtig unheimlich, fast so, als sei der Tunnel in Vorbereitung des Weltuntergangs gesperrt worden. Auch auf der anderen Seite des Flusses, in Manhattan, waren die schneeverwehten Straßen wie ausgestorben. Er brauchte fast fünfunddreißig Minuten, um ans andere Ende der Stadt zu gelangen.

Mike stellte erleichtert fest, daß sowohl der Krankenwagen als auch der Kombi der Spurensicherung noch am Tatort waren. Weniger begeistert war er über die beiden Übertragungswagen zwei Häuserblocks unten; Kameras waren aufgebaut worden, um den Abtransport der beiden Leichen zu filmen. Scheinwerfer beleuchteten die Straße. Er stellte seinen Camaro hinter dem Krankenwagen ab und duckte sich unter der Plastikabsperrung hindurch, um den Vorgarten des Restaurants in Augenschein zu nehmen. Dort war ein provisorisches Zelt errichtet worden, damit die Spurensicherung den Tatort von der Witterung unbehindert fotografieren, skizzieren und untersuchen konnte. Saul Bernheim, der dünne Kriminologe, der kaum etwas aß, weil er Nahrung für ungesund hielt, knabberte an einem Stück Maisbrot.

»Hallo, Mike. Ich bin froh, dich zu sehen. Dein Superhirn

wird hier dringend benötigt. Wie geht's? Kommst du gerade aus der Bronx? Da soll's ja noch übler schneien.«

Mike lächelte, erfreut über das Kompliment. »Ich wohne in Queens. Das Wetter war kein Problem.«

»Ach was. Also, sieh dich um. Du hast Glück gehabt, sie werden gleich fortgeschafft.« Saul wedelte mit dem Brotrest in Richtung der Leichen.

Unter der mittlerweile schneebedeckten, dicken Plastikplane, die über die Opfer gespannt worden war, ging Mike in die Hocke. Er musterte die beiden Toten eine ganze Weile. Sie sahen aus wie große, hervorragend gekleidete Schaufensterpuppen, die jemand unachtsam verschmutzt und kaputtgemacht hatte. Mike fiel besonders auf, wie groß beide waren. Zwei große Menschen, die gut in Form schienen. Eine merkwürdige Szene. Der Tod hatte beide völlig überraschend erwischt, um so erschreckender mußte es gewesen sein. Die Vorderseite der Frau war blutbesudelt. Er konnte erst gar nicht erkennen, wo das Blut herkam.

»Schußwunde?« fragte er.

»Nee, sieh dir mal den Hals an.«

»Um Gottes willen.«

Stirnrunzelnd deutete Saul auf das kleine, präzise Loch genau unter der Jugularvene der Frau. Die Ader war offensichtlich mit einem Stoß durchstochen worden.

»Irgendwelche anderen Verletzungen?«

»Möglich. Kann ich nicht sagen.«

Mit schiefgelegtem Kopf betrachtete Mike das männliche Opfer von der Seite, dessen Gesicht nach oben sah und keine Blutspuren aufwies. Kopfverletzung? fragte er sich. Zwei Täter womöglich, der eine mit einem Stilett, der andere mit einem stumpfen Gegenstand. Er richtete sich auf, seine Knochen knackten. »Was hältst du davon?«

»Ein Riesenschlamassel, wirklich.« Der dünne Kriminologe hatte sein Brot aufgegessen und blies sich jetzt wärmend in die Hände. Er hatte seine Biberfellmütze mit den Ohrenklappen tief ins Gesicht gezogen. Seine Nase lief, und eine Rasur hätte ihm nicht geschadet.

»Sehr merkwürdig«, fügte er hinzu. »Dieser Mord hat was... Persönliches, weißt du, was ich meine? Sieht nicht nach einem Unbekannten aus. Ein spitzes Instrument, ein Stilett vielleicht, ein einziger Stoß –« Saul schüttelte den Kopf, wodurch die Ohrenklappen aktiviert wurden und um seinen Kopf wedelten. »Täter mit einer spitzen Waffe suchen sich normalerweise verlassene Gegenden aus, stechen mehrmals wütend zu, wenn du weißt, was ich meine. Ich hab mal eine gesehen – eine Frau, die sich bei einer Vergewaltigung wehrte, der Kerl stieß mit einem Schraubenzieher mindestens sechzig Mal zu, wenn nicht noch mehr. Der Rechtsmediziner konnte die Wunden kaum zählen, der Kerl war in Rage und stach dauernd wieder in dieselbe Stelle. Ein einziger, gut plazierter Hieb, das sieht man nicht alle Tage, erst recht nicht bei zwei Opfern. Sieht nicht so aus, als hätten sie sich gewehrt... Und bei so 'nem Scheißwetter«, grübelte er. »Auf die hatte es jemand ganz dringend abgesehen, denkst du nicht auch?«

Mike zuckte mit den Schultern. Für Vermutungen war es noch zu früh.

Saul deutete auf den Eingang des Restaurants. »Deine Freundin ist da drin.« Er machte Platz für zwei Männer mit Bahren und Säcken für die Leichen.

»Was?«

»Woo, April. Sie ist hier zuständig. Hat dir das keiner gesagt?« Saul zog ein dreckiges Taschentuch hervor und wischte sich über die Nase.

»Nein, ich hatte keine Ahnung.« Mike schüttelte den Schnee von seinem Mantel und strich sich das Haar zurück. Er stampfte mit den Füßen auf und steuerte auf den Eingang zu. Heute war tatsächlich sein Glückstag. Er hatte sich eine

Unterbrechung von der langweiligen Schreibtischarbeit gewünscht, die noch in dem Fall zu erledigen war, den er vor ein paar Tagen geklärt hatte – und sein Wunsch war in Erfüllung gegangen. Er hatte April sehen wollen, und jetzt würde er sie sehen. April sagte immer, daß Glück auch davon abhing, wie sich eine Person verhielt. Anscheinend machte er etwas richtig.

Im Restaurant brannten nicht mehr viele Lampen, trotzdem entging Mike die karibische Dekoration nicht: Palmen, weißgetünchte, rohgezimmerte Balken, an den Wänden bunte, gemalte Fische. Um die Tische standen Korbstühle mit fächerartigen Rückenlehnen. Ein Dutzend Deckenventilatoren schwiegen gespenstisch. An der großräumigen Theke brannten keine Lichter, und der Gastraum war leer bis auf April, einen schwarzen Mann, der nicht Liberty war und einen ADA, einen Assistenten des Bezirksstaatsanwalts, namens Dean Kiang, mit dem Mike schon einmal zusammengearbeitet hatte. Die drei waren in eine Unterhaltung vertieft, die abrupt zum Stillstand kam, als Mike aus dem Schatten trat.

»Hi«, sagte er. »Darf ich mich zu euch setzen?«

Befriedigt sah er, daß das Gesicht des jungen ADA zu einer argwöhnischen, chinesischen Maske erstarrte, wie er es schon oft bei April gesehen hatte. April hatte offensichtlich nicht mit ihm gerechnet. Die Frau seiner Träume wäre fast vom Stuhl gefallen, als sie seine Sitmme hörte.

Eine Stunde später saßen sie in dem roten Camaro vor *Liberty's Restaurant,* das jetzt geschlossen und dunkel war, und warteten darauf, daß es im Wagen warm wurde. Der Vorgarten war immer noch mit Plastikbändern abgesperrt, das Plastikzelt und die Leichen jedoch bereits weggeschafft worden. Auch Hagedorn war schon mit dem grünen Wagen verschwunden, ebenso der chinesische ADA, der sich nicht sonderlich gefreut hatte, als Mike sich uneingeladen zu ihnen setzte. April teilte Mike mit, was sie herausgefunden hatte, bevor er dazugestoßen war. Nachdem sie ihre Ausführungen beendet hatte, klappte sie den Notizblock mit einem kühlen Lächeln zu. Sie ärgerte sich, das ließ sich nicht verleugnen. Kaum hatte sie drei Stunden in diesem komplizierten Fall ermittelt, wurden schon große Geschütze aufgefahren, um ihn ihr wieder wegzuschnappen. Mike war ein sehr guter Mann, aber sie konnte sich nichts Lästigeres vorstellen, als von ihm durchschaut und im nachhinein kritisiert zu werden.

Hätte die Mordkommission nicht Mike, sondern jemand anderen geschickt, wäre ihr vor allem daran gelegen, selbständig und unabhängig zu arbeiten, um sich zu beweisen. Natürlich hätte sie die Ermittlungen nicht behindert, aber sie hätte nur die wichtigsten Fakten offenbart und Details erst einmal für sich behalten. Wer konnte zu diesem Zeitpunkt schon sagen, was sich letztendlich als wichtig oder unwichtig erweisen würde? Warum jetzt schon alles ausplaudern und die Leute verwirren? Dämliche Detectives versteiften sich gelegentlich zu schnell auf die Informationen, die die einfachste Erklärung beinhalteten, und drangsalierten dann alle anderen, bis sie sich ebenfalls dieser Sicht der Dinge anschlossen. April hatte alles richtig gemacht, sie hatte umgehend einen ADA angefordert und sich darüber gefreut, daß ihr ein Chinese zugeteilt worden war. Dean Kiang sah gut aus und machte einen sehr professionellen Eindruck. Sie würden ein gutes Team sein, April war zufrieden. Und dann mußte ausgerechnet Mike seine Nase in diese Angelegenheit stecken und die Situation verschärfen, indem er an ihre Loyalität appellierte.

»Es wundert mich ja schon, daß sich einer von euren Leuten mitten in der Nacht hier blicken läßt«, sagte sie nach einer Pause, die Mike nicht genutzt hatte, um sich für die Informationen, die sie ihm widerstandslos gegeben hatte, zu bedanken. »Ist das nicht ziemlich ungewöhnlich?«

Er hob die vernarbte Augenbraue, die er sich bei der Explosion letzten Juni verbrannt hatte. Er hatte sich vor April und die Geisel, die sie befreien wollte, geworfen; beinahe wären alle drei in die Luft gejagt worden. Immer, wenn er diese Augenbraue hob, sank Aprils Selbstbewußtsein, und sie kam sich unsäglich dumm vor. Loyalität und Liebe verwirrten sie völlig. Bei diesem Fall gehörten sie nicht mal zum gleichen Team.

»›Unsere Leute‹, ›eure Leute‹, was soll das denn heißen, *querida?*« Diesmal schossen zwei dunkle Augenbrauen in die Höhe.

Aprils kalte Finger lagen still auf ihrem Schoß, während sie sich mit dieser Frage auseinandersetzte. Sanchez warf einen interessierten Blick auf ihre Hände. »Ich dachte, wir gehören alle zum gleichen Team«, murmelte er und kämpfte gegen den Impuls, ihre Hand zu ergreifen.

Draußen ließ das Schneetreiben langsam nach. Die Flocken wurden kleiner und waren nicht mehr so trocken und flaumig. Anscheinend stieg die Temperatur wieder genauso schnell wie sie gefallen war; vielleicht würde es sogar bald regnen. Quietschend wedelten die Scheibenwischer den geschmolzenen Schnee von der Windschutzscheibe.

Schulterzuckend lenkte April ein. »'tschuldigung, ich wollte nicht mein Revier abstecken.«

Mike lachte. »Doch, doch. Du willst immer alles allein erledigen, stimmt's?« neckte er sie.

Sie wollte etwas erwidern, ließ es dann aber bleiben. Noch vor wenigen Wochen, als Mike eine ähnliche Stellung in einer Mannschaft gehabt hatte, war er – was *deren* Fälle anging – genauso besitzergreifend gewesen. Aber wozu streiten? Sie atmete den vertrauten Duft ein, der in seiner Kleidung und selbst in der Innenausstattung des Wagens hing. So etwas wie Mikes Parfüm – anders konnte man es nicht nennen – war April weder zuvor noch seitdem nie begegnet. Oberflächlich süß und würzig, hatte es unterschwellig einen prickelnden Biß, der sie, wann immer er in ihrer Nähe war, immer völlig aus dem Gleichgewicht brachte.

Als sie ihn noch nicht lange kannte, hatte April von diesem aufdringlichen Geruch immer Kopfschmerzen bekommen. Der Mannschaftsraum des Zwo-Null hatte regelrecht danach gestunken. Mikes Geruch hatte als erstes ihre Aufmerksamkeit erregt. Sie hatte nicht gewußt, wo das kräftige Aroma herkam. Irgendwann fiel ihr auf, daß der Geruch verschwand, wenn Sanchez sich eine Zeitlang nicht blicken ließ und daß er ihn immer wieder mitbrachte. Danach war ihr das Piratenlächeln aufgefallen, mit dem er sie musterte und daß sein Haar anders war als asiatisches Haar. Mike rollte bei der Arbeit immer die Ärmel hoch und sie konnte seine behaarten Arme sehen. Auf dem Handrücken hatte er auch Haare, auf der Brust wahrscheinlich auch. Trotz des vorherrschenden Geschmacks in ihrer Verwandtschaft fand April behaarte Männerkörper nicht gänzlich barbarisch.

Jimmy Wong, Aprils letzter Freund, hatte ein einsames Brusthaar besessen, das aus seinem Leberfleck neben der linken Brustwarze wuchs, und er hatte immer nur nach Bier und Knoblauch gerochen. Er hatte ihr nie gesagt, daß er sie liebte oder sie Schatz genannt. Statt dessen hatte er sie mit Vorliebe mit der Behauptung gequält, daß ihr jeweiliger Partner bei einer Schießerei in Todesgefahr schwebte, da er sie für die schlechteste Schützin des ganzen Departments hielt. Jimmy hielt nichts von ehrgeizigen Frauen und hatte sogar damit gedroht, daß er sie nicht heiraten würde, wenn sie Sergeant wurde. Zum Glück hatte sie sich von ihm getrennt, bevor er diese Drohung wahrmachen konnte. Außerdem war nur ein minimaler Flaum zu sehen, wenn er sich fünf Tage lang nicht rasierte. Wie sie sich überhaupt in ihn verlieben konnte, war ihr mittlerweile schleierhaft.

Mike hingegen ermutigte sie, das Leben zu genießen, Karriere zu machen, und wenn ihm der Sinn danach stand, nannte er sie vor allen Leuten auf spanisch »Liebling«. Sein üppiger Schnurrbart reichte bis zur Oberlippe und bebte, wenn Mike erregt war, was wiederum Aprils Herzschlag höher werden ließ. Wenn er sich stark konzentrierte, kaute er bedächtig auf den Schnurrbartspitzen herum. Als April mit ihm zusammenarbeitete, wurde ihr außerdem klar, daß er der beste Detective war, den sie kannte.

»Ist das ein Problem für dich, daß ich hier bin?« fragte er sie.

»Ach was. Aber heute ist doch dein freier Tag… ich frag mich eben, wer dich hergebeten hat«, erwiderte sie.

»Du wahrscheinlich, ich mußte nämlich an dich denken«, murmelte er. Das klang doch gut, er lächelte. Das hier war schließlich ein richtig großer Fall, so was ließ sich keiner gern durch die Lappen gehen. »Komm schon, du bist froh, mich zu sehen, gib's zu.«

Sie schüttelte den Kopf, nein, das wollte sie nicht zugeben.

»Na gut, dann behalt's eben für dich«, sagte er fröhlich und schien durchaus überzeugt davon, daß er sie letztendlich doch noch für sich gewinnen würde.

»Damit wäre ich auch allein fertig geworden«, beharrte April.

Leise stimmte Mike ein spanisches Liebeslied an. April beherrschte genug Spanisch, um die Worte *»somos novios«* auszumachen, was soviel bedeutete wie »wir sind Freund/Freundin«. Wir sind ein Liebespaar. Sie mußte sich auf die Zunge beißen. Sie waren kein Liebespaar. Sie waren auch nicht verlobt. Sie redeten ja kaum miteinander. Dann fiel ihm wohl wieder ein, daß ihnen noch eine schreckliche Aufgabe bevorstand. Er verstummte, legte den Gang ein und fuhr aus der Parklücke, ohne daß die Reifen durchdrehten.

4

Das Park Century befand sich zwölf Straßen weiter nördlich an der 57. Straße. Ohne sich lange Gedanken darüber zu machen, ob Frederick Douglass Liberty zu Hause war und sie um 4 Uhr morgens empfangen würde, nahmen Mike und April die Eighth Avenue nach Norden. Patrice Paul hatte April gesagt, Mr. Liberty sei nicht in der Stadt. Der Geschäftsführer des Restaurants hatte – geradezu hysterisch – ununterbrochen geweint, während er Aprils Fragen beantwortete. Er hatte wiederholt darum gebeten, Mr. Liberty anrufen zu dürfen, um ihm mitzuteilen, was passiert war. Er wollte vermeiden, daß Liberty in den Nachrichten von der Tragödie erfuhr. Doch April konnte ihm diese Bitte nicht gewähren, sie mußte zuerst noch einiges klären. Was an jenem Abend geschehen war. Wie das Restaurant geführt wurde. In welcher Beziehung die Betroffenen zueinander standen. Sie achtete darauf, daß Patrice keine Sekunde allein war. Sogar in diesem Moment saß er in einem Einsatzwagen, der ihn zu seiner Wohnung in Brooklyn brachte.

April hätte ihm unter keinen Umständen erlaubt zu telefonieren und Informationen auszuplaudern. Der Geschäftsführer war wirklich außerordentlich besorgt gewesen. April fragte sich, weshalb er seinen Arbeitgeber, der – wie er sagte – auch sein Freund war, unbedingt als erster die fürchterliche Neuigkeit mitteilen wollte. Verwandte zu benachrichtigen war die schrecklichste Aufgabe von allen. Diese Situationen haßte April am allermeisten an ihrem Beruf.

Aber vielleicht war Patrice Paul froh über Merrill Libertys Tod. April wußte, hier war Vorsicht geboten. Äußerste Vorsicht. Ihr war mulmig zumute, weil bei diesem Fall die Hautfarbe eine Rolle spielte. Das komplizierte die Dinge immer. Die Chemie eines Falles wurde immer von den jeweiligen

Akteuren, dem Hauptermittelnden und den Tatverdächtigen beeinflußt. Soziale Schicht, der Bildungsstand der Beteiligten und ihre Haltung der Polizei gegenüber waren von Bedeutung. Cops waren sich nicht bewußt, daß sie die Gegebenheiten eines Falles drehten und wendeten, bis sie in Einklang mit ihren persönlichen Vorurteilen waren. Das lief unbewußt ab. Und Hautfarbe war immer das größte Problem. Da wurden die Leute nervös, verhielten sich auf einmal ganz anders oder machten gar nichts. Sobald die Hautfarbe mit ins Spiel kam, riskierte man außerdem häufig ein politisches Nachspiel. Äußerst emotionale und manchmal gefährliche Reaktionen waren vorprogrammiert; ob das vertuscht wurde oder nicht, hing von den jeweils Beteiligten ab. Wer behauptete, nur die Fakten seien von Bedeutung, hatte keine Ahnung.

Patrice Paul war ein Tatzeuge. Sehr wahrscheinlich hatte er ihnen nicht alles gesagt, was er wußte. Vielleicht hatte er mit der Sache mehr zu tun, als er sich eingestehen wollte. Was, wenn Petersens Todesursache eine andere war? Sie waren in einem Restaurant gewesen, hatten gegessen und getrunken. Vielleicht war er vergiftet worden und erst draußen zusammengebrochen. Das wäre jedenfalls eine Erklärung dafür, daß zwei Leute gleichzeitig unversehens und ohne sich zu wehren dahingerafft worden waren. Vielleicht ging es bei Merrill Libertys Tod um ein Verhältnis Frau-des-Chefs/Angestellter. Vielleicht ging es einfach um eine Beziehungskiste. Vielleicht war die Hautfarbe das Motiv gewesen. Oder es handelte sich um ein zufälliges Gewaltverbrechen – ein unerklärliches Rätsel. Und Rätsel konnte niemand leiden.

April wollte die Sache richtig angehen. Ihr war klar, daß sie einen brisanten Fall vor sich hatte, egal, wer und aus welchem Grund die Opfer umgebracht hatte. Selbst wenn sich herausstellte, daß der Täter ein weißer Obdachloser war, der die beiden nicht einmal gekannt hatte – diese Möglichkeit würde zwar niemand, der die Opfer gesehen hatte, in Betracht ziehen –, gab es bei diesem Fall noch genug andere Kämpfe auszufechten. Die Opfer waren weiß, reich und berühmt. Der Mann eines Opfers und der Angestellte, der ihnen zu Hilfe kommen wollte, waren schwarz. Das sollte zwar keine Rolle spielen, tat es aber.

Das war einfach so. Viele Menschen unterschiedlicher Rassen und Kulturen konnten einander nicht leiden. Vor allem gemischte Ehen waren manchen Leuten ein Dorn im Auge – ihre Eltern, sonst ganz ordentliche Leute, waren zum Beispiel so eingestellt. Doch Sai und Ja Fa Woo hatten nicht nur Vorbehalte gegen Schwarze. Aprils Eltern mochten niemanden – weder Weiße, noch Hispanics, Pakistani, Indianer oder Koreaner. Chinesen waren einfach die besseren Menschen. So war das eben. Niemand sonst zählte. Harte Worte, vor allem angesichts Aprils nicht ganz geheimer Leidenschaft für einen Latino. Sie warf Mike einen verstohlenen Blick zu.

Nur wenige Autos kämpften sich durch den Schnee auf den Straßen. Mit mißmutigen Motorengeräuschen grub sich der tiefgelegte Camaro durch das frischgefallene Weiß. Mike konzentrierte sich aufs Fahren. Sie sah ihm an, daß er erst mal abwartete. Er wußte genau, wie tödlich männliche Eifersucht sein konnte, doch er würde dem Umstand, daß Merrill Liberty mit dem besten Freund ihres Mannes, einem Weißen, unterwegs gewesen war, keine Bedeutung beimessen, bis es einen Grund dafür gab.

April mußte an die nachdenklichen Blicke denken, die Dr. Washington Patrice zugeworfen hatte, und wie die Rechtsmedizinerin immer wieder zum Eingang des Restaurants gesehen hatte, als ginge sie davon aus, der Täter sei mit der Waffe aus dem Lokal gekommen und nicht von der Straße. Wie kam die Rechtsmedizinerin zu dieser Überlegung? April nahm sich vor, Dr. Washington danach zu fragen. Aber sie war sich nicht sicher, ob Rosa Washington, die bekannt war für ihre strikte, korrekte Vorgehensweise, ihr etwas sagen würde, solange sie April nicht besser kannte und ihr vertraute. Die Ärztin machte einen sehr professionellen Eindruck, sie sah nicht aus, als würde sie einen Verdacht äußern, den sie nicht belegen konnte.

Der Camaro bog ab und kämpfte sich, wie ein kleines Motorboot durch mächtige Wellen, im Schneematsch auf der 57. Straße voran. Vor einem Gebäude, das selbst um vier Uhr morgens in einer stürmischen Januarnacht einen prächtigen Anblick bot, kam der Wagen zum Stehen. Mike bekreuzigte sich. Ob aus Dankbarkeit, weil sie heil angekommen waren, oder aus Ehrfurcht vor dem Gebäude, konnte April nicht sagen.

Wie Wachtposten standen links und rechts des Eingangs zwei Zierbäumchen, die aussahen wie Lutscher mit Weihnachtsbeleuchtung. Auf einem weißen Baldachin stand in eindrucksvollen grünen Buchstaben der Name des Gebäudes. PARK CENTURY. Die Frage der Hautfarbe drängte sich wieder auf und April überlegte, wie viele andere Schwarze hier wohl noch wohnten, wie viele Latinos oder Asiaten. Cops sollten sich vor bloßen Vermutungen hüten. Im Department hatten sie alle die gleiche Farbe: blau. Und draußen auf der Straße sollten sie jeden gleich behandeln. Taten sie aber nicht. Schwarze Beamte in Zivil gingen das Risiko ein, von einem ihrer weißen Kollegen hinterrücks erschossen zu werden, wenn sie in einer brenzligen Situation mit gezückter Waffe hinter einem Verbrecher herrannten.

Um 4.12 Uhr betraten Sergeant Sanchez und Sergeant Woo das Park Century, dessen Penthouse-Wohnung Liberty mit seiner Frau Merrill bewohnte. Der Portier, ein großer Mann mit müden Augen, der nach Zigaretten stank, war nicht gerade erfreut, die beiden zu sehen.

»Sind Sie sicher, daß Mr. Liberty hier ist?« fragte Mike, nachdem er und April sich ausgewiesen hatten und der Türsteher ihnen mitteilte, der Football-Star sei zu Hause.

»Natürlich. Ich schreibe schließlich immer alles auf, nicht wahr? Mr. Liberty kam vor zwölf nach Hause.« Ein schwarzer Anstecker am Jackett des Portiers verriet, daß sie es mit Earl zu tun hatten.

Earl überprüfte seine Aufzeichnungen in der Kladde neben der Sprechanlage. »Aber Mrs. Liberty ist noch nicht zurück. Sind Sie deswegen hier?« Selbst zu dieser späten Stunde trug er seine grün-goldene Livree. Auf einem Bord an der Wand lag ein schwarzglänzender Zylinderhut. »Stimmt etwas nicht mit Mrs. Liberty?« fragte Earl besorgt.

»Würden Sie ihn bitte anrufen?« bat Mike.

»Das wird Mr. Liberty aber nicht gefallen.«

Keinem gefiel das. Mike deutete auf die Sprechanlage. Das war nicht sein Problem.

April schürzte die Lippen. Unversehens waren sie in die übliche Routine verfallen. Mike – natürlich der Mann – war die Respektsperson. Sie wäre anders mit dem Portier umgegangen, versöhnlicher, denn sie würden seine Mithilfe später noch brauchen. Aber worüber beklagte sie sich eigentlich? Mike erreichte immer sein Ziel.

Drei Minuten später stiegen sie im zwölften Stock aus dem glänzenden, dunkelgetäfelten Aufzug. Es gab nur eine Tür auf dieser Etage, doch sie hätten die Wohnung sowieso nicht übersehen können. Der Football-Spieler, der als Quarterback unter dem Namen Liberty Berühmtheit erlangt hatte (und den April jetzt auch erkannte), stand verschlafen in der Tür. Er war trotz der späten Stunde noch angezogen. Er trug eine graue Hose und zog den grauen Kaschmirpullover gerade, während er ihnen stirnrunzelnd entgegensah.

»Was ist los?« wollte er wissen.

»Ich bin Sergeant Sanchez. Das ist Sergeant Woo.« Mike zog seinen Ausweis hervor, doch Liberty wandte sich ab, ohne ihn zu überprüfen.

»Dürfen wir reinkommen?« fragte Mike.

Liberty wirkte nicht bestürzt. Er sah erschöpft aus und beäugte sie argwöhnisch. »Na gut«, sagte er bedächtig. »Kommen Sie.« Er schritt voran und schaltete das Licht im Wohnzimmer an; die beiden Detectives waren völlig überwältigt von dem prächtigen Anblick.

Liberty selbst schien für einen Augenblick erschüttert, hob seine Hand und legte sie angesichts des weitflächigen Raumes und der großen Fenster schützend vor die Augen. Das Zimmer war mit weißen Sofas möbliert, weißen Tüchern, weißen Wollteppichen auf weißem Marmor und weißen, hauchdünnen Vorhängen, zu denen die afrikanischen Kunstgegenstände einen außergewöhnlichen Kontrast bildeten. Throne von Stammesoberhäuptern dienten als Beistelltischchen. An den Wänden hingen Masken, einige waren mittels eines langen Metallstabes an Ebenholzsäulen befestigt. Auf den Regalen waren Ritualgegenstände, Becher, Tabakbehälter und bronzene Figuren arrangiert. Einige Holzstatuen, Frauen mit gewaltigen Brüsten und Männer mit übergroßen Penissen, stachen besonders ins Auge. Ein paar waren mit kleinen Muscheln geschmückt, bunten Tüchern, Bast und unzähligen kleinen Spiegelscherben. April war klar, daß diese Einrichtung mit ihren kontrastierenden primitiven und supermodernen Elementen einen bestimmten Zweck verfolgte. Welchen, wollte sie lieber nicht wissen.

Liberty deutete auf die weißen Polster, ging aber nicht so weit, die beiden aufzufordern, sich hinzusetzen. April beobachtete genau, wie er sich verhielt. Offensichtlich ärgerte er sich über diesen Überfall; weshalb sein Unterkiefer so verspannt war, konnte sie sich allerdings nicht erklären. Er sah aus, als stünde er gerade im Begriff, sich die Zungenspitze abzubeißen. Er konzentrierte sich auf Sanchez, das war bei Männern meistens so. Er starrte ihn herausfordernd an, als wolle er sich nicht noch einmal dazu herablassen, nach dem Anlaß für diesen frühmorgendlichen Besuch zu fragen.

Während sie Libertys mächtigen, fotogenen Kiefer betrachtete, mit dem er auf dem Spielfeld unzählige Gegner eingeschüchtert hatte, kam April eine Geschichte in den Sinn, die sie vor einigen Jahren gehört hatte; ein Mann hatte behauptet, seine Frau habe sich aus dem Schlafzimmerfenster im fünfzehnten Stock geworfen. Klarer Fall. Der Ehemann zog eine große Show ab; er weinte, schilderte den Detectives den Hergang der Tragödie – was die verstörte Frau gesagt hatte, wie sie aus dem Wohnzimmer gestürmt war, wo er gesessen und die Abendzeitung gelesen hatte. Alles. Das Problem war, es paßte irgendwie nicht zusammen. Erstens war keine Abendzeitung zu sehen. Zweitens hatte die Frau ihre Schminkutensilien sorgfältig auf der Kommode aufgestellt, aber nur ein Auge war vollständig geschminkt. Es sah eher so aus, als sei die Frau mitten aus einer Beschäftigung gerissen worden. Außerdem hatte sich ein Hausschuh an einem verschnörkelten Bein der Kommode verfangen. Den anderen Hausschuh fand man bei der Leiche. Als sich der Mann zu dem unvollständigen Make-up und dem hängengebliebenen Hausschuh äußern sollte, gestand er seelenruhig, daß er nach dreißig Ehejahren den Gedanken an die bevorstehende, langweilige Unterhaltung beim Abendessen nicht ertragen konnte und seine Frau aus dem Fenster warf, als sie sich gerade zum Ausgehen fertig machte.

»Ich habe leider schlechte Neuigkeiten«, sagte Mike gerade.

Liberty schluckte. »Wovon sprechen Sie?«

Mike warf April einen Blick zu.

Liberty schloß die Augen. »Geht's um meine Mutter?«

»Es geht um zwei Leute«, sagte Mike ruhig.

Liberty sah ihn feindselig an. »Um wen?«

»Ihre Frau und ihren Begleiter.«

»Unmöglich. Sie irren sich.«

»Es tut mir leid, Sir«, sagte April. »Möchten Sie sich nicht setzen?«

»Nein.« Liberty schnellte herum, als habe er die Tür gehört. »Meiner Frau geht's gut. Sie ist auf dem Heimweg.«

Er starrte die Tür an, als rechnete er damit, daß sie gleich aufging. Nichts. Es war dunkel und still in dem braunen Flur.

Mike und April beobachteten, wie er auf den Aufzug wartete, der nie kommen würde.

»Sie müssen sich irren. Den beiden geht's gut. Das weiß ich«, sagte er noch einmal und fixierte die Wohnungstür.

Mike schüttelte den Kopf. »Es tut mir leid, Sir.«

Plötzlich verzerrte sich Libertys Gesicht. Er griff sich an die Stirn und bedeckte die Augen mit seinen großen Pranken.

»Kann ich Ihnen was bringen?« fragte April.

»Ich habe Migräne. Der Arzt sagt, das kommt von einem alten Sportunfall. Hab ich aber schon immer.«

Mike warf April einen Blick zu.

Libertys Hände fielen herunter. »Ich muß im Restaurant anrufen. Meine Frau ist dort.«

»Es ist vier Uhr morgens«, sagte Mike. »Da ist niemand mehr.«

»Vier Uhr?« Liberty hob den Arm, um auf seine Armbanduhr zu sehen. Doch er trug keine. Er runzelte die Stirn. »Ich hab doch eben mit ihr gesprochen. Vier Uhr morgens –? Ich muß eingeschlafen sein.« Er starrte Mike und April an. »Was ist passiert?«

»Das wissen wir noch nicht genau. Mr. Petersen hatte womöglich einen Herzinfarkt.«

»Einen Herzinfarkt?« Liberty legte den Kopf schief. »Einen Herzinfarkt? Wo ist Merrill? Hat sie ihn ins Krankenhaus gebracht?

»Nein, sie wurde vor dem Restaurant überfallen.«

»Was?« Schweißperlen glänzten auf seiner Stirn. Seine zwei Zentner bestanden anscheinend immer noch zum Großteil aus Muskeln. Er überragte sie beide. April wollte nicht in einer dunklen Gasse gegen ihn antreten müssen.

»Sie wurde überfallen, als sie das Restaurant verließ«, April nahm den Faden wieder auf.

»Überfallen? Das kann nicht sein – « Liberty setzte sich endlich.

»Tor hatte einen Herzanfall, und meine Frau wurde überfallen? Wie konnte das passieren? Wo waren sie? Ich – «

»Sie kamen gerade aus dem Restaurant. Ihre Frau wurde im Vorgarten von jemandem überfallen. Sie ist tot. Es tut mir leid«, sagte April leise.

»Tot – ?« Liberty griff sich an den Kopf. »Im Vorgarten?« Er war aschfahl. »Um Gottes willen. Das kann nicht sein. Er ist ein Dieb, ja, aber ich dachte doch nicht, daß er ein Mörder ist. Nein, nein.«

»Wer?« fragte Mike brüsk. »Wer ist ein Mörder?«

»Ich hab Tor gesagt, daß dieser Jefferson nur Ärger macht. Er wollte nicht auf mich hören. Erst mein Auto. Und jetzt – ich kann es nicht glauben – «. Er schwieg unvermittelt.

»Ihr Auto?« Mike sah April fragend an.

»Er hat mein Auto geklaut, als ich in Europa war. Als ich letzte Woche zurückkam, erzählte er mir, das Auto sei auf der Straße gestohlen worden. Da habe ich Tor schon gesagt, er soll ihn feuern.«

»Von wem sprechen Sie, Sir?« fragte April behutsam.

»Von Wally Jefferson, Tor – Mr. Petersens Chauffeur. Mein Kopf tut so weh. Ich brauch einen Arzt.«

»Natürlich. Wir rufen sofort einen an.«

»Und rufen Sie Jason Frank an. Seine Frau war bei ihnen, bei Merrill und Tor. Emma ist doch nicht – ?«

»Nein, sie war nicht dabei.« Es war warm in der Wohnung, und April war schon ganz heiß geworden. Jetzt entspannte sie sich ein wenig. Immerhin gab es einen Tatverdächtigen. Liberty schien davon auszugehen, daß der Chauffeur, der seinen Wagen gestohlen hatte, der Mörder war. Das war immerhin ein Anhaltspunkt. Außerdem beruhigte sie die Tatsache, daß Jason Frank Libertys Arzt war. April betrachtete ihn mit zusammengekniffenen Augen. Der ehemalige Football-Spieler hatte also einen Seelenklempner. Das machte Liberty in ihren Augen irgendwie suspekt, warum genau, hätte sie nicht sagen können. Vielleicht litt Liberty ja unter Depressionen oder war sonst irgendwie psychisch unausgeglichen. Vielleicht gewalttätig. Interessant, daß er Kopfschmerzen hatte. Jason Frank wußte sicher Bescheid. Bei Jason Frank hatte April noch was gut.

Mike fuhr leicht mit der Hand über Aprils Arm. Sie wußte, was diese Geste bedeuten sollte. In ihrer beider Leben hatte sich alles verändert, und trotzdem – sie waren wieder zusammen, ermittelten wieder gemeinsam in einem Fall – sie, Mike und Jason Frank. Wie der Flügelschlag eines Schmetterlings berührte Merrill Libertys Seele sanft Aprils Wange. Ihr Herz pochte so laut, daß man es fast hören konnte.

5

»Also, was denken Sie?« Daphne Petersen richtete ihre Frage an Sanchez, der unter ihrem Blick ein paar Zentimeter größer wurde. Die junge Witwe war eine auffällige Erscheinung: große blaue Augen, bleiche Haut, das Haar war sogar noch schwärzer als Aprils, und unter dem enggeschnürten Satinmorgenmantel zeichnete sich deutlich ein sinnlicher Körper ab. Sie hatte einen starken englischen Akzent und freute sich offensichtlich über die Reaktion des Detectives.

»Ähm...« Mike geriet ins Stocken. Die Frage, gepaart mit der lasziven Pose, verwirrte ihn offensichtlich.

April schnaufte mißbilligend. Nicht der Detective, der die Nachricht überbrachte, sondern die Frau des Opfers sollte eigentlich Erschütterung zeigen. Daphne Petersen schien jedoch keineswegs bestürzt. Sie wunderte sich kaum über diesen Besuch, und es machte ihr anscheinend wenig aus, daß sie vor Tagesanbruch geweckt worden war, um vom Tod ihres Mannes zu erfahren. Sie reagierte so verhalten auf die Nachricht, als handele es sich bei dem Verstorbenen um einen Nachbarn, mit dem sie die Auffahrt teilte.

»Was meinen Sie?« brachte Mike schließlich hervor.

»Glauben Sie, es hat was mit Drogen zu tun? Ein Killer? Schlechter Stoff? Oder ein eifersüchtiger *Ehemann*?« Sie warf die schwarzen Locken, die gar nicht vom Schlaf zerdrückt waren, in den Nacken. Sie sprangen elastisch zurück und umrahmten ein Gesicht, das um 6.17 Uhr morgens keineswegs ohne Make-up war.

April betrachtete die englische Dame des Hauses prüfend und fragte sich, ob sie vielleicht schon vom Tod ihres Mannes gewußt hatte und nicht allein im Schlafzimmer war, als sie kamen. Daphne Petersen war um die Dreißig, etwa fünfzehn Jahre jünger als ihr verblichener Ehemann.

Die einzige sichtbare Gefühlserregung der jungen Witwe war ein Erschauern bei dem Wort »Killer«, worauf sie sofort Trost in einer Packung Marlboro gesucht hatte. Im Gegensatz zu Liberty zeigte sie weder Bestürzung, noch stritt sie die Tatsachen ab. Es sah fast so aus, als hätte sie die beiden Detectives erwartet. April fragte sich, ob diese distanzierte Art etwas mit der Herkunft der Frau zu tun hatte. Nach dem zu urteilen, was April in Zeitungen über Engländer gelesen hatte, war denen offensichtlich alles egal. Sie wandte Mike ihr ausdrucksloses Gesicht zu, um festzustellen, was er dachte.

Mike kratzte sich an der Nase und ließ sich Daphnes Liste der Verdächtigen durch den Kopf gehen. Drogen, Mörder. Eifersüchtige Ehemänner. Interessant.

»Wissen Sie, mit wem Ihr Mann gestern abend zusammen war?« fragte er leise.

Sie schüttelte den Kopf. »Mit wem?«

»Merrill Liberty«, sagte April.

Daphne verschluckte sich am Rauch. »Ist sie – «

April nickte.

»Sie ist auch tot? Um Gottes willen!« Sie sah aus dem Fenster.

Draußen war es noch dunkel. Die Fifth-Avenue-Wohnung der Petersens wurde langsam wärmer; vom Wohnzimmer aus sah man den Brunnen vor dem Plaza Hotel, der noch von Weihnachtsbäumen umringt war, und die große, hell erleuchtete Menora auf der Straße neben dem Park sowie ein Stück des Central Parks, das an Central Park South grenzte. So viel zu sehen, April wußte gar nicht, wohin sie sehen sollte. Mike hatte diesbezüglich keine Probleme. Er konzentrierte sich auf die Witwe.

Daphnes Brüste waren eigentlich ein paar Körbchengrößen zu üppig dafür, daß sie ohne erkennbare Unterstützung so gerade abstanden. Wahrscheinlich waren sie nicht ganz naturbelassen, vermutete April. Und der Morgenmantel hatte wahrscheinlich mehrere Monatsgehälter eines Sergeanten gekostet. Den Wert des herzförmigen, rubinverzierten Anhängers, der groß wie eine Pflaume an einer dicken Goldkette über Daphnes Busen baumelte, vermochte sie gar nicht erst abzuschätzen. Mike zog die krumme Augenbraue hoch. *Das war schon die zweite Trophäenfrau in diesem Fall.*

April nickte unmerklich, während sie zusah, wie Daphne ihre Zigarette ausdrückte und eine zweite aus der Packung zog. *Ja, und die hier lebte noch.*

»Eifersüchtiger Ehemann, was wollen Sie damit sagen?« fragte April.

»Weiß nicht. Hab ich nur so gesagt. Ich hätte doch nicht gedacht, daß er sie aus Wut gleich *umbringt.*« Daphne musterte ihre Zigarette, bevor sie sie mit einem Streichholz anzündete.

»Wer?«

»Na, Liberty natürlich.« Sie preßte die Hand vor den

Mund. »Sie waren sehr gut befreundet – kaum vorstellbar, daß – «

»Liberty und Ihr Mann – «

»Alle drei. Tor war Trauzeuge bei ihrer Hochzeit.«

»Wußten Sie, was Ihr Mann gestern abend vorhatte?«

Daphne zuckte die Schulter. »Ich war nicht hier, als er ging.«

»Wo waren Sie?«

Sie warf die Locken zurück. »In der Kirche.«

Mike verkniff sich ein Lächeln.

»In welcher?« fragte April.

»St. Patricks.«

»Wann war das?«

»Woher soll ich das wissen? Ich war doch nicht hier.«

»Um wieviel Uhr haben Sie die Wohnung verlassen, Mrs. Petersen?«

»Morgens um Viertel nach zehn.«

»Und da sahen Sie Ihren Mann zum letzten Mal?«

Sie nickte. »Wie sind sie ermordet worden?«

»Die Todesursache Ihres Mannes steht noch nicht fest«, erwiderte April. »Kann sein, daß er einen Herzanfall hatte.«

»Wie bitte? Wirklich?« Die Frau stieß eine Rauchwolke aus der Nase. Verwirrt streifte sie die Zigarette am Rand eines gläsernen Aschenbechers ab, in dem schon etliche Stummel lagen. »Sagten Sie nicht, er wurde umgebracht?«

»Sagten wir das?«

»Ja, Sie sagten doch – « sie blickte April finster an. »Ist er nicht ermordet worden? Woran ist er dann gestorben – Drogen …?«

»Hatte Ihr Mann mit Drogen zu tun?« fragte Mike.

»Was soll das heißen? Ob er Drogen verkaufte?« Daphne schüttelte die Locken. »Er war reich. Das hatte er nicht nötig.« Sie blickte noch finsterer drein. »Schneeflöckchen mochte er allerdings ganz gern.«

»Er war kokainsüchtig?«

»O ja, und frauensüchtig.« Daphne befingerte das große Rubinherz zwischen ihren Brüsten. »Er liebte Rubine«, murmelte sie. »Und was ist mit Merrill? Hatte sie auch einen Herzanfall?«

»Sie wurde niedergestochen, in den Hals«, sagte Mike ohne Umschweife.

»Oh.« Bestürzt fuhr Daphnes Hand an die Kehle. Beim Einatmen entfuhr ihr ein winselndes Geräusch. »Oh.«

April stellte zum zehntausendsten Mal fest, wie merkwürdig die Leute doch waren. Zuerst der gutgekleidete Schwarze mit den fürchterlichen Kopfschmerzen. Und jetzt die Trophäenfrau mit dem künstlichen Busen, der Merrill Libertys Tod näherging als der ihres Ehemannes. Seltsam. April spürte ein Kratzen hinten im Hals und unterdrückte ein Niesen. Das Kratzen kam nicht vom Zigarettenrauch. Es hatte mit ihrem argwöhnischen Wesen zu tun.

Mike hustete verhalten. »Haben Sie gestern abend noch mit Ihrem Mann gerechnet?«

Daphne zuckte die Schultern. »Bei Tor kann man mit nichts rechnen. Man nimmt die Dinge, wie sie kommen.

Meistens kam er schon irgendwann nach Hause«, gab sie zu. »Wann starb er?«

»Irgendwann letzte Nacht.«

»Ich war den ganzen Abend hier, falls Sie das interessiert. Die ganze Nacht, um genau zu sein. Ich hab auch nicht genug Einfluß, jemanden zu Tode zu erschrecken. Tor war allerdings sehr einflußreich, er machte das dauernd.« Sie drückte die Zigarette aus.

»Könnten Sie ihn im Laufe des Tages identifizieren?« fragte Mike plötzlich.

»Muß das sein? Ich glaube, da wird mir schlecht.«

»Sie brauchen sich nur sein Gesicht durch ein Fenster anzusehen«, erklärte Mike.

»Können Sie nicht was anderes arrangieren?« bat Daphne. »Könnte das nicht zum Beispiel sein Anwalt übernehmen?«

April beobachtete verärgert, wie sich Daphnes Brüste noch mehr vorschoben. Natürlich war das möglich. Mike hob eine Schulter. *Mal sehen, was sich machen läßt.* April verdrehte die Augen und nahm sich vor, ihm später eins auf den Deckel zu geben. Die beiden Detectives blieben noch bis Sonnenaufgang, um der Frau des Toten weitere Fragen zu stellen. Dann verabschiedeten sie sich und gingen frühstücken.

6

»Also, danach steht mir der Sinn jetzt wirklich nicht, Jason, allein in dieses Zimmer zu gehen und mich hinzulegen.« Rick Liberty starrte Jason zornig an. »Was denkst du, wer ich bin?«

Emma bemerkte, wie Jason nach der Uhr sah und gab ihm mit einem flehenden Blick zu verstehen, daß er sie jetzt nicht verlassen durfte.

»Das war ein fürchterlicher Schock für dich«, erwiderte Jason ruhig. »Dir steht ein schlimmer Tag bevor.« Er antwortete Emma mit einem beruhigenden Blick, er würde so lange wie nötig bei ihnen bleiben.

»Ein Schock, das kann man wohl sagen! Meine Frau und mein bester Freund waren in meinem Restaurant, umgeben von meinen Leuten. Jetzt sind beide tot. Kein Mensch kann mir sagen, was passiert ist. Und du sagst, ich soll mich hinlegen?«

Für Dr. Jason Frank, Psychoanalytiker und Professor der Psychiatrie, waren Trauer und Wutausbrüche anderer Leute nichts Neues. Sein Freund tat ihm sehr leid, und er wollte sich nicht mit ihm streiten. Seine eigene Frau lebte noch. Sie saß auf dem weißen Sofa, umklammerte einen von Merrills Pullovern und hielt Rick wie einem Kind die Hand. Emma war Merrills beste Freundin gewesen; bei Ricks und Merrills Hochzeit war sie Brautjungfer gewesen. Sie hatte sich nur wenige Minuten vor dem Tod der beiden von ihnen verabschiedet und war nach Hause gekommen. Emma tat ihm ebenfalls sehr leid.

Jason stand mit dem Rücken zum Fenster, vor dem der Tag anbrach. Als Psychoanalytiker war er über die Jahre vielen Erkrankungen begegnet, sowohl körperlichen als auch seelischen, und vielen Arten selbstzerstörerischen Verhaltens. Er hatte die verschiedenen Gesichter des Todes kennengelernt. Die endlos wiederkehrenden Tragödien und Schicksalsschläge, aus denen das menschliche Leben zu bestehen schien, hatten ihn schon immer sehr bewegt, doch bis vor einem Jahr war noch nie jemand aus seinem direkten Umfeld einem Gewaltverbrechen zum Opfer gefallen.

Er war in der Bronx aufgewachsen, hatte als Junge immer einen Basketball dabeigehabt und sich auf der Suche nach anderen Spielern auf der Straße rumgetrieben. Ein Messer hatte er auch immer einstecken gehabt, hatte sich auch mal geprügelt, doch nie hatte er jemanden verletzt und war auch nie selbst verletzt worden. Vor seinem Medizinstudium hatte er nie eine Schußverletzung, eine Messerwunde oder einen übel zugerichteten Menschen zu Gesicht bekommen. Seitdem hatte er etliche gesehen, doch die Gewalt hatte sich nie gegen ihn gerichtet. Er war Psychiater, neununddreißig Jahre alt, schrieb wissenschaftliche Abhandlungen und brachte Medizinstudenten, Assistenzärzten des psychiatrischen Krankenhauses und seit neuestem auch Doktoranden bei, wie man den menschlichen Geist analysierte. Sein Leben verlief in geordneten Bahnen und war – auch wenn er das nie zugeben würde – ziemlich kopflastig.

Und er sammelte antike Uhren. Zu gern hätte er den Menschen kennengelernt, der als erster ein mechanisches Gerät zur Zeitmessung erfand. Er selbst unterlag dem Diktat der Zeit, war geradezu besessen davon. Jahrelang war seine Hauptsorge gewesen, seine Zeit könnte ablaufen, bevor er sein Lebenswerk vollbracht hatte. Doch vor einem Jahr mußte er lernen, daß es viel schlimmere Sorgen gab.

Vor einem Jahr hatte Emma in einem Film mitgespielt, der zu ihrer Entführung geführt hatte. Bis dato hatte Jason nur mit der Polizei zu tun gehabt, wenn er sich verlaufen hatte und nach dem Weg fragen mußte. Inzwischen hatte er zu einigen Detectives des NYPD einen ganz guten Draht und atmete erleichtert auf, als Rick sagte, daß eine Asiatin namens Woo und ein Hispanic mit einem großen Schnurrbart für den Fall zuständig waren. Das bedeutete, daß Jason über den Verlauf der Ermittlungen Bescheid wissen würde. Das beruhigte ihn.

Jason warf einen erneuten Blick auf seine Uhr und fragte sich, wann er April wohl anrufen konnte. Es war der erste Montag des neuen Jahres. Jason war vollkommen ausgebucht: Er hatte heute acht Termine mit Patienten eingeplant, anderthalb Stunden Unterricht und einen halbstündigen Termin mit dem Assistenzarzt, dessen Betreuer er war. Den ersten vier Patienten hatte er bereits abgesagt und erwog gerade, auch den Unterricht abzusagen. Er hatte immer noch die Hoffnung, Rick zu einem Beruhigungsmittel zu überreden, bevor dieser Merrills Leiche beim Rechtsmediziner identifizieren mußte.

»Habt ihr eine Ahnung, wie viele Spritzen die mir verabreichen mußten, damit ich überhaupt spielen konnte?« fragte Rick wütend. »Manchmal schwoll ein Auge fürchterlich an, oder die Nase – bei minus zehn Grad draußen – mein Gesicht brannte richtig.« Kopfschüttelnd erinnerte er sich an den Killerinstinkt seines damaligen Lebens: elf Knochenbrüche, unzählige Prellungen und ständige Schmerzen. Er wandte Jason den Rücken zu und starrte aus dem Fenster.

Der einzigartige Ausblick umfaßte den unteren Teil des Central Parks. Die hochgelegene Wohnung ging nach Osten und die drei hätten um 7.03 den Sonnenaufgang beobachten können, wenn die Sonne zu sehen gewesen wäre. Doch heute war sie nahezu unbemerkt aufgegangen. Ganz langsam und mühsam war es etwas lichter geworden, und die Trostlosigkeit und Stille des Morgens standen im Gegensatz zu den Erschütterungen der vorangegangenen Nacht.

»Ich hab so viele Schmerzmittel geschluckt ... Als ich achtzehn, neunzehn war, brauchte mir niemand mehr erzählen, was in meinem Körper ablief. Ich wußte es auch so. Ich konnte hören, was passierte. Das klingt merkwürdig, oder? Ich konnte die Verletzungen *hören.* Und alle schrien mich an, die Trainer, meine Familie, alle Sklaven der Menschheitsgeschichte.«

Liberty hielt inne und dachte an die Bürde, die er für alle versklavten Menschen getragen hatte. »Mir war klar, daß sie mich umbringen würden, sobald ich aufhörte zu spielen. Ich *wußte,* sobald ich aufhöre, schreie oder den Mund auch nur aufmache, ist mein Leben vorbei. Ich mußte das Spiel mitspielen, so ist das Leben halt. Wißt ihr, wovon ich rede? Alle waren nett zu mir. Ich hatte schöne Sachen, aber ich hatte keine Freunde. Ich war ganz allein. Ich *konnte* nicht anders, ich mußte die Spritzen über mich ergehen lassen und Football spielen. Ich hatte keine Wahl.«

Jason hörte erstaunt zu. Sie hatten früher schon über Football geredet, hatten gemeinsam Spiele angesehen, aber so hatte er Rick noch nie reden hören.

»Vielleicht sollte ich euch das gar nicht erzählen«, murmelte Rick und beäugte Emma ängstlich, als befürchte er, sein Image zu ruinieren.

»Du vergißt, daß ich dich damals schon kannte«, erwiderte Emma. »Ich weiß, wer du bist.«

Die beiden Freunde bildeten einen interessanten Kontrast.

Emma sah aus wie ein bleiches Gespenst, ihr Haar war ihrer Theaterrolle wegen etwas dunkler als sonst, und die dunkelblauen Augen waren stumpf vor Bestürzung. Neben ihr saß Rick mit seiner warmen, braunen Haut. Wangenknochen, Kiefer, Mund und Nase sah man die indianischen und die weißen Vorfahren an. Aussprache und Gestik, seine selbstbewußten, anmutigen Bewegungen zeugten davon, daß dieser Mann in der Nähe seines jetzigen Zuhauses aufgewachsen war. Er machte überhaupt keinen gezwungenen oder aufgesetzten Eindruck. Er wirkte wie ein Weißer mit brauner Haut; er redete nie über Hautfarben und wollte zu diesem Thema auch nicht befragt werden. Jason kam plötzlich der Gedanke, daß es ihnen allen wahrscheinlich eher geschadet hatte, immer so zu tun, als gäbe es zwischen ihnen außer Ricks bemerkenswerter sportlicher Qualitäten keinen Unterschied.

»Du kannst uns alles sagen, Rick, das weißt du«, sagte Jason.

»Glaubt bloß nicht, daß ich stolz auf mich bin. Immer sagten alle, ich solle stolz sein auf meine Leistungen. Was für ein Schwachsinn –« Rick stützte den Kopf in die Hand, die nicht von Emma belegt war.

»Kein Mensch, der um Betäubungsmittel fleht, damit er sich noch mehr schaden kann, sollte darauf stolz sein. Ich wollte immer die allerhöchste Dosis.« Er schnaufte verächtlich. »Einmal hatte ich eine Knieverletzung, das wurde erst ein ganzes Jahr später entdeckt. Manchmal wurde ich so voller Shit gepumpt, daß ich meine Beine nicht mehr spürte. Und alle reden noch davon, wie verdammt schnell ich im Spiel gegen die Cowboys war. Ich war schneller als irgend jemand vor mir. Ich frage mich heute noch, wie ich mich damals überhaupt auf den Beinen halten konnte. Ich war gar nicht anwesend. Ein Teil von mir war gar nicht dabei. Der andere Teil funktionierte einfach so wie immer – man sieht das Spielfeld und überlegt sich, wie man die Abwehr durchbrechen kann. Man sucht nach einer Lücke in der Abwehr.

Mir war das scheißegal. Ich rannte auch weiter, wenn es gar keine Lücke gab. Mir war egal, ob ich dabei draufgehen würde, das ist wirklich wahr. Dann wäre wenigstens alles vorbei gewesen. Das hab ich mir manchmal gewünscht. Ich hoffte, daß sich alle Abwehrspieler mit ihren drei Zentnern gleichzeitig auf mich stürzen und zu Tode quetschen. Aber ich war ja ein teurer Spieler. Das hätten sie nicht zugelassen.« Ricks Gesicht war wutverzerrt. »Scheiße, Mann, ich schluck keine Pillen mehr, um mich zu verstecken.«

»Wie geht's deinem Kopf?« fragte Jason.

Rick beobachtete ihn nicht. »Und erzähl mir nicht, wie toll das alles ist, die Adrenalinstöße, die Aufregung, der Jubel, das Geld. Mir war das alles scheißegal. Ich wollte nur sterben, damit das ein Ende hatte.«

»Wie geht's deinem Kopf?«

»Weiß nicht. Ist doch egal.«

Jason kratzte sich am Bart, den er seit drei Monaten wachsen ließ und an den er sich noch immer nicht gewöhnt hatte. Er befürchtete, Rick könnte jeden Moment zusammenbrechen. Um Emma war es auch nicht viel besser bestellt. Als sie vor ein paar Stunden in die Wohnung gekommen war, hatte sie so sehr gezittert, daß Rick ihr einen von Merrills Pullovern anbot.

Nein! Jason wollte Rick zurückhalten. Den Sachen, die Toten gehört hatten, kam eine besondere Bedeutung zu, jeder Einzelheit. Jason kannte Familien, die sich völlig zerstritten hatten wegen ein paar Dollars, die niemand brauchte, die aber auch niemand hergeben wollte. Oder wegen eines alten Wagens, eines Tisches, eines antiken Stuhls, einer Halskette oder einer Porzellanschale. Manchmal lebten in solchen Gegenständen wertvolle Erinnerungen weiter. Die Zurückgebliebenen ahnten oft gar nicht, wieviel Gefühl sie in eine Sache investiert hatten, bis der Besitzer oder die Besitzerin von ihnen gegangen waren.

Rick kehrte aus dem Schlafzimmer mit einem braunen Chenillepullover mit schwarzen Paspeln zurück. Er hielt ihn hoch, bevor er ihn Emma reichte. »Hier, den hat sie besonders gemocht. Er riecht nach ihr.«

Emma nahm den Pulli schluchzend entgegen und vergrub ihr Gesicht darin. Sie hielt ihn eine ganze Weile im Arm und drückte ihre Wange in das weiche Material. Jason, dem Seelenklempner, der immer alles analysieren mußte, war klar, daß nicht absehbar war, was als nächstes passieren würde. Überrascht beobachtete er, wie Duft und Material des Pullovers der Toten Emma beruhigten und sie ihn überstreifte.

»Weißt du, Rick, es war immer sehr mitreißend, dich spielen zu sehen«, sagte Jason leise. Er wußte, daß sie über Ricks Karriere redeten, damit sie sich nicht mit dem Tod seiner Frau auseinandersetzen mußten.

»Dabei ging es mir in Wahrheit sehr schlecht, Jason. Ich hatte solche Depressionen; ich wußte gar nicht, was Leben bedeutet. Wie gesagt, ich hoffte immer, daß sie eines Tages alle auf mir landen und mir das Genick brechen, dann hätte das wenigstens ein Ende gehabt. Ich wußte es einfach nicht besser.«

Jason sah ihn mit einem schiefen Lächeln an. »Du warst ein toller Footballspieler. Du hast in diesen Jahren mehr geleistet als neunundneunzig Prozent der Bevölkerung. Und sieh doch nur, was seitdem aus dir geworden ist. Du bist ein toller Kerl, und eine ganze Menge Leute mögen dich.«

»Jaja. Ich hab seinetwegen aufgehört.«

»Was meinst du?« fragte Jason.

»Tor. Tor zeigte mir, daß es auch außerhalb des Spielfelds noch ein Leben gab. Tor und Merrill. Sie zeigten mir, daß es noch was anderes gab. Daß ich mich nicht ständig quälen und selbst verletzen mußte. Ich war einer von ihnen – gleichberechtigt. Weißt du überhaupt, was das bedeutet? Auf einmal war ich nicht mehr nur der schwarze Junge, der Football spielte. Ich verdanke den beiden mein *Leben,* Mann. Das waren die einzigen Menschen, die mich liebten. Und jetzt sind sie tot. So wahr mir Gott helfe, dafür wird Jefferson büßen.«

Das Telefon klingelte. »Du bleibst hier, ich geh ran«, befahl Jason. Er ging in den Flur und nahm ab. Eine Frau von einer TV-Show war dran und wollte einen Termin für ein Interview arrangieren. Jason erklärte ihr, daß keine Interviews stattfinden würden. Als er auflegte, klingelte das Telefon schon wieder. Jason sagte noch mal das gleiche und warf einen Blick auf seine Armbanduhr. 9.07 Uhr. Die Telefonzentralen rund um den Globus waren wieder besetzt.

7

»Na, *querida,* gewappnet für die Schlacht?« Mike schob seinen Stuhl zurück und lächelte zaghaft. Sie hatten einen Fensterplatz im *Anytime Diner* an der Eighth Avenue.

»Noch nicht.« April warf einen Blick auf ihre Armbanduhr und blätterte noch einmal in ihrem Notizblock. »Wir haben noch ein paar Minuten Zeit«, murmelte sie.

»Bist du mir böse?«

Sie sah ihn an. Ihre Augen waren trocken und geschwollen, als hätten die nächtlichen Opfer sie der Fähigkeit beraubt, Tränenflüssigkeit zu produzieren. Sie sah kaum noch was und hatte noch bis 16 Uhr Dienst. Schrecklich, Schichtwechsel zu haben und dazu noch die ganze Nacht durcharbeiten zu müssen, vor allem, wenn man Aufsicht hatte und sich um den Fortgang der verschiedenen Ermittlungen kümmern und den Ablauf neuer Ermittlungen organisieren mußte. Sie hatte jetzt mehr Verständnis für ihre ehemals verhaßte Vorgesetzte Margaret Mary Joyce, Mutter zweier Kinder, die neun Detectives unter sich gehabt hatte und sich um Hunderte von Fällen kümmern mußte; ihr Mann hatte die Scheidung eingereicht, als sie Karriere machte.

Sie gähnte hinter vorgehaltener Hand und versuchte, sich zu konzentrieren. »Wie kann ich dir böse sein? Ich kann dich ja nicht mal sehen.« Sie kniff die Augen zusammen. »Wie heißen Sie noch mal, Sergeant?«

»Wie nett. Ich wußte gar nicht, daß du witzig sein kannst, *querida.*«

»Kann ich auch nicht.« Sie machte eine saure Miene, damit er nicht auf die Idee kam, sich übermäßig zu freuen.

»Ich seh dir doch an, daß du wütend bist. Irgend jemand hat mich angerufen. Ich hatte keine Ahnung, daß du an dem Fall dran bist, okay?«

»Ich bin nicht wütend, ich bin müde. Ich geb mich ja zufrieden mit deiner Lüge, daß du nur ganz zufällig hier bist. Vergiß es einfach.«

Mike beäugte die Reste auf ihrem Teller. »Ißt du noch deine *Hash Browns?*«

Kopfschüttelnd schob sie ihm die knusprigen Röstkartoffeln hin.

»Du solltest mehr essen, *querida.* Nachher tut's dir immer leid. Ich bin froh, daß du mir nicht böse bist.« Er griff über den türkisfarbenen Tisch nach der Ketchupflasche und goß einen roten See auf seinen Teller.

»O Gott, wenn ich eine Dame wäre, würde ich jetzt in Ohnmacht fallen«, murmelte sie.

»Wegen meiner schlechten Manieren oder weil das irgendwelche Assoziationen auslöst?«

Beim Gedanken an die vornehmen Gewohnheiten ihrer Landsleute schnaufte April verächtlich. Früher, als sie noch nichts anderes als Chinatown kannte, hatte sie geglaubt, daß auf allen Straßen Müll verrottete und alle Leute gierig schlingend vom selben Teller aßen. Ihre Familie und ihre Freunde langten mit Eßstäbchen in die gemeinsamen Schüsseln. Man hievte die saftigen Brocken über den Tisch zur eigenen Reisschale, die wiederum an die Lippen geführt und unter Schlürfen und Schmatzen mit einer Dringlichkeit geleert wurde, daß ein Außenstehender denken mußte, es gäbe nie mehr was zu essen.

Bei Mikes Mutter war das anders. April hatte bisher einmal dort gegessen, am Sonntag vor sechs Wochen. Mikes Mutter, die so füllig und herzlich war, wie Sai Yuan Woo dürr und mißmutig, hatte ein lila Tüllkleid mit tiefem Ausschnitt getragen, der ihr fleischiges Dekolleté enthüllte. Was das Essen betraf, war Maria Sanchez anspruchsvoll. Jeder Teller wurde mit verschiedenen Speisen beladen, die in Schüsseln auf dem Tisch standen. In jeder Schüssel steckte ein eigener Schöpflöffel. Die Speisen türmten sich auf den Tellern, und die vier Leute aßen gemächlich. Messer und Gabel wurden des öfteren zur Seite gelegt, um das schmackhafte Mahl zu genießen und sich zu unterhalten wie Menschen, die vor nicht allzu langer Zeit gegessen hatten und auch bald wieder etwas bekommen würden.

Nein, der Ketchup erinnerte April an Merrill Libertys Leiche im blutigen Schneematsch. Als April am Tatort ankam, waren noch keine dreißig Minuten seit dem Tod der Frau verstrichen. Die Leiche war noch so warm gewesen, daß April vermutete, die Seele könne noch nicht weit sein – wahrscheinlich war sie irgendwo in der Nähe und wollte ihnen etwas mitteilen. April ging davon aus, daß Merrill Liberty aufrecht gestanden hatte, als es passierte. Das Blut war vermutlich mit ihren letzten Herzschlägen aus der Halswunde gespritzt und hatte die Vorderseite ihres Kleides durchtränkt, bevor sie zu Boden gefallen war. Aprils Augen brannten.

Laut Patrice mußte es sofort passiert sein, nachdem sie das Restaurant verlassen hatten. Er hatte gesagt, daß er sie sonst immer zu Tür begleitete. Manchmal brachte er sie auch zu Mr. Petersens Wagen. Ja, er kannte den Wagen. Er kannte auch den Fahrer. Der Fahrer hieß Wally Jefferson. Patrice hatte keine Ahnung, weshalb Wally Jefferson gestern abend nicht vor dem Restaurant auf die beiden gewartet hatte.

»Haben Sie sich nicht gefragt, wo der Fahrer war?« fragte April.

Bei der Frage waren Patrice wieder die Tränen in die Augen geschossen.

»Ich wußte ja nicht, daß er nicht auf sie wartete. Hatte also keinen Grund, mir darüber Gedanken zu machen«, erwiderte er. Nein, er hatte nicht gewußt, was für ein Scheißwetter war. Woher sollte er das wissen, er hatte genug mit den Gästen zu tun. Deshalb hatte er sie auch nicht zur Tür begleitet. Er hatte viel zu tun gehabt. Er war davon überzeugt, daß sie von jemandem überfallen worden waren, der Geld für Drogen brauchte.

Die Aussagen des Oberkellners schienen April nicht ganz plausibel. Leute im Gaststättengewerbe wußten immer, wie das Wetter war. Schließlich hing die Anzahl der Gäste vom Wetter ab. Und nicht nur das, bei Regen hinterließen die Gäste schmutzige Fußspuren. Sie hatten Regenmäntel und Schirme dabei. Machten alles naß. Mäntel waren naß oder trocken. Ausgeschlossen, daß Patrice das nicht mitbekommen hatte. Jemandem, der einmal log, konnte man alles andere auch nur schwer glauben.

Und was seine Tränen anging – die bewiesen gar nichts. Manche Leute schrien richtig durchdringend. In Chinatown waren Verwandte von Opfern manchmal völlig durchgedreht, geradezu ausgerastet. Eine Frau wiederum, der sie mitteilen mußte, daß ihr letztes noch lebendes Kind, ihr sechsundzwanzigjähriger Sohn, Selbstmord begangen hatte, ging am gleichen Nachmittag zum Sport, weil sie weder ihre Pläne umwerfen noch ihren Trainer versetzen wollte. Und wer weiß, vielleicht weinte sich Tor Petersens vollbusige Witwe gerade verzweifelt die Augen aus wegen des großen Verlusts.

»Du hast meine Frage noch nicht beantwortet«, sagte sie.

»Welche Frage?« Mike war mit Röstkartoffeln und Ketchup beschäftigt.

»Leistest du mir nur beim Essen Gesellschaft oder ermittelst du? Ich muß zurück ins Büro, ich muß einiges organisieren.«

»Und woher soll ich das wissen?«

»Weil du bei *Liberty's* auffällig oft in der Herrentoilette verschwunden bist. Da hinten hängt das Telefon. Du hast doch ein paar Leute angerufen, oder?«

Er wischte sich mit der Papierserviette den Mund ab, knüllte sie zusammen und warf sie auf den Tisch. »Du beobachtest mich ja ganz genau. Das gefällt mir.«

April schüttelte den Kopf. Ihr Haar war länger geworden, sie hatte jetzt einen Pagenkopf, und manchmal waren bei einer ernsten Unterhaltung ein paar Strähnen im Weg. »Das ist mein Job.«

»Und ich dachte, du liebst mich.«

»Du weißt doch, Mike, daß ich nichts davon halte, Arbeit und Vergnügen miteinander zu verbinden.« Im Laufe ihrer letzten Ermittlung hätte Mike beinahe einen Verdächtigen umgebracht, weil er April beleidigt hatte. Später hatte er ihr gestanden, daß ihm in diesem Moment klargeworden war, daß er sie liebte. Und ihr war klargeworden, wie unberechenbar er war. Im Department war er aber immer noch der Kollege mit dem höheren Rang, und wenn er in einem Fall ihres Reviers ermitteln wollte, konnte sie nichts dagegen tun.

Sie lächelte, sie mußte klug vorgehen. »Du hast dich also durch diesen Schneesturm gekämpft, um mir zu helfen. Danke, *chico.*«

»Schon gut, das ist mein Job.« Er lächelte zurück.

»Aha. Den zuständigen ADA kannst du nicht besonders leiden, oder? Wieso?«

Sie griff nach der Schultertasche neben ihren Füßen. Sie mußte los. Der Lieutenant war sicher schon da. Sie wollte Iriarte nicht verärgern, indem sie nicht sofort Bericht erstattete. Sie stellte die Tasche auf den Tisch und griff nach ihrem Mantel.

Mike ergriff Aprils Hand und drückte sie. Sie bekam eine Gänsehaut. »Gefällt er dir?«

»Seinen Job macht er offensichtlich ganz gut.« Mit einem schnellen Blick durchs Cafe vergewisserte sie sich, daß keine Spione vom Revier da waren, die auf dumme Gedanken kommen könnten. Keine bekannten Gesichter. Plötzlich wünschte sie sich, Mikes Hand läge auf ihrem Nacken, würde unter ihren Pulli gleiten. Merkwürdig. Das hatte sicher mit der Übermüdung zu tun.

»Und dein Lieutenant, versteht der auch was von seinem Job?« fragte Mike.

»Iriarte? Er zieht sich gut an und legt Wert darauf, daß Frauen sich weiblich geben. Er hat so einen kleinen Schnurrbart wie der Freund deiner Mutter«, sagte April geistesabwesend.

»Das soll eine sachliche Bewertung seiner Qualitäten sein?« Mike führte ihre Fingerspitzen an seine Lippen und kitzelte sie mit seinem Schnurrbart.

Ihr wurde ganz kribbelig im Magen. Nein, nein und noch mal nein. Sie errötete und schnappte schnell Mantel und Schal, die über der Rückenlehne des Stuhls hingen; beim Geruch der feuchten Wolle verzog sie das Gesicht. »Kommst du mit?«

»Dir folge ich bis ans Ende der Welt, *querida.*« Mike lächelte vielsagend.

»Das wäre schön, *chico*, aber so weit geh ich gar nicht.«

»In was für ein Loch steckt ihr denn arme Kerle wie mich, die sich um Spezialfälle kümmern?«

»Wir haben ein wunderschönes Kabuff, sogar mit Telefon. Direkt neben meinem Büro.«

»*Bueno.*« Mike klemmte seine steif gewordene Lederjacke unter den Arm und griff nach der Rechnung. »Na, dann mal los.«

April warf einen kurzen Blick auf ihre Armbanduhr. Es war 9.13 Uhr. Jetzt mußten sie sich wirklich beeilen. Sie wollte Jason Frank anrufen. Komisch, das Frühstück hatte anscheinend doch etwas genützt. Sie war hellwach.

Es war 9.29 Uhr, als Lieutenant Iriarte Mike und April in sein bereits überfülltes Büro winkte. Heute trug er einen moosfarbenen Anzug im Schottenkaro, ein hellbraunes Hemd und eine auffällig gemusterte orange-braune Krawatte. Das Jackett war zugeknöpft und aus den Hemdsärmeln lugte die lange, gerippte Unterwäsche hervor.

Das trostlose Trio vor dem Schreibtisch bestand aus dem trübseligen Hagedorn, der seine fleischigen Hände an einer Tasse Revierbrühe wärmte, die roch, als sei sie eine Woche alt; Tom Creaker, einem grimmig aussehenden Riesen, auf dessen kurzgeschorenem Schädel ein paar Kampfnarben zu sehen waren und der angeblich Dreiviertel indianischer und ein Viertel irischer Abstammung war; und Aprils Lieblingsbeamten, Billy Skye, einem winzigen Männchen mit riesigen Bizeps, die bei jeder Armbewegung sein Hemd zu sprengen drohten. Die vier Männer arbeiteten schon seit Jahren zusammen. Keiner bot April oder Mike einen Stuhl an.

»Wie geht's? Ich bin Mike Sanchez.« Mike musterte die vier und versuchte, sich einen ersten Eindruck zu machen.

Iriartes Büro befand sich tief in den Eingeweiden des zweiten Stocks. Anders als im Zwo-Null gab es hier keine Fenster, durch deren Ritzen eisige Luft zog und durch die man sehen konnte, welches Wetter war. Trotzdem gab es keinen Zweifel an der Jahreszeit. Skye und Hagedorn trugen unter ihren Jacken Pullover, womit sie das weitverbreitete Gerücht, daß die Heizungen im Revier zuverlässig funktionierten, Lügen straften.

»Mike.« Iriarte streckte ihm die Hand entgegen. Mike beugte sich über den Schreibtisch, um sie zu schütteln. »Charlie Hagedorn haben Sie bereits kennengelernt. Tom Creaker und Billy Skye kennen Sie auch schon.« Einer nach dem anderen hob grüßend die Hand, als sein Name erwähnt wurde.

»Ich hab schon gehört, daß Sie auf dem Weg sind.« Iriarte schnupperte wie ein Tier, das eine neue Fährte aufgenommen hatte und warf April mit erhobenen Augenbrauen einen Blick zu. *Haben Sie was damit zu tun?*

Sie schüttelte den Kopf.

Der Lieutenant wandte sich wieder an Mike. »Ich freue mich, daß Sie in Ihrer neuen Position mit von der Partie sind, Mike. Wie läuft's denn so?« Iriarte fuhr mit der Hand über den Schreibtisch und warf einen prüfenden Blick zur Decke, von der die Farbe abblätterte.

»Ganz gut«, erwiderte Mike. »Und wie sieht's bei euch aus?«

Iriarte nickte. »Ich will ein Team, das gut zusammenarbeitet. Kaffee?«

Mike warf April einen Blick zu. »Nein danke, wir haben gerade gefrühstückt.«

Wieder ein Blick mit erhobener Augenbraue. *Haben wir es etwa Ihnen zu verdanken, daß Ihr ehemaliger Partner diesem Fall zugeteilt wurde?*

Das Funkeln in den Augen ihres Chefs machte April nervös. Sie kannte Iriarte erst seit wenigen Wochen. Er hätte sich ihr gegenüber auch beschissen verhalten können, hätte ihr zum Beispiel wichtige, alltägliche Informationen vorenthalten und es damit unmöglich machen können, gute Arbeit zu leisten. Aber bis jetzt war er fair gewesen. Er verhätschelte sie nicht und bevorzugte sie auch nicht – er war einfach fair. Mehr konnte April nicht verlangen. Er konnte ihr das Leben allerdings immer noch zur Hölle machen. Sobald er das Gefühl bekam, sie engagiere sich nicht genug in seinem Team, hatte er es jederzeit in der Hand, sie in kleine Stücke zu hacken und seinen drei Henkern zum Fraß vorzuwerfen.

Wie zuvor der Lieutenant, schnupperte jetzt April die Luft und roch Sanchez. Sanchez machte für sie alles komplizierter. Er stand neben der Tür und betrachtete lächelnd das Szenario, das ihm gar nicht mehr so fremd war; er war der Außenseiter, der die Macht hatte, überall wo er ging und stand, je nach Lust und Laune, Chaos zu verbreiten.

April entschloß sich, es darauf ankommen zu lassen. Manche Cops konnten sich phantastisch ohne Worte verständigen. Im Einsatz auf der Straße war Kommunikation das A und O. Allein durch seine Körpersprache oder seinen Tonfall konnte ein Cop Krieg oder Frieden heraufbeschwören. Irgendwie mußte man den Verdächtigen dazu bringen, sich Handschellen anlegen zu lassen, statt die verborgene Waffe zu ziehen und alle über den Haufen zu knallen. Man mußte das Konkurrenz-Macho-Gehabe auf beiden Seiten möglichst auf ein Minimum beschränken. April wußte nicht, ob Iriarte je auf der Straße gearbeitet hatte; sie legte den Kopf schief, wie sie es tat, wenn sie einen verfluchten Dieb oder Vergewaltiger vor sich hatte – der glaubte, er könne sie einfach abknallen, weil sie Asiatin war, ihre Waffe nicht auf seinen Kopf gerichtet war oder weil sie eine Frau war – und zu dem sie lächelnd sagte: *»Na, komm schon, wirf die Waffe weg. Du willst doch nicht den Rest deines Lebens in der Todeszelle verbringen, weil du eine Polizistin umgebracht hast, oder?«*

Jetzt sah sie Iriarte ebenfalls mit erhobenen Augenbrauen an. *Können wir das später besprechen, Sir?*

Er nickte ihr zu, weiterhin fair. »Okay, was haben wir bis jetzt? Habt ihr schon mit Liberty gesprochen?«

»Ja, Sir.« April wollte Sanchez zeigen, daß sie hier das Kommando hatte.

»Und wie sieht's aus? Ist er unser Mann?«

April holte tief Luft und atmete in kleinen Stößen wieder aus. »Zu früh, um was Endgültiges zu sagen«, erwiderte sie. »Eigentlich wollte er gestern abend mit seiner Frau ins Theater gehen, doch er mußte kurzfristig nach Chicago.«

Hagedorn kicherte. »Chicago, ja? Das haben wir doch schon mal gehört. Der schwarze Scheißkerl war's, da wett ich einen Tausender.«

»Du hast gar keinen Tausender«, spöttelte Skye.

Creaker stimmte Hagedorn zu. »In neun von zehn Fällen ist's der Ehemann.«

»Es könnte auch die Ehefrau gewesen sein«, warf April ein. »Petersens Frau hat ein Motiv und kein Alibi.«

»Eine Frau und zwei Opfer? Wohl kaum.«

»Ihr könnte jemand geholfen haben. Sie hatte jede Menge Rivalinnen, die Tote eingeschlossen, und der Tod ihres Mannes ist für sie sehr lukrativ.«

Iriarte ignorierte diese Bemerkung. »Also, wann genau flog Liberty nach Chicago?« wollte er wissen.

April sah in ihren Aufzeichnungen nach. »Er nahm den Vierzehnuhrflug, ging zu einer Besprechung und flog wieder nach Hause. Gegen Mitternacht war er wieder in seiner Wohnung im Park Century. Der Portier des Gebäudes bestätigte, daß er zwischen zwölf und zehn nach zwölf zurückkam.«

»Wann genau?«

»Auf jeden Fall nach zwölf, denn da brachte der Kofferträger dem Portier noch einen Kaffee, und vor zehn nach zwölf, denn da schloß er die Eingangstür ab, um aufs Klo zu gehen.«

»Ging Liberty noch mal weg?«

April schüttelte den Kopf. »Er sagt nein. Der Portier ebenfalls.«

»Was ist mit der Hintertür?«

»Der hintere Aufzug wird um 18 Uhr abgestellt.«

»Und die Feuertreppe?«

»Wenn man den Ausgang zur Feuertreppe öffnet, geht der Alarm los. Ich glaube, wir sollten lieber in einer anderen Richtung suchen. Laut Liberty fuhr Petersens Chauffeur – Wally Jefferson – ohne Erlaubnis seinen Wagen, als er vor einigen Wochen in Europa war. Der Wagen ist verschwunden. Jefferson behauptet, er sei auf der Straße gestohlen worden.«

»Was wollen Sie damit sagen, Woo? Glauben Sie, dieser Jefferson hat etwas mit der Sache zu tun?«

»Ich weiß nicht, Sir. Jefferson war Petersens Chauffeur. Er wußte, wo sie waren. Die Gelegenheit hatte er.«

»Sagten Sie nicht gerade, er sei Libertys Chauffeur?« fragte Iriarte ungeduldig.

»Anscheinend fuhr er auch Liberty, wenn er Zeit hatte. Jedenfalls lieh er sich Libertys Wagen eigenmächtig aus, und der ist jetzt verschwunden.«

»Und welches Motiv soll er für einen zweifachen Mord haben?« murmelte Hagedorn.

»Wir wissen nicht, ob er auf sie gewartet hat. Vielleicht war er ja dort, hat sie umgebracht und sich aus dem Staub gemacht.«

»Und das verdammte Motiv, hm, Woo? Ein gestohlener Wagen?«

Mike lief rot an, doch er sagte nichts. Dafür war April ihm dankbar.

»Liberty sagte Petersen, daß sein Chauffeur ein Dieb sei und schlug vor, ihn zu feuern. Vielleicht hat Petersen das ja getan, und Jefferson war verärgert.«

»Weil er gefeuert wurde?«

»Wie bei der Post – da gibt's doch auch nach Entlassungen immer Blutbäder«, witzelte Creaker.

»War ein klasse Footballspieler«, bemerkte Iriarte. »Mike, was halten Sie von der Sache?«

Mike kaute auf seinen Schnurrbartspitzen. »Eher unwahrscheinlich, daß wir es nur mit einem Täter zu tun haben. Ich schätze, sie waren zu zweit. Wären es ein paar durchgeknallte Drogentypen gewesen, hätten sie auf jeden Fall die Handtasche und Petersens Geldbörse mitgehen lassen. Das hätten sie sich nicht entgehen lassen. Aber das Geld war noch da. Ein Raubüberfall war das nicht.«

»Wahrscheinlich geht's um mehr als Kleingeld.«

Iriarte starrte Skye und Creaker an. »Durchwühlt den Müll«, befahl er. »Fangt im Umkreis von fünf Häuserblocks um den Tatort herum an. Wonach halten wir Ausschau, April?«

»Die Rechtsmedizinerin glaubt, die Frau wurde möglicherweise mit einem Stilett umgebracht. Oder einem zweischneidigen Messer, dünner als ein Schnappmesser jedenfalls. Irgendwas Außergewöhnliches.« April zuckte mit den Schultern. »Wahrscheinlich ein Schnappmesser. Petersens Todesursache steht noch nicht fest. Dr. Washington nimmt an, daß er einen Herzanfall hatte, als er mit ansah, wie die Frau ermordet wurde.«

»Verdammt. Seht euch noch mal am Tatort um, vielleicht findet sich ja bei Tageslicht noch was Neues.« Lieutenant Iriarte warf Mike einen Blick zu. »Hey, Überflieger, haben Sie einen Plan?«

Mike trat einen Schritt zur Seite, damit Creaker und Skye passieren konnten. »Klar, hab ich immer.«

»Na, dann hängen Sie ihn ans Anschlagbrett. Ich will immer alles am Anschlagbrett haben, jeder Schritt der Ermittlung wird dokumentiert. Damit ich jederzeit genau erkennen kann, was wir wissen und welche Informationen noch fehlen. Ich mag es, wenn sich die Lücken füllen. Ich bin ein ganz Genauer, Mike, das wird April sicher bestätigen.«

Mike räusperte sich. »Das ist toll, in diesem Fall allerdings nicht.«

»So, warum nicht?«

»Weil die Presse schon hinterher ist.«

»Die Presse schaltet sich immer ein.«

»Wir sehen ziemlich dumm aus, wenn wir nicht wissen, wie unsere Ermittlungen laufen.«

»Genau das denke ich auch. Hagedorn, zeigen Sie Sergeant Sanchez, wo sein Schreibtisch steht und bringen Sie ihm, was er noch braucht. Raus jetzt.« Iriarte wandte sich an April. »Gibt's noch was?«

April klappte ihren Notizblock zu. »Das ist im Moment alles.«

»Gut. Dann suchen Sie den Chauffeur.« Iriarte musterte sie schweigend, bevor er hinzufügte: »Das ist Ihr Schoßhündchen, Woo. Halten Sie ihn lieber an der Leine.«

»Wie bitte, Sir?«

»Sie haben mich schon verstanden. Falls Ihr Freund diesen Fall vermasselt, fliegen Sie raus.«

»Jawohl, Sir.« Wie kindisch! April machte auf dem Absatz kehrt, um die Schamesröte zu verbergen, die sich wie ein gefährlicher Ausschlag auf ihrem ganzen Körper ausbreitete. Sie klärte Iriarte nicht darüber auf, daß Mike nicht ihr Freund war. Das wäre ihm vollkommen egal gewesen, und er hätte es ihr sowieso nicht abgenommen.

8

Das Büro, in dem Jason seine Patienten empfing, lag direkt neben seiner Wohnung im fünften Stock eines altmodischen Gebäudes am Riverside Drive. Er verließ sein Büro drei Minuten vor vier und ging zwei Meter weiter zu seiner Wohnung. Heute kam ihm alles irgendwie unwirklich vor, und ihm war beinahe schwindlig, weil er sich dauernd auf etwas Neues einstellen mußte. Er war früh aufgestanden, hatte auf das Frühstück verzichtet und den Vormittag hauptsächlich mit Liberty verbracht; für ein Mittagessen hatte er auch keine Zeit gehabt. Er hatte ohne Unterbrechung nacheinander vier Patienten empfangen und war jetzt dementsprechend erschöpft, außerdem hatte er einen Riesenhunger. Draußen war es schon wieder stockdunkel. In zwanzig Minuten schon würde der nächste Patient in seinem Wartezimmer sitzen und ungeduldig darauf warten, daß er zurückkam. Er brauchte dringend eine Pause und wollte sehen, wie es Emma ging.

Er schloß die Wohnungstür so leise wie möglich auf, falls Emma schlief. Die Lichter brannten, und einige der Uhren im Wohnzimmer waren schon dabei, die volle Stunde zu schlagen. Die neun mechanischen, durchweg alten Pendeluhren gingen nicht sehr genau und es würde sieben Minuten dauern, bis sie ihren Krach beendet hatten. Die Ruhe war also dahin.

»Emma?«

»Hier«, rief sie über das Uhrenläuten hinweg.

Jason ging durch den Flur, vorbei an dem Tisch, auf dem ein Stapel ungeöffneter Briefe lag. Emma war im Wohnzimmer, ihr Adreßbuch lag aufgeklappt vor ihr, und sie telefonierte. Auf dem Beistelltischchen stand ein Tablett mit einer Teekanne und einem Milchkännchen. Neben Emmas Hand stand eine halbe Tasse milchigen Tees. Überrascht, ihn so früh zu sehen, winkte sie ihn herein.

»Ja, ein schrecklicher Verlust. Ich muß Schluß machen. Ich ruf dich später noch mal an.« Mit tränennassen Augen legte sie auf und streckte ihm die Hand entgegen.

Er griff danach. »Wie geht's dir?«

»Danke, Jason, daß du bei uns geblieben bist. Das war Rick und mir sehr wichtig.«

»Was ist los?«

»In Ricks Wohnung waren auf einmal tausend Leute. Das wurde mir zuviel. Jason, ich liebe dich so.« Sie küßte seine Hand und zog ihn näher zu sich heran.

»Womit hab ich das verdient?« fragte er. Angesichts dieses unerwarteten Liebesbeweises wurde ihm etwas leichter ums Herz.

»Es ist so fürchterlich, jemanden zu verlieren, den man liebt. Ich weiß nicht, was ich tun würde, wenn ich dich verlieren würde.« Sie zog an seiner Hand, bis er neben ihr auf dem Sofa saß.

»Du hast schon mal versucht, mich loszuwerden, weißt du noch? Aber das ist gar nicht so leicht, ich bin recht anhänglich.« Er umarmte sie. Sie fühlte sich zerbrechlich an, kleiner als sonst, als wäre gestern ein Teil von ihr verlorengegangen. Unter dem blumigen Duft des Parfüms konnte er ihre Angst wahrnehmen.

»Wie geht's Rick?« fragte er.

»Schlecht. Kein Wunder, in seiner Situation.« Sie drückte ihr Gesicht gegen seine Schulter und machte sein Hemd ganz naß mit ihren Tränen. »Danke, Jason, daß du für uns da warst.«

»Was?« fragte Jason bestürzt, weil sie sich für diese Kleinigkeit bedankte. »Emma, ich komme mir ja richtig schäbig vor.«

»Nein, so hab ich es nicht gemeint. Ich meine nur – na ja, ich weiß doch, daß du Liberty nicht besonders leiden kannst.«

Er schob sie ein Stück von sich, um ihr in die Augen sehen zu können. »Jetzt bist du aber ungerecht.«

»Es stimmt doch, du mochtest ihn nie.« Sie putzte sich die Nase.

»Das ist ungerecht und stimmt auch nicht. Ich hab beide nicht besonders gut gekannt. Du hast sie viel öfter gesehen.«

»Du hattest ja immer zuviel zu tun«, erinnerte sie ihn.

Er wollte jetzt nicht unbedingt hören, wie einsam sie sich

oft gefühlt hatte und daß er ihre Freunde nicht leiden konnte. Er schüttelte den Kopf, darüber wollte er jetzt nicht reden. Sie wechselte das Thema.

»Jason, war das damals auch so für dich?«

Sein Magen knurrte. Bei ihrer Entführung? »Schlimmer. Ich wußte ja nicht mal, ob du tot bist oder noch lebst. Und ob ich dich retten konnte, falls du noch am Leben warst. Ich war außer mir.«

»Hast du mich so sehr geliebt?« fragte sie. »So wie Rick Merrill liebte?«

»Oh, Emma«, sagte er leise. »Ich liebe dich doch immer noch.«

Ein Beben ergriff zuerst ihre Schultern, dann ihren ganzen Körper. »Jason, ich war so egoistisch. Es tut mir so leid.« Sie schmiegte sich an ihn und begann wieder zu schluchzen.

»Na komm schon. Wir waren beide ziemlich egoistisch.«

»Ich weiß nicht, was ich ohne dich machen würde. Das wird mir jetzt klar.«

»Ähm … Emma?«

»Hm?«

»Du machst mein Hemd ganz feucht, Liebling, außerdem muß ich was essen.«

Sie machte sich los und griff nach dem Teetablett. »Ich mach dir ein Sandwich. Was sagt denn die Polizei, Jason?«

»Laß nur, ich nehm das.« Mit dem Tablett in der Hand ging er voran in die Küche. »Hast du schon mit April Woo gesprochen?«

»Sie hat angerufen, sie würde später gern vorbeikommen. Ich wußte aber nicht, ab wann du Zeit hast.«

Emma kramte verschiedene Beutelchen und Plastikbehälter aus dem Kühlschrank. Jason sah ihr zu und überlegte, daß die Beamtin sicher nicht mit ihm, sondern mit Emma reden wollte. Schließlich hatte Emma den größten Teil des Abends mit den Opfern verbracht. »Was hast du ihr gesagt?«

»Daß sie dich anrufen soll. Hat die Polizei denn schon einen Verdacht?«

Unter Emmas zitternden Fingern nahm ein Sandwich Gestalt an. Aus all den Cholesterinfetten, die Jason eigentlich nicht essen sollte, die sie aber so gern mochte und bei jeder Gelegenheit stiebizte, wenn er nicht da war, bereitete sie ein Sandwich zu: Salami, Brie, geröstete Paprika, Ruccola und Tomaten. Früher hätte sich Jason über diese Gedankenlosigkeit beschwert, das Sandwich auseinandergenommen und die herz- und arteriengefährdenden Zutaten entfernt. Doch jetzt nahm er es freudig entgegen und schlang es gierig hinunter – und genoß jeden einzelnen schädlichen Bissen.

»Emma«, sagte er behutsam. »April möchte nicht mit mir reden. Sie muß mit dir sprechen. Du kanntest beide viel besser als ich. Und du warst gestern abend mit ihnen zusammen.«

Emmas Stimmung sank. »Ich hab Rick gestern abend nicht gesehen«, sagte sie.

»Rick? Nein, aber die Opfer. Merrill und –«

»Tor.« Emma rümpfte die Nase.

»Was ist? Hatten die beiden ein Verhältnis?«

Sie runzelte die Stin. »Ich glaube nicht, aber ich bin mir nicht sicher.«

»Hatten sie was miteinander?«

»Ich sagte doch, ich weiß es nicht.« Wütend nahm Emma einen Teller vom Tisch und knallte ihn versehentlich gegen die Spüle. Eine Ecke platzte ab. »Scheiße.«

Jason beobachtete sie, bedächtig kauend. Er schluckte. »Machst du dir Gedanken darüber?«

»Nein.«

»Sieh mich an, Liebling. Das macht dir sehr wohl Sorgen, das sehe ich doch.«

Sie drehte den Wasserhahn auf. »Dir würde es genauso gehen«, sagte sie, den Rücken ihm zugewandt.

Er seufzte. »Die werden alles wissen wollen, was du über Merrill und Rick weißt, und diesen anderen Kerl, Tor –«

»Petersen, einer der reichsten und verrücktesten Männer Amerikas. Ich kann nicht fassen, daß sie tot sind. Ich kann es einfach nicht fassen. Gestern abend waren sie noch so lebendig. Mein Stück hat ihnen sehr gut gefallen.«

Jason hatte seine Mahlzeit beendet.

»Ich weiß nicht, was ich denen erzählen soll.«

»Du wirst die Wahrheit erzählen müssen.«

»Die Wahrheit!« schnaubte sie verächtlich. »Allein bei dem Gedanken wird mir ganz übel. Und wenn die Wahrheit gar nichts mit dem Mord zu tun hat?« Endlich drehte sie sich um und starrte ihn an. »Verstehst du, wovon ich rede, Jason?«

»Du willst nicht die Geheimnisse deiner besten Freundin preisgeben. Du willst nicht, daß ihr Leben zur Schau gestellt wird. Oder deines, oder Ricks.« Er seufzte. »Was hattest du damit zu tun?«

»Sie holten mich nach der Vorstellung ab. Dann aßen wir zu Abend. Ich verabschiedete mich vor dem Dessert und ging nach Hause, zu dir, Jason. Du solltest nicht so lange auf mich warten.« Ihre Augen wurden feucht. »Dann haben wir uns geliebt, weißt du noch?«

Sie war ganz ausgelassen gewesen, wie meistens nach einer Vorstellung. Jason war erschöpft und schon eingeschlafen. Sie hatte ihn geweckt, um mit ihm zu schlafen, das war es auf jeden Fall wert gewesen. »Ich weiß«, murmelte er. »Emma, Merrill ist tot. Das einzig Wichtige ist jetzt, ihren Mörder ausfindig zu machen.«

»Du mußt dich darum kümmern, Jason.«

»Um was?«

»Du mußt mit der Polizei zusammenarbeiten«, bat Emma. »Und herausfinden, wer sie umgebracht hat.«

Jason blickte auf seine Armbanduhr. Zehn nach vier. Innerhalb von vier Minuten hatte er ein riesiges, cholesterinhaltiges Sandwich hinuntergewürgt; das würde er später sicher bereuen. Er stöhnte. »Ich bin kein Detektiv, ich bin Psychiater.«

»Das ist doch das gleiche. Komm schon, tu es für Rick, nein – tu es für mich. Du mußt herausfinden, wer der Mörder ist.«

»Dann mußt du mir aber sagen, was du weißt. Versuchen wir's einfach mal.«

»Es ist wahrscheinlich gar nicht so wichtig«, murmelte sie.

»Trotzdem machst du dir Sorgen darüber. Ich muß jetzt gehen.« Er stand vom Tisch auf und umarmte sie ein letztes Mal, bevor er sich wieder an die Arbeit machte.

»Ja, ich mach mir Sorgen«, gab sie zu und schlang die Arme um ihn.

»Du bist in Sicherheit«, sagte er. »Ich werde nicht zulassen, daß dir irgend jemand weh tut.«

»Meinetwegen mache ich mir keine Sorgen«, sagte sie leise, als er ging.

Als Jason sein Büro betrat, saß schon der nächste Patient da – ein junger Assistenzarzt der Psychiatrie, der nicht wußte, daß Jason nebenan wohnte – und wackelte ungeduldig mit dem Fuß. Der Mann musterte zuerst die feuchten Flecken auf Jasons Hemd, dann sein Gesicht und fragte sich, wo sich Jason mitten im Winter ohne Jacke und Mantel rumgetrieben hatte. Jason ließ ihn noch einen Moment warten und unternahm einen weiteren Versuch, April zu erreichen. Sie war immer noch nicht da.

9

Rosa Washington hörte das Telefon in ihrer Abteilung klingeln. Ihr Büro war auf dem gleichen Flur. Sie rannte den Gang entlang, um das Gespräch entgegenzunehmen, bevor die Sekretärin abnahm und dem Anrufer mit weinerlicher Stimme erklärte, daß niemand da sei. Überhaupt niemand. Daß alle krank oder tot seien, und überhaupt ginge hier alles dem Ende entgegen. Die Sekretärin war selbst für diesen Job in der Leichenhalle zu blöde. Rose vermutete, daß sie vom Bellevue kam, der Klapsmühle um die Ecke.

»Bin schon da«, rief Rosa und stürmte mit flatterndem weißen Kittel ins Büro; sie trug einen frischen OP-Kittel. »Issers?«

»Nein, er ist es nicht.« Elinor Dunn schüttelte den ergrauten Kopf und korrigierte die flapsige Ausdrucksweise ihrer Vorgesetzten.

Rosa blickte die zierliche Frau, die etwa doppelt so alt war wie sie, finster an. Mit ihrer mißbilligenden Miene vermittelte Elinor Dunn Rosa ständig das Gefühl, eine Hochstaplerin zu sein, die einen schrecklichen grammatikalischen oder gesellschaftlichen Fauxpas nach dem anderen beging.

Die unangenehme Frau drückte auf eine Taste und hielt den Hörer vom Ohr weg, als habe er Läuse. »Eine Mrs. Petersen, klingt britisch«, zischte sie. »Und Sie haben Besuch.« Mit einer ruckartigen Kopfbewegung deutete sie auf die beiden Detectives, die in der Tür zu Rosas Büro standen.

Rosa lächelte ihnen zaghaft zu und nahm die OP-Kappe ab.

»Er hat übrigens schon zweimal angerufen.« Elinor ließ es sich nicht nehmen, in ihren Notizen nachzusehen, was er gesagt hatte. »Er sagte, daß Sie mit Petersen und Liberty noch warten sollen. Morgen ist er ganz sicher wieder da.«

Ohne ihre Enttäuschung zu zeigen, wandte sich Rosa ab. Die beiden Haupttreffer lagen seit vier Uhr heute morgen auf Eis. Sie wartete jetzt schon seit zwölf Stunden auf die Erlaubnis, sie aufmachen zu dürfen. Dafür gab es gar keinen triftigen Grund. Sie waren zur Zeit nicht überfüllt, und es gab auch keine anderen dringenden Fälle. Das waren ihre Schätzchen. Alle beide. Das sagte sie sich schon den ganzen Morgen. War sie nicht zur Stelle gewesen und hatte sie am Ort des Geschehens gesehen? War sie nicht praktisch die erste am Tatort gewesen? Gründlicher konnte man gar nicht arbeiten. Ja, sogar in ihrem Nerzmantel. Auf den war sie stolz. Der hielt viel aus.

»Hey, was gibt's?« Sie lächelte den beiden Cops zu, während sie die OP-Kappe auf den Schreibtisch warf, und deutete auf April. »Sie sind April Woo, richtig?«

Soweit Rosa wußte, gab es sonst keine chinesische Polizistin. Sie wandte sich an den Hispanic. »Wer sind Sie? Ach ja.« Sie schlug sich vor die Stirn. »Der unverwechselbare Gesichtsteppich. Sanchez, Zwo-Null, richtig?«

»Super-Gedächtnis, ich bin beeindruckt. Ich bin jetzt allerdings bei der Mordkommission.«

»Wie schön, dann werden wir uns in Zukunft öfter sehen. Was führt euch denn zu uns?«

»Wie sieht's denn mit Petersen und Liberty aus?« fragte April. »Wir haben ziemlichen Termindruck in dieser Sache.«

»Setzt euch erst mal.« Rosa ließ sich schwungvoll auf ihrem Drehstuhl nieder und wirbelte herum. »Es ist einfach unglaublich. Diese beiden Schätzchen liegen da unten, und ich darf sie nicht aufmachen.«

»Wieso nicht?« fragte Mike.

»Dr. Abraham ist krank. Habt ihr das nicht gehört?«

»Aha«, sagte Mike. »Und?«

»Er kann es nicht ertragen, wenn jemand anderes im Rampenlicht steht.«

»So ein Pech«, erwiderte Mike verständnisvoll.

»Dabei war ich doch zuerst da«, sagte Rosa jetzt zu April gewandt. »Ich will mich natürlich nicht beklagen.«

»Ja, Sie waren die erste, in Ihrem Nerzmantel. Ein schöner Nerz.«

»Gefällt er Ihnen?« Rosa strahlte.

»Klar. Wie haben Sie von den Morden erfahren? Wurden Sie benachrichtigt?«

»Nein, ich war gestern abend nicht im Dienst.« Sie lachte. »Aber wann hat unsereins denn mal wirklich dienstfrei? Ich muß immer wissen, was abgeht. Außerdem hasse ich es, wenn Nicht-Mediziner an den Tatort geschickt werden. Habt ihr 'ne Ahnung, wie deren Ausbildung aussieht? Kurzfristig ist das sicher 'ne billige Lösung. Langfristig wird die Allgemeinheit aber darunter leiden, das könnt ihr mir glauben. Diese Typen übersehen doch die Hälfte. Nein, ich hör den Polizeifunk ab. Und wenn ich in der Nähe bin, schau ich vorbei.«

Der Gesichtsausdruck der hübschen Chinesin war schwer zu deuten. Sie kauerte entspannt auf der Stuhlkante. Hoffentlich würde sie sich bald etwas ungezwungener geben. »Und ich dachte schon, ich hätte gestern abend einen großen Treffer gelandet. Diese beiden Schätzchen will ich unbedingt haben. Das verstehen Sie doch, oder?« fragte sie April.

»Sicher. Und wie geht es jetzt weiter? Wir brauchen den Bericht.«

»Blinky ist auch nicht da, auch krank«, fuhr Rosa fort.

»Wer ist Blinky?« fragte April.

»Der andere Deputy. Er hat so ein hängendes Lid, deswegen nennen wir ihn Blinky.«

»Meinen Sie George?« fragte Mike.

»Genau, Blinky.«

»Ist er deswegen krank geschrieben? Wegen des Lides?« fragte die Chinesin immer noch völlig unbewegt. Nicht gerade ein Spaßvogel.

Rosa lachte trotzdem. »Ach was, er hat sich bei einem seiner Schätzchen Hepatitis A geholt. Ganz schön leichtsinnig, was?«

Mike nickte. »Ziemlich unheimlich, oder, in fremder Leute Blut rumzupanschen?«

»Habt ihr schon einen Verdacht?« Rosa wurde plötzlich ernst und klopfte mit einem Bleistift auf den Schreibtisch.

»Noch zu früh«, sagte Mike. »Sagen Sie uns doch bitte morgen Bescheid. Ich wäre gern dabei.«

»Gut, ich melde mich.« Sie erhob sich, das hieß, sie konnten gehen. Dann änderte sie doch noch ihre Meinung und brachte sie zur Tür. Sie begleitete sie sogar noch bis zum Aufzug. Trotz dieser Mühe erfuhr sie keine weiteren Einzelheiten mehr.

10

»Jawohl, Sir, er hat mich direkt vom Theater nach Hause geschickt.« Bisher hatte Wallace Jefferson junior Mikes Blick unbeirrt standgehalten. Jetzt sah er hinab auf seine derben Hände, die eine fesche Kappe umklammert hielten. »Das tut mir jetzt natürlich leid. Wäre ich zur Stelle gewesen und hätte die beiden abgeholt, dann wären die Herrschaften noch am Leben.«

Konnten sie da wirklich sicher sein? April brachte nicht viel Geduld für diesen Kerl auf. Sie hatte sich den ganzen Tag recht tapfer geschlagen, doch jetzt machte sich wieder die Übermüdung bemerkbar. Es war kurz vor sechs Uhr, und sie hatte es eilig. Sie wollte noch Jason und Emma aufsuchen; Emma hatte eine Nachricht hinterlassen, daß April um halb sieben bei ihnen zu Hause vorbeikommen könne.

Aha, darauf hatte sie gewartet. Lauernd blitzte etwas Weißes in Jeffersons vermeintlich gesenkten Augen auf, als wolle er heimlich ihre und Mikes Reaktion auf seine Worte beobachten.

»Feine Leute. Sie werden mir fehlen«, sagte er mit der Andacht eines Kirchgängers, die nicht vermuten ließ, daß er als Tatverdächtiger in einem schmuddeligen Verhörzimmer saß.

»Hat Ihr Chef Sie öfter bei schlechtem Wetter nach Hause geschickt?« fragte Mike.

»Er war sehr rücksichtsvoll. Ich wohne in New Jersey.«

»Ist das nicht ein bißchen paradox? Wozu braucht man denn einen Chauffeur?« überlegte Mike laut.

»Wie bitte, Sir?«

»Wenn man schon einen Chauffeur hat, dann möchte man doch eigentlich gerade bei schlechem Wetter etwas davon haben, oder?«

Jeffersons Augen flackerten. »Ich tue – ich tat immer, was Mr. Petersen von mir verlangte. Er hatte sicher seine Gründe, wenn er mich nach Hause schickte.«

»Und welchen Grund gab es gestern abend, was denken Sie?«

»Welchen Grund?«

Mit dem dunklen Anzug und der schwarzen Chauffeurmütze machte Wally Jefferson einen sehr respektablen Eindruck, seine Manieren waren fast schon zu geschliffen, und er drückte sich mit sanfter, ehrfürchtiger Stimme sehr gewählt aus. April ordnete ihn der gleichen alten Schule von Afro-Amerikanern zu, deren chinesischem Pendant ihre Mutter angehörte. Er versteckte sich hinter einer einstudierten Maske, die weder Schmeichelei noch Folter durchbrechen konnten.

Falls er aufgeregt war, ließ er sich nichts anmerken. Jefferson war ein breitschultriger, schwerer Mann, und seine Haut hatte die Farbe gerösteter Kaffeebohnen. Sie hatten seine Daten überprüft. Keine Vorstrafen. Doch irgend etwas an ihm machte April mißtrauisch.

»Welcher Natur war seine Beziehung zu Mrs. Liberty?« fragte sie.

»Sie verkehren in den gleichen Kreisen«, erwiderte Jefferson ohne zu zögern.

»Soll das heißen, sie waren befreundet–?«

»Das kann ich nicht sagen, ich fahr bloß den Wagen.« Er hüstelte hinter vorgehaltener Hand.

»Waren sie womöglich mehr als Freunde?«

»Das hätte ich nicht erfahren.«

»Wie sahen Ihre Arbeitszeiten aus?« Mike wechselte das Thema.

»Sie meinen bei Mr. Petersen?«

»Ja, an welchen Tagen haben sie gearbeitet?«

»Das war von Woche zu Woche verschieden. Mr. Petersen war viel unterwegs. Wenn er hier war, arbeitete ich manchmal jeden Tag bis Mitternacht oder ein Uhr morgens. Wenn er verreist war –« Er zuckte mit den Schultern.

»Sie fuhren auch andere Leute?«

»Nicht so richtig«, erwiderte Jefferson vorsichtig.

»Und Mr. Petersens Frau?«

»Die natürlich schon.«

»Und Liberty?«

»Liberty auch. Manchmal.«

»Wie kommt das? Hat Mr. Liberty keinen eigenen Chauffeur?«

»Er hatte einen, als Mrs. Liberty noch arbeitete. Aber sie arbeitet – arbeitete nicht mehr. Und er geht gern zu Fuß zur Arbeit. Jetzt mieten sie einen Chauffeur, wenn sie mal einen brauchen.« Jefferson kratzte sich kurz unterm Hemdkragen am Hals.

»Oder Sie fahren sie.«

»Ja.« Jefferson musterte seine Finger. Die sahen dick und krumm, fast schon mißgebildet aus.

»Bat Mr. Liberty Sie gestern, ihn zum Flughafen zu fahren?«

»Nein.«

»Warum nicht?«

Jefferson zwickte sich mit zwei Fingern in die Nasenspitze. »Das kann ich Ihnen wirklich nicht sagen.«

»Vielleicht, weil er keinen Wagen hatte?« Mike rutschte auf dem harten Stuhl ein wenig nach vorn und rückte sein Schulterhalfter zurecht.

Jefferson fand die Pistole offensichtlich sehr interessant. »Sir?«

»Libertys Wagen. Wo war der?«

»Ach ja, Mr. Libertys Wagen.« Jefferson nickte bedeutungsvoll.

»Er wurde gestohlen, richtig?«

»Ja, so ein Pech.«

»Wie und wann wurde der Wagen gestohlen?«

Jefferson zog kopfschüttelnd die Schultern hoch, als handele es sich um eine traurige Geschichte, die ihm irgendwo zu Ohren gekommen war.

»Kommen Sie schon, Wally. Wir wissen, daß Sie Mr. Libertys Wagen genommen haben.«

Jefferson war verdutzt. »Das wissen Sie aber nicht von Mr. Liberty!«

»Doch. Er sagte, Sie hätten seinen Wagen gestohlen.«

»Das ist nicht wahr. Das will ich gleich einmal richtigstellen. Ich hatte die *Erlaubnis,* den Wagen zu fahren. Fragen Sie die Wächter in der Garage. Ich durfte ihn jederzeit benutzen.«

»Wenn Sie Liberty fuhren, durften Sie den Wagen aus der Garage holen. Genauso, wie Sie Mr. Petersens Wagen holen durften, wenn *er* gefahren werden wollte.«

Jefferson schüttelte den Kopf. »Ich durfte die Wagen benutzen.«

»Alle beide?«

»Jawohl, Sir.«

»Und was ist mit Mr. Libertys Wagen geschehen?«

Jefferson rückte auf dem Stuhl umher. »Der Wagen mußte zur Inspektion. Bevor Mr. Liberty nach Europa fuhr, bat er mich, ihn in die Werkstatt zu bringen. Das hab ich auch getan.« Er schüttelte den Kopf. »Ich ließ ihn dort. Und als ich ihn wieder abholen wollte, war er verschwunden.«

»So eine Inspektion dauert doch nur ein paar Minuten. Wie lange haben Sie den Wagen denn dort gelassen?«

»Drei Tage.«

»Mr. Libertys Wagen stand drei Tage in der Werkstatt rum?« fragte Mike skeptisch.

»Ich hatte die Grippe. Mr. Petersen kann das bestätigen.«

»Nein, kann er nicht. Er ist tot. Und Liberty war in Europa.«

»Mrs. Petersen kann es bestätigen.«

»Wally, was haben Sie gestern abend gemacht, nachdem Sie Mr. Petersen und Mrs. Liberty am Theater abgesetzt hatten?«

»Ich bin nach Hause gefahren. Ich war die ganze Zeit zu Hause bei meiner Frau. Die können Sie ruhig fragen.«

»Danke, Wally, das werden wir. Schreiben Sie hier auf den Block bitte den Namen der Werkstatt, zu der Sie Mr. Libertys Wagen gebracht haben. Dann bleiben Sie noch ein bißchen hier und denken noch mal über alles nach, was Sie uns gesagt haben. Vielleicht fällt Ihnen ja noch was dazu ein. In ein paar Minuten geht ein Detective noch mal alles mit Ihnen durch. Wir brauchen von Ihnen einen vollständigen Bericht über die Ereignisse der letzten Wochen und darüber, was vor den Morden gestern abend geschehen ist. Sie sind uns einige Erklärungen schuldig; das leuchtet Ihnen doch ein, oder?«

»Ich hatte den Wagen nicht, als er gestohlen wurde«, sagte Jefferson tonlos.

»Ich glaube kaum, daß der Richter das so sehen wird, Wally. Mr. Liberty übrigens auch nicht.«

»Er hat mich schließlich nicht angezeigt. Das beweist doch, daß ich nichts falsch gemacht habe.«

Da täuschte er sich. April warf einen Blick auf ihre Armbanduhr. Sie hatte genug von dieser Vorstellung.

»Und ich war zu Hause bei meiner Frau in New Jersey, als

der arme Mr. Petersen und Mrs. Merrill umgebracht wurden«, fuhr Jefferson fort. »Gott hab sie selig, sie werden mir fehlen.«

April stand auf und ging, ihr war übel.

Fünfzehn Minuten später war sie in einem nicht gekennzeichneten Wagen auf dem Weg zu Jason Franks Wohnung in Uptown New York. Es war schon wieder dunkel geworden, und das Wetter war schlecht. Die ganze Fahrt über machte sie sich Gedanken darüber, wann wohl der nächste Patient einen Termin hatte. Außer in einem dringenden Notfall würde Jason nie einem Patienten absagen. Falls sich April verspätete, würde er eher ihren Termin absagen. Was hatten eigentlich diese Geisteskranken so Besonderes, daß die ganze Welt stillstehen mußte, wenn sie ihren Seelenklempner besuchten? Während sie sich zwischen eingefrorenen Baustellen hindurchschlängelte, schlitternden Taxis auswich und versuchte, am Steuer die Ruhe zu bewahren, ärgerte sie sich darüber, daß man Jason nur so schwer zu fassen bekam. Sie dachte weder an das Abendessen mit Mike, das sie ausgeschlagen hatte, weil sie sich dringend erholen mußte, noch an das Problem Wally Jefferson, der seine Frau als Alibi präsentiert hatte. Er hatte ihnen eindeutig ein paar Lügen aufgetischt.

Das schreckliche Wetter hatte den Vorteil, daß auf den Straßen nicht viel los war. Andererseits waren unfähige Taxifahrer aus warmen Ländern, die Schnee und Eis nicht gewohnt waren, leider die einzigen, die bei dieser gefährlichen Witterung noch unterwegs waren. April rammte den Wagen schwungvoll in eine Schneewehe vor einem Wasserhydranten. Das Ausparken später würde sicher nicht leicht werden.

Keuchend vor Aufregung stand sie endlich in dem käfigartigen Aufzug, der ruckelnd zu Jasons Wohnung im fünften Stock aufstieg. Sie atmete ein, wobei sie bis acht zählte, hielt die Luft an und zählte bis sechs, ausatmend zählte sie wieder bis acht. Diese Prozedur wiederholte sie einige Male, um ruhiger zu werden. Jason öffnete die Tür, bevor sie auf die Klingel drücken konnte.

»Hi«, sagte er und musterte sie.

Kurz davor, wieder einmal der berühmten Emma Chapman zu begegnen, kam sich April in ihrem neuen, dunkelblauen Wollmantel, den sie erst vor wenigen Wochen gekauft hatte, verlumpt und häßlich vor. Der lange Schal, den sie mehrmals um den Hals geschlungen hatte und die geräumige Schultertasche, ein Chanel-Imitat, der Emma sicher sofort ansehen würde, daß sie aus Chinatown stammte, machten die Sache auch nicht besser.

»Hi. Tut mir leid, daß ich mich verspätet habe. Aber es ist noch was dazwischengekommen.«

Jason sah lächelnd zu, wie sie die Lederhandschuhe auszog und sich von ihrem Schal befreite. »Kein Problem. Kommen Sie rein.«

»Danke.« Sie folgte ihm. Auf dem Tisch im Flur, auf dem eine Glasuhr mit sichtbarem Uhrwerk stand, lag ein Stapel ungeöffneter Briefe.

April kannte sonst niemanden, der in so einem Apartement wohnte. Aus den Fenstern des großen Wohnzimmers sah man den Riverside Drive und den Hudson. Überall standen Bücher und Uhren. Wände und Möbel waren in neutralen Farben gehalten; genau wie die Sessel und das weiche Sofa, in dem man tief versank, wie April aus Erfahrung wußte. Wie sehr sie sich nach einem erholsamen Nickerchen sehnte. Der Mulde im Sofa nach zu urteilen, hatte hier jemand die gleiche Idee gehabt. Emma war nicht zu sehen. Wahrscheinlich hatte sie sich aus dem Staub gemacht, als sie die Tür unten hörte.

April wußte, daß Emma sie nicht mochte und konnte das auch verstehen. Vor langer Zeit war Ja Jien, Aprils beste Freundin in der High-School, von einem weißen Kerl geschwängert worden. Ja Jiens Eltern hatten damals wütend behauptet, daß sie bei einer Abtreibung auf jeden Fall sterben würde. Der Arzt würde pfuschen, sie entweder gleich umbringen oder aber was verkehrt machen, so daß sie, sollte sie doch überleben, nie wieder Kinder haben könnte. Es war ihnen zudem völlig egal gewesen, ob Ja Jien überleben oder dabei draufgehen würde, ruiniert war sie ja ohnehin schon. Ja Jien ließ abtreiben und nannte sich von nun an Jennifer. Und sie wollte April, die ihr während der ganzen Geschichte beigestanden hatte, nicht mehr sehen. Die beiden Freundinnen verloren einander aus den Augen. Später – Jennifer hatte als Kosmetikerin ihren eigenen Salon – gab sie April zu verstehen, daß sie ihr weder die Haare schneiden noch sie in ihrem Geschäft sehen wollte. Sie wollte nichts mehr mit ihr zu tun haben. April hatte Emma Chapman als nackte Geisel mit bemaltem Gesicht und Körper gesehen, um Emmas Bauchnabel entstand damals ein Tattoo. Das würde Emma nie vergessen.

Jason musterte April durchdringend. »Haben Sie Hunger, möchten Sie was essen?« fragte er.

Sie hatte Riesenhunger, schüttelte aber den Kopf. »Jetzt nicht. Danke.«

»Sagen Sie Bescheid, falls Sie Ihre Meinung ändern.« Er nahm ihr den Mantel ab und hängte ihn an den Türgriff.

»Ist Emma auch da?«

»Ja, sie kommt gleich.« Jason trat ins Wohnzimmer. »Wie schreiten die Ermittlungen voran?«

April ignorierte seine Frage. »Liberty erwähnte Sie, als wir bei ihm waren, um ihn vom Tod seiner Frau zu unterrichten. Ich nehme an, Sie haben ihn heute schon gesehen.«

»Er ist ein alter Freund.«

»Ich hatte den Eindruck, er sei einer Ihrer Patienten.«

»Nein.«

»Aha, dann können Sie uns ja vielleicht helfen«, brummelte April.

Jason nickte unverbindlich.

April ging ins Wohnzimmer und ließ sich dankbar auf dem gleichen Sessel wie letztes Mal nieder. Sie war zuletzt im November hier gewesen, vor ihrer Beförderung zum Sergeant. Ob Jason wohl von ihrer Beförderung wußte?

Emma Chapman betrat das Wohnzimmer, sie trug eine weiche, schwarze Hose und einen schwarzen Pullover. Sah aus wie Kaschmir. War bestimmt auch Kaschmir. Emma nahm auf dem gegenüberliegenden Sessel Platz, und April fragte sich, wie es wohl wäre, lange Beine zu haben, pfirsichfarbene Haut, blondes Haar, solch teure Kleidung zu tragen und sich selbstsicher und elegant zu bewegen.

»Sergeant Woo, herzlichen Glückwunsch zu Ihrer Beförderung«, sagte Emma zaghaft lächelnd.

»Ja, Glückwunsch«, pflichtete Jason bei.

»Meine Glückwünsche zu Ihrem neuen Stück. Ich komme jeden Tag am Theater vorbei und sehe immer Ihren Namen, steht ganz oben. Ich bin jetzt Downtown, Midtown North«, erklärte April.

»Die neue Telefonnummer hat mich verwirrt«, sagte Jason. »Sie sollen jetzt Supervisor sein, hab ich gehört?«

»Das ist richtig.«

»Sehen Sie sich mein Stück doch mal an – und bringen Sie Ihren Freund mit. Wie heißt er doch gleich – Mike…?« Emma versuchte sich an den Namen des Cops zu erinnern, der ihr das Leben gerettet hatte.

»Sanchez«, sagte April leise. »Er ist jetzt bei der Mordkommission.«

»Tatsächlich? Wer ist denn dann im zwanzigsten Revier noch übrig, um auf uns achtzugeben?« fragte Emma scherzend.

April dachte an Aspirante und Healy. »Niemand«, sagte sie. Ihr Magen knurrte. Beschwichtigend legte sie die Hand auf den Bauch. Zeit, an die Arbeit zu gehen. »Das mit Ihren

Freunden tut mir leid«, begann sie und zog ihren Notizblock hervor.

»Danke.« Emma befingerte ihren Ehering. Sie warf einen Blick auf den Notizblock, dann auf Jason. Er hatte seine ausdruckslose Therapeutenmiene aufgesetzt. April machte ihr Cop-Gesicht. Und die Schauspielerin trug ihre Schauspielmaske. April fragte sich, ob es ihr wohl gelingen würde, diese Maske zu durchbrechen.

»Erzählen Sie mir doch bitte erst mal, wie Sie zu Mrs. Liberty standen«, schlug sie vor.

»Ich kannte Merrill schon – sehr lange. Es ist über zehn Jahre her, daß wir beide Schauspielunterricht nahmen. So lernten wir uns kennen. Wir wollten beide Schauspielerin werden. Merrill gelang es zuerst. Sie bekam eine Rolle in einer TV-Serie. Ich hab lange Zeit Synchronisationen gemacht. Wir waren sehr eng befreundet, auch noch, nachdem sie Rick heiratete.«

»Rick?«

»So wird Liberty von seinen Freunden genannt.«

»Sie drei kannten sich also schon recht lange.«

Emma kaute ein Stück unlackierten Daumennagel ab und erwiderte ungeduldig: »Wir alle kennen uns schon sehr lange. Rick und Tor waren ebenso eng befreundet wie Merrill und ich. Was für eine grauenhafte Geschichte. Fürchterlich.« Jason saß schweigend neben ihr. Sie warf ihm einen Blick zu und griff nach seiner Hand. »Vor allem für Rick natürlich. Ich könnte es nicht ertragen, meinen Mann und meine beste Freundin gleichzeitig zu verlieren.«

Ein bißchen neiderfüllt sah April, wie Jason seine Frau betrachtete. Das brachte sie auf einen Gedanken, der sich allerdings sogleich wieder verflüchtigte. »Hatten Merrill und Petersen Feinde?«

Emma kaute auf ihrem Daumen herum. »Bestimmt. Erfolgreiche Leute haben doch immer Feinde.«

»Fällt Ihnen konkret jemand ein, dem am Tod der beiden gelegen war?«

»Letzte Woche erst entließ Tor ein Fünftel seiner Angestellten. Das wurde ihm natürlich sehr verübelt. Er war sehr charmant, wissen Sie, aber er konnte auch rücksichtslos sein.«

April hatte keine Erfahrung mit Menschen wie Tor. Sie wartete darauf, daß Emma weitersprach.

»Vielleicht hat einer der gefeuerten Angestellten die beiden umgebracht. Glauben Sie denn, Sergeant, der Täter hatte es nur auf Tor abgesehen oder auf beide?« fragte Emma stirnrunzelnd.

»Nennen Sie mich doch bitte April. Warum fragen Sie das?«

Emma schüttelte den Kopf. »Das macht einfach keinen Sinn.«

»Was?«

»Daß die beiden gestern abend zusammen waren, war purer Zufall. Eigentlich wollten Rick und Merrill mein neues Stück sehen. Daß Rick nicht kommen konnte, erfuhr ich erst nach der Vorstellung, als Merrill mit Tor in meiner Garderobe auftauchte. Ich muß zugeben, ich war ziemlich überrascht.«

»Weshalb?«

Emma lächelte zaghaft. »Rick ist einer meiner treuesten Anhänger.«

»Tor auch?«

»Das weiß ich nicht. Ich kannte ihn kaum. Ich glaube, er wußte bis gestern abend gar nicht richtig, wer ich bin.«

»Seien Sie doch nicht so bescheiden. Weshalb hatten sich denn deren Pläne für den Abend geändert?«

»Rick mußte geschäftlich nach Chicago, und Tor nahm statt dessen die Theaterkarte. Ganz kurzfristig. Niemand wußte, daß er im Theater war.«

April machte sich eine Notiz. »Was war mit Tors Frau?«

»Seine Frau kenne ich gar nicht. Angeblich wollten sich die beiden bald trennen.«

»Vielleicht wußte sie ja, wo er war.«

»Was für ein schrecklicher Gedanke. Wie hätte sie das denn bewerkstelligen sollen?« Emma erschauerte.

»Vielleicht hatte sie Hilfe«, sagte April leise. »Und Liberty wußte auch, wo Merrill und Tor waren. Alle beide hätten –«

»Nein!« fiel ihr Emma leidenschaftlich ins Wort. »Rick könnte keiner Fliege was zuleide tun, das weiß ich.«

»Wie würden Sie die Ehe der Libertys beschreiben?«

»Sie waren einander sehr zugetan.«

»Es gab doch sicher auch Probleme.«

»Die gibt's in jeder Ehe«, wandte Emma ein.

»Merrill war eine schöne Frau. Sie hatte bestimmt viele Verehrer. War ihr Mann eifersüchtig?«

»Rick?« Emma beknabberte wieder ihren Daumennagel und schrie leise auf, als ein Blutstropfen hervorquoll. Sie tupfte ihn mit einem weißen Taschentuch ab. »Ich glaube nicht.«

April warf Jason einen Blick zu. Er machte immer noch sein Therapeutengesicht. Er wollte dazu offensichtlich nichts sagen.

»Haben Sie auch schon daran gedacht?« fragte sie Emma.

»Ja! Natürlich. Aber er ist nicht von der eifersüchtigen Sorte.«

»Also kein Othello«, brummelte April.

»Sie haben Shakespeare gelesen?« Emma war offensichtlich überrascht.

»Ich hab den Film gesehen. Wie ging es ihm an jenem Abend?«

»Tor?«

»Nein, Liberty.«

Emma sah sie verwirrt an. »Ich hab Rick nicht gesehen. Er war doch in Chicago.«

»Was wissen Sie von dem Anruf?«

»Welchem Anruf?«

»Liberty rief im Restaurant an. Wie verhielt sich Petersen?«

Emma nagte jetzt am anderen Daumennagel. »Wir hatten alle was getrunken. Tor war ziemlich ausgelassen –« Sie hielt mitten im Satz inne.

April nahm an, daß Tor an jenem Abend mit Emma hatte anbändeln wollen und sein Date mit Merrill vernachlässigt hatte. Womöglich war das der wahre Grund, weshalb Emma früher gegangen war und den Anruf nicht mehr mitbekommen hatte. Beäugte Jason seine Frau die ganze Zeit so, weil sie ihm etwas vorenthielt? April hätte zu gern gewußt, was das war.

»Hatten Tor und Merrill ein Verhältnis?«

Emma seufzte. »Das hat Jason auch schon gefragt. Ich weiß es wirklich nicht. Ich glaube, sie sahen sich in letzter Zeit häufiger als sonst. Merrill stand ihm jedenfalls immer bei, wenn es in seiner Ehe kriselte.« Emma schüttelte den Kopf.

Vielleicht hatte Liberty das nicht mehr mit ansehen können. April wechselte das Thema. »Um welche Uhrzeit haben Sie sich verabschiedet?«

»Ich weiß nicht genau. Gegen zwölf. Vielleicht etwas früher.« Sie warf ihrem wachsamen Ehemann wieder einen Blick zu.

Jason schüttelte den Kopf. Er konnte trotz der unzähligen Uhren auch nichts dazu sagen.

»Warum ist Petersen nicht von seinem Chauffeur nach Hause gefahren worden?«

»Weiß ich nicht. Ich glaube, der Chauffeur hatte noch irgendeinen anderen Auftrag.«

»Was für einen Auftrag?«

»Keine Ahnung. Der Wagen war jedenfalls nicht mehr da. Tor hat auch irgendwas erwähnt, ich kann mich aber nicht mehr erinnern.«

»Wie sind Sie nach Hause gekommen?«

»Mit dem Taxi. Ich hatte Glück. Ein paar Häuser weiter stieg gerade eine Frau aus, deren Taxi nahm ich dann.«

April wurde auf einmal schwarz vor Augen. »Kann ich bitte ein Glas Wasser haben?« fragte sie matt.

Jason stand auf. »Wann haben Sie denn zuletzt was gegessen?« fragte er.

»Ich brauch nur einen Schluck Wasser, sonst ist alles in Ordnung.«

»Ich hole Ihnen einen Saft«, sagte er und verließ das Zimmer.

»Schön, so einen Arzt im Haus zu haben«, murmelte April. Sie legte ihren Notizblock zur Seite und stellte Emma die Fragen, die ihr wirklich wichtig waren.

11

Mel Anschauer stierte der Gestalt nach, die in Libertys Küche verschwand, und neigte sich verschwörerisch nach vorn. Sein Blick schoß nervös durchs Wohnzimmer, als wolle er sichergehen, daß sie nicht belauscht wurden. Mel bemühte sich, aufrecht etwas näher an seinen Gastgeber heranzurutschen. Doch sein Wohlstandsbauch, der seit Jahren nur mit den erlesensten Speisen aus den besten Restaurants Manhattans verwöhnt wurde, machte ihm einen Strich durch die Rechnung. Er hatte Schlagseite nach links, wodurch Mel in die weichen Polster gepreßt wurde, so daß er einem gestrandeten Wal sehr ähnlich sah. Seine Worte waren trotzdem sehr ernüchternd.

»Rick, hast du schon mal daran gedacht, dir einen Anwalt

zu nehmen?« fragte Mel leise, während sein Blick zwischen seinen Geschäftspartnern hin und her flitzte.

Mel und Daniel Rothhaus, die beiden wichtigsten Männer der Firma James Dixon, saßen auf dem Teilstück des weißen Sofas, das vor den Fenstern mit Blick auf den Park stand. Rick Liberty und ein dritter Gesellschafter, Christopher Richardson, saßen auf dem in den Raum hineinragenden Polsterabschnitt. Neben ihnen stand eine riesige Dogonstatue mit einem Bastrock.

»Einen Anwalt?« fragte Rick entgeistert.

Rick war nicht entgangen, wie argwöhnisch Mel Patrice beäugt hatte, der in der Küche verschwunden war, um Kaffee und Nachtisch zu holen; das gefiel ihm gar nicht. Im Moment reagierte er auf Kleinigkeiten allerdings sehr empfindlich, das wußte er. Sein Körper schmerzte wie nach einem brutalen Footballspiel, bei dem er als Spielfeld gedient hatte. Er fühlte sich, als hätte man ihn grün und blau geschlagen.

Er hatte aber offenbar keine Prellungen. Rick war sich nicht sicher. Er hatte den ganzen Tag vergeblich nach der Ursache seiner Schmerzen geforscht. Das war ihm neu. Er war als Sportler immer darauf angewiesen zu wissen, wo genau der Schmerz herkam, um ihn zu kompensieren oder die Schwachstellen zu vermeiden. Heute konnte er jedoch unmöglich sagen, ob es sich um körperliche oder psychische Schmerzen handelte, weshalb er auch nicht wußte, was er dagegen tun sollte. Es war wie nach einem seiner fürchterlichen Migräneanfälle, wenn er zwar wieder klar denken konnte, aber genau wußte, daß er Zeit verloren hatte. Er konnte dann nie die Ursache des Zusammenbruchs benennen und fürchtete sich schon vor der nächsten Attacke und davor, sich plötzlich übergeben zu müssen.

Er drehte sich ständig nach Merrill um, wollte ihr sagen, wie schrecklich es ohne sie war. Unfaßbar, daß sie nicht jeden Augenblick außer Atem und eine Entschuldigung für die

Verspätung auf den Lippen zurückkommen würde. Aber sie würde nicht mehr zurückkommen. Sie war ermordet worden. Jemand hatte brutal in sein Leben eingegriffen und sein Herz zertrümmert. Merrill war niedergestochen worden, hatte die Polizei gesagt, in den Hals. Unvorstellbar. Beim Gedanken daran wurde ihm schlecht. Er verstand nicht, wie es dazu hatte kommen können. Er konnte sich keine Situation vorstellen, in der Tor nicht Herr der Lage war. Tor hatte doch immer alles im Griff gehabt. Rick hatte ihn schon häufig in brenzligen Situationen erlebt. Tor wäre beim Anblick eines Verbrechers – selbst wenn eine Pistole im Spiel gewesen wäre – nicht einfach kollabiert und gestorben. Von einer Pistole oder einem Kampf war gar keine Rede gewesen. Warum nicht? Da war doch was faul, man hatte ihm nicht die ganze Wahrheit gesagt. Warum nicht? Rick konnte es einfach nicht begreifen. Er fühlte sich tot und leer – dabei war er noch am Leben – und gleichzeitig völlig verwirrt und benommen.

Verwirrt und benommen – so reagierten Schauspieler auf schlechte Kritiken, hatte Merrill immer spöttisch gesagt. Rick und Merrill bekamen ziemlich beschissene Kritiken, als sie heirateten, doch der Haß, der ihnen damals entgegenschlug, war nicht tödlich gewesen. Die Bemerkungen, die sowohl Weiße als auch Schwarze hinter vorgehaltener Hand machten, ähnelten Graffiti an Häuserwänden. Man begegnete ihnen auf Schritt und Tritt. Sie hörten die Sticheleien, fanden sie schrecklich, konnten aber nichts dagegen tun. Daran hatten sie sich halt gewöhnen müssen.

Sie sagten sich immer, es hätte sie stark gemacht, daß sie ständig ihre Liebe verteidigen mußten. Verwundbar gemacht hatte sie etwas anderes: nämlich, daß sie keine Kinder bekommen konnten und kein Arzt einen medizinischen Grund dafür fand. Wegen dieses Makels hatten sie sich nie wie ein ganz normales Paar gefühlt, irgendwie nicht legitim. Rick war überzeugt, daß der Grund dafür bei ihm zu suchen war.

Merrill glaubte, es läge an ihr. Jetzt würden sie es nie mehr erleben, daß sich ihre Liebe auf anderen Gesichtern spiegelte. Merrill hatte ihre Schlacht geschlagen. Diese Gedanken gingen Rick durch den Kopf, während seine Geschäftspartner ihn ungläubig anstarrten.

»Weißt du denn nicht, was los ist? Hast du keine Nachrichten gesehen?« Mel konnte es nicht fassen.

Rick schüttelte den Kopf. Um vier Uhr morgens hatten ihm zwei Cops eine Nachricht überbracht. Die weniger informierten Versionen wollte er sich nicht anhören.

Chris Richardson, der seine Anzüge und sogar die Unterwäsche bei *Sulkas* maßschneidern ließ und täglich nach Börsenschluß drei Stunden ins Fitneßstudio ging, war noch schlank genug und konnte sich problemlos in der Taille beugen. Er legte eine Hand auf Ricks Knie. »Das wird eine häßliche Geschichte, glaub mir«, sagte er geheimnisvoll. Wirklich häßlich.«

Dan Rothhaus war ein kleiner, drahtiger Mann mit durchdringenden, blauen Augen, lockigem weißen Haar und einer langen, dünnen Nase, die er ständig mit seinem kleinen Finger bearbeitete. Rothhaus wirkte sehr nervös. Rick warf ihm einen fragenden Blick zu und musterte dann seine beiden anderen Geschäftspartner, als sähe er sie zum ersten Mal. Das tragische Ausmaß des Lebens dieser beiden wohlhabenden, gutgenährten Männer beschränkte sich auf verwöhnte Exehefrauen eins und zwei, verzogene Kinder und die zahlreichen Erschütterungen an der nationalen und internationalen Börse.

Jetzt, mit einem richtigen Problem konfrontiert, wollten die drei Männer energisch zur Tat schreiten. Sie warfen sich bedeutungsvolle Blicke zu, die Rick völlig ausschlossen. Es dauerte eine Weile, bis er die Lage erfaßte. Es sollte häßlich werden? Es war doch schon häßlich.

Er überließ sich wieder seinen Gedanken. Patrice zufolge

handelte es sich bei Merrills Ermordung nicht um eine willkürliche Tat. Das Wort ›häßlich‹ irritierte ihn; außerdem ging es ihm auf die Nerven, daß seine Partner immer warteten, bis die Restaurantangestellten verschwunden waren, bevor sie etwas Wichtiges sagten. Das Restaurant *Liberty's* gehörte den vier Männern gemeinsam. Doch aus irgendeinem Grund waren die anderen drei der Meinung, das Lokal sei ausschließlich Ricks Sache. Sie hielten die Angestellten und auch manch einen Gast für fremdartige Wesen von einem anderen Stern. Rick vermutete, daß sie Schwarze insgeheim für Marsmenschen hielten. Daran durfte er jetzt nicht denken.

Er dachte statt dessen daran, wie er Merrill identifiziert hatte. Die Leere in ihrem Gesicht war geradezu abstoßend gewesen. Ihre Augen, ihr Mund waren für immer geschlossen, würden für immer schweigen; sie konnte nicht mehr erzählen, was passiert war. Und nun, Stunden später, versuchte er sich verzweifelt an die anderen Dinge zu erinnern, die Merrill neben ihrer Hautfarbe ausgemacht hatten.

Zum erstenmal kam ihm ihre Hautfarbe wie ein entsetzliches Verbrechen vor. Sie war erschreckend weiß gewesen, als sie da im Rechtsmedizinischen Institut lag, so weiß wie die Wände des Schauraumes, den er nicht betreten durfte. Rick hatte seine tote Frau durch ein Fenster betrachtet und erschüttert festgestellt, wie weiß und einsam sie war. Er berührte die Glasscheibe, sie war ebenfalls eiskalt.

»Ich will zu ihr«, hatte er gesagt. Er wollte sie nicht allein lassen, hier, wo niemand sie betrauerte und wo sie in völliger Abgeschiedenheit zerlegt werden würde. Es war schrecklich kalt gewesen. Er hatte am ganzen Körper gezittert.

»Ist das Ihre Frau?«

Er drehte sich nicht nach der fragenden Stimme um; hätte später nicht sagen können, welcher der Cops die Frage gestellt hatte. Er wußte nur, daß die weiße Leiche auf dem Tisch da nicht seine Frau war. Nein. Er hatte die Fäuste geballt und die Zähne zusammengepreßt. Er hatte sie eine ganze Weile betrachtet. Nein, das war nicht seine Frau. Das war nicht Merrill. Und dann hatte er genickt.

Er war Daphne Petersen nicht über den Weg gelaufen und hatte Tors Leiche auch nicht identifizieren müssen. Er hatte den Eindruck, die beiden Leichen würden absichtlich separat aufbewahrt. Er hätte Tor gern gesehen, traute sich aber nicht, darum zu bitten. Die Polizei hatte ihn nicht darüber aufgeklärt, was letzte Nacht tatsächlich geschehen war. Ob er das je erfahren würde? Schlagartig wurde ihm klar, daß er nicht zur Ruhe kommen würde, ehe er herausfand, was genau vorgefallen war. Dann hatten sie ihn hastig hinausgeschoben. Sie ließen ihn nicht rein, er durfte sich nicht von Merrill verabschieden. Irgend jemand sagte, man könne nur in voller Montur rein – sterile Kittel, Masken mit Atemfiltern –, als seien alle Leichen mit Aids, TB oder schlimmer infiziert. Oder befürchteten sie vielleicht, der Tod selbst sei ansteckend?«

Und alles war weiß gewesen. Ein weißes Laken bedeckte Merrill bis zu den Ohren, so daß man nur das Gesicht sehen konnte, das unter dem unbarmherzigen Licht zu einer schneeweißen, makellosen Maske erstarrt war, die er nie zuvor gesehen hatte. Es wirkte beinahe so, als wäre das Weiß selbst die Todesursache gewesen, die ihre Seele ausgeblutet hatte und sie zu einem Nichts verblassen ließ. Ihm fiel auf, daß die großen Diamantenohrstecker fehlten, die sie sonst immer trug. Angeblich kam es vor, daß die Polizei die Toten ihres Schmuckes, ihrer Uhren und des Geldes beraubte; auch Inhaftierte wurden bestohlen, hatte er gehört. Doch es kam ihm nicht in den Sinn, nach den Diamanten zu fragen.

Er war viel zu erschüttert, da er die Farbe Weiß bisher nie mit dem Tod in Verbindung gebracht hatte. Er hatte als Junge schon Tote gesehen, viele Tote sogar. Seine Mutter, seine Großmutter und seine Schwester, außerdem hatte er damals immer die Familien der Verstorbenen seiner Kirchengemeinde besucht. Für die Toten wurde in der Kirche gebetet und sie wurden mit Gesang in den Himmel begleitet. Die Frauen machten das bestimmt immer noch so. Zu Chorgesängen stiegen die Toten triumphierend in den Himmel auf. So überquerten sie den Fluß ins Jenseits. Sie wurden auf ihrer Reise zu Jesus von Gesang begleitet. Jesus' Liebe gehörte allen, ganz egal, was sie aus ihrem Leben gemacht hatten. Auch wenn ihr irdisches Leben nicht sehr wertvoll gewesen war, für Jesus war jede Seele ein goldener Schatz. Daran hatten sie geglaubt. Und jeder Schatz war schwarz gewesen. Rick hatte nie zuvor einen weißen Toten gesehen, bis er seine Frau da liegen sah auf dem – er konnte nicht mal sagen, worauf sie eigentlich gelegen hatte. Über sie war ein Laken gebreitet, und das Laken, auf dem sie lag, reichte bis auf den Fußboden.

Er bestätigte, daß es sich um Merrills Leiche handelte, obwohl das Ding, das er durchs Fenster sah, nichts mit der Merrill gemein hatte, die er gekannt hatte. Und was er da sah, würde nicht triumphierend in den Himmel auffahren. Merrill würde mit Säge und Skalpell zerlegt und ihr Gewebe unter einem Mikroskop begutachtet werden. Jetzt saß Rick mit seinen Geschäftspartnern in der Wohnung, die Merrills und sein Zuhause gewesen war. Er ließ sich seine Anspannung und Wut nicht anmerken. Es war bereits eine ganz schön häßliche Geschichte.«

»Hör zu, Rick«, sagte Chris eindringlich. »Du mußt einen kühlen Kopf bewahren. Hast du denn eine Ahnung, was sie im Fernsehen sagen und was unten auf der Straße los ist? Da stehen mindestens sechs Übertragungswagen. Vorhin haben mir alle Reporter gleichzeitig ihr Mikrofon unter die Nase gehalten, die hätten mich fast umgeworfen.«

Fürs Seelenheil ist es nie zu spät. Brüder und Schwestern, singt ein Lied, singt für Jesus. Rick hatte keine Gemeinde mehr; für Merrills Seelenheil würde niemand singen. »Gott, steh uns bei«, murmelte er.

Merrills Familie wartete darauf, daß die Leiche freigegeben wurde, damit sie das Begräbnis ausrichten konnten. Sie sollte in Massachusetts beigesetzt werden, dort war sie aufgewachsen. Er hatte eingewilligt, wahrscheinlich war es so am besten. Ihre Eltern waren auf dem Weg hierher. Sobald die Leiche seziert und untersucht war, würden sie sie mit nach Neu-England nehmen, um sie dort zu beerdigen. Er holte tief Luft und bemühte sich, ruhig zu bleiben.

»Was?« fragte Mel und legte eine Hand ans Ohr.

Rick schüttelte den Kopf, er hatte nichts gesagt.

»Du willst jetzt natürlich nicht darüber nachdenken, Rick, aber die Sache kann leicht eskalieren. Die sind ja völlig verrückt da draußen.«

»Wie meinst du das – ›eskalieren‹?«

Christopher machte ein betretenes Gesicht. »Du kanntest doch Tor. Wer weiß, welchen Dreck diese Typen an die Öffentlichkeit zerren.«

»Was soll das heißen – ›eskalieren‹?«

Chris schob ungehalten das Kinn vor. »Das muß ich dir doch nicht erklären, Rick.«

»Doch, mußt du«, sagte Rick ruhig. »Ich bin ein bißchen schwer von Begriff.«

»Du bist prominent.«

»Na und?« Er wußte, worauf Chris hinauswollte, doch er wollte es aus dessen Mund hören.

»Du bist Publicity gewöhnt. Du weißt, wie man ein bestimmtes Image verkauft. Die stürzen sich auf alles, was du ihnen bietest. Das mußt du jetzt in großem Stil machen, das weißt du. Du bist ein Profi.« Chris warf Dan einen verärgerten, um Beistand bittenden Blick zu.

»Genau.« Endlich sagte Dan auch mal was. »Du hast die Medien doch immer toll für dich genutzt.«

»Und was hat das damit zu tun, daß ich mir einen Anwalt nehmen soll?«

Mel verlagerte seinen Bauch. »Wir wollen nur dein Bestes, das weißt du. Wir werden dich schützen, so gut wir können, damit dir niemand was zuleide tut.«

Rick starrte die drei entgeistert an. Man hatte ihm bereits etwas zuleide getan.

»Macht ihr euch Sorgen wegen der Firma?« fragte er leise. »Befürchtet ihr, daß ich der Firma schade?«

»Nein«, sagte Dan aufbrausend. »Bist du wirklich so begriffsstutzig? Die werden wie Geier über dich herfallen – Schadenfreude nennt man das. Begreifst du das nicht?«

Rick schüttelte den Kopf, doch langsam dämmerte es ihm.

»Die werden sich an deinem Schaden weiden, dich bei lebendigem Leib auffressen«, sagte Dan beharrlich. »Wir wollen den Schaden begrenzen so gut es geht.«

Mel ergriff das Wort. »Wir wollen vermeiden, daß die Sache völlig außer Kontrolle gerät, verstehst du?«

Rick preßte die Zähne zusammen. »Mir können sie nichts anhängen, falls ihr das meint.«

Dan schüttelte den Kopf. »Sei doch nicht so naiv, Rick. Die finden immer was. Du –«

Dan hielt unvermittelt inne, als Patrice, mit einem Tablett voller Köstlichkeiten, mit ausdrucksloser Miene das Zimmer betrat. Stirnrunzelnd wandte sich Rick Patrice zu, ihre Blicke kreuzten sich.

12

»Was machst du da?« schrie Sai Woo ihre Tochter an.

April blieb abrupt stehen, als wäre ihr eine Kugel in die Quere gekommen. Sie war gerade im Begriff, die Treppe zu ihrer Wohnung hochzuschleichen und hatte eigentlich nicht von ihrer Mutter ertappt werden wollen. Mike sagte immer, daß sie sich zu viele unnötige Sorgen machte, über die Gefühle ihrer Mutter zum Beispiel statt über ihre eigenen. Sie war fast dreißig und machte sich immer noch Gedanken darüber, was ihre Mutter sagte, so daß aus jedem anfangs noch so unbedeutenden Wortwechsel unweigerlich eine Schlacht in dem langen, blutigen Krieg wurde, den April unmöglich gewinnen konnte. April unterdrückte ein Seufzen.

Es hatte seit dem Morgen nicht mehr geschneit. Den ganzen Tag lang war es etwa null Grad gewesen, in den frühen Abendstunden war die Temperatur aber wieder gefallen. Die Straßen waren derart vereist, daß der Bürgermeister in einer Radioansage vor dem Autofahren gewarnt hatte, besonders in Manhattan. Während ihrer riskanten Heimfahrt hatte April die Ansage einige Male gehört. Sie fuhr einen weißen Chrysler LeBaron, dessen Raten sie wahrscheinlich noch zur Jahrtausendwende abbezahlen würde. Nach einer Konfrontation mit ihrer Mutter – die bestimmt schon den ganzen Tag darauf gelauert hatte – stand ihr der Sinn jetzt wirklich nicht.

»Wo geschlafen letzte Nacht? Wo warst du, ganzen Tag lang?« wollte Sai Woo wissen.

April drehte sich widerwillig um. *Skinny Dragon Mothers* Augen waren zu kriegerischen Schlitzen zusammengekniffen.

»Bei der Arbeit, wo sonst, Ma?«

Sai Woo hatte ihrer Tochter vor langer Zeit erklärt, was es mit Drachen auf sich hatte; ihre Mutter war ein solches Ungeheuer, das wußte April. Ein Drache hatte die Augen eines Dämons, die Ohren einer Kuh, den Hals einer Schlange und den Bauch eines Krebses. Auf dem Kamelkopf saß eine Art »Luftbeutel«, mit dem er durch die Lüfte flog; ein Drache kann es schneien oder regnen lassen und dafür sorgen, daß das Leben elender Wurmkreaturen – so wie April eine war – von schweren Stürmen erschüttert wird. Der Drachenpanzer besteht aus 117 Schuppen, 81 gutartigen (yang) und 36 bösartigen (yin). Es gäbe Hunderte verschiedener Drachenarten, behauptete Sai, alle rücksichtslos und mächtig. Sauste ein Drache aus einer goldenen Wolke herab, konnte man nur raten, ob die gutartigen oder die bösartigen Schuppen die Oberhand haben würden.

Heute abend trat dieser Drache wieder einmal in Form ihrer Mutter auf; seine Verkleidung bestand aus einer schwarzen Bauernhose und einer dicken, seidenen Steppjacke mit Kirschblüten auf türkisfarbenen Zweigen. Den »Luftbeutel« auf dem Kopf konnte man nicht sehen, er war verdeckt von Sais Haar, das aussah wie gefriergetrockneter Seetang.

April stierte die Jacke an und fragte sich, wo sie herkam. »Schöne Jacke, Ma. Ist die neu?«

Sai schüttelte den Kopf, wobei sich der Seetang nicht einen Millimeter bewegte. »Alt«, verkündete sie. »Uralt.« Sie strich über einen Ärmel und streichelte dann das winzige, apricotfarbene Hündchen auf ihrem Schoß. Dim Sum, die kleine Pudelhündin, hob nicht einmal den Kopf, sondern begrüßte April lediglich mit einem zaghaften, flauschigen Schwanzwedeln. »Wo du geschlafen? Lüg nicht. Seh ich dir an.«

»Ich hab die ganze Nacht gearbeitet«, sagte April, froh darüber, daß dies der Wahrheit entsprach.

»Glaub nicht.«

»Stimmt aber.« Sie hatte auch den ganzen Tag über gearbeitet, bis auf die paar Minuten Mittagspause, in denen sie erschöpft – ganz gegen ihre Prinzipien – auf einer der Pritschen im Mannschaftsraum zusammengebrochen war. Es war ein merkwürdiger Tag gewesen: In dem Büro, an dessen Tür *Special Cases* stand, war jetzt Mike untergebracht, und die Stimmung in der Mannschaft war wegen der ungewohnten Medieninvasion sehr angespannt.

»Was soll ich sagen, Ma?« Es war April unmöglich, sich aus dem Kraftfeld zu lösen, das sie zum Blickkontakt mit den Dämonenaugen ihrer Mutter zwang.

Es ließ sich einfach nicht vermeiden. April mußte auf dem Weg zu ihrer Wohnung oben immer durchs gemeinsame Treppenhaus. *Skinny Dragon Mother* war unten im Wohnzimmer postiert, das nur durch einen Türbogen vom Flur getrennt war, und wenn sie im Rahmen des Türbogens stand, hatte sie Ähnlichkeiten mit dem Bildnis einer allmächtigen, würdevollen Herrscherin aus dem neunzehnten Jahrhundert, die sie zu gerne in Queens, New York, verkörpert hätte.

Skinny Dragon Mother saß auf einem der beiden unbequemen, geschnitzten Holzstühle. Vornehme Familien im alten China hatten solche Stühle besessen. Bei diesen Stühlen ohne Polster handelte es sich allerdings um Imitate. Einer war für sie und einer für ihren Mann. Sie waren Symbole für die klassenlose, amerikanische Gesellschaft, in der Ja Fa Woo und Sai Yuan Woo einst Zuflucht gesucht hatten. Sie waren in ein Land geflüchtet, in dem jeder reich werden konnte, in dem jeder ein Backsteinhäuschen in Astoria, Queens, kaufen konnte. Hier konnte man auf einem Thron sitzen mit einem Tausenddollarpudel auf dem Schoß, ohne Gefahr zu laufen, daß ein hungriger Nachbar vorbeikam und den Hund verspeiste.

Sai Woo hätte eigentlich eine glückliche Frau sein können – auch wenn auf der Unterseite des Stuhls *»Made in Taiwan«* stand. Fast all ihre Wünsche waren in Erfüllung gegangen. Sie war überzeugt davon, daß ihr Stuhl einst einem bedeutenden Seidenhändler mit vielen Ehefrauen gehört hatte. Und genau auf diesem wichtigen Stuhl, der einst der Kampffrau Platz geboten hatte, saß sie nun.

In Wahrheit waren Sais Vorfahren bettelarme Bauern gewesen, die weibliche Neugeborene einfach aussetzten und halbwüchsige Töchter als Sklavinnen und Konkubinen an Leute verkauften, die mehr zu essen hatten. Beinahe wäre dieses Schicksal auch ihr widerfahren. Statt dessen hatte sie anderes, Unaussprechliches durchlitten, bevor sie nach Amerika kam. Auf diese Ereignisse spielte sie häufig an (ohne sie je zu verraten), um ihre Tochter zu beschämen und zum Gehorsam zu bewegen.

Daß Sai nicht sehr glücklich war, lag daran, daß ihre Tochter sich weigerte, ein angemessenes Leben zu führen. Zu Sais Schande hatte sich April nicht zu der Tochter entwickelt, die sich eine chinesische Mutter wünschte. April war bei der Polizei, trieb sich nächtelang herum, jagte den schlimmsten menschlichen Abschaum, und manchmal prügelte sie sich sogar auf der Straße. Manchmal, wenn sie nach Hause kam, roch sie nach Tod. Die restliche Zeit verbrachte sie mit Männern fragwürdigen Charakters – o ja, Sai wußte Bescheid, im Fernsehen und in der chinesischen Zeitung wurde ständig über die Korruption im Police Department berichtet.

April mangelte es an Anstand und Ehre, sonst würde die Wurmtochter doch diesen schrecklichen Job an den Nagel hängen, einen chinesischen Arzt heiraten und viele Kinder produzieren, mit denen Sai Woo angeben und die sie ordentlich maßregeln konnte. Sai Woo beklagte sich täglich über diese Umstände und beabsichtigte, Abhilfe zu schaffen. Sie streichelte den Hund – ihr Baby – und sah April stirnrunzelnd an.

»*Boo Hao, ni.* Du schlecht aussehen.«

»Ich bin müde«, bestätigte April. Sie stand in der Tür. Nach dem Mittagsschläfchen hatte sie in der Frauenumkleide, als keine anderen Officers da waren, geduscht. Das machte sie nur ungern, aber es war besser als der Besucherwaschraum. Dann hatte sie die verknitterte Jacke und Hose übergestreift, die sie für die Gelegenheiten im Spind aufbewahrte, wenn der Leichengestank so unerbittlich an ihr haftete, daß er drohte, sie von ihrer Arbeit abzuhalten. Doch gegen den Leichengeruch, der ihr in der Nase und den Nebenhöhlen hing, konnten eine frische Jacke und ein neuer Pulli allerdings nichts ausrichten.

Sais Gesicht wurde sanfter. »Hast andere Kleider an. Wieder Mord?«

April nickte. Ja, wieder ein Mord – und obwohl es Winter war und die Leichen nur ganz kurz draußen gelegen hatten und sie nicht besudelt worden waren, hatte sie die Kleidung gewechselt. Skinny Dragon hatte richtig geraten.

»Weiß schon«, sagte Sai voller Genugtuung.

»Tut mir leid, daß ich nicht angerufen habe. Ich hatte überhaupt keine Zeit. War ein schrecklicher Tag.«

Sai nickte. »Weiß schon. Du Chefin. Polizei nicht gut. Nur April Woo, oberste Chefin, sehr gut.«

April lächelte unwillkürlich. »Danke, Ma. Freut mich, daß du eine so hohe Meinung von mir hast.«

»Nicht Meinung. Wahrheit.« Um das zu betonen, spuckte Sai eine Kürbiskernschale aus und legte sie auf das Tellerchen auf dem Tisch vor ihr. Plötzlich schlug ihre Stimmung um.

»Sehr traurig, *ni.* Mag Ericka sehr. Sehr traurig, schwarzer Mann sie umgebracht. Hast du festgenommen?«

Unwillkürlich machte April einen Schritt nach vorn und stand jetzt in der Wohnung ihrer Eltern. »Was redest du da?«

»Ericka Findley«, erwiderte Sai wütend, als stellte sich April absichtlich dumm. »Weiß schon du arbeiten Ericka-Findley-Fall. Passiert gestern nacht. Deshalb du nicht nach Hause kommen. Du gutes Mädchen, *ni.* Du fangen Mörder.«

April betrachtete ihre Mutter entgeistert. »Wer ist Ericka Findley?«

»Berühmte Filmstar. Sehen jeden Tag.«

Aha, es ging um eine Fernsehserie. Das kam öfter vor. Es gelang *Skinny Dragon Mother* nicht immer, die Realität klar von den anderen Sphären, in denen sich Drachen und Geister tummelten, zu trennen. Mit solchen Wirrköpfen hatte April tagtäglich zu tun. Da blieb einem eigentlich nichts anderes übrig, als sie psychologisch geschickt zum Verstummen zu bringen, sonst kam man nie ins Bett.

»Du hast sie also im Fernsehen gesehen«, gab April das Stichwort.

»Nicht mehr.« Sai schüttelte zornig den Kopf.

»Du siehst die Sendung also nicht mehr«, übersetzte April. Konnte sie jetzt endlich schlafen gehen?

»Doch, Fernsehen. Ericka nicht mehr.«

»Von welcher Serie sprichst du, Ma?«

»Diese Serie. Du wissen.«

April sah nie fern. Sie hatte keine Ahnung, wovon ihre Mutter redete.

»Du *wissen*«, zischte Sai. »Oder du dumm?«

»Was hast du im Fernsehen gesehen?« fragte April und versuchte, die hysterischen Yin-Schuppen zu beruhigen.

»Nicht dich. Warum du nicht im Fernsehen? Du Chefin«, fuhr Sai sie an.

»Als Polizeisprecherin meinst du?«

Sai nickte. »Du Fehler gemacht?«

»Ich mache keine Fehler, Ma.«

Sai schnaufte und spuckte noch eine Schale aus. April runzelte die Stirn. Sie hatte nicht bemerkt, daß ein weiterer Kürbiskern in den Mund ihrer Mutter gewandert war und fragte sich, wo die zweite Schale herkam.

Sai schnaufte wieder und ging über in chinesisches Gezeter. »Du machst viele Fehler«, schrie sie. »Du hast Dr. George zum Beispiel nicht geheiratet. Er mochte dich, du hättest einen Arzt heiraten können. Was für eine Schande, jetzt heiratet der Doktor selber.«

April sagte lieber nichts zu der bevorstehenden Hochzeit des pummeligen Dr. George Dong mit der molligen Dr. Laura Cha. Sie mußte bei diesem Thema jedoch an den chinesischen ADA denken, den sie gestern kennengelernt hatte, und der ihr recht gut gefiel. Was ihre Mutter wohl von einem chinesischen Anwalt halten würde?

»Die Polizei sagt, ihr Mann habe sie umgebracht, weil sie

eine Affäre mit seinem besten Freund hatte.« Sai wechselte das Thema.

April holte tief Luft. »Wer hat das gesagt?«

»Polizei im Fernsehen.«

April redete jetzt wieder Englisch. »Um welche Serie geht's überhaupt?«

»Sarah Day.«

Aprils Herz pochte heftig. Sie nagte verärgert an der Unterlippe und mußte sich zusammenreißen, um nicht ebenfalls zu schreien. Manchmal kam ihr der böse Gedanke, den Drachen, der vorgab ihre Mutter zu sein, mit ihrer neuen 9-Millimeter-Pistole zurück nach China zu pusten, wo er hingehörte. »Du sprichst nicht etwa von den Nachrichten, Ma, oder?«

Angewidert schnalzte Sai mit der Zunge, setzte den Hund ab und baute sich in voller Größe vor April auf. An einem guten Tag waren das knapp anderthalb Meter. »Fernsehen sagt, schwarzer Mann sie umgebracht. Was du sagst?«

April kapierte endlich. »Merrill, sie hieß Merrill Liberty, nicht Ericka Findley. Ericka Findley heißt sie nur in der Fernsehserie. In Wirklichkeit heißt sie Merrill Liberty, und wir wissen noch nicht, wer sie umgebracht hat.«

»Schwarzer Mann«, behauptete Sai.

»Ich geh jetzt ins Bett.«

»Spanier bringen Frauen um, genauso.« Von Eifersucht war die Rede. Und Sai spielte auf Aprils Leben an. »Was du sagen jetzt, *ni?*« schrie sie.

April seufzte erschöpft. Wieder einmal hatte sie es versäumt, die Gelegenheit beim Schopf zu packen und den Drachen zu töten. Und ihre Mutter glaubte, wieder einmal einen Schlagabtausch gewonnen zu haben. April machte sich endlich auf den Weg in ihre eigene Wohnung. »Ich finde, du siehst zuviel fern«, rief sie ihr über die Schulter hinweg zu.

13

Dienstag morgen, 8.20 Uhr. Daphne Petersen öffnete die Wohnungstür einen Spaltbreit und musterte die chinesische Beamtin mit gerunzelter Stirn.

»Sie sind von der Polizei«, bemerkte sie treffsicher.

»Richtig, das sagte ich bereits Ihrem Portier.«

»Was wollen Sie? Ich hab keine Zeit.« Gereizt fuhr sie sich durch das schwarzglänzende Haar. »Monica«, schrie sie. »Wo zum Teufel steckst du?«

»Ich muß mit Ihnen reden«, sagte April.

»Wie gesagt, das ist jetzt unmöglich. Ich habe gestern doch alle Fragen restlos beantwortet. Das dürfte reichen.« Daphne wollte die Tür schließen. April stellte flink einen Fuß dazwischen.

Ihr Stiefel wurde zwischen Tür und Rahmen eingequetscht. April lehnte sich gegen die Tür, die Witwe drückte von der anderen Seite und wollte sie auf keinen Fall hereinlassen. Bei diesem Kräftemessen erhaschte April einen Blick auf Daphnes silberblaues schimmerndes Kleid. »Sieht aus wie Seide«, beliebte Sai Woo zu sagen, wenn sie wieder mal ein Polyester-Schnäppchen gemacht hatte. Hier handelte es sich allerdings um echten Seidenglanz. In der Gegenwart privilegierter Leute kam sich April häufig klein und untertänig vor, und es fiel ihr schwer, sich durchzusetzen. Bei Mrs. Petersen war das nicht der Fall. Die frische Witwe gab keinen Zentimeter nach, und April bemerkte den Spott hinter Daphnes Entschlußkraft.

»Keine Sorge, Mrs. Petersen. Es ist nicht ungewöhnlich, daß wir noch mal mit den Leuten reden müssen.« Sie versuchte es mit der beschwichtigenden Methode.

»Das sehe ich gar nicht ein.«

»So eine Ermittlung braucht eben ihre Zeit. Öffnen Sie

bitte die Tür, ich möchte Sie nicht verletzen.« Die Frau legte es geradezu auf ein Gefecht an.

»Was wollen Sie denn von mir? Es steht doch fest, wer der Mörder ist.«

»Wir müssen noch einiges klären, bevor wir eine Festnahme durchführen können.«

»Aha ...« Daphne warf einen Blick ins Zimmer hinter sich, so daß April die komplizierte Frisur, die aus zwei sich über den Rücken schlängelnden Haarrollen bestand, von hinten zu sehen bekam. »... zur Zeit paßt es aber wirklich nicht. Sie müssen noch mal anrufen und einen Termin vereinbaren.«

April kramte ihre Ausweispapiere hervor. »Tut mir leid, daß ich Sie in Ihrer Trauer störe«, sagte sie gelassen. »Aber es geht hier um einen Mord. Das hat schon eine gewisse Dringlichkeit, finden Sie nicht auch? Ich habe keine Zeit, einen Termin zu vereinbaren.«

»Stecken Sie Ihre Papiere weg, ich weiß doch, wer Sie sind. Mir liegt an der Sache genausoviel wie Ihnen. Ich bin sogar im Moment damit beschäftigt. Sie werden unten warten müssen, bis ich Zeit für Sie habe.«

»Das ist leider nicht möglich, Mrs. Petersen. Entweder wir reden hier oder Sie kommen mit aufs Revier.«

»Aufs Revier? Was denken Sie eigentlich, wen Sie vor sich haben? Ich kann nicht aufs Revier kommen. Wissen Sie überhaupt, was los ist? Unten wimmelt es ja nur so von Presse.«

April legte den Kopf zur Seite. In dieser Gegend war ihr niemand aufgefallen. »Sie könnten den Reportern sagen, daß Sie der Polizei bei den Ermittlungen helfen. Ich habe nur ein paar Fragen zu den Gewohnheiten Ihres Mannes, zu seinem Tagesablauf. Was wissen Sie eigentlich über seinen Chauffeur?«

»Wally?«

»Genau.«

»Ich bin mitten in einem Interview.« Der Druck an der Tür

ließ etwas nach. Die Beamtin stemmte sich noch ein wenig dagegen, doch da Daphne bereits beschlossen hatte, aus dem Weg zu gehen, stürzte April mit Schwung in die Wohnung.

»Was ist denn los, Daphne?« Eine große, rothaarige Frau eilte herbei. »'tschuldigung, ich wollte dich nicht im Stich lassen. Ich war auf dem Klo«, raunte sie. »Magenschmerzen.« Dann schenkte sie April einen strahlenden Blick. »Ich bin Monica Abeel. Von welcher Zeitung sind Sie, und was können wir für Sie tun?«

April zeigte ihre Marke und schob sich ins Zimmer. Auf dem flauschigen eisblauen Wohnzimmerteppich schlängelten sich dicke schwarze Scheinwerferkabel. Die Möbel waren zur Seite gerückt worden, und im Mittelpunkt dieses Instant-TV-Sets stand ein Zweisitzer. Das dreiköpfige Team lungerte, Donuts essend und aus Styroporbechern Kaffee trinkend, auf den Sofas herum. Die Dame, die das Interview führen sollte, trug ein unkleidsames, zitronengelbes Kostüm und war gerade am Telefon.

»Ach du Schreck«, entschlüpfte es der rothaarigen Monica. »Hast du der Beamtin nicht gesagt, daß wir bei der Arbeit sind?«

»Sie wollte nicht hören. Kümmer dich um sie, ja?«

Daphne Petersen entfernte sich.

April mußte an Steve Zapora und den Spiegel in Bed-Sty denken. *Sie mit dem schlampigen blauen Kleid und der beschissenen Frisur. Ja, genau, mit Ihnen rede ich. Bleiben Sie stehen.* Mit einem Lächeln auf den Lippen folgte sie Daphne Petersen in das bereits überfüllte Wohnzimmer, während Monica Abeel erwog, sie gewaltsam zurückzuhalten, sich dann aber dagegen entschied.

»Verdammt«, Monica hastete hinter April her und stürzte sich auf die Frau in dem häßlichen, gelben Kostüm. »Cinda, Schatz. Können wir vielleicht eine kleine Pause machen? Daphne muß sich ganz kurzfristig um eine *winzige* Sache kümmern. Genau, ruht euch ein bißchen aus. Laßt euch doch was vom Chinesen bringen. ’tschuldigung. Komm, Daphne, hier lang. Sei bitte kooperativ. Das ist aber auch kompliziert, Miss –«

»Sergeant –« weiter kam April nicht. In das Kamerateam kam plötzlich Bewegung.

»Laßt euch nicht stören«, rief Monica. »Hier lang, meine Liebe.«

»Eine Polizistin?« Die Frau namens Cinda eilte herbei.

Monica faßte April unter. »Sie sind sehr attraktiv. Haben Sie denn schon einen Agenten? Einer japanischen Polizistin bin ich noch nie begegnet.«

April sah sie verdutzt an. »Ich bin Chinesin«, berichtigte sie.

»Egal, das beeinträchtigt den Umsatz nicht. Kein Wort *ohne* eine Agentin, hören Sie?« Ihre Hand kroch in die Tasche und kam mit einer Visitenkarte wieder heraus, die sie April überreichte.

»Ich würde nicht einmal im Traum daran denken«, murmelte April und nahm die Karte entgegen. Das würde ihrer Mutter gefallen.

Es war 10 Uhr, und April vervollständigte gerade ihre Aufzeichnungen über das Gespräch mit Daphne Petersen – Liberty war demnach gewalttätig, hatte seine Frau schlecht behandelt, und Merrill Liberty hatte seit zehn Jahren eine Beziehung mit Tor, Daphnes verstorbenem Mann, gehabt. Plötzlich schneite Hagedorn mit einem breiten Grinsen auf dem fleischigen Gesicht in ihr Büro.

»Hi, Charlie, was gibt’s?« Sie sah kurz auf und fühlte sich bei seinem Anblick an einen ehemaligen Schulkameraden erinnert, einen mondgesichtigen Schlägertypen, dem mittlerweile ein paar Betriebe in Chinatown gehörten, in denen er Hungerlöhne zahlte und illegale Einwanderer ausbeutete.

Dieser Tyrann hatte eine ausgeklügelte Ausweichtaktik: Jedesmal, wenn einer seiner Betriebe dichtgemacht wurde, landeten nur seine Geschäftspartner im Knast, während er von Jahr zu Jahr fetter und reicher wurde.

Charlie lehnte im Türrahmen, eine Hand am Türgriff. Zu seinem grünen Jackett trug er ein gelbes Hemd und eine dünne, schwarze Krawatte. Sein Bauch war so dick, daß die unteren Hemdknöpfe sperrten. Die Taschen des Jacketts waren ausgebeult, und die Hose hing gefährlich tief auf den Hüften. Zur Abwechslung mal energiegeladen, boxte er frohgemut in der Luft herum. »Ich glaub, mir ist was eingefallen, zu diesem Kerl – Liberty«, hob er an.

»Er war ein berühmter Footballspieler«, sagte April und wunderte sich wieder einmal über Hagedorns Blödheit.

»Ja, ja.« Hagedorn grinste. »Das ist nicht alles.«

»Jetzt ist er Börsenmakler und macht jährlich eine Million Dollar Gewinn.« April trommelte mit den Fingern aufs Telefon und wünschte sich, daß es klingelte und sie sich einem anderen Thema widmen konnte. »Ein Haufen Geld.«

»Was wollen Sie damit sagen?« Hagedorn kniff die Augen mißtrauisch zusammen. »Was hat das damit zu tun?«

»Nichts.« Iriarte hatte befohlen, behutsam vorzugehen. Hatte er deshalb den sanften Charlie beauftragt, detaillierte Nachforschungen über Liberty anzustellen, während er es ihr überließ, Petersens Testament und die engen Freunde und Aktivitäten seiner charmanten Witwe auszukundschaften?

»Machen Sie keine Fehler«, hatte der Lieutenant sie gewarnt, bevor er gestern abend nach Hause gegangen war. Er hatte mit dem Finger vor ihrer Nase herumgewedelt und hinzugefügt: »Und lassen Sie diesen Sanchez nicht aus den Augen.«

Verärgert warf April einen Blick auf ihre Armbanduhr. Warum sollte sie auf Sanchez aufpassen? Führte der etwas im Schilde oder war Iriarte einfach nervös und wollte, daß sie

Mist baute, sich blamierte und ihre ganze Karriere in den Sand setzte? Mike hatte gestern abend nicht mehr angerufen, war bisher noch nicht aufgetaucht und hielt es anscheinend auch nicht für nötig, ihr seine heutigen Pläne mitzuteilen. Vielleicht führte er ja tatsächlich etwas im Schilde. Sie war wütend darüber, daß er sich in diesen Fall gedrängt hatte und auf eigene Faust ermittelte; er hatte Iriarte verärgert und ließ sie im dunkeln tappen. Warum verliefen die Ermittlungen so chaotisch? Eigentlich hatten sie doch eine Strategie, oder? Aber hielten sie sich daran? Offensichtlich nicht.

»Was ist Ihnen eingefallen, Charlie?« fragte sie freundlich, als ob sie große Stücke auf ihn hielte.

»Wir hatten schon mal Ärger mit diesem Kerl.« Hagedorn umklammerte immer noch den Türgriff, als fürchtete er sich, näher zu kommen.

»Mit –?«

»Mit Liberty natürlich.«

»Aha. Weshalb?«

»Beschwerden der Nachbarn.«

»Worüber?« Dem langsamen Hagedorn mußte man förmlich jede Einzelheit aus der Nase ziehen.

»Lärm, Geschrei, Familienstreitigkeiten.«

»Und –?« Sie sah ihn mit ausdrucksloser Miene an.

»Einer unserer Officers ging hin … Familienstreitigkeiten, das könnte doch heißen, daß er gewalttätig war.« Hagedorn grinste. *Interessant, oder?*

»Und wie hieß dieser Officer? Haben Sie den Bericht dabei, Charlie?«

»Kann ich sicher ausfindig machen.« April hatte seinen Ballon platzen lassen, seine Freude verpuffte.

»Danke.«

»Es wäre sehr wichtig.« Jetzt klang er angriffslustig.

Was wollte Hagedorn bloß? Die Worte eines ehemaligen Supervisors kamen ihr in den Sinn: *Wenn ihr einen Verdäch-*

tigen vor euch habt, der euch mit einer Eisenstange den Schädel einschlagen will oder euch mit einem Messer bedroht, dann zieht auf keinen Fall, ich wiederhole, zieht auf keinen Fall *eure Pistole, auch wenn ihr dem Gesetz nach nicht warten müßt, bis sein Messer aufblitzt. Statt dessen, Officers, vergrößert euren Radius. Warum? Weil das Arschloch euch nicht erwischen kann, wenn ihr außer Reichweite seid.*

April befolgte diesen Rat und ging außer Reichweite.

»Finden Sie raus, wie viele Berichte es gibt. Ob die Frau Prellungen hatte, ärztlich behandelt werden mußte. Ob sie im Krankenhaus war. Wollen Sie das überprüfen?«

Er nickte. »Ich suche Ihnen alles raus, was ich über diesen Scheißkerl finde.«

»Super, Charlie. Tun Sie das.«

Er ließ den Türgriff los und wollte gehen, drehte sich aber noch einmal um. »Da ist noch was.«

April hatte schon den Telefonhörer in der Hand. »Ja?«

»Diese Telefongespräche mit dem Opfer. Liberty rief doch im Restaurant an.«

»Und?«

»Ich hab's überprüft. Er rief nicht vom Flugzeug oder auf dem Heimweg vom Wagen aus an. Das Gespräch kam aus seiner Wohnung. Er war Viertel nach zwölf bereits zu Hause.«

Hagedorn ließ diese Information eine Weile bedeutungsvoll im Raum stehen und machte dann auf seinen Gummisohlen kehrt, wobei er Aprils Tür offenstehen ließ. Der Mann in der Verwahrungszelle im Mannschaftsraum begann, auf griechisch herumzubrüllen.

Liberty und seine Frau hatten also derart lautstarke Auseinandersetzungen gehabt, daß die Nachbarn wiederholt die Polizei alarmiert hatten. Nachdem er aus Chicago zurückgekommen war, hatte Liberty seine Frau im Restaurant angerufen. Er hatte also gewußt, daß sie mit seinem besten Freund dort zu Abend aß. Daß er um Mitternacht zurückgekommen war, wußten sie doch bereits. Hätte er genug Zeit gehabt, die beiden zwölf Häuserblocks entfernt abzupassen? War der Chauffeur tatsächlich nach Hause gefahren? Wußte Liberty, daß Tor den Chauffeur weggeschickt hatte?

In achtzig Prozent der Fälle wurden Morde von Verwandten oder Bekannten begangen. Nur für die restlichen zwanzig Prozent waren Fremde zuständig. Wahrscheinlich war einer dieser drei der Täter: Daphne Petersen (des Geldes wegen), Wally Jefferson (weil er ein Dieb war?), Liberty (aus Eifersucht). Irgend jemand mußte doch etwas gesehen haben. Um Mitternacht hatte es nicht geschneit.

Sie wählte Jasons Nummer. Er hob nach dem ersten Läuten ab. »Ich muß mit Ihnen reden, Jason.«

»Guten Morgen, April«, sagte Jason. »Ich bin gerade in einer Sitzung.«

»Danke, daß Sie abgehoben haben. Wann können wir uns treffen –?«

»Wie wär's um halb eins? Das ließe sich einrichten.«

»Soll ich vorbeikommen?«

»Tun Sie das.« Er legte auf.

April rief Dr. Washington an, um herauszufinden, was sich im Rechtsmedizinischen Institut ergeben hatte. Das Telefon läutete zehnmal, dann schaltete sich der Anrufbeantworter ein. April hinterließ eine Nachricht und legte auf. Zwischen ihrem Büro und dem Büro für *Special Cases,* in dem Mike je nach Laune irgendwann aufkreuzen würde, waren zwei stabile Türen, eine Wand und der Flur.

Verdammter Kerl. April wählte die Nummer seines Piepsers. Fünf Minuten später rief er zurück.

»Yo, *querida,* was gibt's?«

»Das sollte ich dich fragen. Wo steckst du überhaupt?«

»Bei den Rechtsmedizinern. Wir sind gerade bei einer Autopsie.«

»Wieso erfahre ich das erst jetzt? Jemand Interessantes?«

»Merrill Liberty. Und rat mal, wer noch hier ist.«

Sie holte tief Luft. Zum vierten oder fünften Mal innerhalb der letzten 24 Stunden hegte sie Mordgedanken. Scheißkerl. Vor Wut fiel ihr keine passende Antwort ein. »Wer?« fragte sie nach einem Augenblick.

»Dein Chef, Iriarte.«

»Ganz toll, Mike. Wirklich klasse. Wann kommst du aufs Revier?« fragte sie kühl.

»Hast du mich vermißt?«

»Fang bloß nicht damit an. Du weißt genau, wie ich es hasse, wenn man mir Informationen vorenthält.«

»Du haßt vieles, *querida.* Wenn ich mir darüber immer den Kopf zerbrechen würde, kämen wir ja nirgendwohin.«

»Wir sind nirgends.«

Mike seufzte. »*Es verdad.* Du hast dich gestern abend einfach verdrückt. Genau wie früher. Na ja. Ich bin in einer Stunde da, den vorläufigen Befund bring ich mit.«

»Dann bin ich wahrscheinlich unterwegs, *chico.*«

»Sei doch nicht so, April.«

»Du hättest anrufen können.«

»Du auch«, erwiderte er schroff. Es knisterte in der Leitung – die typische New Yorker Spannung. »Ich muß Schluß machen, sie wird gerade aufgeschnitten.«

14

Jason war verwirrt. Die Uhr auf seinem Schreibtisch zeigte 12.35 Uhr, doch es kam ihm viel später vor. Er drehte sich auf seinem Schreibtischstuhl hin und her. »Ich verstehe nicht ganz, was Sie von mir wollen, April«, sagte er.

»Es gibt zur Zeit drei Tatverdächtige: Petersens Chauffeur, Daphne Petersen – und Ihr Freund, Rick Liberty.«

»Gut, fangen Sie mit dem Chauffeur an.«

»Wally Jefferson. Eine zwielichtige Gestalt. Er arbeitete auch manchmal für Liberty. Eine merkwürdige Beziehung. Ich bin aber noch nicht richtig dahintergekommen. Laut Liberty hat Jefferson seinen Wagen gestohlen. Der wiederum sagt, daß er ihn benutzen durfte. Libertys Wagen ist jedenfalls verschwunden.«

»Spielt das eine Rolle?«

»Wissen wir noch nicht.«

»Gut. Und weiter?«

»Der Chauffeur fuhr Merrill und Petersen zum Theater. Das steht fest. Was danach geschah, ist nicht ganz klar. Angeblich schickte Petersen Jefferson gegen Viertel vor acht nach Hause. Er fuhr mit Petersens Wagen nach Hause, nach New Jersey. Seine Frau bestätigt, daß er um halb elf zu Hause war und bis zum nächsten Morgen nicht von ihrer Seite gewichen ist. Wir hören uns gerade in der Nachbarschaft um, ob jemand die Limousine gesehen hat. Vielleicht läßt sich die Aussage seiner Frau widerlegen...« April zuckte mit den Schultern. »Wir haben allerdings kein handfestes Motiv, weshalb Jefferson seinen Chef und Merrill Liberty hätte umbringen sollen. Er sieht nicht gerade wie ein Mörder aus, in seinem Vorleben haben wir auch nichts diesbezügliches entdeckt – das beweist natürlich nichts. Nummer zwei: Petersens Witwe profitiert von der Sache und hat ein eindeutiges Motiv. Er war über 200 Millionen Dollar schwer. Ich glaube, dafür würde sie sogar ihre Mutter umbringen.«

Jason stieß einen leisen Pfiff aus. »Emma sagt, Tor wollte sich von ihr scheiden lassen.«

»Um halb neun heute morgen gab Daphne total herausgeputzt ein Fernsehinterview in ihrem Wohnzimmer. Heute abend wird sie bekanntgeben, daß Merrill Liberty seit zehn Jahren mit ihrem Mann liiert war. Wo er die bloß aufgegabelt hat?«

»Tja, die Liebe ist heutzutage auch nur ein Geschäft.«

»Glauben Sie, Emma hat uns gestern einiges über Merrill verschwiegen?«

Jason runzelte die Stirn. »Was wollen Sie damit sagen?«

April blätterte in ihrem Notizbuch. »Sie sagte, Merrill und Petersen waren nur Freunde und daß Rick nicht eifersüchtig war.«

»Ich erinnere mich«, bestätigte Jason ohne weiteren Kommentar.

»Daphne Petersen erzählt etwas ganz anderes. Angeblich war Rick sehr eifersüchtig und hat Merrill häufig geschlagen.«

Jason schüttelte den Kopf. »Das muß sie ja behaupten, April, schließlich steht sie selbst unter Verdacht.«

»Möglich.«

»Das ist doch bloßes Gerede.«

»Nicht mehr, wenn es Zeugen gibt.«

»Also, April. Das ist doch kompletter Schwachsinn. Sie wissen ganz genau, daß Emma mir nicht verschwiegen hätte, wenn sie Anzeichen von Mißbrauch bemerkt hätte. Merrill hätte sich das auch nicht bieten lassen.«

»Vielleicht hatte sie Angst oder schämte sich?«

»Nein.«

»Aus unseren Akten geht hervor, daß die Polizei wiederholt wegen familiärer Auseinandersetzungen in Libertys Wohnung alarmiert wurde«, fuhr April unbeirrt fort.

Jasons Magen knurrte. Er hatte einen anstrengenden Morgen gehabt. Und diese Neuigkeiten über Liberty wollte er wirklich nicht hören. Und glauben konnte er sie ebenfalls nicht. »Haben Sie Hunger, April? Ich habe eine dreiviertel Stunde Zeit. Wir könnten was essen gehen und noch ein wenig plaudern.«

April schüttelte den Kopf. »Ich hab leider keine Zeit.« Sie ließ ihn eine Weile schmoren. »Jason, ich brauche Ihre Hilfe.«

Er seufzte abgrundtief. »April, April, was soll ich bloß mit Ihnen machen?«

»Sie sollen mir helfen.«

Er schüttelte verneinend den Kopf, obwohl ihm klar war, daß er ihr doch helfen würde. April wußte das auch.

Trotzdem brachte sie noch ein Argument vor. »Sie wollen den Täter doch auch überführen?«

»Ich bin kein Cop.«

»Das hat Sie bisher nie abgehalten.«

»Diesmal schon.«

»Sie sollen ja auch nur mit Liberty reden. Herausfinden, ob er Gewaltphantasien hat und was er wirklich von Frauen hält, vor allem seiner eigenen. Finden Sie heraus, ob er fähig wäre, aus Wut zu töten. Das können Sie doch.«

Jason lächelte. »Persönlichkeitsprofile zu erstellen gehört zu meinem Job, April.«

»Ich weiß.«

»Warum schließen Sie ihn nicht einfach an einen Lügendetektor an? Das dürfte doch genügen.«

»Falls sich herausstellt, daß er die Gelegenheit gehabt hat, brauche ich sowieso ein psychiatrisches Gutachten. Sie reden doch so oder so mit ihm, Jason.« Den Notizblock auf dem Schoß, wackelte April ungeduldig mit dem Fuß. Jason beobachtete den zappelnden Stiefel. Er hatte sie noch nie in dieser Aufmachung gesehen. Plötzlich wurde ihm bewußt, daß sie sich verändert hatte. Sie war zurechtgemacht und war jetzt ein hohes Tier im Department.

»Er kann es ja noch gar nicht glauben, April.«

»Was kann er nicht glauben?«

»Daß die beiden tot sind.«

»Könnte er wie eine Frau aussehen, die aus einem Taxi steigt?«

Jason lachte. »Emma hätte ihn sicher erkannt. Haben Sie sich schon in seiner Wohnung umgesehen?«

April schüttelte den Kopf. »Wir haben noch keinen Durchsuchungsbefehl.«

»Wie kommen Sie überhaupt darauf, daß es sich bei der Person, die Emma gesehen hat, um den Mörder handelt? Emma ist doch viel früher gegangen.«

»Vielleicht hat der Täter auf die beiden gewartet.«

»Haben Sie schon den zeitlichen Rahmen abgesteckt, was Ricks Ankunft angeht?«

»Wir sind dabei.«

»Werden Sie seine Wohnung durchsuchen?«

»Möglich. Reden Sie mit ihm?«

»Ein offizielles Gutachten kostet tausend Dollar«, sagte Jason trocken. Seine Augen blitzten schelmisch, als er sah, wie April zusammenzuckte.

»Jason... ich hab gar nicht die Befugnis, so viel Geld auszugeben.«

»Und Sie würden es auch nie ausgeben.« Jason lachte.

»Richtig. Wieso sollten wir diese wunderbare Freundschaft des Geldes wegen ruinieren?«

Jason lächelte. Diese Polizistin behauptete tatsächlich, sie wären gute Freunde. »Ich bin doch auch mit Liberty befreundet«, gab er zu bedenken.

»Sie sollen ihn ja auch nicht ausspionieren. Das ist ganz formlos. Sie müssen bestimmt auch nicht vor Gericht aussagen.«

»Sie bringen mich in eine verzwickte Lage. Wenn ich vorgeladen werde, muß ich sehr wohl vor Gericht aussagen.«

»Es ist schon spät. Ich muß los. Sagen Sie mir doch einfach, daß Sie es nicht machen wollen.« April warf den Notizblock in die Handtasche.

»Schon gut, kein Problem.«

Es war aber ein Problem. Schließlich war Jason ihr noch was schuldig. Und Emma auch. Er seufzte. Emma hatte gestern abend frei gehabt; montags war keine Vorstellung.

Heute abend mußte sie wieder auf die Bühne. Emma und er waren in einer verzwickten Lage. Um einem Freund zu helfen und um eine Rechnung mit einer Polizistin zu begleichen, würden sie freundschaftliche Geheimnisse preisgeben müssen.

»Haben Sie schon einen Autopsiebefund?« fragte Jason.

»Merrill wird gerade untersucht.«

»Kann ich das Ergebnis erfahren?«

April sah ihn erstaunt an. »Wollen Sie was Bestimmtes wissen?«

Jason zog an seinem Ohrläppchen. »Todesursache, Prellungen, alte Verletzungen, Zustand der inneren Organe – toxikologischer Befund.«

April sprang plötzlich auf. »Danke, Jason.« Sie griff nach ihrem Mantel. Jason kam hinter seinem Schreibtisch hervor und war ihr beim Anziehen behilflich.

»Okay«, sagte er. »Ich rede mit Liberty. Aber ohne sein Einverständnis kann ich Ihnen nichts sagen.«

Zufrieden registrierte er ihre Freude.

Trotzdem hatte er es nicht eilig, Rick anzurufen. Es dauerte einige Stunden, bis er sich dazu durchrang, Ricks Nummer zu wählen. Es klingelte zehnmal, dann sprang der Anrufbeantworter an.

»Hier ist der Anschluß 756-8830. Zur Zeit ist leider niemand zu Hause. Bitte hinterlassen Sie eine Nachricht nach dem Pfeifton.« Piep.

»Rick, ich bin's, Jason Frank. Nimm bitte ab, falls du da bist.« Jason lauschte angestrengt und wählte noch einmal.

»Rick, Jason hier. Es ist viertel nach vier. Ich hab nur ein paar Minuten. Gleich kommt mein nächster Patient. Wie geht's dir? Ich würde gern wissen, was los ist. Wollen wir nachher was essen gehen? Oder falls du von deiner Familie in Anspruch genommen bist, könnte ich vielleicht kurz vorbeikommen. Was macht dein Kopf? Melde dich doch bitte. Ich hör meine Anrufe mit…« Er hörte ein Seufzen.

»Hi, Jason, was gibt's?«

»Rick, du bist da.«

»Ja.«

»Danke, daß du rangegangen bist. Wie geht's dir?«

»Warum stellen mir alle die gleiche blöde Frage? Ich weiß keine Antwort.«

»Versuch's doch mal.«

»Ich bin am Durchdrehen.«

»Wirklich? Wie fühlt sich das an?«

»Ich fühl mich ganz taub und kann nur hin und her laufen. Total verrückt. Ich weiß nicht, was ich machen soll. Ich rede dauernd mit Merrill, aber sie ist gar nicht da.«

»Wie geht's deinem Kopf?«

»Ich hab Hunderte von Kunden. Und jeder einzelne ruft wegen der Gerüchte über Merrill und mich hier an. Im Fernsehen kommen ständig diese Kurznachrichten, jede Stunde. Ich bin angeblich selbstmordgefährdet. Und Tor und Merrill sollen ein Verhältnis gehabt haben. Das ist doch verrückt. Sie mochte ihn nicht mal besonders. Er war mein Freund –«

»Hör zu, ich muß gleich Schluß machen«, unterbrach Jason. »Kann ich dich in einer Stunde noch mal anrufen?«

»Was sagt die Polizei? Haben sie schon was rausgefunden? Was war die Todesursache? Haben sie schon einen Verdacht? Ich halte das nicht länger aus. Ich muß wissen, wer das war!«

»Vielleicht weiß ich später mehr. Wollen wir uns treffen?«

»Ja, aber ich komm hier nicht raus. Überall –«

»– Ja, ich weiß, du wirst von den Medien belagert. Ich komme vorbei, mich kennen sie ja nicht.« Jason versicherte ihm, daß er gegen sieben Uhr da sein würde und legte auf. Während der nächsten Stunden versuchte er sich einzureden, daß er richtig handelte.

15

April versuchte immer sowohl aus eigenen als auch aus den Fehlern anderer Leute zu lernen. In der Mordnacht hatte sie ihre übliche Montur angehabt: Rollkragenpullover, Jacke, Hose. Nicht besonders elegant, aber zweckmäßig. Tags darauf trug sie dasselbe, bis sie Gelegenheit hatte, die verknitterte Hose und Jacke anzuziehen, die sie für Notfälle in ihrem Spind aufbewahrte. In der folgenden Nacht erschien ihr der ADA im Traum und ihr wurde klar, daß es an der Zeit war, ihr Image aufzupolieren. Ihr war bekannt, daß Anwälte sich für etwas Besseres hielten als Cops. Anwälte hielten Cops für beschränkte Schlägertypen, die auf der Straße Leute verprügelten und sich dann zur Rechtfertigung irgendeine Geschichte aus den Fingern sogen. Um einem Mann wie Dean Kiang angenehm aufzufallen, mußte sie besser aussehen als eine Polizistin.

Sergeant Joyce, ihre ehemalige Vorgesetzte, war immer im Kostüm zum Dienst erschienen. Um sechs Uhr an jenem Morgen beschloß April, daß es an der Zeit war, ein Kostüm anzuziehen. Sie wappnete sich für den bevorstehenden Klassenkampf mit einem wadenlangen, engen, bis zum Knie geschlitzten Rock und einem hellblauen Rollkragenpullover (sah aus wie Kaschmir). Dazu trug sie einen langen Seidenschal, der das Weinrot ihres Rocks und des Pullis wieder aufnahm und eine kurze, weinrote Jacke, die leger über die Pistole an ihrer Hüfte fiel. Die zierlichen Füße und schlanken Knöchel kamen in ihren Stiefeln gut zur Geltung. Sie hatte Makeup aufgelegt und trug kleine Jade-Ohrstecker, die ihr Glück bringen sollten – vor allem in Herzensangelegenheiten. Jason Frank hatte die Veränderung bemerkt, das hatte sie seinem Lächeln angesehen.

Als sie Dean Kiangs chaotisches Büro betrat, war sie froh,

sich die Mühe gemacht zu haben. Sie war erneut hingerissen von dem attraktiven Äußeren des chinesischen Bezirksanwalts. Er war größer und gebildeter als dieser schäbige, scheinheilige Nachtwächter aus Brooklyn – ihr Exfreund Jimmy Wong. Und er hatte einen besseren Geschmack und mehr Selbstvertrauen als der pummelige, auf Ewigkeit enttäuschte Dr. George Dong (seine weiße Freundin hatte ihn während des Medizinstudiums wegen eines Pakistani verlassen), der Augenarzt in Chinatown, auf den Aprils Mutter immer noch große Hoffnungen setzte. Er paßte besser zu ihr und war erfolgreicher als der hitzige Sergeant Sanchez mit der großen Klappe. April, der momentan entfallen war, weshalb sie eigentlich hier war, starrte ihn unverhohlen an.

Kiang, groß und schlank, sah nicht so ausgemergelt aus wie manche Chinesen – wie zum Beispiel ihr Vater –, bei denen sich selbst gute Ernährung nicht in Muskeln und Fett umwandelte. Kiang hatte deutlich ausgeprägte Gesichtszüge. April vermutete, daß seine Vorfahren eher aus Nordchina als aus der Mongolei stammten, denn er war relativ groß, hatte eine schöne Nase, einen schönen Mund und mandelförmige Augen. Er strahlte Macht und Klugheit aus.

Er betrachtete sie mit wachem, durchdringendem Blick. Dieser Chinese bemühte sich keineswegs, das taoistische Ideal zu verkörpern; weder ließ er mit gesenktem Blick die Stürme des Lebens vorbeiziehen noch schöpfte er seine Macht daraus, seine wahren Ziele hinter einer Maske der Schwäche und Passivität zu verbergen. Vor ihr stand ein Staatsanwalt, der das System kannte und der dem Recht zur Durchsetzung verhelfen würde. Kiang trug einen eleganten, grauen Anzug mit Nadelstreifen, ein weißes Hemd und eine rot-blau gestreifte Krawatte.

Das Chaos in Kiangs Arbeitszimmer war ein erfrischender Gegensatz zu seiner eleganten Erscheinung. Der Raum war bedeckt mit Aktenstapeln, so daß es kaum einen Platz zum

Hinsetzen gab. Kiang war sicher flexibel und nicht so strikt und festgefahren wie ihre bisherigen Männerbekanntschaften, bei denen alles (inklusive ihrer Person) immer seinen geregelten Gang gehen mußte.

Während April ihn anstarrte und über sein Aussehen und seinen Charakter nachdachte, räumte er einige Papiere zur Seite und machte einen Platz für sie frei. Schließlich nahm er die Aktentasche vom Stuhl neben seinem Schreibtisch und zog ihn etwas näher an seinen Stuhl heran. Die langen Beine streckte er zwischen Aktenbergen aus. Ihre Knie und Hände waren nicht weit voneinander entfernt, und die Luft dazwischen knisterte vor Spannung. Deans lange, nadelgestreiften Beine, das attraktive Gesicht, der gutproportionierte Körper, selbst sein juristisches Diplom erschienen begehrenswert. Aprils Lippen waren ganz trocken. Hatte sie ihn etwa mit offenem Mund angestarrt? Mit gesenktem Blick fuhr sie sich mit der Zunge über die Lippen.

»Sie sind die hübscheste Beamtin, die mir je untergekommen ist.« Kiang saß ihr gegenüber und musterte sie, indem er sie wie durch eine Pistole anvisierte und vom Scheitel bis zur Sohle begutachtete, bis sein Blick auf seinem rechten Schuh gelandet war, der den ihren fast berührte. »Ich habe allerdings auch noch nie mit einer chinesischen Polizistin zusammengearbeitet.«

»Danke.« April schenkte ihm ein strahlendes Lächeln. Sanchez sagte ihr doch ständig, daß es der Professionalität keinen Abbruch täte, Gefühle zuzulassen. Lächelnd befolgte sie seinen Ratschlag in dem Bewußtsein, immer noch Cop, Sergeant und bei der Arbeit zu sein, auch wenn sie sich gerade im bewundernden Blick eines attraktiven Mannes sonnte.

»Und ich habe noch nie mit einem chinesischen Staatsanwalt zusammengearbeitet«, murmelte sie.

»Es dürfte also spannend werden.« Kiang versuchte ebenfalls, sie einzuordnen. Auf der Suche nach einem Ehering fiel sein Blick auf ihre linke Hand, wo sich jedoch keiner befand. »Verheiratet?« Zwischen seinen Papierbergen fischte er einen Kugelschreiber hervor, mit dem er auf seinem Block herumtrommelte, als wolle er ihre Antworten notieren.

»Nein.«

»Spielt ja auch keine Rolle«, sagte er schulterzuckend. »Haben Sie einen Freund?«

Unsicher, wie die richtige Antwort lautete, rutschte April auf ihrem Stuhl herum. Sie hatte ja so eine Art unpassenden Freund, der sie jedoch nicht allzuoft anrief und auch sonst eher unverbindlich war. Er schwafelte immer nur davon, wie scharf er auf sie war. Klar, sie überlegte sich oft, wie Mike in erregtem Zustand nackt aussah. War bestimmt ein netter Anblick. Wie sich seine Berührungen und Küsse anfühlen mochten? Wie sie wohl reagieren würde? Doch sie jagten immer nur irgendwelchen Verdächtigen hinterher, weiter waren sie noch nie vorgedrungen. Zählte so ein Kandidat als Freund? »Wer hat schon die Zeit?« erwiderte sie schließlich.

»Genau, das ist das Problem.« Er machte mit dem Kugelschreiber ein Ausrufezeichen auf seinem gelben Block. Keine Zeit. April schloß daraus, daß er auch nicht liiert war und lächelte ihm noch einmal herzlich zu.

Er lächelte zurück. Sie würde im Bett mit ihm landen – dieser Gedanke durchfuhr sie mit absoluter Gewißheit, und die Zeit schien für einen Augenblick stillzustehen. In einem solchen Fall gegenseitiger Faszination müßte man jetzt eigentlich die wichtigen Fragen abklären: Stammbaum, Verwandtschaft, wen man in Chinatown und wen man sonst noch kannte. Vorlieben und Abneigungen, Zukunftspläne, Sex konnte nur gut funktionieren, wenn man in diesen anderen, wesentlichen Bereichen zusammenpaßte.

April war jedoch zu schüchtern und Kiang zu höflich, um diese Fragen zu stellen. Wahrscheinlich gehört er viel höheren

Kreisen an und erwähnte seine Familie nicht, um sie nicht zu beschämen. Sein Vater war bestimmt Arzt, Ingenieur oder ein wohlhabender Geschäftsmann. Seine Mutter hatte womöglich viele Kinder, alles Söhne, die Elite-Universitäten besucht hatten, einen Haufen Geld verdienten und tagtäglich – so wie Dean – Nadelstreifenanzüge im Büro trugen. Diese wahrhaft beispiellose Familie würde es natürlich nicht gutheißen, wenn der Goldjunge und geschätzte Bruder eine Freundin nach Hause brachte, die ein Cop war. Dieser niederschmetternde Gedanke brachte sie wieder zurück in die Realität.

»Wie wär's mit Mittagessen?« fragte Dean unvermittelt. »Wir sollten einander besser kennenlernen.«

Eine Stunde und siebzehn Minuten später war Kiang am Gericht und April – mit vor Freude gerötetem Gesicht und einem Bauch voller Leckereien – bei Rosa Washington, der Rechtsmedizinerin, um sich über den letzten Stand der Dinge zu informieren.

»Ich hab's eilig. Wir können das ja auf dem Weg besprechen«, sagte Rosa Washington geschäftig, als sie aus ihrem Büro fegte und April durch ihr Tempo zwang, hinter ihr herzulaufen. Rosa trug einen frischen OP-Overall. Auf dem schwarzen Haar, das zu einem Pagenkopf geschnitten war, trug sie eine Kopfbedeckung.

»Haben Sie inzwischen irgendwelche Hinweise auf den Mörder?«

»Ja, einige«, erwiderte April.

»Was haben Sie rausgefunden? Schießen Sie los.« Rosa öffnete die Tür zur Feuertreppe.

»Sie zuerst«, entgegnete April. »Was hat sich bei Merrill Libertys Obduktion ergeben?« Rosa lief die Treppe hinunter und April blieb nichts anderes übrig, als ihr zu folgen.

»Hat Ihr Partner Sie nicht informiert?«

»Sanchez? Der ist bei der Mordkommission. Außerdem ist

er nicht mein Partner«, erklärte April, obwohl Rosa das sehr wohl wußte.

»Er hat Sie also nicht aufgeklärt.« Rosa sprang den ersten Treppenabsatz hinunter.

»Worüber?« sagte April zu Rosas Rücken und trottete hinterher.

»Diese Typen verarschen einen doch nach Strich und Faden«, sagte Rosa.

Typen allgemein oder Cops? »Halten Sie bitte mal an, ja?« bat April.

Rosa ignorierte ihre Bitte. »Warum enthalten Ihre Kumpels Ihnen Informationen vor?«

»Die haben mir nichts vorenthalten. Ich war den ganzen Morgen unterwegs. Deshalb konnte ich auch nicht zur Autopsie kommen.«

»Ich hab mich schon gewundert. Ich dachte schon, Ihnen hätte niemand Bescheid gesagt.«

Das außerdem.

Rosa erreichte den nächsten Treppenabsatz.

»Vielleicht geben Sie mir vor der nächsten Obduktion Bescheid«, schlug April vor.

»Die steht jetzt an.«

»Petersen?«

»Nein, Abraham ist immer noch krank. Er glaubt aber, daß er morgen wieder auf den Beinen ist und sich Petersen ansehen kann.«

»Sie sind da anderer Meinung?«

»Allerdings.« Rosa verlangsamte plötzlich ihr Tempo, um die gute Neuigkeit souveräner überbringen zu können. »Er hört sich viel schlimmer an als gestern, wie eine Katze, die im Sterben liegt. Und Malcolm kommt morgen ins Krankenhaus, schätze ich. Wissen Sie was, Sie könnten mir einen Gefallen tun. Wir zwei kleinen Randgruppenmädchen sollten uns gegenseitig helfen.«

»Aha?« Welche von ihnen war die Kleine?

»Was halten Sie davon: Sagen Sie Ihren Kumpels, sie sollen im *Puzzle Palace* und bei der Staatsanwaltschaft Druck machen, damit sie endlich den Obduktionsbefund bekommen. Wenn möglichst viele Leute Abraham anrufen, gibt er vielleicht doch nach, und ich kann Petersen obduzieren. Schlechte Presse verabscheut er noch mehr, als seine Stellvertreterin im Rampenlicht zu sehen.« Sie hastete weiter. »Ich bin sowieso mal an der Reihe.«

Mit dem *Puzzle Palace* meinte sie das Polizeihauptquartier. April mußte bei der Vorstellung, dort einflußreiche Freunde zu haben, lächeln. In Wahrheit entschieden dort gesichtslose Schreibtischhengste je nach Laune darüber, ob sie befördert oder abgesägt wurde. Außerdem hielt sie sich nicht für ein kleines Randgruppenmädchen. Sie hatte noch nie jemanden so reden gehört. Die meisten farbigen Frauen wie sie und Rosa gaben sich wie ganz normale Menschen.

»Mal sehen, was sich machen läßt. Und Merrill Libertys Obduktionsbefund?«

»Wie ich höre, sind Sie gerade befördert worden.« Noch kein bißchen außer Atem nahm Rosa den dritten Treppenabsatz in Angriff.

»Stimmt.«

»Sie wissen also, wie das ist, wenn man selbst mal an der Reihe ist.«

»Ja, das weiß ich.«

»Man darf nicht zulassen, daß die Typen einen außen vor lassen.«

»Richtig.«

Rosa lachte. Ein warmes, freundliches Lachen, wie Wasser, das über Steine plätschert. »Sie reden nicht sehr viel, hm?«

»Ich muß nur gerade an den Fall denken. Was war mit Libertys Frau?«

»Na gut... sie hatte keine Prellungen an Kopf oder Körper. Nur die Halswunde. Sehr präzise. Der Täter wußte, was er tat, das war kein Anfänger. Wie finden Sie den Staatsanwalt?«

»Sehr nett.«

»Tatsächlich?«

»Klar, für einen Staatsanwalt.«

»Glauben Sie, er würde mit seinem Chef reden?«

»Das weiß ich nicht, Rosa.«

»Fragen Sie ihn. Und dann ruf ich Sie an, sobald Petersen an der Reihe ist. So, da wären wir. Wollen Sie mit reinkommen? Da können Sie noch was lernen. Die Frau verbrannte. Riecht wie ein Barbecue.«

»Nein danke. Können Sie noch was Genaueres zu Merrill Liberty sagen?«

Seufzend blieb Rosa vor der Stahltür stehen. »Ihre Gebärmutter war abgeknickt. Früher nahm man ja an, eine Frau könne keine Kinder bekommen, wenn man das nicht operativ verändert. Völliger Blödsinn. Die Gebärmutter war allerdings etwas vernarbt. Sie konnte wahrscheinlich tatsächlich keine Kinder kriegen.«

»Hatte sie vielleicht eine verpfuschte Abtreibung?«

»Das läßt sich nicht mehr feststellen. Kann sein, daß sie wegen Endometriose operiert wurde. Die hatte sie nämlich an einer ganz merkwürdigen Stelle, hinter der Gebärmutter, ganz schlecht zu sehen. Das kann starke Schmerzen verursacht haben, wer weiß.«

»Was noch?«

»Die Bandscheibe zwischen dem vierten und fünften Halswirbel war gestaucht. Die Bandscheiben waren generell in keinem guten Zustand. Wahrscheinlich hatte sie Probleme mit dem Ischias, das rechte Bein war in Mitleidenschaft gezogen.«

»Wie haben Sie das herausgefunden?«

»Die rechte Wade ist einen Zentimeter dünner als die linke.

Das heißt, sie hat das rechte Bein weniger belastet. Die Muskeln waren schon leicht atrophiert.«

»Also keine frische Verletzung.«

»Wahrscheinlich gar keine Verletzung. Sieht eher nach Arthritis aus. Die Fußknochen waren deformiert, vor allem die Zehen. Vermutlich hat sie in der Kindheit lange Ballettunterricht genommen. Rückenschmerzen hatte sie wahrscheinlich schon seit Jahren.«

»Sonst noch was?«

Rosa überlegte. »Sonst war alles recht normal. Ich lasse Ihnen den Befund in ein, zwei Tagen zukommen.«

»Und der toxikologische Befund?«

»Den auch. Ich muß jetzt los; wollen Sie sich diese Dame wirklich nicht ansehen?«

»Nein danke, ich habe wenig übrig für gegrilltes Menschenfleisch.«

»Sehr witzig, Woo. Sie sind ja doch ganz in Ordnung.«

April fand sich nicht sehr witzig, freute sich aber, daß Rosa sie mochte.

»Und denken Sie daran, Ihren Freund bei der Staatsanwaltschaft anzurufen. Ich kann jegliche Hilfe gebrauchen.« Rosa zog eine grüne OP-Haube aus dem Kittel, setzte sie auf und schob das Haar sorgfältig darunter. Während sie eine Schleife unterm Kinn band, lächelte sie April ein letztes Mal zu, um zu beweisen, welch gute Freunde sie waren und wie sehr sie ihre Arbeit liebte.

16

Als Jason sich um halb acht durch die Reporterschar kämpfte, die immer noch unter Regenschirmen und Plastikplanen vor Rick Libertys Haus ausharrte, fiel ein unerbittlicher Eisregen. Es waren zwar weniger Reporter als gestern abend, doch an Hartnäckigkeit hatten sie nichts eingebüßt. Ein paar von ihnen riefen ihm Fragen zu, doch Jason ging kopfschüttelnd weiter, ohne sie zu beachten.

Oben öffnete Rick selbst die Tür, während Patrice Speisen und Getränke servierte. »Danke, daß du gekommen bist«, sagte Rick und hängte Jasons Mantel in die Garderobe und mußte einen großen Bogen um die frisch gelieferten Bouquets machen.

»Wow, beeindruckend«, murmelte Jason. Der große Flur war vollgestopft mit zumeist weißen Blumenarrangements, manche waren noch nicht einmal ausgepackt. Auf dem Boden und den Tischen standen Lilien, Tulpen, Rosen, Schleierkraut, Nelken, Zwergazaleen und blühende Zweige. Auf einem Tisch lag ein Stapel Gruß- und Beileidskarten. Eine imposante Ausstellung.

»Ganz schön verrückt, oder?«

Aus dem anderen Zimmer waren Stimmen zu hören. Jasons Blick fiel auf das im Eßzimmer aufgebaute Büffet und die reichhaltige Getränkeauswahl auf dem Wohnzimmertisch. »Störe ich?«

»Nein«, Rick deutete auf die Tür, die zur Bibliothek führte. »Ein paar meiner Freunde sind da. Sie essen gerade und sehen fern. Danach steht mir der Sinn überhaupt nicht. Komm hier entlang.«

Jason folgte ihm ins Wohnzimmer, ließ sich auf dem großen, weißen Sofa nieder und stellte seine Aktentasche ab.

»Wie wär's mit einem Drink?« fragte Rick.

»Sodawasser bitte. Ich hol's mir selbst.«

»Nein, nein. Ich mach das schon. Möchtest du auch was essen? Tu mir den Gefallen und iß was, Jason.«

Jason schüttelte den Kopf. »Jetzt nicht, danke.«

»Du bist zu genügsam.« Rick verschwand und kam kurz darauf mit einem schweren Kristallglas Sodawasser für Jason zurück; er selbst trank nichts. »Morgen wird Merrills Leiche freigegeben. Ihre Eltern wollen sie am Donnerstag in Massachusetts beisetzen. Ich weiß, das ist viel verlangt, aber könntet ihr, Emma und du, zur Beerdigung kommen?«

Jason ließ sich seinen Unmut darüber, noch einen Arbeitstag zu verlieren, nicht anmerken. »Natürlich werden wir dasein. Emma will die Beerdigung keinesfalls versäumen.«

»Danke, das bedeutet mir sehr viel.« Stirnrunzelnd beobachtete Rick, wie Jason einen leeren Spiralblock aus seiner Aktentasche zog.

»Was soll das?«

»Ich wünschte, ich könnte sagen, daß ich meine Schmusedecke mitgebracht habe, aber leider bin ich unter anderem beruflich hier.«

»Beruflich?«

»Ja.« Jason nahm einen großen Schluck Sodawasser und wünschte, es wäre Scotch. »Die Polizei war deinetwegen bei mir.«

Liberty starrte ihn an. »Du machst Witze.«

»Rick, du mußt mir glauben, daß ich dich schätze und dir vertraue. Ich mag dich sehr. Du gehörst für Emma und mich zur Familie.«

Rick sah ihn mit einem ironischen Lächeln an. »Danke, Jason. Ich mag dich und Emma auch sehr. Warum hat dich die Polizei aufgesucht?«

»Und ich bin davon überzeugt, daß du einem bizarren, kafkaesken Netz aus Ereignissen zum Opfer gefallen bist.«

Rick starrte immer noch auf den Block. »Was soll das alles, Jason?«

»Die Polizei hat mich gebeten, ein psychologisches Persönlichkeitsprofil von dir zu erstellen.«

Überrascht stieß Rick ein gequältes, bellendes Lachen aus. Ihm war offensichtlich unbehaglich zumute. »Und wofür? Wühlt die Polizei immer so gründlich rum?«

»Ich habe den Eindruck, die nehmen immer jeden Verdächtigen genauestens unter die Lupe. Das ist wohl deren Strategie.«

Rick schüttelte den Kopf. »Und warum haben sie dich gefragt?«

»Ich kenne die ermittelnde Beamtin, April Woo. Emma kennt sie auch. Emma wurde doch letztes Frühjahr entführt.«

»Ja, Merrill und ich waren damals nicht in der Stadt. Aber ich kann mir vorstellen, wie furchtbar das für euch gewesen sein muß.« Er wollte offensichtlich noch etwas hinzufügen, ließ es aber bleiben.

»April Woo hat Emma das Leben gerettet. Ich bin ihr was schuldig.«

»Willst du nicht lieber was Richtiges trinken, Jason?«

»Schon, aber nicht jetzt... April war heute bei mir im Büro. Sie wollte wissen, welchen Eindruck ich als Psychologe von dir habe. Ich erklärte ihr, daß ich ihr meine persönliche Meinung sagen kann, für ein professionelles Profil bräuchte ich aber unbedingt dein Einverständnis.«

Rick rieb sich das Kinn. Er schien erstaunt darüber, Bartstoppeln vorzufinden. »Das kommt sehr überraschend. Ich weiß gar nicht, was ich sagen soll.«

»Trotz meiner Voreingenommenheit zugunsten deiner Person würde ich im Auftrag der Polizei arbeiten. Daß ich parteiisch bin, hat den Nachteil, daß die Polizei später vielleicht noch ein Gutachten von jemand anderem erstellen läßt. Es wäre aber von Vorteil für dich, wenn ich jetzt eines erstelle. Der andere Psychologe ist dir sicher nicht so wohlgesonnen wie ich.«

Erneut brachte Rick ein ironisches Lächeln zustande. »Wie könnte ich so einen tollen Vorschlag ablehnen? Was muß ich tun?«

»Hast du noch nie einen psychologischen Test gemacht?«

»Doch, Intelligenztests, neurologische Tests, ich bin geröntgt worden, hab sogar eine Computertomographie machen lassen. Alles wegen Merrill.«

»Tatsächlich? Wieso?«

Rick zögerte. »Du wirst sicher nach Kopfverletzungen fragen, Prellungen, Blackouts und meinen angeblichen Wutausbrüchen, richtig?«

Jason nickte. »Irgendwelche gewalttätigen Vorkommnisse in deiner Kindheit?«

»Nein.«

»Ich werde dich nach deiner Familiengeschichte befragen, ob es Verwandte gab, die Stimmen hörten oder einen Nervenzusammenbruch hatten. Ob jemand in der Psychiatrie oder im Krankenhaus war. Süchtig oder gewalttätig. Ob jemand im Gefängnis gesessen hat.« Jason seufzte.

»Über meinen Vater weiß ich nichts. Diesen Verwandtschaftszweig betreffend, werde ich deine Fragen nicht vollständig beantworten können«, sagte Rick leise.

»Es gibt bestimmt einiges, das du nicht beantworten kannst, Rick. Falls jemand im Gefängnis war, weil er bei einer Schlägerei einen umgebracht hat, hättest du es sicher mitbekommen. Körperlichen Mißbrauch auch. Du hättest was gesehen oder gehört.«

»Eine Tante hat Selbstmord begangen«, sagte er ruhig. »Meine Großmutter wurde von einem Weißen vergewaltigt, als sie dreizehn Jahre alt war. Das soll ich eigentlich nicht wissen. Aber ich weiß es. Sie war noch keine vierzehn, als meine Mutter auf die Welt kam.«

Jason schrieb mit. »Ich muß auch nach deinen Migräneanfällen und Stimmungsschwankungen fragen. Fangen wir mit der Großmutter an.«

17

Mike beobachtete, wie sich die Rechtsmedizinerin auf Tor Petersens Obduktion vorbereitete. Sie ähnelte einer Schauspielerin auf der Bühne, die die Hauptrolle spielte. Wahrscheinlich waren alle Ärzte so, vermutete er, sogar die Ärzte, die sich nur noch mit den Toten beschäftigten. Er warf Ducci, der erwartungsvoll neben ihm stand, einen Blick zu. Warum war dem Experten der Haare-und-Fasern-Abteilung so sehr daran gelegen, heute anwesend zu sein? Mike kaute auf seinen Schnurrbartspitzen und grübelte darüber nach. Dies war die zweite Obduktion, der Mike innerhalb von zwei Tagen beiwohnte, und eine innere Stimme sagte ihm, daß er womöglich wertvolle Zeit in diesem häßlichsten Teil des blauen Backsteingebäudes verschwendete. Eine Obduktion dauerte lange. Er konzentrierte sich auf die Vorbereitungen und versuchte das Gespräch zu vergessen, das er gestern abend mit seiner Mutter über April Woo geführt hatte.

»Wir haben hier die Leiche eines gutgenährten, gutentwickelten weißen Mannes; 1,85 Meter groß, ungefähr 100 kg schwer. Er trägt einen grauen Strickpullover – hm, aus Kaschmir und eine graue Hose mit einem Gürtel aus Krokodilleder. Lederslipper, rotgraue Tweedsocken.« Rosa Washington schaltete den Kassettenrecorder aus und trat einen Schritt von Mikrofon und Obduktionstisch zurück, damit der Fotograf noch ein Foto des Toten samt Kleidung machen konnte. *Blitz.*

»Fertig?«

»Ja.«

»Gut. Ihr seid dran, Jungs.« Sie winkte die Assistenten herbei, die den Toten entkleideten und stellte sich neben Sanchez und Ducci. Die beiden trugen grüne Kittel, aber keine Handschuhe. Beide hatten ihren Mundschutz lässig um den Hals hängen und benutzten die untere Seite ihrer metallenen Kotzschüsseln als Schreibunterlage.

Die Rechtsmedizinerin jedoch war kaum zu erkennen unter dem grünen OP-Overall, der Kopfbedeckung, den Gummihandschuhen, der Brille und der Maske mit eingebautem Atemfilter. Sie wollte eindeutig keine Blutspritzer abbekommen oder die verpestete Luft einatmen, mit der sie sich womöglich tödlich infizieren konnte. Sie schwieg, während die zwei stämmigen Männer dem Toten die Schuhe auszogen und in die Kiste warfen, die Ducci mitnehmen würde, um sie später zu untersuchen. Dann kamen die Socken, die ebenfalls in die Kiste flogen. Krokogürtel und Reißverschluß der verschmutzten, blutbespritzten Hose waren bereits geöffnet. Die Assistenten hoben die Leiche an der Hüfte an und zogen an der feuchten, beschmutzten Hose. Die Boxer-Shorts darunter waren fäkalien- und urinbeschmiert. Der Gestank überlagerte den durchdringenden Formaldehydgeruch. Runter mit den Shorts. Mike setzte seinen Mundschutz auf.

»Nur die Unterhose, bitte«, sagte Ducci schroff, als befürchtete er, die Assistenten würden ihm als Zugabe einen Kotklumpen mit in die Kiste werfen.

Der Penis des Toten kam zum Vorschein. Nach einem kurzen Blick darauf wandte sich die Rechtsmedizinerin ab. »Hey, Ducci, ich hab Sie ja seit Nashville nicht mehr gesehen.« Ihre Stimme klang merkwürdig mechanisch durch den Atemfilter, wie eine Telefonansage.

»Ich bin nicht mehr soviel unterwegs.« Er beobachtete, wie die Assistenten dem Toten den Pullover auszogen. Er trug nichts darunter. Der Haare-und-Fasern-Spezialist hob erstaunt die dicken, grauen Augenbrauen und zupfte sich am Ohr.

»Ist was?« fragte Rosa Washington, während sie ihren Blick noch immer auf Ducci geheftet hielt. »Was führt Sie hierher?« Sie rückte ihre Brille zurecht.

»Ist das eine Schnittwunde?« Ducci deutete auf eine winzige Unebenheit unter der spärlichen Brustbehaarung, genau unterm Brustbein.

Die Rechtsmedizinerin begutachtete die Stelle unter der OP-Lampe. »Das ist nichts«, brummte Rosa und ließ einen behandschuhten Finger über die betreffende Stelle gleiten. »Vielleicht ein Pickel. Kein Blut zu sehen.«

»Markieren und ausmessen, bitte«, sagte Mike.

Blitz. Der Brustbereich des nackten Toten wurde fotografiert, ein Pfeil deutete auf die Stelle, auf die Ducci hingewiesen hatte. »Sehr gründlich.« Rosa nickte anerkennend und wandte sich wieder an Ducci.

»Wir freuen uns, daß Sie uns heute beehren, Freddy. Was hat Sie denn ans Tageslicht gelockt?«

Der makabere Obduktionsraum – schauerlich ausgestattet mit elektrischen Sägen, Wägelchen mit Messern in allen Größen und Formen, Saugapparaten, Schüsseln für Gewebe- und Blutproben und dem uralten metallenen Seziertisch, durch dessen Rohre Körperflüssigkeit ablaufen und weggespült werden konnte – war im Moment zwar hell erleuchtet, um die Leiche genauestens in Augenschein nehmen zu können, konnte aber eigentlich nicht als Tageslicht bezeichnet werden.

»Sehr witzig.« Ducci lachte höflich über ihren Witz. »Ich muß mich doch davon überzeugen, daß ihr eure Arbeit richtig macht, oder?«

Die Rechtsmedizinerin lachte ebenfalls höflich. »Sie wissen genau, daß ich meine Arbeit richtig mache.« Obwohl der Atemfilter ihre Stimme verzerrte, war der defensive Unterton nicht zu überhören.

»Ihr Vortrag in Nashville hat mir gut gefallen«, lenkte Ducci ein.

»Eine Schande, daß das Obduktionshandwerk ausstirbt. Es werden ja kaum noch Obduktionen gemacht. Die Versicherungen wollen die Kosten nicht tragen. Und die Angehörigen halten auch nichts davon.« Rosa schloß jetzt auch Mike in die Unterhaltung ein. »Durch die ganzen Laboruntersuchungen, CTs und Röntgenaufnahmen denken sie alle, sie wüßten, woran ihre Lieben gestorben sind. Niemand lernt es mehr richtig.« Wütend über diesen Verlust für die Wissenschaft, starrte sie die beiden durch ihre Brille an.

»Es wird 'ne Menge guter Arbeit geleistet«, sagte Mike beschwichtigend über die Gerichtsmedizin im allgemeinen.

»In manchen Bereichen vielleicht. Da draußen laufen aber jede Menge Leute rum, die eigentlich fähig sein sollten zu unterscheiden, ob eine Prellung von einem Sturz oder einem Knüppel herrührt, es aber nicht können. Viele Mörder kommen einfach ungestraft davon. Das regt mich fürchterlich auf.«

»Aber nicht hier in New York, Rosa. Das sollte Ihnen ein Trost sein.«

»Ist es aber nicht. Im ›Wilden Westen‹ gibt's nur unfähige Coroner. Die sehen die Leiche einer Frau oder eines Kindes – voller blauer Flecken und Narben, die sich über Monate, ja Jahre angesammelt haben – und wenn der Ehemann sagt: ›Sie ist von 'ner Leiter gefallen. Kann ich sie jetzt begraben?‹ glauben das diese Idioten und lassen sie nicht mal röntgen. Tagtäglich werden Menschen zu Tode geprügelt, und die Mörder kommen ungeschoren davon. Das macht mich so wütend.«

Ducci hatte diese Beschwerden über die Coroner im Mittleren Westen schon tausendmal gehört. Deswegen nannten Ärzte ihn auch den »Wilden Westen«; angeblich die beste Gegend des Landes, um jemanden umzubringen, ohne überführt zu werden. Coroner – die richterlichen Beamten, die für die Untersuchung von Todesursachen zuständig waren – wurden dort gewählt. Sie hatten keine medizinische, geschweige denn eine gerichtsmedizinische Ausbildung, und daher keine Ahnung, wie man einen Obduktionsbericht ausfüllte. Und Dr. Washington war das offensichtlich ein Dorn im Auge. Ducci wandte sich an Mike und wechselte das Thema.

»Es wundert mich, daß Malcolm nicht hier ist. Daß er sich das entgehen läßt.« Es war allgemein bekannt, daß der Chef der Rechtsmedizin, Malcolm Abrahams, gern im Rampenlicht stand und sich nur ungern prominente Leichen durch die Lappen gehen ließ.

Blitz. Der Fotograf machte Bilder vom Rest des unbekleideten Toten.

»Glauben Sie mir, er hätte ihn liebend gern selbst aufgemacht. Er liegt aber mit hohem Fieber im Krankenhaus. Man weiß noch nicht, was ihm fehlt. Ich hab Glück. Gestern hab ich die Freundin obduziert. Malcolm wollte sich mit dem Kerl hier eigentlich noch einen Tag Zeit lassen, aber ihr wißt ja, wie das ist. Gegen die Stadtverwaltung kommt auch er nicht an. Schön für mich.« Rosa schnaufte angesichts dieses glücklichen Zufalls und wandte sich dann wieder dem Toten zu. »Ein gutgebauter Knabe. *Er* sieht wirklich nicht aus, als sei er verprügelt worden.«

Mike kratzte sich am Hals, als die Leiche umgedreht wurde, damit sie von der anderen Seite fotografiert werden konnte. Die Medizinerin hatte recht. Es waren keine weiteren Flecken oder Male an der Leiche zu entdecken. Nichts, was auf einen Kampf hindeutete oder darauf, daß er sich zur Wehr gesetzt hatte. Die manikürten Fingernägel waren unversehrt. Mike wandte sich ab, als die Assistenten sich daranmachten, die Leiche zu waschen.

Als sie fertig waren, trat Rosa wieder an den Seziertisch und schaltete den Kassettenrecorder ein. Sie sprach ins Mikrofon, während sie mit dem Skalpell sorgfältig den Y-Schnitt ausführte, der Tor Petersen von den Schultern bis zur Magengrube und durch das Becken hindurch öffnete. Eine Sekunde lang lag die ganze Bauchhöhle frei. Fäulnisgase und Fäkalien verpesteten die Luft noch mehr. Dann schoß plötzlich eine Flüssigkeit in die Höhe, so schnell, daß die Helfer kaum mit dem Absaugen nachkamen. Mike atmete durch den Mund ein und hielt sich in Gedanken die Nase zu.

Ducci blieb gelassen, der Gestank machte ihm offensichtlich nichts aus. Rosa Washington schnitt den Brustkorb des Toten von unten nach oben auf und teilte ihn in zwei Teile. Die gummibehandschuhten Hände waren mit klumpigem Blut und anderen nach Eisen stinkenden Körperflüssigkeiten verschmiert. Die Rippen wurden mit Klammern auseinandergebogen, so daß man jetzt die Lungen und die Leber sehen konnte. Mike mußte schlucken. Die hervorsprudelnde Körperflüssigkeit besudelte Dr. Washingtons OP-Kittel und ergoß sich in die Abflußrinnen des Tisches. Einer der Helfer stellte das Wasser an, um den Tisch abzuwaschen.

»Wie geht's?«

Mike erschrak, als er hinter sich eine vertraute Stimme vernahm.

»Was machst du denn hier?« Er starrte April, die es gestern nicht zur Obduktion geschafft hatte, erstaunt an. Er schluckte und mußte unwillkürlich würgen.

»Dr. Washington hat mich auch zur Party eingeladen.« April hielt ihm ihre Kotzschüssel hin. »Du kennst die Regeln. Wer reinkotzt, macht sie sauber.«

Mike winkte mit seiner eigenen Schüssel ab. »Mir fehlt nichts.«

»Ruhe, bitte! Das Mikrofon nimmt alles auf.« Bis zu den Ellbogen in stinkendem Blut, schob Rosa Washington die Lungen zur Seite, holte die Leber raus und wog sie abschätzend in der Hand.«

»Das hab ich mir gedacht. Trank gern und viel. Sehen Sie sich mal an, wie groß die ist.« Sie diktierte, daß die Leber vergrößert sei, betrachtete sie sorgfältig und entnahm ein paar Proben für die Mikroskopie. Dann warf sie die Leber auf die Waage; allerdings war sie stark vergrößert.

Dann grub sie im Brustkorb nach dem Herzen und trennte es mit ein paar flinken Schnitten heraus. Auch dieses Organ hob sie wie eine gerade gewonnene Trophäe hoch ins Licht.

»Das ist sicher das Herzstück der ganzen Angelegenheit«, mutmaßte sie. »Ihr habt bestimmt bemerkt, wieviel Blut da war, als ich den Brustkorb öffnete. Hallo, April Woo, schön, daß Sie kommen konnten. Ich freue mich immer, wenn die ermittelnden Detectives zugegen sind. Ich hab nicht oft das Glück, mit gewissenhaften Beamten zusammenzuarbeiten. Geht's Ihnen gut?«

April hatte hinter ihrer Maske geniest. »Ja.«

»Wo war ich stehengeblieben? Ach ja. Das Herzstück. Wahrscheinlich haben wir es hier mit einem Herzbeutelriß zu tun.« Die Rechtsmedizinerin legte das Herz und den Herzbeutel auf einen anderen Tisch und begann, sie zu sezieren.

»Was, fragen Sie sich jetzt, ist ein Herzbeutelriß? Durch eine krankhafte Arterienerweiterung gelangt Blut in den Herzbeutel, bis der Druck so groß ist, daß das Herz nicht mehr normal schlagen kann. Das kann so schnell gehen, daß das Herz regelrecht zerreißt. Genau, ich hab recht. Hier ist das Loch.«

Schweigend untersuchte sie das Herz eine geraume Weile und vergaß völlig, daß sie Zuschauer hatte; sie diktierte ihre Ergebnisse im Fachjargon. Dann fuhr sie mit der systematischen Entnahme der anderen Organe fort. Sie untersuchte und wog jedes Organ und entnahm Gewebeproben für die Mikroskopie. Sie öffnete den Magen und analysierte den Inhalt.

»Und, was würden Sie sagen?« Mike wurde unruhig.

»Er hatte ein herzhaftes Mahl zu sich genommen. Da ist noch nichts verdaut. Sieht aus wie Huhn, Bratäpfel, Reis. Bohnen, Salat. Hm, und Bananen. Sieht nach afroamerikanischem Essen aus.«

»Ich wollte wissen, ob es sich für uns lohnt zu warten.«

»Es gibt noch viel zu tun. Wir müssen noch röntgen, die Hoden untersuchen, aus der Blase eine Urinprobe absaugen. Den Kopf müssen wir auch noch aufmachen und uns das Gehirn anschauen. Ich hab schon ein paarmal die Todesursache nicht feststellen können, bis das Gehirn aufgemacht wurde. Einmal war einer voller Blut, es war aber kein Einschußloch zu sehen. Dem Kerl hatte jemand mit einer 22-Kaliber Pistole in den Mund geschossen, stellte sich heraus, die Kugel hing im Schädel.«

»Ach ja, der Springer«, sagte April.

Dr. Washington ignorierte diese Bemerkung.

»Das ist hier aber nicht der Fall«, warf Mike rasch ein und sah April fragend an.

»Nein. Der hier hatte einen Herzinfarkt. Das heißt aber noch lange nicht, daß ich nicht noch anderweitig fündig werde. Vielleicht hatte er ja Prostatakrebs oder so.«

»Gut, mir reicht's«, sagte Mike. »Und dir, Duke?«

»Mir auch, danke.«

April begleitete die beiden Männer zur Tür und setzte sich dann Richtung Frauenumkleideraum ab. »Geht auf keinen Fall ohne mich«, warnte sie Mike. »Wir treffen uns in fünf Minuten.«

»Was soll das denn heißen?« murmelte Mike.

Ducci dachte: »Sie wird schon ihre Gründe haben.«

Mike starrte hinter ihr her und fragte sich, ob seine Mutter vielleicht doch recht hatte.

Die Haare-und-Fasern-Abteilung des Polizeilabors befand sich in einem langen, schmalen Raum. An einer Wand waren drei Fenster, die andere Wand war auf halbe Höhe grün gekachelt. Der schmutzig-grüngraue Linoleumboden sah aus, als wäre er noch nie poliert worden. Vor Jahren hatte dieser Raum noch einem einzigen Haare-und-Fasern-Spezialisten gedient. Jetzt sollte es eigentlich drei Experten geben, die sich um alle New Yorker Verbrechen kümmerten. Doch einer war vor einem halben Jahr vorzeitig in Pension gegangen, da er Angst hatte zu erblinden, nachdem er zwanzig Jahre lang durch ein Mikroskop gestarrt hatte. Er war nicht ersetzt worden.

Zur Zeit wurden die Mikroskope nur von Fernando Ducci, der vor dreißig Jahren als Streifenpolizist angefangen hatte, und Nanci Castor, einer Zivilperson mit schmalem Gesicht und gefärbtem Blondhaar, der man nicht ansah, daß sie gerade vierzig geworden war, bemannt. Es gab kaum Verbrechen, bei denen der Täter keine Spuren vom Tatort mitnahm oder selbst welche hinterließ; deshalb waren Ducci und Castor davon überzeugt, die allerwichtigste Arbeit im gesamten Gesetzesvollzug zu leisten. Sie identifizierten und verglichen Material und bewiesen, daß der Verdächtige am Tatort gewesen war; auf dem Rücksitz des mutmaßlichen Täters fand sich ein kleiner Faden von der Jacke des Opfers; auf dem Ärmel des Ermordeten ein Ölfleck aus der Garage des Verdächtigen; auf der Haustreppe des Ausgeraubten ein Asphaltbröckchen aus der Einfahrt des Tatverdächtigen. Sie fanden heraus, daß das ungewöhnlich gefärbte Haar, das in der Mütze neben der Ermordeten gefunden worden war, mit dem Haar des Verdächtigen übereinstimmte, der behauptete, die Tote nie gesehen zu haben.

Ducci und Nanci analysierten das Material, das die Kriminologen der Spurensicherung einsammelten. Um zwischen Personen, die unvereinbar schienen und meilenweit auseinander wohnten, aber trotzdem irgendwie in die Tat verwickelt waren, eine Verbindung herzustellen, fahndeten sie nach Zusammenhängen, die weitaus komplexer waren als Fingerabdrücke und DNS.

Nanci war nicht da, als Mike, Ducci und April vom Rechtsmedizinischen Institut ein paar Häuserblocks weiter nördlich zurückkehrten. Mike nahm den Totenschädel in die Hand, der auf Duccis Besucherstuhl lag, und betrachtete ihn kurz. Dann stellte er ihn auf dem Schreibtisch ab. Das letzte Mal, als Mike Haare-und-Fasern besucht hatte, hatte da ein Totenschädel mit Einschußloch und vorstehenden, zerlöcherten Zähnen gesessen. Dieser Totenkopf hatte kein Loch und makellose Zähne.

»Wo ist Roberto?« fragte Mike, er meinte den alten Totenschädel.

»Den hat jemand mitgehen lassen. Roberto war ja ein Geschenk der guatemaltekischen Polizei.« Betrübt über die Schlechtigkeit der Welt schüttelte Ducci den Kopf, wobei das schwarze, zurückgegelte Haar keinen Millimeter verrutschte. Dann ließ er sich auf seinem Stuhl nieder. Mit seinem dunklen Anzug, der schwarz-violetten Seidenkrawatte und dem blauen Hemd mit weißem Kragen und Manschetten war Ducci eine Ausnahmeerscheinung. Besorgt kniff er seinen kleinen Mund zusammen. Er hatte ein rundes, faltenloses Gesicht. Bis auf die graugesprenkelten geschwungenen Augenbrauen sah er noch immer aus wie der Sängerknabe, der er vor fünfundvierzig Jahren gewesen war. Er öffnete eine mit Snickers gefüllte Schublade und holte drei heraus.

»Wie wär's mit Mittagessen?« Er bot April einen der Riegel an. Sie lehnte kopfschüttelnd ab.

»Flauer Magen?«

Sie schüttelte den Kopf. Sie hatte keinen Hunger. Mike deutete auf den Stuhl. »Setz dich doch.«

»Und wer ist das?« fragte er und deutete auf den neuen Totenschädel.

»Eine Asiatin, glaube ich. Sieh dir mal ihre Zähne an. Die hat keinen Zucker gegessen. Ich glaube, ich nenne sie Lola.« Er packte ein Snickers aus.

Mikes Schnurrbart zitterte, als sich der Schokoladengeruch mit den Gerüchen von Chemie und Tod mischte, die sich vor wenigen Minuten in seinen Nebenhöhlen festgesetzt hatten.

Ducci schob ein paar Schokoriegel über den Tisch. »Greift zu, geht auf meine Rechnung.«

»Nein, danke.«

»Ihr seid vielleicht zwei Stimmungskanonen.« Ducci biß herzhaft zu und kaute zufrieden. »Sagt nur nicht, ich hätte euch noch nie zum Mittagessen eingeladen«, sagte er mit vollem Mund.

»Wenn du uns was *Nahrhaftes* anbieten würdest, würden wir nicht nein sagen, stimmt's, April?« Mike warf April einen Blick zu. Sie sah blaß aus.

»Stellt euch nicht so an. Das ist doch nahrhaft.« Ducci hatte den ersten Schokoriegel verschlungen und knöpfte sich den zweiten vor.

Mike schluckte eine Woge aufsteigender Magensäure hinunter. »Wir müssen gleich los«, murmelte er. »Fällt dir noch was ein, bevor wir gehen?«

Ducci warf die Snickershüllen in den Papierkorb und rieb sich geschäftsmäßig die Hände.

»Ihr erinnert euch, daß Rosa sagte, die Frau wurde nur ein einziges Mal getroffen. Der Einstich war direkt über dem Schlüsselbein. Kein unschlüssiges Zustechen im Hals- oder Brustbereich. Der Täter hatte es auf die Halsschlagader abgesehen, und das Opfer verblutete. Ging wahrscheinlich sehr schnell.«

Ducci fuhr sich mit der Hand über die rosigen Lippen. »Ihre Sachen trocknen noch. Seine habe ich noch gar nicht vollständig. Es dauert noch eine Weile, bis ich meine Analyse machen kann. Ich kann mir nicht erklären, was da passiert ist.« Geistesabwesend tätschelte er Lolas unversehrten Schädel.

Mike kaute auf seinem Schnurrbart. »Der Täter hat nicht gezögert. Sie wurde nicht bedroht oder gequält. Keine blauen

Flecken, und unter den Fingernägeln haben wir auch nichts gefunden. Keiner von beiden hat sich gewehrt.«

»Vielleicht blieb ihnen keine Zeit«, murmelte Ducci.

»Oder sie hatten keine Angst«, sagte Mike. Er warf April einen kurzen Blick zu. Sie hatte noch kein Wort gesagt.

»Vielleicht ein Bekannter.«

»Gut möglich. Wahrscheinlich kannten sie den Täter.« Mike trommelte mit einem Bleistift auf den Schreibtisch. »April, geht's dir gut?«

»Klar.«

»Mike, ich glaube, es war ein Unfall«, sagte Ducci.

»Ach ja? Wie kommst du darauf? Ein Freund kommt vorbei, hat zufällig ein Stilett dabei. Und er trifft zufällig zwei Bekannte, die gerade aus dem Restaurant kommen und deren Chauffeur nicht auf sie wartet. Und was geschah dann, Duke? Der Freund begrüßt sie, dann fällt er über die Frau her und bringt sie um? Und er trifft sie ausgerechnet an dieser Stelle –«

Ducci nickte und legte die Hand auf besagte Stelle. »Weiter oben ist die Halsschlagader von den Knorpeln der Luftröhre und der Schilddrüse geschützt. Dort müßte man den Hals mit einem Messer oder einer Klinge aufschneiden, um dranzukommen. Dieser Kerl stach dort zu, wo die Halsschlagader ganz vorne liegt, an einer äußerst verwundbaren Stelle. Messer oder Klinge waren da nicht nötig.«

Mike sah ihn grimmig an. »Wieso denkst du dann, es war ein Unfall?«

»Der Einstich ist zwar perfekt, aber nicht professionell. Ein Profi hätte kein Stilett benutzt, viel zu riskant. Er müßte zu dicht ans Opfer ran, und er hätte auch nicht nur eine Person attackiert und die andere nicht. Nee, dieser Täter schlug einmal zu und machte sich aus dem Staub, wahrscheinlich ganz entgeistert...«

»Vielleicht hat ihn jemand gesehen?«

»Dieser Patrice aus dem Restaurant vielleicht. Trotzdem scheint mir ein Unfall am wahrscheinlichsten. Eifersucht und Wut sehen ganz anders aus, das wißt ihr ja. Ein eifersüchtiger Täter rastet aus, sticht unaufhörlich zu, immer wieder. Das war hier nicht der Fall.«

»Ein Mord und ein Herzinfarkt. Darüber wird sich der Bezirksstaatsanwalt sicher nicht freuen, hm, April?«

»Wahrscheinlich nicht«, April machte zum ersten Mal den Mund auf.

»Ihr müßt nach jemandem Ausschau halten, der die beiden sehr gut kannte«, sagte Ducci.

»Zum Beispiel seine Frau?« fragte April.

»Weshalb sollte sie Merrill Liberty umbringen, wenn Petersen schon einen Herzinfarkt hatte?« fragte Mike.

»Den Herzanfall hatte Petersen erst, als der Täter aufkreuzte. Vielleicht wollte Daphne ihn umbringen, doch der starb, bevor sie dazu kam. Es sind schon merkwürdigere Dinge passiert.«

»Stellt euch vor, die Staatsanwaltschaft müßte beweisen, daß sie ihn zu Tode erschreckt hat.«

»Mich würde sie zu Tode erschrecken«, knurrte Mike.

»Daphne Petersen hat am meisten zu gewinnen«, gab April zu bedenken.

»Ich weiß nicht. Was ist mit Liberty? Was ist das für ein Typ? Hat er sich eisern unter Kontrolle? Könnte er medizinische Bücher studieren, die Tat eiskalt planen und dann an der richtigen Stelle zustechen?«

Er zuckte mit den Schultern. »Hat er schon mal jemanden verletzt, außerhalb des Spielfelds, meine ich? Wie kaltblütig ist er? Und wieso sollte der seinen besten Freund entkommen lassen? Meistens wird zuerst der Liebhaber umgebracht und dann die eigene Frau. Die bringen nicht die Frau zuerst um und warten, daß der Liebhaber einem Herzinfarkt erliegt. Alles ein bißchen zu glatt, oder?«

»Ich lasse gerade ein Persönlichkeitsprofil erstellen.«

Mike sah sie überrascht an. »Das hast du mir gar nicht gesagt.«

»Dazu hatte ich noch keine Gelegenheit.«

Ducci spielte mit seinem Bleistift. »Gut. Ich frage mich, ob Liberty vielleicht wußte, daß er den Liebhaber nicht umbringen mußte. Vielleicht war Petersen ja schon unschädlich gemacht worden.«

»Im Restaurant?«

»Genau, im Restaurant. Paßt doch, oder?«

»Ja, das paßt.« Mike fuhr mit der Hand über den Totenschädel.

»Ich finde nicht«, sagte April.

»Warum nicht?«

»Wir sprechen von einem großen, starken Mann, der seiner Frau mit zwei Fingern den Hals brechen könnte. Wieso sollte er sie mit einem Stilett umbringen? Na ja, ich muß los.« April schnappte ihren Mantel.

»Ich komme mit. Bis bald, Lola«, verabschiedete sich Mike leise von dem Totenschädel.

18

Am Montag war Rick Liberty abgeholt worden, um im Leichenschauhaus seine Frau zu identifizieren. Er durfte sie jedoch nicht berühren. Den Rest des Tages und den Dienstag verbrachte er zu Hause, wo er seine und Merrills Freunde empfing, wie es sich für einen Trauernden gehört. Er kredenzte seinen Freunden eine wundervolle Speisen- und Getränkeauswahl, hatte sich aber nicht extra zurechtgemacht und bemühte sich auch nicht um Konversation mit den Gästen. Außer seinen Geschäftspartnern erwartete das auch niemand. Am Dienstagabend hatte er mehrere Stunden mit Jason Frank verbracht, der ihn im Auftrag der Polizei über sein und das Leben seiner Familie befragt hatte. Er mußte sich an Dinge erinnern, die er viele Jahre lang verdrängt hatte. Er machte einen ruhigen und beherrschten Eindruck während des Gesprächs, doch es löste eine so abgrundtiefe Wut in ihm aus, daß er nachts keinen Schlaf fand. Als am Mittwoch der Morgen graute, hielt er das ereignislose Warten nicht länger aus.

Früh am Morgen beschloß er, sich vor die Tür zu wagen. Er wußte nicht, daß heute Tor Petersens Autopsie stattfinden würde und was dabei für ihn auf dem Spiel stand. Er ging davon aus, daß das Haus immer noch von Presseleuten umlagert wurde, die darauf warteten, daß er herauskam und sich endlich zu der Sache äußerte. Die Polizei zählte ihn zum Kreis der Tatverdächtigen, das wußte er. Wahrscheinlich waren Beamte abgestellt worden, um sein Haus zu observieren. Bevor er aufbrach, hätte er gern noch einmal mit Jason gesprochen, doch er traute sich nicht anzurufen.

Mittlerweile hatte er einen ziemlich dichten und ungewöhnlich grauen Dreitagebart, wenn man bedachte, daß er gerade vierzig Jahre alt war. Zum Glück hatte er immer viel Wert auf sein Aussehen gelegt. Jetzt war er froh, daß er genauso häßlich aussah, wie er sich fühlte. In Ricks Appartementgebäude gab es einen Portier, aber keinen Aufzugsführer. Er fuhr mit dem Aufzug in den Keller. Vor acht war hier niemand. Er lief durch die dunklen Gänge zu dem Verschlag, der zu seiner Wohnung gehörte. Er öffnete das Nummernschloß und trat ein, ohne das Licht anzuknipsen. Nach kurzer Suche wurde er fündig: Da war sein rostbrauner Parka, er war fleckig und verstaubt nach der langen Zeit in einem schlecht verschlossenen Pappkarton. Daneben standen ein Paar Schnürstiefel. Er zog sie an und schnitt mit seinem Messer am Schlüsselbund die Schuhriemen ein Stück ab, so daß die Stiefel oben offenstanden. Unter der Jacke trug er ein

Sweatshirt. Mit hochgezogener Kapuze sah er richtig gefährlich aus. In seiner Nachbarschaft würde niemand Blickkontakt mit einem gefährlich aussehenden Schwarzen suchen. Er verrammelte den Verschlag und verließ das Gebäude auf der 56. Straße. Dort erwartete ihn niemand.

Um elf Uhr betrat Rick das *Persian Garden* an der Ninth Avenue Ecke 48. Straße. Wally Jefferson wartete schon in dem leeren Restaurant auf ihn. Er saß mit dem Rücken zur Wand an einem Tisch für zwei, trank Kaffee und studierte die Pferdewetten im Sportteil. Als er Rick bemerkte, ließ er die Zeitung fallen und stand auf.

»Mr. Liberty, mein Beileid zu Ihrem Verlust«, sagte er. Mit der Mütze in der Hand neigte er respektvoll den Kopf.

»Setzen Sie sich, Wally.«

Wally setzte sich. »Alles in Ordnung?« fragte er besorgt. »Sie sehen schlecht aus.«

»Reden wir lieber darüber, wie es Ihnen geht.« Rick ließ sich auf dem äußeren Stuhl nieder, so daß Wally eingekeilt war. Als sich die zierliche asiatische Kellnerin näherte, um seine Bestellung aufzunehmen, winkte er ab.

»Ich hab doch schon gesagt, daß mir das leid tut mit Ihrem Wagen. Das kann vorkommen. Sie wissen doch, wie das ist.« Er sah Rick merkwürdig an. »Sind Sie wirklich in Ordnung?«

»Ich klaue keine Autos, Wally. Ich weiß also nicht, wie das ist.« Rick ballte die Hände zu Fäusten.

»Ich hab den Wagen nicht geklaut. Ich sagte Ihnen doch, ich –«

»Sie haben den Wagen gestohlen.«

»Moment mal, Sie sehen das falsch. Ich war ein bißchen knapp bei Kasse. Ich brauchte ihn ja nur für einen Tag. Sie kriegen ihn wieder.«

»Hören Sie, Wally. Meine Frau und mein bester Freund sind tot. Der Wagen ist mir scheißegal.«

Wally sah ihn erschrocken an. »Nein, Sir, damit hab ich

nichts zu tun, das schwöre ich.« Nervös schossen seine Augen Richtung Tür. »Das schwör ich, Mann. Damit hab ich nichts zu tun.«

Rick schlug mit der Faust auf den Tisch. Laut klirrend fiel sein Messer zu Boden. »Lügner!«

»Nein, Mann. Er hat mich nach Hause geschickt, das schwöre ich. Ich weiß rein gar nichts.«

»Wofür brauchten Sie den Wagen?« Ricks Faust knallte nochmals auf den Tisch. Die kleine Asiatin kam wieder aus der Küche. »Möchten Sie jetzt vielleicht bestellen?« fragte sie ruhig.

»Kaffee«, sagte Rick, ohne sich nach ihr umzudrehen.

»Espresso, Cappuccino, Latte? Was für Kaffee?«

»Normalen Kaffee.«

Sie verschwand in der Küche.

»Was sagen Sie dazu?«

Wally schüttelte den Kopf. »Sie sehen nicht gut aus, Mann. Sie sollten zum Arzt gehen.«

»Wally, hören Sie mir gut zu. Ich muß herausfinden, was hier schiefgelaufen ist. Verstehen Sie? Ich laß mich von Ihnen doch nicht verarschen. Ich krieg's raus.«

»Ich hab Ihnen doch gesagt –«

»Nein, nichts haben Sie gesagt.«

»Ich weiß nichts von dem Mord. Absolut nichts. Als ich ging, waren sie noch in Ordnung.« Schuldbewußt beäugte Wally seine Hände.

»Können Sie irgendwas dazu sagen?«

»Ich hab zwei Kinder. Ich weiß von nichts.« Er sah Rick dümmlich grinsend an, als könne er ihn damit zufriedenstellen.

Rick musterte das Grinsen eine ganze Weile. Er sah Jefferson in die Augen, bis die Kellnerin den Kaffee brachte. Dann stand er auf, legte einen Fünfdollarschein auf den Tisch und verließ das Restaurant.

Jefferson sah durchs Fenster, daß er Richtung Downtown ging. Als Liberty außer Sichtweite war, zog er ein Mobiltelefon aus der Tasche und rief Julio an. »Du mußt das Auto wieder besorgen. Ich komm raus nach Queens und hol's ab«, sagte er und legte auf, bevor der Latino etwas einwenden konnte.

19

Am Tag von Merrill Libertys Beerdigung rief Mike gegen 6.30 Uhr morgens bei April zu Hause an, um sie zu fragen, ob er sie abholen sollte. Um acht Uhr hatten sie einen Termin beim Bezirksstaatsanwalt Dean Kiang in dessen Büro in Lower Manhattan.

Nach zweimaligem Klingeln hob sie keuchend den Hörer ab. *»Wei?«*

»Selbst Wei. Ich bin's.«

»Mike, hallo, was gibt's?«

»Was machst du denn?«

»Wieso fragst du?«

»Bist du allein?«

»Mike, was willst du?«

Ihre Stimme war von Anfang an kühl gewesen und wurde mit jedem Wortwechsel kühler. Sie sollte nicht merken, daß ihn das störte. »Wie wär's denn heute abend mit einer richtigen Verabredung, Abendessen zum Beispiel?«

»Ach, ich weiß noch nicht. Laß uns erst mal den Tag abwarten.« Sie klang mißtrauisch.

»Eine sehr vage Antwort.«

»Ich hab viel zu tun. Kann sein, daß ich heute abend beschäftigt bin.«

»Immer noch sehr vage. Mit uns beiden läuft's wohl nicht so gut zur Zeit.«

»Wie kommst du denn auf die Idee?« erwiderte sie geradezu abweisend.

»Du sprichst nicht mit mir, *querida.* Du flatterst mir davon. Das kann ich richtig spüren. Wir arbeiten zwar am gleichen Fall, aber du gehst eigene Wege.«

»Und das ist auch der richtige Weg«, platzte April heraus. »Mike, du sagst vor allen Leuten *querida* zu mir. Ich bin nicht dein Schatz. Bin ich nie gewesen. Im Zwo-Null hast du mich ein ganzes Jahr bloßgestellt, und jetzt fängt das gleiche in Midtown North an. Wenn du mir die Sache vermasselst, fliege ich in hohem Bogen raus. Ist dir das eigentlich klar?«

»Hey, was ist denn eigentlich los?«

»Hier geht's nicht um meine Ehre. Ich sag dir, hör auf, deine Spielchen mit mir zu treiben.«

»Was redest du da? Ich treib doch keine Spielchen mit dir.«

»Komm schon, du weißt genau, wovon ich rede. Es macht dir doch Spaß, daß mich alle für deine Freundin halten.«

»Ich wünschte, du wärst meine Freundin. Ich liebe dich.«

»Aber ich bin *nicht* deine Freundin, Mike. Du machst dir was vor. Ich will nur ungestört meinen Job erledigen. Ich hab keine Lust, den Kopf für etwas hinzuhalten, das ich gar nicht getan habe.«

»Herrgott, April, ich liebe dich. Warum machst du alles so kompliziert?«

»Es ist ja nur kompliziert, weil du es nicht begreifst. Dieses Spiel ist vorbei.«

»Das war deutlich. Ich sagte, ich liebe dich. Das sag ich nicht oft.«

»Das will ich auch gar nicht hören. Laß es einfach bleiben, Mike. Das ist so schädlich wie Alkohol bei der Arbeit.«

»Müssen wir das am Telefon ausdiskutieren?«

»Im Büro will ich nicht darüber sprechen.«

»Du bringst alles durcheinander, April. Es ist doch nicht

schlimm, daß ich dich liebe, das kannst du doch nicht mit Alkohol vergleichen.«

»Vielleicht finde ich es aber schlimm. Vielleicht will ich nicht, daß du mich liebst. Vielleicht kann ich mir dieses Problem einfach nicht leisten.«

»Okay. Das ist ja eigentlich auch ein beruflicher Anruf. Wir müssen eigentlich nicht mit zwei Autos in die Stadt fahren. Ich könnte dich abholen, das wäre doch praktischer.«

»Du kannst mich nicht abholen, Mike, weil wir nicht zusammen nach Hause fahren werden.«

»Okay, ich hab's kapiert. Das war deutlich.« Mike legte auf. Er saß noch eine Weile da und starrte das Telefon an. Diese Frau brachte ihn um den Verstand. Was hatte sie nur?

Zwei Abende zuvor hatte Mikes sehr religiöse Mutter ihn nach seiner Beziehung zu *la novia china* gefragt. Er versicherte ihr, daß April eine durchaus moralische Frau sei, genau wie sie, seine liebste *mamita*, und daß seine Liebe zu April ganz rein war. Er dachte, seine Mutter würde das gern hören.

Statt dessen hatte es Maria Sanchez beunruhigt. *»No amor ardiente?«* Sehr ungewöhnlich für ihren Sohn.

»Sie ist ganz anders«, hatte Mike erklärt.

»Niemand ist anders, *m'hijo«*, hatte sie mit einem verschmitzten Lächeln erwidert.

»Was soll das denn heißen?«

»Auch gute Frauen haben heutzutage *amor pasionante, m'hijo.* Sogar alte Frauen«, fügte sie lächelnd hinzu.

Die Aufrichtigkeit ihres zugleich schüchternen und verwegenen Lächelns hatte ihn bestürzt. Mike hatte seine Mutter noch nie modern oder verwegen erlebt. Vor wenigen Monaten noch hatte sie ausschließlich schwarz getragen und behauptet, eine alte Frau jenseits der Fünfzig zu sein, die vom Leben nichts mehr zu erwarten hatte und bereit war, in den Himmel aufzusteigen, wo sie ihren verstorbenen Ehemann wiedersehen würde, den einzigen Mann, den sie je gekannt hatte. Jetzt trug sie Rouge und vertrat die Meinung, Enthaltsamkeit sei selbst für Frauen ihres reifen Alters ein alter Zopf.

»*Mamita*, was ist mit dir passiert?« fragte er bestürzt.

Maria Sanchez war nicht einmal rot geworden. Ihr Sohn war ein berühmter Polizist, der die fürchterlichsten Sachen gesehen hatte und über den auch schon in der Zeitung berichtet worden war. Aber er mußte noch einiges lernen, sie konnte ihm noch was beibringen. »*Embrazala*«, schlug sie vor.

Er runzelte die Stirn. Nein, das würde mit April nicht klappen. Sie war zu *tough*. Er versuchte ihr zu erklären, daß es gar nicht so leicht war, eine bewaffnete Frau zu küssen, die ihn eher erschießen würde statt seinen Kuß zu erwidern. Doch davon wollte Maria nichts hören. Sie bestand darauf, Küssen sei die einzige Lösung. Ihm wurde ganz schlecht vor Sorge, als er sich überlegte, wie er das anstellen sollte.

»Laß dir nicht zuviel Zeit, *m'hijo*«, warnte sie.

Als Mike zwei Minuten vor acht in Dean Kiangs Büro auftauchte, war April bereits da. Als er den Flur entlangging, konnte er schon ihren Fuß sehen. Der Fuß in dem neuen Stiefel wippte auf und ab. Das hatte er noch nie gesehen. Im Näherkommen bemerkte er, daß sie das rechte Bein über das linke geschlagen hatte und vornübergebeugt in eine angeregte Unterhaltung mit dem DA vertieft war. Dean Kiang fiel das Haar in die Stirn, und er machte ein so selbstgefälliges Gesicht, in das Mike am liebsten hineingeschlagen hätte.

April trug ihre Jadeohrstecker und eine neue, dunkelgrüne Jacke. Sie hatte rosige Wangen. Bestürzt stellte Mike fest, daß sie aufgeregt und glücklich war. So sprühend hatte er sie nur selten erlebt; beide Male hatte sie ein paar Bierchen getrunken und ihre Schranken waren etwas gefallen. Das bedeutete, daß sie sich diesem Kerl gegenüber öffnete, daß sie sich verletzlich machte. Mike verkrampfte sich, er wollte sie beschützen. Er spürte, wie ihre Aufregung und seine Wut zur gleichen Zeit entfacht wurden. Entschlossen, sie an ihre eigentliche Aufgabe zu erinnern, betrat er den Raum mit einem breiten, falschen Grinsen.

»Ich bin zu spät, tut mir leid.«

Kiang sah auf. »Nein, Sanchez. Zu früh. Viel zu früh.«

»Was gibt's?« Immer noch lächelnd betrachtete er April, die seinem Blick auswich. Kiang atmete geräuschvoll aus.

Es war wieder mal einer dieser Tage. Nun gut. Er nahm Kiangs Aktentasche von dem dritten Stuhl und ließ sie fallen. Mike machte ein überraschtes Gesicht, als sie laut auf dem Boden aufschlug. Dann setzte er sich hin, den Mantel offen, die Beine gespreizt. Er war sich der Pistole unterm Arm bewußt und wußte genau, daß das Gefühl der Macht, das sie ihm in solchen Situationen vermittelte, ein falsches war.

»Was habt ihr denn schon besprochen?« Er betrachtete April noch einmal prüfend, die jetzt jedoch völlig verschlossen war.

Kiang überging seine Frage. »Fangen wir doch am besten mit einem Lagebericht an.«

»Gut. Nach dir.« Mike verneigte sich vor April.

Sie schüttelte den Kopf und gab ihm mit warnendem Blick zu verstehen, daß er sich nicht wie ein Arschloch aufführen sollte. Wenn ihm danach war, würde er das jedoch tun, beschloß er. Wie im Kindergarten.

»Wir haben bisher noch von keinem der Opfer einen vollständigen Autopsiebericht. Die bisherigen Ergebnisse deuten allerdings darauf hin, daß Merrill Liberty erstochen wurde. In den Hals, mit einem einzigen Stich«, betonte sie.

»Das haben wir schon am Tatort gesehen«, sagte Kiang.

»Jetzt steht es fest.«

»Und?«

»Es deutet darauf hin, daß sie nicht damit gerechnet hat,

keine Angst hatte. Sie ließ den Täter nah an sich heran. Möglich, daß es ein Fremder war, der ihr nicht bedrohlich erschien. Viel wahrscheinlicher ist jedoch, daß sie den Täter kannte. Das zweite Opfer erlag einem Herzanfall.«

»Das schließt also Petersens Frau und alle anderen, die es auf ihn abgesehen hatten, aus. Ein natürlicher Tod.«

»Nicht unbedingt«, widersprach April.

»Aha?« Kiang trommelte mit einem Bleistift aufs Knie und starrte sie an.

»Die Rechtsmedizinerin vermutet, daß der Herzinfarkt durch einen Schock oder durch Streß ausgelöst wurde. Wie dem auch sei, vielleicht kommt bei der toxikologischen Untersuchung ja noch was anderes heraus …« April warf Mike einen Blick zu. Er nickte.

»Gibt's einen Grund für diese Annahme?« Kiang ließ den Stift fallen, während er April weiterhin anstarrte und begann, mit dem Fuß zu wippen.

Unter seinem Blick rutschte April unbehaglich auf ihrem Stuhl umher. Mike wußte, woran sie dachte. Als sie das letzte Mal im Tod eines Mannes ermittelten, der angeblich einem Herzanfall erlegen war, hatte der Rechtsmediziner Gift im Blut des Opfers entdeckt; aus einer gewöhnlichen Anfrage wegen eines unnatürlichen Todes war so eine Mordermittlung geworden. Sie wählte eine andere Formulierung.

»Wer würde schon eine Frau angreifen, deren Begleiter 1,85 m groß ist und gebaut wie ein Schrank? Das macht doch keinen Sinn.«

Kiang lächelte. »Damit steht der Mörder also fest.«

»Wie kommen Sie darauf?«

»Beide kannten Liberty sehr gut. Er kam von zu Hause und paßte sie in der Dunkelheit ab.«

»Wieso sollte er seine Frau angreifen und Petersen nicht?« fragte April. »Wieso sollte er einmal zustechen und weglaufen? Wer würde so was tun?«

»Ein kaltblütiger Mörder.« Kiang hob seinen Bleistift wieder auf und gestikulierte damit in der Luft herum. »Vielleicht wollte er ja nur seine Frau umbringen und den Freund behalten.«

»Er ersticht also seine Frau vor den Augen seines Freundes mit einem Stilett und macht sich davon, als der Freund einen Herzanfall hat?«

Mike schüttelte den Kopf. »Merkwürdiges Verhalten für einen brutalen Killer, finden Sie nicht auch?«

»Wer redet denn von einem brutalen Killer? Wir haben es hier mit einem spitzfindigen Kerl zu tun. Er mußte nicht besonders brutal vorgehen, um sein Ziel zu erreichen.«

»Das ist doch an den Haaren herbeigezogen, Kiang.«

»Vielleicht hat er mit dem Herzinfarkt seines Freundes gerechnet, vielleicht war das eingeplant. Liberty konnte also vor seinen Augen jemanden töten und einfach weglaufen.«

»Eine richtiggehende Verschwörung«, sagte April.

Kiang nickte. »Genau. Vielleicht hatte Liberty was mit Petersens Frau, und die beiden machten gemeinsame Sache.«

Mike fuhr sich über den Schnurrbart. »Klingt sehr weit hergeholt.«

»Es sind schon merkwürdigere Sachen passiert, Sanchez. Okay, zurück zu den Einzelheiten. Welche Motive haben wir bisher. April, wie weit ist Ihr Seelenklempner mit Libertys Profil?« wollte Kiang wissen.

»Heute abend, spätestens morgen, hat Dr. Frank die Ergebnisse für uns. Er muß seine Aufzeichnungen noch abtippen.«

»Hat er Ihnen Genaueres verraten?«

»Bisher noch nicht.«

»Können wir auf ihn zählen?«

»Jason? Kommt drauf an, was Sie von ihm wollen.«

»Gibt's noch was zu Liberty?«

Mike meldete sich zu Wort. »Wir haben sehr gegensätzliche Aussagen. Ergibt ein sehr unscharfes Bild.«

»Aha?«

»Ja, Daphne Petersen behauptet eisern, Liberty sei brutal und gefährlich. Angeblich rastet er regelmäßig völlig grundlos aus. Er soll verbal gewalttätig gewesen sein. Haben Sie sie gestern abend im Fernsehen gesehen? Heute morgen stand auch in der Zeitung, daß sie im letzten Jahr dreimal mit angesehen hat, wie Liberty seine Frau schlug und trat. Ich würde dem nicht allzuviel Glauben schenken«, sagte Mike.

»Emma Chapman, Merrills beste Freundin, sagt, er sei ganz zahm, würde keiner Fliege was zuleide tun«, fügte April hinzu. »Patrice, der Geschäftsführer des Restaurants, sagte ebenfalls, er sei der liebenswürdigste Mensch. Ich zitiere: ›Er betete sie an.‹«

»Vielleicht lügen die beiden.«

»Ich weiß nicht. Ich hab mit ihren Eltern telefoniert. Sie sagten, Liberty liebte seine Frau abgöttisch. Sie sind sicher, daß ihre Tochter nicht bei ihm geblieben wäre, wenn er sie geschlagen hätte.«

»Das hört man ja ständig.«

»Also wirklich, Kiang, die Eltern würden ihn doch jetzt nicht mehr in Schutz nehmen, wenn er wirklich ein brutaler Schläger wäre«, bestritt Mike.

Kiang fiel ihm ins Wort. »Nächster Punkt. Was haben Sie noch, April? Sind Sie den Weg abgegangen, um festzustellen, ob Liberty genug Zeit gehabt hätte?«

»Noch nicht.«

»Gibt es Zeugen am Tatort, die jemanden flüchten sahen?«

»Wir haben noch keine.«

»Jemand, der gesehen hat, wie Liberty seine Wohnung verließ oder wie er zurückkam?«

»Falls es jemanden gibt, hat sich diese Person noch nicht gemeldet«, murmelte April.

Kiangs wackelnder Fuß hielt inne. »Irgend jemand wird

schon noch auspacken«, weissagte er. »Kommt man aus dem Gebäude unbeobachtet raus?«

»Wissen wir noch nicht.«

»Herrgott, was habt ihr denn bisher getrieben? Okay, probiert es aus. Lauft die Strecke ab und stellt fest, wie lange man braucht. Findet heraus, ob Liberty Zeit gehabt hätte.«

Mike salutierte. »Jawohl, Sir.«

Kiang ignorierte die Geste. »Falls Liberty es in dem zeitlichen Rahmen hätte schaffen können, hätte er sowohl ein Motiv als auch die Gelegenheit gehabt – das reicht uns für einen Durchsuchungsbefehl. Redet mit ihm, erzählt ihm beiläufig, was ihn bei einer Verurteilung erwartet, vielleicht packt er ja aus. Das würde alles sehr viel einfacher machen.« Kiang war fertig mit ihnen. Er sah auf seine goldene Armbanduhr. »Bis später.«

»Liberty hat doch gar kein Motiv. Was für ein Arschloch«, murmelte Mike, als sie gingen.

»Er ist heute auch gar nicht da«, brummte April. »Seine Frau wird heute beerdigt.«

Kurz darauf marschierte April wutentbrannt die Mott Street entlang, Mike ging neben ihr.

»April, sag doch was.«

Die Temperatur war auf –15°C gefallen. Die unappetitlichen, armseligen Blätter und Stiele, die die Händler in Chinatown von ihrem Gemüse entfernten und in den Rinnstein warfen, waren zu Stilleben in schwarzem Eis gefroren. Sie knirschten unter Mikes Cowboystiefeln. Die Stiefel aus schwarzweißem Schlangenleder waren neu. Mit dicken Socken hielten sie seine Füße schön warm und trocken. Er fragte sich, was April vorhatte. In Chinatown war bei diesem Wetter nicht viel los. Die kleinen Lädchen, deren Waren bei schönem Wetter im Türrahmen hingen oder im Freien auf klapprigen Tischen auslagen, hatten ihre Verkaufsaktivitäten nach drinnen verlagert. Einzig chinesische Zeitungen stapelten sich heute draußen auf den Tischen. April hatte einen dicken Schal um den Kopf geschlungen. So lebendig sie mit Kiang gewesen war, bevor Mike dazugestoßen war, so verschlossen war sie jetzt. Mike fand, es sei an der Zeit, die Karten offenzulegen.

»Wo gehst du hin?«

April blieb abrupt stehen und zog ihren Schal ein Stück herunter. »Ist dir klar, Mike, wie du da drin ausgesehen hast?«

»Wovon redest du?« Mike trug seinen neuen dreiviertellangen schwarzen Ledermantel, der bei jedem Wetter warm hielt, neue Schlangenlederstiefel, ein modisches, silbergrau glänzendes Jackett, eine anthrazitfarbene Hose und ein schwarzes Hemd mit grüner Strickkrawatte. Er hatte seine Kleidung sehr sorgfältig zusammengestellt, Deodorant aufgelegt, sich einparfümiert und sich mehrmals gekämmt, bis das Haar genau richtig lag. Sogar seinen Schnurrbart hatte er gestutzt, damit er heute nicht allzu wild abstand. Er sah besser aus denn je, fand er.

»Man kann dich ja kaum von einem Verbrecher unterscheiden. Du bist so ungehobelt. Du siehst aus wie ein Drogendealer, und du hörst dich auch so an.«

Mike bekam fast täglich Schlimmeres zu hören. Allerdings nicht von Leuten, an denen ihm etwas lag. Einen Augenblick stand er betroffen da, dann zwang er sich zu einem breiten Grinsen. »Nee, so gut seh ich auch wieder nicht aus. Kein Gold, keine Ringe, keine Armbänder. Ich bin doch nur ein armer, ehrlicher Cop.« Lachend setzte er noch eins drauf. »Soll ich mir vielleicht die Haare wachsen lassen? Dann könnte ich einen Zopf machen.«

Er wußte, worauf April hinauswollte. Ihre Füße in den spießigen East-Side Stiefelchen waren sicherlich schon ganz erfroren. Ihr Upper-East-Side Damenmantel und der gutsitzende Rock verrieten alles. Das war keine zweckmäßige Arbeitskleidung. Sie hatte sich chic gemacht, um den DA zu beeindrucken. Yup, er sah ihr an, daß ihr die Füße weh taten und daß ihr kalt war. Sie stieß eine dampfende Atemwolke aus und hastete weiter. Blöd wie sie war, traute er ihr fast zu, daß ihr der Kerl tatsächlich gefiel.

»Du dampfst ja schon richtig, Baby, kriegst du eine Vorzugsbehandlung vom Staatsanwalt?«

»Du mit deinen ordinären Gedanken«, erwiderte sie ungehalten. »Wir bearbeiten den gleichen Fall, falls du das vergessen haben solltest.«

»Du kannst mir nichts vormachen. Du bist scharf auf diesen blöden DA. Hast du schon mit ihm geschlafen, *querida?*«

April hatte den Schal wieder ins Gesicht gezogen, doch ihre Augen verrieten, wie sehr sie sich aufregte. »Du hast dich in seinem Büro wie das letzte Arschloch benommen. Und jetzt schon wieder. Was hast du bloß für ein *Problem?*«

»Hey, ich mag ja nur ein blöder Cop sein, der nicht solche Affenanzüge und Slipper mit Bommelchen trägt wie dein *pendejo* Anwalt. Aber paß auf, zu wem du Arschloch sagst.«

»Du hast dich total danebenbenommen. Findest du das schlau?«

»Und du denkst, der Anzug macht den Mann, hm? Und die Bommelchen, *cojones?*«

»Tolles Vokabular, Mike, Schamhaare und Eier. Wirklich, sehr kultiviert, ich bin beeindruckt.« April grub die Hände tiefer in die Taschen.

»Du hast damit angefangen.«

»Du verstehst überhaupt nicht, worum es geht.« April blieb vor einem schmutzigen Schaufenster stehen, in dem häßliche getrocknete Zweige, Blätter und Pülverchen ausgestellt waren. Auf bunten Etiketten standen chinesische Schriftzeichen, die Preise waren jedoch in Dollar und Cent angegeben.

»Doch, ich verstehe sehr gut. Es ist dir scheißegal, ob er ein Riesenarschloch ist. Hauptsache, das Arschloch steckt in einem Anzug.«

»Gar nicht wahr.«

»Sondern? Er ist Chinese, ist es deswegen? Er ist sexy und ich nicht?«

April schwieg.

»Toll. Wirklich toll. Ich hab dir nie was vorgemacht. Du willst doch respektiert werden. Ich respektiere dich. Ich hab deine Eltern kennengelernt. Hab dir meine Mutter vorgestellt. Ich hab dich nicht einfach über die Schulter geworfen und in meine Höhle verschleppt, hab dir nicht gezeigt, wie es mit einem richtigen Mann ist, und deshalb findest du mich jetzt nicht sexy? Das ist ja mal was Neues. Weil ich dich nicht an mich gerissen habe, hältst du mich jetzt für dumm und ungehobelt.« Herrgott, er raste vor Wut. Sein Gesicht brannte vor Schmerz.

April wurde blaß. »Hör zu, ich mag dich, wieso lassen wir es nicht dabei?«

Sie mochte ihn. Mögen, das hieß, sie fand ihn nicht sexy. Da hatte er also die ganze Zeit ihr Gesicht gewahrt, nur um jetzt seines zu verlieren.

»Ich muß hier rein. Bist du in Ordnung?« Ihre Stimme klang jetzt weich und schien in der eisigen Luft zu beben.

Sie standen vor einer chinesischen Apotheke. Hier gab es eklige Pülverchen, hergestellt aus toten Insekten und Tieren, Schimmelpilzen, Geistern und Drachen, Fischeingeweiden und Knochen, Zweigen und Blättern. Gegen alle erdenklichen Krankheiten. Weder sexy, noch liebenswert war er. Häßlich und ungehobelt. Mikes Herz zersprang. Er wandte sich ab.

»Treffen wir uns in einer halben Stunde im Park Century?« fragte April nervös.

»Ich werde da sein. Und schau doch mal, ob du da drin was

gegen die Arschloch-Krankheit findest«, rief er über die Schulter zurück.

20

Wally Jefferson konnte Julio an jenem Tag in keiner der üblichen Kneipen in Queens ausfindig machen. Er entdeckte ihn schließlich gegen 21.39 Uhr in West Harlem im *Magic Club* in der Nähe vom Broadway. Julio lehnte an einer nackten Wand und trank ein Corona aus der Flasche. So wie er dastand, handelte es sich offensichtlich nicht um sein erstes Bier. Die anderen fünf oder sechs Männer in dem kahlen Raum waren allerdings gar nicht mehr auf den Beinen, sondern lümmelten benommen auf den Stühlen herum. Lediglich ein ergrauter Opa verfolgte in einer Ecke das Basketballspiel im Fernsehen, rauchte eine Zigarette und redete mit sich selbst.

Wally gab dem Türsteher das Zeichen und wurde hereingelassen. Julio wandte sich sogleich ab. Auf dem Kopf trug er einen Schal, der in drei Knoten gewunden war. Diese Knoten sollten Verwegenheit symbolisieren, wußte Wally. Liberty hatte ihm Angst eingejagt. Die tagelange Suche nach Julio und dessen abweisende Haltung hatten ihn ermutigt. Ihm stand jetzt nicht der Sinn nach protzigem, verwegenem Gehabe. Auf Zehenspitzen – wie früher als Boxer – ging er auf Julio zu.

»Hey, Mann, ich hab dir doch gesagt, daß ich mit dir reden muß.«

Julio sah ihn mit toten Augen an. *»Diga me.«*

»Laß die spanische *mierda.* Ich muß das Auto wiederhaben. Sofort.«

»Wieso?«

»Weil mein Chef tot ist und Libertys Frau auch.«

»Na und? Menschen sind sterblich.«

»Aber diese beiden waren *muy importante,* Julio. Du hast doch Libertys Wagen. Er hat ihn gestohlen gemeldet. Seine Frau ist tot, und wegen dem verdammten Auto glaubt er, daß ich was damit zu tun habe.«

»Nicht mein Problem.«

Wally ballte die Fäuste. »Das ist *sehr wohl* dein Problem. Das Auto muß wieder her.«

»Warum?«

»Sag ich doch. Liberty und die Polizei glauben, ich hätte die Frau umgebracht. Ich will nicht für den Mord an einer Frau in den Knast, mit dem ich nichts zu tun habe.«

Julio lächelte unvermittelt. Sieben Goldzähne blitzten Wally an. »Mann tot oder Frau, ist doch egal.«

»Hey, ich habe damit nichts zu tun.«

»No se nada.«

»Laß den Scheiß, Mann. Du wirst sehen, die bringen alles in Verbindung, dich auch. Du bist auch nicht sicher, bevor der Wagen wieder in der Werkstatt steht.«

Julio lachte. »Nicht mein *problema.* Deins.«

»Okay, wenn du es unbedingt so sehen willst. Dann sag mir wenigstens, wo der Wagen steht und ich hole ihn selbst ab.«

»Das ist *problema.* Ich weiß nicht, wo Wagen ist.«

»Was soll das heißen? Du hast ihn doch gefahren. Wo hast du ihn denn abgestellt?«

»Andere Kerl hat genommen.«

»Welcher Kerl?«

»Kenn nicht Name.«

»Der Kerl hat deinen Wagen genommen?« fragte Wally verdutzt.

Julio nickte. In den leeren Augen blitzte ein amüsiertes Funkeln auf. »Limousine mitgenommen.«

»Du hast ihm meinen Wagen mitgegeben?« Wally konnte es nicht fassen.

»Ist nicht dein Wagen.«

»Herrgott, bist du wahnsinnig? Die Typen in der Werkstatt kennen mich doch. Warum hast du das getan?«

Julio zuckte mit den Schultern.

»Was ist denn passiert? Ist was schiefgelaufen?«

»Yeah, schiefgelaufen.«

Tief durchatmend ließ Wally den Blick durch den Raum schweifen. Niemand interessierte sich für ihre Unterhaltung. Wallys Kumpel waren viel zu erschlagen, als daß sie sich an der Auseinandersetzung beteiligen konnten. Julio war ein schmächtiger Mann, der ihm eine Menge Geld schuldete – und den Wagen. »Schiefgelaufen« konnte Wally nicht gelten lassen. Am liebsten hätte er Julio den Schädel eingeschlagen, besann sich aber eines Besseren.

»Ich will den Wagen und meinen Anteil an der Kohle.«

Julio schüttelte den Kopf. »Ich weiß nicht, wo Auto ist, aber du kriegst Geld. Du haust ab. Alles klar?«

Wally nickte. »In Ordnung. Aber versuch bloß nicht, mich reinzulegen. Ich will die ganze Summe.«

»Alles klar. Ich hol's.«

»Wann? Und keine Dummheiten«, sagte er warnend.

»Sabado.«

»Wann zum Teufel ist das?«

»Samstag.«

»Wir wär's mit morgen?«

»Samstag.«

Wally nagte an seiner Lippe und warf einen Blick auf Julios kaputte Kumpels. Er nickte. Er wollte Julio nicht zu sehr bedrängen. Es war allgemein bekannt, daß der kleine Mann eine Machete unter der Jacke trug. Am Samstag also.

21

Der Aufzug öffnete sich, und Rick Liberty sah, daß die Lobby – so wie Marvin versprochen hatte – leer war. Die Tür zu Marvins Büro stand offen. Er saß allein an seinem riesigen Schreibtisch, den Kopf über einen Stapel Akten geneigt. Rick schob die Kapuze zurück, die seinen Kopf und die untere Hälfte seines Gesichts bedeckt hatte. Er öffnete die Daunenjacke, unter der er seinen Laptop gegen die Brust gedrückt hielt. Unter dem Parka trug er noch immer die graue Hose und den Kaschmirpullover, die er schon seit vier Tagen anhatte.

Zum Duschen hatte er sich ein paarmal mechanisch ausgezogen; er hatte versucht, seinen Verstand zu beleben und einen Ausweg aus dem Tunnel zu finden. Doch das Duschen half nichts. Er war in einem tiefen, dunklen Loch und wußte nicht, wohin er sich wenden sollte. Die Aktienkurse waren enorm gefallen, 350 Punkte in den letzten zwei Tagen, wahrscheinlich stand eine Zinserhöhung bevor. Der Börsensturz sah nach einer Kurskorrektur aus. Die Akten seiner Klienten, deren Dateien in seinem Laptop aufgereiht waren wie Soldaten, bedurften seiner Aufmerksamkeit und Kontrolle. Doch die Börsenkurse waren ihm gleichgültig.

Er hatte andere Sorgen, und am liebsten hätte er sich wie ein verwundetes Tier verkrochen. Tor und Merrill waren tot. Rick Liberty war nicht mehr derselbe. Mit ihrem Tod war er seiner Selbst beraubt worden. Der berühmte Liberty, der immer gewußt hatte, wie man eine verfahrene Situation zum Guten wendete, konnte auf einmal mit der Welt nichts mehr anfangen, schämte sich, ihr die Stirn zu bieten.

Marvin blickte auf und winkte ihn herein. Aus unerfindlichen Gründen flößte Rick diese Geste Angst ein. War das eine Falle? Voller Mißtrauen warf er einen schnellen Blick hinter die Tür und kam sich dumm vor, als dahinter nur ein Trimmfahrrad stand. Eine Neuheit im großzügigen Büro Marvin Farrishs, Präsident und Vorsitzender von FCN, dem größten, schwarzen Kabelfernsehsender des Landes.

»Komm rein, Rick. Keine Angst, ich bin allein.« Marvin räkelte sich wie eine Katze und richtete seinen gedrungenen Körper auf; er saß auf einem orthopädischen Drehstuhl, einer Spezialanfertigung, die seine Rückenschmerzen lindern sollte. Der Stuhl und das Trimmfahrrad paßten nicht zu dem massiven französischen Empire-Schreibtisch mit Messing- und Schildplattintarsien und den restlichen, unerschwinglichen Antiquitäten. In dem riesigen, verschwenderisch ausgestatteten Büro, das eine eigene Küche hatte und einen privaten Fahrstuhl, zu dem nur Marvin engste Geschäftspartner – und sein Leibwächter – Zugang hatten, zogen unzählige Gegenstände die Aufmerksamkeit auf sich.

Weißen erzählte Marvin Farrish gern, daß er nicht groß genug war, um Basketballer zu werden, und dumm genug für einen Baseball- oder Footballspieler, nicht musikalisch oder witzig genug für einen Entertainer und nicht attraktiv genug für einen Filmstar. Deswegen mußte ihm etwas Neues einfallen, das er – ein Mann schwarz wie Kohle – werden konnte. Seine weißen Zuhörer lachten an dieser Stelle meistens befangen, nicht ganz sicher, an wen diese Spitze gerichtet war.

»Wir haben bei der Beerdigung auf dich gewartet.« Marvin durchquerte das Zimmer mit ausgebreiteten Armen. Er musterte seinen berühmten Freund auf die gleiche bange Art, mit der weiße Männer ihn manchmal betrachteten. Er wollte Rick umarmen, doch es ging nicht wegen des PCs, den Rick immer noch umklammerte, als hinge sein Leben daran. Marvin trat einen Schritt zurück und deutete auf die beiden großen Armsessel vor dem Schreibtisch.

»Komm, setz dich. Du siehst aus, als könntest du einen Drink vertragen.«

»Ein Drink wird nicht reichen, Marv.« Rick nahm Platz.

»Ich hab alles da.« Er deutete auf die Bar hinter der verschlossenen Tür.

»Ich weiß.«

»Okay.« Marvin ließ sich in dem anderen Sessel nieder. »Was hast du mit deinem Haar gemacht?«

Rick befühlte seinen Kopf. »Nichts. Wieso?«

»Du bist grau geworden, Mann. Was ist los?«

Grau? Rick erschrak und vergaß, was er hatte sagen wollen. Es war völlig still, bis auf das Ticken der Uhr, die die Zeit in sechs Hauptstädten rund um den Globus anzeigte. Die tickende Uhr erinnerte Rick an den Seelenklempner, Jason Frank.

»Es braucht Zeit, Rick, um damit fertigzuwerden«, hatte Jason ihm gesagt. »Nach einem Todesfall macht man mehrere Stadien durch, bevor es einem langsam wieder bessergeht.« So wissenschaftlich hatte Jason noch nie mit Rick geredet. Seit dem Gespräch war Rick klar, worauf Jason abzielte, was die Fragen sollten. Er hatte Jason nicht alles gesagt. Wie könnte er auch?

Rick lauschte dem Ticken der Uhr, seine Zeit lief aus. Am Tag, als Merrill in Massachusetts beerdigt wurde, hatte die Polizei den ganzen Nachmittag in seinem Haus verbracht. Die Chinesin und der Latino waren im Aufzug auf und ab gefahren, um festzustellen, wie lange man brauchte, um von seiner Wohnung in den Keller zu kommen. Aus dem Schlafzimmerfenster hatte er gesehen, wie die beiden Cops durch den Garten rannten, der viele Designer-Preise gewonnen hatte, bis zum angrenzenden Gebäude, das an der 56. Straße lag. Er sah, wie sie durch das Tor gingen, einmal im Schritttempo, einmal rennend. Der Portier hatte ihm gesagt, daß sie auch die unterirdischen Wege durch den Keller und die Garage abgelaufen waren. Es gab mindestens sechs verschiedene Wege nach draußen. Angeblich hatten sie alle ausprobiert.

Dann hatten sie die Hausbewohner und sogar die Leute aus dem Nachbarhaus nach seinen und Merrills Gewohnheiten gefragt. Mittlerweile hatten sie bestimmt von den Streitereien und Merrills Schreien erfahren. Einer der Hausangestellten und ein Garagenaufseher hatten sich bei ihm dafür entschuldigt, daß sie Schlechtes über Merrill gesagt hatten.

»Mein Beileid zu deinem Verlust«, sagte Marvin, um das Schweigen zu brechen. »Sie war eine gute Frau.«

»Ja, allerdings«, erwiderte er ohne zu zögern.

»Es macht einen schlechten Eindruck, wenn man als Ehemann nicht zur Beerdigung der eigenen Frau geht.«

»Deine Berichterstattung war wirklich gut«, sagte Rick. »Das weiß ich zu schätzen.«

»Ihre Verwandten sind gute Leute.« Marvin schnitt eine Grimasse und rieb sich den unteren Rücken. »Das war 'ne lange Fahrt, zum Friedhof und zurück ... Ich war den ganzen Tag unterwegs, mein Lieber. Viele Freunde von dir waren da. Das müssen wir doch zeigen, oder? Es wäre nicht gut für die *Community*, wenn wir keinen Respekt zeigten.«

»Ich weiß es ja auch zu schätzen.«

»Es sieht ja aus, als seist du schuldig.«

Rick erschrak. »Was soll das denn heißen?«

»Merrills Familie glaubt an dich, Rick. Warum hast du sie im Stich gelassen?«

Rick schüttelte den Kopf. »Ich hab ein paarmal mit Merrills Eltern geredet. Sie waren auch davon überzeugt, daß meine Anwesenheit mehr Schaden als Nutzen bringen würde.«

»*Ich* sehe das anders.«

»Ich besuche sie so bald wie möglich, keine Sorge. Das ist eine Privatangelegenheit.«

»Ist es nicht. Du bist Rick Liberty, verstehst du? Öffentliches Eigentum. Du gehörst der *Community.* Du kannst dir keine Fehler leisten. Du kannst nicht einfach deine Freunde und die *Community* im Stich lassen und dann von mir erwarten, daß ich dich beschütze.«

»Ich brauch deinen Schutz nicht, Marvin, ich hab mir nichts zuschulden kommen lassen.«

Marvin ließ den Blick durch sein übervolles Büro schweifen und fragte: »Wieso bist du dann hier, Mann?«

Rick fühlte sich, als wollten Höllenfeuer ihn verschlingen. Er spürte, wie die Flammen an ihm leckten, ihn mit ewiger Verdammnis verhöhnten. Er kniff die Augen zusammen. »Stimmt, ich brauche Hilfe«, preßte er zwischen zusammengebissenen Zähnen hervor. »Ich brauche Hilfe, okay?«

»Aha, jetzt brauchst du also Hilfe. Wieso gehst du nicht zu deinen Geschäftspartnern? Wollen die dir etwa nicht helfen, jetzt, da du nicht mehr ihr Vorzeigenigger bist?«

Ricks Kiefer verspannte sich vor Wut. Er mußte sich zusammenreißen, um nicht über seinen Freund herzufallen. Marvin rückte unwillkürlich mit dem Sessel etwas zurück. Rick ahnte, welch bedrohlichen Anblick er bot.

»Doch, die helfen mir schon. Aber deren Hilfe will ich nicht.

Marv legte seine Zeigefinger zu einem Dreieck aneinander. »Gib mir einen Tip. Welche Art von Hilfe brauchst du?«

»Ich will mich nicht hinter einem Anwalt verstecken.«

»So? Und warum nicht?«

»Weil ich meine Frau nicht umgebracht habe.«

»Hältst du mich für einen dummen Nigger?«

»Scheiße, fang nicht wieder mit dem Dummen-Nigger-Kram an. Ich hasse das. Kannst du das nicht lassen?«

Marvin schlug mit der Faust auf seinen schönen Schreibtisch. »Nein, kann ich nicht.«

»*Fuck*, du bist genauso schlimm wie die.«

»*Fuck you*, du Arschloch. Du hast ganz schön viel Mist gebaut. Vielleicht bist du der dumme Nigger. Du hast mich nicht zurückgerufen. Für wen hältst du mich eigentlich?«

Jetzt schob Rick seinen Sessel zurück. »Worauf willst du eigentlich hinaus, Marv?«

Marv warf einen Blick auf den Laptop in Ricks Armen, dann starrte er Rick mit eisigem Blick an. »Wieso hast du deine Freunde und deine *Community* im Stich gelassen?«

»Ich bin hier doch das Opfer!« Wütend erhob Rick seine Stimme. »Kapierst du das nicht? Die haben mich in eine Falle gelockt. Und langsam schnappt sie zu. Die Polizei durchwühlt mein ganzes Leben. Verstehst du? Leute, von denen ich zehn Jahre lang nichts gehört habe, erzählen mir auf einmal, die Polizei habe sich mit ihnen in Verbindung gesetzt und nach Vorfällen gefragt« – er hob die Hände – »Dingen, die passiert sind –«

»Die machen eine Hintergrundanalyse. Genau wie alle Fernsehanstalten und Boulevardzeitungen.« Lachend zuckte Marv mit den Schultern. »Wir übrigens auch.«

»Warum nur? Warum?« Rick schloß die Augen vor den Feuern der Hölle.

»Für alle Fälle«, sagte Marv. »Nur für alle Fälle.« Nach kurzem Schweigen fragte er: »Was willst du, mein Freund?«

Rick atmete tief durch. »Du hast doch gute Beziehungen. Du weißt, was gespielt wird. Du mußt rauskriegen, was es mit Wally Jefferson, Petersens Chauffeur, auf sich hat. Ich weiß, daß er irgendwie in die Sache verwickelt ist. Er behauptet, er habe Merrill und Tor in der Mordnacht nach dem Theater nicht mehr gesehen. Aber Tor hatte versprochen, Merrill in seinem Wagen nach Hause zu bringen. Tor wußte, daß ich es nicht gern sah, wenn sie nachts noch allein auf der Straße war. Weshalb sollte Tor den Chauffeur bei so einem schlechten Wetter nach Hause schicken? Das macht doch keinen Sinn.«

»Vielleicht mißt du dem zuviel Bedeutung zu.«

»Der Kerl hat meinen Wagen geklaut, als ich in Europa war.«

»Deine Limousine?«

Rick nickte.

Marvin kratzte sich am Kin. »Hm. Wie kam das?«

»Ich war nicht da. Er hat sich den Wagen einfach aus der Garage geholt. Ich weiß nicht wozu.« Rick wechselte das Thema. »Ich muß für ein, zwei Tage untertauchen.«

»Ich soll also meinen Einfluß in der *Community*, in der ich als ehrbarer Bürger gelte, dazu nutzen, einen mutmaßlichen Mörder zu verstecken?«

»Also wirklich. Ich könnte keiner Fliege was zuleide tun.«

»Du hättest mich vor ein paar Minuten beinahe umgebracht, mein Lieber.«

Flink wie ein Tiger machte Rick mit geballter Faust einen Sprung nach vorn. Marv beobachtete ihn ohne mit der Wimper zu zucken. Rick hielt abrupt inne und setzte sich kopfschüttelnd wieder hin. »Ich stehe unter Riesenstreß.«

»Paß auf die Antiquitäten auf«, sagte Marv leise.

»Okay, wie wär's damit«, schlug Rick erschöpft vor. »Sobald meine Unschuld bewiesen ist, bekommst du die Exklusivrechte für meine Geschichte.«

Marvin wandte sich zum Fenster, der überwältigende Ausblick von hier oben wurde von schweren Samtvorhängen verdeckt, die er neugieriger Blicke und der Nacht wegen zugezogen hatte. »Es machte einfach einen schlechten Eindruck, wenn man nicht zur Beerdigung der eigenen Frau geht«, murmelte er.

»Deswegen liebe ich sie nicht weniger. Bis an mein Lebensende.«

»Du solltest es nächstes Mal mit einer schwarzen Frau versuchen.«

Rick schüttelte den Kopf. »Die Hautfarbe hat für mich nie eine Rolle gespielt. Es ging um sie, aber das wirst du nie begreifen. Du bist auch nur ein dummer Nigger. Genauso dumm wie alle anderen.«

»Trotzdem – ich bin der dumme Nigger, an den du dich wendest. Du warst schon lange nicht mehr zum Abendessen bei uns. Elsie hat dich auch bei der Beerdigung vermißt. Es wird sie freuen, daß dir nichts fehlt.« Marvin stand auf und löschte die Lichter, als sie gingen.

22

Am Freitag morgen um acht Uhr schlug Lieutenant Iriarte mit der Faust auf den Stapel Zeitungen, den er sorgfältig auf seinem Schreibtisch aufgebaut hatte. Er hatte die Zeitungen wie Pfannkuchen aufeinandergeschichtet und sah aus, als hätte er ein langes, schwerverdauliches Frühstück hinter sich. Erbost musterte er jeden einzelnen der fünf Detectives in seinem Büro, als hätte jeder von ihnen nicht nur ihn persönlich, sondern auch das Department, ja das ganze Strafrechtssystem bitter enttäuscht.

»Was zum Teufel ist hier los?« Der Mannschaftsleiter war gerade drauf und dran, die Beherrschung zu verlieren und es kostete ihn große Anstrengung, sich gleichzeitig zusammenzureißen und aufzuregen; eine Stirnader schwoll besorgniserregend an, während seine Wangen sich violett färbten.

Diese Gesichtsfarbe war April zum erstenmal begegnet, als ein Tourist aus Des Moines in einer U-Bahn-Station in Chinatown einen Herzinfarkt hatte. Purer Zufall, daß sie ihn noch lebend ins Krankenhaus gebracht hatten. Einem vertrauten Impuls folgend wollte sie sich an Mike wenden, um zu sehen, was er von der Sache hielt, doch ihr war klar, daß diese Nähe zwischen ihnen nach den gestrigen Ereignissen nicht mehr möglich war. Sein Verhalten bestätigte ihre Maxime, daß Männer und Frauen zwar zusammen arbeiten konnten, es aber unmöglich war, gleichzeitig befreundet oder ein Paar zu sein. Ihr Interesse an Dean Kiang widersprach diesem Grundsatz offensichtlich nicht. Sich in den richtigen Mann zu verlieben war überall ein Geschäft, sogar in Amerika. Sie konzentrierte sich wieder auf Iriarte, der jetzt laut wurde.

»Was ist das für eine Scheiße?« Iriarte hatte den Fall heute abschließen wollen. Der Revierleiter, der Police Commissioner und der Bürgermeister ebenfalls. Eine Menge Leute, die etwas wollten, das nicht eingetreten war. Und wer mußte den Kopf dafür hinhalten, fragte er wütend. Er. Er mußte seinen Kopf dafür hinhalten. »Was ist los mit euch, seid ihr zu blöd?« fragte er herausfordernd.

April spürte Mikes Blick auf sich ruhen. War er blöd? Iriarte schlug noch einmal mit der Faust auf den Stapel Zeitungen.

»Ihr beide habt euch doch den ganzen Tag lang mit ihm unterhalten. Ihr solltet die Sache in aller Ruhe klären, Sanchez. Ich dachte, ihr Arschlöcher hättet es im Griff.«

Mikes Schnurrbart bebte. Das war keine gute Woche für ihn. Er haßte es, wenn man ihn Arschloch nannte. »Sind Sie fertig, Lieutenant?« fragte er leise.

Nein, der Lieutenant war nicht fertig.

»Ihr habt mir erzählt, ihr hättet die Sache im Griff. Wir hätten jede Menge Zeit. Und jetzt muß ich in der Zeitung lesen, daß dieser Kerl bekannt dafür ist, daß er Frauen schlägt. Muß hören, daß er durchgebrannt ist. Er ist doch observiert worden, oder? Waren die gerade mal beim Bäcker, oder was? Wissen wir, wo der Tatverdächtige steckt? Nein. Ihr Idioten habt die Sache keineswegs im Griff.« Iriartes Faust fuhr donnernd auf einer Ausgabe des *Star* nieder.

NICHT DAS ERSTE MAL lautete die Schlagzeile, und es folgte ein Artikel darüber, wie Liberty vor fast zwanzig Jahren in Princeton einen weißen Kommilitonen brutal zusammengeschlagen hatte.

»Ich will Ihnen nicht zu nahetreten, Sir, aber seit wann

lesen Sie den *Star?*« Hagedorns Gesicht war so weiß, wie das seines Chefs rot war.

»Verdammt noch mal, ich lese den *Star* nicht!« Iriarte kochte vor Wut.

»Wie kommt er dann hierher?« murmelte Hagedorn.

»Meine Frau liest ihn. Die Zeitung lag gestern abend bei uns auf dem Küchentisch. Wie ihr wißt, wurde die arme Frau gestern beerdigt. Und wißt ihr, wer dabei war? Halb Hollywood, verdammt noch mal. Jede Menge Filmstars. Die halbe schwarze *Community*. Aber ihr Mann, war der da? Liberty ließ sich nicht blicken. Wißt ihr eigentlich, was gesagt wird?«

»Von wem gesagt wird?« fragte Mike ernst.

»Wie?« Iriarte war aus dem Konzept.

»Wer sagt was?« fragte Mike beharrlich.

Iriarte warf ihm einen wütenden Blick zu. »Die ganze Welt. Die ganze Welt sagt, in Kalifornien bringen sie Mörder zwar nicht hinter Gitter, aber in New York werden die Mörder nicht mal *gefunden*.«

»Seit wann interessieren Sie sich für die Berichterstattung im Fernsehen?« fragte Hagedorn.

»Ich hab gar keine Zeit fernzusehen. Als ich gestern abend nach Hause kam, saß meine Frau da und weinte.«

April wußte, worauf Mike hinauswollte. Sie wagte nicht, ihn anzusehen. Sie konzentrierte sich auf den vorliegenden Fall und verdrängte ihre verworrenen Gefühle für ihn. Iriartes Frau hatte also gestern abend geweint. Schon wieder.

»Wollt ihr wissen, weshalb sie weinte?«

»Weshalb, Sir?« April verzog keine Miene.

»Sie weinte, weil gestern in den Nachrichten nichts von einer Festnahme zu sehen war. Kapiert? Sogar *meine Frau* will wissen, wieso wir den Scheißkerl noch nicht verhaftet haben.« Gehässig wandte er sich an April. »Woo, wieso haben Sie den Kerl gestern, als Sie die Gelegenheit dazu hatten, nicht verhaftet?«

»Die Beweise reichen nicht aus, Sir«, sagte April ruhig.

»Was soll das heißen?«

Mike, der an Iriartes Tafel lehnte, setzte sich auf. Ihm war anzusehen, daß ihm Iriartes Vorgehensweise überhaupt nicht paßte. Vielleicht war Iriarte ja der Dumme.

»Petersens toxikologischer Befund liegt noch nicht vor. Vielleicht erlag er ja tatsächlich einem Herzinfarkt, vielleicht gibt es aber noch andere Faktoren. Wir sind bisher auch noch nicht von der Unschuld seiner Witwe überzeugt.«

»Zum Teufel, was hat das damit zu tun? Ihr hättet diesen Scheißkerl längst festnageln sollen. Schließlich hat er seine Frau ermordet.«

April zuckte mit den Schultern. So ein hysterischer Anfall war ganz untypisch für den Commander, der so großen Wert darauf legte, daß sich Frauen wie Frauen benahmen und Männer als gepflegte Herren auftraten. Er war nicht wie andere Commander, die eine Geliebte im Büro hatten und dachten, die Regeln des Departments galten nicht für sie. Soweit sie wußte, hatte sich Iriarte noch nie derart aufgeregt. Vor wem fürchtete er sich wohl, vor dem Commissioner oder seiner Frau?

»Wir wissen noch nicht genau, was sich in jener Nacht ereignet hat, Sir«, erwiderte sie.

»Was?« Der Commander griff nach dem violetten Taschentuch, das dekorativ in der Brusttasche steckte, und wischte sich den Schweiß von der Stirn.

»Manches ist noch unklar. Im Labor gibt's noch viel zu tun. Wir müssen noch weitere Nachforschungen anstellen.«

»Ich hab die verdammten Nachforschungen doch schon erledigt.« Hagedorn wedelte mit seinem Bündel Papiere, endlich kam er zum Zug. »Ich hab alles. Drei Vorfälle. Die Brutalitäten fingen schon in der Schulzeit an. Damit können wir ihn festnageln.«

»Mir reicht's. Ich verschwinde«, murmelte Mike.

»Nein, Sie bleiben hier, bis mir endlich jemand sagt, was gestern eigentlich in der Wohnung dieses Bastards vorgefallen ist.«

»In Ordnung«, sagte April.

»Interessieren Sie sich denn nicht für meine Ergebnisse?« jammerte Hagedorn.

Entnervt warf Iriarte die Arme hoch. »Gut, schießen Sie los.«

Hagedorn saß in der ersten Reihe, in der Hand die schmutzigen Erträge seiner Recherche über Libertys Leben. Dem Umfang der Akte nach zu urteilen, hatte er nicht sehr viel gefunden. Neben ihm saß Creaker mit den furchteinflößenden Narben auf dem Kopf, einer nichtssagenden Miene und leeren Händen. Er und Skye hatten den Abfall in der Umgebung des Tatorts durchwühlt und die Nachbarn befragt. Sie hatten gar nichts gefunden. Null. Nada. Bei dieser Kälte versammelten sich die Obdachlosen in den kleinen Parks in der Ninth Avenue und machten Feuer in Blechtonnen. Kein Mensch lungerte in den Seitenstraßen rum. Niemand konnte Creaker und Skye sagen, was sich in jener Nacht in dieser Straße ereignet hatte. Sobald jemand verhaftet wurde, würden sich unzählige Leute melden und behaupten, alles genauestens beobachtet zu haben; dann hatten sie Arbeit, würden alles überprüfen müssen. Das war immer so. Nachdem alles geklärt war, tauchten immer tausend Zeugen auf, die unbedingt loswerden wollten, was sie gesehen und die ganze Zeit schon gewußt hatten. Irgend jemand würde alle Geschichten überprüfen müssen, um vielleicht ein Körnchen Wahrheit zu finden, mit dem sie was anfangen konnten.

Die Befragungen im Haus der Libertys waren erfolgreicher gewesen. Es hatte sich herausgestellt, daß die Libertys keineswegs ein friedlich liebendes Paar gewesen waren, wie Rick behauptet hatte. Hagedorn schlug seine Akte auf und stürzte sich ins Rampenlicht.

»Die erste Auseinandersetzung mit Weißen fand statt, als Liberty gerade mal vierzehn Jahre alt war.« Hagedorn blickte auf. »Was Früheres haben wir bisher noch nicht ausgegraben. Aber Sie wissen ja, wie Nigger sind. Die würden ja nicht mal die Polizei holen, wenn er seine eigene Mutter umbrächte.«

Irgend jemand ließ einen fahren.

April zog sich den Schal vor die Nase. Die Lebenden stanken manchmal schlimmer als die Toten.

»Weiter«, sagte Iriarte ungeduldig. »Was hat er getan?«

»Er schlug im Internat ein paar Schüler zusammen. Einem brach er die Nase, einem anderen einen Arm. Die Eltern der Jungs wollten, daß er von der Schule fliegt, doch die Schulleitung vertuschte alles.«

»Kam die Polizei? Wurde er verhaftet?« fragte Iriarte.

»Nein«, gestand Hagedorn.

»Sonst noch was?« fragte Mike angewidert.

»Ja. Als er in Princeton studierte, schlug er ein weißes Mädchen und deren Freund auf der Straße zusammen. Als die Polizei dazukam, behauptete er, der Kerl hätte seine Freundin geschlagen, und er hätte ihn zurückhalten wollen. Dieser Heuchler, die Polizei nahm tatsächlich den anderen Kerl fest. Er war Kapitän der Football-Mannschaft in Princeton. Was kann man da schon machen? Sie glaubten ihm. Am nächsten Tag sagte das Mädchen aus, sie hätte gelogen. In Wahrheit hätte ihr der Schwarze die Zähne eingeschlagen.«

»Hat man ihn festgenommen?« fragte Iriarte hoffnungsvoll.

Hagedorn schüttelte den Kopf. »Ich sag Ihnen, der Kerl ist aalglatt. Soziopathisch. Er hat sich da irgendwie rausgeredet. Und dann ging er nach Stanford. Sie sind ihn losgeworden. Da zeichnet sich doch ein Verhaltensmuster ab, nicht wahr?«

»Ja, vielleicht, keine Ahnung. Sonst noch was, Hagedorn?«

»Ja. Ein Vorfall beim Super Bowl.«

Iriarte blätterte durch die Zeitungen. »Ja genau, davon steht was im *Inquirer*.«

»Die Giants hatten zur Halbzeit zweiunddreißig Punkte Rückstand. Liberty ärgerte sich maßlos, weil das Team nicht auf seine Kommandos hörte. In der Halbzeit nahm er deswegen die Umkleidekabine auseinander. Er wurde von einem Krankenwagen abgeholt.«

»Das ist mir neu«, murmelte Mike.

»Tja, ist auch vertuscht worden. Überhaupt wurde alles immer vertuscht, wenn ihr wißt, was ich meine.«

»Noch was?« fragte Iriarte gequält.

»Ja, gute Nachrichten. Der Kerl hatte immer wieder lautstarke Auseinandersetzungen mit seiner Frau. Alle im Haus wußten davon. Allein dieses Jahr mußten die Wände schon dreimal neu verputzt werden. Manchmal riefen die Nachbarn direkt bei ihnen an, dann waren sie wieder still. Einmal holte jemand die Polizei.«

»Noch was?«

»Ja, es gibt noch mehr.« Hagedorn warf einen Blick auf seine Aufzeichnungen. »Ähm, ich sprach mit einigen Sekretärinnen in seinem Büro. Sie erwähnten alle diese Kopfschmerzen und daß er manchmal ein bißchen durchdreht.«

»Ein bißchen durchdreht. Das ist ein wenig vage. Was meinen Sie genau?«

»Ein bißchen durchdreht. So steht's hier. ›Er macht uns angst‹.« Zufrieden mit seinen Ergebnissen klappte Hagedorn die Akte zu.

»Er ist schwarz und wiegt zwei Zentner. Schon allein deswegen haben manche Leute Angst vor ihm«, sagte April. Der faule Geruch im Zimmer ekelte sie an. »Sie haben recht, vielleicht hätten wir ihn lynchen sollen, als wir ihn hatten.«

»Sie waren den ganzen Nachmittag über dort. Sie hätten ihn auf jeden Fall aufs Revier bringen sollen. Aber was tun Sie statt dessen? Sie haben ihn verscheucht. Stümperei nenne ich das. Eine Katastrophe, Woo. Ich hielt Sie für einen guten Cop. Hab große Hoffnungen auf Sie gesetzt. Und was machen Sie? Sie und Ihr Freund vermasseln diesen wichtigen Fall.«

April schulterte ihre Tasche und bemühte sich, ruhig zu bleiben. Vor einigen Jahren noch, bevor sie zum Zwo-Null versetzt wurde und Mike noch nicht kannte, hatte sie in solchen Situationen immer den Kopf gesenkt und zu Boden gesehen, sie hatte ihren Kopf fast auf den Boden geschlagen wie chinesische Bauern im alten China, die ihren Führern mit dieser Geste Ergebenheit demonstrierten. Sie hatte immer geglaubt, dieser Impuls – angesichts einer peinlichen Situation vor ihren Vorgesetzten zu kriechen – sei genetisch bedingt und nicht zu ändern. Aber Mike hatte ihr beigebracht, sich zu wehren, wenn es nötig war. Obwohl ihr Gesicht jetzt der öffentlichen Demütigung wegen vor Scham brannte, hielt sie den Kopf hoch und sprach mit ruhiger Stimme.

»Beschränken wir uns doch mal auf die Fakten, Sir. Es gibt bisher nur zwei Dinge, derer Liberty schuldig ist, und für keines davon können wir ihn verhaften.«

»Und welche zwei Dinge wären das?«

April zählte auf. »Erstens war er nicht bei der Beerdigung seiner Frau. Er war gestern fast den ganzen Tag in seiner Wohnung, als wir das Gebäude absuchten und den Weg abgingen, um festzustellen, ob er sie umgebracht haben könnte.«

»Das hätte er zweifellos geschafft.«

»Richtig. Er hätte das Gebäude problemlos verlassen können, wäre die 54. Street entlanggerannt und wäre innerhalb des Zeitrahmens wieder zu Hause gewesen. Zweifellos. Dieser Appartementkomplex ist wie ein Sieb. In jedem der beiden Gebäude gibt es zwei Aufzüge, zwischen den Häusern befindet sich ein Hof, zu dem Fremde keinen Zutritt haben, die Bewohner können ihn aber rund um die Uhr nutzen. Unter dem Hof liegt ein Keller, der beide Gebäude verbindet. Dort ist die Garage. Liberty hatte vier verschiedene

Möglichkeiten, das Haus zu verlassen.« April referierte ganz nüchtern.

»Er ist unser Mann.«

»Vielleicht«, warf Mike ein.

»Aber ihr laßt ihn entkommen.«

»*Vielleicht* ist er unser Mann, sagte ich«, wiederholte Mike mit betont kalter Stimme. »Vielleicht auch nicht. Es gibt da ein kleines Problem das Beweismaterial betreffend. Niemand sah, wie er in der Mordnacht das Gebäude verließ oder wie er zurückkam. Wir haben den Abfall in seinem Gebäude nach der Mordwaffe und blutverschmierter Kleidung durchwühlt. Auf jedem Stockwerk gibt's Müllschlucker. Wir untersuchten den Müllschlucker in seiner Etage nach Fingerabdrücken. Irgend jemand hatte den Griff abgewischt. Wir haben nicht herausgefunden, ob er blutverschmierte Kleidungsstücke oder die Mordwaffe weggeworfen hat. Wir haben jedenfalls nichts gefunden. Am Tatort selbst gibt es außerdem auch keine Spuren, die auf ihn hinweisen. Keine Mordwaffe, keine Zeugen.«

»Und wie verhielt er sich während der Befragung?« fragte Iriarte. »Wie war euer Eindruck?«

Mike sah April nicht an. Und sie sah ihn nicht an.

»Er hat euch auch Honig um den Bart geschmiert«, sagte Hagedorn spöttisch.

»Es ergab sich kein klares Bild«, sagte April selbst recht glatt. »Nur weil er heute morgen nicht zu Hause war, heißt das noch lange nicht, daß er abgehauen ist.«

»Ich hoffe, Sie haben recht, Woo. Denn ich werde Sie zur Verantwortung ziehen, wenn morgen in der Zeitung steht, daß er in Mexiko sitzt.«

Schließlich, ganz wie früher, nickte Mike April zu. Sie hatten sich lang genug brav verhalten. »Gehen wir.«

»Einen Moment. Was ist die zweite Sache, derer Liberty schuldig ist?« wollte Iriarte wissen.

Schnaufend atmete April die schlechte Luft aus. »Er ist schwarz«, sagte sie.

Iriarte richtete den Finger auf sie. »Haben Sie damit ein Problem, Woo?«

April schüttelte den Kopf. Aber manch andere hatten damit ein Problem.

»Bringt ihn her.«

»Wir werden ihn schon finden.« Mike drehte sich um und warf einen Blick auf Iriartes Tafel mit den verschiedenen Aufgaben. Die Tafel war verbogen. Im Weggehen drückte er sie wieder gerade.

23

Liberty wand sich in der Dunkelheit. Der Lärm von der Straße – Feuerwehrautos, Polizeisirenen, Geschrei draußen und auf dem Flur – vermischte sich mit schrecklichen Träumen von Blut und Tod.

»Du Wichser, du bist ein toter Mann.«

Sirenengeheul. »Tatütata –«

Geräusche auf dem Flur, direkt vor der Wohnungstür, erlösten ihn schließlich aus seiner Hölle. Es war kalt im Zimmer. Er zog die dünne Decke hoch und merkte, daß er noch immer angezogen war. Er war nicht zu Hause. Stöhnend drehte er sich auf der durchgelegenen Matratze um, wieder hörte er die Geräusche – Stiefel trampelten über den bloßen Fußboden. Er öffnete ein Auge. Durch die Lücke zwischen dem abblätternden Fensterrahmen kämpfte sich ein grauer Lichtstrahl. Ihm war nicht ganz klar, wo er war, doch er wußte, daß er möglichst schnell verschwinden mußte.

Er war jetzt wach, seine Seelenqual hatte sich zu panischer Angst ausgeweitet. Er sah sich nach seinem Computer um. Er stand noch auf dem Rattanschaukelstuhl neben dem Bett.

Im fahlen Licht erkannte er, daß über der Rückenlehne des Stuhls eine Piano-Decke mit Fransen hing; seine Großmutter hatte auch so eine gehabt. Diese hier war ebenfalls zwischen den aufgestickten Blumen durchlöchert und hatte kein dazugehöriges Klavier. Rick befand sich in einem Dreckloch irgendwo in Harlem, aber wenigstens war sein Computer in Sicherheit. Er sah sich nach einem Telefonanschluß um, konnte aber keinen finden. Seine Schuhe standen auf dem Fußboden neben dem Bett. Er schloß die Augen, um sich in einen seiner vorherigen Träume zurückzuversetzen. Merrill hatte in dem Traum einen blauen Umhang mit weißen Sternen angehabt, der aussah wie einer dieser Umhänge, die Tänzer am Ende der Broadway-Shows, die als Persiflage der Tony-Preisverleihung gedacht waren, dem Gewinner umhängten. Sie schrie nicht mehr. Sie hatte den Preis – die himmlische Robe – gewonnen.

Er flüsterte ihr zu: »Es tut mir leid, Liebling. Komm wieder zurück.«

Doch sie sah ihn anscheinend nicht. Belehrend wandte sie sich an ein Publikum und erzählte von den Schwarzen in Amerika vor der *Mayflower*.

»Das erste Kind, das in der Neuen Welt geboren wurde, war ein Mohr. Damals gab es noch keine Bezeichnung für schwarz oder weiß. Das Baby wurde auf den Namen William getauft. Hier im Norden, direkt hier in New York, lebten freie Schwarze, lange vor der Sklaverei.«

Merrills Robe hatte weite Ärmel, der Saum fegte über den Boden. Wie ein Engel erzählte sie von Libertys Vorfahren.

»Rick, du könntest einer dieser vertraglich gebundenen Diener sein, oder ein Händler aus dem Nahen Osten, ein Nachkomme von Kleopatra oder ein äthiopischer König. Du könntest einer der Gründerväter Amerikas sein. Vielleicht warst du schon immer ein freier Mann, die ganze Zeit.«

»Keineswegs, Baby«, hatte Liberty im Traum erwidert.

»Meine Großmutter mütterlicherseits war die Tochter eines Sklaven, sie war schwarz wie die Nacht.« Von Freiheit konnte nicht die Rede sein. Sein Vater war im Koreakrieg gefallen. Er war Soldat in der letzten rassengetrennten Einheit gewesen, in dem Regiment, das in der jüngsten Militärgeschichtsschreibung als »Regiment der Feiglinge« verleumdet wurde.

Der Mann, von dem seine Mutter behauptete, er sei sein Vater, sah auf den Fotos sehr dunkel aus; Rick hatte ihn aber nie zu Gesicht bekommen. Er wußte nicht mit Sicherheit, ob der dunkelhäutige, tote Soldat, der Musiker war, bevor er einberufen wurde, wirklich sein Vater war. Rick war überhaupt nicht musikalisch. Vielleicht hatte sich sein richtiger Vater bei seiner Geburt ja einfach aus dem Staub gemacht, vielleicht schon früher. Vielleicht war sein Vater ja sogar ein Weißer. Wäre nicht der erste in der Familie. Wie dem auch sei, Rick hatte sich jedenfalls immer im Stich gelassen gefühlt, zutiefst und beängstigend vaterlos, da er einfach keine zuverlässigen Informationen über den Mann, der ihn gezeugt hatte, auftreiben konnte. Und was man ihm erzählte, paßte nicht zusammen. Seine Großmutter war sehr dunkel gewesen, seine Mutter fast weiß. Seine Hautfarbe ähnelte eher der seiner Mutter. Aus unerfindlichen Gründen hatte seine Großmutter jedoch mit der hellen Haut seiner Mutter weniger Probleme gehabt als mit seiner. Als er noch ganz klein war, hatte seine Großmutter verärgert die feinen, fast europäischen Gesichtszüge gemustert und es vermieden, ihn anzufassen. Großmutter hatte sich sehr gefreut, als seine jüngere Schwester auf die Welt kam, denn sie war dunkel. Es hatte zwar immer Männer an der Peripherie ihrer Leben gegeben, doch weder seine Großmutter noch seine Mutter hatten je geheiratet.

»Schatz, komm, wir machen wunderschöne, goldene Kinder und tanzen in der Karibik in der Sonne.« Merrills Umhang verblaßte. Sie verschwand.

Der Schmerz bohrte sich in Libertys Gehirn. Er schlug die Augen auf. Der Traum war vorüber und er mußte auf die Toilette. Es roch nach Kaffee. Sein Pullover und die Hose waren zerknautscht und verschwitzt. Er schlüpfte in die Schuhe, schnappte sich den Computer und langte nach dem Türgriff. Krachend fiel auf der anderen Seite der Türgriff zu Boden, und er stand mit der Spindel in der Hand da.

»Yo, was is?« Die Frau im Wohnzimmer fuhr herum und musterte ihn kühl.

Liberty starrte sie an. Marvin hatte zwar gesagt, daß sich einer seiner Freunde hier rumtrieb, hatte aber nicht erwähnt, daß es sich um eine Frau handelte. Letzte Nacht, als er kam, war sie nicht dagewesen.

»Was is? Noch nie 'ne Schwester geseh'n?« fragte sie so feindselig, daß er sich fast wieder ins Schlafzimmer zurückgezogen hätte.

Er hielt ihr den Türgriff und die Spindel hin. »Der Türgriff ist locker«, sagte er.

»Jawohl, ich hab die Schrauben rausgemacht. Ich laß doch in *meiner* Wohnung keinen fremden Nigger pennen, ohne Vorsichtsmaßnahmen zu treffen. Kaffee?« bot sie an.

Liberty sah in die Richtung, aus der der Kaffeeduft kam. Die Küche bestand aus einer Nische, in der ein Kühlschrank, ein kleiner Herd und eine Spüle standen. Mit einer Tasse in der Hand saß die Frau davor an einem Tisch. Sie folgte seinem Blick zu dem durchgesessenen Sofa, den zwei Korbstühlen und den Apfelsinenkisten, die als Bücherregale und Beistelltischchen dienten.

»Wird viel geklaut hier, man braucht sich nix Wertvolles anzuschaffen«, sagte sie kühl. »Deswegen hab ich nix.«

Rick mußte pinkeln und wollte sich frisch machen.

Sie deutete mit dem Kinn auf eine Tür. »Da ist das Bad.«

»Danke.« Rick durchquerte das Zimmer und öffnete die Tür. Das Waschbecken war braun vom Rost. Der Wasserkasten der alten Toilette hatte Risse. Es stank. Rick schloß die Augen, während er pinkelte. Sein Freund Marvin hatte ihn gestern abend hier abgesetzt, wahrscheinlich wollte er ihm etwas damit sagen. Marvin wollte einen immer irgendwie belehren. Der Spiegel war fast blind und hatte einen Sprung. Auch der Spiegel wollte ihm was sagen. Sein Haar hatte nicht nur ein, zwei graue Strähnen. Über Nacht war er vollständig ergraut, als hätte man ihn geröstet und nur Asche war übriggeblieben. Sein Gesicht war von einer grauen Bartschicht überzogen. Entsetzt starrte er sein Spiegelbild an. Er mußte an den elektrischen Stuhl denken, doch ihm fiel ein, daß im Staat New York mittlerweile auf andere Art hingerichtet wurde.

Die Frau stellte eine zweite Tasse Kaffee auf den Tisch und rutschte zurück an die Wand, so daß der Tisch zwischen ihnen stand.

»Yo, Nigger«, sagte sie. »Hab keine Ahnung, wieso du hier bist, aber Marvin hat noch was gut bei mir. Kapiert? Ich mach alles, was er sagt. Ich mach's ohne zu fragen, kapiert? Wenn er halt irgendeinen Nigger-Mörder, der 'ne weiße Frau umgebracht hat, in meiner Wohnung verstecken will –« sie machte mit ihren schönen Fingern die Geste für ›Cool‹ und zuckte mit den Schultern. »Vielleicht hatte dieser Nigger ja einen guten Grund.«

Bei dem Wort »Mörder« wollte Rick etwas einwenden, doch sie gab ihm keine Gelegenheit dazu.

»Das sind die Hausregeln: Keine Drogen. Keine Waffen. Alles klar? Merk ich schon von weitem. Vom Flur schon. Ich hol sofort die Cops. Und noch was, solltest du versuchen, mich zu vergewaltigen oder zu schlagen oder sonstwas – einmal begrapschen, und ich bring dich um. Ist das klar?«

Rick kratzte sich am Bart, zum ersten Mal seit Merrills Tod mußte er ein Lächeln unterdrücken. Er hatte eine militante Schwester vor sich, die einen Fetzen Stoff wie einen Turban um den Kopf gewickelt hatte, klobige Stiefel trug, mehrere Lagen verschiedenfarbiger Pullover, eine Weste und einen knöchellangen Rock. Sie trug eine afrikanische Perlenkette und schweren Metallschmuck. Und sie hielt ihm einen Vortrag über Drogen und sexuelle Belästigung.

»Ich seh zwar nicht mehr so aus, aber ich bin Rick Liberty«, sagte er. Die Hand hielt er ihr nicht hin.

Sie schüttelte heftig den Kopf. »Ist mir scheißegal, wie du aussiehst oder wer du bist. Ob du berühmt bist oder reich wie Krösus, interessiert mich überhaupt nicht. Wenn du mich anrührst, bist du ein toter Mann.«

Rick preßte die Lippen zusammen. Was für eine lächerliche Situation. Schwarzer Humor auf die Spitze getrieben. Marvin hatte einen merkwürdigen Humor. Er unterdrückte ein Lächeln, schließlich wollte er sie nicht beleidigen.

»Findest du das witzig? Marvin weiß, daß ich Freunde in der *Community* habe. Viele Freunde. Ich hab ihm gesagt, wenn dieser Nigger mich anrührt, bring ich ihn um. Dann hat er keine Probleme mehr mit seinem Image.«

»Bist du auch ein Nigger –?« fragte Rick leise, zog einen Stuhl heran und setzte sich. »Ms ...?«

Sie musterte ihn argwöhnisch. »Belle heiß ich. Willst du mich verarschen?«

Rick schüttelte den Kopf. »Keineswegs, Belle. Niemand, der halbwegs bei Sinnen ist, käme auf die Idee, dich zu verarschen.«

»Was willst du dann?«

»Ich möchte mich für die Gastfreundschaft gestern nacht bedanken. Ich wollte nicht deine Privatsphäre stören.«

»Schwarze haben keine Privatsphäre«, sagte sie tonlos.

Das wollte er gar nicht abstreiten. »Nun gut, trotzdem vielen Dank. Ich muß jetzt los.«

»Trink noch deinen Kaffee.«

Rick musterte die Tasse.

»Ist dir auch nicht gut genug, hm?«

Auch darüber wollte er nicht streiten. Rick nahm die Tasse und trank. Die *Community* – wen meinte sie damit? Er dachte an seine eigenen Leute, an Merrill.

Betreten stellte er die Tasse ab. »Ich muß los.«

»Wie willst du das anstellen?«

»Mit 'nem Taxi.«

»Hier gibt's keine Taxis.«

»Gut, dann ruf ich eben eins an.«

»Es ist doch alles umzingelt.«

»Wie ›umzingelt‹?«

»Die halten alle Autos an und überprüfen alle Insassen.«

Stirnrunzelnd hörte Rick zu. »'ne Polizeisperre? Jeder wird angehalten?«

Sie nickte. »Genau.«

»Warum?«

»Die Häuser durchsuchen sie auch. Jeden, der hier nix zu suchen hat, nehmen sie wegen Hausfriedensbruch fest.«

»Warum?« fragte er noch einmal.

»So 'ne Art Razzia ... Sind Sie hinter dir auch her?«

»Nein«, sagte Rick. »Ich hab mir nichts zuschulden kommen lassen.«

»Das sagen alle«, murmelte Belle.

»Was?«

»Ich muß zur Arbeit. Mach bloß nicht die Tür auf, wenn du im Flur Schreie hörst. Das ist nur die Polizei, die irgend 'ne Wohnung durchkämmt.« Belle lächelte zum ersten Mal und entblößte kleine, ebenmäßige Zähne. »Ich glaub, der Kerl, den sie suchen, wohnt im sechsten Stock. Hier werden sie immer fündig. Wie gesagt, Schwarze haben keine Privatsphäre.«

Aus einem offenen Wandschrank klaubte sie noch ein paar Kleidungsstücke zusammen. Sie streifte sie über und verließ die Wohnung, ohne sich noch einmal nach ihm umzusehen.

Rick hörte, wie sie von außen an verschiedenen Stellen die Tür abschloß. Kurze Zeit später fand er das Telefon unter einem Kissen auf dem Sofa und schloß seinen Computer an.

Er verfaßte gerade eine lange E-Mail an Jason Frank, als er von lautem Tumult im Flur abgelenkt wurde. Mit heftig pochendem Herzen vernahm er die Stiefelschritte auf der Treppe. Er stand auf und sah aus dem Fenster. Auf der Straße vor dem Haus war kein Einsatzwagen zu sehen. Trotzdem brach ihm der Schweiß aus, als die Schritte vor seiner Tür anhielten.

»Es muß in diesem oder im nächsten Stock sein«, sagte eine schroffe Stimme.

»Ja, hier ist 4B.« Eine andere Stimme, höher. Eine Frau. Ein drittes Stiefelpaar stapfte die Treppe hoch und gesellte sich dazu.

Liberty wurde von Panik ergriffen. War er in 4B? Sein Mund wurde ganz trocken. Sein Herz raste. Falls das Cops waren, konnten sie die Tür aufbrechen und ihn aus dem Fenster werfen. Und dann behaupten, er sei gesprungen. Tagtäglich las er in der Zeitung von brutalen Todesfällen, die sich ereigneten, weil jemand vor den Cops Reißaus nahm. Unmöglich zu rekonstruieren, was wirklich geschehen war. Kaum hatte die Polizei die Hand im Spiel, kam es zu allen möglichen tragischen Verlusten; und alle Welt glaubte natürlich deren Lügen. Er fühlte eine Enge in der Brust, als sei sein Herz angeschwollen und stünde kurz vorm Platzen. Er war allein. Merrill war nicht mehr da. Tor auch nicht.

Jemand schlug mit einem schweren Gegenstand gegen die Tür. Konnte er aus dem Fenster springen? Nicht fünf Stockwerke. Er sah sich nach einer Waffe um, mit der er sich verteidigen konnte. Da waren die Bücher in den Kisten, das Telefon, die Stühle. Sonst nichts. Es hämmerte wieder gegen die Tür.

»Polizei! Aufmachen!«

Das war gar nicht seine Tür, sondern die Tür gegenüber. Trotzdem wollte sich sein Herz nicht beruhigen. Es schlug heftiger als bei jedem Footballspiel, so heftig wie damals in Princeton, als die Cops glaubten, er hätte die arme Frau überfallen und zusammengeschlagen. Sie hatten sich gar nicht die Mühe gemacht, die Geschichte zu überprüfen, hatten nicht gesehen, daß die Handtasche samt dem Geld vor ihren Füßen auf der Straße lag. Erstaunt stellte er fest, daß er vor Furcht zitterte und schweißnaß war. Er hatte über die Jahre ganz vergessen, wie sich Furcht anfühlte.

»Polizei! Machen Sie sofort die Tür auf!«

Sein Herz raste schneller, als sie weiter gegen die Tür hämmerten. Es schnürte ihm die Brust ab, und er fragte sich, wie Tor sich gefühlt haben mochte, als ihm klar wurde, daß er sterben würde. Dieser Hurensohn, der ihm soviel geholfen hatte, der ihm vor Jahren das Leben gerettet hatte, nur um es jetzt zu zerstören. Liberty ergab sich völlig in den Schmerz über Tors Verrat, ließ sich davon überwältigen. Es fühlte sich an, als schlitzten ihn scharfe Klingen von innen auf. Ihm schwindelte, als er sich bildlich vorstellte, wie seine Arterien von Messern durchtrennt wurden und nach Eisen riechendes Blut hervorsprudelte. Der Gedanke, daß er und Merrill bald wieder vereint sein könnten, machte ihn ganz benommen. Es wäre doch ironisch, wenn sein Leben mit ihrem zu Ende gehen würde. Das Gefühl der Enge und des Schmerzes in der Brust wurden immer schlimmer. Ihm fuhr durch den Kopf, daß ein Herzinfarkt in Harlem vielleicht gar nicht mal das Schlimmste war, was ihm passieren konnte.

»Polizei, aufmachen.«

Draußen rasselten Ketten, und die Tür wurde geöffnet. Dann sang eine wohltönende Stimme »Lobet den Herren«. Der Gesang erstarb zu einem Flüstern.

Libertys Blick schweifte zum Computer zurück. Er gab den Befehl »Abschicken« und sendete die E-Mail an Jason.

Dann versuchte er, sich zusammenzureißen. Er hatte noch einiges zu erledigen.

24

April sprach auf Jasons Anrufbeantworter, daß sie dringend das Gutachten über Liberty brauchte, legte auf und starrte aus dem kleinen Fenster oben in der Bürotür. Sie konnte nur die Wand über dem Schreibtisch gegenüber sehen. Der uralte, weiße Anstrich mit den Dreckspritzern und den unzähligen Rissen hatte wahrscheinlich schon lange vor ihrer Geburt diese unappetitlich gelbe Farbe angenommen. In dem Winkel an der Decke gleich neben Iriartes Büro hatten sich aufgrund eines offensichtlich immer wiederkehrenden Wasserschadens aus den Rissen Trichter gebildet. Beim nächsten Wasserschaden würde dieser Deckenabschnitt sicher auf dem darunterliegenden Schreibtisch landen, auf Skyes Arbeitsplatz also. Iriartes Worte hatten April sehr getroffen. Ob sie wohl noch zu diesem Revier gehören würde, wenn die Decke einkrachte?

Sie hatte die Tür hinter sich zugezogen, um sich von der beschämenden Vorstellung im Büro des Lieutenants zu erholen und um den großen Zettel zu studieren, den sie am Montag angelegt hatte; darauf hielt sie die Ereignisse der vierundzwanzig Stunden vor und nach Merrill Libertys und Tor Petersens Tod fest. Drei Tage nach der Tat gab es immer noch viel zu viele Informationslücken, was die Opfer und die drei Tatverdächtigen betraf. Bei Ermittlungen versuchte man immer, sich so genau wie möglich an die einmal entworfene Strategie zu halten. Doch da sich die Umstände ständig änderten, die Zeit immer knapp war und die ermittelnden Beamten auch nicht immer berechenbar waren, siegte meistens das Chaos. Einen Erfolg hatte man meistens vor allem glücklichen Umständen zu verdanken. Liberty war als erster der drei Tatverdächtigen ausgerastet. Wie Mike schon sagte, vielleicht war das ein Durchbruch in ihrer Ermittlung, vielleicht aber auch nicht.

April konnte zwar nicht sehen, daß Hagedorn am Telefon war, doch sie hörte ihn jammern.

»Mehr hast du nicht rausbekommen? Und sein Fahrverhalten, gibt's da vielleicht was? Ach was, das kann doch gar nicht sein. Der Kerl ist nie beim Rasen erwischt worden?« Er wurde lebendiger. »Autodiebstahl, aha, das klingt doch schon besser. Wann denn? – Wie bitte, am fünften Januar?« schrie er. »Unser Mann soll am fünften Januar ein Auto gestohlen haben? Warum erfahren wir das erst jetzt ...? *Das darf doch nicht wahr sein, er hat sein Auto gestohlen gemeldet?*«

April schnaubte ungehalten. Was für ein Idiot. Das wußten sie doch schon längst. Sie mußte dauernd an Mike denken. Sie wollte mit ihm über den gestrigen Morgen reden, ihm ihre Gefühle erklären, doch sie wußte, daß sie das nicht konnte. Manchmal mußte man einfach das Richtige tun und loslassen. Sie blätterte in ihrem Notizbuch und versuchte, sich wieder auf den Fall zu konzentrieren. Zu allem anderen ging Hagedorn ihr fürchterlich auf die Nerven. Er hatte sich an einer Idee festgebissen, schob sie ein wenig auf seinem Teller hin und her, bis sie richtig lag, und suchte jetzt nach den Fakten, um sie zu untermauern. Wissenschaftler gingen angeblich genauso vor, deswegen sollte man sich nie auf die Ergebnisse wissenschaftlicher Studien verlassen. Manchmal hatte April den Eindruck, daß überhaupt niemand mehr die Wahrheit sagte.

Sie seufzte. Eine wichtige Sache hatte Iriarte bei seinem Wutausbruch heute morgen nicht erwähnt. Gestern abend gegen sieben war eine Joggerin bei einem Vergewaltigungsversuch im Central Park fast erschlagen worden. Das zweite

Opfer innerhalb eines halben Jahres. Die erste Frau war ihren schweren Kopfverletzungen erlegen. Der zweite Überfall hatte sich im 20. Revier ereignet, hinter dem Spielplatz an der 81. Straße und Central Park West. In dieser Gegend gab es immer viele Leute, auch im Winter, viele führten dort ihre Hunde aus. Wäre April noch im Zwo-Null, müßte sie sich jetzt um diesen Fall kümmern, statt um Merrill Liberty.

April hörte, daß Hagedorn sich immer noch am Telefon beklagte. Sie fragte sich, wieso Iriarte ihn nicht mit dem Vergewaltigungsfall betraut hatte. Es gab gute Gründe dafür, Hagedorn darauf anzusetzen. Das Opfer des letzten Sommers hatte – was für ein komischer Zufall – im Park Century gewohnt, wo auch Rick Liberty lebte. Die Ermittlungen liefen übers Revier Midtown North. Der Mörder war immer noch auf freiem Fuß, und das Zwo-Null wollte Akten über den Fall, vielleicht gab es Verbindungen mit dem jetzigen Täter. Da Margaret Mary Joyce zum Lieutenant befördert worden war und sie und Mike auch nicht mehr zur Mannschaft gehörten, würde das Zwo-Null jetzt bei allem Unterstützung brauchen, dachte April. Doch statt Hagedorn hatte Iriarte dafür zwei Detectives abgestellt, die im Liberty-Fall Obdachlose befragt hatten, wahrscheinlich, weil Hagedorn sich gut mit Computern auskannte. Aprils Blick wanderte wieder zu dem Krater an der Decke. Sie zwang sich, darüber nachzudenken, was sie und Mike gestern bei Libertys Befragung falsch gemacht hatten, statt darüber zu brüten, was zwischen ihnen persönlich falsch lief.

Gestern war Merrill Libertys Beerdigung gewesen, und sie waren überrascht, Liberty zu Hause anzutreffen. Er trug noch dieselbe Kleidung wie in der Mordnacht, war unrasiert und wirkte benommen. Nachdem er ihnen die Tür geöffnet hatte, ging Liberty wieder in den Bereich des großen, offenen Raumes zurück, der als Eßecke diente; offensichtlich hatte er dort allein an dem langen, glänzenden Ebenholzeßtisch gesessen. April war völlig fasziniert von dem Tisch. Das elegante Oval bot Platz für zwölf Leute. Die Oberfläche glänzte wie neue, schwarze, chinesische Lackarbeiten. Acht passende Ebenholzstühle mit glänzendem, weißem Satinbezug waren lose darum herum gruppiert. Vier weitere standen an der Wand. Liberty hatte wie der Vorsitzende einer Sitzung am Kopf des Tisches gesessen, ein Mann mit kostspieligem Schwarzweißgeschmack. Es standen keine Getränke oder Speisen mehr auf dem Tisch, und an der Sitzung nahm auch niemand mehr teil. Einzig der Laptop am Ende des Tisches leistete ihm Gesellschaft. Auf den er sich auch sofort gestürzt hatte.

Als die beiden Detectives ihm durch den Durchgang folgten, der den Flur vom Eßzimmer trennte, drückte er auf eine Taste, so daß das Dokument vom Bildschirm verschwand und schaltete den Computer aus. April stellte sich neben ihn. Sie öffnete ihren Mantel und warf Mike, der auf der anderen Seite von Liberty stand, einen Blick zu. Sie konnten einander sehen, wohingegen Liberty jeweils nur einen von beiden sah. Er machte keine präzisen Angaben. Er ließ die Finger über die Tastatur des Computers gleiten. Die Tasten klickten, als würde er die Antworten auf ihre Fragen tippen. Ohne sie anzusehen sagte er, daß sie die Wohnung durchsuchen und ruhig ihre Arbeit tun könnten. Er erzählte ihnen, was er auf dem Trip nach Chicago angehabt hatte. Der Mantel hing im Schrank, der Anzug über einem Stuhl im Schlafzimmer. Die Schuhe standen im Wandschrank. Nein, er habe nicht auf die Uhr gesehen, er konnte nicht genau sagen, wann er nach Hause gekommen und wann er eingeschlafen war. Angeblich hatte er die Wohnung nach seiner Rückkehr aus Chicago nicht mehr verlassen. Er erwähnte den gestohlenen Wagen und Wally Jefferson. Er war überzeugt, daß Wally etwas mit den Morden zu tun hatte. Das konnte er allerdings nicht richtig begründen.

April verstand nicht viel von Football, aber sie hatte Liberty schon ein –, zweimal im Fernsehen gesehen. Er hatte eine starke Präsenz gehabt, groß und attraktiv mit schwarzem Haar und einer ausgeprägten Kinnpartie wie Jason Frank oder die Kennedys. Sein selbstbewußter Blick hatte ihr als Zuschauerin den Eindruck vermittelt, daß er sich vor der Kamera außerst wohl fühlte.

Gestern war er grau und innerlich haltlos gewesen, als besäßen seine Knochen nicht länger die Kraft, den Körper aufrecht zu halten. Trotzdem war es ihm auf die Nerven gegangen, daß sie mehrere Male den Weg vom Appartement zum Restaurant zurücklegten. Diese Mühe machten sie sich umsonst, hatte er ihnen erklärt, da in jedem Aufzug und in jedem Treppengang Kameras angebracht waren. Hätte er die Wohnung in der Mordnacht verlassen – egal wie – hätte die Person im Überwachungsraum ihn gesehen. Er schien überzeugt davon, daß das nicht der Fall war.

Plötzlich hatte Liberty sie scharf gemustert. »Warum tut ihr mir das an?« hatte er wissen wollen.

»Das ist nicht gegen Sie persönlich gerichtet«, erwiderte Mike. »Das machen wir immer so.«

Liberty wollte Mike in Verlegenheit bringen, indem er ihn mit intelligentem Blick anstarrte und fragte: »Glauben Sie wirklich, ich wäre fähig, meine Frau umzubringen?«

»Wollen Sie wissen, ob ich glaube, daß Sie die Gelegenheit und die Mittel dazu hatten?« Mikes Mundwinkel tanzten im Kreis, während er langsam ein paarmal ein- und ausatmete. Schließlich zuckte er zaghaft mit der Achsel, unter der er die Waffe trug. »Uns fehlt nur noch das Motiv.« Und ein Zeuge, das sagte er aber nicht.

»Was glauben Sie denn, wieso mich Daphne Petersen im Fernsehen beschuldigt?« fragte Liberty barsch.

»Was glauben Sie?« fragte Mike zurück.

»Da haben Sie doch ein Motiv. Sie hatte einen Grund, Tor

umzubringen. Ich hab überhaupt keine Gründe, irgend jemandem was zu tun.

»Sie profitiert jedenfalls vom Tod ihres Mannes. Wir werden genauso gründlich wie bei Ihnen überprüfen, was sie in der Mordnacht getan hat, das können Sie mir glauben«, versicherte Mike.

»Sie muß es ja nicht selbst getan haben.«

»Das ist uns klar.«

»Dann nehmen Sie also ihre Aussage im Fernsehen nicht unbedingt für bare Münze?« Er sah von Mike zu April.

»Ehrlich gesagt, ich sehe kein Fernsehen. Du, April?«

April schüttelte den Kopf. »Falls Daphne tatsächlich ihren Mann umgebracht hat, war es sehr dumm von ihr, den Verdacht auf Sie zu lenken. Aber ich sehe keinen Grund, weshalb Daphne Ihre Frau umgebracht haben sollte, Sie etwa?«

»Nein.« Er verneinte die Frage zwar, fühlte sich aber offensichtlich nicht ganz wohl dabei.

»Haben Sie Ihre Frau geschlagen, Mr. Liberty?« fragte Mike.

»Nein.« Er schien immer noch beunruhigt.

»Ihre Nachbarn sagten, daß sie sich oft gestritten haben.«

»Meine Frau war sehr launisch. Sie hatte eine schlechte Phase. Das kommt in den besten Kreisen vor.«

»Wollen Sie mehr darüber erzählen?«

Mit Tränen in den Augen hatte Liberty den Kopf geschüttelt. April notierte sich, Emma noch einmal zu fragen und mit Merrills Arzt zu sprechen. Mike drängte ihn nicht weiter.

»Sie konnte keine Kinder bekommen«, sagte April leise.

»Woher wissen Sie das?« Er sah sie überrascht an.

»Nur eine Vermutung.« Sie mußte ihm ja nicht sagen, daß sie den Obduktionsbefund gesehen hatte. Es war nicht der richtige Zeitpunkt gewesen, Liberty nach seinen und Merrills sexuellen Problemen zu fragen. Vielleicht konnte Merrills Arzt diese Frage beantworten.

Das Telefon in Aprils Büro klingelte. Sie nahm ab. Es war Ducci. Sie solle ihren Freund ausfindig machen und sofort ins Labor kommen, sagte er. Sie hatte nicht die Kraft, ihm zu erzählen, daß sie jetzt einen neuen Freund hatte.

April wollte ins Labor fahren und sehen, was Ducci zu berichten hatte. Zu allem anderen hatte sie jedoch noch einen Fall häuslicher Gewalt am Hals und mußte ein Team losschicken, das die Festnahme vornehmen sollte. Früh am Morgen waren Ehemänner meist noch nicht betrunken und prügelten ihre Frauen noch nicht; eine gute Zeit also, sie festzunehmen. Das fragliche Ehepaar hatte schon des öfteren Probleme gehabt. Diesmal hatte sich die Frau, nachdem sie aus dem Krankenhaus entlassen worden war, dazu durchgerungen, ihren Mann anzuzeigen. Heute würden sie den Kerl auf jeden Fall schnappen. Duccis Informationen mußten warten.

April ging nach unten, um Carmella Perez, die Beamtin, die sich um Fälle häuslicher Gewalt kümmerte, aufzusuchen. Perez war ein paar Jahre älter als April, sah aber aus wie fünfzehn, weil sie kaum etwas auf den Knochen hatte. Bis auf die runden Wangen, die zierliche Nase, den hübschen Mund und die freundlichen braunen Augen war sie dünn wie eine Rasierklinge. Unbestritten das Schönste an ihr waren die dicken, dunklen Locken, die ihr wie ein glänzender Vorhang über den Rücken fielen.

Seit letzten Sommer ein Officer sein Leben lassen mußte, als er in einem Fall häuslicher Gewalt einen Kerl festnehmen wollte, war es in diesen Fällen nicht mehr erlaubt, allein vorzugehen. Der Kerl letzten Sommer war durchgedreht, hatte einen riesigen Spiegel nach dem Officer geworfen, um ihn unschädlich zu machen. Eine Spiegelscherbe hatte eine Arterie in der Leiste des Cops durchtrennt und der junge Polizist, Vater zweier Kinder, verblutete, bevor man ihn ins Krankenhaus einliefern konnte.

April und Carmella warteten am Empfangstresen, wo es ungewöhnlich still war, auf zwei uniformierte Beamte. Sämtliche Übertragungswagen, die das Revier mehrere Tage nach dem Liberty-Mord belagert hatten, waren weitergezogen zum Zwo-Null, um über den Jogger-Fall zu berichten. Einige Officers und Detectives von Midtown North waren ebenfalls dort. Außer Hagedorn, der an seinem Computer klebte, waren alle anderen Detectives im Einsatz. Ein Dutzend anderer Fälle waren zurückgestellt worden. Der Fall Jocelyn Kohlbe, deren Mann ihr bei der jüngsten Schlägerei vier Rippen und einen Arm gebrochen hatte, allerdings nicht. Sie hatte Prellungen an Kopf und Hals sowie ein geplatztes Trommelfell davongetragen.

April musterte Carmella von Kopf bis Fuß, bei solch schlimmen Fällen sorgte sie sich immer mehr um die Frauen im Einsatz als um die Männer. Das war wahrscheinlich auf uralte Vorurteile zurückzuführen; kleinen Mädchen wurde schließlich immer erzählt, daß sie unfähig waren, allein auf sich aufzupassen. Oder hatte sie vielleicht doch so eine Art Mutterinstinkt? Jedenfalls ging es den Beamtinnen auf die Nerven, wenn April sie – genau wie *Skinny Dragon Mother* es bei ihr tat – jedesmal, bevor sie ausrückten, mit verkniffenem Gesicht musterte, um Ausrüstung und Stimmung zu überprüfen.

Es gab unzählige Vorschriften im Department. Es war zum Beispiel strikt verboten, ohne schußsichere Weste auf die Straße zu gehen oder eine Festnahme zu machen. Manchmal lehnten sich weibliche Cops dagegen auf – meistens die jüngeren – sie wollten die Weste nicht tragen, weil sie meinten, sie sähen fett darin aus. Es gehörte nicht zu Aprils Aufgaben, zu überprüfen, ob die schußsichere Weste an ihrem Platz war, die Ausrüstung komplett und ob die Batterien in der Taschenlampe noch funktionierten, doch sobald Frauen an einem ihrer Fälle arbeiteten, konnte sie es nicht lassen, nach Verstößen gegen die Sicherheitsvorschriften zu suchen. Fiel ihr einer auf, zeterte sie wie eine Mutter, deren Kind ohne Jacke im Regen nach draußen gerannt war. Da sie nicht glauben wollte, vielleicht doch mütterliche Neigungen zu haben, vermutete sie, daß sie es einfach vermeiden wollte, den Rest ihres Lebens mit Schuldgefühlen rumzulaufen, falls einer der Beamtinnen unter ihrer Aufsicht etwas zustieß.

Carmella Perez. Viel zu dünn. Aß wahrscheinlich kein Fleisch, oder sonst irgendwas. April fielen die vier oder fünf Ohrlöcher auf, doch sie trug keine Ohrringe, auch keine Fingerringe. So weit, so gut. Die Uhr mit dem großen runden Zifferblatt sah viel zu schwer aus für das dünne Handgelenk. Sie zeigte 9.07 Uhr. Über einem schwarzen Rollkragenpulli trug Carmella ein rot-schwarz kariertes Flanellhemd, darunter die Weste und ihre Pistole. April wußte, daß Carmella ihre Jacke immer offen trug, auch wenn es richtig kalt war, damit sie schnell an ihre Waffe kam. Sie hatten sich einmal beim Mittagessen über Waffen unterhalten, daher wußte April, daß Carmella eine alte, wohlgehütete .38 *Chief's Special* besaß. Sie hatte am Schießstand einmal die 9-Millimeter Automatik ausprobiert, hatte sie April erzählt, und war verblüfft, wie gut und leicht sie in der Hand lag. Doch dann, als sie abdrückte, klemmte die Waffe – damit war es vorbei. Da man sich im Department die Pistole immer noch selbst kaufen mußte, wollte sie nicht das Risiko eingehen, viel Geld für eine Waffe hinzublättern, die sie womöglich im Stich ließ. Das lange Haar allerdings war riskant. April kräuselte die Nase.

Carmella warf ihr einen scharfen Blick zu. »Was haben Sie denn?« Den Fuß nach vorn und eine Hand in der Hüfte, stellte sie sich herausfordernd hin.

Sie war ein paar Zentimeter größer als April. Die klobigen Winterstiefel machten sie noch ein bißchen größer. April deutete mit dem Kinn auf Carmellas Haar.

»Hat man Sie noch nie darauf hingewiesen, daß Ihnen so die Kopfhaut abgerissen werden kann?«

»Doch nicht, wenn Bobby mich beschützt«, sagte Carmella lachend, als ein weißer Beamter in Uniform grinsend heranschlurfte. Die Absätze mit eingerechnet, war er ein ganzes Stück kleiner als Carmella. Er streichelte Carmella zur Begrüßung wie ein liebes Haustier, das er schon eine Weile nicht mehr gesehen hatte. Sie schlug die Hand weg.

April schenkte dieser Neckerei keine Beachtung. »Tun Sie mir den Gefallen. Binden Sie die Haare zusammen. Vielleicht ist die gute Frau heute morgen ja romantisch gestimmt und will ihren Mann verteidigen.«

»Das kommt vor«, stimmte Bobby zu und zog an seinem Gürtel, als sei der Schritt seiner Hose zu kurz.

»Nee, das ist doch meine alte Freundin. Die macht uns keinen Ärger.« Carmella grinste.

Immer noch dabei, seine Eier zu richten, ging Bobby kurz in die Knie und zog die Hose noch mal hoch.

Carmella sah nachdenklich zu. »Hast du wieder alles durcheinandergebracht, Bobby?«

»Ja, willst du mir nicht mal helfen?«

Jetzt wurde es April wirklich zu bunt. Die beiden gingen entschieden zu weit, und das wußten sie auch. Wenn ein Frauenmißhandler verhaftet werden sollte, kam es mitunter vor, daß seine Frau ausrastete, den Cop an den Haaren riß, mit einer Bratpfanne zuschlug oder zu Beißen anfing. Vielleicht beruhigte diese Neckerei diese beiden, doch es war gefährlich.

Bobbys Partner, ein Typ namens Dodo, tauchte auf. »Seid ihr soweit?«

»Binden Sie das Haar zusammen«, sagte April.

»Klar.« Carmella wickelte sich einen Schal um die Locken.

»Jetzt sagt sie zwar ›ja‹, aber nachher im Auto trägt sie es doch wieder offen.« Bobby faßte ihr ins Haar und zog.

Carmella versetzte ihm einen Schlag.

»Es macht nur Ärger. Binden Sie's hoch und lassen Sie es oben«, warnte April.

Carmellas fröhliches Gesicht wurde säuerlich, und April war klar, daß sie sich soeben eine Feindin gemacht hatte. Mustergültige Chinesen wußten, wie sie ihren Kopf durchsetzten, ohne anderen auf den Schlips zu treten. Mustergültigen Amerikanern war das scheißegal. Zu keiner dieser beiden Kulturen gehörte April richtig. Deprimiert wandte sie sich ab. »Los geht's, viel Glück«, murmelte sie.

Der Aufzug öffnete sich, und Mike schlenderte in seiner Lederjacke heraus. »Du suchst mich, hab ich gehört.«

Wo hatte er das nur gehört? April fuhr herum, verärgert, daß sie zu lange gewartet hatte und ihn jetzt mit ins Labor nehmen mußte.

Sie nahmen einen nicht gekennzeichneten, grauen Wagen und April wahr sehr erfreut darüber, daß Mike durch den schmutzigen Schneematsch fuhr. Er war vorsichtig, hielt mit seiner Meinung über ihren Chef Iriarte zurück und äußerte sich auch nicht zu dem Observierungsbeamten, der ihren Tatverdächtigen aus den Augen verloren hatte. Er erwähnte auch sonst keine Fehler, die in ihrem Revier vorgefallen waren. Sie war dankbar, daß er schwieg. Dann sprach er doch.

»Hör zu, April, ich weiß, was du von mir hältst. Ich hab deinen neuen Chef ja kennengelernt. Es war dumm von mir zu denken, ich könnte bei so einem großen Fall in dein neues Revier platzen, ohne daß das Folgen für dich hätte.«

Sie schwieg, aus Angst, ihre Stimme könnte versagen; sie war betroffen von seinem Einfühlungsvermögen.

»Ganz schön blöd, hm?«

»Ist ja nicht deine Schuld. Konntest du ja nicht wissen.«

»Na ja, schon. Wir haben's schließlich auch immer gehaßt, wenn Fremde in unsere Ermittlungen platzten.«

Sie mußte unwillkürlich lächeln. »Soll das eine Entschuldigung sein?«

»Vielleicht. Das Problem ist allerdings, daß wir beide ziemlich blöd dastehen, wenn ich jetzt einen Rückzieher mache. Das Chaos wäre noch größer, und der Fall ist damit nicht gelöst. Und wir beiden wären gearscht. Wir sollten zusammenarbeiten, findest du nicht auch?«

»Ich finde auch, daß wir den Fall lösen müssen. Deswegen müssen wir aber nicht jede Minute zusammenarbeiten.«

Mike wurde still. Nach einer Weile wechselte er das Thema. »Ich hab mit den Wachmännern in Libertys Haus geredet. Rate mal, was ich rausgefunden habe?«

»Liberty ist auf keiner der Videoaufnahmen zu sehen, in der Mordnacht nicht und letzte Nacht auch nicht«, erwiderte April.

»Viel schlimmer.«

»Er ist gar nicht auf dem Videoband der Mordnacht zu sehen, er kam gar nicht nach Hause.«

»Nein. Rat noch mal.«

»Wieso muß ich eigentlich raten? Sag's mir doch einfach.«

»Mit dir hat man nie Spaß.«

»Ich weiß.« Das war nichts Neues.

»Es gibt überhaupt keine Videobänder.«

»Geklaut?«

»Nein. Es gibt schon seit einem Jahr keine Bänder mehr. Die Anlage wurde zu teuer. Im ganzen Haus ist nie eingebrochen worden, und die ständige Überwachung hat ein paar Bewohnern Ärger gemacht.«

»Wieso? Weil sie beim Nasebohren gefilmt wurden? Oder wegen Affären?«

»Keine Ahnung. Jedenfalls hat der Ausschuß beschlossen, das Rund-um-die-Uhr-Filmen abzuschaffen. Jetzt sitzt ein Typ von acht Uhr morgens, wenn das Haus öffnet, bis zur Schließung um sechs im Videoraum. Im Wohnkomplex selbst können sich die Bewohner frei bewegen. Aber Lieferanten dürfen außerhalb dieser Zeiten nicht mehr ohne Begleitung den Fahrstuhl benutzen.«

»Es werden also nur Leute überwacht, die nicht dort wohnen. Das hat Liberty doch bestimmt gewußt.«

Mike zuckte mit den Schultern. »So konnte er sich gestern heimlich davonstehlen. Er verließ das Gebäude wahrscheinlich durch die Garage im Keller. Fahren konnte er nicht, sein Wagen wurde ja einen Tag vor dem Mord gestohlen. Die Wachmänner in der Garage haben bestätigt, daß Jefferson den Wagen am fünften geholt hat, nicht eine Woche früher, wie er uns sagte.«

»Wir suchen doch Zeugen, die Liberty am Tatort gesehen haben. Vielleicht sollten wir mal anfangen, nach Leuten zu suchen, die den Wagen dort gesehen haben.«

Mike nickte. Er stellte den Motor ab; sie ließen den Wagen in zweiter Reihe vor der Polizeiakademie stehen. Als April und Mike ins Labor oben schlenderten, stand Ducci vor dem vergitterten Fenster und sah auf die Straße hinab. Wütend schob er die weiße Manschette des blauen Hemdärmels hoch und zeigte demonstrativ auf das Zifferblatt seiner schweren Golduhr. Es war 9.43 Uhr.

»Warum kommt ihr so spät?« fragte er unwirsch.

»Sie sehen doch selbst, was für ein Wetter wir haben und wieviel Verkehr draußen ist«, erwiderte April und mußte lächeln, weil Ducci es auf einmal so eilig hatte, nachdem er sie drei Tage lang hingehalten hatte.

»Wetter und Verkehr gibt's immer«, grummelte Ducci. Er zog ein Snickers hervor und packte es aus.

»Was gibt's?« fragte April.

»Heiße Sache. Ich wollte am Telefon nicht darüber reden. Setzt euch.« Ducci biß die Hälfte des Schokoriegels ab und rollte April Nancis Stuhl rüber.

Mike mußte Lola, den Totenschädel, und einen Aktenstapel vom Stuhl neben Duccis Schreibtisch räumen, auf dem sich blutverschmierte Kleidungsstücke vom Liberty-Mord türmten. Mike konnte keine freie Fläche finden und stellte Lola samt Akten schließlich auf dem Fußboden ab.

»Diese Dinger gibt's jetzt ja sogar fettfrei«, sinnierte Ducci und hielt den Rest des Schokoriegels hoch. »Winzig kleine Dinger. Wer will denn so was?« Die zweite Hälfte verschwand in seinem Mund, und er kaute wütend.

Merrills Strickkleid, Tors Kaschmirmantel und Pullover waren sorgfältig getrocknet worden, damit sich die Form der Flecken nicht veränderte. Jetzt lagen sie ausgebreitet mit baumelnden Etiketten auf Duccis Schreibtisch. Von allen Beweisgegenständen, die am Tatort gesichert worden waren, schienen Ducci diese Stücke zur Zeit am wichtigsten. Wahrscheinlich war er deswegen verstimmt, vermutete April, nicht wegen der fettfreien Schokoriegel.

Mikes ungeduldig wackelnder Fuß stieß versehentlich den Totenschädel um.

»Paß auf«, knurrte Ducci.

»'tschuldige, Lola«, murmelte Mike. »Also, schieß los.«

»Rosa hat Scheiße gebaut.« Duccis Blick schweifte von Mike zu April. »Ich wollte das Malcolm Abraham nicht gleich zeigen, ihr wißt ja, wie er zu Rosa steht.«

»Wissen wir nicht. Wie denn?«

»Ach, ihr wißt schon, diese Juden mit ihren ewigen Schuldgefühlen gegenüber Schwarzen. Er liebt sie, verteidigt sie, wo es geht. Er hat sie eingestellt, hat sie aufgebaut – die erste schwarze Frau, die Deputy Medical Examiner geworden ist und das alles. Ich will ja nicht sagen, daß sie *völlig* inkompetent ist, aber –« Ducci zuckte mit den Schultern.

»Ich finde nicht, daß sie einen inkompetenten Eindruck machte«, sagte April.

»Ich auch nicht«, stimmte Mike zu. »Ist ihr ein Fehler unterlaufen?«

Ducci ließ sich nicht beirren. »Abraham wird es auf jeden Fall vertuschen wollen. Und was ich hier habe, das könnt ihr mir glauben, wirft auf euch auch nicht gerade das beste Licht. Mir wird richtig übel dabei.« Er öffnete die Schreibtischschublade und holte noch einen Schokoriegel heraus, um sich zu trösten.

»Diese Dinger bringen sie irgendwann noch mal um«, sagte April und wünschte, er würde fortfahren. Von welchem Fehler sprach er?

»Klar, ich sterb mal an Verstopfung.« Ducci biß ein Stück ab und bot ihnen den Rest an. »Wollt ihr auch was?«

»Mi Dios!« platzte Mike heraus. »Sagst du uns jetzt endlich, was schiefgelaufen ist?«

»Ist ja schon gut. Also, erinnert ihr euch noch daran, wie Rosa während Petersens Autopsie über die Leichenbeschauer im Mittleren Westen schimpfte? Das sind keine Ärzte, sie schreiben schlampige Befunde, können die Todesursache nicht feststellen, weil sie keine Ahnung haben, wie man Wunden und Prellungen richtig interpretiert?«

»Und?« fragte Mike.

»Na ja, seht euch das mal an.« Ducci machte etwas Platz auf dem Schreibtisch und breitete Tors Kaschmirpullover mit Zopfmuster links herum darauf aus.

April und Mike beugten sich über die Stelle, auf die Ducci mit dem spitzen Ende einer Pinzette deutete. Er deutete auf ein winziges Loch im mittleren Brustbereich des Pullovers; es sah aus, als hätte eine hungrige Motte einmal zugebissen. Das Loch war kaum zu sehen. Ihre Blicke kreuzten sich. Ducci hatte nicht mehr alle Tassen im Schrank.

»Und jetzt.« Ducci hob eine Lupe hoch.

Bei zehnfacher Vergrößerung sahen sie, daß die durchtrennten Fäden am Rande des Loches steif, verfärbt und wie mit Salz gesprenkelt waren.

»Jetzt seht mal hier durch.« Ducci warf den Pullover zur

Seite. Zuerst mußten April und Mike durch das Mikroskop in seinem Labor sehen. Bei hundertfacher Vergrößerung sahen die kleinen Pünktchen auf dem Objektträger auf einmal aus wie Felsbrocken, sie waren auch nicht mehr weiß.

Dann führte Ducci sie ins nächste Labor, wo sie einen Blick durch das Mikroskop mit der allergrößten Auflösung werfen mußten. Mike und April sahen einander fragend an, ihnen war nicht klar, was sie da vor sich hatten.

Ducci fand es auf alle Fälle sehr bedeutsam. Mit dem Finger vorm Mund befahl er ihnen, vor den anderen Wissenschaftlern, an denen sie vorbei mußten, um wieder in sein Labor zu kommen, zu schweigen. Sein Kiefer war verspannt, das runde Chorknabengesicht und der kleine Mund waren wutverzerrt. Er schloß die Tür.

»Und ich stand einfach daneben und hab mit ihr geschwätzt. Ihr auch. Und keinem ist es aufgefallen.« Angewidert ließ Ducci sich in seinen Stuhl fallen.

Na gut, in dem Pullover war also ein kleines Loch. April sah Mike hilfesuchend an.

Ducci starrte sie wütend an. »Haben Sie nicht forensische Wissenschaft im John Jay College belegt?«

»Offensichtlich nicht genug«, erwiderte sie leise. »Verstehst du, was los ist, Mike?«

»Klar«, sagte er unbestimmt. Da war ein Loch im Pullover.

»Okay, ihr Dummköpfe. Ich werd's euch erklären.« Zornig arrangierte er die Fotos von Tors Leiche – die vom Tatort und die von der Autopsie, bekleidet und unbekleidet. Das gleiche machte er mit Merrills Fotos.

»Was fehlt da?«

Mike studierte die Fotos genau. »Während Petersens Autopsie war das UV-Licht nicht eingeschaltet.«

»Genau!« Ducci boxte in die Luft.

»Verdammt.« April griff nach zweien der Fotos. Das eine

zeigte Merrill Liberty, nachdem die Assistenten die Leiche gewaschen hatten, nackt auf dem Seziertisch. Der winzige runde Fleck auf Tors Brust, auf den Ducci seinerzeit hingewiesen hatte, war nicht größer als ein Mückenstich. Eine winzige Delle nur, die nicht mal gerötet war wie eine frische Wunde. Auf dem Foto deutete ein Pfeil auf die Stelle hin und ein Lineal lag daneben.

Falls das Loch im Pullover an der gleichen Stelle war und es sich bei den Verfärbungen an den Fäden um Blut handelte, dann war dieser Fleck auf Petersens Brust kein Mückenstich, sondern ein anderer Einstich. Genau unter dem Brustbein. Merkwürdig.

»Um Gottes willen, ist die Leiche noch da?« fragte Mike.

Ducci schüttelte den Kopf. »Seine Frau hat ihn gestern abholen und einäschern lassen.«

»Seine Frau? Sind Sie sicher? So schnell werden Leichen doch sonst nicht freigegeben.« April runzelte die Stirn. »Von wem wurde das genehmigt?«

Ducci schüttelte den Kopf.

Deshalb hatte sie also das Rechtsmedizinische Institut angerufen. Das sah für Daphne Petersen gar nicht gut aus.

»Er wurde verbrannt. Mehr kann ich nicht dazu sagen.« Ducci tippte mit dem Finger auf das Foto des Mannes. »Der arme Kerl.«

Mike deutete auf die restlichen Kleidungsstücke. »Was ist deiner Meinung nach also passiert?«

»Petersen kam doch zuerst aus dem Restaurant, richtig? Die Frau hat angeblich noch in der Küche mit dem Koch geredet.«

»Ja, der Geschäftsführer und der Koch haben das bestätigt.«

»Petersen kommt also raus. Ein Bekannter tritt auf ihn zu, begrüßt ihn. Womöglich ist er ein bißchen betrunken oder bekifft. Die Person sticht ihm mit einer scharfen Waffe ins Herz, er bricht zusammen. Da kommt Merrill Liberty aus dem Restaurant, sieht ihren Freund am Boden, rennt zu ihm, will ihm helfen. Der Mörder war wahrscheinlich erstaunt, sie zu sehen, doch er sticht ihr nicht ins Herz. Warum nicht –?«

»Vielleicht hatte er es nicht auf sie abgesehen«, sagte April langsam.

»Richtig. Bei ihr mußte es nicht nach einem Herzanfall aussehen. Der Kerl kriegt Schiß, wählt die sichere Methode und sticht ihr in den Hals. Alles ist voller Blut, und es sieht aus, als hätte er es auf sie abgesehen.« Ducci breitete Tors Mantel aus. Auf der Mitte der Rückseite waren noch große rote Flecken zu sehen. »Ihr Blut ist auf Petersens Rücken. Er muß also zuerst zusammengebrochen sein.«

Als nächstes zeigte er ihnen Merrills Kleid, das mittlerweile steif war vom Blut, das sich literweise darüber ergossen hatte. »Weshalb hat sie so stark geblutet und er kaum?«

April wollte etwas sagen, doch Ducci hob die Hand. »Ich hab einen befreundeten Herzspezialisten gefragt, ob man jemanden ins Herz treffen kann, ohne daß er außen blutet. Wißt ihr, was er sagte?«

»Nichts einfacher als das«, erwiderte Mike sarkastisch.

»Nicht gleich übermütig werden. Seine bevorzugte Methode, jemanden umzubringen, wäre, ihn mitten auf dem Ozean über Bord zu werfen. Keine Zeugen.« Ducci rieb sich lächelnd die Hände.

»Die zweitbeste Methode ist etwas komplizierter, aber er war sich ziemlich sicher, daß man damit heutzutage die meisten Medical Examiner täuschen könnte. Mit einem hatte Washington recht. Nur wenige haben eine gute Ausbildung.«

»Schon gut, du Genie, raus mit der Sprache.«

»Man muß ein ganz dünnes, scharfes Instrument sorgfältig zwischen den Rippen ins Herz stechen. Die Einstichwunde verschließt sich fast wieder ganz, sobald man das Instrument herauszieht. Das Herz ist durchstochen und massive innere Blutungen führen sofort zum Tod.«

»Dein Freund hat viel Phantasie, das muß man ihm lassen. Er hat aber was übersehen. Wenn man jemanden so töten wollte, müßte man doch die Lunge durchstoßen, um ans Herz zu kommen. Petersens Lunge war aber nicht beschädigt.« Mike wollte ihm etwas entgegenkommen. »Denkst du, da hatte ein Arzt die Hände im Spiel?«

»Mach dich nicht darüber lustig. Wenn man ein bißchen darüber nachdenkt, findet man schon einen Weg. Nehmt auf jeden Fall die Witwe noch mal unter die Lupe. Vielleicht ist sie mit Nadel und Faden ganz geschickt. Falls sie nicht selbst nähen kann, hat sie vielleicht einen Freund, der Arzt ist.«

»Wie willst du die Sache mit der Rechtsmedizinerin handhaben?« Mike hatte eigentlich April gefragt, doch Ducci antwortete.

»Schnappt den Mörder, dann kümmern wir uns um die Details.« Er war offensichtlich sehr stolz auf sich. »Das Vertrackte ist ja, daß Rosa versäumt hat, das UV-Licht einzuschalten. Sonst wäre uns die Wunde mit den Fusseln und T-Shirtfasern nicht entgangen. Ohne UV-Licht war das nicht möglich.«

»Ich kann schon wieder nicht folgen«, murmelte April. »Welches T-Shirt?«

»Petersen trug ein T-Shirt, als er durchlöchert wurde. Fasern des T-Shirts hängen an den durchtrennten Fäden des Pullovers. Hört ihr mir denn gar nicht zu? Als er obduziert wurde, hatte er aber kein T-Shirt an.«

»Und wo ist das T-Shirt mit dem Loch?«

»Das ist die große Frage.« Duccis Lächeln sah nicht freundlich aus. Es würde ihm wahrscheinlich nicht viel ausmachen, vermutete April, wenn Rosa Washington ganz tief fallen würde.

25

Mike fuhr die First Avenue entlang Richtung Uptown. Sie kamen an dem Komplex des New York University Krankenhauses vorbei, daneben befand sich das Gebäude des Rechtsmedizinischen Instituts.

»Es ist ja fürchterlich kalt. Meine Finger sind ganz erfroren.« April rieb sich die Hände. »Was für ein Tag. Was denkst du, ist Ducci verrückt oder haben wir beide ein riesengroßes Problem?«

»Ein bißchen verrückt ist er schon. Aber wir kriegen auf jeden Fall Ärger.« Mike lächelte. »Vielleicht stimmt es ja, daß Petersen vor Merrill Liberty starb. Es muß aber nicht stimmen, daß Petersen ermordet wurde.«

»Nimmst du ihm die Geschichte mit dem spitzen Instrument und dem Stich ins Herz nicht ab?«

»Ich hab die Leichen von Petersen und Liberty gesehen, du doch auch. Da war zweifellos ein Loch im Hals der Frau. Die Wunde in Petersens Brust sah nicht nach einem Loch aus. Das war keine frische Verletzung, da war kein getrocknetes Blut an den Rändern. Ich finde, es sah nach einer alten Verletzung aus.«

»Aber die Brustgegend ist ja auch was anderes als der Hals«, erklärte April. »Ducci sagte doch, sobald die Waffe aus der Brust gezogen wird, schließt sich die Haut fast wieder vollständig. Das ist am Hals nicht der Fall.«

»Kann sein. Es sah aber nach einer alten Verletzung aus. Und eine zweite Autopsie ist nicht möglich.«

»Was hältst du von dem Loch im Pullover?«

»Es ist an der gleichen Stelle wie Petersens Wunde – das kann Tage, Wochen, ja Monate vor seinem Tod passiert sein –, und an den durchtrennten Wollfäden waren Fasern eines T-Shirts, das er bei der Autopsie nicht anhatte. Man könnte also argumentieren, daß er es zum Zeitpunkt des Todes auch nichts anhatte. Die Brustverletzung – was auch immer das gewesen sein mag – hat sich sicher vor einiger Zeit ereignet.«

»So würden eine Menge Leute argumentieren«, bestätigte April.

»Falls Petersen zur Zeit seines Todes ein T-Shirt trug, müßten Blutflecke darauf zu sehen sein – nicht wahnsinnig viel Blut wahrscheinlich, aber ein bißchen – und im T-Shirt müßte an der gleichen Stelle ein Loch sein, das nicht zu übersehen wäre.«

»Er hatte aber kein T-Shirt an.«

»Wenn Petersens Tod wie ein Herzinfarkt aussehen sollte, dann mußte der Mörder das T-Shirt irgendwie aus dem Verkehr ziehen.«

Mike fuhr über die 57. Straße; über dem Gehweg an der 57. Straße Ecke Fifth Avenue hing immer noch die überdimensionale, weihnachtliche Schneeflocke, die tausend winzigen Lämpchen freudigen Glanz abtrotzte. Auf den kahlen Ästen der Bäume, die die Straße säumten, glitzerten ebenfalls weiße Lämpchen.

»Egal, was dabei herauskommt, es sieht wirklich schlecht aus. Liberty hat sich aus dem Staub gemacht. Wieso sollte er das tun, wenn er unschuldig ist?«

Aprils Augen brannten. Sie fühlte sich lausig, weil sie gestern mit Liberty keine Fortschritte gemacht hatten und wegen der Art, wie ihr Chef sie behandelt hatte. Außerdem beunruhigte sie, was Ducci gesagt hatte. »Was hältst du davon: Liberty und Daphne Petersen hatten eine Affäre, planten die Morde gemeinsam und jetzt versucht sie, es ihm allein anzuhängen?« sagte sie nachdenklich.

»So ein Luder.« Mike fuhr die Madison Avenue hoch und bog bei der 60. Straße wieder ab. An der Fifth Avenue blinkten noch mehr weiße Lichter an den Weihnachtsbäumen, die immer noch terrassenartig im Brunnen vor dem Plaza Hotel steckten. Einzig auf der zehn Meter hohen Menora im Central Park auf der Höhe der 59. Straße, direkt gegenüber Daphne Petersens Haus, brannten gelbe Lichter und verbreiteten ein unheimliches Licht.

Aprils Kehle tat weh. Bei diesem Fall hatten alle Mist gebaut, vor allem sie selbst. Der chinesische Gott des Vermasselns schwebte über ihr. Das konnte sie an seinem heißen Atem im Nacken spüren und an Iriartes und Mikes Enttäuschung. Dean Kiang würde auch nicht mehr viel von ihr halten. Er brauchte einen ordentlichen Fall, um ihn strafrechtlich verfolgen zu können. Man würde sie verstoßen, womöglich wieder in Uniform stecken. Ihre Mutter würde sich diebisch freuen und ihr das Leben zur Hölle machen; nie wieder würde jemand mit ihr Sex haben wollen.

Mike hielt den Wagen an.

»Wen haben wir denn da?« April setzte sich auf.

Daphne Petersen eilte die Fifth Avenue entlang auf die Stelle zu, an der Mike geparkt hatte. Sie trug einen weiten schwarzen Nerzmantel, der sie wie ein felliges Zelt umflatterte. Daphne unterhielt sich angeregt mit einem großen, sehr attraktiven Mann im silberfarbenen Jogginganzug. Der Kerl hatte bronzefarbene Locken, die sich um sein Gesicht und entlang des Nackens kringelten; er sah aus wie ein bekleidetes Unterwäsche-Model.

»Sieht ganz erfroren aus. Nehmen wir sie doch mit«, schlug Mike vor.

»Gute Idee.« April stieg aus, ohne den tosenden Verkehr zu beachten.

Mike fluchte, als sie um die Kühlerhaube herumlief.

April setzte mit einem Sprung über eine Riesenpfütze im Rinnstein hinweg und landete direkt vor Daphne Petersen auf dem Gehweg. Die Frau schrie auf und sprang mit überraschender Gewandtheit zur Seite. Das Unterwäsche-Model war sofort zur Stelle und stürzte auf April zu. Mike stieg gerade aus dem Wagen, als der Mann April am Arm ergriff, um sie zurück auf die Straße zu schleudern. Eine unvorhergesehene Schrittfolge brachte sie ins Stolpern, doch sie konnte Mike noch signalisieren, Ruhe zu bewahren. So durfte niemand mit einem Police Officer umspringen. Mike stürzte wie ein Sonderkommando zu ihrer Rettung herbei. Der Mann wirbelte April herum und wollte sie in der eisigen Pfütze auf der Fifth Avenue zu Fall bringen. Aber April verlagerte in letzter Sekunde ihr Gewicht und schüttelte ihn ab.

Der Mann schrie, als er den Boden unter den Füßen verlor und vor ihrem Wagen hart aufknallte; Schmutzwasser spritzte auf Daphne Petersens Stiefel mit Leopardenfellverzierung.

Daphne stampfte wütend mit den Füßen auf und schrie April an. »Sind Sie verrückt?« Ihr durchdringendes, britisches Geschrei lockte die Türsteher des *Pierre* auf die Straße.

»Was ist hier los?« Der Türsteher mit dem Zylinder versuchte, sich autoritär zu geben.

Daphne schenkte ihm keine Beachtung. »Sind Sie denn verrückt?« fuhr sie fort, April anzuschreien. Sie stand neben Daphne und war verdutzt darüber, daß sie einen so großen Mann in den Rinnstein katapultiert hatte.

»Was fällt Ihnen eigentlich ein? Sie haben mich zu Tode erschreckt. Giorgio, Schatz, alles in Ordnung?« Daphne streckte dem Mann, der mit dem Hintern auf der Straße gelandet war, die Hand entgegen; sie wollte sich aber die Füße nicht naß machen und war zu weit von ihm entfernt, als daß er die Hand hätte greifen können.

Ein Wortschwall in einer fremden Sprache sprudelte aus ihm hervor, als Mike ihm auf die Füße half.

»Dieses verrückte Luder. Verrücktes Luder.«

»Nimm dich in acht, mein Freund«, sagte Mike. »Du hast gerade einen Police Officer beleidigt.« Er rieb die nassen Handschuhe gegeneinander und schlug sich in die Hände. »Dafür könntest du im Gefängnis landen.«

»Auf keinen Fall, ich hab nichts getan.« Mit den Handflächen nach außen hob der Mann die Hände. »Sie –«

»Du hast einen Police Officer angegriffen. Ich hab's gesehen.«

»Das reicht jetzt aber wirklich.« Daphne Petersen wandte sich an Mike. »Diese Frau ist über mich hergefallen. Wir hielten sie für eine dieser Pelzgegnerinnen.«

»Wie bitte –?« fragte April.

»Hören Sie schlecht? Wir dachten, Sie wollten mich mit roter Farbe besprühen.«

»Verrücktes Luder.« Der gutaussehende Mann hatte ein begrenztes Vokabular. Pikiert fuhr er sich mit der Hand durchs Haar.

Daphne warf ihm einen vernichtenden Blick zu. »Ach, halt doch den Mund, Giorgio.«

»Wer ist das?« Mike deutete mit dem Daumen auf den Bronzehaarigen.

Daphne schniefte. »Bloß mein Trainer.«

Mike fuhr sich nachdenklich über den Schnurrbart. »Netter Job.«

»Kann ich Ihnen irgendwie helfen?« schaltete sich der Türsteher nochmals ein.

»Polizei«, erwiderte April. »Alles in Ordnung.« Sie nickte ihm beschwichtigend zu.

»Sie blockieren die Straße«, teilte der Türsteher ihnen mit.

»Dafür werden wir bezahlt«, erklärte sie ihm.

»Meine Stiefel sind ruiniert, und meinen Freund hätten sie auch fast umgebracht. Was tun Sie überhaupt hier?«

»Wir ermitteln in einem Mordfall.«

»Damit hatte ich nichts zu tun. Ich kannte die Frau ja kaum. Komm, Giorgio, wir gehen.« Daphne drehte sich um.

»Steigen Sie bitte ein, Mrs. Petersen.« sagte Mike.

Erstaunt wirbelte die Witwe herum. »Wozu?«

»Wir möchten uns mit Ihnen unterhalten.«

»Sie haben sich schon mit mir unterhalten.« Jetzt hatte sie April im Visier.

»Da haben Sie mir aber nichts von dem erzählt, was ich wissen wollte«, entgegnete April ruhig. »Jetzt werden wir uns mal richtig unterhalten.«

»Ich weiß aber von nichts.«

»Komisch, im Fernsehen haben Sie was ganz anderes gesagt.«

Daphne wurde rot. Sie warf ihrem Freund einen kurzen Blick zu. »Du gehst jetzt besser, Giorgio.«

Er sah sie an, als hörte er zum ersten Mal in seinem Leben einen solchen Befehl. »Wohin?« fragte er einfältig.

»Wohin du willst, mein Schatz. Du bist doch ein großer Junge.«

Er machte ein jämmerliches Gesicht – ein Hüne ohne Ziel – und sah die beiden Cops verärgert an. »Hm?«

»Geh schon«, befahl ihm Daphne ungeduldig.

Giorgio merkte, daß Daphne es ernst meinte und schlich sich Richtung Downtown davon; seine Schuhe patschten durch den Schneematsch.

Wütend wandte sie sich an Mike und April. »Ich hab keine Ahnung, wo er das Zeug versteckte oder von wem er es hatte. Deshalb sind Sie doch hier«, redete sie eifrig auf die beiden ein. »Das ist nicht mein Problem. Daß er Kokain nahm, sagte ich Ihnen schon. Ich hab immer gesagt, das Zeug bringt dich noch um, zumal er soviel trank.« Ihre Wange schimmerte im Licht. Mit der weißbehandschuhten Hand wischte sie eine Träne weg, die über den Wangenknochen kullerte.

April konnte nicht anders. Sie warf Mike einen Blick zu.

»Wo waren Sie in der Mordnacht?« fragte er.

Sie deutete mit der behandschuhten Hand auf April. »Das hab ich ihr schon alles erzählt. Ich war zu Hause, sah einen Film. Hab telefoniert. Ich hab eine Liste der Leute, die an jenem Abend bei mir anriefen.«

Das war April ganz neu.

»Tor starb an einer Überdosis«, fuhr Daphne fort. »Ich hatte ihn seit – ich weiß nicht genau, seit Tagen jedenfalls nicht mehr gesehen.« Sie schlotterte vor Kälte in ihrem dicken Mantel.

»Von wem wissen Sie das?« fragte Mike.

Daphne sah ihn an, als sei er zurückgeblieben. »Reden Sie denn nicht miteinander? Das hat man mir gesagt.«

»Wer hat Ihnen das gesagt?«

»Irgendeine von der Polizei rief an und sagte, daß die toxi... toxi...«

»Die toxikologischen Ergebnisse«, soufflierte April.

»Ja, genau. Diese Ergebnisse lagen vor, und Tor war« – Daphne schüttelte den Kopf – »vollgepumpt mit Kokain und Alkohol.« Sie wischte sich noch einmal übers Gesicht. »Daran ist er gestorben. Ich bat sie, es nicht an die große Glocke zu hängen, verstehen Sie? Schließlich nützt es niemandem, wenn sich das herumspricht.« Sie warf einen sehnsüchtigen Blick auf ihr Haus. »Kann ich jetzt nach Hause gehen?«

»Wir begleiten Sie, damit Sie sicher ankommen«, Mike verzog keine Miene, als er hörte, daß noch mehr Dienstliches schiefgelaufen war.

Daphne schnitt eine Grimasse und eilte hinein.

Sie ließen den Wagen auf der Straße stehen und fuhren mit dem Aufzug zu Petersens Appartement. Die Fernsehkabel waren zwar verschwunden, statt dessen standen auf jeder freien Fläche jetzt Pflanzen und Blumenbuketts. Hauptsächlich Lilien, stellte April fest. Viele sahen vertrocknet und mitgenommen aus, als sei der Hinweis auf der beigefügten Karte »Gib mir Wasser« nicht beherzigt worden.

Im Wohnzimmer mit Blick auf den Central Park warf Daphne ihren Mantel über einen Stuhl. Darunter trug sie Sportkleidung – weiße Leggings und einen rosafarbenen knappen Body. Sie warf sich auf ein weiches Sofa, wobei sie darauf achtete, daß ihre Stiefel das Seidenpolster nicht berührten.

»Sie wissen doch, daß Tor seinen Tod selbst zu verantworten hat. Weshalb belästigen Sie mich noch?«

»Weil Sie bisher nicht die Wahrheit gesagt haben. Das erschwert uns die Sache.« April zwang sich, nicht auf Daphnes Körper zu starren. »Nehmen wir zum Beispiel Ihre erste Aussage. Sie erzählten uns, daß Sie Ihren Mann an dem Tag, an dem er starb, morgens gesehen hatten.«

»Hab ich aber nicht.« Die Witwe warf die Locken zurück und musterte die beiden trotzig. »Ich wußte ja nicht, was los war. Ich kam mir so dumm vor, verstehen Sie? Er hatte irgendwo anders geschlafen; das war mir einfach – peinlich.«

»Peinlich?« April legte den Kopf schief. Ihr Mann war ermordet worden, und Daphne fand die Situation *peinlich*.

Daphne musterte ihren Nagellack. »Ich hab die Rolle der betrogenen Ehefrau nicht gerade genossen. Ich war mir ziemlich sicher, daß uns nicht mehr viel Zeit miteinander blieb und deswegen – wissen Sie, deswegen habe ich auch nichts gesagt. Ich hoffte immer, es würde vorbeigehen. Manchmal ging es ja auch schnell vorbei. Natürlich war es meine Schuld«, fügte sie hinzu.

Mike lutschte an seinen Schnurrbartspitzen. April konnte fast hören, wie es in seinem Gehirn arbeitete.

»Was ist Ihre Schuld?« fragte sie.

»Daß ich ihn geheiratet habe und glaubte, es könnte gutgehen. Das war dumm von mir.«

April ließ einen Blick durch das verschwenderisch eingerichtete Wohnzimmer schweifen – seidenbezogene Stühle, polierte Tische, Kunstgegenstände aus Ländern und Jahrhunderten, die April nicht hätte identifizieren können, selbst wenn ihr Leben davon abgehangen hätte. So dumm war Daphne anscheinend doch nicht. Ihr streunender Ehemann mit den gefährlichen Gewohnheiten war tot, und sie war immerhin seine letzte Ehefrau. April öffnete ihren Mantel und begutachtete die verschiedenen Sitzmöglichkeiten.

»Stört es Sie, wenn ich meinen Mantel ablege?«

Daphne schenkte ihr kaum einen Blick. »Nein, natürlich nicht.«

April zog ihren Mantel aus und ließ sich auf einem rotledernen Ohrensessel nieder, der in rechtem Winkel zu dem Sofa stand, auf dem Daphne saß; Daphne präsentierte Mike, der auf dem Sessel gegenüber saß, die Schweißflecken in ihrem Schritt. Nettes Mädchen.

»Ihr Mann nahm also Kokain, und Sie?« fragte Mike.

»Ich lebe strikt vegetarisch«, antwortete Daphne verdrossen. »Ich achte das göttliche Wesen in mir.«

Aha. »Vorhin sagten Sie, daß Sie ihn gewarnt hatten, daß Drogen und Alkohol ihn umbringen würden«, April übernahm.

Daphne antwortete nicht. Sie nagte an der Innenseite ihrer Wange.

»Es war sicher nicht leicht, mit einem Alkohol- und Kokainsüchtigen zu leben«, fuhr April fort.

»Schrecklich mit anzusehen«, sagte Daphne tonlos. »Sind wir bald fertig?«

April ignorierte die Frage. »Sie erzählten einem Fernsehreporter, daß Ihr Mann eine Affäre mit Merrill Liberty hatte, und daß Liberty die beiden in einem Eifersuchtsanfall umgebracht hat.«

»Na und?«

»Na ja, Sie haben außerdem gesagt, daß Sie wußten, Ihr Mann würde sich irgendwann mit Drogen umbringen.«

»Ist doch egal, was ich sage, oder? Ich bin untröstlich, ich weiß gar nicht, wo mir der Kopf steht.«

»Nun ja, sie bezichtigten im bundesweiten Fernsehen einen Mann des Mordes. Das ist nicht jedem egal«, sagte

Mike. »Vielleicht wird er Sie anzeigen. Und wir könnten auf den Gedanken kommen, daß Sie es unseretwegen sagten, damit wir ihn verfolgen und nicht Sie.«

»Ich hab einen Film gesehen und bin dann ins Bett gegangen. Selbst wenn ich ihn umgebracht hätte, wie wollen Sie das denn beweisen?« Daphne kreiste mit dem Kopf, um die verspannten Schultermuskeln zu lockern.

»Warum haben Sie gesagt, Liberty hätte die beiden umgebracht?«

Sie kratzte sich an der Wange. »Vielleicht dachte ich das zu der Zeit. Der Interviewer ging auch davon aus«, verteidigte sie sich.

»Und jetzt?«

Daphne verzog das Gesicht. »Na ja, Liberty interessierte sich nicht sonderlich für Frauen. Ich weiß gar nicht, ob er und Merrill es je miteinander getrieben haben. Vielleicht ist er ja schwul, wer weiß. Trotzdem möglich, daß er ausgerastet ist, als Tor seiner Frau nachstellte. Das ist schließlich Wilderei, oder?«

Aha, jetzt war Liberty also schwul. »Das hör ich zum ersten Mal«, murmelte April. »Glauben Sie also, daß Merrill Liberty eine Affäre mit Ihrem Mann hatte?«

Daphnes Miene versteinerte. »Weiß ich nicht. Sie war langweilig. Er stand mehr auf – aufregende Frauen. Außerdem mochte er Blondinen nicht.«

»Warum haben Sie das dann behauptet?«

»Sie waren alte Freunde. Sie verbrachten in letzter Zeit viel Zeit miteinander. Sie wissen ja, wie alte Freunde zusammenhalten.« Daphne funkelte sie wütend an.

»Sie waren also ein wenig eifersüchtig auf diese Freundschaft.« April schlug eine andere Richtung ein. »Sie haben eine Menge Vermutungen angestellt.« April gab vor, in ihren Aufzeichnungen zu stöbern. »Eine Möglichkeit haben Sie aber vergessen.«

»Sind wir jetzt fertig?«

»Sie haben nicht an die eifersüchtige Ehefrau gedacht.«

»Klar, das hat noch gefehlt.«

»Sie haben ein stichhaltigeres Motiv als alle anderen.«

»Wahrscheinlich war es seine Freundin«, sagte Daphne plötzlich.

»Wer?«

»Seine letzte Geliebte.«

»Wissen Sie, wie sie heißt?«

Daphne schüttelte den Kopf. »Ich weiß aber, wie sie riecht. Soll ich es Ihnen mal zeigen?« Ohne eine Antwort abzuwarten, sprang sie auf. April fiel auf, wie groß sie war, mit den Stiefeln sicher einsachtzig.

Mike sah Daphnes Beinen und Hintern nach, als sie das Zimmer durchquerte. April betrachtete ihn stirnrunzelnd, was ihn offensichtlich jedoch nicht störte. Daphne kam binnen einer Minute zurück. In der Hand trug sie eine lila Tüte mit dem Logo einer Reinigung. Sie zog einen dunkelroten Kaschmirherrenpullover hervor und reichte ihn April. »Riechen Sie mal.«

April schnupperte, rümpfte die Nase und gab den Pullover an Mike weiter.

Er drückte die Nase in das weiche Material. »Vanilla Musk.« Die krumme Augenbraue fuhr in die Höhe, als er die Innenseite des Pullovers in Augenschein nahm. Darin befand sich, fast wie ein Futter, ein weißes T-Shirt. Es roch nach Deodorant und demselben Damenparfüm.

Daphne entfernte etwas vom Rand des T-Shirts. »Sehen Sie«, sagte sie und hielt ein etwa zehn Zentimeter langes dunkles Haar hoch; es war so schwarz wie Carmellas, allerdings ohne Locken. Beide Detectives inspizierten es genau. Daphne nahm es wieder entgegen und verstaute Pullover, T-Shirt und Haar wieder sorgfältig in der Plastiktüte, als handelte es sich um Beweismaterial, das sie noch dem Scheidungsrichter vorlegen wollte.

»Vielleicht hat sie ihn ja mit schlechtem Koks umgebracht«, schlug Daphne vor.

»Wieso hätte sie das tun sollen?«

»Vielleicht, weil er Schluß mit ihr machen wollte.«

Mike schüttelte den Kopf. »Nach dem zu urteilen, was Sie vorhin sagten, hatte ich eher den Eindruck, Ihr Mann wollte mit Ihnen Schluß machen.«

Daphne begann zu zittern. »In meinem ganzen Leben hab ich noch kein Kokain angerührt. Von mir hatte Tor das Zeug ganz bestimmt nicht. Vielleicht hat er es von dieser Frau gekriegt oder von Patrice – im Restaurant wird es angeblich auch verkauft. Oder von seinem Chauffeur, Wally. Er und Wally verstanden sich sehr gut. *Von mir hat er es jedenfalls nicht.*« Sie war immer lauter geworden und schrie die letzten Worte. *»Ich habe ihn nicht umgebracht!«* Mit rotem Gesicht hielt Daphne abrupt inne.

»Das ist mir Ihretwegen rausgerutscht«, sagte sie und schien sich zum ersten Mal vor dem, was aus ihrem Mund kam, zu fürchten. »Tor wurde ja gar nicht umgebracht, das ist mir nur so rausgerutscht.« Sie schüttelte den Kopf. »Sie gehen jetzt besser.«

»Vielleicht waren die Informationen, die Sie heute morgen erhielten, etwas verfrüht«, sagte Mike. »Sie müssen aufs Revier kommen, um eine offizielle Aussage zu machen.«

»Wie bitte?« Erschrocken griff Daphne nach ihrem Mantel.

»Nicht sofort, Mrs. Petersen. Wir rufen Sie an und machen einen Termin aus.« In der Zwischenzeit würden sie jeden Winkel ihres Lebens durchleuchten.

»Dürfte ich das bitte mitnehmen?« April griff nach der Tüte mit dem Pullover, die Daphne auf den Tisch geworfen hatte.

»Wozu?«

April quittierte den Empfang. »Ach, wer weiß, vielleicht

erweist es sich ja als nützlich.« Sie reichte Daphne den Beleg und nahm ihren schlichten, dunkelblauen Wollmantel. Daphne war anscheinend zu müde, um sich zu wehren. Vielleicht trieb sie zuviel Sport.

»Danke, Sie waren uns eine große Hilfe.« April lächelte. Das nächste Mal würde sie danach fragen, wieso Daphne beim Medical Examiner angerufen hatte und weshalb ihr Mann in Rekordzeit eingeäschert worden war.

Die beiden Detectives steuerten auf die Tür zu. Bevor sie dort ankamen, drehte sich Mike noch einmal zu der Witwe um, die sich den Nerzmantel über die Schultern gelegt hatte und schrecklich zitterte. »Mrs. Petersen, trug Ihr Mann eigentlich immer ein T-Shirt unterm Pullover?«

Gedankenverloren antwortete Daphne ohne Umschweife. »Immer. Er glaubte, was anderes als Baumwolle auf der Haut sei ungesund.«

»Als er starb, hatte er kein T-Shirt an. Wo könnte das hin sein?« fragte April.

Verdutzt sah Daphne die beiden sprachlos an.

26

Den ganzen Morgen über heulten fast ununterbrochen Polizeisirenen. Liberty ging mehrere Male durchs Zimmer, schob den afrikanischen Stoff mit den schwarzen und orangefarbenen Giraffen vor dem Fenster weg und blickte hinaus auf die Seitenstraße. Doch jedesmal sah er nur eine Gruppe heruntergekommener, älterer Männer, die auf der Treppe eines Brownstone-Gebäudes gegenüber herumlungerten. Beim Aufheulen der Sirenen trollten sich jedesmal zwei oder drei Männer in verschiedene Richtungen, und zurück blieb immer ein einsamer Mann mit einem Putzeimer und einem Mop.

Putzeimer, Mop und der Mann mit dem flachen Rucksack und den ausgebeulten Hosentaschen verließen die Treppe überhaupt nicht. Er saß dort in der Kälte, während Liberty seine E-Mail las. Er saß einfach da in der Mitte des Häuserblocks – ohne wärmenden Kaffee oder wärmende Handschuhe. Unempfindlich gegen die Kälte saß er einfach da und starrte ins Leere, während seine Kumpels kamen und gingen wie ein Schwarm zielloser Fische. Saß einfach lässig da, halb wach, irgendwo mit seinen Gedanken und wartete.

Er saß da wie ein Sinnbild für Libertys Untergang; bevor Liberty laufen geschweige denn reden konnte, hatten seine Mutter und seine Großmutter befürchtet, daß aus ihm ein solcher Mann werden könnte. Dieser Mann, der keine Anstalten machte, Putzeimer oder Mop zur Hand zu nehmen, war der Buhmann aus Libertys Kindheit. Ein schwarzer Penner, vaterlos, mutterlos, ein schwarzer Jedermann. Er verkörperte all die seelenlosen, ungewaschenen Niemande, die weder an der Weihnachtstafel, noch Ostern oder am 4. Juli erwünscht waren. Ein in jeder Hinsicht Gescheiterter, um dessen leere, nutzlose Tage niemand mehr trauerte. Ein Säufer, ein Herumtreiber, ein Tunichtgut, ein Dieb. Stolz und Machwerk des Teufels persönlich. Hier hatten sich das Südstaatenerbe, die Regierung und alle Mächte gegen Gott und Anstand zusammen verschworen. In Libertys Kindheit war diese Angst allgegenwärtig gewesen, ein unausgesprochenes Gebet, das seine Mutter im Herzen trug – Lieber Gott, mach, daß mein Junge nicht so endet. Amen.

Da saß er also wie festgewachsen auf der Treppe vor Libertys Fenster und spottete allem, was Liberty erreicht hatte. In einem anderen Fenster in einer anderen Dimension – im Cyberspace – saß Libertys E-Mail und wartete darauf, ihn mit Meinungen zu bombardieren, die er gar nicht hören wollte. Dauernd die gleiche Nachricht: Viele glaubten, daß er seine Frau umgebracht hatte; sie waren eben schon immer davon ausgegangen, daß die Beziehung einer hübschen, weißen Frau mit einem Nigger-Scheißkerl nur so enden konnte.

Liberty beantwortete einige E-Mails und schickte ein paar eigene ab. Er ließ seine Geschäftspartner und Freunde wissen, daß er in Sicherheit war und sich – wie sie ihm geraten hatten – um rechtlichen Beistand bemühte. Er rief mehrere Male bei Wally Jefferson an, doch seine Frau sagte, er sei nicht zu Hause. Er rief Marvin an, der jedoch nicht im Büro war. Er fixierte eine Küchenschabe, die an der Wand vor ihm hochkletterte und dachte an die beiden Cops, die ihn gestern in seiner Wohnung »befragt« hatten.

»Falls Sie über die Nacht, in der Ihre Frau starb, etwas zu sagen haben, wäre jetzt ein günstiger Zeitpunkt.« Der Cop namens Sanchez hatte ihn freundlich gemustert, als hätte er nichts gegen Männer, die ihre Frauen umbringen und vollstes Verständnis für ein Geständnis.

»Ich hab alles erzählt.« Liberty erinnerte sich an die Hitzewellen, die seinen Körper wie Blitze durchschossen hatten, während er sprach.

»Ich weiß, das sagten Sie bereits, Mr. Liberty. Was sie bisher erzählten, kann man unterschiedlich interpretieren.«

Liberty fühlte sich in die Zeit zurückversetzt, in der die »harmlosen Schikanen« stattfanden, auf die sie angespielt hatten – so hatte die Schulverwaltung des Internats es genannt, als ihm fünf Jungs auf seinem Gang befahlen, ihr Sklave zu sein, sich vor ihnen hinzuknien, den Kopf auf den Boden zu legen, »Ja, Massa« zu sagen und ihnen jeden Wunsch zu erfüllen.

Die Jungs kapierten nicht, daß fünf nicht ausreichten, ihn in die Knie zu zwingen. Zehn auch nicht, die ganze Schule nicht. Als er sich weigerte und sie sich auf ihn türmten, um ihm zu zeigen, wo er hingehörte, damit sie ihn vollpinkeln konnten, hatte das für einen eine gebrochene Nase, die das ganze Zimmer voller Blut spritzte, einen anderen einen gebrochenen Arm und einen weiteren einen Kieferbruch zur Folge. Die anderen beiden konnten mit heftigen Prellungen und Kratzern flüchten. Und die gesamte Gemeinde hatte sich aufgeschwungen, ihn zu verstoßen. Niemand hatte dem vierzehnjährigen Liberty die Regeln erklärt. Die besagten nämlich, daß weiße Jungs ihn zwar schikanieren, er sich aber nicht wehren durfte. Die Eltern der betroffenen Jungen, die Schülervertretung und die Zeitung des Städtchens forderten seine Entlassung, obwohl eine Untersuchung ihn von aller Schuld freigesprochen hatte. Als er – um den Auseinandersetzungen ein Ende zu machen – um seine Entlassung bat, ließ die Schulverwaltung das aus undurchsichtigen, eigennützigen Gründen nicht zu; auch seine Mutter, die vermeiden wollte, daß er als Penner endete, gestattete es nicht.

Jetzt war Liberty ein reicher Mann. Er reiste erster Klasse und hatte von allem nur das Beste. Er wurde nach seiner Meinung gefragt, um Fernsehinterviews gebeten und fotografiert, wo er ging und stand. Doch auf einmal sah es so aus, als hätte sich nichts wirklich verändert.

»Sie fragen dauernd das gleiche, nur mit anderen Worten. Ich war in Chicago und habe das Theaterstück verpaßt. Wäre ich – wie ursprünglich geplant – dagewesen, wären meine Frau und mein Freund noch am Leben«, sagte Liberty und versuchte, seine Gefühle nicht preiszugeben.

»Aber Sie waren in der Stadt. Ihr Portier und der Taxifahrer sagten aus, daß Sie gegen Mitternacht nach Hause kamen. Und Sie wußten, wo Ihre Frau war.«

»Ja, aber ich hab die Wohnung nicht mehr verlassen. Damit werde ich bis ans Ende meiner Tage leben müssen. Wenn ich sie abgeholt hätte, wäre sie nicht überfallen worden.« Schuldbewußt senkte Liberty den Kopf.

»Woher wollen Sie das wissen?« fragte die Beamtin.

Liberty sah ihr in die Augen und fragte unumwunden: »Würden Sie es mit mir aufnehmen?«

»Hatte Ihr Freund deshalb einen Herzanfall?« fragte nun Sanchez.

»Ich verstehe Ihre Frage nicht.«

»Hatte Ihr Freund Tor es mit Ihnen aufgenommen?« Die Chinesin betrachtete ihn mit der kühlen Gleichmütigkeit einer Sphinx.

»Mit mir?« erwiderte er erstaunt.

»Ja. Waren Sie vielleicht eifersüchtig auf die Beziehung Ihrer Frau mit –?«

Er schüttelte den Kopf. »Ich habe die Wohnung nicht verlassen.«

»Wem war daran gelegen, Ihrer Frau zu schaden?«

»Wieso schaden Menschen einander überhaupt? Warum wollen Sie mir schaden?«

»Wir wollen Ihnen nicht schaden, Sir. Wir wollen nur herausfinden, was in der Nacht des sechsten Januar, als Ihre Frau umgebracht wurde, geschehen ist. Warum sagen Sie uns das nicht? Wir kriegen es ja doch heraus, das wissen Sie genau.«

Ein Schlüssel nach dem anderen drehte sich in den verschiedenen Schlössern. Liberty war eingeschlafen und träumte von Merrill, die neben einem Berg liegend verblutete. Er versuchte verzweifelt, das Blut schneller in sie zurückzupumpen als es heraussprudelte. Er konnte die Polizei im Treppenhaus hören und schrie auf, als die Wohnungstür aufschlug.

»Was ist denn hier los? Hey, was ist mit dir los?«

Aus seinem Mund kam kein Ton, doch innerlich schrie er noch immer.

»Was ist los mit dir? Kannst du mich nicht hören?« Es war die gellende Stimme der militanten Schwester; sie hatte den Kopf mit Tüchern umwickelt, so daß er doppelt so dick aussah wie sonst. Er holte tief Luft und erschauerte beim Gedanken an seinen Traum.

Einen Augenblick lang meinte er, seine Tante Belle vor sich

zu haben. Belle war genauso groß gewesen wie diese Frau, aber so breit wie ein Haus. Für Tante Belle war das Leben in Ordnung gewesen, bis in den sechziger Jahren die Schwarze Bürgerrechtsbewegung aufkam, ihr jegliches Selbstbewußtsein nahm und sie ein paar hundert Jahre zurückversetzte in eine Welt bemitleidenswerter Sklaven; niemand, der halbwegs bei Verstand war, hätte sich das freiwillig ausgesucht. Belles Welt war eine Welt der Farbigen gewesen, und das war auch in Ordnung so. Sie hatte ihre Hautfarbe nie als Einschränkung empfunden, fand sie weder gut noch schlecht, sie *war* einfach – süß und bitter zugleich, gehörte zum Leben wie Geburt und Tod. Doch die Bürgerrechtsbewegung nahm allem Farbigen Glanz, Reiz und Würze, beraubte Tante Belle des Facettenreichtums des menschlichen Lebens und machte sie einfach zu einer Schwarzen.

»Was ist los mit dir?« Die Stimme dieser Belle klang durchdringend wie grelle Graffiti.

Liberty sah, daß das On-Lämpchen seines Computers noch brannte, der Bildschirm war jedoch leer. War wohl in den Winterschlaf gefallen. Er hatte offensichtlich eine ganze Weile geschlafen. Die Tasse Kaffee, die sie ihm vor Stunden gemacht hatte, war nicht ausgetrunken. Sein Mund war trocken. Er konnte sich nicht daran erinnern, wann er zuletzt was gegessen hatte.

»Hey, Mann, ich hab dich was gefragt. Hörst du schlecht oder was?«

»Nein.«

Drohend trat sie ein paar Schritte näher. »Dann antworte mir gefälligst.«

»Ist das eine deiner Regeln?« fragte Liberty.

»Wovon redest du?«

»Na, von deiner Hausordnung, weißt du nicht mehr?«

»Hm.«

Er hob beschwichtigend eine Hand. »Egal.«

Sie blickte ihn finster an. »Du bist wirklich ein armer Kerl«, sagte sie, nachdem sie eine Weile sein Haar angestarrt hatte.

»Allerdings.«

»Hast du irgendwelche Pillen? Marvin sagt, du hast keine.«

»Hab ich auch nicht«, erwiderte Liberty.

Sie legte den Kopf schief. »Willst du dich umbringen?«

Sie trat auf ihn zu, als wollte sie ihn vor sich selbst schützen. Jetzt konnte er sie riechen. Ihr Geruch paßte nicht zu ihrem Aussehen und dem, was sie sagte. Im Internat hatte Liberty als erstes die Bedeutung verschiedener Gerüche kennengelernt, hatte gemerkt, daß Reiche anders rochen als Arme. Nicht nur Kleider machten Leute, sondern auch der Geruch. Der richtigen Kleidung wegen wurde man noch lange nicht akzeptiert, wenn man nicht auch den richtigen Geruch hatte. Liberty hatte schon sehr früh gelernt, wie der Geruch von der Hautfarbe und der sozialen Schicht geprägt wurde und wie man damit umgehen mußte.

Merrill hatte geduftet wie frische Beeren. In ihrem Haar und auf ihrer Haut schienen Himbeeren und Erdbeeren zu wachsen. Liberty wurde ganz flau im Magen. Die Frau schob das Kinn trotzig vor; so hatte seine Schwester immer ausgesehen, wenn sie sich verteidigte, obwohl sie wußte, daß sie im Unrecht war. Und Belle roch verkehrt. Irgend etwas mit ihr stimmte nicht. Liberty wurde von der paranoiden Vorstellung gepackt, eine Polizistin oder FBI-Agentin vor sich zu haben, oder vielleicht eine Reporterin, denn sie verströmte keine der starken, würzigen Duftmischungen der anderen schwarzen Schwestern, die er kannte. Echte Homegirls bevorzugten starke Moschusdüfte, erdige Parfüms auf Ölbasis, bei denen schwarze Männer im Umkreis von hundert Metern schwach wurden. Doch diese Frau roch lieblich und blumig, unterschwellig nach Orangenschale.

Er kratzte sich an der Stirn. »Womit verdienst du dein Geld?« fragte er unvermittelt.

Sie starrte ihn wütend an, und ihr Kinn schob sich noch ein bißchen weiter nach vorn aufs Schlachtfeld. »Das geht dich nichts an.«

»Miss Belle, du bist nicht zufällig der Dealer, den die Polizei hier im Haus sucht?«

»Ich sagte doch schon, ich hab keinen Stoff. Wenn du unbedingt welchen brauchst, verschwindest du jetzt besser. Da draußen kriegst du das Zeug massenhaft.« Sie deutete auf die Tür.

Liberty schüttelte den Kopf. »Ich hab mir nie was aus Drogen gemacht. Davon verblödet man nur.«

Sie schnaufte verächtlich.

»Was soll das denn heißen?«

»Nichts.«

»Du glaubst mir nicht. Dann sind wir ja wohl quitt.« Er schaltete den Computer vollständig aus, stand auf und streckte sich.

»Was hast du vor?«

»Ich hab dich lange genug belästigt. Es tut mir leid. Ich mach mich jetzt besser auf den Weg.«

Belle hievte den großen Segeltuchbeutel, den sie mitgebracht hatte, auf den Tisch. »Wieso?«

Er antwortete nicht.

»Ich hab dich was gefragt.« Sie öffnete den Beutel und packte das Mittagessen aus, das sie mitgebracht hatte.

Libertys Magen knurrte. »Ich hab dich auch was gefragt. Wenn du mir nicht antwortest, antworte ich dir auch nicht.«

»Mein Gott«, murmelte sie. »Ist das denn so wichtig?«

»Mir schon. Ich möchte schon wissen, in wessen Haus ich Zuflucht suche.«

Sie unterbrach ihre Tätigkeit und stemmte eine Hand in die Hüfte. »Du willst wissen, wer ich bin?«

»Ja.«

»Wieso geht dich das was an?«

»Ich kenne dich nicht. Es geht mich auch nichts an. Aber falls du ein Dealer bist, verschwinde ich lieber, bevor du hier festgenommen wirst. Und falls du eine Polizistin bist, wäre es mir lieb, wenn du mich nicht verrätst.«

Ihr Gesicht wurde von einem aufrichtigen Lächeln erhellt. »Wie kommst du denn gerade auf diese beiden Jobs?«

Er beobachtete, wie ihr Gesicht weicher wurde. Dann warf er einen Blick auf das Essen, das er auf keinen Fall anrühren würde. »Miss Belle, mal redest du wie eine arme Schwarze, dann wieder nicht.«

»Ich dachte, Footballspieler sind doof«, murmelte sie.

»Ich spiele schon lange nicht mehr Football.«

»Du möchtest bestimmt eine Serviette.«

Er ließ den Blick ein letztes Mal über den Tisch gleiten und schüttelte den Kopf. »Nein danke, ich gehe jetzt.«

»Das hab ich selbst gemacht.«

»Ich muß jemanden treffen.«

»Das wird warten müssen.« Belle griff nach einer Gabel. Rick dachte schon, sie wolle ihn damit erstechen. Doch statt dessen belud sie einen Teller und stellte ihn vor Rick hin.

Sein Magen knurrte wieder. Er konnte rechthaberische Frauen noch nie leiden, und diese mochte er auch nicht. Wie sie dastand, ein Haufen Lumpen, der mit der Gabel auf ihn zeigte.

»Dein Freund Tor war doch total süchtig nach dem Zeug. Total.«

»Ich weiß, daß er früher Probleme hatte. Aber ich dachte, das sei vorbei.«

»Nein, keineswegs.«

»Und meine Frau …?« Die Frage hing in der Luft.

Belle ließ sich nicht anmerken, ob sie die Frage richtig verstanden hatte. »Wir wissen, daß deine Frau von einem Schwarzen umgebracht wurde.«

»Einem Schwarzen, bist du dir sicher?«

Sie nickte. »Vielleicht von dir.« Sie starrte ihn unnachgiebig an.

»Oder Wally Jefferson.«

Belle nickte und richtete dann ihre Aufmerksamkeit auf das Essen auf seinem Teller. »Ohne Sprit läuft jedenfalls gar nichts«, sagte sie.

»Ich muß diesen Scheißkerl finden.«

»Wie wär's, wenn du vorher was ißt?« Belle deutete auf den Teller. »Hab ich selbst gemacht.«

»Na gut.« Nach kurzem Zögern setzte sich Rick und begann zu essen.

27

April hastete mit wehendem Schal den Flur der Staatsanwaltschaft entlang und warf einen Blick auf ihre Armbanduhr: 12.33 Uhr. Sie wollte Dean Kiang in seinem Büro überraschen, doch jetzt zögerte sie. Seine Tür stand nur einen Spaltbreit offen. Was, wenn er Besuch hatte oder gerade zum Lunch war? Auf einmal überkamen sie Zweifel, ob es richtig gewesen war, durch die ganze Stadt zu fahren, um ihn persönlich zu treffen, ohne sich vorher telefonisch anzukündigen. Vor einer Stunde noch war sie davon überzeugt gewesen, daß der »Große Weise«, der über Gefühle und richtiges Verhalten entschied (und an den *Skinny Dragon Mother* glaubte, April aber nicht), ihr Tun gutheißen würde. Woher also diese plötzliche Nervosität? Sie fühlte sich in ihrem Mantel wie in einer Sauna, die auf Hochtouren lief.

April hatte schon ein dutzend-, ja vielleicht hundertmal mit Staatsanwälten geredet. Und der Staatsanwalt, um den es jetzt ging, hatte heute bereits zweimal angerufen, weil er Sehnsucht nach ihr hatte. Weshalb fiel es ihr leichter, in einem blutigen Mordfall zu ermitteln, als die Rolle der duftenden Blume zu spielen, die von einer chinesischen Biene begehrt wurde? April stopfte die Handschuhe in die Taschen und zupfte den Mantel zurecht, mittlerweile schwitzte sie ziemlich. Sie haßte den Winter!

Bei einem Cop sollte der Beruf eigentlich immer Vorrang haben; Leidenschaft wurde ausgeklammert. Das Flirten und die Neckereien, die auf dem Revier gang und gäbe waren, verachtete April zutiefst. Sie fuhr sich mit zittrigen Fingern durchs Haar und klopfte an. Keine Antwort. Sie war wirklich zu blöd, sie hätte vorher anrufen sollen.

Kiang war sicher im Gerichtsgebäude gegenüber. Nein, die Richter vertagten die Verhandlungen ja immer bis nach der Mittagspause. Er konnte überall sein, irgendwo an einem Tatort oder wegen eines anderen Falls auf einem anderen Revier. Sie klopfte noch einmal, wollte sich ihre Enttäuschung nicht eingestehen. Dann steckte sie den Kopf in Kiangs winziges, vollgestopftes Büro. Es war tatsächlich leer.

Mit heftig pochendem Herzen stand sie im Türrahmen. Was nun? Sollte sie – entgegen Mikes Empfehlung – doch die Rechtsmedizinerin allein aufsuchen und ihr ein paar wichtige Fragen stellen? Sollte sie Kiang einen Zettel mit einem Gruß hinlegen? Während sie überlegte, starrte sie auf die unordentlichen Aktenberge auf Kiangs Schreibtisch.

Plötzlich legte sich ein Arm um Aprils Taille. Blitzartig fiel ihr der Sergeant ein, der ihnen Verhaltensstrategien in brenzligen Situationen eingetrichtert hatte. Er hatte einen Täter gespielt, Harmlosigkeit vorgetäuscht, in seinem Händeschütteln aber eine Glock verborgen. In Sekundenschnelle hatte dieser Sergeant April »erschossen«, um zu demonstrieren, daß man nie wissen konnte, wer eine Klinge zwischen den Zähnen oder eine Pistole unterm Kinn verbarg. Sie wirbelte herum und langte instinktiv nach ihrer Waffe an der Hüfte.

»Hallo, meine Schöne«, sagte Kiang und drückte die Hand, die nach der Waffe greifen wollte.

»Dean.« Schamesröte überzog Aprils Wangen, während sie den Arm fallen ließ.

Kiang grinste. »Danke, daß du gekommen bist, Babe. Zum Lunch kann ich allerdings nicht mitkommen, ich hab nur ...« Er sah auf seine Armbanduhr. »Zehn Minuten Zeit.« Er geleitete sie gewandt ins Büro und schloß die Tür.

Immer noch rot vor Scham nahm April Platz. Man hatte sie schon mit allen möglichen Namen tituliert, doch »Babe« hatte noch nie jemand zu ihr gesagt; es hatte auch noch nie jemand angenommen, sie habe es auf ein Date abgesehen. Der »Große Weise« sagte, man solle sich weder Zorn noch Kränkung anmerken lassen. Ein vollkommener Mensch ist wie die Erde, die Feuer, Donner, Erdbeben und Überschwemmungen klaglos hinnimmt. Und alles überlebt. Sie widersprach nicht, als er sie »Babe« nannte; hatte so nicht ein Schwein in einem Film geheißen? Sie dachte an *Skinny Dragon Mothers* Tip und erwiderte sein Lächeln zaghaft.

Kiang nahm an seinem Schreibtisch Platz und legte die Füße hoch. Sogar mit seinen Füßen direkt vor ihrer Nase sah er noch sehr gut aus. April fühlte sich bloßgestellt, und ihr Herz raste viel schneller als nötig. Wäre sie doch nur nicht hergekommen.

»Was kann ich für dich tun, mein Schatz?« Er machte aus seinen Händen ein Fernrohr, durch das er sie inspizierte.

Warum erwähnte er nicht, daß er sie heute bereits zweimal angerufen hatte? Weil er Chinese war? Oder weil er ein Mann war? April war den langen Weg durch Chinatown nach Downtown gefahren, wo sich die verschiedenen Gerichte und die Staatsanwaltschaft befanden, um mit ihm zu reden. Kiang kannte das Gesetz am besten und hatte mehr zu sagen als Ducci, Mike oder Iriarte – sogar mehr als der neue Commanding Officer ihres Reviers. Doch jetzt, da April vor ihm saß, wußte sie nicht, wie sie ihm ihre Bedenken schildern sollte. Vor einer knappen Woche hatten sie sich an einem Tatort kennengelernt. Und jetzt war sie schon sein »Schatz«? Männer waren manchmal sehr undurchsichtig.

Kiang nahm das Fernrohr weg und kam zur Sache. »Liberty soll durchgebrannt sein. Was ist passiert?« fragte er ernst.

»Ja, er hat letzte Nacht die Observierungsbeamten abgeschüttelt. Wir versuchen, ihn zu finden.« Beschämt schlug April die Augen nieder, obwohl sie für diesen Fehler nichts konnte. »Deswegen bin ich aber nicht hier.«

»Wieso dann?«

»Sanchez und ich hatten heute morgen einen Termin bei Ducci.«

»Und?« Kaum war Sanchez' Name gefallen, wurde Kiangs Gesicht zu einer undurchdringlichen Maske.

April holte tief Luft. »Er macht sich Sorgen, weil im Rechtsmedizinischen Institut nicht alles vorschriftsmäßig abgelaufen ist.«

»Aha, was zum Beispiel?« Kiang spielte mit einem Bleistift.

»Jemand vom Rechtsmedizinischen Institut rief bei Mrs. Petersen an und teilte ihr die Ergebnisse des toxikologischen Befunds ihres Mannes mit.«

»Woher weißt du das?«

»Die Witwe wußte vor uns Bescheid.«

»Und was steht drin?«

»Wir haben den Befund noch nicht. Irgend jemand hat Daphne Petersen erzählt, daß ihr Mann sehr viel Alkohol und Kokain im Blut hatte und deshalb einem Herzanfall erlag.« April zögerte.

»In Ordnung, ich schicke jemanden zu Dr. Washington

hinüber. Mal sehen, wer der Informant war.« Kiang warf wieder einen Blick auf seine Uhr und stellte die Füße auf den Boden.

»Das ist noch nicht alles«, murmelte April. »Dr. Washington hat vergessen, während Petersens Autopsie das UV-Licht einzuschalten.«

»Na und –?« Kiang zuckte mit den Schultern und begann, Papiere in seine Aktentasche zu stopfen.

»Nun ja, Ducci meinte, die Kleidung der Opfer läßt darauf schließen, daß Petersen zuerst starb. Petersen brach zusammen und Merrill verblutete auf seinem Rücken. Außerdem ist in Petersens Pullover ein winziges Loch mit Blutspuren.«

Kiang ließ die Aktentasche mit lautem Knall fallen. »Willst du mir etwa erzählen, daß Ducci Petersens Tod ebenfalls für einen Mord hält?«

April holte tief Luft, sie mußte an Daphne Petersen und den bronzehaarigen Hengst denken. »Es ist durchaus möglich, daß der Täter es darauf angelegt hat, daß es bei Petersen wie ein Herzinfarkt infolge Drogenkonsums aussah, und Dr. Washington übersah –«

»Jetzt mach mal einen Punkt, April. Der Täter hat Merrill Liberty schrecklich zugerichtet. Ich hab die Fotos von Petersen gesehen: kein Blut, keine Wunden. Falls das Labor nicht zwei verschiedene DNAs findet, dann …« Er sah zum dritten Mal auf seine Armbanduhr.

April bemerkte gereizt, wie eilig Dean es hatte, das Büro zu verlassen und fragte sich, weshalb es ihn nicht interessierte, daß Petersen als erster zu Boden gegangen war. Wahrscheinlich war jetzt nicht der richtige Augenblick, die T-Shirtfasern eines nicht vorhandenen T-Shirts am Kaschmirpullover zu erwähnen. Das würde er bestimmt ebenfalls als unbedeutend abtun.

Kiang lächelte April kurz an. »Immer mit der Ruhe, Baby.

Wir alle machen Fehler, das kommt bei Rechtsmedizinern vor, bei dir doch sicher auch. Deswegen muß man noch lange nicht alles verkomplizieren; man muß nicht auf alle Fehler hinweisen. Ehrlich gesagt führen solche Vermutungen zu nichts. Damit verwirrt man bloß die Geschworenen, was womöglich zu begründeten Zweifeln in einem sonst eindeutigen Fall führt.«

»Was, wenn der Fall gar nicht so eindeutig ist?« April fummelte an einem lockeren Stück Daumennagel herum.

Kiang fuhr fort, Akten in seine Tasche zu stopfen. »Weißt du eigentlich, daß ich ein Magengeschwür habe?«

»Nein. Ich kann Petersens Frau nicht als Täterin ausschließen. Sie hat zugegeben, daß er sich scheiden lassen wollte. Er hatte eine Freundin. Sie hatte viel zu verlieren.«

Kiang nickte. »Ich hab das Testament gesehen, aber wir haben keine Todesursache, die deine Theorie bestätigt.«

April schwieg, als er mit einem Klick die Aktentasche schloß.

»Das ist der Fall deines Lebens, Baby. Wenn du keine Fehler machst, könntest du hierher versetzt werden, du könntest für einen Staatsanwalt ermitteln. Das wäre doch toll, oder? Dann könnten wir immer zusammenarbeiten.« Er tätschelte ihren Arm und ging vor ihr aus dem Büro.

»Zeig mir, was du hast. Und bring Liberty her, dann können wir reden, okay?«

Sie nahmen gemeinsam den Aufzug nach unten. Kiang mußte ins Gericht.

»Ruf mich an, ja? Vielleicht können wir ja nachher essen gehen.«

Der Wind war bitterkalt und schneidend, als April sich aufmachte in Richtung One Police Plaza. Das Polizeihauptquartier befand sich in einem grauen Backsteinklotz zwei Häuserblocks südlich; dort hatte sie ihren Wagen geparkt. Trotz der Kälte dauerte es ewig, bis der Schweiß getrocknet war und ihr Gesicht nicht mehr brannte.

28

»Scheiße, Mann, nach Staten Island soll ich kommen? Das fehlt mir gerade noch«, stöhnte Mike, als der Anrufer ihm mitteilte, daß Libertys gestohlener Lincoln an diesem ungünstigen Ort aufgetaucht war.

»Falls du den Wagen im jetzigen Zustand sehen willst, wirst du dich schon dorthin bequemen müssen. Ansonsten schleppen wir ihn ab, und du kannst ihn dir später auf dem Parkplatz ansehen, sobald wir damit fertig sind.«

»Wie sieht er aus?«

»Schrecklich. Jemand wurde darin abgemurkst. Der Kofferraum ist voller Blut und Kokain. War bestimmt ’ne wilde Party.«

»Habt ihr ’ne Leiche gefunden?«

»Nee.«

Seufzend warf Mike einen Blick auf seine Armbanduhr und rechnete aus, daß er drei Stunden brauchen würde: Von Downtown mußte er die Fähre nach Staten Island nehmen, dort den Beamten abholen, zu Libertys Wagen fahren, wieder eine Fähre zurück nach Lower Manhattan nehmen, wo er sein Auto parken würde; erst dann würde er sich wieder um die Sache kümmern können, an der er eigentlich dran gewesen war, als das Telefon klingelte. Eigentlich hatte er nach Brooklyn fahren wollen, um sich Patrice, Libertys engen Mitarbeiter, vorzuknöpfen; vielleicht wußte Patrice, wo Liberty steckte und ob Liberty und Merrill ebenfalls mit Drogen zu tun hatten.

Anderthalb Stunden später war er in Staten Island. Der Wagen sah wirklich fürchterlich aus: verspritzte Gehirnmasse und Knochensplitter auf den Vordersitzen. Vermutlich war der Beifahrer durch einen Kopfschuß getötet worden; was von ihm übriggeblieben war, war allerdings verschwunden. Im Kofferraum fand sich noch mehr geronnenes Blut; in den Ecken Reste weißen Pulvers, die sicher aus einem größeren Vorrat stammten.

»Habt ihr im Fluß nach der Leiche gesucht?« fragte Mike den Beamten, einen dürren Hispanic, der aussah wie ein Zwölfjähriger. »Da wird man sie am einfachsten los.« Er deutete zu dem steinernen Ufer jenseits des Wagens, der auf einer einsamen Straße stand.

»Ja, wir haben aber nichts gefunden. Vielleicht taucht er ja in fünf, sechs Tagen auf.«

»Bei der Kälte wahrscheinlich nicht ganz so schnell.«

Der Beamte zuckte mit den Schultern. »Haben Sie genug gesehen?«

Mike nickte. Dann änderte er seine Pläne. Er dachte, daß einer seiner Reifen Luft verlor. Zurück in der Stadt, holte er seinen Wagen in der Nähe der Fähre ab und fuhr die Twelfth Avenue entlang, um einen Freund zu besuchen, der früher bei einer großen Autohandlung beschäftigt war. Irgendwie waren Zubehör und Teile neuen Diebesguts immer durch seine Hände gegangen. Roger Pickard war Teil eines Netzwerks, das Autos auseinandernahm und die Einzelteile an Werkstätten und Autozubehörläden im Umkreis verhökerte.

Ein gestohlener Wagen war binnen weniger Stunden völlig zerlegt und die Einzelteile in zig verschiedene Richtungen unterwegs, unmöglich zu verfolgen. Eine Serie von Autodiebstählen, die selbst vor New Jersey und Westchester nicht haltgemacht hatte, wurde mit geleasten Neuwagen des Autohändlers in Verbindung gebracht, bei dem Roger als Vertragsmechaniker für die fünf dort gehandelten Automarken arbeitete. Roger hatte darauf bestanden, daß schwerer Diebstahl nicht sein Ding war. Man hatte ihm damals nahegelegt, als Beweis einige Leute zu verpfeifen, die ihn bedrohten; vor Mike hatte er offensichtlich mehr Angst gehabt. Jetzt arbeitete Roger in einer Werkstatt, die vor allem Limousinen wartete. Er hatte sich in den letzten Jahren als sehr nützlich erwiesen, denn er hatte Mike mit Hintergrundinformationen über die Gewohnheiten einiger Chauffeure versorgt, in deren Ermordung Mike ermittelte.

Der korpulente Mechaniker klemmte hinter dem Lenkrad einer langen, weißen Mercedes Superstretch-Limousine und tüftelte an den Kabeln der Stereoanlage herum, als Mike mit seinem ungewaschenen, schmuddeligen Camaro in die Werkstatt brauste. Kurz vor der Stoßstange des Mercedes kam er zum Stehen. Pickard steckte den dicken Kopf aus einem Fenster, machte aber keine Anstalten auszusteigen.

»Lange nicht gesehen. Kam mir schon vernachlässigt vor. Was gibt's Neues, Sergeant?«

»Hey, Roger.« Mike stieg aus und schlenderte um den Mercedes herum. Nicht ein einziger Kratzer auf dem kilometerlangen, milchig weißen Lack des Wagens. Er öffnete eine der hinteren Türen und inspizierte die Innenausstattung. Vier Sofas, mehrere Fernsehgeräte, eine Bar. Ein Sonnendach, aus dem ein gutes Dutzend Insassen jubelnden Massen zuwinken konnte. Zwei Bedienungsfelder für Audio- und Videogeräte mit unzähligen Knöpfen. In dem Ding hätte wahrscheinlich ein ganzes Football-Team Platz. Nachdem Mike den Mercedes begutachtet hatte, sah er sich in aller Ruhe die anderen Limousinen in der Werkstatt an.

»Was kann ich für dich tun?« Roger kroch endlich hinter dem Lenkrad hervor. Er war ein großer, stämmiger Mann mit hellbrauner Haut; das Haar war so kurz geschnitten, daß es sich nicht kräuselte. Er lächelte. »Zuverlässige Chauffeure können wir immer gebrauchen. Hast du vielleicht Interesse?«

»Vielleicht.«

»Fährst ja immer noch die alte Kiste. Sieht wirklich übel aus, Mann. Willst du vielleicht ein neues Auto kaufen?« Rogers Grinsen wurde breiter.

»Vielleicht.»

»Was ist denn los?«

Mike sah sich um. Anscheinend arbeitete Roger an zwölf Wagen gleichzeitig. Town Cars, Stretch-Limousinen, einige Exoten. Eine giftige Mischung aus Benzin, Öl und Schmiermitteln hing in der Luft. »Bist du allein?«

»Pacino steckt auch noch irgendwo«, sagte Roger, ohne sich nach seinem Kollegen umzusehen.

»Ich glaub, ich verliere Luft.« Mike deutete auf seinen rechten Vorderreifen. »Kannst du dir das mal ansehen?«

»Ehrensache, Mann.« Roger kicherte, als er die Hebevorrichtung rüberrollte.

»Hast du die Liberty-Sache verfolgt?« fragte Mike nebenbei.

»Wer nicht?«

»Kannst du mir was dazu sagen?«

Roger atmete lautstark durch die Nase ein. Sollte das eine Anspielung auf Kokain sein, die tote, weiße Frau oder die Zeitungsfotos von der Beerdigung ohne trauernden Ehemann? Mike wartete, während Roger die Muttern entfernte und den Wagen aufbockte.

»Vor ein paar Jahren besuchte er am Vatertag die Schule meiner Kinder.«

»Was du nicht sagst.«

Roger hob den Reifen hoch und senkte ihn behutsam in einen wassergefüllten Bottich ab, bevor er ihn langsam herumdrehte.

»Was willst du denn wissen?«

»In welchem Zustand war sein Wagen?«

»Woher soll ich das wissen?«

»Weil du dich mit Limousinen auskennst, Roger. Du weißt doch, in welchen Wagen die Jungs vorfahren, die den feinen Herren einen blasen, und in welchen Wagen die Freudenmädchen ankommen. Du weißt auch, wer mit 'ner Apotheke rumfährt und wo die Partys stattfinden.«

»Nein, Mann, davon weiß ich überhaupt nichts.«

»Liberty soll angeblich zu den schwulen Herren gehören. Weißt du was darüber?«

»Ich kann gar keine Luftblasen sehen. Bist du sicher, daß du Luft verlierst?« Roger drehte noch immer den Reifen im Wasser.

»Was weißt du?«

»Keine einzige Luftblase. Nee, der ist nicht schwul. Das wüßte ich, das *rieche* ich von weitem.« Er lächelte. »So wie ich dich riechen kann, Mann.«

»Schnee?«

Das Lächeln verschwand. »Du hättest hören sollen, wie er auf die Kinder eingeredet hat. ›Verliert man erst mal die Kontrolle über Verstand und Körper, dann bleibt einem nichts mehr. Gar nichts.‹« Roger erhob sich und nahm den Reifen aus dem Bottich. »Das muß ich dir sicher nicht sagen.«

»Libertys Wagen wurde letzte Woche gestohlen, kurz nach Neujahr. Heute morgen ist er wieder aufgetaucht, der Vordersitz voller Gehirnmasse.«

»Um Gottes willen.« Der Reifen prallte auf dem Boden auf, und Roger rollte ihn zurück zu Mikes Camaro. »Und wer ist der Tote?«

»Ich dachte, das erfahre ich vielleicht von dir.«

»Nee, Mann. Mit so üblen Geschichten kenn ich mich nicht aus.«

»Das sagst du dauernd. Kennst du Wally Jefferson?«

»Ja, Mann.« Pickard brachte den Reifen wieder an.

»Jefferson hat sich Libertys Wagen ausgeliehen. Er behauptet, er hatte die Erlaubnis. Liberty sagt, Wally lügt.«

»Na ja, manche Chauffeure machen das einfach, wenn die Besitzer nicht in der Stadt sind. Einmal hat einer 'ne Limousine mit nach Hause genommen, um seine Freundin zu beeindrucken, hat 'ne Spritztour mit ihr gemacht, sie auf dem Rücksitz flachgelegt, sich ein paar Drinks aus der Bar genehmigt und das Ding eine Stunde später zu Schrott gefahren. Der andere Kerl, das ist was anderes.« Roger wurde auf einmal redselig.

»Welcher andere Kerl?«

»Dieser Petersen, der Tote. Daß der mit Drogen zu tun hatte, wußte jeder. In den Nachrichten sagten sie, daß er einen Herzinfarkt hatte. Würd mich nicht wundern, wenn das am schlechten Stoff lag. Würd mich nicht wundern, wenn das vertuscht wird. Was willst du denn noch wissen?«

Ach, nur die Namen und Adressen von Jeffersons Freunden und Bekannten, was genau die Kokain-Dealer mit Merrill Libertys Tod zu tun hatten. Wo Libertys Lincoln in der Mordnacht gewesen war, wozu er gebraucht wurde, wer das andere Opfer war und wann er (oder sie) umgebracht worden war. Außerdem hätte Mike gern gewußt, was Liberty mit der ganzen Sache zu tun hatte.

»Von wem bezog Petersen den Stoff?« fragte er schließlich.

»Erwischt.« Roger drehte die Muttern fest und senkte den Camaro wieder ab. »Wenn der Reifen wieder Ärger macht, mußt du eben noch mal vorbeikommen«, sagte er. »Wally hat angeblich eine Freundin in der 138. Straße Ecke Broadway. Petersens Wagen steht auch immer da; du weißt schon, was ich damit sagen will.«

Um 16.05 Uhr war Mike in Brooklyn und verfolgte seine ursprüngliche Fährte; er war auf der Suche nach der Kokain-Quelle und dachte an April Woo. Auf dem Weg zu Patrice Pauls Haus durchfuhr er eine ruhige Straße, hielt Ausschau nach Anzeichen für illegale Aktivitäten und dachte über April nach. Vielleicht hatte sie Rosa Washington noch einmal aufgesucht, das war allerdings bloß eine Vermutung. Er hatte Kiangs Nachrichten auf ihrem Schreibtisch gesehen. Vielleicht hatte sie Kiangs Bitten erhört und war zu ihm gefahren. Dieser Scheißkerl rief fünfmal am Tag bei ihr an. Das war der dümmste Staatsanwalt New Yorks, und das sollte was heißen, denn dumme Staatsanwälte gab es in New York zuhauf. Mike wollte April nicht vorschnell verurteilen; vielleicht wußte sie noch nicht, wie dumm Kiang war. Andererseits, vielleicht hielt sie Kiang gar nicht für blöd, schließlich trichterte ihre Mutter ihr immer ein »Chinesen sind die besseren Menschen«. Was für ein Schwachsinn!

Obwohl es seit dem Sturm einige Male geregnet hatte, lag in Brooklyn noch reichlich Schnee. Eine niedrige Schneemauer umgab die Autos, die nicht rechtzeitig – bevor die Räumfahrzeuge die Straßen freischaufelten – weggefahren worden waren. Er beobachtete einen Trupp trübselig dreinschauender Kinder mit hochgezogenen Kapuzen, die in der frühen Dämmerung nach Hause zockelten. Die obere Schneeschicht war hart und verkrustet und schreckte selbst die entschlossensten Schneeballkämpfer ab. Zugegeben, er regte sich zu sehr über diese Sache mit April Woo und Dean Kiang auf. Eigentlich wollte er nichts Abfälliges über Frauen sagen, die die Abkürzung wählten und sich nach oben schliefen. Mike hatte über die Jahre feststellen müssen, daß die meisten Frauen – egal aus welcher Schicht oder Kultur – immer zuerst versuchten, die Karriereleiter in der Horizontalen zu erklimmen. Erst wenn sich herausstellte, daß sie mit Sex nicht weiterkamen, waren sie bereit, für ihr Vorankommen wirklich zu arbeiten. Die uniformierten Beamtinnen im Department stellten den Detectives, Sergeants, Lieutenants und Captains nach, jedem, dessen Aufmerksamkeit sie auf sich ziehen konnten. Die Frauen in den höheren Rängen stellten den noch höherrangigen Officers nach. Aber nicht April Woo. Bisher jedenfalls nicht. Und jetzt stellte sie dem dümmsten Staatsanwalt New Yorks nach, nur weil es sich um einen Chinesen im Anzug handelte. Ihm wurde übel bei diesem Gedanken. Feinfühlig hatte er ihre Gefühle respektiert. Umsonst. Das zeigte wieder mal, wie wenig Ahnung er von

Frauen hatte. Liebeskrank und verletzt fuhr er langsam dahin.

Patrice Paul wohnte ihm vierten Stock eines unauffälligen, achtstöckigen Backsteingebäudes. Auf Mikes Klingeln summte der Türöffner. Als Mike aus dem Aufzug trat, war die Wohnungstür bereits offen. Der große, hellhäutige Haitianer stand in Jeans und einer grauen Weste in der Tür und sah Mike entgegen wie ein Fußsoldat, der nicht auf die feindliche Armee schießen würde, bevor er nicht das Weiße im Auge sehen konnte.

Als Mike näher kam, fielen ihm die goldenen Farbtupfer in Patrices Augen auf, und er konnte spüren, daß Patrice Angst hatte. »Sergeant Sanchez«, stellte Mike sich vor. »Könnte ich kurz mit Ihnen sprechen?«

»Ich hab gerade Tee gemacht, möchten Sie eine Tasse?« Patrice Pauls Stimme war tief und wohlklingend.

»Ähm, sicher.« Mike war überrascht. Mit einem solchen Empfang hatte er nicht gerechnet. Er ging in die Wohnung.

Die Dreizimmerwohnung war liebevoll eingerichtet. Im Wohnzimmer lagen mehrere Überwürfe im karibischen Stil, von denen zwei über ein buntgemustertes Sofa drapiert waren. Es gab zwei Stühle mit fächerartiger Rückenlehne, die gleichen wie im Restaurant. Wahrscheinlich waren sie von dort. Durch die Küchentür fiel Mikes Blick auf zahlreiche exklusive Küchenutensilien an den Wänden und auf dem Herd. Auf der anderen Seite gab es zwei weitere Türen, die jedoch geschlossen waren. Die eine führte vermutlich in einen Wandschrank, die andere zum Schlafzimmer. Aus der getöpferten Teekanne auf dem Tischchen vor dem Sofa stieg duftendes Jasminteearoma. Daneben standen ein passendes Milchkännchen, ein Teller mit großen, runden Macademianuß-Plätzchen und zwei Tassen, als hätte er jemanden erwartet. Ihre Blicke trafen sich.

»Tut mir leid, daß ich störe«, sagte Mike.

»Das macht nichts.« Patrice sah nervös zur Schlafzimmertür. »Kein Grund zur Eile.«

Aha, Patrice war der Schwule. Das hatte Mike in der Mordnacht gar nicht registriert. Er öffnete seine Lederjacke und ließ sich ungelenk auf einen der Korbstühle nieder. Sonst war Mike immer etwas befangen, wenn er allein mit einem Schwulen war, angesichts Patrices zurückhaltender Art überkam ihn jedoch große Erleichterung, und er glaubte schon, die Ratte, die Merrill Liberty umgebracht hatte, gestellt zu haben – oder versteckte sie sich vielleicht im Schlafzimmer? Ach was, bestimmt nicht.

Patrice setzte sich langsam aufs Sofa und preßte die Knie zusammen, als wolle er seine Männlichkeit vor gewalttätigen Übergriffen der Polizei schützen. Dann schenkte er sorgfältig Tee ein, ohne auch nur einen Tropfen zu verschütten.

»Sie wissen, daß Libertys Lincoln verschwunden ist?« fragte Mike.

Patrice machte ein überraschtes Gesicht. »Ich hab so was gehört. Liberty hat sich sehr aufgeregt.«

»Er wird sich jetzt noch viel mehr aufregen. Wissen Sie, wo er ist?«

Patrice sah besorgt drein. »Nein, er hat mich nicht angerufen. Was ist denn passiert?«

»Wir haben den Wagen gefunden.«

»Ich glaube kaum, daß ihn das im Moment interessiert.«

»Vielleicht doch. Es ist jemand darin umgebracht worden.«

Patrice bekreuzigte sich entsetzt. »Um Gottes willen. Wie?«

»Kopfschuß.«

»Wie schrecklich.«

»Wissen Sie, wo Liberty steckt?« bohrte Mike weiter.

Patrice schüttelte den Kopf. »Das ist ja wirklich furchtbar.«

»Wir müssen ihn finden, bevor ihm etwas zustößt. Sie wissen schon, was ich meine?« Mike langte nach der Teetasse, musterte sie und setzte sie wieder ab.

Er blickte zu der geschlossenen Schlafzimmertür. Er würde mal nachsehen müssen, was sich dahinter verbarg.

»Ist er in Gefahr?«

»Er hat uns viel verschwiegen. Drei Leute sind bereits tot. Sie wollen doch nicht, daß er der nächste ist, oder?«

»Natürlich nicht, Mann.«

»Dann geben Sie mir am besten ein paar Tips, wo ich ihn finden kann.« Mike biß in eines der Plätzchen, während Patrices Augen sich mit Tränen füllten.

Er aß noch ein Plätzchen. Patrice schüttelte den Kopf, er wollte nichts sagen. Nach einer Weile nickte er langsam.

29

Jason bezahlte gerade sein Taxi, als ein blau-weißer Streifenwagen vor dem Reviergebäude hielt. Zwei korpulente Cops stiegen vorne aus, öffneten die Hintertür und baten ihren Fahrgast auszusteigen. Der schien sich zu weigern, so daß sie nachhelfen mußten. Mit gemeinsamer Kraft gelang es ihnen schließlich, den schwarzen, blutüberströmten Mann, der sich wehrte und hin und her zuckte, als stünde er unter Strom, vom Rücksitz zu zerren.

»Verdammte *Schweine*, verdammte *Schweine*. Ihr wißt genau, daß ich nichts gemacht habe. *Fuck you,* Mann! Hey, was soll der Scheiß?«

»Komm schon, Harry, mach uns keinen Ärger. Du willst mir doch nicht weh tun, oder?«

»Scheiße, nein. Ich *geh* da nicht rein.« Der Mann war groß und schlank, beinahe ausgemergelt, und trug eine grün-rosakarierte Hose mit Ölflecken auf dem Hintern und im Schritt.

Auf der Vorderseite der dunkelblauen Jacke glänzte frisches Blut. Der Mann, der beide Cops überragte, sträubte sich und wollte sich nicht mitziehen lassen. Wie ein unbiegsamer Baum, der bei einem heftigen Sturm eher entwurzelt wird, lehnte er sich gegen sie auf.

»*Jesus*, zuerst mieft er uns den Wagen voll. Und jetzt wehrt er sich auch noch, unglaublich. Komm schon Harry, steh auf. Das ist Widerstand gegen die Polizei.«

»Verdammte *Schweine*, verdammte *Schweine.*« Die Schreie des Mannes wurden lauter. Die Hände in Handschellen auf dem Rücken strebte er mit seinem ganzen Gewicht von den Beamten weg, als könne er sich ihnen wie ein Gummiband entwinden. Als das nicht funktionierte, sackte er plötzlich in die Knie. Mit dem Gesicht Richtung Boden versuchte er, sich mitten auf dem Gehweg hinzulegen. Doch die beiden Cops ließen es nicht dazu kommen.

»Ich *geh* da nicht rein«, heulte der Mann.

Der Taxifahrer wartete, während Jason nach Dollarscheinen und Fünfundzwanzigcentmünzen kramte und besorgt zusah, wie die beiden Cops den blutenden, schreienden Mann wieder auf die Füße stellten. Er versuchte, sich zu konzentrieren. Vor kurzem waren zwar die Fahrpreise gestiegen, trotzdem erschien ihm der Betrag auf dem Taxameter sehr hoch, fast doppelt so teuer wie sonst. Bis zur 54. Straße und Eighth Avenue kam er nur selten und wußte nicht genau, wieviel das kosten durfte. Stirnrunzelnd beobachtete er, wie der Zähler noch mal dreißig Cents weitersprang, obwohl er doch mit eigenen Augen gesehen hatte, daß der Taxifahrer ihn abgestellt hatte.

»Ihr tut mir weh, ihr Arschlöcher«, schrie der Schwarze. Als sie ihn über den Gehweg zerrten, vorbei an ein paar gelangweilt dreinschauenden, uniformierten Beamten, richtete er seinen verschwommenen Blick auf Jason. Ihre Blicke trafen sich. »Sie sind Zeuge«, brüllte er. »Sie sind mein Zeuge. Sehen Sie nur, überall Blut. Polizeigewalt.«

»Halt die Klappe, Harry, es gibt genug Zeugen, die gesehen haben, wie du deinen besten Freund niedergestochen hast.«

»Hab den Arsch noch nie geseh'n«, murmelte Harry, als ihnen ein Beamter freundlicherweise die Tür zum Revier aufhielt. Sie verschwanden im Innern des Gebäudes.

Jason schlug die Tür des Taxis zu. Die ganze Fahrt über hatte der arabische Fahrer lauthals bei den gebetsartigen Schreien mitgesungen, die aus einem Kassettenrecorder auf dem Armaturenbrett schallten. Jason war sich sicher, daß er den Zähler manipuliert hatte. Drei Minuten nach sechs. Um 7.30 Uhr mußte er wieder im Büro sein, wenn der letzte Patient für heute kam. Bis jetzt hatte ihn dieser Ausflug zwölf Dollar und dreißig Cent gekostet. Er war schon den ganzen Tag nervös, außerdem hatte er jetzt noch schreckliches Sodbrennen und verspürte ein Brennen in seiner Herzgegend. Er sah auf seine Armbanduhr. 18.04 Uhr. Er wünschte sich ebensosehr von hier weg wie der blutbesudelte Kerl in Handschellen. Kein Wunder, daß Rick Liberty einen Besuch auf dem Polizeirevier auf jeden Fall vermeiden wollte, wenn *er*, Jason, sich hier schon bedroht fühlte.

Jason griff in seinen Mantel und richtete seine Krawatte, bevor er dem Gefangenen durch die Tür folgte. Zwei uniformierten Beamten fiel diese Handbewegung auf, worauf sie einander behutsam ansahen. Jason befürchtete schon, daß sie ihn zur Rede stellen würden, doch es geschah nichts.

Drinnen stand auf einem Spruchband MIDTOWN NORTH WÜNSCHT EIN GESUNDES NEUES JAHR. An dem hohen Empfangstresen, vor dem er sich wie ein Zwerg vorkam, meldete sich Jason an.

»Dr. Frank, ich möchte mit Sergeant Woo sprechen«, sagte er zu dem blassen Mann in Uniform.

Die Mundwinkel des Mannes gingen nach unten, und er sah die beiden Beamten, die mit ihm da oben saßen, fragend an. Deren Mundwinkel gingen ebenfalls nach unten, als sei ihnen dieser Name völlig unbekannt. Jason wartete und wackelte ungeduldig mit dem Fuß, während die drei das Problem erörterten. Draußen war es stockdunkel und es war wieder kälter geworden. Der blutbesudelte Verdächtige war bereits verschwunden. Es war ruhig. Schließlich griff der Beamte nach dem alten, schwarzen Telefon; außerhalb der Dritten Welt waren diese alten Dinger kaum noch im Einsatz. Er erreichte offensichtlich niemanden, was noch mehr Kopfschütteln und weitere Diskussionen zur Folge hatte.

Nach einer ganzen Weile legte der Beamte unverrichteter Dinge auf, und April kam durch eine grüne Tür.

Kein Lächeln für Jason oder die Beamten am Empfang. »Danke, daß Sie vorbeigekommen sind«, sagte sie zu Jason.

»Tut mir leid, daß ich Sie nicht zurückgerufen habe. Ich hatte viel zu tun. Worum geht's überhaupt?«

Mit einem brüsken Nicken öffnete sie die Tür mit der Aufschrift »Treppe«. Trotz ihrer ausdruckslosen Miene sah Jason an ihrem Gang und der Art, mit der sie auf den Treppenaufgang gedeutet hatte, daß nichts so lief wie es sollte. Wortlos, zwei Stufen gleichzeitig nehmend, erklomm sie die Treppe in den zweiten Stock. Alle Türen auf dem Gang waren geschlossen. Sie bogen um eine Ecke und standen vor einer grünen Tür mit der Aufschrift *»Detective Unit«*. Aprils Lider zuckten, als sie die Tür öffnete.

Die Räume waren anders aufgeteilt als im Zwo-Null, wo Jason ein paarmal gewesen war, dort hatte er sich schon fast heimisch gefühlt. Hier wirkte alles kleiner, obwohl April ihm gesagt hatte, es sei ein größeres Revier.

»Mein Büro.«

Wie eine Verkehrspolizistin bedeutete sie ihm mit erhobener Hand dort stehenzubleiben, während sie ein paar Meter weiter zu einem anderen Büro ging. Sie stand vor einer Tür mit einer kleinen Fensterscheibe, vor der sie eine offensichtlich vielsagende Grimasse schnitt. Kurz darauf erschien ein Mann, der um einiges kleiner war als Jason. Er streifte ein kariertes Jackett über das dunkelblaue Hemd und das Schulterhalfter mit der großen Kanone. Der Mann hatte kurzes, glänzendes Haar und einen bleistiftdünnen Schnurrbart. Seine Krawatte sah weitaus teurer aus als Jasons.

»Mein *Commanding Officer*, Lieutenant Iriarte, wollte Sie kurz sprechen«, sagte April.

Jason nickte ihr grimmig zu. *Schön, daß ich das auch mal erfahre.*

»Ich hab schon von Ihnen gehört«, sagte Iriarte. »Sergeant Woo hält große Stücke auf Sie.«

»Das beruht auf Gegenseitigkeit«, erwiderte Jason das Kompliment.

Iriarte ließ einen kurzen Blick durch den Mannschaftsraum schweifen. Ein Mann arbeitete am Computer. Zwei weitere saßen an ihren Schreibtischen und telefonierten. Der Verdächtige, den Jason vor wenigen Minuten gesehen hatte, lag mit der blutverschmierten Jacke überm Kopf in der Verwahrungszelle hinter ihnen auf der Bank.

»Eine sehr heikle Angelegenheit«, sagte Iriarte. »Wir reden am besten dort drüben.«

Er durchquerte den Mannschaftsraum und öffnete die Tür zum Verhörzimmer. Der kleine Raum hatte in etwa die Größe einer Einzelzelle. Darin standen ein kleiner Tisch und drei Stühle. Auf dem Tisch standen zwei zur Hälfte mit Zigarettenstummeln gefüllte Styroporbecher. Iriarte verzog das Gesicht und deutete auf die Becher. April schnappte sie, um sie zu entsorgen.

»Nehmen Sie bitte Platz«, forderte Iriarte Jason auf und deutete auf den Stuhl gegenüber der Spiegelwand.

Nach einem Blick auf den Spiegel entschied sich Jason für den Stuhl gegenüber, so daß, wer auch immer hinter dem Spiegel saß, sein Gesicht nicht sehen konnte. Iriarte ließ seine

Zunge über die Zähne gleiten und wog ab, ob er sich auf den verschmähten Stuhl setzen sollte, oder ob er Jason befehlen sollte, dort Platz zu nehmen.

April kam zurück, ihr Gesicht war undurchdringlich wie eine Mauer. Sie schloß die Tür und blieb mit gesenktem Blick davor stehen; in dieser asiatischen, unterwürfigen Pose erwartete sie weitere Instruktionen. Iriartes Miene entspannte sich etwas. Mit einem Rucken des Kinns gab er ihr zu verstehen, daß sie sich auf den Stuhl setzen sollte, den Jason verschmäht hatte; er setzte sich dazwischen.

»Eine heikle Angelegenheit«, sagte er noch einmal.

»Ja, ich weiß«, erwiderte Jason.

»Sehr heikle Sache.«

Jason beobachtete Iriarte und kam zu dem Schluß, daß er es mit einem zwanghaften Menschen zu tun hatte, der seinen Schnurrbart sorgfältigst auf Streichholzdicke hielt.

»Wie ich höre, haben Sie schon bei anderen Fällen, damals im Zwo-Null, mit uns zusammengearbeitet.« Iriartes Oberlippe zuckte.

»Ganz informell«, murmelte Jason.

»Bei einer Sache war Ihre Frau betroffen...«

Das war doch allgemein bekannt. »Sie wurde entführt«, sagte Jason nüchtern.

Iriarte nickte selbstgefällig, als hätte er gerade einen Punkt gemacht. »Sie hat anscheinend ein Händchen dafür, immer wieder in schreckliche Sachen verwickelt zu werden«, murmelte er. Auf diese merkwürdige Anspielung wollte Jason lieber nicht eingehen.

»Ihre beste Freundin ist ermordet worden.« Jason saß auf einem Metallstuhl, die Füße standen vor ihm auf dem Boden. Als er das Revier betreten hatte, hatte er den Mantel aufgeknöpft. Jetzt legte er ihn ab und sah demonstrativ auf seine Armbanduhr. 6.20 Uhr. Er mußte in fünfzig Minuten los, sonst kam er zu spät zum nächsten Termin.

»Sie wissen, daß Liberty verschwunden ist.«

»Ich weiß, daß er gestern nicht auf der Beerdigung war. Ich muß zugeben, das hat mich sehr überrascht, zumal er mir gesagt hatte, daß er kommen wollte. Danach wollte er mit uns und Merrills Eltern essen gehen. Haben Sie eine Ahnung, wo er ist?«

»Sie haben doch mit ihm geredet.«

»Wir standen den ganzen Montag über in enger Verbindung. Sergeant Woo hatte mich gebeten, ein Persönlichkeitsprofil von ihm zu erstellen. Das hab ich Dienstag oder Mittwoch getan – da müßte ich noch mal in meinen Unterlagen nachsehen.« Jason warf April einen Blick zu, deren Augen noch immer zu Boden gerichtet waren. Es war ihr peinlich, wie ihr Chef Jason ausfragte.

»Sagen Sie mir doch einfach, was Sie herausgefunden haben«, sagte Iriarte frostig.

»Was genau möchten Sie wissen?«

Iriarte ließ die Zunge übers Zahnfleisch gleiten. »Das Übliche, was Sie aus seinen Phantasien schließen konnten.« Er grinste anzüglich.

»Er hat viel Gewalt erfahren. Seine Großmutter wurde von einem Weißen vergewaltigt. Sein Vater fiel im Koreakrieg. In seiner Jugend war er selbst auch oft Opfer von Gewalttaten. Keines seiner Familienmitglieder zeigte je asoziales oder kriminelles Verhalten, und er ist auch nicht gewalttätig. Keine Anzeichen für asoziales Verhalten in seiner Kindheit.«

»Was soll das heißen?«

»Weder hat er Tiere gequält noch andere Kinder schikaniert, hat nicht mit Streichhölzern gespielt, nichts in Brand gesteckt. Er konnte nie verstehen, wieso Menschen einander weh tun. Darüber wundert er sich immer noch.«

»Woher wollen Sie das wissen?«

Jetzt war es an Jason zu lächeln. »Das erkennt man an

seinen Phantasien, an den Menschen, die er verehrt. Er bewundert Jackie Robinson, seinen Namenspatron Frederick Douglass und Richard Wright. Er liest Gedichte. Besitzt keine Waffen. Er denkt über die Gefühle anderer Leute nach. Er ist mitfühlend. Mörder machen sich im allgemeinen nichts aus den Gefühlen ihrer Opfer.«

Iriarte ging nicht darauf ein. »Wie sieht's aus mit Alkohol und anderen Suchten?«

»Liberty leidet unter Migräne. Er darf nichts trinken, und er haßt Drogen. Viele seiner Jugendfreunde haben sich mit Drogen zugrunde gerichtet.«

»Interessant. Sein Freund Tor war süchtig.«

»Das wundert mich«, sagte Jason.

»Denken Sie, das war für Liberty ein Problem?«

»Ich kann mir nicht vorstellen, daß er es gutgeheißen hat.«

»Was ist mit seiner Migräne? Löst das seine gewalttätigen Anfälle aus?«

»Leute, die unter Migräne leiden, sind häufig Perfektionisten. Kleinigkeiten, die schiefgehen, werden als sehr frustrierend empfunden. Dieser Persönlichkeitstyp kann keinen Dampf ablassen, indem er ins Fitneßstudio geht oder Football spielt. So jemand macht einen sehr gequälten oder wütenden Eindruck. Aber die Wut richtet sich immer gegen die Person selbst, nie gegen andere.«

Iriarte machte ein skeptisches Gesicht, er hielt nicht viel von diesem Psychogelaber. »In seinem Wagen wurde jemand umgebracht.«

»Wer?« fragte Jason erstaunt.

»Das wissen wir nicht. Die Leiche ist verschwunden. Wir fragen uns, was Liberty damit zu tun hat«, sagte Iriarte kühl.

Jason wandte sich an April. Was sollte das bedeuten? Sie schüttelte den Kopf. »Damit kann Liberty doch gar nichts zu tun haben. Der Wagen wurde gestohlen. Er hat ihn schon seit Wochen nicht mehr gesehen.«

»Natürlich würde er das behaupten. Schließlich ist er gleichzeitig Tatverdächtiger in einem anderen Mordfall.«

Jason starrte Iriarte wütend an. »Er hat nicht das Persönlichkeitsprofil eines Mörders.«

»Dann soll er herkommen und es beweisen wie ein Mann.« Iriarte fuchtelte mit dem Finger in der Luft rum.

»Ich bin Arzt. Was die Ermittlungsarbeit der Polizei anbelangt, bin ich kein Experte. Aber ich werde das Gefühl nicht los, daß sie nicht von Libertys Unschuld ausgehen, bis das Gegenteil bewiesen ist, so wie es die Gesetze dieses Landes immerhin vorschreiben. Ich kann genausogut sagen: Beweisen Sie erst mal, daß Liberty schuldig ist.«

»Regen Sie sich nicht auf, Dr. Frank. Ich bitte Sie ja bloß um Ihre Mithilfe. Sie sind Experte, was die menschliche Psyche anbelangt. Sie und Ihre Frau kennen Liberty sehr gut, und ich glaube, daß Sie wissen, wo er steckt.«

Jason schüttelte den Kopf. »Wir wissen nicht, wo er ist.«

Iriarte fuhr fort, als hätte Jason gar nichts gesagt. »Sie sind doch sein Freund, Sie sollten ihn davon überzeugen, daß es das Beste für ihn ist, sich so schnell wie möglich mit uns in Verbindung zu setzen.«

»Damit Sie ihn festnehmen? Sie sind doch davon überzeugt, daß er seine Frau umgebracht hat.«

»Damit wir mit ihm reden können. Sonst nichts.«

»Weiß Liberty denn, daß Sie mit ihm reden wollen?«

Iriarte warf April einen bösen Blick zu. Sie blieb gleichgültig. Er holte tief Luft. »Die Ermittlungen laufen«, erwiderte er. »Wir haben ihm gesagt, daß er sich zu unserer Verfügung halten soll.«

»Ich verstehe.« Jasons nächste Frage galt April. »Soweit ich weiß, haben Sie sich gestern ausführlich mit ihm unterhalten.«

»Ja.«

»Worüber?«

April hob eine Schulter.

»Soll das etwa heißen, er geht jetzt davon aus, daß Sie ihn für den Mörder seiner Frau halten?«

»Die Gelegenheit dazu hatte er. Vielleicht hat er sie ja umgebracht. Ob er mit dem Mord in seinem Wagen etwas zu tun hatte, wissen wir nicht. Das kriegen wir aber noch raus«, meldete sich Iriarte wieder zu Wort.

Jasons Sodbrennen wurde schlimmer. Er fühlte sich miserabel. Hatte Rick Merrill vielleicht doch umgebracht? Hatte er ihn so falsch eingeschätzt? Aus welchem Grund? Wieso hätte er sie umbringen sollen? Er mußte an den Morgen nach der Mordnacht denken, als Rick sich geweigert hatte, ein Beruhigungsmittel zu nehmen. Er wollte bei vollem Bewußtsein bleiben, weil er geglaubt hatte, die Polizei hätte sich getäuscht und Merrill würde wiederkommen. Rick war kein Schauspieler, er konnte sich nicht verstellen, die Erschütterung hatte er nicht gespielt. Andererseits: Er war ein Schwarzer in einer weißen Firma, einer weißen Welt, und er hatte eine weiße Frau gehabt. Irgendein schauspielerisches Talent hatte er offensichtlich doch, daß er all diese Rollen so souverän meisterte. Jason hatte die Luft angehalten. Bevor er wieder das Wort ergriff, atmete er aus.

»Haben Sie Beweise, die darauf hindeuten, daß Liberty seine Frau getötet hat?« fragte er vorsichtig.

»Das kann ich Ihnen leider nicht sagen.« Iriarte grinste. »Stehen Sie in Verbindung mit ihm?«

Jason dachte an die Beerdigung, bei der Rick gefehlt hatte. Rick war verschwunden, bevor auf allen Kanälen und in allen Zeitungen gemutmaßt wurde, daß er der Beerdigung vielleicht ferngeblieben war, um einer Festnahme zu entgehen. Jason dachte an Ricks lange, unzusammenhängende E-Mail-Botschaft. Zählte E-Mail als ›in Verbindung stehen‹? Eigentlich nicht, entschied er.

»Nein«, antwortete Jason. Sie standen nicht in Verbindung.

»Sie machen sich strafbar, wenn Sie einem Täter zur Flucht verhelfen. Ist Ihnen das klar?«

»Haben Sie einen Haftbefehl?«

Iriarte preßte die Lippen zusammen. »Noch nicht.«

Jason sah auf seine Armbanduhr. Er mußte los. »Ich hab Ihnen alles gesagt, was ich über Liberty weiß. Mehr kann ich nicht für Sie tun.«

»Danke, daß Sie vorbeigekommen sind.« Iriarte bedeutete April mit einer ruckartigen Kopfbewegung *Schaffen Sie ihn weg.*

30

»Hallo, Süße. Was führt Sie denn wieder zu uns?« Ducci ordnete schnell ein paar Objektträger in ein Kästchen ein und verstaute es in seinem Schreibtisch, bevor er auf seinem Stuhl herumwirbelte und sich an Nanci wandte: »Hey, Nanci, du kennst doch April Woo.«

Nancy musterte April von Kopf bis Fuß und fuhr sich durchs gefärbte Haar. »Wie geht's Ihnen, Woo? Hab gehört, Sie sind zum Sergeant befördert worden.«

»Bin jetzt in Midtown North«, erwiderte April erschöpft. Sie schüttelte ein paar Regentropfen von ihrem Mantel und warf einen Blick auf die beiden Besucherstühle. Darauf stapelten sich Akten, ein Totenschädel und verschiedene, etikettierte Gegenstände, die von den beiden Haare-und-Fasern-Spezialisten wohl gerade untersucht wurden.

»Ich hab davon gehört. Bei den Detectives, nicht wahr? Gibt's diesen Hagedorn noch, diesen Idioten?« Nanci schob ihren Stuhl zurück und streckte ein Paar makellose, schwarzbestrumpfte Beine aus.

April nickte. »Den gibt's noch. Wie geht's Ihnen, Nanci?«

»Ach, zuviel Arbeit, zuwenig Geld. Und ich muß das Büro

mit einem Egozentriker teilen. Regnet's schon wieder?« Nanci holte eine Handtasche und einen schmuddeligen roten Pullover aus der Schreibtischschublade.

»Besser als Schnee«, erwiderte April.

»Stimmt.«

»Jetzt mach aber mal 'nen Punkt, Nanci. Du arbeitest doch gern mit mir zusammen. Dein ganzes Wissen hast du von mir.« Ducci machte ein beleidigtes Gesicht.

»Na klar. Ich hab kistenweise Material von diesem Fall im Central Park und alle haben's eilig, und auf einmal kommt *er* mit dieser Schnapsidee, daß bei Petersens Obduktion was schiefgelaufen ist und schwafelt von T-Shirtfasern.« Nanci verdrehte die Augen.

»Na ja, er kriegt heutzutage nicht mehr viele Obduktionen zu sehen«, lenkte April ein.

»Sollte er auch nicht.« Nanci rümpfte verächtlich die Nase. »Er versteht einfach nichts von feuchtem Material.«

Petersens Kaschmirpullover lag immer noch auf Duccis Schreibtisch. Die durchtrennten Fäden von dem Loch im Brustbereich waren sorgfältig abgeschnitten und auf Objektträger aufgebracht worden. Wie eine Katze mit einer Troddel spielte Ducci mit einem herabbaumelnden Pulloverärmel.

»Ich hatte schon mit Blut zu tun, da warst du noch gar nicht auf der Welt. Das seh ich doch, wenn jemand Mist baut.« Ducci wandte sich an April. »Wo haben Sie denn Ihren Freund gelassen?«

Welchen Freund? »Falls Sie Sanchez meinen – er ist nicht mein Freund. Ich hab ihn heute morgen zuletzt gesehen. Libertys Wagen, der gestohlen gemeldet war, ist in Staten Island aufgetaucht. Blutverschmiert.«

»Tatsächlich.«

»Womöglich ein schiefgelaufener Drogendeal. Ich glaube, Sanchez wollte sich das ansehen und dann Petersens Chauffeur in New Jersey aufsuchen.«

»Bei dem Wetter?«

»Ja. Darf ich meinen Mantel ausziehen?«

»Natürlich, nur zu. Setzen Sie sich. Wie wär's mit 'ner Tasse Kaffee?« Grinsend spielte Ducci den Gastgeber.

»Lieber nicht, eure Brühe ist ja noch schlimmer als unsere.« April warf ihren Mantel über die Rückenlehne des Besucherstuhls und stellte den Totenkopf auf den Aktenschrank.

»Habt ihr den Kerl noch nicht dazu bewegen können, aufs Revier zu kommen?«

»Wir haben einmal mit ihm gesprochen. Er hat aber nicht alles gesagt.« Sie setzte sich und stieß einen Seufzer aus. »Und jetzt ist er verschwunden. Das heißt, es gibt zwei Tatverdächtige, und wir haben keine Ahnung, wo sie stecken. Wir stehen ziemlich dumm da.«

»Wir haben alle mal 'nen schlechten Tag.«

»Wenn's nur einer wäre.«

Ducci deutete auf die Plastiktüte, die April auf dem Boden abgestellt hatte. »Haben Sie mir was mitgebracht?«

Erschrocken betrachtete sie die Tüte. »O Gott, ich bin hundemüde. Ich hab schon ganz vergessen, weshalb ich eigentlich hier bin.« Sie warf Ducci die Tüte zu. Er fing sie auf und sah hinein.

»Hm, schöner Pullover. Verspätetes Weihnachtsgeschenk für mich?«

»Nein, das ist einer von Petersen.«

Ducci holte den dunkelbraunen Kaschmirpullover heraus und verzog das Gesicht, als ihm der kräftige Duft entgegenschlug. »Vanille«, sagte er bestimmt.

April sah ihn überrascht an. »Wie schafft ihr es nur, diese Gerüche zu identifizieren? Ich hätte diesem Gestank nie einen Namen zuordnen können.«

Ducci lachte. »Ich weiß fast alles«, murmelte er. »Ihr Parfüm kenne ich auch, und das Ihres Freundes.«

»Was Sie nicht sagen. Was hat er denn für ein Parfüm?«

Ducci antwortete nicht. Statt dessen betrachtete er erstaunt das weiße T-Shirt, das zusammengefaltet in dem Pullover lag. »Was wollen Sie mir damit sagen?«

April lächelte Nanci an. »Sie wissen doch immer alles, Ducci. Sagen Sie's mir.«

»Na gut, ein T-Shirt«, sagte Nanci tonlos. »Jetzt wissen wir also, daß Petersen T-Shirts trug – manchmal. Ich geh nach Hause.«

»Seine Witwe sagte, daß er immer ein T-Shirt anhatte. Sie hat sich ziemlich aufgeregt, als ich danach fragte. Was anderes als Baumwolle direkt auf der Haut hielt er für ungesund.«

Gedankenverloren fischte Ducci ein Snickers aus der Schreibtischschublade. Völlig gebannt betrachtete er den Pullover und vergaß, den Schokoriegel aufzureißen. »Schade, daß er zu groß für mich ist«, murmelte er.

»Nicht mehr lange, wenn du weiter so viele Schokoriegel in dich hineinstopfst.« Nanci lachte.

»Unter uns, Ducci. Sie dürfen auch zuhören, Nanci, falls es Sie interessiert. Am Tag nach dem Mord rief Daphne Petersen bei Rosa Washington an. Ich war zu der Zeit dort. Rosa war aber nicht da, und Daphne hinterließ eine Nachricht. Und heute erhielt Daphne als allererste den toxikologischen Befund ihres Mannes. Und wir dürfen nicht außer acht lassen, daß Petersen in Windeseile eingeäschert wurde. Sie ist fast ausgerastet, als ich ihr sagte, daß ihr Mann bei der Obduktion kein Unterhemd angehabt hatte.«

»Und was halten Sie davon? Lügt Mrs. Petersen oder hat die gute Ärztin geschludert?«

April schüttelte den Kopf. »Ich hab mir Daphne Petersens Hintergrund mal angesehen. Sie kam vor zwölf Jahren nach Amerika, da war sie achtzehn und arbeitete in verschiedenen exklusiven Maniküre-Studios. Abends sang sie in einer Cocktail-Bar. Nicht vorbestraft, kein Führerschein. Sie lernte Petersen kennen, als sie ihn manikürte. Er heiratete sie. Sie war seine dritte Frau, eine schlechtere Wahl als die vorangegangenen. Vielleicht hat sie ihn umgebracht, weil sie glaubte, das Märchen sei zu Ende.«

Ducci kratzte sich an der Wange. »Bei ihrem Mann handelt es sich aber doch nicht um Mord. Ohne Mordtat kein Fall. Wir haben nichts gegen Mrs. Petersen in der Hand, verstehen Sie?«

»Klar, das weiß ich.« April seufzte.

»Falls Sie diese Spur weiter verfolgen wollen – davon will ich Sie weder abhalten noch dazu ermutigen – müssen Sie erst mal beweisen, daß Petersen umgebracht wurde, obwohl der Obduktionsbefund anders lautet und wir die Leiche nicht noch mal untersuchen können.«

»Tja, Ducci, Sie haben mich auf die Idee gebracht. Jetzt komm ich nicht mehr davon los.«

»Ich will Sie auch gar nicht davon abbringen. Aber seien Sie vorsichtig. So was kann ins Auge gehen.« Er deutete auf den Pullover. »Soll ich den untersuchen oder war das nur Informationsmaterial?«

Das schwarze Haar, das laut Daphne Petersen von Tors Geliebter stammte und das April für eines von Daphnes gehalten hatte, hing in den Maschen des Pullovers. Kopfschüttelnd zupfte April es ab und reichte es Ducci. »Hat wahrscheinlich mit der Sache nichts zu tun.«

»Was vermuten Sie?« Ducci durchwühlte seine Schubladen nach einem Plastiktütchen.

»Ein Haar seiner Geliebten, behauptet die Witwe. Haben Sie nicht so ein ähnliches bei der Leiche gefunden?« fragte April.

»Stimmt, das muß auch noch irgendwo hier sein. Interessantes Haar. Mit herausgezogenen Locken.« Ducci musterte das Haar, das April ihm gegeben hatte, mit zusammengekniffenen Augen. »Ja, sehr ähnlich. Haben Sie noch ein paar? Ich brauche mehrere fürs Mikroskop.«

»Im Moment nicht. Was ist daran so interessant?«

»Erinnert ihr euch noch an den Fall mit den namenlosen Prostituierten?« Ducci tütete das Haar ein, beschriftete das Tütchen und lehnte sich in seinem Stuhl zurück.

Nanci nickte heftig. »Wir haben damals sämtliche Haarpflegemittel untersucht. Die Mädchen waren sehr gepflegt. Das teuerste Make-up, die besten Haarpflegemittel. Es stellte sich heraus, daß es Russinnen waren. Wir konnten sie anhand der Haare identifizieren.«

»Das Haar war mit Goldwell-Produkten gefärbt«, fuhr Ducci fort. »Das ist eine deutsche Firma, sehr teuer, nur wenige Friseursalons in der Stadt benutzen diese Produkte. Die Puffmutter der drei toten Mädchen legte großen Wert darauf, daß ihre Mädchen nur vom Feinsten hatten – das heißt, bis sie Ärger mit einem Kunden bekamen, einem Diplomaten.«

»Ja, ich kann mich erinnern.« April zählte zwei und zwei zusammen. »Das Haar, das Sie bei Petersens Leiche fanden, war also mit Goldwell-Produkten gefärbt?«

Ducci nickte.

»Heißt das, wir suchen nach einer russischen Nutte?«

»Ha, ha. Nein, Fotomodelle benutzen das Zeug. Schauspielerinnen, Sängerinnen.«

»Oder jemand, der mal in einem Schönheits-Salon gearbeitet hat.«

»Genau. Besorgen Sie mir ein paar Haarsträhnen der Witwe.«

»Es besteht kein hinreichender Tatverdacht, ich werde wohl kaum die Erlaubnis dafür bekommen.«

»Dann machen Sie es eben heimlich. Gehen Sie jetzt nach Hause?«

»Schön wär's.« April hätte eigentlich vor Stunden schon Dienstschluß gehabt. Iriarte hatte gehofft, sie könnten den Fall innerhalb von achtundvierzig Stunden klären. Diese Frist hatten sie am Mittwoch überschritten. Jetzt wollte der

Lieutenant den Fall binnen einer Woche aufgeklärt haben. Es war Freitag abend. Bevor sie sich endgültig blamierte, rechnete sich April aus, hatte sie noch zwei Chancen.

Ungeduldig wartete sie, bis Ducci die Liste der Friseursalons brachte, die Goldwell-Produkte verwendeten. Sie hätte wetten können, daß der Salon von Daphne Petersens ehemaligem Arbeitgeber auch auf der Liste stand. Sie sah auf ihre Armbanduhr, sie mußte los.

31

Außer den Wachposten an der Laderampe und drei, vier Wissenschaftlern, die noch spät in den Labors im obersten Stockwerk arbeiteten, war im Rechtsmedizinischen Institut Feierabend. Um 20.06 Uhr stieg Rosa Washington aus dem Aufzug. Ohne Licht anzumachen, hastete sie den düsteren Flur entlang zu ihrem Büro. Sie trug einen fleckenlosen, gestärkten grünen OP-Overall und über den Turnschuhen dazu passende Plastiküberschuhe. Sie trug weder eine OP-Kappe noch die Maske. Lautlos huschte sie über das abgewetzte Linoleum und rieb sich gedankenverloren die Hände.

Sie war nervös, doch das sah man ihr nicht an. Die gemeißelten Züge waren in der üblichen Maske unerschütterlicher Gelassenheit erstarrt. Tag für Tag die gleiche Miene, egal, wer sie mit welcher Frage oder Bitte behelligte. Sie machte immer den Eindruck, als schwebe sie in höheren Gefilden als normal Sterbliche, als könnten irdische Sorgen ihr nichts anhaben. Manche Leute hielten sie für arrogant und die Distanz, die sie zu den Schrecknissen ihrer Arbeit bewahrte, für gekünstelt. Andere waren davon überzeugt, eine tiefgläubige Frau vor sich zu haben, die bei jeder Obduktion mit dem Jenseits und dem Himmel in Berührung kam. Andere wiederum hielten sie für nicht besonders helle.

Was die Leute über sie redeten, war Rosa egal. Über die Jahre hatte es so viele Spekulationen über sie und ihr Leben gegeben, daß sie gar nicht mehr wissen wollte, welches Gerücht gerade im Umlauf war. Vor langer Zeit, als sie zwölf Jahre alt war, hatte sie von einem Lied gelernt – und diese Lektion war durch den Tod des Schul-Meerschweinchens in der sechsten Klasse (es hatte die Schulferien bei einer Familie verbracht und war mit dem Küchenmesser ausgenommen worden) noch verstärkt worden –, erhobenen Hauptes ihren Weg zu gehen und sich das Unerklärliche irgendwie zu erklären. Sie lernte, unbeirrt ihren Weg zu gehen, ganz egal, was passierte. Mit dieser Taktik war es ihr immer gelungen, Vorurteilen und Neidern ein Schnippchen zu schlagen.

Die Tür zu ihrem Büro war nur angelehnt. Da, sie konnte den sicheren Hafen sehen: ihren Schreibtisch mit den ordentlichen Aktenstapeln und der Schreibtischlampe, die noch genau wie vor Stunden ihren Kalender und die Schreibtischunterlage beleuchtete. Sie freute sich schon darauf, sich nach diesem langen, anstrengenden Tag auf ihren Bürostuhl fallen zu lassen – endlich in Sicherheit.

»Da bin aber froh, daß ich Sie noch erwische. Ich dachte schon, sie wären bereits gegangen«, sagte eine ruhige Stimme hinter ihr. Rosa unterdrückte einen Schrei. »Um Himmels willen, Sie haben mich ja fast zu Tode erschreckt.« Fassungslos wirbelte sie herum und sah die chinesische Beamtin, die hinter der Tür im Dunkeln auf einem Stuhl saß.

»Was machen Sie dort im Dunkeln?« Rosa setzte ihren Weg zum Schreibtisch langsam fort. Aha, mit einem kurzen Blick versicherte sie sich, daß das Gummiband immer noch um ihren Kalender geschlungen war. Aber wer konnte sagen, was die Polizistin schon alles durchwühlt hatte… seit wann war sie überhaupt hier? Rosa hievte die Aktentasche vom Boden auf den Schreibtisch und warf den Kalender hinein. Sie rieb sich die Hände und schnupperte, ob sie noch nach

Chemie rochen. Ohne die Polizistin anzusehen, ließ sie sich auf ihrem Stuhl nieder und zwang ihre aufgewühlte Seele zu Ruhe und Gelassenheit.

Nach einer Weile ließ sie ihren Blick zu der Beamtin schweifen. Was machte April Woo hier? Forschend musterte Rosa die asiatischen Züge, fand aber keine Antwort darin. Aprils Gesicht war leer und ruhig wie das einer gerade Verstorbenen. In den Gesichtern der Lebenden war Rosa diese vollkommene Leere noch nicht oft begegnet. Wie unheimlich. Rosa fühlte sich an ihre Mutter erinnert, die Samstagabends immer klaglos von ihrem Mann, Rosas Vater, fast zu Tode geprügelt worden war, bis Rosa den Schlägen ein Ende machte. Da war sie zwölf.

Die Erinnerung an ihre Mutter – die blauen Flecke, die leeren Augen, ihr Schluchzen, wenn er sie vergewaltigte, ihr Stöhnen, wenn er sie trat, schlug und gegen die Wand warf – hatte Rosa immer in ihrer Arbeit bestärkt. Das ausdruckslose Gesicht ihrer Mutter, in dem nichts von diesen Qualen zu lesen war, hatte Rosa dazu getrieben, sich tagtäglich unerschrocken mit den fürchterlichsten Todesfällen zu beschäftigen; alle sollten erfahren, wie und wann welche Verletzungen erfolgt waren. Rosas Mutter hatte ein Geheimnis gehabt, das ihr beim Überleben half; sie hatte Rosa erzählt, daß sie sich immer leise einredete: »In meiner Mitte bin ich frei und gelassen.«

Rosa musterte den langen, engen Rock, den Seidenschal und das elegante Jackett der chinesischen Beamtin und fragte sich, zu welcher Sorte sie wohl gehörte. Sie hatte bisher erst mit zwei chinesischen Detectives zu tun gehabt. Einer hatte in Harlem gearbeitet und schreckliche Angst vor Leichen gehabt, egal, in welchem Stadium der Verwesung sie sich befanden. Den hielt sie für einen Feigling. Der andere war wegen Korruption gefeuert worden. April hielt sie weder für feige noch korrupt.

»Was machen Sie hier, Sergeant Woo?« fragte sie lächelnd und bemühte sich, ebenso leise zu sprechen wie April.

April seufzte. »Ich hatte einen anstrengenden Tag. Wir haben Ärger mit dem Liberty-Fall. Ich brauche Hilfe.«

»Hilfe könnte ich auch gebrauchen«, sagte Rosa. »Sie wissen ja, der arme Malcolm ist im Krankenhaus.«

»Immer noch?« April rückte ihren Mantel, der über der Rückenlehne des Stuhls hing, zurecht.

Offensichtlich war sie schon lange genug hier, daß sie es sich bequem gemacht hatte.

»Ja. Die Ärzte haben immer noch nicht festgestellt, was für eine Lungenentzündung er hat.« Sie schnaufte verächtlich.

»Haben Sie viel zu tun?«

Rosa rieb sich die Hände. »Das pack ich schon. Wie lange sind Sie denn schon hier?«

»Fünf Minuten. Der Wärter unten sagte, sie seien noch im Haus, er wußte aber nicht wo. So wie Sie aussehen und riechen, kommen Sie wohl nicht gerade von einer Obduktion?«

Rosa bemerkte den Pistolenkolben, der aus dem Halfter an Aprils Hüfte hervorlugte. »Nein, ich zieh mich nach jedem Eingriff um. Ich lege großen Wert auf peinliche Sauberkeit.« Sie schnupperte an ihren Händen. Konnte es einfach nicht lassen. Sie stanken immer noch.

»Bei sich selbst oder bei Ihren Kunden?«

Rosa lächelte. »Von meinen Patienten, wenn man sie so nennen will. Was Sauberkeit betrifft, bin ich sehr eigen. Man kann gar nicht genug Wert auf professionelles Vorgehen legen.« Sie rieb sich wieder die Hände; am liebsten hätte sie sich noch einmal gewaschen.

»Ich weiß. Deshalb bin ich hier. Heute morgen rief jemand aus Ihrer Abteilung Petersens Witwe an und teilte ihr die Ergebnisse der toxikologischen Untersuchung mit. Wie kam das?«

Rosa schüttelte den Kopf. Ihr Haar, diesmal nicht unter

einer OP-Kappe versteckt, berührte ihre Schultern. »Niemand aus meiner Abteilung würde Informationen weitergeben, bevor nicht die ermittelnden Detectives informiert wurden.«

»Mrs. Petersen sagte aber, man habe ihr mitgeteilt, daß ihr Mann an einer Überdosis Kokain gestorben sei. Das war uns neu.«

»Das war auch nicht die Todesursache. Der Bericht ist mittlerweile fertig, und es stimmt, daß Petersen eine hohe Dosis Kokain in Blut und Urin hatte. Sogar im Haar. Das hätte ich Ihnen auch schon während der Obduktion sagen können. Sie sind ja gegangen, bevor ich fertig war. Sie haben den Kopf verpaßt, wissen Sie noch?«

»Sagen Sie bloß nicht, Sie hätten eine Kugel im Schädel gefunden.«

»Sehr witzig, Woo.«

Das war bereits die zweite Anspielung auf einen Fehler, der den Rechtsmedizinern vor einem knappen Jahr unterlaufen war. Es ging damals um die Obduktion eines Mannes, der aus einem Fenster im siebten Stock gestürzt war. Dr. Washington führte in ihrem Obduktionsbefund den Sturz als Todesursache an. Die Polizei hatte jedoch Blutflecke in dem Zimmer entdeckt, aus dessen Fenster der Mann gestürzt war. Die Leiche mußte daraufhin nochmals untersucht werden. Dr. Abraham nahm die zweite Autopsie vor und fand eine Kugel im Schädel des Mannes. Die Kugel, und nicht der Sturz aus dem Fenster, war die Todesursache gewesen. Rosa wirkte keinesfalls verärgert. Über diesen Schnitzer war sie längst hinweg.

»Hätten Sie sich die Mühe gemacht und meinen Befund gelesen, dann wüßten Sie jetzt, daß seine Nasenscheidewand so kaputt war, daß ihm ohne Operation demnächst bald die Nase abgefallen wäre«, sagte Rosa überheblich.

»Ich hab Ihren Befund noch nicht zu Gesicht bekommen,

Doktor. Er ist noch nicht bei uns eingetroffen. Wollen Sie jetzt sagen, daß Petersen an einer Überdosis Drogen starb?«

»Aus meinem Bericht geht doch unmißverständlich hervor, daß die Todesursache eine Herzbeuteltamponade war. Ein massiver Herzanfall, das sagt Ihnen wahrscheinlich mehr.« Rosa sah auf ihre Armbanduhr. Es war spät. Sie wollte Schluß machen und nach Hause gehen.

»Sind Sie sicher, daß es keine andere Ursache für die Tamponade gibt?« Mit ihrer sanften, in Verhören erfahrenen Stimme hatte die Polizistin unvermittelt ein neues Thema angeschnitten.

Mit wütendem Schnaufen bestritt Rosa diese Möglichkeit. »Auf keinen Fall. Wie kommen Sie darauf?«

»Keine Ahnung, vielleicht hat mich eine Bemerkung von Petersens Witwe darauf gebracht, und dann die Sache mit dem Kokain. Ist es möglich, daß ihm jemand schlechten Stoff gegeben hat?«

»Schlechten Stoff? Guten Stoff gibt's überhaupt nicht, wenn Sie mich fragen. Sie können sich nicht vorstellen, wie sich dieser Kerl ruiniert hat. Es wundert mich ehrlich gesagt, daß er sich noch auf den Beinen halten konnte«, sagte Rosa kopfschüttelnd.

»Petersens Witwe wird dank seines Ablebens ungefähr einhundert Millionen Dollar erben. In Anbetracht dieses offenkundigen Motivs und der Tatsache, daß er hoffnungslos drogensüchtig war, wäre es doch durchaus möglich, daß sie etwas nachgeholfen hat.«

Rosa lachte. »Diese Tussi, die ich im Fernsehen gesehen hab?«

»Geld ist doch ein einleuchtender Beweggrund, finden Sie nicht?«

»Was für 'ne Frage. Keine Ahnung, für manche Leute vielleicht. Jeder hat seine Schwächen. Petersens Schwäche war der Schnee. Das hat ihn umgebracht. Manche lieben Geld zu sehr, andere lieben einfach die Liebe zu sehr. Und Sie, Woo?«

April schüttelte den Kopf. »Ich würde für nichts in der Welt töten, außer, um ein Leben zu retten.«

»Das hab ich nicht gemeint. Ich meinte, was ist Ihre Schwäche?«

»Ich will auf keinen Fall mein Gesicht verlieren«, erwiderte April ohne zu zögern.

Rosa lächelte. »Genau wie ich. Ich kann es nicht leiden, bloßgestellt zu werden. Sie glauben jetzt also, Sie haben es mit einem Mord zu tun. Das wäre eine ziemlich große Blamage für mich, verstehen Sie. Eine Riesenkränkung. Ich wüßte nicht, wie ich damit umgehen soll.«

»War ja nur so ein Gedanke«, murmelte April. »Sie schließen diese Möglichkeit also aus?«

»Wir sind doch Freunde, oder? Sie wissen, was das für mich bedeuten würde, oder?«

»Ich meine es doch nicht persönlich«, stellte April klar. »Ich bewundere Ihre Arbeit sehr. Ich will Ihnen keinesfalls schaden. Ich will nur herausfinden, wer Merrill Liberty umgebracht hat und warum.«

»Mir und allen anderen, die an diesem Fall dran sind, ist vollkommen klar, daß sie von ihrem Mann ermordet wurde.«

»Es gibt aber bisher noch kein Motiv. Ohne ein Motiv wäre das ein ziemlich wackliger Fall.«

»Das ist Ihr Problem, nicht meines. Der Kerl hat sich aus dem Staub gemacht. Die waren doch befreundet. Vielleicht war er ja auch süchtig.«

April schüttelte den Kopf.

»*Petersen* war jedenfalls bis zum Anschlag voll mit Kokain. Schon die Anstrengung, die es ihn gekostet hätte, einem Taxi nachzurennen oder nur die Hand zu heben, um eins herbeizuwinken, hätte sein Herz überstrapaziert. Mit ansehen zu müssen, wie seine Geliebte ermordet wurde, kann durchaus einen massiven Herzanfall ausgelöst haben.« Rosa hatte alles sehr schön kombiniert. Mehr konnte die Polizistin doch nicht verlangen, oder?

Die Beamtin, die im Dunkeln saß wie eine Katze auf der Lauer, schüttelte den Kopf. »So kann's nicht gewesen sein. Ducci sagt, die Blutflecke beweisen eindeutig, daß Petersen zuerst starb.«

»Und was hat das mit mir zu tun?« Rosas Gesicht wurde von der Schreibtischlampe angestrahlt. Schien sie plötzlich zu stören, worauf sie den Lichtstrahl auf eine andere Stelle richtete. Sie wußte genau, was es mit ihr zu tun hatte. Diese korrupte Polizistin wollte die Tatsachen verdrehen. Das kam dauernd vor. Aber sie, Rosa, gestand es niemandem zu, ihre Arbeit in Frage zu stellen.

»Falls Petersen tatsächlich zuerst starb, hatte der Mörder es vielleicht auf *ihn* abgesehen und Merrill Liberty war bloß eine Dreingabe.«

»Er hatte einen *Herzinfarkt.* Sie haben doch sein Gesicht gesehen, ganz blau«, sagte Rosa unnachgiebig.

»Haben Sie Zyanid im Blut gefunden? Das färbt auch blau.«

»Petersen starb eines natürlichen Todes, da bin ich sicher.«

»Augenscheinlich ja. Aber vielleicht sollte genau dieser Eindruck erweckt werden.«

»Aber wie? Wie soll er das denn gemacht haben? Sie machen mich ganz schön nervös mit dieser Fragerei. Wollen Sie etwa andeuten, daß ich einen Fehler gemacht habe? Unmöglich.«

»Das wäre nicht das erste Mal«, sagte Woo leise. »Das letzte Mal wurde es vertuscht, wenn ich mich recht erinnere, und Sie sind noch mal glimpflich davongekommen.«

»*Dieser* Mann starb eines natürlichen Todes, ich gebe Ihnen mein Wort. Ich würde meine Karriere darauf wetten«, zischte Rosa. »Ich würde *Ihre* Karriere darauf wetten.«

»Dazu kommt es hoffentlich nicht.« April Woo erhob sich und griff nach ihrem Mantel. »Wie dem auch sei, es wird die Witwe jedenfalls freuen, daß Sie sich so sicher sind.«

So unverfroren befragt und dann unvermittelt abserviert zu werden, trieb Rosa das Blut ins Gesicht. Die Anspielung auf Petersens Witwe empfand sie ebenfalls als Beleidigung. Was kümmerte sie die Witwe? Rosa überragte die Beamtin um einige Zentimeter. Die Chinesin war sehr schlank, aber wahrscheinlich nicht sehr muskulös. Rosa beobachtete, wie April ihren Mantel über die Schultern legte. Der *Abteilung* unterliefen manchmal Fehler. Aber *sie,* Rosa, machte nie was falsch. Weshalb sollte sie sich vor dieser blöden Polizistin rechtfertigen? Rosa wollte noch auf die prekäre Lage der Rechtmedizinischen Abteilung hinweisen, jetzt da Dr. Abraham im Krankenhaus lag. Wie riskant es für die Staatsanwaltschaft, die Polizei, ja für alle Beteiligten wäre, unter diesen Umständen die Ergebnisse eines wichtigen Obduktionsbefundes anzuzweifeln. Der Fall könnte platzen, es gäbe keinen Prozeß. Und Merrill Libertys Mörder – ihr Mann, der schwarze Bastard – käme ungeschoren davon. Abraham würde jeglichen Glauben in sie verlieren. Das reinste Desaster. Aber sie sagte lieber nichts mehr.

»Danke, daß Sie mir das alles noch mal erklärt haben. Heute nacht kann ich bestimmt besser schlafen.« April Woo kam aus der dunklen Ecke hinter der Tür hervor, wo sie Dr. Washington aufgelauert hatte. Sie schenkte Rosa ein aufgesetztes Lächeln, winkte kurz und eilte aus dem Büro. Rosa erhob sich und wusch sich April Woo von den Händen.

32

Wally Jefferson wußte, daß er von der Polizei gesucht wurde. Seine Frau hatte ihm gesagt, daß ein Detective namens Sanchez dreimal innerhalb von zwei Tagen angerufen hatte. Der Cop hatte ihr nicht glauben wollen, daß ihr Mann nie zu Hause war. Um sich ein eigenes Bild zu machen, war er deshalb heute am frühen Abend selbst in New Jersey aufgekreuzt. Sie war völlig aufgebracht, da der Cop sich hatte umsehen wollen, und sie hatte nicht gewußt, wie sie darauf reagieren sollte.

»Hast du Ärger, Wally?« Sie hatte die Nummer seines Mobiltelefons gewählt und brach in Tränen aus, als sie seine Stimme hörte.

»Hast du ihn etwa gelassen?«

»Ja«, jammerte sie. »Er hat sich in der Garage und im Garten umgesehen. Wonach sucht er denn?«

»Der sucht 'ne Leiche. Hat er eine gefunden?«

Sie schrie auf. »Um Gottes willen. Eine Leiche. Ach, du machst Witze, Wally.«

»War nur ein Witz, klar.«

»Eine Leiche hat er jedenfalls nicht gefunden.«

»Ein Glück. Wollte er auch wissen, wo ich in der Nacht war, in der Petersen umgebracht wurde?«

»Ja. Er –«

»Was hast du gesagt, Liebes?«

»Ich hab gesagt, daß du ab zehn Uhr hier bei mir warst, so wie du es wolltest. Was ist nur los, Wally?«

»Mach dir keine Sorgen. Es sind ein paar schlimme Sachen passiert, aber damit hab ich nichts zu tun. Glaubst du mir das?«

»Aber du warst in dieser Nacht doch gar nicht hier«, sagte sie weinerlich. »Komm nach Hause, bitte. Ich hab solche Angst.«

»Vertrau mir. Mach dir bloß keine Sorgen. Ich werde schon alles richten.«

»Wie denn? Wo bist du überhaupt? Ich muß das wissen.«

»Du mußt nicht alles wissen. Ich ruf dich nachher an und sag, wie's weitergeht.« Wally legte auf und wählte Julios Nummer.

Julio meldete sich mit einem spanischen Wortschwall.

»Wally hier, wo steckst du?«

»Wo steckst du, Mann?«

»Laß das, Julio. Du hast jemanden im falschen Wagen erledigt. Du mußt mir jetzt helfen.«

»Hab keinen umgebracht. Der hat seine Pistole gefressen, dieser Typ. Blöder *hijo de puta.* Der wollte zuviel.«

»Wieso mußtest du ihn im Auto erledigen?«

»*Accidente,* sag ich doch. Ich hab nichts, *nada* gemacht.«

»Julio, du hast mich in diese Scheiße reingezogen. Ich will aussteigen, sofort.«

»Wo bist du, Mann?«

»Weiß nicht genau. Ich will meinen Anteil.«

»Morgen, sagte ich doch schon.«

»Ich will's heute abend noch haben. Hörst du. Du gibst mir die Kohle, und ich verschwinde. Gibst du mir das Geld nicht, packe ich bei den Bullen aus, dann lochen die mich höchstens wegen Autodiebstahl ein. Nicht wegen Drogen. Und dich kriegen sie wegen Mord. *Comprende?*«

»Mein *ingles* ist so schlecht, *pero* du kriegst's heute abend. Alles klar.«

»Gleicher Ort wie immer?«

»*Si.* In ein, zwei Stunden.«

Jefferson seufzte. Jetzt mußte er nur noch den Wagen loswerden und auf öffentliche Verkehrsmittel umsteigen. Das paßte ihm gar nicht. Umziehen müßte er sich eigentlich auch noch. Es regnete schon wieder. Er würde sich in Uptown nach einem anderen Wagen umsehen müssen.

33

April hatte sich auf einen ruhigen Abend gefreut, doch als sie die Haustür öffnete, schlugen ihr Rauch und gellende Schreie entgegen, was sie sogleich an einen Hausbrand denken ließ. Wahrscheinlich war ihre Mutter darin gefangen. Bei genauerem Hinsehen merkte April, daß Sai Woo nur wieder mal in eine ihrer vielen verschiedenen Rollen geschlüpft war. Wie eine Verrückte hantierte Sai auf dem Herd mit Woks und Kochlöffeln, heulte dabei wie ein Wolf und spie Feuer wie ein Drache.

Skinny Dragon setzte diese Inszenierung unbeirrt fort, als April in die Küche stürmte, um herauszufinden, was eigentlich los war.

»Aaeiiiie.« In Sais Klageschrei lag das Leid der ganzen Welt.

Dim Sum, der kleine französische Pudel, zuckte bei jedem Schlag mit dem Kochlöffel zusammen und verdrehte die Augen. Die Hündin lag auf Ja Fa Woos Thron, einem Küchenstuhl, und ihr Hinterteil steckte unter einem gemusterten Pullover in trüben Farben, den Sai Woo ihrem Ehemann – eines ihrer weniger originellen Präsente – zum Geburtstag geschenkt hatte. Der apricotfarbene Kopf der Hündin mit den ausdrucksvollen, schwarzen Augen ruhte auf den Vorderpfötchen, die übereinandergeschlagen waren wie zu einem Gebet, daß der Krach endlich aufhören möge.

»Ma, was ist los? Sprich mit mir.«

Sai sprudelte auf chinesisch. »Dein Onkel Dai hatte einen Herzanfall. Er ist im Krankenhaus. Dein Vater ist auch dort.«

Erst war sie viel zu zornig, Näheres zu erklären, doch bald konnte sie nicht mehr an sich halten und überfiel ihre Tochter mit wütenden Beschuldigungen. April hätte eigentlich um vier Uhr zu Hause sein sollen. Jetzt war es fast halb elf. Sai war völlig außer sich, weil ihrer Tochter, diesem elenden

Wurm, jegliches Pflichtbewußtsein gegenüber ihrer Mutter fehlte und sie nicht zur Stelle gewesen war, um sie ins Krankenhaus zu fahren. Weil elende Wurmtochter nicht zu Hause war, hatte Sai auf Fern-Methoden zurückgreifen müssen, um Onkel Dais kranken Geist wiederzubeleben. Das Krankenhaus war viele Meilen entfernt, und Sai hatte keine Ahnung, ob Dais Geist sie überhaupt hören konnte.

Zu alledem hatte Dai gar nichts von Aprils neuem Freund gewußt, diesem neuen Heiratskandidaten, er war ja *Chinese!* Dieser (mustergültige) Chinese hatte dreimal angerufen und sich sehr höflich mit Sai unterhalten. Er wollte sie bald kennenlernen, hatte er gesagt. Während sie mit Kochlöffeln scheppernd auf den Herd einschlug, beklagte sie sich über die Ironie des Schicksals; ihrer undankbaren Tochter wurden immer wieder anständige Freunde beschert, die April immer so lange ärgerte und verdroß, bis sie das Weite suchten.

»Du nicht heimgekommen«, schrie Sai. »Warum du nicht heimgekommen? Du noch einen Freund verlieren, du dreifach dumm, *ni.* Zehntausendfach dumm.«

»Wovon redest du überhaupt, Ma? Komm, wenn du Onkel Dai besuchen willst, fahr ich dich ins Krankenhaus. Hol deinen Mantel.«

Aber nein, sie weigerte sich. Dieser Freund hatte dreimal für April angerufen, also würde Sai ihre Gefühle zurückstellen, sogar ihre Pflicht gegenüber Onkel Dai, damit April diesen Kiang – so wie es sich gehörte – zurückrufen konnte. Vielleicht konnten sie sich für morgen verabreden und im Frühjahr heiraten.«

»Sag das noch mal«, sagte April. »Dean Kiang hat hier angerufen? Hier bei dir?«

Sai nickte und fiel wieder ins Chinesische. »Ich hab ihm gesagt, daß du noch nicht zu Hause bist. Er sagte, ihr wart verabredet und du hättest ihn versetzt. Er klang besorgt, *ni,* ein netter Mann.«

»Er hat hier bei dir angerufen?«

Trotz Sais aufrichtigem Nicken war April davon überzeugt, daß *Skinny Dragon* wieder mal oben in ihrer Wohnung rumgeschnüffelt hatte und an ihr Telefon gegangen war, was sie ihr strikt verboten hatte. »Das ist nicht mein Freund«, berichtigte April. »Er ist der DA.«

»Was ist DA?«

»Der District Attorney, der Staatsanwalt, er ist Anwalt. Er rief beruflich an.«

»Hörte sich aber nicht beruflich an.«

April holte tief Luft und versuchte, sich zu beruhigen. Statt dessen erstickte sie fast an der Weihrauchwolke.

»Ist verheiratet?«

»Woher soll ich das wissen? Ich hab ihn doch gerade erst kennengelernt.«

Sai gestand außerdem noch, daß sie Dean Kiang zum Essen eingeladen und er freudig zugesagt hatte. Würde April ihn bitte zurückrufen, schließlich hatte er betont, wie dringend es war.

April ging hinauf in ihre Wohnung, um den stellvertretenden Staatsanwalt anzurufen. Es war 22.35 Uhr, und er war immer noch im Büro. Er war sicher nicht verheiratet, schätzte April.

»Hallo, April hier«, meldete sie sich und konnte sich endlich in einen Sessel fallen lassen.

»Mann, April, auf was hast du dich da nur eingelassen?« Kiang kam ohne Umschweife zur Sache. »Ich habe dich eigentlich für klüger gehalten.«

Gerade erst von ihrer Mutter abgekanzelt, hatte April keine Lust, schon wieder ihre Intelligenz in Frage gestellt zu sehen. Sie wollte etwas erwidern, doch ihre Zunge streikte.

»Bist du noch dran, April?«

»Ja. Du hast ein paarmal hier angerufen?«

»Man macht uns mächtigen Druck hier wegen deines Besuchs bei Dr. Washington.«

»Ach ja, wer?«

»Abraham rief aus dem Krankenhaus an. Er sagte, daß er persönlich dafür sorgen wird, daß du auf keinen grünen Zweig mehr kommst, falls du diese Ermittlungen vermasseln solltest. Dafür werde ich dann übrigens auch sorgen.«

»Ich weiß überhaupt nicht, wovon du sprichst«, gab April wütend zurück.

»Das weißt du ganz genau. Du hast Dr. Washington bedroht. Hast ihr vorgeworfen, die Ermittlungen zu behindern – ich weiß nicht was sonst noch alles. Bist du verrückt?«

»So hat Dr. Abraham das gesagt?«

»So was mußt du bleibenlassen, wenn du hier mit mir zusammenarbeiten willst...« Kiang machte eine Pause.

Aprils Mund war ganz trocken. Ihr war klar, daß sie Rosa Washington provoziert hatte und daß solch unmißverständliche Provokation allen Grundsätzen ihrer Vorfahren und ihrer Erziehung zuwiderlief. Chinesen beschuldigten einander nicht unverhohlen; Auseinandersetzungen fanden im alten China nicht statt. Statt dessen wurden Sünder bei lebendigem Leibe gehäutet oder an Pferde gebunden und in Stücke gerissen, Arme und Beine wurden abgehackt, der Kopf aufgespießt. Trotzdem legte man größten Wert auf gute Manieren. Mao lud bekanntermaßen seine Feinde zum Essen ein, setzte ihnen die besten Speisen vor, um sie dann auf ihrem Heimweg mit einer Autobombe in die Luft jagen zu lassen. Es machte auf jeden Fall einen besseren Eindruck, wenn der Feind aus unerklärlichen Gründen auf dem Nachhauseweg starb, als ihn direkt zu köpfen oder ins Gefängnis zu werfen und damit womöglich seinen Ruf aufs Spiel zu setzen.

April wand sich unter Kiangs Vorwürfen. Anderen derart auf die Pelle zu rücken und sie mit Fragen zu löchern, entsprach keineswegs ihrem Naturell. Sie tat das äußerst ungern, und es hatte sie sehr viel Überwindung gekostet, die Rechtsmedizinerin derart in die Enge zu treiben.

»April«, meldete sich Kiang wieder. »Ist das bei dir angekommen?«

»Ducci meint, Petersen starb zuerst«, sagte April endlich.

»Hab ich gehört, aber das ändert nichts an den Tatsachen.«

»O doch. Wenn Petersen als erster starb, stellt sich wieder die Frage nach seiner Todesursache und dem Grund für Merrill Libertys Ermordung. Dir sollte doch sehr an der Klärung dieser Umstände gelegen sein, damit wir diesen Fall konsequent verfolgen können.«

Kiang schnaufte verächtlich. »Weißt du eigentlich, was mit dem Nagel passiert, der rausschaut, April?«

»Keine Ahnung.«

»Er wird reingehämmert.«

April bedankte sich nicht für diesen Hinweis.

»Du wolltest dich doch melden«, beklagte er sich. »Ich dachte, du wolltest heute abend noch mal vorbeischauen. Ich hätte gern zu Abend mit dir gegessen.« Er hielt einen Moment inne, als wartete er auf eine Entschuldigung.

April schwieg. Wofür sollte sie sich entschuldigen? Sie waren doch gar nicht richtig verabredet gewesen.

»Na ja, hoffentlich hältst du mich morgen wieder auf dem laufenden.«

»Ja, klar«, sagte April und legte auf. Selbstverständlich würde sie ihn auf dem laufenden halten. So wie heute, und was hatte es gebracht? Erschöpft schleppte sie sich ins Schlafzimmer und betrachtete sehnsuchtsvoll ihr Bett. Doch das Telefon klingelte schon wieder. April hatte noch nichts zu Abend gegessen. Sie war mittlerweile total erschlagen und wollte nur noch schlafen. Sie befürchtete, es könnte wieder Kiang sein, der sie noch etwas mehr quälen wollte und hob erst nach dem vierten Läuten ab. *»Wei«,* sagte sie vorsichtig.

»April, was ist denn bei dir los?«

»Mike.« April seufzte erleichtert. »Wo warst du nur?«

»Das sollte ich dich fragen. Wenn du so weitermachst, werden wir demnächst nach Sibirien versetzt.«

»Ich hab ihr doch nur ein paar Fragen gestellt. Ich wollte mir doch nur über Petersens Todesursache Gewißheit verschaffen. Wie kann ich denn ahnen, daß Dr. Washington gleich in die Luft geht?«

»Was hast du denn erwartet, wenn du ihr vorwirfst, alles falsch gemacht zu haben?«

»Das stimmt doch gar nicht, Mike. Das mit dem UV-Licht habe ich zum Beispiel gar nicht erwähnt, das störte Ducci ja sehr. Von Fehlern war gar keine Rede.« April hielt inne. »Ich hab sie allerdings auf einen früheren Fehler in ihrer Abteilung angesprochen. Das war alles. Und weißt du was?«

»Du liebst mich, vermißt mich und bist ganz scharf auf mich.«

»Du gibst nie auf, was?« April lachte.

»Doch, schon. Sollte ein Scherz sein. Was ist mit dem toxikologischen Befund?«

»Ich fragte Dr. Washington, wer da nicht dichtgehalten und Petersens Witwe informiert hat. Niemand aus ihrer Abteilung würde Informationen ausplaudern, behauptet sie, ehe nicht die Detectives informiert sind. Wir wissen aber, daß Daphne bei ihr angerufen hat. Schließlich waren wir zugegen, als die Sekretärin die Nachricht entgegennahm. Vielleicht haben sie sich angefreundet. Washington sagte, Petersen schniefte so viel Koks, daß demnächst eine neue Nase fällig gewesen wäre. Ist Merrill Libertys Befund eingetroffen?«

»Der kommt morgen.«

»Hast du mit Patrice Paul gesprochen?«

»Ja, hat nicht viel gebracht. Er ist schwul, lebt mit seinem Freund zusammen. Zwei Gesundheitsfanatiker. Es gab Jasmintee.« Mike seufzte. »Das war lecker.«

»Schön. Als Kokain-Lieferant scheidet er dann wohl aus.«

»Früher hat er ein recht wildes Leben geführt, aber als sein Partner mit siebenundzwanzig an Aids starb, warf er alles – Gras, Kokain, Alkohol – ins Klo. Seitdem ist er clean.«

»Was ist mit Liberty? Weiß Patrice, wo er steckt?«

»Das hat er abgestritten. Libertys bester Freund war Tor Petersen. Und Patrice hat keine Ahnung, an wen sich Liberty nach dessen Tod wenden würde. Er war sehr beunruhigt, er hielt sich immer für den nächstbesten Freund.«

»Vielleicht gewährt ihm einer seiner Geschäftspartner Unterschlupf.«

»Das bezweifelte Patrice. Er sagte, daß Libertys Partner merkwürdig auf Merrills Tod reagierten, was Liberty sehr beunruhigte.«

»Wie das?«

»Genaueres hat er nicht gesagt.«

»Was sagt er denn dazu, daß Liberty schwul gewesen sein soll?« fragte April.

»Er war nicht schwul, das hätte Patrice gewußt. Was sagt dein Freund Jason?«

»Er kam gegen sechs zu einer kurzen Unterredung mit dem Lieutenant aufs Revier. Libertys Persönlichkeitsprofil hat ergeben, daß er sanft ist wie ein Lamm. Jason und Emma wissen nicht, wo Liberty steckt. Iriarte hat ihm das nicht so richtig abgenommen.«

»Und du?«

»Ich denke nicht, daß Jason lügt«, sagte April langsam. »Ich werde mir die beiden aber noch mal vornehmen.«

»Ist es nicht schön, daß wir wieder zusammenarbeiten, April? Hast du mich vermißt?« fragte Mike.

»Ja, hab ich«, gab April zu. Es war 23.27 Uhr. Vollständig bekleidet lag sie auf dem Bett und konzentrierte sich auf den Fall. Sie mußte sich zusammenreißen, damit sie nicht in die Gefilde der Liebe abdriftete. »Was ist mit Jefferson?«

»Keine Vorstrafen, aber er hat wohl als Drogenkurier oder so was gearbeitet und in den geborgten Limousinen seiner Arbeitgeber Drogen befördert. Vielleicht kam Petersen dahinter und hat ihn zur Rede gestellt. Das könnte immerhin ein Anlaß für den Mord gewesen sei. In Libertys Wagen ist jemand umgebracht worden. Wir sollten Jefferson beschatten lassen. Ach ja, er war Sanitäter in der Armee; Anatomie-Kenntnisse hat er also auch.«

»Du hattest ja einen recht ereignisreichen Tag.«

»Aber nichts paßt zusammen. Und bei dir?«

»Bisher auch nicht. Das kommt noch«, sagte April und klang zuversichtlicher, als ihr zumute war.

»Ich bin froh, daß du so denkst, April. Hier ist ganz schön was los. Sei das nächste Mal ein bißchen vorsichtiger, okay?«

April schnitt eine Grimasse und legte auf. Sie gähnte ein paarmal, um den Schlaf heraufzubeschwören. Sie war jetzt wieder völlig wach und aufgekratzt und machte sich Sorgen, daß sie sich blamieren und sich alle Aufstiegschancen verbauen würde. Da trommelte ihre Mutter gegen die Tür.

»Dein Abendessen ist fertig«, schrie sie auf chinesisch.

April erhob sich stöhnend, ging ins Wohnzimmer und öffnete die Tür. Ihre Mutter brachte ein Tablett mit Tellern herein. Ihrem Wesen entsprechend hatte *Skinny Dragon* noch etwas kalten Reis und zwei von Aprils meistgehaßten Speisen aufgetrieben. Die hatte sie bestimmt extra aufgehoben, um April an diesem Abend damit zu quälen. Auf dem Teller häufte sich kalter, geschnetzelter Aal in Aspik. Drei schwarze, übelriechende, zehntausend Jahre alte Eier dienten als Dekoration. In diesem Augenblick wurde April bewußt, daß Mike sie nicht mehr *querida* nannte.

34

Liberty rief seine E-Mail auf und sah, daß Jason eine Nachricht geschickt hatte. Sie müßten unbedingt reden. Doch er wollte jetzt nicht mit Jason reden. Auch seine Geschäftspartner hatten E-Mails geschickt und warfen ihm vor, daß er sich mit seinem Verhalten nur selbst schade und sich endlich der Situation stellen solle. Diese Nachrichten ignorierte er ebenfalls. Er wollte gerade das Internet verlassen, als eine Nachricht von America Online über den Monitor flimmerte: MORDFALL MERRILL LIBERTY – LIBERTY FLIEHT NACH POLIZEIVERHÖR. Es folgte ein Artikel darüber, daß sein als gestohlen gemeldeter Lincoln wiederaufgetaucht war. Polizeiberichten zufolge war das Auto blutbesudelt, und im Kofferraum fanden sich Spuren weißen Pulvers, vermutlich Kokain.

Verblüfft schaltete Rick den Computer ab und wählte Marvins Nummer.

Marvin war sofort am Apparat. »Hallo.«

»Rick hier«, meldete er sich kraftlos. »Wird dein Telefon auch nicht abgehört?«

»Wir checken täglich alles nach Wanzen ab. Wie geht's dir denn, Mann?« Marvins Stimme war sachlich.

»Du bist doch im Mediengeschäft. Weißt ja, was los ist. Mein Wagen ist aufgetaucht.«

»Ich weiß, ich hab's als einer der ersten erfahren. Ich hab einen Freund bei der Polizei.«

»Wenn du so gute Kontakte hast, kannst du mir ja vielleicht sagen, was verdammt noch mal los ist.«

»Ich tappe genauso im dunkeln wie du. Außerdem riskiere ich gerade Kopf und Kragen für dich.«

»Und was ist mit meinem Kopf?«

»Auf den mußt du schon selbst aufpassen. Du wolltest es doch so.«

»O nein, so bestimmt nicht. Ich will hier weg, Marv. Wieso mußtest du mich ausgerechnet in Harlem bei dieser verrückten Schwester unterbringen?«

»Da ist wenigstens was los. Ich dachte, das gefällt dir. Inmitten deiner eigenen Leute. Ein gutes Versteck, da findet dich niemand.«

»Ich verstecke mich nicht, Mann. Ich hab ja schließlich nichts getan.«

»Wenn du meinst.«

Rick seufzte. »Marv, ich glaube, meine Leute wollen mich reinlegen. Hast du eine Ahnung, wieso?«

»Nein, mein Lieber«, erwiderte Marvin ruhig. »Natürlich nicht. Ich frage mich, wer Merrill umgebracht hat. Wenn ich es wüßte, säße der schwarze Bastard schon längst im Knast.«

»Woher weißt du, daß sie von einem Schwarzen umgebracht wurde?«

»Hab ich das gesagt?«

»Ja, du sagtest ›der schwarze Bastard‹. Belle hat das heute auch schon mal gesagt.«

»Tut mir leid. Das ist mir so rausgerutscht. Keine Ahnung, ob der Mörder schwarz oder weiß ist.«

»Heiliger Himmel. Du verarschst mich doch total. Diese durchgeknallte Schwarze – Belle – sagt, Tor sei an einer Überdosis Koks gestorben. Ist Merrill da vielleicht in einen Kokain-Deal geraten?«

»Möglich. Belle ist übrigens nicht durchgeknallt. Sie gehört zu meinen besten Leuten. Magst du sie nicht?«

Konnte man so jemanden mögen? »Was soll das heißen, zu deinen besten Leuten?«

»Hat sie dir das nicht erzählt? Sie arbeitet mit den Kindern in Harlem. Und als Vermittlerin zur Polizei und Staatsanwaltschaft. Sie geht bis vors Familiengericht, wenn unschuldige junge Leute eingebuchtet werden. Verprügelten Ehefrauen hilft sie auch. Sie ist eine der Besten.«

»Na gut, wenn du das sagst. Woher stammt das Kokain dann?«

»Vermutlich von Wally Jefferson, Petersens Chauffeur, mit dem du ja unbedingt reden wolltest. Da hast du anscheinend den Nagel auf den Kopf getroffen. Anscheinend hat er in Petersens Wagen Deals abgewickelt. Vielleicht hat er das mit deinem ja auch gemacht und hat vergessen, ihn wieder zurückzubringen. Könnte das sein?«

Rick antwortete nicht.

»Tja, so sieht's aus. Vielleicht solltest du einfach wieder auftauchen. Du klingst so aufgelöst. Geh doch ein bißchen in der Nachbarschaft spazieren, entspann dich ein bißchen. Vielleicht läufst du Wally Jefferson ja zufällig über den Weg und könntest mit ihm reden. Was hältst du davon? Nimm dich aber vor diesen Drogendealern in acht, ja? Mit denen ist nicht zu spaßen.«

»Weißt du denn, wo Jefferson steckt? Bei ihm zu Hause nimmt niemand ab.«

»Es gibt so einen Club, da treibt er sich häufig rum.«

»Gut, ich werde mal sehen, ob ich ihn finde. Aber sag deinen Freunden bei der Polizei Bescheid, daß sie mich in Ruhe lassen sollen. Sag ihnen, daß Merrill in einen Drogen-Deal geraten ist.«

»Das geht nicht, und das weißt du auch. Ich mache die Nachrichten nicht selbst – ich bin bloß Berichterstatter.«

»Schwachsinn. Ihr Arschlöcher verdient doch eure Brötchen damit, daß ihr die Wahrheit verdreht.«

»Immerhin bin ich das Arschloch, an das du dich gewendet hast, mein Guter«, gab Marvin zu bedenken und hängte ein.

Rick hatte keine Lust, ihn zurückzurufen. Statt dessen schickte er nun doch eine panische E-Mail an Jason. Er bereute es jedoch sofort und hätte sie am liebsten rückgängig gemacht. Vielleicht reagierte Jason ja ähnlich wie Marvin. Zu spät: die Nachricht war bereits gesendet. Dann setzte er sich ans Fenster und beobachtete, wie der Regen auf die Straße prasselte. Die Treppe gegenüber war jetzt leer. Ein ganz normaler, trüber Winternachmittag.

Um 19 Uhr kam Belle zurück. Ohne die Feuerwehr-Regenjacke auszuziehen, die sie über den vielen Kleidungsschichten trug, bedeutete sie Rick, ihr zu folgen. Sie verließen die Wohnung.

35

Jason saß umgeben von tickenden Uhren an seinem Schreibtisch und las Ricks jüngste E-Mail. Rick konnte offensichtlich nicht mehr klar denken, deswegen war der Polizei auch sehr daran gelegen, ihn endlich in Gewahrsam zu nehmen. Jason hätte nie jemandem geraten, sich so zu verhalten, wie Rick es gerade tat. Er hielt Ordnung für etwas sehr Notwendiges, Menschen konnten nicht einfach tun und lassen, was sie wollten. Man mußte für seine eigenen Handlungen auch geradestehen, davon war er überzeugt. Rick handelte verantwortungslos. Er hatte Jason gebeten, Merrills Nerzmantel in der Wohnung abzuholen und ihn Emma zu geben. Jason konnte sich diese ungewöhnliche Bitte nur damit erklären, daß Rick nicht vorhatte, wieder zurückzukommen.

Seit der Unterredung mit Aprils Chef auf dem Revier verstand Jason durchaus, weshalb Rick eine Weile untertauchen wollte. Würde er in Ricks Haut stecken, ginge es ihm vielleicht genauso. Vielleicht war es falsch, Rick nicht aufzufordern, sofort zurückzukommen. Aber das konnte er nicht.

Jason sah auf seine Armbanduhr. Der Tag hatte noch gar nicht richtig begonnen, und er war bereits völlig deprimiert. Er wählte April Woos Dienstnummer. Gestern abend war noch kein Haftbefehl gegen Rick erlassen worden. Er wollte wissen, ob sich daran etwas geändert hatte. Ihm lag viel daran, daß Rick gefahrlos nach Hause kommen konnte, um ordentlich von einem Anwalt vertreten zu werden. Vielleicht war das ja eine Schnapsidee.

Eine mürrische Männerstimme meldete sich: »Mannschaftsraum, Midtown North.«

»Ich möchte eine Nachricht für April Woo hinterlassen. Mein Name ist Dr. Frank, sie soll mich bitte zurückrufen.«

»Ihre Telefonnummer?«

»Die hat sie bereits«, erwiderte Jason. Dann druckte er Libertys E-Mail aus und schickte seine Antwort ab.

36

Eigentlich hätte April am Samstag frei gehabt. Sie hatte ihrer Mutter versprochen, sie ins Krankenhaus zu Onkel Dai zu fahren. *Skinny Dragon* wollte dort ihre Kräfte unter Beweis stellen und Dais Seele und sein Leben retten. Er lag mittlerweile im Koma und konnte jede Hilfe gebrauchen. Doch Aprils freier Tag war ins Wasser gefallen. Natürlich hatte *Skinny* ihre Tochter angebrüllt und ihr zum zehntausendsten Mal gesagt, daß sie ohne Ehrgefühl sei und kein Pflichtgefühl habe gegenüber ihren Verwandten und Ahnen. *Skinny* prophezeite April, daß alle Ahnen sie zur Strafe bis ans Ende ihrer Tage verfluchen und ihr Unglück wünschen würden für ihr diesseitiges und auch ihr jenseitiges Leben. Sai Woo ließ sich weder mit Geld für ein Taxi beschwichtigen, noch durch Aprils Hinweis, daß es Verpflichtungen verschiedenster Art gab und sich das Police Department nicht mit einem Nein zufriedengab.

Auf der Fahrt nach Manhattan wurde April von fürchterlichen Kopfschmerzen geplagt, die noch schlimmer wurden, als sie in ihrem Büro eine Nachricht von Jason Frank vorfand; Jason verfluchte sie sicher auch auf ewig wegen der gestrigen Konfrontation mit Iriarte. Lieutenant Iriarte hatte sie offensichtlich schon erwartet, denn kaum hatte sie ihren Mantel abgelegt, ging er an ihrer Tür vorbei, richtete einen Finger wie eine Pistole auf sie und beorderte sie mit einer abrupten Kopfbewegung in sein Büro.

Normalerweise hatte April keine Angst vor ihm, doch der ewige Fluch ihrer Ahnen war eine große zusätzliche Belastung. Unheil war im Anzug, und heute war offensichtlich Iriarte der Überbringer.

»Was treiben Sie da eigentlich, Woo?« fragte Iriarte gekränkt und betrachtete sie mit traurigem Blick.

»Was meinen Sie, Sir?«

»Das war doch eine klare Frage.« Wie sooft, wenn jemand beleidigt war, schlug seine Kränkung blitzschnell in Wut um.

»Ich ermittle in einem Mord, Sir.« April entschied sich für eine klare Antwort.

»Ich würde sagen, Sie tanzen auf heißen Kohlen. Wollen Sie wissen, wie viele Beschwerden gestern abend Ihretwegen eingegangen sind? Downtown sind Sie schon berüchtigt.«

»Bin ich jemandem zu nahe getreten, Sir?«

»Wem, das wissen Sie ganz genau. Glauben Sie etwa ernsthaft, daß Sie Dr. Washington tausend Fehler vorwerfen können, ohne daß das Konsequenzen nach sich zieht?«

»Es gibt widersprüchliches Beweismaterial, Sir. Ich wollte nur klären –«

»Laut Medical Examiner haben Sie Dr. Washingtons Assistenten in die Mangel genommen und ihr selbst vorgeworfen, mit dem Beweismaterial gepfuscht zu haben. Sie hätten sie sogar der Fahrlässigkeit bezichtigt.«

»Was?« Iriartes Worte schlugen wie Hämmer auf ihren sowieso schon schmerzenden Schädel ein. Sie war völlig verdutzt. Weshalb sollte sie Dr. Washington Fahrlässigkeit vorwerfen? Fahrlässig konnte man doch nur bei lebenden

Patienten handeln, oder? Womit sollte sie Pfusch getrieben haben? Sie hatte gar keinen der Assistenten zu Gesicht bekommen. Die hatten längst Feierabend gehabt. April starrte ihren Chef ungläubig an. Sie hatte doch nur auf die übliche amerikanische Art ein paar direkte Fragen gestellt. Das hatte sie so gelernt, dafür wurde sie schließlich bezahlt. Was sollte das alles? Weshalb diese Aufregung?

»Sonst haben Sie nichts zu sagen?«

»Nein. Die Staatsanwaltschaft hat sich auch schon zu meiner Unterhaltung mit Dr. Washington geäußert. Entweder, diese Frau ist verrückt oder das Rechtsmedizinische Institut hat etwas zu verheimlichen.«

April erwartete von Iriarte, daß er sich dazu äußerte und sie in Schutz nahm. Er machte keinen zufriedenen Eindruck. Er lief vor Wut lila an. Vielleicht wuchs ihm der Fall über den Kopf. Womöglich bekam er einen Herzanfall wie Onkel Dai, der eigentlich gar kein richtiger Onkel war, oder wie Tor Petersen, der zuviel Koks geschnieft hatte. Andererseits, Lieutenant Iriarte konnte sie auch ruck, zuck zunichte machen.

»Woo, ich mach mir langsam Sorgen. Haben Sie den Verstand verloren? Ist Ihnen nicht klar, daß Sie Ärger kriegen werden?«

»Es war nicht meine Absicht, Dr. Washington zu beleidigen, Sir. Ich wollte lediglich wissen, weshalb Petersens Witwe vor uns den toxikologischen Befund erhalten hat. Und ich wollte ihr sagen, daß der Haare-und-Fasern-Abteilung zufolge die Blutflecken auf Petersens Mantel darauf schließen lassen, daß er vor Merrill Liberty starb. Das wirft ein ganz anderes Licht auf ihre Ermordung. Laut Obduktionsbefund starb Petersen an einem Herzanfall, aber das –«

»Ja, ja, ich weiß«, fiel Iriarte ihr ungeduldig ins Wort.

»Vielleicht gibt's ja eine Ursache für Petersens Tod, die bei der Obduktion übersehen wurde. Der Leichnam wurde ungewöhnlich schnell beigesetzt, Sir. Ich habe mich gefragt, ob …«

Iriarte verdrehte die Augen. »In Ihrem stillen Kämmerlein können Sie sich fragen, was Sie wollen, klar? Aber Sie können mit Ihrem losen Mundwerk nicht überall hausieren gehen, Woo.«

»Jawohl, Sir.« April war versucht, den Blick zu senken, kämpfte aber gegen diesen Impuls an.

»Ihr unprofessionelles Verhalten enttäuscht mich sehr, Sergeant. Mir ist völlig egal, ob Lieutenant Joyce und Captain Higgins große Stücke auf Sie hielten. Wenn Sie so weitermachen, werden Sie es bei *uns* nicht weit bringen.«

Weil April Onkel Dai auf seinem mutmaßlichen Todesbett keinen Respekt gezollt hatte, hatten ihre Ahnen die feuerspeienden Götter des Vermasselns aus dem alten China herbeizitiert, die sich offensichtlich gerade einfanden, um ihr Leben zu ruinieren. Sie fuhr zusammen. »Ich kümmere mich darum«, sagte sie leise.

»Tun Sie das.« Iriarte gab ihr mit einer kurzen Armbewegung zu verstehen, daß sie gehen konnte.

Soviel also zur vielgerühmten Loyalität innerhalb des Police Departments. April schlurfte schuldbewußt in ihr Büro. Gestern noch war ihre größte Sorge gewesen, Liberty ganz falsch anzupacken. Statt ein Geständnis von ihm zu bekommen – wie es dem stellvertretenden Staatsanwalt Kiang am liebsten gewesen wäre – hatten sie den Tatverdächtigen derart eingeschüchtert, daß er sich aus dem Staub gemacht hatte. Gestern morgen hatte Iriarte noch gesagt, sie hätte Liberty falsch angepackt. Jason hatte gestern abend das gleiche angedeutet. Und jetzt behauptete der Lieutenant auf einmal, sie wäre auch mit Dr. Washington verkehrt umgesprungen.

Es war allgemein bekannt, was mit Beamten geschah, die im Department Mist bauten oder politisch nicht mehr tragbar waren. Erst zogen ein paar Wochen ins Land, dann wurde dieser Jemand plötzlich versetzt und bekam eine monotone Stelle mit geregelter Arbeitszeit in irgendeinem Bezirk; einen stinklangweiligen Job eben, in dem man weder auf Überstunden noch auf eine Veränderung hoffen konnte, denn die Polizei – wie die Chinesen – kannte kein Vergessen und keine Vergebung. War dieser Jemand erst mal verschwunden, lachten sich die Vorgesetzten ins Fäustchen – das Arschloch waren sie los. April erinnerte sich daran, was Iriarte über die einzige andere Frau gesagt hatte, die vor ihrer Zeit zur Mannschaft gehört hatte. »Sie war 'ne Weile bei uns. Dann wurde sie in die Bronx versetzt, Abteilung *Besondere Todesfälle.*« Er hatte gelacht. »Die waren wir los.«

Was Jason betraf, hatte April auch ein schlechtes Gewissen. Sie hatten bisher immer gut zusammengearbeitet, einander vertraut, soweit das einem Cop und einem Zivilisten oder einem Cop und einem Seelenklempner überhaupt möglich war. Aber Iriarte war Commander der Abteilung und ihr Chef. Er konnte reden, mit wem er wollte. Und wenn ihm der Sinn danach stand, konnte er auch einfach eine ihr wichtige Verbindung zerstören. Wieso? Ganz einfach: weil er konnte. Er war der Ranghöhere, er hatte einfach mehr Macht.

»Hören Sie, Woo?«

»Verzeihung, Sir?« April blickte auf.

Iriarte stand vor ihrer Tür. »Nur zu Ihrer Information. Merrill Libertys toxikologischer Befund kam gerade rein. Auch sie hatte eine hohe Dosis Kokain im Blut. Mit schlechtem Stoff sollten die beiden also nicht umgebracht werden.«

»Danke für die Information, Sir.« Da ging sie hin, ihre Theorie.

April war immer noch davon überzeugt, daß Petersen nicht an einem Herzanfall gestorben war, mit dieser Meinung stand sie allerdings allein. Die Jagd auf Liberty und sein Wagen, der wiederaufgetaucht war, standen jetzt im Mittelpunkt des Interesses.

Mike trommelte gegen den Türrahmen, trat ein und ließ sich mit finsterem Blick auf dem leeren Stuhl nieder. »Dein Chef hat sich ja ganz schön aufgeregt. Was ist denn los?« Er nannte sie nicht *querida*, er hatte nicht mal ihren Namen gesagt.

»*Estoy a mal con todo el mondo*«, brummelte sie gekränkt und machte ein beleidigtes Gesicht, wie sie es bei den spanischen Mädchen in der High-School immer beobachtet hatte.

»*Muy bien.*«

»Nein, *muy* schrecklich. Was gibt's Neues von Jefferson?«

»Nichts, womit Iriarte beim Commissioner Punkte sammeln könnte.« Mike schälte sich lächelnd aus dem Stuhl. »Aber es gibt auch ein paar Fortschritte. Liberty wurde gestern abend ein paarmal gesehen. Einmal in Manhattan, zweimal in Brooklyn, dreimal in West Harlem. An dem Fall sind eine Menge Leute dran. Bis später.« Ohne weitere Worte machte er auf dem Absatz seiner Cowboystiefel kehrt und zog die Tür hinter sich zu.

»Scheiße«, murmelte sie. Es machte keinen Spaß, allein zu arbeiten.

Eine Dreiviertelstunde später saß April in Daphne Petersens Wohnzimmer und beobachtete, wie die Witwe langsam wach wurde. »Ich brauche ein paar Haare von Ihnen«, erklärte sie.

Es war halb zehn, und Daphne war noch im Nachthemd. Diesmal war ihr Haar ganz zerzaust. April hätte sich am liebsten einfach eine Handvoll geschnappt.

Daphne zündete sich eine Zigarette an und mußte husten, als sie daran zog. »*Wie bitte,* weshalb haben Sie mich geweckt?«

»Ich brauche eine Haarprobe fürs Labor.«

»Von wem?« kreischte Daphne.

»Von Ihnen. Kopfhaare, keine Schamhaare. Mit Wurzel, wenn's geht, für die DNA-Typisierung.«

Daphne raffte ihr Haar im Nacken zusammen, umklammerte es, als hinge ihr Leben daran. »Wovon reden Sie überhaupt?«

»Das Labor braucht ein paar Haare von Ihnen. Deutlicher kann ich es nicht sagen.«

»Wieso? Mein Mann starb eines natürlichen Todes.«

»Das mag anfangs so ausgesehen haben, aber wir wollen auf Nummer Sicher gehen und überprüfen die Sache deswegen noch einmal. Sie wissen ja, wie das ist.«

»Nein, weiß ich nicht. Das können Sie nicht einfach so machen.« Sie brach theatralisch auf einem Stuhl zusammen. »Er ist doch bereits eingeäschert«, stellte sie klar, nachdem sie sich wieder gefangen hatte. »Was wollen Sie denn da noch finden?«

»Das Beweismaterial kann durchaus noch einmal untersucht werden. Es gibt da heutzutage raffinierte Methoden.«

»So ein Schwachsinn.«

»Möglich. Wie dem auch sei, ich brauche Haare von Ihnen.«

»Ich verstehe überhaupt nichts mehr.«

»An der Leiche Ihres Mannes wurde ein Haar gefunden.«

»An der Leiche? Igitt.« Daphne verzog das Gesicht. »Nicht von mir.«

»Es hing an seinem Pullover.«

»Und ...?«

»Zum Zeitpunkt seines Todes war er mit Merrill Liberty zusammen, und die war blond«, sagte April schulterzuckend.

»Ich verstehe nicht, worauf Sie eigentlich hinauswollen. Sie haben demnach ein dunkles Haar an der Leiche gefunden. Und was, wenn es von mir ist? Wir waren schließlich verheiratet. Vielleicht hing das Haar ja noch vom Tag zuvor an seinem Pullover.«

»Stimmt. Aber Sie sagten, daß sie ihn zwei Tage vor seinem Tod nicht mehr gesehen hatten.«

»Hören Sie, ich bin müde. Sie wollen mich bloß verwirren.«

»Im Gegenteil. Sie wollten mich verwirren. Haben Sie Ihren Mann nun am Tag seines Todes gesehen oder nicht?«

»Ich weiß es nicht, vielleicht.« Sie musterte ihre Fingernägel. »Hat der Portier gesagt, ich hätte ihn gesehen?«

»Ihr Mann hatte keine Affäre mit Merrill Liberty, oder?« April wechselte das Thema.

»Nein. Diese Hexe, sie hat ihn jahrelang zurückgewiesen. Die einzige, die ich nicht haben kann, hat er immer gesagt.«

»War er ihr deswegen böse?«

»Sagen wir's mal so: Er war ein ziemlich erfolgreicher Verführer und ertrug eine Abfuhr nur schwer.«

»Er war also sehr hartnäckig?«

»Allerdings. Sie hätten die Geschenke sehen sollen, mit denen er Merrill überhäuft hat.«

»Was hielt Liberty davon?«

Daphne zuckte mit den Schultern. »Tor war ein einflußreicher Mann. Die meisten Leute tanzten nach seiner Pfeife.«

»War er auch gefährlich?«

»Er konnte durchaus gefährlich sein«, erwiderte Daphne nach kurzem Zögern.

»Hat er Sie geschlagen?«

Sie sah zur Wand. »Von wem wissen Sie das?«

»Nur so eine Vermutung. Ich habe im *Globe* einen Artikel über seine erste Frau gelesen. Er hat ihr den Arm gebrochen, als sie sich einmal weigerte, ihn oral zu befriedigen. Ein anderes Mal griff er eine Stewardeß an, die er auf einem Flug kennengelernt hatte. Es war bekannt, daß er Frauen schlug. Warum hätte er bei Ihnen eine Ausnahme machen sollen?«

Daphne preßte die Lippen zusammen. »Er genoß es, anderen weh zu tun. Er war ein schrecklicher Mensch.«

»Trotzdem haben Sie ihn geheiratet.«

»Ich glaube an das Göttliche in allen Menschen. Ich lernte ihn anfangs nur von seiner besten Seite kennen. Die fürchterlichen Gerüchte wollte ich nicht glauben. Über einflußreiche Leute wird schließlich immer gelästert.«

»Und er war sehr reich«, murmelte April.

Daphne zündete sich eine Zigarette an. »Ich könnte niemanden umbringen.«

»Auch nicht, wenn er Sie prügelt?«

»Nur Satan ist wirklich von Grund auf schlecht. Tor war ein armer, schwacher Mensch, aber keinesfalls Satan.«

»Aha.« April schrieb das in ihr Notizbuch. Nicht Satan. »Erzählen Sie mir von Liberty. War er eifersüchtig?«

»Sie hat ihn nicht betrogen.«

»Das sagten Sie bereits, aber das muß seine Paranoia diesbezüglich nicht unbedingt beruhigt haben«, bemerkte April trocken. »Hat Liberty seine Frau geschlagen?«

Daphne riß die Augen auf. »Das hätte er tun sollen. Sie war ein gemeines Biest. Merrill und Tor waren füreinander geschaffen. Und sie sind zusammen gestorben. Merkwürdig, finden Sie nicht?«

»Worüber haben Sie sich an jenem Tag mit Ihrem Mann gestritten?«

»Weiß ich nicht mehr. Er war ja völlig high, mit so jemandem kann man nicht streiten.« Daphne wandte den Blick ab.

»Hat er Sie geschlagen?«

»Nein!« Daphnes Faust knallte auf den Tisch.

»Weshalb hatten Sie es so eilig, ihn einäschern zu lassen?«

»Hätte ich ihn etwa ausstopfen lassen sollen?« gab Daphne zurück.

Sie sagte nicht die Wahrheit. April wußte, daß sie noch wesentlich tiefer bohren mußte, bevor die Wahrheit ans Licht kam. Lächelnd hielt sie ihr eine Plastiktüte hin. »Ich brauche ein paar Haare, bitte.«

»Dagegen gib's doch bestimmt irgendein Gesetz?«

April schüttelte den Kopf. »Das machen wir nur, um bestimmte Personen mit Sicherheit ausschließen zu können.«

Daphne riß sich drei Haare aus. »Die gebe ich Ihnen nur, weil ich weiß, daß mein Mann seinen Tod selbst verschuldet hat.«

»Danke. Wir reden später noch mal.«
Daphne fluchte.

Um 11.31 Uhr betrat April Jasons Haus. Sie ging durch die schwere Eingangstür aus Gußeisen und Glas, nickte dem Portier zu, der sie bereits kannte, und fuhr hoch in den fünften Stock, ohne sich ankündigen zu lassen. Sie ging jedoch nicht ins Büro, wo Jason sie in zwanzig Minuten erwartete, sondern klingelte an der Wohnungstür. Emma machte sofort auf.

»April, hallo«, brummte sie. »Jason ist nicht da.«

»Guten Tag, Emma, dürfte ich kurz mit Ihnen reden?«

»Natürlich. Wie wär's mit einer Tasse Kaffee?«

»Gern, danke.«

Emma stellte zwei Tassen, zwei Bagels und einen Behälter mit Thunfischsalat auf den Tisch. April war offensichtlich zum Lunch eingeladen.

»Erzählen Sie mir von Merrill«, bat sie.

Emma seufzte. »Im Show-Geschäft sind die besten Freunde immer die, mit denen man gerade an einem Projekt arbeitet. Merrill war eine Ausnahme, sie war was Besonderes für mich. Sie war meine beste Freundin. Außer Jason war sie mein einzig wahrer Freund.« Sie sah April kurz in die Augen. »Wir haben nicht sehr viel Bekannte. Er arbeitet ja immer so viel.«

April nickte. »Bei der Durchsicht meiner Notizen habe ich festgestellt, daß Sie Merrills und Libertys Beziehung mit den Worten beschrieben: ›Sie waren einander sehr zugetan‹. Wie Sie wissen, können zwei Menschen einander sehr zugetan sein und trotzdem große Probleme haben.« April bestrich eine Hälfte ihres Bagels mit Thunfischsalat und biß hinein.

»Klar, so wie Jason und ich zum Beispiel.«

»Und was war das Problem in der Ehe der Libertys?«

Emma wehrte sogleich ab. »Daß es eine gemischte Ehe

war, war nicht das Problem, das wollte ich damit nicht sagen.«

April sagte nichts.

»Merrill hörte plötzlich auf zu arbeiten, sie nahm einfach keine Rollen mehr an. Sie konnte keine Kinder kriegen, ich weiß nicht wieso. Sie war deswegen völlig aus der Fassung.«

»Hatte sie mal eine verpfuschte Abtreibung?«

Emma sah April überrascht an. »Wie kommen Sie darauf?«

»Bei der Autopsie wurden Narben an der Gebärmutter entdeckt, die darauf zurückzuführen sein könnten. Sie hatte allerdings auch Endometriosis. Vielleicht stammen die Narben von einer Operation.«

Emma schüttelte den Kopf. »Was Sie nicht sagen. Merrill lehnte Tests strikt ab. Sie wollte lieber den Grund nicht wissen, statt womöglich zu erfahren, daß es an Rick lag und er sich deswegen – Sie wissen schon – unmännlich fühlen könnte.«

»Schon ein bißchen hinterhältig. Merrill war unzufrieden mit ihrem Leben?«

Emma fuhr mit der Hand an den Mund. »Das klingt schrecklich egoistisch, oder? Aber ... er mußte darunter leiden. Wissen Sie? Sie provozierte ihn ständig zu Streitereien, und wenn er sich nicht darauf einließ, zog sie einfach den Stecker aus dem Computer, der dann natürlich abstürzte. Rick bekam dann immer einen Migräneanfall. Sie schrie ihn an, und er schlug gegen die Wand, damit der Schmerz nachließ. So war das, ehrlich. Rick halte ich ja fast für einen Heiligen. Ich hätte sie an seiner Stelle umgebracht. Oh, tut mir leid, das ist mir so rausgerutscht.«

»Kennen Sie Wally Jefferson?«

Emma schüttelte verneinend den Kopf. »Wer ist das?«

»Petersens Chauffeur.«

»Ich sagte Ihnen doch letztes Mal schon, daß ich Tor nicht gut kannte. Vor Jahren – bevor ich Jason kennenlernte –

wollte Rick mich mit Tor verkuppeln. Tor war zu der Zeit gerade mal nicht verheiratet. Merrill konnte sich nicht vorstellen, daß Tor je bei einer Frau bleiben würde. Sie wußte, daß er nichts für mich war. Ich hab gestern in den Nachrichten von Ricks Wagen und dem Kokain gehört, was –?«

»Wußten Sie, daß Merrill Kokain nahm?«

Emma nickte. »Darüber haben sich die beiden natürlich auch gestritten.«

»Sie haben mir ganz schön viel verschwiegen, Emma.«

»Ich mache mir deswegen keine allzu großen Vorwürfe, April. Ich weiß ja, wie clever Sie sind und daß Sie auch so alles herausfinden. Es sollte aber nicht von mir kommen. Merrill und Tor schnieften Kokain zusammen. Rick hatte etwas gegen Drogen, und Tors Frau auch. Aber für die beiden war das, als würden sie etwas trinken gehen. Mir war klar, daß sie high waren, als sie mich in der Garderobe abholten.«

»Was geschah, nachdem Sie das Restaurant verließen, Emma? Und verschweigen Sie diesmal bitte nichts.«

Emma dachte eine Weile mit geschlossenen Augen nach. »Ich hatte es eilig. Draußen stand eine Limousine. Der Chauffeur war weiß. Ja, da bin ich mir sicher, er war – weiß. War Tors Chauffeur schwarz oder weiß?«

»Schwarz. Was war das für ein Wagen?«

»Keine Ahnung. Er sprach mich an, wollte mich nach Hause fahren, daher weiß ich genau, daß er weiß war. Das machen die ja manchmal, um lange Wartezeiten zu überbrücken und nebenbei noch was zu verdienen, Sie wissen schon. Ich hab's mir auch überlegt, aber ich hasse es, um den Preis zu feilschen. Das macht mich ganz nervös. In dem Moment kam ein Taxi. Auf der Straße lag noch Schnee, es schneite aber nicht mehr. Eine Frau stieg aus und ich stieg ein. Das war's.«

»Wissen sie, wie Tors Frau aussieht?«

»Ich hab ihr Bild in der Zeitung gesehen.«

»Die Frau, die aus dem Taxi stieg – könnte sie das gewesen sein?«

»Um Gottes willen, daran hab ich ja noch gar nicht gedacht. Keine Ahnung. Ich war in Eile. Ich weiß nur noch, daß sie schwarze Strümpfe und einen schwarzen Nerzmantel trug. Daran erinnere ich mich, weil Merrill auch so einen hatte. Wirklich, Merrills Nerz war wunderschön.«

»Wie sah der Mantel der Frau aus?«

»Ich weiß nicht – groß, ausgestellt. Mehr weiß ich nicht.«

»Könnte es Merrills Mantel gewesen sein?«

Emma schloß die Augen. »Merrill hatte an jenem Abend doch ihren Wildledermantel an, oder?«

»Ja.«

Sie schüttelte den Kopf. »Nein, das war nicht ihr Mantel…«

»Was für Schuhe trug sie?«

»Hab ich nicht gesehen. Ich hab nur auf den Mantel geachtet.«

»War es vielleicht Merrills Mantel, aber Männerfüße?«

»Fragen Sie nicht so was, April. Ich weiß es nicht«, erwiderte Emma verzweifelt.

»Würden Sie die Frau wiedererkennen, wenn Sie sie noch mal im gleichen Mantel sähen?«

»Weiß ich nicht – vielleicht.«

»Gut, was noch?«

»Ein Paar verließ das Restaurant. Die Person, die aus dem Taxi stieg, war auf keinen Fall Rick. Ich hätte ihn doch erkannt. Ich weiß, wie er geht, wie er sich bewegt. Er war nicht am Tatort.«

»Das glauben Sie. Oft sieht man ja nur, was man erwartet. Würde Merrills Mantel Rick passen?« April warf einen Blick auf ihren Teller und stellte fest, daß sie mehr als die Hälfte des Thunfischsalats gegessen hatte.

»Sie stellen vielleicht Fragen. Ich weiß nicht, wer das im

Nerzmantel war. Könnte jeder gewesen sein. Was ist mit dem Mord in Ricks Wagen? Hat das auch was damit zu tun?«

»Das ist ein weiteres Rätsel, Emma. Ich muß jetzt los. Weiß Jason das alles?«

Emma schüttelte verneinend den Kopf. »Merrill fürchtete sich vor Jason. Sie hatte Angst, daß er sie zu einer Therapie drängen würde, wenn er wüßte, wie unglücklich sie war. Das hätte er auch versucht.«

Jason sah April mit eiskalter Miene entgegen, als sie sein Büro betrat und sich setzte. »Gibt's was Neues?« fragte er schroff.

Ihnen auch einen schönen Tag. April betrachtete die antiken Uhren, die nie schlugen. Das ständige Ticken hätte ihr schon längst den letzten Nerv geraubt. Es war genau 12 Uhr. Nicht mal vierundzwanzig Stunden waren vergangen, seit sie ihn zuletzt gesehen hatte. In dieser kurzen Zeit hatte sie ihn – und überhaupt jeden – vor den Kopf gestoßen. Wie oft mußte sie sich eigentlich dafür entschuldigen, daß sie ihre Arbeit erledigte? Sie räusperte sich verlegen.

»Hören Sie, das mit gestern abend tut mir wirklich leid. Ich hatte keine Ahnung, daß Iriarte sich so aufführen würde«, begann sie.

Jason saß reglos da und erwiderte nichts.

»Falls Sie auf eine Entschuldigung gewartet haben – das war sie.« April schlug die Beine übereinander und drehte sich auf Jasons Therapeutenstuhl hin und her. Sie fragte sich, wie man sich als Patient fühlte, wenn man irgendeinem Arzt jeden Gedanken erzählen mußte, der einem in den Sinn kam. Eine Zeitlang hatte sie geglaubt, Jason könnte von Berufs wegen ihre Gedanken lesen, doch sie wußte mittlerweile, daß das nicht der Fall war. Er ahnte zum Beispiel nicht, daß sie gerade mit seiner Frau zu Mittag gegessen hatte.

Jason saß ganz ruhig da. Er spielte das »Warten-wir-mal-ab-Spielchen«. Das kannte April auch, spielte sie es doch selbst oft. Jason konnte eine Stille entstehen lassen, die so tief war wie ein finsterer Tunnel voll schuppiger Ungeheuer. Doch April entstammte einem Kulturkreis, in dem das Mundwerk als Feind des Halses angesehen wurde. Man hielt lieber den Mund, statt was Falsches zu sagen und dafür am nächsten Baum aufgeknüpft zu werden.

»Also, was haben Sie auf dem Herzen?« Sie brach das Schweigen zuerst.

»Vieles, April.«

»Wollen Sie mir davon erzählen?«

»Wer traut schon einem Cop?«

April blinzelte. »Und wer traut schon einem Seelenklempner?«

Unbehagliches Schweigen. Jason spielte mit einem Zettel auf seinem Schreibtisch und fuhr mit dem Handrücken leicht über die Oberfläche des Tisches. »Sagen Sie mir doch einfach, was es Neues gibt.«

April beobachtete die Bewegung eines Uhrenpendels. »Petersen starb anscheinend zuerst«, sagte sie.

»Wie kommen Sie darauf?«

»Die Blutflecken auf seinem Mantel deuten darauf hin. Merrill Liberty lag auf seinem Rücken, als sie verblutete. Er ist demnach als erster zu Boden gegangen.«

»Und was hat das zu bedeuten«, sagte Jason stirnrunzelnd.

»Petersen mag ja an einem Herzinfarkt gestorben sein, aber nicht, weil er mit ansehen mußte, wie Merrill überfallen wurde. Merrill wurde wahrscheinlich von vorn niedergestochen, in den Hals. Es gibt keine blauen Flecken, die darauf hindeuten, daß sie von hinten festgehalten wurde. Außerdem blutete sie sehr stark, obwohl die Wunde winzig klein war. Es hat wahrscheinlich ein paar Minuten gedauert, bis sie tot war.«

Jason räusperte sich. »Wieso erzählen Sie mir das?«

»Möglicherweise ist Ihr Freund ein grausamer Mörder.

Wieso wollten Sie mich sehen, Jason? Ich hab nicht viel Zeit.« April betrachtete das Pendel der Uhr und Jason, der mit dem Zettel spielte. Minuten verstrichen. Er antwortete nicht, deshalb ergriff sie wieder das Wort. »Tor Petersens toxikologischer Befund liegt uns jetzt vor. Er hatte massenweise Kokain genommen, Merrill übrigens auch – und wir fanden Koks im Kofferraum von Ricks Wagen.«

»Wissen Sie, mit was für einer Waffe Merrill getötet wurde?« unterbrach Jason.

»Irgendwas sehr Spitzes. Ich beziehe alle möglichen Waffen- und Messerkataloge, auch von Waffen, die nicht im Handel erhältlich sind. Es gibt ein ganzes Arsenal tödlicher Klingen, aber mir ist noch keine untergekommen, die auf die Beschreibung des Mordinstruments paßt.«

»Ein Stilett vielleicht?«

April schüttelte den Kopf. »Die Rechtsmedizinerin hat es ausgemessen. Wir auch. Ob Sie es glauben oder nicht, ein Stilett ist zu groß.«

»Hm. Sie glauben also, daß Petersen zuerst starb. Vielleicht an Komplikationen, die mit einer Überdosis Drogen zusammenhingen?«

»Dem Obduktionsbefund zufolge nicht.«

»Die Rechtsmediziner gehen demnach immer noch von einem Herzinfarkt aus?«

»Genau.«

»Sie zweifeln daran?«

April zögerte. »Ich glaube nicht, daß er eines natürlichen Todes starb. Daß es Mord war, können wir bisher aber auch nicht beweisen.«

»War Merrill denn bei ihm, als er starb?«

»Nein, sie ging noch mal in die Küche, um sich vom Koch zu verabschieden. Sie kam nach Petersen aus dem Restaurant. Wir können nicht sicher sein, daß er noch am Leben war, als sie rauskam.«

»Merrill ging also raus, sah womöglich, daß Tor starb... und wurde von jemandem mit der momentan einzig verfügbaren Waffe getötet.«

April nickte. »So sehe ich das jedenfalls.«

»Also doch ein zweifacher Mord.« Jason kratzte sich am Bart. »Und Sie glauben nicht, daß Merrill aus Eifersucht im Affekt getötet wurde?«

»Eine Affekthandlung schließe ich eigentlich aus. Das schließt aber nicht ihren Freund als Täter aus. Vielleicht hat er Merrill nachträglich umgebracht.«

Jason schnaufte verärgert. »Rick Liberty hätte seine Frau nicht ›nachträglich‹ umgebracht. Psychologisch eine völlig unhaltbare Ansicht. Ich kann mir keinen einzigen Grund vorstellen, weshalb er sie überhaupt umgebracht hätte – aber *nachträglich*, das ist ja unerhört.«

»Jason, mein Job steht auf dem Spiel. Die Rechtsmedizinerin hat einen natürlichen Tod bescheinigt, und ich mache mich sehr unbeliebt mit dieser –«

»Glauben Sie denn, Merrill Liberty hat beim Verlassen des Restaurants etwas gesehen und wurde deswegen umgebracht?«

»Genau. Ich muß mit Liberty reden. Ich muß unbedingt wissen, wo er steckt.«

»Ich weiß es nicht.« Jason hatte wieder den steinernen Gesichtsausdruck.

»Das sagten Sie bereits.«

»Dem ist auch noch so. Wurde Petersens Leichnam eigentlich geröntgt?«

»Natürlich.«

»Hat man irgendwelche fremdartigen Objekte entdeckt?«

April brach der Schweiß aus. »Worauf wollen Sie hinaus?«

»Sagten Sie nicht, die Todesursache war eine Herzbeuteltamponade?«

»Eine was?«

»Ein perforierter Herzbeutel. Wegen einer Blutung im Herzbeutel hört das Herz auf zu schlagen. Bei einem massiven Herzinfarkt kommt es völlig aus dem Takt und läuft Amok, das kann so aussehen, als sei der Herzbeutel gerissen. Falls der Riß zuerst da war, kann es genauso aussehen.«

April blinzelte verständnislos. Wovon redete er?

»Das erinnert mich an einen Fall während meiner Zeit als Assistenzarzt«, sinnierte Jason.

April beobachtete das Pendel. Die Zeit verstrich. Sie mußte los. »Aha?« half sie nach und wackelte ungeduldig mit dem Fuß.

Stirnrunzelnd rief sich Jason das damalige Ereignis ins Gedächtnis. »Es handelte sich um eine sehr verstörte Frau. Sie kam immer wieder in die Notaufnahme, und wir mußten ständig wieder Gegenstände aus ihrem Körper entfernen. Einmal stieß sie sich eine Glühbirne in den Anus, ein andermal eine abgebrochene Cola-Flasche in die Vagina. Sie drückte sich Glassplitter in die Brüste. Wir haben sie immer wieder zusammengeflickt. Dann fing sie an, sich verbogene, dicke Nadeln durch die Haut zu nähen. Eines Tages schob sie sich einen Kleiderbügel unter die Rippen. Auf den Röntgenbildern konnte man ihn sehen. Der Draht verlief hinter der Lunge, so daß sie nicht verletzt wurde. Aber er steckte so tief und war so dicht am Herzbeutel, daß die Chirurgen befürchteten, sie könnte bei der Operation an einer Herzbeuteltamponade sterben.«

»Das ist ja schrecklich.« Aprils Hand fuhr unwillkürlich zu der weichen, verletzlichen Stelle unterm Brustbein, wo die Rippen zusammentrafen. Genau an dieser Stelle hatte sich bei Petersen der Pickel befunden. Sie sah Jason mit aufrichtiger Bewunderung an. Ihr war gar nicht klar gewesen, daß er ein richtiger Arzt war.

»Und, starb sie bei der Operation?«

»Nein, die Chirurgen leisteten erstklassige Arbeit.«

»Ein Kleiderbügel, wie furchtbar«, brummte sie. »Hören Sie, ich muß jetzt wirklich los.«

»Gut, dann nehmen Sie das mit.« Jason reichte ihr den Zettel, den er die ganze Zeit befingert hatte. April las ihn durch und erstarrte. »Liberty steht also per E-Mail mit Ihnen in Verbindung«, sagte sie schließlich.

»Er hat sich nur zweimal gemeldet. Das war die letzte Nachricht.«

»Was soll das, wieso will er Emma Merrills Mantel schenken?«

»Keine Ahnung, ich finde es auch merkwürdig.«

Allerdings. Falls er der Mörder war und den Mantel getragen hatte, dann gab es darauf womöglich Blutspuren. Aprils Kopfhaut kribbelte. »Danke.« An E-Mail hatte sie gar nicht gedacht. Sie wußte nicht ganz genau, wie E-Mail funktionierte, war sich aber sicher, daß sie eine Genehmigung bekommen konnte, um sich ins Online-System einzuschalten und den Telefonanschluß ausfindig zu machen, von dem die Nachricht gesendet worden war. Jason wußte das wahrscheinlich nicht.

»Was haben Sie Liberty geschrieben?« fragte sie unumwunden.

»Daß ich mit Ihnen reden würde.«

»Danke, daß Sie mir das gezeigt haben«, sagte sie.

»Gestern abend sagten Sie doch, daß es keine Beweise dafür gibt, daß Liberty der Täter ist. Kein Blut, keine Fußspuren, keine Zeugen am Tatort. Sie wollen also lediglich mit ihm reden, ist das korrekt?«

April nickte, obwohl sich seitdem einiges verändert hatte.

»Was Ihren Verdacht angeht, April – ich verstehe nicht, wieso Sie Ärger kriegen, wenn Sie in diesem öffentlichen Fall von zwei Morden statt einem ausgehen?«

April zuckte zusammen. »Worauf wollen Sie hinaus? Wollen Sie Libertys Rückkehr aushandeln?« Sie wedelte mit der E-Mail. »Geht's darum?«

Jason zögerte. »Ich glaube, ich vertraue der Polizei nicht ganz.«

»Mir können Sie vertrauen. Ich bin die Polizei. Er muß wiederauftauchen, Jason. Wir müssen mit ihm reden.«

Jason betrachtete den verschlissenen, orientalischen Teppich zu seinen Füßen, dann wanderte sein Blick zu einer Uhr. »Wollen wir was essen gehen?«

»Danke, ich hab schon gegessen.« April lächelte. Mit Ihrer Frau. »Ich könnte Ihnen aber Gesellschaft leisten.«

»Okay.« Er erhob sich und nickte ihr zu. Sie stand ebenfalls auf. Offensichtlich hatte Jason aus irgendeinem Grund beschlossen, ihr zu verzeihen.

37

15.31 Uhr. Rosa Washington befand sich als einzige auf der Damentoilette im zweiten Stock. Vor zwanzig Minuten hatte sie die Autopsie einer Obdachlosen zu Ende geführt, die im Eingang eines leerstehenden Gebäudes erfroren und erst nach vier Tagen entdeckt worden war. Rosa hatte alles abgeschlossen, geduscht und die Kleider gewechselt. Jetzt war sie auf einer anderen Etage und wusch sich schon wieder die Hände.

Der Leichengeruch war für Rosa das Schlimmste an ihrem Beruf. Obwohl sie sich ununterbrochen wusch – vor allem die Hände – wurde sie den Geruch einfach nicht los. Nur der Geruch begleitete sie bis nach Hause. Sonst nichts. Sie mußte weder an die grünliche, violette oder schwarze zum Zerreißen gespannte Haut der Toten denken, noch an die Körperflüssigkeiten, die wie ein nicht enden wollender schmutziger Bach hervorsprudelten; auch nicht an die Beschaffenheit des Gewebes und der oft schon zu Talg geronnenen Fette. Halbverweste Leichen in stinkenden Kleidungsfetzen setzten ihr nicht sehr zu, ebensowenig wie mumifizierte Babys. Sie rückte jedem dieser verflossenen Leben mit gleichbleibendem Eifer zu Leibe, voller Stolz darauf, was sie anhand der sterblichen Überreste über einen Menschen aussagen konnte.

Besonders faszinierend fand sie die Fliegenlarven, die innerhalb kürzester Zeit in Augen und Mündern der Toten abgelegt wurden. Die dicken Maden, die wenige Stunden später schlüpften und sich an den Leichen gütlich taten, waren ihre Verbündeten. Sie vermehrten sich mit rasender Geschwindigkeit. Rosa konnte Tag und Stunde des Todes ermitteln, indem sie berechnete, wie viele Generationen von Maden sich an den weichen, feuchten Stellen einer Leiche tummelten. Die Maden waren nur einer von zahlreichen Anhaltspunkten, anhand derer sich der Zeitpunkt des Todes feststellen ließ. Todeszeit und den Beginn der Verwesung konnte man auch mittels der Körpertemperatur bestimmen, die auf die Außentemperatur herabfiel und anhand der roten und lila Hautverfärbungen, die zeigten, wie sich das Blut im Körper gesetzt hatte. Es gab noch eine Menge anderer Anhaltspunkte.

Die genaue Todeszeit mußte immer schnellstmöglich ermittelt werden. Die Polizei interessierte sich vor allem für den Zeitpunkt und die Art des Todes – und natürlich die Identität des Opfers, falls sie noch nicht bekannt war. Eine Autopsie dauerte zwischen zwei und sechs Stunden; das hing davon ab, wie gründlich der jeweilige Rechtsmediziner vorging. Wenn großer Andrang im Rechtsmedizinischen Institut war, schaffte Rosa eine Autopsie in genau zwei Stunden. An einem Wochenende im Sommer '92, an dem besonders viel los gewesen war, hatte sie sechs Leichen an einem Tag obduziert; darauf war sie sehr stolz.

Als einziges machte ihr die Intensität des Geruchs zu schaffen. Unbeschreiblich, wie sehr die Toten stanken. Der Gestank machte sich überall breit, drang in jede Oberfläche und war extrem hatnäckig, man konnte noch so sehr dagegen angehen.

Rosa trocknete die Hände ab und betrachtete sich im Spiegel. Einer königlichen, afrikanischen Schönheit glich sie im Augenblick nicht gerade. Ihr Haar stand wild ab und ihre Augen waren gerötet. Ohne Make-up wirkte ihr Gesicht düster. Komisch, sie fühlte sich irgendwie leer, als hätte sie ihren besten Freund verloren. Aber es war keiner ihrer Freunde gestorben. Sie war müde und traurig, sie war am Ende ihrer Kräfte. Und das machte sie wütend, schließlich war sie eine erfolgreiche Frau und nicht irgendeine Null. Sie war eine Siegerin. Das sah man doch schon ihrem eindrucksvollen Gesicht an, das nach jeglichen Kriterien schön zu nennen war. Ihr Titel und ihre Position ließen daran auch keinen Zweifel aufkommen. Doch das Gesicht im Spiegel sagte ihr, daß sie sich unsicher fühlte, daß sie sich zum ersten Mal in ihrer Karriere vor etwas fürchtete – und das paßte ihr gar nicht.

Mehr als 111 Stunden waren vergangen, seit sie den Polizeifunk abgehört hatte und Merrill Liberty und Tor Petersen in einer Blutlache vor Liberty's Restaurant aufgefunden hatte. Bei männlichen Leichen verspürte sie keine Anteilnahme. Petersens Tod hatte ihr nichts ausgemacht. Aber der Tod Merrill Libertys hatte ihr zu schaffen gemacht. Merrill Liberty war nur kurze Zeit vor Rosas Ankunft am Tatort gestorben. Als Rosa neben ihr niederkniete, hatte ihr Blut noch in der Kälte gedampft. So dicht dran am Leben war sie noch gewesen. Rosa hatte sich geradezu besudelt gefühlt von diesem schändlichen Tod.

Sie hatte nicht damit gerechnet, auch nur eine der beiden Autopsien erledigen zu dürfen. Abraham liebte das Rampenlicht, wie die meisten Rechtsmediziner – diese irdischen Aufklärer der Sünden und Geheimnisse der Dahingeschiedenen. Der großen Fälle nahm er sich immer persönlich an. Wahrscheinlich hätte er ihrer Bitte nicht nachgegeben, hätten nicht der Bürgermeister und der Police Commissioner – übrigens beste Kumpel, seit die Zahl der Mordfälle in New York drastisch zurückgegangen war – darauf bestanden, die Obduktionen dieser beiden Prominenten so schnell wie möglich über die Bühne zu bringen, am besten schon gestern. Da kein anderer Rechtsmediziner abkömmlich war, hatte Rosa die Obduktionen durchgeführt. Alle beide.

Doch jetzt lauerte auf einmal überall der Feind. An allen Ecken und Enden braute sich Ärger zusammen. Einige Leute hatten es offensichtlich darauf abgesehen, daß sie ihren Job verlor, dabei war ihr Beruf ihr ein und alles. Irgend etwas konnte man ihr bestimmt anhängen; wenn man so unter Druck arbeitete, konnte bei der Obduktion oder den Labortests schon mal was schiefgehen. Den meisten war gar nicht klar, welcher Personalmangel herrschte, seit die Stadt so viele Angestellte in den Vorruhestand geschickt hatte. Die hatten ja keine Ahnung, wie schwierig es war, ein, zwei Fachkräfte zu ersetzen, geschweige denn vier oder fünf. Die Zahl der Angestellten war schrecklich geschrumpft. Rosa schnüffelte an ihren Händen. Sie rochen nach Seife, doch sie trödelte noch etwas in der Toilette, um sie gleich noch mal zu waschen. Der Winter setzte ihren Händen besonders zu. Eigentlich sollte ihre Haut weich und frisch sein, doch sie war ausgetrocknet und ramponiert.

Rosa konnte natürlich nicht alles über das Leben eines Verstorbenen erfahren, wenn sie eine Leiche aufmachte. Aber sie konnte mehr über einen Menschen sagen, als den Dahingeschiedenen *selbst* je bewußt gewesen war. Anhand der Knochen und Muskeln konnte sie beispielsweise feststellen, wie jemand gegangen war, wie er Werkzeuge gehalten hatte, sogar welche Werkzeuge das waren. An Hautverfärbungen und dem Zustand der inneren Organe konnte sie die üblichen Gewohnheiten ausmachen. Die Schäden waren ganz deutlich zu sehen. Sie konnte sexuelle Vorlieben erkennen und Krankheiten, von denen die betreffende Person womöglich selbst gar nichts gewußt hatte. Rosa konnte feststellen, ob jemand regelmäßig zum Arzt oder Zahnarzt gegangen war, Golf oder Tennis gespielt oder gar keinen Sport gemacht hatte. Ob er sich gut ernährt hatte, wann – und meistens auch was – er zuletzt gegessen hatte.

Der Arzt, der am meisten über die Geheimnisse eines Körpers erfuhr, war derjenige, der ihn nach dem Ableben untersuchte. Rosa war stolz auf ihr Spezialgebiet, auch wenn Witze darüber gemacht wurden, daß nur Ärzte, die für die Lebenden nicht gut genug waren, in der Rechtsmedizin landeten. In ihrem Fall war es sogar noch schlimmer – ohne die Quotenregelung wäre sie nie Rechtsmedizinerin geworden. Sie wußte, daß manche Leute das behaupteten. Und es verletzte sie noch immer.

Sie sei zu empfindlich, wurde ihr häufig gesagt. Sollte sie es etwa einfach so hinnehmen, daß eine blöde Polizistin ihr vorgeworfen hatte, die Todesursache verkannt zu haben? Natürlich lag es an ihrer Hautfarbe. Das war doch immer so, oder? Sie war verdächtig, weil sie schwarz war. Sie konnte ja nicht mal einen Supermarkt betreten, ohne daß die Sicherheitsposten sie nervös beäugten. Manchmal liefen sie ihr durch den ganzen Laden hinterher, so lange, bis sie ihre Kreditkarte zückte; sie unterstellten ihr einfach, daß sie nicht einkaufen, sondern stehlen wollte. Nur weil sie nicht weiß war. Klar, sie war zu empfindlich.

Manchmal machte sich Rosa einen Spaß daraus, die Sicherheitsposten zu ärgern, indem sie einen Artikel lange mit sich herumtrug, bevor sie ihn schließlich bezahlte oder wieder zurückstellte und ging. Sie genoß es, die Sicherheitsleute mit ihren eigenen Vorurteilen zu konfrontieren. Sie legte es allerdings nicht darauf an, zur Rede gestellt oder gekränkt zu werden – ihre Kreditkarte hatte sie deswegen immer griffbereit.

Was Petersen betraf, hatte sie wirklich gute Arbeit geleistet. Professioneller konnte man gar nicht arbeiten. Trotzdem hatte sie sich von April Woo einschüchtern lassen. Sie mußte an Petersens vom Kokain völlig ruinierte Nase denken. Das machte sie richtig wütend. Er war zwar weiß und reich, aber genauso bescheuert wie ein armer Teufel von der Straße. Er hatte den Tod verdient.

Statt eines Kamms fuhr sich Rosa mit den Fingern durchs Haar. Das war ihr scheißegal, sie würde sowieso die OP-Kappe aufsetzen. Gedankenverloren wusch sie sich ein letztes Mal die Hände, seifte sich bis übers Handgelenk gründlich ein. Sie spülte den Schaum ab und fluchte leise, da sie bereits alle Papiertücher aufgebraucht hatte. Sie schüttelte gerade ihre Hände aus, als die Tür aufging und April Woo eintrat. Die Polizistin duftete wie eine Apfelsine. Sie stellte ihre Handtasche auf dem anderen Waschbecken ab, kramte einen Lippenstift hervor und zog sich die Lippen nach.

Verwirrt darüber, mit der Person konfrontiert zu werden, die es auf ihren beruflichen Ruin abgesehen hatte, blickte Rosa stinrunzelnd in den Spiegel.

Woo steckte den Lippenstift wieder ein und lächelte Rosas Spiegelbild zu. »Hallo, Rosa, ich bin froh, daß ich Sie hier erwischt habe.«

»Sie sind meinetwegen hier?« Rosas müde Augen blitzten auf.

»Ja, ich möchte mich für gestern abend entschuldigen.«

»Deswegen sind Sie mir aufs Klo gefolgt?« fragte sie scharf. »Ist das Ihre übliche Vorgehensweise, Sergeant? Stellen Sie Ihre Verdächtigen immer auf dem Örtchen?«

»Ich entschuldige mich auch gern noch mal in Ihrem Büro, wenn Ihnen das lieber ist.«

»Ich muß zu einer Autopsie«, erwiderte Rosa kühl. Mit heftig pochendem Herzen drehte sie sich um und lehnte sich gegen das Waschbecken. Ich hab nichts falsch gemacht, sagte sie sich. Wieso rege ich mich so auf?

»Wo es Ihnen recht ist«, sagte April.

»Sie sind nicht wirklich hier, um sich zu entschuldigen.« Rosa musterte die gefährliche Gegnerin. Die Lippen der Beamtin waren rot. Sie trug einen schwarzen, durchweg geknöpften Rock, eine kurze, rote Jacke und ihre 9-Millimeter-Pistole an der Hüfte. Rosa wußte aus eigener Erfahrung, was man damit anrichten konnte. Ab dem Knie waren die Knöpfe offen und Aprils Beine waren zu sehen.

Rosa rümpfte die Nase. Sie fand asiatische Frauen nicht sehr attraktiv, obwohl weiße und schwarze Männer viel von ihnen hielten. Nur wenige sahen wirklich blendend aus. Meistens hatten sie großflächige, flache Gesichter und tiefliegende, schlangenhafte Augen, außerdem O-Beine und eine zu lange Taille. Der Hintern war meistens platt und Busen nicht vorhanden. Asiatinnen waren in der Regel nicht so üppig und gut proportioniert wie schwarze Frauen. Im Labor arbeiteten ein paar Asiatinnen, und Rosa hatte während ihres Medizinstudiums asiatische Kommilitoninnen gehabt. Man konnte ihnen nie ihre Gedanken ansehen. Rosa hielt sie für verschlagen und nicht vertrauenswürdig. Rosa fand nicht, daß sie Vorurteile hatte. Asiatinnen mochte sie einfach nicht.

Sergeant April Woo sah aus wie eine bewaffnete Geisha, als sie den Helm schwarzen Haares verneinend schüttelte. »Sie haben eine Menge Fürsprecher, Doktor. Ich hab mich gestern eindeutig danebenbenommen. Das tut mir leid.«

»Tatsächlich? Das nehme ich Ihnen irgendwie nicht ab.«

»Sie wissen ja, wieviel Druck man uns macht, der Fall soll möglichst schnell geklärt werden. Es ist fast eine Woche vergangen. Wir müssen endlich eine Festnahme machen, deswegen war ich gestern so nervös.«

»Und heute?«

»Bin ich immer noch nervös. Wir haben drei Tatverdächtige, zwei davon sind verschwunden. Wir müssen sie unbedingt finden.«

Rosa schwieg.

»Und daß Petersen zuerst gestorben ist, hat alle bisherigen Theorien umgeworfen.«

»Ducci ist ein Arschloch«, murmelte Rosa.

»An den Blutflecken gibt's nichts zu deuteln«, entgegnete April ruhig. »Wir müssen das Beweismaterial schon mit einbeziehen.«

Rosa schnitt eine Grimasse. »Nun gut – Ihre Entschuldigung sind Sie losgeworden. Sonst noch was?«

»Nein, das war's.«

»Sie haben doch noch was anderes auf dem Herzen, das sehe ich doch so deutlich wie einen apfelgroßen Tumor.«

»Hm, Sie müssen Röntgenaugen haben.« April machte einen Schritt auf die Tür zu.

»Wer sind derzeit die Tatverdächtigen? Was ist Ihre Theorie?«

April zögerte einen Augenblick. »Eventuell Liberty oder Petersens Chauffeur. Was die Mordwaffe angeht, tappen wir noch im dunkeln. Da haben wir noch nichts Passendes gefunden. Ihren Informationen zufolge war die Einstichwunde in Merrills Hals ja zu klein und zu präzise, als daß ein Stilett in Frage käme. Wir versuchen gerade herauszufinden, von welcher Art Klinge oder Nadel ein Loch dieser Größe stammen könnte.«

»Haben Sie schon mal an eine Stricknadel gedacht? Die gibt's in allen möglichen Größen. Strickte Merrill Liberty vielleicht? Womöglich hat er eine ihrer Nadeln –«

April schüttelte den Kopf. »In Merrills Wohnung gab's dafür keine Anhaltspunkte.«

»Er könnte sie mit einer Stricknadel umgebracht haben«, wiederholte Rosa. Diese Theorie gefiel ihr offensichtlich.

»Das haben wir jedenfalls noch nicht in Betracht gezogen. Danke, ich werde es überprüfen lassen.« Die Polizistin wandte sich zur Tür.

»Keine Ursache.«

Seufzend warf Rosa einen Blick in den Spiegel. »Und der dritte Tatverdächtige, wer ist das?« fragte sie.

»Daphne Petersen.«

»Verarschen Sie mich nicht, April. Petersen starb eines natürlichen Todes«, brauste Rosa auf.

April zuckte mit der Schulter. »War ja auch nur so ein Gedanke.«

Rosa regte sich wieder ab. »Sonst noch Unklarheiten?« lenkte sie ein.

»Jede Menge. Aber ich glaube nicht, daß Sie uns da weiterhelfen können.«

»Vielleicht doch. Was brauchen Sie denn?«

»Ein Wunder.«

»Ich hab so was im Gefühl – ich glaub, Ihnen wird heute noch eins beschert. Dann könnten wir endlich alle wieder normal weitermachen.« Rosa seufzte; das war natürlich nur ein frommer Wunsch.

»Das wäre schön. Ich hätte gern mal wieder einen freien Tag«, murmelte April.

»Ja, das kann ich verstehen. Wir Frauen sollten viel mehr zusammenhalten, Sie wissen schon, was ich meine.«

Jemand stieß die Tür auf, und April wurde zur Seite gedrängt. Eine asiatische Laborantin mit schwarzer Brille betrat mit einem Becher in der Hand die Damentoilette. Sie nickte Rosa und April höflich zu und ging zum Waschbecken, um den Becher zu füllen.

Rosa warf ihr einen besorgten Blick zu. »An Ihrer Stelle würde ich das lieber nicht trinken, Marsha«, sagte sie.

»Hab ich auch nicht vor«, erwiderte die Laborantin.

»Nie das Wasser aus der Leitung trinken«, mahnte Rosa.

»Ich muß los. Danke für die nette Unterhaltung.« Die Beamtin öffnete die Tür und eilte davon.

Rosa folgte ihr auf den Gang. Sie hatte das Gespräch mit

April gar nicht nett gefunden. Sie war noch erschöpfter als zuvor und mußte jetzt wieder runter ins stinkende Kabuff. Sie hätte jetzt wirklich eine Pause gebrauchen können, aber als nächstes war ein Fünfjähriger dran, dessen Vater ihm womöglich den Hals gebrochen hatte. Rosa wollte ihn nicht länger warten lassen.

38

Merrill Libertys Ermordung war inzwischen sechs Tage her, und die Reporterschar vor dem Revier Midtown North hatte sich verflüchtigt. Statt dessen hingen die Aasgeier der Lokalpresse jetzt vor dem Zwo-Null rum und löcherten jeden, den sie zu Gesicht bekamen, mit Fragen über den Vergewaltigungs-Fall im Central Park. Vor One Police Plaza Downtown strömten jeden Nachmittag Massen von Reportern aller Kommunikationsdienste zu der Pressekonferenz, die täglich von der Öffentlichkeitsabteilung abgehalten wurde, um sie über die Ermittlungen im Fall Merrill Liberty auf dem laufenden zu halten. Die Bekanntmachungen spiegelten nicht immer den tatsächlichen Stand der Ermittlungen wider. Zu viel Sendezeit und unverhältnismäßig viele Zeitungsartikel wurden darauf verwendet, die Hintergründe von Libertys, Merrills und Tors Leben zu beleuchten und über ihre Glanzzeiten zu berichten. Da alle drei recht bewegte Leben geführt hatten, war die Sättigungsgrenze noch nicht erreicht.

Als April vom Rechtsmedizinischen Institut zurückkehrte und um 16.37 Uhr ihr Büro betrat, lag eine beängstigende Nachricht auf ihrem Schreibtisch. »Mutter anrufen.« Zwei weitere Nachrichten waren von Dean Kiang und eine von Mike. Außerdem lagen da noch fünf weitere Nachrichten bezüglich der Fälle, die sie wegen Merrill Liberty erst einmal aufgeschoben hatte. Sie sichtete gerade den kleinen Stapel Notizen, als plötzlich Creaker im Türrahmen lehnte.

»Was gibt's?« fragte April.

Er grinste. »Der Lieutenant will Sie sprechen, *pronto.*«

»Gut. Sagen Sie ihm, ich komme sofort.« April bewegte sich nicht. Noch im Mantel stand sie vor ihrem Schreibtisch und wählte die Nummer ihrer Mutter.

Sai hob nach dem ersten Läuten ab, sie meldete sich mit gefährlicher Drachenstimme. *»Wei?«*

»Hallo Ma, alles in Ordnung bei dir?« fragte April.

»Nichts in Ordnung«, schrie Sai. »Alles schlimm.«

»Was ist denn los?«

»Er tot. Vater nicht da. Kann nicht hin.«

»Wer ist tot?« April biß sich auf die Zunge. Um Gottes willen, das hatte ihr gerade noch gefehlt.

»Onkel Dai tot«, schrie Sai. »Wurm, *ni*, du nicht besser als Amei–« Sie hätte weitergezetert, wenn April ihr nicht ins Wort gefallen wäre.

»Ma, das tut mit leid. Was ist denn passiert?«

Sai berichtete auf chinesisch, wie sie mit ihrem Mann ins Krankenhaus gefahren war (im Taxi, da Wurmtochter nicht da war, um sie zu fahren). Dai lag auf der Intensivstation. Vor lauter Schläuchen und Nadeln hatte sie ihn gar nicht erkannt, berichtete Sai. Da ging ein Schlauch rein, da kam einer raus. Sie fing an zu weinen. Die ganze Verwandtschaft sei dagewesen. Alle Freunde. Draußen im Gang natürlich. Aprils Vater hatte im Gang warten müssen. Alle mußten im Gang warten. Die Krankenschwestern ließen nur die wichtigen Leute rein. Irgendwie war sie auch hineingelangt. Und dann, kurz nachdem sie das Krankenzimmer betreten und Onkel Dai begrüßt hatte und ihn gerade daran erinnerte, wie sie als Kinder in China zusammen gespielt hatten, begann er, an den Schläuchen herumzureißen. Seine Augen waren die ganze Zeit über geschlossen gewesen, und er schien zu schlafen. Doch als sie eintrat, machte der alte Dai Anstalten aufzustehen, als wollte er sich wieder unter die Lebenden gesellen. Sein Geist sei jedoch nicht stark genug gewesen, klagte Sai. »Der alte Dai ging über in die andere Welt, ehe dein Vater ihm Glück für die Reise wünschen konnte.«

Sai fuhr fort und beschrieb, wie Dai gegrunzt hatte, als ob er ihr noch etwas hatte sagen wollen, doch dann war er auf einmal tot.

»Das tut mir leid, Ma«, sagte April und fragte sich, wer ihre Mutter auf die Intensivstation gelassen hatte und ob der alte Mann vielleicht bei dem Versuch sie zu verjagen gestorben war.

»Fast fünf Uhr. Schicht vorbei. Komm nach Hause jetzt. Dai Achtung erweisen«, schrillte Sais Stimme durch die Leitung.

»Ähm, ich mach mich bald auf den Weg.«

»Nicht glauben. Wann bald, *ni?*«

»So bald ich kann. Es gibt hier Termindruck.«

»Fernsehen sagt, du dumm, *ni.* Nicht gut, nichts herausfinden.«

»Du guckst zuviel Fernsehen, Ma.«

Das hätte sie lieber nicht sagen sollen, das wurde April sofort klar. Drachen tragen eine Lebensperle im Maul und manchmal speien sie dadurch Feuer. *Skinny* wählte diesen Moment, um Feuer durch ihre Perle zu speien. »Du keine Babys haben, auf die ich aufpassen, nichts zu tun, nur fernsehen.«

Wieso organisierten sich andere chinesische Mütter eigentlich in Verbänden und kümmerten sich ums Gemeinwesen in Chinatown oder setzten sich für Stadtteilverschönerungen in Queens ein? Wie kam es, daß andere Mütter Gemeindezentren gründeten, in denen sie ehrenamtlich arbeiteten? Hm? Wieso fanden andere Mütter sinnvolle Beschäftigungen, während Sai Woo nur fernsah oder ihre Tochter ärgerte?

April legte auf und ging zu Iriartes Büro. Mike saß auf dem Besucherstuhl.

»Hallo, Sergeant«, sagte er bedächtig und fuhr sich über den Schnurrbart.

Aha, Ärger war angesagt. April lächelte Iriarte zu.

Der starrte wütend zurück. »Nun?«

Nun, dies war sicher nicht Aprils bester Tag gewesen. Sie kramte absichtlich lange in ihrer Handtasche herum, bis sie endlich ihren Notizblock fand, ihn zutage förderte und aufschlug. Beim Herumwühlen streiften ihre Finger den Zettel mit Libertys E-Mail-Ausdruck an Jason. Eigentlich müßte sie Iriarte die E-Mail-Nachricht aushändigen. Doch sie tat es nicht, statt dessen blätterte sie in ihrem Block. Den Todesfall erwähnte sie nicht. Eine Säule der chinesischen Gemeinde war dahingeschieden. Ein alter Freund, den *Skinny* noch aus den schrecklichen Zeiten in China gekannt hatte. Sie waren befreundet gewesen, wer weiß, vielleicht hatten sie einander sogar geliebt. Wer konnte schon sagen, was damals geschehen war? Ihre Mutter war völlig aufgelöst und wollte, daß April nach Hause kam – das war nichts Ungewöhnliches. Doch hier interessierte das niemanden.

»Also – ich habe mit Daphne Petersen gesprochen. Sie hatte interessante Informationen über ihren Mann. Am Mordtag hatten sie sich übrigens über irgend etwas gestritten. Sie findet immer noch, daß er den Tod verdient hat; sie hat ihn aber angeblich nicht umgebracht. Sie sagt, sie schätze das Göttliche in allen Kreaturen. Sie gab mir eine Haarsträhne.« April lächelte und las weiter.

»Dann war ich bei Emma Chapman. Sie erzählte mir, daß Merrill Liberty ein ziemlich zänkisches Weib war. Das Geschrei und die Streitereien bei Libertys gingen von ihr aus. Merrill war kokainsüchtig. Sie schniefte mit Petersen; ihr Mann wollte davon nichts wissen. Das war eine ihrer Meinungsverschiedenheiten. Und ich hatte ein langes Gespräch mit Jason Frank«, sagte sie. »Er erzählte mir eine interessante Geschichte von einer Frau, die sich mit einem Kleiderbügel das Herz durchbohren wollte, und wissen Sie was? Dazu mußte sie sich nicht mal in die Brust stechen. Außerdem meinte Dr. Frank, daß Liberty nicht der Typ sei, der seine Frau umbringt – erst recht nicht mit einem Kleiderbügel. Gerade eben war ich noch bei Dr. Washington. Wir hatten ein freundliches Gespräch. Sie war so zuvorkommend und ließ ein Haar im Waschbecken zurück. Ich hab Ducci bereits die komplette Haarsammlung übergeben.«

Bis jetzt schien ihre Berichterstattung Iriarte nicht besonders zu erfreuen. »Was wollen Sie mit dem Haar?« Das interessierte ihn also.

»Auf Petersens Leiche wurde ein Haar gefunden. Ich suche eins, das damit übereinstimmt. Sie wissen ja, wie diese Details den Fall vor Gericht komplizieren können.« Aprils Gesicht blieb unbewegt.

Mike lächelte. *Junge, du handelst dir großen Ärger ein!*

Sie lächelte plötzlich zurück. *Was soll's?* »Und wissen Sie, was Dr. Washington noch sagte? Sie meint, bei der Tatwaffe könnte es sich um eine Stricknadel handeln. Hat Merrill Liberty gestrickt?«

»Eine Stricknadel?« Iriarte hustete in sein Taschentuch.

»Gibt's in allen möglichen Größen«, sagte April mit nichtssagender Miene.

»So eine Scheiße«, donnerte Iriarte. »Sie hatten einen ganzen Tag, um diesen *Hurensohn zu suchen*, und was machen Sie? Kaffeeklatsch mit den Damen und einen Abstecher beim Seelenklempner.«

»Sie wollten doch, daß ich mich bei Dr. Washington entschuldige«, warf April ein. »Das hab ich getan.«

»Sie sollten sie aber nicht um ein Haar bitten.«

»Es lag auf dem Waschbecken. Ich mußte es bloß einstecken«, erwiderte April bescheiden.

»Was fällt Ihnen eigentlich ein – nein, das will ich gar nicht wissen.« Iriarte wandte sich an Mike. »Der Commissioner ruft stündlich bei mir an. Wir sind alte Bekannte. Er hat mich immer gemocht. Wissen Sie, was er mir jetzt erzählt? Er fühlt sich persönlich im Stich gelassen, weil es uns letzten Sommer nicht gelang, den Mord im Park aufzuklären und dieser Irre *unseretwegen* immer noch frei herumläuft und Frauen vergewaltigt. Und *jetzt* können wir nicht mal eine simple Beziehungsgeschichte aufklären. Alle Welt sieht zu, wie es uns nicht gelingt, einen der berühmtesten Männer der Stadt ausfindig zu machen. Laut Zeugenaussagen wurde der Schweinehund gestern abend gesichtet, in der Nähe gab es anscheinend eine Schießerei. Der Commissioner will, daß ihr beide in der Gegend da oben herumfahrt, bis ihr den Kerl geschnappt habt. Wir müssen ihn unbedingt vor Ende der Woche festnehmen.«

April wurde ganz heiß. Ihre Woche war schon längst zu Ende. Sie hatte einen freien Tag verpaßt. Und den konnte man nicht nachholen. Sie hatte den ganzen Tag gearbeitet. Heute war eigentlich ihr freier Abend. Ihre Mutter würde sie umbringen. Sie warf Mike einen Blick zu. Er liebte nichts mehr, als nächtelang mit ihr im Wagen herumzufahren. Er sah sie mit blitzenden Augen und seinem Piratenlächeln an.

»Ich würde gern persönlich mit Ihnen darüber sprechen, April.« Es war 19 Uhr. April hatte Dean Kiang am Apparat. »Ich will die Sache nicht aus den Augen verlieren. Der Chef wird schon ganz nervös. Er will eventuell ein neues Team auf den Fall ansetzen.«

Tolle Nachrichten! April starrte grimmig durch das Fensterchen ihrer Bürotür und sah Lieutenant Iriarte, der in Hut und Mantel auf dem Gang mit seinen Männern plauderte. Iriarte war auf dem Weg zu One Police Plaza, zu einer Besprechung mit den großen Bossen. Jede dieser Unterredungen Downtown zog – wie ein Stein, der in einen Teich fällt – wellenartige Kreise in den Revieren nach sich. Nach der heutigen Unterredung stand eine Pressekonferenz auf dem Programm. Darüber würden später alle Nachrichtensendungen berichten. Aus dem Fernsehen konnte man dann von den neuen wichtigen Maßnahmen erfahren, die oben beschlossen worden waren, und die den Druck auf Revierebene verschärfen würden.

»April, hörst du mir überhaupt zu?« fragte Dean.

»Ja, klar.«

»Also, paß auf. Ich halte dich für eine begabte Frau, und ich will nicht, daß du diesen Fall verpatzt.«

Das hatte sie doch schon mal irgendwo gehört. »Das wird schon nicht passieren«, beteuerte sie, obwohl es schon viel zu spät war für solche Versprechen.

»Ich hab gehört, daß du noch mal bei Dr. Washington warst«, fuhr Dean fort.

»Ich wollte mich entschuldigen.«

»Das höre ich gern. Und was gibt's sonst Neues?«

»Nicht viel. Wir haben für Petersens Chauffeur, Wally Jefferson, eine Suchmeldung rausgegeben. Und für Liberty. Er ist angeblich in Harlem untergetaucht.« Daß sie den Fall immer noch aus der Perspektive zweifacher Mord/Daphne Petersen anging, erwähnte sie nicht.

»Sonst noch was?«

April fiel ein, daß Rosa als Tatwaffe eine Stricknadel für möglich hielt. Verdammt. Sie hatte versäumt, Emma zu fragen, ob Merrill gestrickt hatte. Falls Liberty der Mörder war, hatte er vielleicht schnell was geschnappt, was griffbereit war, zum Beispiel etwas aus dem Strickkorb seiner Frau. Wie praktisch. Aber unwahrscheinlich. Bei der Wohnungsdurchsuchung hatte sie keinen Strickkorb gesehen.

»Nein, es ist wirklich sehr frustrierend«, erwiderte sie. Liberty und seine Frau hatten Eheprobleme gehabt. Merrill war kokainsüchtig. Das Übliche eben.

Nach einer kleinen Pause machte Dean einen Vorschlag. »April, was hältst du davon, du kommst hier vorbei und wir gehen zusammen essen?«

»Hm«, April zögerte. Sie wollte ihm nicht sagen, daß ihr Abend bereits verplant war und sie vier oder fünf Stunden in Harlem herumkurven würde. Mit Sanchez am Steuer.

»Du hast doch heute abend frei«, sagte Kiang.

Woher wußte er, wann sie frei hatte? »Heute geht's leider nicht, Dean. Ich muß außer der Reihe arbeiten«, erwiderte April.

»Ich muß morgen aufs Gericht. Aber auf einen schnellen Happen könnten wir uns doch treffen. Wie wär's?«

April beobachtete, wie die treue Truppe Iriarte zuwinkte, als er mit wehenden Fahnen von dannen zog. »Ich muß los, Dean. Mein Chef ruft. Tut mir leid, aus dem Abendessen wird heute nichts.«

April legte niedergeschlagen auf.

»Bist du soweit?« Mike steckte den Kopf ins Büro. Er hatte sich frisch gemacht, Haare und Schnurrbart in Form gebracht. *Er* war eindeutig soweit.

»Einen Augenblick.« April wählte Jasons Privatnummer. Es ging niemand dran. Sie sah auf ihre Armbanduhr. Natürlich. Es war schon spät. Emma war sicher im Theater. Sie ließ sich von der Information die Nummer des Theaters geben und mußte erst drei verschiedenen Leuten erklären, wer sie war und was sie wollte, bevor sie endlich in Emmas Garderobe durchgestellt wurde.

»Hi, hier ist April«, sagte April, als Emma abhob und sich mit einem »Hallo« meldete.

»Haben Sie Rick gefunden?« wollte Emma sogleich wissen.

»Noch nicht. Entschuldigen Sie die Störung, Emma, aber ich hab noch ein paar wichtige Fragen.«

»Beeilen Sie sich aber bitte, ich muß mich umziehen.«

»Erste Frage: strickte Merrill?«

»Wie bitte? Ob sie strickte?«

»Ja, strickte oder stickte sie, hat sie irgendwelche Handarbeiten gemacht?«

»So was fand sie total langweilig. Merrill war eine Leseratte. Sie hat auch gern gekocht. Warum wollen Sie das wissen?«

»Erkläre ich Ihnen später.«

»Die nächste Frage«, drängte Emma.

»Ja, genau, haben Sie je Interesse an Merrills Nerzmantel gezeigt?«

»Ganz bestimmt nicht. Ich hab ihr immer gesagt, daß ich so ein Ding nie anziehen würde. Ist Ihnen klar, wie viele Tiere für einen einzigen Mantel ihr Leben lassen müssen?«

»Zwei reichen da bestimmt nicht. Danke, Emma. Hals- und Beinbruch.«

»Keine Ursache. Rufen Sie ruhig jederzeit an«, erwiderte Emma.

April ging in den Waschraum, um sich frisch zu machen.

Eine Stunde später saß sie mit Mike in einem kleinen mexikanischen Restaurant in der Nähe des Zwo-Null. Wenn es ans Bezahlen der Rechnung ging, wehrte der Besitzer immer ab; Mike zahlte trotzdem immer. Mikes Vater hatte bestimmt hier gearbeitet, vermutete April, als er vor dreißig Jahren nach New York gekommen war; er war sicher mit dem Besitzer befreundet gewesen.

Zwei Tische weiter saß ein blondes Yuppie-Paar. Die beiden begrapschten einander und kippten sich Sangria hinter die Binde, als hätten sie es auf einen ewigen Rausch angelegt. April beobachtete sie neidisch.

»Was versprichst du dir eigentlich davon, daß du alle Leute verärgerst? Möchtest du gern einen Kopf kürzer gemacht werden?« fragte Mike vorwurfsvoll.

Diese Frage verdiente keine Antwort, fand April und schnitt eine Grimasse. Mike sah ihr mit einem schwülen Lächeln tief in die Augen, worauf ihr ganz heiß wurde.

»Immer mit der Ruhe«, sagte er und legte seine Hand auf ihre.

Der Kontakt war zwar auf diese kleine Fläche begrenzt, doch April spürte die Berührung im ganzen Körper. Bei einer bloßen Berührung hatte sie so was noch nie erlebt. Scheiße, das fehlte ihr gerade noch. Gequält verzog sie das Gesicht. Diese Grenze würde sie nicht überschreiten. Na gut, sie waren nicht mehr auf dem gleichen Revier. Aber sie arbeiteten doch immer noch zusammen! Und er war immer noch kein Chinese! Mike streichelte und drückte ihre Hand sanft. Sie wurde ganz schwach. Außerdem war sie verwirrt, weil sie gerade die Grenze überschritt und ihr Herz keinen Einhalt gebot. Dann mußte sie sich eben aus einem anderen Grund wehren.

»Ich bin seit fünf heute früh auf den Beinen, und jetzt soll ich noch die ganze Nacht herumfahren und jemanden suchen, der ganz sicher nicht auf uns wartet…« April verstummte. Ihre Hand unter Mikes Hand drehte sich plötzlich um, so daß ihre Handflächen aufeinanderlagen. Ihre Finger verschlangen sich ineinander.

April erwähnte weder die E-Mail, in der Liberty Jason gebeten hatte, den Nerzmantel aus seiner Wohnung zu holen, noch die Möglichkeit, daß sie ihm im Internet auf die Spur kommen konnten. Vor lauter Aufregung war ihr das entfallen.

»Versuch doch einfach das Gute daran zu sehen – wenigstens sind wir zusammen.«

»Hmh.«

Als der Kellner das Essen brachte, ließ Mike ihre Hand los, damit er die Speisen gebührend bewundern konnte.

»Sieht ja fast so gut aus wie chinesisches Essen«, murmelte April.

Mikes Vater war Koch in einem mexikanischen Restaurant gewesen. Und Aprils Vater war Koch in einem chinesischen Restaurant. Mike redete immer davon, daß die Tatsache, daß ihre Väter den gleichen Beruf hatten, eine besondere Verbindung zwischen ihnen herstellte. Lächelnd rollte er gekonnt zwei Hühnchenstücke, gebackene Bohnen, geriebenen *queso blanco,* Salsa, gewürfelte Tomaten, Guacomole und *sour cream* in eine kleine Maistortilla und biß hinein. Die Füllung quoll weder an den Enden wieder heraus noch brach die Tortilla in der Mitte durch. Gespannt beobachtete April, ob dieser professionellen Darbietung eine Wiederholung folgen würde, als er ein zweites Mal zubiß. Die Wiederholung folgte.

April betrachtete die vier hummerschwanzgroßen, aufgespießten Shrimps auf ihrem Teller. Sie lagen auf einem Reisbett in einer grünen Soße und waren mit ungenießbaren Chilis verziert. Den schwarzen Reis hatte sie schon mal gegessen, er schmeckte nach Tintenfisch. Der Reis hatte sie so beeindruckt, daß sie ihrem Vater Ja Fa Woo vorgeschlagen hatte, ihn in dem China-Restaurant, in dem er arbeitete, auszuprobieren. Das wäre doch eine exotische Erweiterung seines Repertoires, fand sie.

»April –« Mike hatte sein *fajita* aufgegessen und betrachtete sie mit dem typischen Gesichtsausdruck eines Mannes, dessen Vokabular nicht ausreichend ist, um seine überschwenglichen Gefühle in Worte zu fassen.

Ihr Herz pochte so heftig, sie befürchtete, er könnte es hören. Nein, darauf wollte sie sich nicht einlassen. »Ähm ... wieso ich alle verärgere. Ich will einfach nur die Wahrheit herausfinden.« Sie zuckte mit den Schultern.

Die Spannung verpuffte, und Mike lachte. »Mit dem Haar im Waschbecken hast du Iriarte ganz schön zugesetzt. Was hast du denn damit gemacht?«

»Sagte ich doch schon, ich hab's Ducci gegeben. Ich hab

ihm auch Jasons Geschichte mit dem Kleiderbügel und der Herzbeuteltamponade erzählt, was auch immer das ist. Ducci war sehr interessiert. Er glaubt wirklich, daß Rosa Mist gebaut hat und daß Petersen ermordet wurde.«

»Schade, daß wir uns die Leiche nicht noch mal ansehen können.«

»Wenn man davon ausgeht, daß Petersen eines natürlichen Todes starb, dann bleibt als Merrills Mörder tatsächlich nur ihr Mann übrig.«

Mike nickte.

»Geht man allerdings davon aus, daß Petersen auch ermordet wurde, dann wird der Kreis der Verdächtigen gleich viel größer.«

»Hast du schon mal daran gedacht, daß irgend jemand Rosa dazu gedrängt haben könnte, möglichst schnell festzustellen, daß das Loch in Petersens Herzen von einem Herzinfarkt herrührte?« fragte Mike.

»Ja, hab ich. Es steht ja auch ein Haufen Geld auf dem Spiel. Gleich nachdem der Funkspruch durchging, war Rosa Washington am Tatort. Wieso läßt eine Rechtsmedizinerin eine Party oder eine Verabredung sausen und kommt aufgedonnert an den Tatort? Das macht doch kein Mensch mehr.«

»Da ist was dran. Aber Rosa ist natürlich auch eine leidenschaftliche Rechtsmedizinerin... Ich kam auch freiwillig zum Tatort. Ich wußte nicht mal, daß du da warst.«

Mike verlangte die Rechnung und beschwor damit wieder die übliche Auseinandersetzung herauf. Der Besitzer wollte Mike nicht zahlen lassen. Sie stritten sich auf spanisch. April schnappte ihre Handtasche und ging schon mal zur Tür, wo sie unauffällig ein Poster betrachtete, auf dem ein Stierkämpfer einem Stier mit einem roten Tuch vor der Nase herumwedelte. Keiner der beiden Männer hätte es begrüßt, wenn sie sich eingemischt hätte. Endlich war Mike soweit und hakte sie unter. »Danke«, sagte er.

»Ich hab zu danken.«

Zwischen ihnen waren die Wintermäntel. Die Nische vor der Tür war klein. Durch die Ritzen zog kalte Luft, und Aprils Hände erahnten schon die Kälte. Doch ihr Gesicht brannte. Wie sollte sie das anstellen, die Hände wärmen und gleichzeitig die Wangen kühlen? Mikes Mantel und Jackett standen noch offen. Die Hand auf Aprils Arm wanderte den Ärmel entlang bis zu ihren erfrorenen Fingern. Er drückte sie kurz und hob dann die Hand an seine Lippen, um sie mit seinem Atem zu wärmen. Sein Schnurrbart kitzelte auf ihrem Handrücken. Seine weichen Lippen öffneten sich um ihre Fingerkuppen und er zog sie ein Stück in den Mund.

»Oh.« Wie vom Schlag getroffen blitzten Aprils Augen auf. Sie konnte seine Zähne fühlen, sie vermeinte sogar seine Zunge an ihren Fingernägeln zu spüren. Benommen rückte sie ein Stück näher, auch wenn sie sich am nächsten Tag dafür hassen würde. Sie steckte eine Hand unter Mikes Mantel, unter sein Jackett, legte den Arm um seine Taille, so daß sie umschlungen dastanden. Er murmelte etwas auf spanisch und gab ihr behutsam einen Kuß, der so sanft war wie der Flügelschlag eines Schmetterlings. Seine Lippen glitten leicht über ihr Gesicht, die Nase, den Mund. Plötzlich war alles vorbei. Die Tür ging auf und ein Gast trat ein. Mike und April stolperten in die Kälte und machten sich auf die Suche nach dem Mörder.

39

Es war stockdunkel, als Belle am Samstag abend kurz vor 21 Uhr zurückkam. Rick wartete am Fenster hinter dem Vorhang auf sie. Der Asphalt war naß, obwohl es nicht regnete. Er beobachtete, wie sie auf das Haus zuging und die Eingangsstufen hinaufsprang. Schließlich ging die Wohnungstür auf und Belle trat mit suchendem Blick ein, als erwarte sie Drogen oder andere Feinde vorzufinden.

»Weißt du überhaupt, was los ist?« fuhr sie Rick an. Ihr Regenmantel fiel zu Boden. Darunter trug sie eine Art Dashiki mit Gazellen drauf, das dem Vorhangstoff ähnelte. Um den Kopf hatte sie einen violetten Turban geschlungen. Sie trug klobige Schnürstiefel mit dicken Sohlen. Ihre Kleidung war eine bunte Kollektion politischen Statements, schwer zu sagen, wie sie wirklich aussah. Sie ließ sich auf dem Sofa nieder und schlug die Beine geschäftsmäßig übereinander, dabei lugten unter den afrikanischen Röcken ein Paar Jeans hervor, die auch wieder irgendeine Aussage beinhalteten.

Rick hatte die Nachrichten im Radio gehört. »Angeblich bin ich in Maine oder Saint Thomas oder Miami. Die Polizei weiß, wo ich stecke und wird mich bald festnehmen. Stimmt das?«

Belle preßte die vollen Lippen zusammen. »In Maine bist du jedenfalls nicht.«

»Weiß die Polizei, wo ich bin?«

»Hast du deine Frau umgebracht?«

Rick verzog das Gesicht. »Was denkst du?«

Belle schüttelte sich. »Würde Marvin mich bitten, einen Mörder zu verstecken?«

»Ich traue Marvin so einiges zu«, murmelte Rick.

»Ich habe mich wegen Jefferson ein wenig umgehört.«

»Und?«

»Er ist nicht besonders clever. Den Shit bezieht er von ein paar Typen aus der Dominikanischen Republik, die das Zeug in einem Gebäude in der Nähe hergestellt haben. Vor ein paar Monaten war dort eine Razzia, worauf sie sich nach Queens verlegt haben.« Als Belle bemerkte, daß ihre Jeans zu sehen war, arrangierte sie ihre Röcke so, daß die Beine ganz bedeckt wurden. »Er treibt sich hier in der Gegend herum und wartet darauf, daß die Typen zurückkommen.«

»Woher weißt du das alles?«

Belle ignorierte die Frage. »Er braucht Geld, um aus der Stadt zu verschwinden.«

Rick seufzte erleichtert. »Dann hat er es gestern abend also noch nicht gekriegt.«

Belle schüttelte den Kopf. »Er hat sie nicht getroffen. Im Club gab's eine Razzia.«

»Und woher wissen wir, daß sie sich nicht tagsüber getroffen haben?«

»Das läßt sich nicht ausschließen. Aber diese Typen hängen normalerweise immer zur gleichen Zeit in denselben Löchern rum. Nicht gerade schlau, aber so ist es.«

Rick griff nach seinem Parka. »Ich geh raus. Kommst du mit?«

Sie nickte.

Draußen hatte es mittlerweile etwa –5 Grad. Die Straßen waren vereist, und es schneite. Zum erstenmal wirkte Belle nervös. »Was willst du eigentlich mit ihm machen, wenn du den Kerl findest?«

»Ich kenne Jefferson schon recht lange. Er ist so ein Onkel-Tom-Neger, du weißt schon – lächelt immer, interessiert sich für Sport, will's allen recht machen. Ich hab keine Angst vor ihm.«

»Na klar.« Belle sah zu der Schneedecke am Himmel empor. Millionen dicker Flocken, die sich kurz vor ihrer Landung auf der Straße in Regen verwandelten, stürzten auf sie herab.

Rick rieb sich die Hände und vergrub sie in den Jackentaschen. Seine Füße waren auf einmal eiskalt geworden. Wie ein eisiger Vorwurf klatschte ihm der Schnee ins Gesicht. Seine Augen brannten; Belle stapfte entschlossen voran, nach Westen in Richtung Broadway auf den Club zu, in dem erst gestern eine Razzia stattgefunden hatte. Rick hastete gedankenverloren weiter. Schnapp dir den Bastard, schnapp ihn dir, war sein einziger Gedanke. Sie kamen aus östlicher Richtung und liefen einen Block nördlich ihres Zieles durch die Stadt. Wie in der Nacht zuvor hingen trotz der Witterung viele Männer auf der Straße herum. Das letzte Stück wollte Belle den Broadway entlanglaufen und sich ein wenig unters Volk mischen.

Auf der Suche nach Wally stapfte Rick den nassen Gehweg entlang, durch eine Ansammlung merkwürdiger Gestalten, die einer Vergangenheit angehörten, mit der er eigentlich nichts mehr zu tun haben wollte. Er kannte Wally schon seit Jahren, aber offensichtlich nicht gut genug. Umgänglich und höflich hatte er mit der schwarzen Uniform und der Chauffeurmütze immer am Straßenrand auf seine Fahrgäste gewartet, auch wenn die Polizei alle anderen Limousinen verjagte. Er hatte so eine vertrauenswürdige Art, daß man ihm gern entgegenkam. Ein Lächeln auf den Lippen, hatte er immer auf den Zehen gewippt. Hatte immer die *Post* oder *Daily News* dabei, um die Sportnachrichten zu verfolgen. Er erzählte von seinen Kindern und seinem Magengeschwür.

Rick spürte den bekannten Druck an den Schläfen, das Anzeichen dafür, daß eine Migräne im Anzug war. Unter seiner schneebedeckten Kapuze stapfte er weiter durch die Pfützen auf dem Gehweg. Den Chevy Lumina, der an der gegenüberliegenden Ecke vor dem Telefonladen anhielt, vor dem sich ein Dutzend Dealer tummelten, die auf Anrufe ihrer Kunden warteten, sah er nicht. Der nicht gekennzeichnete Einsatzwagen, der sich vor den Lumina stellte, hatte kein Blaulicht. Die beiden Wagen waren in entgegengesetzter Richtung durch eine Einbahnstraße gefahren und behinderten jetzt den Verkehr. Vier uniformierte Cops sprangen aus dem Einsatzwagen in die Menschenmenge vor dem Telefonladen. Die Männer stoben auseinander wie eine Vogelschar, die von Eichhörnchen aus dem Futterhäuschen verjagt werden.

Belle blieb sofort stehen und griff nach Ricks Arm. »Scheiße, die haben es schon wieder auf den gleichen Laden abgesehen.«

Der Nebel in Ricks Kopf verschwand augenblicklich. »Gehen wir«, befahl er.

Sie machten kehrt, marschierten in die andere Richtung, bogen ab nach Westen und überquerten gerade den Broadway, als die Ampel auf Rot sprang. Rick wich einem Auto aus und schob Belle vor sich her. »Verschwinde! Sofort!«

Er lief weiter, den Broadway entlang. »Hau ab, Belle! Auf der Stelle!«

Kopfschüttelnd lief sie hinter ihm her. Rick bemerkte sie nicht einmal. Er lief weiter, war jetzt hellwach, vielleicht war Jefferson auch da und er konnte mit ihm reden, bevor die Polizei ihn schnappte. Rick machte an einem Hauseingang an der Ecke halt.

»Polizei! Machen Sie die Tür auf!« Der Schrei von der anderen Straßenseite war so laut, daß man ihn sicher bis nach New Jersey hören konnte.

Scheiße. Er wartete im Hauseingang, durchgerüttelt von nordwestlichen Wind- und Schneeböen. Den Autofahrern, denen der Einsatzwagen im Weg stand, wurde es langsam zu bunt. Sie begannen ein empörtes Hupkonzert. Fünf Cops bezogen mit gezückten Waffen vor der Tür Stellung.

»Aufmachen, Polizei!« Falls jemand auf den Befehl geantwortet hatte, konnte es nicht sehr laut gewesen sein.

Einer der Cops ging kurz darauf auf den Einsatzwagen zu und kam mit einem schweren Gegenstand zurück. Die anderen Beamten machten Platz. Ricks Herz klopfte wild. Er preßte sich gegen die Wand, um dem Wind zu entkommen. Sie wollten die Tür einrennen. Plötzlich wirbelte einer der Cops herum und ging in die Hocke. Er richtete seine Waffe auf zwei schwarze Gestalten auf der Straße.

»Sofort stehenbleiben!«

Rick sah, wie ein Mann mit dunklem Stirnband und einer Waffe aus dem Gemischtwarenladen neben dem Telefongeschäft stürzte. Der Cop war beschäftigt und sah anscheinend nicht, daß der Mann zwischen zwei parkenden Autos in Deckung ging.

Der uniformierte Cop sah ihn und schrie: »Sie da! Werfen Sie sofort die Waffe weg!«

Auf einmal wirbelten alle Cops herum und richteten ihre Waffen auf den Mann hinter dem Auto. Die Ampel am Broadway sprang auf Grün, die Autos fuhren los und versperrten Rick die Sicht.

»Was ist da los?« schrie Belle.

Überrascht, daß sie noch da war, drehte er sich wütend nach ihr um. »Hab ich dir nicht gesagt, du sollst verschwinden? Das muß ich allein erledigen.« Am liebsten hätte er sie in den Schnee gestoßen. Doch er nahm sich zusammen. »Du bist im Weg, merkst du das nicht? Hau bloß ab.«

Er wandte ihr den Rücken zu und widmete sich wieder den Geschehnissen auf der anderen Straßenseite. In dem verschneiten Chaos konnte er wieder den bewaffneten Mann erkennen, der die Waffe hob und einmal feuerte.

Eine Frau schrie: »Wo ist mein Baby?«

»Er hat eine Waffe!« Die Mauer aus Polizisten setzte sich in Bewegung und schob sich durch die Menschenmenge.

»Mein Baby!«

»Aus dem Weg.«

»Jemand ist verletzt.« Ein gellender Schrei.

Weitere Schüsse. Von wem sie kamen, konnte Rick diesmal nicht feststellen. Aus der Ferne waren Polizeisirenen zu hören. Einsatzwagen in der Umgebung hatten den Funkspruch aufgefangen und eilten zu Hilfe. Unwillkürlich setzten sich Ricks Beine in Bewegung. Er griff nach Belles Hand und rannte Richtung Westen, auf den Fluß zu, weg von dem Chaos am Broadway. Einen Block weiter hörte er plötzlich, daß jemand hinter ihnen her rannte. Rick legte einen Zahn zu, doch er war nicht mehr der gefeierte Quarterback, er war nicht schneller als Belle. Ein Stoß von hinten brachte ihn aus dem Gleichgewicht, und irgend jemand stieß Belle zur Seite. Rick stolperte und wurde von einem Mann gepackt, der ihn zwei Stufen hinunter unter den Vorbau eines Brownstone-Gebäudes stieß. Er knallte ihn gegen die Wand und drückte ihm die Pistole an den Hals.

»Laß ihn los«, schrie Belle.

Ein zweiter Mann von der Größe eines Schranks tauchte aus der verschneiten Dunkelheit auf, ergriff Belle und stieß sie ebenfalls die Treppe hinunter.

»Hey, was soll das?« Eher verwundert als verängstigt betrachtete Rick die Waffe. Der Kerl trug ein Stirnband.

»Was glotzt'n?« Der Typ mit dem Stirnband rammte Rick den warmen Stahl in den Adamsapfel und präsentierte mit breitem Grinsen eine Reihe Goldzähne. »Kenn ich dich nicht irgendwoher?«

»Nein!« schrie Belle.

Lachend versetzte der Kerl Rick einen Stoß mit der Waffe. Er war klein – kleiner als Rick und nicht besonders stark. Rick schätzte, daß er mit ihm fertigwerden würde, aber der Pistolenlauf stieß ihm in die Luftröhre und nahm ihm den Atem. Seine Knie gaben nach. Stöhnend versuchte er, sich wieder aufzurichten.

Belle kam näher. »Liebling, bist du in Ordnung?«

»Laßt sie gehen, ich kenn sie gar nicht«, ächzte Rick.

Der große Mann hob Belle ein paar Zentimeter hoch und schüttelte sie.

»Ich laß meinen Mann nicht im Stich, hört ihr?« Belle wurde lauter.

»Schnauze, oder willst du mit ihm sterben?«

»Was wollt ihr von uns? Wir haben euch doch nichts getan«, jammerte Belle.

»Hast du das gehört, Arschloch? Sie sagt, sie hätte nichts getan.« Er lachte.

»Gute Frau«, Rick erhob die Stimme. »Das hat nichts mit Ihnen zu tun. Gehen Sie.«

»Nein.«

Aus heiterem Himmel knallte eine Faust gegen Belles Schläfe, und sie ging zu Boden. Im Bruchteil derselben Sekunde schüttelte Rick den Arm des kleineren Mannes ab und schubste die Waffe außer Reichweite. Er rammt ihm das Knie zwischen die Beine, worauf er stöhnend in die Knie ging.

»Arschloch!« Der große Mann gab Belle noch einen Tritt. Dann zog er ein langes, schmales Messer aus der Tasche, versteckte es in der Hand und ging auf Rick zu. Belle rappelte sich wieder auf.

»Hol ihm die Gedärme raus«, schrie der Mann auf dem Gehweg.

»Um Gottes willen. Nein«, rief Belle und taumelte zwischen Rick und die Klinge. »Das könnt ihr nicht machen.«

Der Mann auf dem Gehweg wand sich immer noch vor Schmerzen, griff aber schon wieder nach der Waffe, die er fallen gelassen hatte. Der Typ mit dem Messer versetzte Belle einen Schlag, und sie landete wieder auf dem Gehweg. Rick schleuderte die Pistole weit weg und warf sich dem mit dem Messer bewaffneten Mann entgegen, bereit, den Kampf mit bloßen Händen aufzunehmen.

Belle schrie auf, als das Messer Ricks Parka aufschlitzte und in Fetzen riß. Der Typ stieß ein zweites Mal zu. Plötzlich ganz unvermittelt schlugen Belles Schreie und die näher kommenden Polizeisirenen die beiden Männer in die Flucht; sie entschwanden im Schneegestöber. Die Pistole hatten sie vergessen, sie lag noch auf dem Gehweg.

40

April und Mike fuhren Richtung Uptown, um beim 33. und 30. Revier vorbeizuschauen. Es hatte angefangen zu schneien. Beide hingen ihren Gedanken nach. Mike war wieder ganz Cop, April war jedoch noch ganz durcheinander von dem Kuß.

Auf dem 33. Revier war es recht ruhig für einen Freitagabend. Dafür waren auf dem 30. mehrere Aktionen im Gange, und es herrschte großes Chaos. Trotz des schlechten Wetters hatte es hier so viele Festnahmen gegeben, daß in der Verwahrungszelle kein Platz mehr war. Gegenüber dem Empfangstresen in der Lobby, wo gerade der Appell stattfand, hatte man eine chinesische Wand aufgestellt. Etwas abgeschieden, aber immer noch gut sichtbar, saßen dahinter sieben heruntergekommene, wütende Männer, die mit Handschellen an die Stühle, die Wand und sogar an die Heizungsrohre gekettet waren. Einige von ihnen führten noch Wortgefechte mit Beamten, die schon längst nicht mehr da waren.

Oben im Mannschaftsraum war nur eine einzige Beamtin. Die Afro-Amerikanerin namens Yolanda Brick tippte erschöpft einen Bericht. Sie teilte Mike und April mit, daß eben eine Meldung eingegangen war; demnach war ein Mann gesichtet worden, auf den Libertys Beschreibung paßte, und zwar in der 180. Straße. Er sei in Begleitung eines Feuerwehrmannes.

»Kümmert sich jemand darum?« fragte Mike.

Detective Brick warf ihm einen eisigen Blick zu. »Wir hatten diesbezüglich schon jede Menge Anrufe. Die ersten zwanzig erwiesen sich als Blindgänger, und dann war auf einmal genug anderes zu tun.«

»Vielen Dank«, sagte April. Diese Sache hatte absoluten Vorrang. Der Commissioner würde nicht sehr begeistert sein.

Als Mike und April die Treppe vom Mannschaftsraum hinuntergingen, wurden gerade fünf uniformierte Beamte für irgendeine Aktion zusammengestellt, und einer der Gefangenen in der provisorischen Verwahrungszelle drohte damit, in die Hose zu scheißen, wenn ihn nicht sofort jemand aufs Klo brachte.

Als sie das Reviergebäude verließen, schneite es noch stärker. »Klasse«, murmelte April. Bei dieser Witterung würden sie Liberty erst recht nicht sehen können, und wenn er nackt vor ihrem Auto auf der Straße tanzte. »Hoffentlich muß ich niemandem nachrennen. Ich hab meine besten Stiefel an. Und ich bin noch total satt.« Sie wünschte sich, daß Mike sie noch einmal küßte, das tat er aber nicht.

Er schaltete den Scheibenwischer ein und lenkte den Wagen aus der Parklücke in die 151. Straße. »Deine Chancen sind gleich Null, würde ich sagen.»

Chancen wofür? Sie hatte vergessen, was sie gesagt hatte.

Der Wagen pflügte sich durch den Schnee Richtung Westen. Mike bog am Broadway ab und fuhr in die Richtung, aus der der anonyme Anrufer dem 30. Revier gemeldet hatte, einen Mann gesehen zu haben, der Liberty ähnlich sah. In Begleitung eines Feuerwehrmannes. Welch interessante Beschreibung. Langsam fuhr er die heimtückischen Straßen entlang. April ließ den Blick über die Gehwege schweifen. Viele Menschen waren auf dem Heimweg. Es sah ganz so aus, als wären die Drogengeschäfte wegen der Witterung eingestellt worden.

Mike schaltete den Polizeifunk ein. Mehrere aufgeregte Stimmen redeteten durcheinander, meldeten eine Schießerei – einen Mann mit einer Pistole. Einen Mann mit einem Messer. Die Schießerei wurde zunächst nicht bestätigt, dann hieß es plötzlich, das Opfer sei tot. Nein, der Mann lebte noch, war aber schwer verletzt. Eine Schießerei in der Lobby eines Hauses mit 300er Hausnummer, im Keller. Nachschub wurde angefordert, Broadway, Ecke 138. Straße.

»Da müssen wir hin«, sagte Mike aufgeregt.

Er hatte keinen Blaulichtaufsatz fürs Dach, aber der Camaro war mit einer Sirene ausgestattet. Als die Adresse durchgegeben wurde, wo die Schießerei stattgefunden hatte, ließ er die Sirene aufheulen und gab Gas. Der Camaro schoß zwischen den anderen Wagen, die sich vorsichtig durch den Schnee bahnten, hindurch. Die beiden Autos vor ihnen machten bei der nächsten roten Ampel Platz. Mitten auf der Kreuzung drehten plötzlich die Reifen des Camaros auf einer kleinen Erhöhung durch. Entsetzt wandte sich April von den Scheinwerfern ab, die aus der Seitenstraße auf sie zurasten. Das erste Auto würde genau den Beifahrersitz rammen, auf dem sie saß. Ihre Mutter sagte ja immer, eher würde April sterben, als ein Kind zur Welt bringen.

»Halt dich fest«, befahl Mike.

Als hätte sie eine andere Wahl. April stemmte sich gegen das Armaturenbrett. Die Reifen griffen, der Wagen schoß nach vorn und kam auf der anderen Seite ins Schleudern. Mike schaltete in den ersten Gang und hatte den Camaro wieder im Griff. Mit der gleichen Methode fuhr er auf die nächste Ampel zu.

»Nicht so stürmisch, mein Lieber. Ich will das Wochenende noch überleben.« Das sagte April aber nicht laut. Sie wußte, daß man Mikes Fahrstil nicht kritisieren durfte, besonders nicht bei schlechtem Wetter. Sie brauchte ihn auch nicht darauf hinzuweisen, daß diese Sache sie eigentlich gar nichts anging. Er würde sagen, er sei im Dienst, und wenn er im Dienst war, ging ihn alles was an. So dachten die meisten Polizisten. Cops mischten mit Vorliebe bei anderen Aktionen mit, solange sie nicht selbst die Festnahme vornehmen, die ganzen verdammten Formulare ausfüllen und den Gefangenen nach Downtown begleiten mußten. Das kostete immer mehrere Tage.

Über Funk kamen immer noch aufgeregte Stimmen. Südlich und östlich von ihnen heulten Sirenen. Sogar hinter ihnen, aus nördlicher Richtung. Ein einziges Merkmal des bewaffneten Mannes wurde durchgegeben. Er hatte einen Schal oder so was um den Kopf gewickelt. April schnaufte verächtlich. Es schneite. Irgendeine Kopfbedeckung trug jeder.

Mike bremste bei der 145. Straße und fuhr im Schneckentempo weiter. Er ließ die Sirene noch zweimal aufheulen, bevor er sie schließlich abstellte.

»Wohin? Ost oder West?«

»Ich darf entscheiden?« fragte er April und sah die Straße entlang.

»Ja.«

»Soll ich 'ne Münze werfen?«

»Nein, du sollst mir sagen, wohin?«

April zuckte mit den Schultern. »Na gut. Ich würde sagen, er geht nach Westen. Versteckt sich dort eine Weile unter einer Treppe. Östlich des Broadways ist zuviel los.«

»Okay. Denk dran, du hast die Wahl getroffen.«

»Laß mich doch in Frieden.«

»Deine Entscheidung.« Mike bog nach Westen ab und fuhr durch eine ruhige Straße. Der Schnee wurde flockiger, blieb langsam liegen. Um in dem Schneegestöber etwas zu erkennen, bräuchten sie eigentlich ein Spotlight.

Mike fuhr weiter, über die nächste Ampel. Auf der 141. Straße, zwei Blocks vom Broadway entfernt, war alles ruhig. Niemand zu sehen – ein einziger Kerl nur, der sich am Deckel eines Mülleimers zu schaffen machte. Er hatte einen Schal um den Kopf.

»Den sehen wir uns mal näher an«, sagte Mike und gab Gas. Er brachte den Wagen einige Meter vor der Mülltonne zum Stehen.

Der Mann wirbelte erschrocken herum. Er drehte ihnen sofort wieder den Rücken zu, ließ den Mülleimerdeckel fallen und lief in entgegengesetzter Richtung davon. April war schon aus dem Wagen, bevor Mike den Motor abgestellt hatte.

»Komm schon, April, was soll das.«

In der Eile war sie mit den neuen Stiefeln in einer eisigen Pfütze im Rinnstein zwischen zwei Wagen gelandet. Sie schlitterte und konnte sich gerade noch an einem der Wagen festhalten. Sie rappelte sich wieder auf und rannte weiter. Der Kerl rannte humpelnd vor ihr her durch den Schnee. Er ignorierte den Wagen mit der offenstehenden Tür und seine beiden Verfolger.

»Hey, Sie. Halten Sie an. Sie haben was verloren.«

Während sie rannte, rutschte April dauernd wieder aus. Mike überholte sie.

»Para alli«, rief er. *Policia.*«

Als er Polizei hörte, blieb der Kerl abrupt stehen und drehte sich um. Er hob die Hände hoch. *»No tire. No tire.«*

Als April die beiden eingeholt hatte, zog sie ihre Waffe. Der Typ gefiel ihr nicht. Er jammerte zwar, daß Mike ihn nicht erschießen solle, ließ aber gleich wieder eine Hand fallen. Ein schlechtes Zeichen. Mit breitem, spöttischem Grinsen entblößte er eine imposante Goldreihe dort, wo eigentlich seine Vorderzähne sein sollten. Er fürchtete sich nicht wirklich vor ihnen.

»Quien es la chica?« fragte er und deutete mit dem Kopf auf April.

Okay, das hatte sie verstanden. Wer ist das Mädchen? April hob ihre Waffe und gab Mike Deckung.

»Policia», gab sie zurück. Mike hatte damit ja erfolgreich Eindruck geschunden. Doch vor ihrer Waffe fürchtete der Kerl sich offensichtlich keineswegs.

»Hey«, knurrte Mike, als er sah, wie eine Hand sich der rechten Jackentasche näherte. *»Ariba las manos.«* Mike nickte April zu.

Sie hatte verstanden. Hände hoch. Sie sollte Mike Deckung geben, während er den Kerl abklopfte.

»Por qué?«

»Porqué digo lo.« Mike war nicht zum Scherzen aufgelegt. Er manövrierte den Kerl zum Wagen, wo er die Hände über den Kopf nehmen mußte. Energisch trat Mike ihm die Beine auseinander.

April sah, daß die Hand des Mannes verschmiert war. Aus einer Wunde an der Hand oder dem Handgelenk tropfte Blut. »Blut«, bellte sie. »Er ist verletzt.«

Der Mann säuberte sich mit Schnee die Hände.

»Hey – nicht bewegen. Ich hab dir doch gesagt, daß du dich nicht bewegen sollst.«

»Que hice?« winselte der Typ und wirbelte herum.

»Zurück mit dir.« Mike schob ihn wieder gegen das Auto.

»No hice nada.«

»Und wieso blutest du dann?«

»No hablo inglés.«

»Verarsch mich nicht.«

»No hablo inglés.«

Mike klopfte die dünnen Beine ab. Von der rechten Hand, die der Kerl über dem Kopf ausstrecken mußte, lief Blut in den Ärmel. »Ayiie«, schrie er. *»Estoy enfermo. No hice nada. No hablo inglés.«*

»Haben Sie das verstanden, Sergeant? Dieser Mann ist krank, hat nichts angestellt und spricht kein Englisch.«

»No hablo inglés.«

»Wir haben schon verstanden. Rumdrehen. Ganz langsam, die Pfoten bleiben oben. Keine ruckartigen Bewegungen.« Mike drehte den Kerl um und öffnete den Reißverschluß seiner Jacke. Er wurde schnell fündig und zog eine gefährliche Klinge hervor. »Sieh mal einer an. Der Kerl spricht kein Englisch. Meine Kollegin hier erschießt mit Vorliebe Leute, die nicht Englisch sprechen. Stimmt doch, Sergeant?«

»Das ist meine Spezialität. Soll ich ihn aus seinem Elend erlösen?«

»Was soll das? Hey, ich bin verletzt. Ich muß zum Arzt.«

»Ah, wir sprechen also doch Englisch. Hat dir nie jemand gesagt, daß man sich verletzen kann, wenn man mit Messern spielt?« Schneeflocken klatschten Mike ins Gesicht, während er den Kerl noch weiter nach Waffen abklopfte. »Schau an, da ist ja noch eins«, sagte Mike mit gespielter Entrüstung, als er noch ein Messer fand, das in einer abgegriffenen Lederhülle steckte. Er überreichte April beide Messer und riß dem Kerl die Arme auf den Rücken. »Mir wird kalt. Wie sieht's bei dir aus, Sergeant?«

In Aprils Augen brannten Tränen. »Meine Füße bringen mich noch um«, sagte sie. »Am besten wir nehmen ihn mit und wärmen uns ein wenig auf.«

»Mensch, ich hab doch nichts getan.«

»Sieht aber ganz anders aus. Auf dich paßt nämlich die Beschreibung von 'nem Typen, der jemanden erschossen haben soll. Wir nehmen dich mit aufs Revier, da ist's wärmer. Da sehen wir weiter.« Mike legte ihm die Handschellen an, die er noch schnell eingesteckt hatte, bevor er ihm hinterhergejagt war. April steckte ihre Waffe weg. Sie nahmen ihn in die Mitte und marschierten zurück zum Wagen. »Was für eine Nacht«, murmelte sie und klopfte den Schnee von ihren Stiefeln.

»Wie heißt du, *hombre?*«

Der *hombre* winselte. »Ich hab gar keine Pistole, Mann. Siehst du etwa eine? *Ich* bin von 'nem Kerl mit 'ner Pistole überfallen worden. Sieh doch. Hat mich verletzt. Das war dieser Footballtyp, *mato su mujer.* Der hat jemanden umgelegt.«

»Den schnappen wir uns auch noch.« April gab seinem schneebedeckten Kopf einen Schubs und drückte ihn auf den Rücksitz. »Rutsch zur Seite.« Verdammt, zwischen Vorder- und Rücksitz war kein Schutzgitter. Sie mußte sich neben ihn setzen. »Die Waffe liegt bestimmt im Mülleimer», sagte sie zu Mike.

»Wir nehmen ihn mit und schicken dann jemanden, der danach suchen soll.« Mike knallte die Tür zu. Der Wagen war noch warm, da er den Motor hatte laufen lassen.

Der Kerl jammerte. »Ich hätte euch gar nichts erzählen brauchen. Hab euch doch einen Gefallen getan, hab euch gesagt, wer der Täter ist.«

»Ist ja schon gut. Wenn der Überfall aufs Konto des Footballspielers geht, hast du ja nichts zu befürchten, oder?«

»Ich kann keinen Ärger gebrauchen.«

»Das kannst du gleich den Detectives erzählen.«

»Mann, ich blute«, beklagte er sich.

»Ein Tropfen auf meine Polster, und du bist ein toter Mann«, fuhr Mike ihn an. Er meldete sich beim 30. Revier, um sich schon mal anzukündigen. Dann gab er Gas und schaltete gleichzeitig die Sirene ein. Die Reifen drehten durch, und der Wagen machte einen Satz nach vorn. Sechs Minuten später entluden sie ihre Fracht beim 30. Revier.

»Ja, genau, Sanchez, Sie hatten sich ja angekündigt.«

Das Namensschild wies den Beamten am Eingangstresen als Timothy Bramwell aus.

»Wir brauchen für diesen Süßen jemanden, der spanisch spricht«, sagte Mike.

Bramwell sah genauer hin. »Ah, das ist ja Julio-ich-nicht-sprechen-Englisch. Julio, du weißt doch, wie ungesund das Klima hier für dich ist.«

»Na prima, Sie kennen ihn bereits. Dann verschwinden wir wieder.« Mike wandte sich April zu, die sich mit einem Papiertaschentuch Blut vom Ärmel wischte.

»Er hat auch das ganze Auto vollgemacht«, murmelte sie. »Hoffentlich ist er nicht HIV-positiv.«

»Ich hab doch nur einen Freund besucht«, jammerte Julio.

»Dieser Footballer, der hat jemanden umgelegt. Ich hab's gesehen. Deswegen hat er mir mit der Waffe eins übergezogen. Scheiße aber auch.«

»Was redest du da?« Sergeant Bramwell verdrehte seine blauen Augen und bat einen uniformierten Beamten, den Kerl abzuführen.

»Schickt am besten jemanden in die Gegend, die sollen die Waffe suchen.« April beschrieb, wo die Mülltonnen standen.

»Wissen Sie was von der Schießerei?« fragte Mike.

»Ja, das Opfer ist noch am Leben. Identifiziert haben wir ihn noch nicht. Ist es möglich, daß dieser Kerl recht hat und Liberty was damit zu tun hat?«

»Das werden wir jetzt überprüfen.«

»Hey«, bellte Bramwell. »Sanchez, Sie können nicht einfach hier reinmarschieren, Ihren Müll abladen und gehen, ohne einen Bericht zu schreiben. Sie haben ihn mitgebracht, Sie füllen den Bericht auch aus. Hier sind die Formulare.«

»Ach ja, und hier ist sein Waffenarsenal.« April warf die Messersammlung auf den Tisch.

Bramwell betrachtete die Waffen mit mißbilligendem Kopfschütteln. Dann klingelte das Telefon, und er kümmerte sich nicht mehr um sie. Es dauerte fünfundvierzig Minuten, bis April und Mike wieder draußen waren. Bis dahin waren Aprils Stiefel getrocknet und ganz steif von dem Salz, das die Stadt auf den Straßen streuen ließ. Es hatte aufgehört zu schneien, jede Chance, Liberty dort, wo die Schießerei stattgefunden hatte, aufzuspüren, war längst vertan.

41

Es war noch nicht einmal sieben Uhr, als am Sonntag morgen das Telefon in Aprils Schlafzimmer klingelte. Stöhnend drehte sie sich auf die Seite und warf einen Blick auf den Wecker, konnte die Zahlen aber nicht erkennen und schloß wieder die Augen. Hatte sie sich nicht eben erst hingelegt? Sie lauschte mit geschlossenen Augen, ob es regnete. Doch sie hörte kein Regentrommeln auf dem Dach und drehte sich wieder zur Wand, weg vom Telefon. Da klingelte es schon wieder. Diesmal ließ sie ihre Augen langsam die Wand entlang zum Fenster gleiten. An den weißen Vorhängen vorbei sah sie, daß es draußen noch grau war, es dämmerte noch nicht mal. Es war noch Nacht. Sie beschloß, nicht abzunehmen.

Trotzdem war sie jetzt wach. *Skinny Dragon* erwartete von ihr, daß sie nach Manhattan zum Begräbnisinstitut in Chinatown fuhr, wo Onkel Dai bis zur Beisetzung morgen aufgebahrt war. Sai wollte ihm Gaben mit auf die Reise ins Jenseits geben, Papiergeld und Früchte. Sie wollte viele Räucherstäbchen für ihn anzünden, damit seine Seele friedlich entschlummern konnte. Und Sai wollte dort so lange neben Dais Leichnam sitzen, wie es sich für eine ordentliche Respektsbezeugung gehörte. Und nachdem sie diese Show neben Dais Sarg abgezogen hatte, wollte sie sich in Chinatown die Hacken ablaufen und einkaufen gehen – in Begleitung ihrer Wurmtochter, die mit ihrer Kreditkarte bezahlen und die Tüten tragen sollte. *Skinny Dragon* hatte alles genau geplant. Das Telefon klingelte zum dritten Mal.

April ignorierte es. Komme was wolle, sie wollte die Pläne ihrer Mutter auf keinen Fall durchkreuzen. Sie hatten Liberty gestern abend nicht mehr gefunden. Jetzt hatte sie damit nichts mehr zu tun. Sie hatten ihre Aufgabe nicht erfüllt. Diesen Fall würden sie unmöglich vor Sonntag aufklären, weshalb sollte sie sich also nicht Schlaf gönnen, solange sie konnte? Ihren freien Tag würde sie sich heute keinesfalls vermiesen lassen. Nein, sie würde nicht ans Telefon gehen. Während des fünften und sechsten Klingelns hielt sie noch an ihrem Vorsatz fest. Aber als ihr Anrufbeantworter immer noch nicht ansprang, nahm sie beim siebten Klingeln ab.

»*Wei.*«

»Gestern abend war eine Schießerei in Harlem.«

»Guten Morgen, Dean. Wie geht's?«

»Weißt du, wer da erschossen wurde?« fuhr Dean sie an.

»Nein. Bist du im Büro?«

»Ich hab gehört, ihr habt jemand mit aufs Revier genommen.«

»Für einen Chinesen hast du ja ziemlich große Lauscher, Dean. Gehst du eigentlich auch irgendwann mal nach Hause?«

»Für eine Chinesin bist du nicht besonders loyal, April.«

»Was soll das denn heißen?«

»Du wolltest mich doch auf dem laufenden halten. Wir hatten doch abgemacht, daß wir bei diesem Fall zusammenhalten.«

»Was wirfst du mir eigentlich vor?«

»Gestern abend wurde auf Jefferson geschossen. Wußtest du das nicht?«

Was hatte das zu bedeuten? Aprils Gedanken rasten. »Ist er tot?«

»Ja, allerdings. Ihr wart doch am Tatort, habt einen Verdächtigen mitgenommen. Aber hast du mir Bescheid gesagt? Nein, hast du nicht. Ich werde ihn gleich vernehmen. Ich erwarte dich heute abend um sieben in meinem Büro. Dann besprechen wir den Fall.«

Er hatte aufgelegt, bevor sie einwenden konnte, daß sie diesen Termin wahrscheinlich nicht einhalten konnte.

Und wieder war ein Tag verloren. Um halb neun warf April einen Blick in den Mannschaftsraum, dann hängte sie ihren Mantel an dem hölzernen Kleiderständer in der Ecke ihres Büros auf, das heute eigentlich gar nicht ihr Büro war, da sie frei hatte. Alle waren im Einsatz. Die Verwahrungszelle und die Schreibmaschine waren verwaist. Sie sah nicht in Iriartes

Büro nach, ob der Lieutnant da war. Sie mußten Liberty unter allen Umständen finden. Jetzt wurde ihr klar, weshalb Iriarte den fleischigen, farblosen Charlie Hagedorn so schätzte.

Iriarte vertrat die Überzeugung, daß die Zukunft der Technologie gehörte, und Hagedorn war Computer-Experte. Hagedorn konnte jeden Code knacken. Er würde Liberty anhand der E-Mail-Nachrichten ausfindig machen. Sie hatten keine Wahl, sie mußten ihn finden. April ging zurück in den Mannschaftsraum und kam an Iriartes Fenster vorbei. Er winkte sie zu sich ins Büro, wo Mike, Hagedorn und Iriarte trübselig herumsaßen. Alle Stühle waren besetzt. Mike stand auf und bot ihr seinen Platz an.

»Wissen wir schon was über Wally Jefferson?« Sie setzte sich. »Danke, Mike.«

Mit einem grimmigen Nicken bedeutete Iriarte Mike, Bericht zu erstatten.

»Anderthalb Häuserblocks westlich der Schießerei wurde eine Glock auf dem Gehweg gefunden«, sagte Mike. »Das könnte die Tatwaffe sein. Die ballistischen Untersuchungen sind noch im Gange.« Er seufzte. »Da ist anscheinend was schiefgelaufen.«

»Wie das?«

Mike warf dem finster dreinblickenden Iriarte einen Blick zu und wandte sich dann wieder an April. »Es hat wohl jemand Wind davon bekommen, daß gestern wieder eine Razzia im Club stattfinden sollte. Die Gäste konnten gewarnt werden, und die Tür war verrammelt. Jefferson war auch drin. Offensichtlich war er dort verabredet. Es gibt eine Tür zum Keller des Nachbargebäudes. Als die Razzia losging, flüchtete Jefferson auf diesem Weg. Der Täter hat ihn wahrscheinlich erwartet und legte ihn um, als er auf die Straße trat.«

»War das unser Goldjunge, Julio?«

Iriarte schnaufte verächtlich. Er und Hagedorn warfen sich vielsagende Blicke zu. Die Stimmung im Raum war angespannt. April hatte keine Ahnung, worüber sich die drei vor ihrer Ankunft unterhalten hatten. Sie wühlte in ihrer Tasche nach Libertys gestriger E-Mail und hoffte inständig, daß Hagedorn befördert und in irgendeinen Computerraum versetzt werden würde, wenn es ihm gelang, Liberty anhand der E-Mail ausfindig zu machen. Sie lächelte ihrem Chef zu. Er sah sie erstaunt an.

»Das steht noch nicht fest«, beantwortete Mike ihre Frage bezüglich Julio. »Jefferson arbeitete für ihn als Drogenkurier. Womöglich hat er was mit dem Mord in Staten Island zu tun.«

»Gibt's Zeugen?« fragte April.

»In Harlem? Sie kennen doch die Bagage dort. Da waren zehntausend Leute auf der Straße, aber die sind alle blind. Keiner hat was gesehen«, beklagte sich Iriarte.

»Außer der alten Frau, die in dem Haus neben dem Club wohnt. Sie sagt, Jefferson war Stammkunde. Er war tagsüber da, nachts am Wochenende, dauernd«, sagte Mike.

»Und?« Iriarte musterte April. Er sah ihr an, daß sie irgendeine Information hatte. Er wedelte ungeduldig mit der Hand. *Geben Sie schon her.*

Sie fischte Libertys E-Mail aus der Tasche und legte ihren Plan dar. Hagedorn sollte das Telefon lokalisieren, von dem aus Liberty seine Nachricht geschickt hatte. Sie und Mike hatten aber absoluten Vortritt. Nur sie würden ihn zum Verhör abholen dürfen.

Hagedorn griff nach dem Zettel und bekam vor Freude einen ganz sentimentalen Gesichtsausdruck. »Wir haben ihn«, sagte er. »Gott sei Dank, wir haben ihn.«

»Moment mal«, warf April ein. »Ich sagte doch gerade, ich will das mit Liberty erledigen.«

»Na klar, April.«

April sah auf ihre Armbanduhr. Sie hatte noch viel zu erledigen. Sie wollte Merrills Nerzmantel in Libertys Wohnung abholen und ins Labor schicken, um feststellen zu lassen, ob darauf Blutspuren von Merrill waren. Und sie mußte vor vier Uhr wieder im Astoria sein, um *Skinny Dragon* nach Chinatown zu fahren. Um sieben Uhr hatte sie einen Termin mit Kiang. April und Mike machten sich auf den Weg.

Um fünf Uhr nachmittags kamen die ballistischen Ergebnisse, die bestätigten, daß es sich bei der Glock um die Tatwaffe handelte. Es gab eine Überraschung: Drei Teilabdrücke und der rechte Daumenabdruck, die man vom Kolben der Waffe genommen hatte, stammten von der rechten Hand Frederick Douglass Libertys. Niemand piepste Sergeant Sanchez oder Woo an, um sie davon zu unterrichten.

42

Belle lag mit geschlossenen Augen in ihrer zeitweiligen Bleibe auf dem Sofa. Um den Kopf war ein Handtuch mit Eiswürfeln gewickelt. Sie hatte blaue Flecken und Prellungen an der Stirn. Voller Sorge, sie könnte eine Gehirnerschütterung erlitten haben, weckte Liberty sie jede halbe Stunde auf. Er hatte selbst sechs oder sieben Gehirnerschütterungen gehabt und wollte vermeiden, daß sie in ein- oder zweiwöchiges Koma fiel. Der Mann hatte fest zugetreten. Der dicke Turban hatte sie kaum geschützt.

»Komm schon, Baby, mach die schönen grünen Augen auf.«

»Die sind braun. Ihr Männer habt doch keine Ahnung«, murmelte Belle im Schlaf.

Wenn sie nicht reagierte, sprengte er ihr etwas Wasser ins Gesicht und streichelte ihr über die Stirn, bis sie die Augen öffnete.

»Rühr mich bloß nicht an«, brummte sie und griff nach ihrem Kopf. Ihre Haarfarbe war schwer zu beschreiben. Rotgold, Rostgold, Braungold. Irgendwie rot auf jeden Fall. Sie hatte schönes Haar und davon jede Menge. Haar, das Blicke auf sich zog, aber diese Art Aufmerksamkeit war Belle offensichtlich zuwider.

»Starr mich nicht so an«, murmelte sie.

»Ich starre dich nicht an. Ich mach mir Sorgen um deine Gesundheit. Du bist ganz schön mutig, hast ganz schön was einstecken müssen.« Sie hatte sich vor einen bewaffneten Mann gestellt, der versucht hatte, sie niederzustechen. Was für 'ne verrückte Frau machte so was? So 'ne Art Stadt-Guerilla. Jetzt verstand Rick auch, weshalb sie diesen 10 Kilo schweren Regenmantel trug. Der war nicht nur bei Feuer nützlich, sondern schützte außerdem vor Messerstichen. Er fragte sich, ob Belle unter ihren unzähligen Pullis eine schußsichere Weste trug und ob sie schon mal niedergestochen oder angeschossen worden war. Wahrscheinlich schon.

»Belle, haben Sie Familie? Einen Mann oder einen Freund, den ich anrufen könnte, damit er Sie abholt?«

Sie antwortete nicht. Sie war eingeschlafen.

Die Nacht war irgendwie unheimlich. Rick hatte drei oberflächliche Brustverletzungen davongetragen, auf die er das einzig verfügbare andere Handtuch gelegt hatte. Es brannte. Er stand mehrere Male auf, ging in das schmutzige Badezimmer und wusch seine Wunden mit Seife aus. Wie früher, wenn er verletzt war und sein Körper sich zu regenerieren versuchte, hatte er Hunger. Er dachte an sein Restaurant. Er und seine weißen Geschäftspartner hatten Geld in das Restaurant gesteckt, es wurde von Schwarzen geleitet und sowohl schwarze als auch weiße Gäste waren dort willkommen und fühlten sich wohl. Orte, wo sich Schwarze und Weiße wohl fühlten, waren heutzutage *chic.* Dieser Ausdruck hatte ihn einst amüsiert. Jetzt wurde ihm ganz schlecht bei dem Gedanken. Er kam sich vor, als wäre er die ganze Zeit nur Teil einer Ausstellung im Zoo gewesen.

Ricks Mama hatte immer, wenn alles im Leben schiefging, gesagt: »Ich bin ruhig. Ich bin ganz ruhig, damit mir Gott den Weg aufzeigt.« Sie hatte ihrem Sohn erklärt, daß Gott in der Stille wohnte und daß Rick seinen Weg im Leben nur in der Stille finden konnte.

»Wenn Gott so ruhig ist, wieso schreien die Leute dann immer so laut in der Kirche?« hatte er wissen wollen.

»Die Wege Gottes sind unerklärlich. Danach darfst du nicht fragen.«

Aber wie sollte er denn den Weg finden, den Gott für ihn vorgesehen hatte, wenn er nicht nachfragen durfte? Die Wege Gottes waren ihm mittlerweile egal. Er konnte nicht glauben, daß Gott an ihm oder sonstwem Interesse hatte. Merrill war völlig grundlos gestorben. Wasser quoll aus seinen Augen, alles verschwamm, das konnten aber doch keine Tränen sein. »Ich weine nie«, sagte er laut und wischte sich mit dem Ärmel übers Gesicht; sein Sweatshirt war zerrissen und blutverschmiert. Er betrachtete die Frau auf dem Sofa, die Männern mit soviel Mißtrauen begegnete. Er fragte sich, was ihr wohl zugestoßen war und sie so werden ließ. Ihm fiel auf, wie schön sie war.

Er mußte an den Mann mit den Goldzähnen und der Waffe denken. Ein Dutzend Leute hatten doch gesehen, daß er geschossen hatte. Vielleicht sogar mehr. Wieso war er über die Straße gerannt und hatte ihn und Belle verfolgt? Hatte er mit ihnen gerechnet? Und wie paßte das alles zusammen? Auf der Straße hatte es doch vor Leuten gewimmelt. Es war sogar gut möglich, daß einige der Polizisten den Schützen mit den Goldzähnen und dem Stirnband gesehen hatten. Rick machte sich Sorgen um Belle und fand keinen Schlaf.

Etwa acht Stunden später, um 8.15 Uhr morgens, setzte sie sich auf und rieb sich die Augen. »Ich hab Hunger«, sagte sie.

Rick sah auf seine Armbanduhr. »Ich auch.«

Sie verschwand im Badezimmer. Rick setzte unterdessen in einer alten Kanne Kaffee auf. Vielleicht war es das Aroma des Kaffees, das ihm die Kehle zuschnürte und ihn endlich die Wahrheit ins Auge sehen ließ. Merrill mit ihrer sexy Stimme und all ihren Problemen und Dämonen wartete nicht mehr zu Hause auf ihn. Sie würde sich nicht mehr damit quälen, daß sie ihm keine goldenen Babys schenken konnte, die ihm aus dem Gesicht geschnitten waren. Es würde zwischen ihnen keine erhitzten (und schrecklich naiven) politischen Diskussionen mehr geben, sie würden sich nicht mehr gegen die Welt auflehnen müssen wegen der Rassenfrage oder irgend etwas anderem. Kein Ausrasten mehr wegen des Kokains. Merrill war tot. Wieder mal war eines seiner Leben vorbei. Ricks Augen waren feucht, aber er weinte nicht. Er hatte jetzt eine Wahl, die Merrill nicht gehabt hatte. Er konnte entweder sterben – und nicht neben ihr auf dem trübseligen Friedhof in Massachusetts beigesetzt werden, auf dem wahrscheinlich kein einziger Schwarzer lag. Oder er konnte sein Leben ändern. Wieder einmal. Keine dieser beiden Möglichkeiten erschien ihm sehr verlockend.

Das Wasser im Bad lief schon eine ganze Weile. Er klopfte an die Tür. »Alles in Ordnung?« fragte er.

»Komm ja nicht rein«, erwiderte sie nervös.

Rick stieß die Luft aus, die sich in seiner Lunge gefangen hatte. »Ich will doch nur wissen, ob du o. k. bist«, knurrte er vor sich hin. Er platzte eigentlich nie ins Bad, wenn eine fremde Frau drin war.

»Komm ja nicht rein«, sagte sie noch einmal.

Gott, war die anstrengend. Er schenkte sich eine Tasse Kaffee ein und setze sich an den Tisch. Während er trank, verzogen sich die Wolken und es wurde langsam hell. Endlich kam Belle aus dem Bad. Rick reichte ihr eine Tasse Kaffee mit Milch und sah sie dabei bewußt nicht an. Hoffentlich hatten sich nicht noch mehr Schrauben in ihrem Kopf gelockert.

»Danke.« Sie schien überrascht.

»Bitte.«

»Was machst du da?« fragte sie.

»Ich trinke Kaffee. Und dann bringe ich dich nach Hause. Wo wohnst du, Belle?»

Sie umklammerte die Tasse mit beiden Händen und setzte sich. »Mein Kopf tut weh.«

»Meiner auch. Aber ich kann nicht länger hierbleiben, du auch nicht.«

»Warum nicht?«

»Du bist verletzt. Das geht zu weit.«

»Na und? Es gibt doch viele Männer, die Frauen schlagen.« Belle faßte sich an den Kopf. »Oder treten. Die halten Frauen für ihr Eigentum, mit dem sie machen können, was sie wollen.« Sie musterte Rick aufmerksam. »Vielleicht bist du ja anders.«

»Stimmt.«

»Sehr rührend, wenn diese Kerle dann ihre Frauen im Krankenhaus besuchen. Mit 'nem Blumenstrauß vergießen sie dann Tränen und sie sagen alle dasselbe: ›Sie hat es doch gewollt. Klar, wir hatten unsern Spaß, aber ich würde doch eine Zwölfjährige nicht vergewaltigen. Ich hab ihr nicht weh getan.‹ Oder: ›Klar, wir haben uns ein bißchen gestritten, aber ich hab ihr doch das Auge nicht ausgestochen. Ich liebe sie doch.‹«

Rick senkte den Kopf und zwang sich, nicht zu weinen. »Du hast zu lange mit den falschen Leuten zu tun gehabt, Belle.«

Sie schnaufte verärgert.

Sie hatte zwar keine hohe Meinung von ihm, trotzdem hatte sie sich gestern abend wie ein Schutzschild vor ihn gestellt. Wieso war sie jetzt auf einmal so abweisend?

»Was?« fuhr sie ihn an, als hätte er laut gesprochen.

Er schüttelte den Kopf. Ihm wurde klar, weshalb er nicht bei Merrills Beerdigung erschienen war und sich statt dessen aus dem Staub gemacht hatte. Er war geflüchtet, weil er die Beschuldigungen nicht aushalten konnte. Er wollte nicht hören, daß auch er nur schwarzer Abschaum war, ein drogensüchtiger Dieb, der Frauen vergewaltigte und umbrachte, wenn sie aufmüpfig wurden. Diesen Verdacht hielt er einfach nicht aus. Sein ganzes Leben lang hatte er hart daran gearbeitet, ein sauberes Leben zu führen. Ein lupenreines Leben. Damit sich der Alptraum seiner Mutter nicht bewahrheitete. Damit er nicht als verdammter Nigger endete. Endlich wurde ihm klar, was zu tun war.

Fünf Minuten später lauschte Marvin Farrish schweigend am anderen Ende der Leitung, als Rick Liberty explodierte.

»Marvin, ich hab dich immer für einen klugen Kerl gehalten. Ich weiß, daß du viel Gutes getan hast. Du hast einen tollen Fernsehsender, eine tolle Radiostation. Bist ein treusorgender Ehemann und Familienvater. Ich dachte, du hast das Herz am rechten Fleck. Aber was du dir mit mir geleistet hast, war wirklich saudumm. Und fürchterlich gefährlich. Was hast du dir bloß dabei gedacht? Weißt du überhaupt, was letzte Nacht hier los war, du blöder Idiot?«

»Immer mit der Ruhe«, Marvin beteiligte sich endlich auch an der Unterhaltung, »so spricht man nicht mit einem Freund.«

»Einem Freund! Du weißt doch, was passiert ist. Sag schon!«

»Ist Belle in Ordnung?« Besorgnis schlich sich in die bisher unbeteiligte Stimme.

»Weiß ich nicht. Meinetwegen hat ihr so ein Bär einen Tritt versetzt. Ich will nicht, daß meinetwegen Leute verletzt werden. Das muß sofort aufhören.«

»Ich frag dich noch mal. Ist Belle in Ordnung? Ist sie bei Bewußtsein?« Marvin klang aufgeregt. »Das ist wichtig!«

»Natürlich ist das wichtig. Sie will niemanden anrufen, der sich um sie kümmern könnte. Sie will mich nicht allein lassen.«

»Sie mag dich offensichtlich. Du klingst wütend, Mann. Wirklich wütend.« Marvin seufzte pathetisch.

»Wütend ist gar kein Ausdruck. Ich bin total am Ende. Hörst du? Weißt du überhaupt, wie mein Leben aussieht? Ich hab den einzigen Menschen verloren, dem ich völlig vertraute, und alle sind davon überzeugt, ich hätte sie umgebracht.«

»So ist das Leben, Mann«, sagte Marvin gelassen. »So läuft's in Amerika. Das Show-Busineß ist brutal. Zuerst wird jemand zum Helden hochgejubelt, bis er den Ruhm *fühlt* und denkt, er schwebe über allem. Und dann legt man seine Schwächen bloß, macht ihn so klein, daß er nicht mal mehr pissen kann.«

»Machst du das gerade mit mir, Marvin?«

»Nein, Mann. Ich erzähl dir nur, was Sache ist.«

»Aha. Und ich bin ein Schwächling, weil ich die Kameras nicht aushalten konnte – die Fragen der Polizei. Du weißt genau, wie die mich gereizt haben. Die haben gefragt, wie oft ich ausgerastet bin, wenn ich Migräne hatte. Wie oft ich Dinge tat, die mir gar nicht bewußt waren. Das hab ich nicht ausgehalten.«

»Hmh.« Die Frage hing in der Luft.

»*Fuck you,* Marvin. Ich bin gestern abend mit deiner kleinen Freundin in eine Schießerei geraten.«

»Hab ich gehört. Jefferson, der Chauffeur, wurde erschossen. Das tut mir echt leid.«

»*Das tut dir leid!* Das hast du doch zu verantworten. Und weißt du was? Statt sich aus dem Staub zu machen, rannte das Arschloch, das Jefferson umgelegt hat, hinter Belle und mir her. Überall Polizei, viel Verkehr, und der Kerl rennt über die Straße, um mich und Belle mit einem Stilett zu attackieren.«

»Welch ein Glück, daß Belle nur einen Tritt abbekam. Bist du in Ordnung, Mann?«

»Bis auf ein paar Schnittwunden in der Brust.«

Marvin seufzte. »Wo bist du jetzt?« fragte er.

Rick zögerte. »Ich komme nach Hause. Ich werde eine Erklärung abgeben, Marvin«, erwiderte er schließlich.

»Sicher? Traust du dir das zu?«

»Ja.«

»Gut, ich werde es arrangieren ... Was willst du denn sagen?«

»Da wirst du schon warten müssen.«

»Willst du ins New Yorker Studio kommen? Dort können wir die Sache ganz gut im Griff behalten. Ich würde dir jetzt übrigens nicht raten, nach Hause zu gehen. Gönn dir 'ne Pause. Beruhige dich erst mal. Schreib auf, was du sagen willst oder so. Laß es dir erst mal durch den Kopf gehen. Sprich ruhig mit Belle darüber. Sie hat so was schon öfter gemacht. Und Rick, ich riskiere Millionen Dollar und meine Zukunft – aber ich sag's dir trotzdem. Jeder Anwalt, der einigermaßen bei Verstand ist, würde dir davon abraten, so was Gefährliches zu tun. Aber ich bin in erster Linie dein Freund und dann erst Geschäftsmann, und ich muß dich darauf hinweisen. Vielleicht solltest du einen Anwalt konsultieren, bevor du dich zu diesem Schritt entschließt.«

»Ich brauche keinen Anwalt«, beharrte Rick. »Ich hab nichts Unrechtes getan.«

»Gut. Das ist deine Entscheidung. Ich hab dich gewarnt. Wo bist du? Wir holen dich ab, machen dich ein bißchen sauber –«

»Ich will nicht saubergemacht werden«, erwiderte Rick schroff. »Schließlich geht's hier um eine schmutzige Geschichte.«

»Okay«, lenkte Marvin sogleich ein.

»Ich komme auch nicht ins Studio.«

Keine Antwort.

»Hörst du, was ich sage, Marvin?«

»Sei kein Idiot, Rick. Soll es aussehen, als wärst du auf der Flucht? Was glaubst du denn, was nach dem Interview los ist?«

»Das kann ich mir sehr gut vorstellen. Ich ruf die Polizei an. Diese beiden Cops, die schon die ganze Zeit hinter mir her sind. Ich ruf sie an und erzähle ihnen, was gestern abend passiert ist, was ich gesehen habe –«

»Was ist mit Belle?«

»Ich werde sie nicht mit reinziehen.«

»Versprichst du das? Das mußt du mir versprechen.«

»Ja, ich versprech's dir. Aber sie ist ja sehr eigenwillig. Sie –«

»Das geht schon in Ordnung. Ich rede mit ihr.«

»Hör zu, Marv. Ich bin Zeuge bei einer Schießerei gewesen. Jetzt kann ich der Polizei was erzählen.«

»Sehr gut. Das ist sehr gut. Die Polizei will dich für den Mord an deiner Frau festnageln. Statt untätig rumzusitzen und zu warten, daß man dich schnappt, versuchst du, den Mord selbst aufzuklären. Und der einzige Mensch, der etwas Licht in die Sache hätte bringen können, wird vor deinen Augen umgelegt. Und dich wollte man auch umbringen. Du hast doch die Messerstiche zum Beweis, richtig?«

»Ich hab nicht vor, mein Hemd vor laufender Kamera auszuziehen.«

»Die Einzelheiten besprechen wir später. Rick, das ist eine Riesen-Story. Du kannst mir vertrauen, wir machen das gut, geschmackvoll, und wir nageln sie fest. Wir nageln sie fest für das, was sie dir angetan haben ... Rick, bist du dabei?«

»Wir wissen immer noch nicht, wer Merrill umgebracht hat.«

»Ja, aber wir kriegen die Bullen für das, was sie dir angetan haben. Das gefällt mir. Ich leite alles in die Wege. Gut, wir bringen es in die Siebenuhrnachrichten. Ich schicke um fünf einen Wagen bei dir vorbei. Jetzt gib mir bitte Belle. Ich will mit ihr reden.«

43

Es dämmerte bereits, als April um 16.30 Uhr ihren weißen Chrysler LeBaron im Halteverbot abstellte. Der Hydrant, vor dem sie parkte, war fünfzig Meter vom 5. Revier in der Elizabeth Street entfernt. Ein Blick auf die Armbanduhr sagte ihr, daß es an der Zeit war, sich bei Mike zu melden. Als sie sich vorhin getrennt hatten, wollte er Merrill Libertys Nerzmantel bei Ducci vorbeibringen. Wahrscheinlich stand inzwischen schon fest, ob sie Beweismaterial gefunden hatten, mit dem sie den Fall abschließen konnten. Hoffentlich war bald alles vorbei.

Notgedrungen harrte April eine Weile auf dem Fahrersitz aus und lauschte *Skinny Dragons* aufgeregtem chinesischen Geplapper. April wünschte sich weit weg von ihrer Mutter; am liebsten wäre sie aus dem Wagen gesprungen und hätte dem 5. Revier einen Besuch abgestattet. Liebend gern hätte sie nachgesehen, ob es immer noch durch die Decke im Mannschaftsraum tropfte. Und ob ihr alter Chef immer noch da war oder ob er endlich in Pension gegangen war, wie er schon seit zehn Jahren androhte. Sie hätte Jason Frank von einem der Telefone dort zurückrufen können. Er hatte eine Nachricht hinterlassen, die besagte, daß er um diese Uhrzeit zu Hause sein würde und etwas Neues zum Thema Mordwaffe zu sagen hätte. Sie fragte sich, wie er es wohl aufnehmen würde, daß er sich mit seiner Diagnose getäuscht hatte.

Skinny Dragons Wortschwall riß April aus ihren Gedanken. April hatte keine Lust, Dai in einer Leichenhalle, die wie ein kitschiger, buddhistischer Tempel geschmückt war, zu begutachten. Viel Rot, Klappstühle, Räucherstäbchen, ein leuchtender Altar, der böse Geister abschrecken sollte. Die Leiche war bestimmt strategisch klug mit ernster Miene und in ihren besten Kleidern vor dem Altar aufgebahrt, umgeben von Stapeln roter (Spiel)geldscheine und Einkaufstüten glücksbringender Nahrungsgaben, die dem Brauchtum entsprechend als Opfer dargeboten wurden. Doch die Pflicht verlangte ihre Anwesenheit.

Skinny quasselte davon, welch tugendreiches Leben der Tote geführt hatte. Sai hielt Dai für einen großartigen Mann, eine Stütze der Gesellschaft. Er war immer gut zu seinen Freunden gewesen. Dai hatte Aprils Vater viel geholfen, als er damals gerade nach Amerika gekommen war. Dai war schon seit den frühen Fünfzigern in Amerika und hatte in seinem ganzen Leben keinen Cent Steuern bezahlt. Ein wahrhaft großartiger, furchtloser Mann. Dies war ein Seitenhieb auf Aprils Ehrlichkeit, die ihren Eltern ein Dorn im Auge war. Sai war davon überzeugt, daß ihr die Götter bei Aprils Geburt übel mitgespielt und das falsche Baby gegeben hatten. April arbeitete im korrupten Police Department, zahlte grundlos Steuern, rannte nächtelang mit diesem Spanier herum und fühlte sich der zehntausendjährigen Han Dynastie ihrer Vorfahren nicht verpflichtet. Und sie chauffierte ihre Mutter nicht nach deren Willen herum. Zum Thema Police Department und den Unannehmlichkeiten, die es ihr persönlich bereitete, hatte Sai eine Menge zu sagen. Sie ging fast so weit, dem Police Commissioner die Schuld am Tod ihres alten Freundes zu geben. Aber *das* sagte sie lieber nicht laut, denn die Götter sollten nicht hören, wie sie Aprils Chef beleidigte.

Mittlerweile war es völlig dunkel geworden. Sai kletterte aus dem Wagen und amtete die vertraute Luft Chinatowns ein. Sie musterte April von oben bis unten, als sei diese ein

Kind, das bei einer wichtigen Erwachsenenfeier vorgeführt werden sollte, und setzte sich dann mit ihren beiden Einkaufstüten voller Opfergaben in Bewegung. Sie kamen an der beliebten Apotheke in der Elizabeth Street vorbei, die Insektenpülverchen, Pflanzen und gemahlene Tierknochen verkaufte, mit denen man jede nur erdenkliche Krankheit heilen konnte. April war vor ein paar Tagen erst in dem übelriechenden Laden gewesen, der auch noch nach der Beerdigung geöffnet sein würde.

Sie erreichten das Beerdigungsinstitut am Ende des Hügels. Der Saal war, wie April vermutet hatte, vom Rauch unzähliger Räucherstäbchen erfüllt. Das große Kreuz an der Wand, das Jesu Leiden anschaulich darstellte, war nicht erleuchtet. Auch nicht die kleine, kniende Marienstatue, die zu seinen Füßen betete. Bei den gemischten Gruppen, die es manchmal gab, mußten sowohl christliche als auch buddhistische Rituale beachtet werden. Heute jedoch nicht. Im Hintergrund spielte leise chinesische Musik. Eine Gruppe vorwiegend alter Leute rückte die Stühle an den Rand, damit der Sarg in der Mitte besser zur Geltung kam – beste Qualität, weiß mit Messing, sah aus wie Gold. Zu beiden Seiten des Sarges saßen die Trauergäste in zwei Reihen und unterhielten sich, manche schrien sich sogar an.

Als April und Sai eintraten, wurde es still. Sai grüßte niemanden. Lautlos wankte sie (um das Ausmaß ihrer Trauer zu bekunden) zum Sarg. Sie unterzog den Toten einer genauen Musterung, als wolle sie sichergehen, daß es wirklich Dai war. Darauf brach sie mit lautem Klagen in Tränen aus. Drei Leute hielten ihr Schachteln mit Kleenex-Tüchern hin, worauf sie demonstrativ eine Handvoll ergriff und sich die Nase putzte. Dann weinte sie weiter. Genau wie in ihrer Kindheit, wenn ihre Mutter sie zu Beerdigungen geschleift hatte, um Respekt zu zollen, stand April neben ihr und kam sich völlig idiotisch vor. Plötzlich flüsterte Sai ihr zu: »Sieht gut aus, viel

Make-up.« Vielleicht wurde es ja gar nicht so schlimm, dachte April.

Doch dann kam aus dem Mund ihrer Mutter das alte Kommando, wie früher, als April vier oder fünf war. »Weinen, *ni,*« befahl sie.

April warf einen Blick in die Runde alter, herausgeputzter Leute. Alle schwiegen erwartungsvoll und warteten auf sie. Sie konnte den Bezirksstaatsanwalt erst dann aufsuchen, nachdem sie das hier überstanden hatte. Dazu – und um ihre Mutter nicht zu blamieren – mußte sie die erwartete Show abziehen. April vergegenwärtigte sich, wie frustrierend zur Zeit alles war. Sie dachte an den Ärger mit Iriarte und Rosa Washington, Dean Kiang, die zarte Berührung von Mikes Lippen, an die sie die ganze Nacht hatte denken müssen. Es gelang ihr, eine Träne hervorzulocken. Da entrang sich tief aus ihrer Kehle ein richtiges Schluchzen. Sie wünschte sich Liebe, Sex, einen guten Posten im Department und ein glückliches Leben. Weshalb waren all diese Dinge, die doch jedem Amerikaner angeblich zustanden, so unerreichbar? Tränen rannen ihr über die Wangen. Sie bekam Schluckauf. Skinny stieß sie mit dem Ellbogen fest in die Seite. *Übertreib's nicht, du sollst mich nicht ausstechen.*

Aber die Trauergäste waren glücklich. Unter zufriedenem Gemurmel reichten sie weitere Kleenex-Schachteln. Tante May Yi, die April seit der Wiege kannte, sprang auf und beglückwünschte Skinny zu ihrer gehorsamen, lieben Tochter, der Polizistin, die weinen konnte. Dann redeten alle auf einmal. Plötzlich ging ihr Piepser los und bewies allen, wie wichtig April für die Sicherheit jedes einzelnen New Yorker Bürgers war.

44

Die Computer im Mannschaftsraum von Midtown North bedeuteten einen großen Fortschritt gegenüber den Schreibmaschinen früherer Jahre, doch es gab noch kein Modem. Ohne Modem war es Hagedorn unmöglich, Online zu recherchieren, um dem Geheimnis der Telefonnummer hinter der Zugangsberechtigung auf die Spur zu kommen. Deswegen ging Hagedorn einen Stock tiefer zum eigentlichen Computerraum des Reviers. Im Erdgeschoß kam er am Büro des neuen Revierleiters vorbei. Bjork Johnson saß am Schreibtisch und führte ein wichtiges Telefonat.

Der Computerraum wurde von Mark Salley, einem schlanken, zwanghaften Sergeant bemannt. Er war nicht sehr erfreut, Hagedorn zu sehen. »Moment mal, was fällt Ihnen eigentlich ein?« fragte er, als Hagedorn schwerbeladen mit zwei Styroporbechern Kaffee, einer Handvoll Zuckerpäckchen und einem Sixpack Coca-Cola den Computerraum betrat.

»Hat man Ihnen nicht gesagt, daß ich hier einen wichtigen Auftrag erledigen muß?« Überrascht riß Hagedorn die wässerigen Augen auf.

»Ich rede von diesem Scheiß.« Höhnisch grinsend deutete Salley auf Hagedorns Proviant.

»Ich brauch Wegzehrung.« Hagedorn klapperte nachdrücklich mit den Cola-Dosen, die er mit einem Finger an der Plastikhalterung festhielt.

»Aber nicht bei meinen Geräten.« Kopfschüttelnd stieß Salley einen kleinen Pfiff aus. »Sofort raus.«

»Seien Sie doch nicht so, ohne Koffein kann ich nicht denken«, jammerte Hagedorn.

»Das ist mir scheißegal.« Salley wandte sich ab, die Sache war für ihn erledigt.

»Was ist hier los, Sergeant?« fragte Iriarte und schob sich an Hagedorn vorbei.

Als er Iriartes Stimme vernahm, setzte Salley sofort einen anderen Gesichtsausdruck auf. »Lieutenant, guten Tag, wie geht's Ihnen?«

»Gibt's ein Problem?« Iriarte musterte Sergeant Salley besorgt.

Sally lächelte einnehmend. »Sie müssen eine Online-Recherche machen, hab ich gehört. Soll ich Ihnen dabei vielleicht helfen? Ich hab ja bereits im Kerson-Fall Erfahrung gesammelt, da ging's um Betrug –«

»Ja, ja, ich weiß. Das war gute Arbeit, Sergeant.« Iriarte bedeutete Hagedorn, daß er sich hinsetzen sollte.

»Entschuldigen Sie, Lieutenant, Sir –«

»In Zukunft werden Computer bei der Polizeiarbeit immer wichtiger, Salley. Zweifellos. Und Sie haben die Nase mit vorne dran, Salley. Ganz toll.«

»Vielen Dank, Sir. Aber Getränke und Essen sind hier laut Vorschrift nicht erlaubt.«

»Sie haben doch gehört, was Hagedorn gesagt hat, Salley. Er kann ohne Koffein nicht denken. Es geht um einen sehr wichtigen Fall. Das ganze Land wartet darauf, daß wir Liberty schnappen. Wollen Sie uns helfen oder die Arbeit behindern?«

Entsetzt beobachtete Salley, wie Hagedorn seine Kaffeebecher neben dem Computer abstellte.

»Machen Sie also mal 'ne Ausnahme für Hagedorn, Sergeant«, sagte Iriarte und machte auf dem Absatz seiner geflochtenen Lederslipper kehrt. Er war auf dem Weg zum Revierleiter, dem er über den Durchbruch im Fall Liberty Bericht erstatten wollte.

Iriarte stand zögernd in Commander Johnsons Tür. Johnson winkte ihn herein und ließ ihn dann achtundzwanzig Minuten warten, bis er sich mit jemandem vom Hauptquartier telefonisch darüber geeinigt hatte, daß er seine erste COMSTAT-Präsentation verschieben würde.

COMSTAT war die statistische Aufstellung aller Verbrechen und Festnahmen, und jedes Revier stellte diese Zahlen wöchentlich zusammen. Die Statistik wurde von den Assistenten des Revierleiters erstellt. Und jeder Revierleiter mußte in regelmäßigen Abständen seine Daten beim Hauptquartier erläutern und rechtfertigen. Es sah so aus, als stünde es dem neuen Revierleiter, der diesen Posten erst seit einer Woche bekleidete, demnächst bevor, sich auf den heißen Stuhl zu setzen und die Polizeiarbeit seines Reviers vom letzten Monat zu verteidigen. Iriarte trommelte ungeduldig mit den Fingern, er konnte jetzt nicht einfach wieder gehen. Captain Johnson legte endlich auf und griff sofort nach seinem Hut. Sein Stellvertreter sprang sogleich auf und half ihm in den Mantel.

»Ich muß zu einer Besprechung, Lieutenant –«

»Iriarte, Sir.« Iriarte salutierte.

»Wir müssen das auf später verschieben.« Er nickte ihm majestätisch zu und ging.

Iriarte ging zum Computerraum zurück und beugte sich über Hagedorn. »Wie steht's?«

Sergeant Salley meldete sich zu Wort. »Wir haben Glück. Er hat einen der leicht zugänglichen Server benutzt.«

»Das heißt –?« fragte Iriarte.

»Heute war Liberty noch nicht tätig«, sagte Hagedorn. »Die gestrige Nummer können wir nicht herausfinden. Wir können den Telefonanschluß, den er zum E-mailen benutzt, nur herausfinden, wenn wir zur gleichen Zeit wie er Online sind.«

Iriarte nagte grübelnd an der Lippe. »Gestern war er im Gebiet des 30. Reviers. Das wissen wir sicher. Er hat dort jemanden erschossen. Die Ballistiker gehen davon aus, daß noch weitere Morde mit der Waffe verübt worden sind. Liberty war anscheinend aktiver als wir dachten.«

»Wir haben eine Suchmeldung an alle Beamten rausgegeben«, sagte Hagedorn.

»Ja, aber ich will ihn als erster kriegen. Ich will, daß er von unserem Revier festgenommen wird, klar?« Iriarte stach Hagedorn mit dem Finger in den Rücken. »Letzten Sommer ist uns schon der Vergewaltiger durch die Lappen gegangen. Falls sich herausstellt, daß die Frau vom Zwo-Null vom selben Typ überfallen wurde, stehen wir wie die letzten Idioten da. Wir müssen Liberty unbedingt kriegen.«

Sergeant Salley lächelte. »Keine Sorge, irgendwann wenden die sich doch alle an ihre Mutter oder einen anderen Vertrauten. Falls er gewohnheitsmäßig e-mailt, wird er es jetzt auch wieder tun.«

Iriarte warf einen Blick auf seine Armbanduhr. »Hoffentlich bald. Um achtzehn Uhr hab ich Dienstschluß.«

Kurz nach siebzehn Uhr schickte Liberty von einem Telefonanschluß in der 110. Straße eine E-Mail an Jason Frank, die von der Polizei Midtown North abgefangen wurde. Sie lautete: »Jason, alles geht in Ordnung. Ich habe heute abend um sieben einen Fernsehauftritt und werde meine Geschichte erzählen. Du kannst mich auf WCRN sehen.«

Iriarte war überglücklich. »O Mann, verdammt, wir haben ihn.« Er klatschte aufgeregt in die Hände. »Prima Arbeit, Hagedorn. Ich werde Sie in meinem Testament bedenken.«

»Danke, Sir«, zwitscherte Hagedorn.

»Haben Sie von Sanchez und Woo was gehört?«

»Seit einer Stunde nicht mehr. Soll ich sie benachrichtigen?« Hagedorn machte sich nicht die Mühe, seine leeren Becher und Dosen in den Mülleimer zu befördern, der direkt neben ihm stand.

»Nein, stellen Sie vier Beamte zusammen, zwei Wagen, und geben Sie mir die Adresse.«

»Jawohl, Sir.« Hagedorn sprang auf.

Iriarte schnappte ihn am Ärmel und sprach weiter. »Wir

fahren dahin. Ohne großes Aufhebens, keine Reporter. Das machen wir ganz flott. Liberty rechnet nicht mit uns, das ist unser Vorteil. Einen Nachteil haben wir allerdings auch, wir wissen nicht, wo das Interview stattfinden soll. Falls ein Kamerateam dazukommt, müssen wir uns beeilen. Los geht's!«

Iriarte nickte Salley zu und ließ ihn mit Hagedorns Müll zurück.

45

Die Küchenschränke und der Tisch waren bestimmt hundert Jahre alt, Spülmaschine, Herd und Kühlschrank hingegen waren nagelneu. Das Brownstone-Gebäude, das Belle ihr Zuhause nannte, war sorgfältig in einem Stil renoviert, den Rick von alten Fotografien kannte. So hatten wohlhabende Schwarze um die Jahrhundertwende gewohnt. Die prächtig gestalteten Räume strahlten eine Wärme aus, die selbst vom trüben Licht dieses Januarnachmittags nicht geschmälert wurde. Als Rick die Wohnung in seinem zerrissenen Parka und dem blutbesudelten Sweatshirt betrat, kam er sich fast vor wie der Verbrecher, für den ihn fast alle hielten.

In der Küche schenkte Belle Rick eine Tasse Kaffee ein und führte ihn dann ins Wohnzimmer, wo er ihn trinken sollte. Sie ging nach oben, um zu duschen und sich umzuziehen. Als sie eine Viertelstunde später zurückkam, war sie schon wieder ein völlig anderer Mensch. Das lange Haar war zu einem Pferdeschwanz zusammengebunden, sie trug einen dunkelbraunen Rollkragenpullover, eine graue Stoffhose mit schwarzem Krokogürtel und einen dunkelblauen Blazer. Belle war kein Kind der Slums. Die ständigen Veränderungen waren zermürbend.

»Wir müssen dir was zum Anziehen besorgen«, sagte sie lapidar. »Gibt es jemanden, der Zugang zu deiner Wohnung hat?«

»Schon, aber sie wird sicher observiert.«

»Nun gut. Ein Freund von mir hat in etwa deine Größe. Ich hol was von ihm. Was hältst du davon, einen Anwalt einzuschalten?« fragte sie beiläufig. »Ich kenne ein paar sehr gute. Du sicher auch. Wie nennen dich eigentlich deine Freunde?«

»Rick«, erwiderte Rick, der auf einem dunkelroten Samtstuhl mit verschnörkelter Flechtverzierung saß.

»Rick, du machst meinen Stuhl ganz blutig.«

»Danke.«

»Wofür?«

»Daß du mich nicht mehr Nigger nennst. Hast du Verbandszeug?«

»Ich hol welches. Muß das genäht werden?«

Rick schüttelte den Kopf. »Ist nur ein tiefer Kratzer. Das mit dem Stuhl tut mir leid. Ich laß ihn neu beziehen. Wer bist du eigentlich?«

»Ein kleines Licht. Ich heiße Isabella Wentforth Lindsay.« Belle verzog das Gesicht, als verursache ihr die Nennung ihres Namens einen üblen Geschmack im Mund. »Das Haus gehört meiner Großmutter. Meiner Omi geht's nicht gut, sie will aber nicht weg hier. Ich kümmere mich um sie und organisiere die Krankenpflege.« Belle blickte zum Erkerfenster, von wo aus man den nördlichen Teil des Central Park sehen konnte.

»Das Haus gehörte dem Vater meiner Oma. Mein Papa ist hier aufgewachsen.« Sie fuhr mit der Hand über das alte Samtsofa. »Nach dem Jurastudium verließ Papa New York. Ich wuchs in White Plains auf. Meine Eltern wohnen jetzt in Westchester. Aber ich hänge an diesem Haus. Omi hat mir bei der Renovierung freie Hand gelassen, gefällt's dir?«

»Sehr.« Rick wurde auf einmal alles zuviel: Jeffersons Tod, seine Verletzungen, die lange, schlaflose Nacht aus Sorge um Belle, die Verleumdungen, denen er die ganze Zeit ausgesetzt war. Nun wußte er, wer Belles Vater war. Ein berühmter Richter am obersten Gericht des Staates New York. Ihre Mutter war Dokumentarfilmproduzentin. Und sie war weiß.

Trauer überwältigte ihn und schnürte ihm die Brust zu, so daß er kaum Luft bekam. Wie sooft, wenn er fürchterliche Schmerzen hatte, wurde er von Ekel übermannt. Er schloß die Augen. Belles Mutter war eine Weiße. Rick war bisher noch nie in den Sinn gekommen, daß das Kind aus einer gemischten Ehe wütend, ja verzweifelt sein könnte, weil es mit einer Hautfarbe durchs Leben gehen mußte, die sein Vater selbst nicht hatte heiraten wollen, selbst nicht hatte haben wollen. Belles Haut war honigfarben, als strahle in ihrem Innern eine Sonne. Ihre berühmte Mutter war weiß. Man hatte ihm immer vorgehalten, daß Schwarze, die es zu etwas gebracht hatten und Weiße heirateten, vergaßen, daß ihre Kinder schwarz sein würden, und wenn sie noch so hellhäutig waren. Vielleicht hätten seine und Merrills Kinder – wenn sie welche gehabt hätten – auch darunter gelitten.

»Alles in Ordnung?« Sie musterte ihn.

»Tut mir leid, daß ich dich da hineingezogen habe.« Mehr konnte Rick im Moment nicht sagen.

»Mit Jugendlichen mach ich das dauernd. Und mit Frauen, die von ihren Männern geschlagen werden. Das ist meine Aufgabe – außerdem dachte ich die ganze Zeit, daß du –« Belle hielt inne. »Ich hol dir jetzt am besten was zum Anziehen.«

Anderthalb Stunden später wartete Rick in einem geborgten Anzug auf den Wagen, den Marvin vorbeischicken wollte, als er plötzlich Sirenengeheul vernahm. Er trat ans Fenster und schob die Spitzengardine zur Seite. Ein dunkelgrüner Chrysler und zwei blau-weiße Sreifenwagen, die gegen die Einbahnstraße gefahren waren, hielten vor dem Brownstone-Gebäude an. Gleichzeitig traf Marvins Wagen ein.

Vier Cops und das WCRN-Nachrichtenteam sprangen

aus ihren Wagen. Die Cops zogen ihre Waffen. Aus dem Chrysler sprangen zwei Männer, einer im grauen Mantel, einer im Anzug, und schrien den Mann mit der Fernsehkamera an.

»Zurück mit Ihnen!«

»Gehen Sie weg!«

»Ist die Kamera an?«

»Schalten Sie das Ding aus.«

»Was ist hier los, Officer?« Der Reporter mit der Kamera kam näher.

»Treten Sie bitte zurück.«

»Wie heißen Sie, Officer?«

Voller Entsetzen beobachtete Rick die Szene. Ein weißer Beamter in Uniform stieß den schwarzen Reporter mit der Videokamera zur Seite. Der Kameramann rempelte zurück. Das rote Aufnahmelicht der Kamera leuchtete. Sechs Beamte drängelten sich auf der Treppe. Sie wollten ihn holen. Er hatte Angst, und er war wütend. Er wollte Belle sagen, wie leid ihm alles tat und daß er es wiedergutmachen würde. Doch er bekam keinen Ton heraus. Er wußte, er konnte gar nichts mehr gutmachen.

Marvin hatte Freunde bei der Polizei, ging ihm durch den Kopf. Vielleicht hatte er diese Festnahme arrangiert. Oder Belle. Er warf ihr einen Blick zu. Nein, sie sah genauso verängstigt aus wie er. Zum ersten Mal sprachlos, hielt sie seine Hand. Wie hatte die Polizei ihn nur ausfindig gemacht? Es klingelte.

»Bleib hier. Ich geh allein.« Mit hämmernden Kopfschmerzen stieg Rick die elegante Wendeltreppe hinab. Es klingelte ununterbrochen. Er öffnete die Tür. Belle stand neben ihm, ganz dicht, falls jemand vorhatte zu schießen.

Der Mann im taubengrauen Mantel fragte gar nicht erst nach Ricks Namen. »Mr. Liberty, Sie sind verhaftet wegen Mordes an Wally Jefferson. Sie haben das Recht –«

»Wie bitte?«

»Sagen Sie nichts.«

»Nicht so schnell – Sie haben den Falschen.«

»Erzählen Sie das dem Richter, Mr. Liberty.«

»Augenblick!« rief Liberty. »So warten Sie doch.«

Zwei uniformierte Beamte rissen ihm die Hände auf den Rücken und legten ihm Handschellen an, viel fester als nötig. Belle sagte etwas, doch Rick konnte sie nicht verstehen. Das Kamerateam filmte ihn zuerst zusammen mit Belle, dann, wie er von den Cops die Treppe hinabgeführt und in den Streifenwagen verfrachtet wurde. Rick protestierte lauthals, so daß der Detective, der die Festnahme durchführte, nicht einmal dazu kam, ihn auf seine Rechte hinzuweisen.

46

Es war 17.15 Uhr, als April vernehmlich gegen Dean Kiangs Türrahmen klopfte und eintrat. Der stellvertretende Bezirksstaatsanwalt hatte sich mit geschlossenen Augen im Stuhl zurückgelegt, anscheinend hatte er ihr Klopfen nicht gehört.

»Du gehst auch nie nach Hause, was?« fragte sie.

Er fuhr zusammen, sah sie überrascht an und warf einen Blick auf seine Armbanduhr. »April, du bist früh dran...« Er fing sich schnell. »Siehst aber sehr gut aus«, fügte er schnell hinzu. »Freut mich, dich zu sehen.«

»Danke.« April zog die Handschuhe aus und knöpfte den Mantel auf.

Dean musterte sie wohlwollend und fuhr sich mit der Hand durchs Haar. Er stand auf und schloß die Bürotür. »Gib her.« Er warf ihren Mantel über einen Stuhl und trat einen Schritt zurück, um sie durch seine Finger wie durch ein Fernrohr zu begutachten – das hatte er schon letztes Mal so gemacht. »Was für ein schöner Anblick. Hab ich dir eigentlich gesagt, daß ich total auf chinesische Sergeants stehe?«

Sie lächelte und suchte nach einer passenden Antwort – weder zu höflich noch zu kühl. Irgendwas Nettes, ohne sich tiefer in dieses Thema zu verstricken, sie kannte nämlich keine anderen weiblichen chinesischen Sergeants. Doch bevor ihr etwas einfiel, schritt Dean zur Tat. Ruckartig schloß er sie in die Arme. Die unerwartete Umarmung verschlug April den Atem, so schnell konnte sie gar nicht reagieren; es war fast, als wäre sie von jemandem, von dem sie es nie erwartet hätte, auf der Straße überfallen worden.

Das passierte ständig auf den Revieren, besonders den unbekümmerten Streifenpolizistinnen. April war dem immer aus dem Weg gegangen, hatte deutlich zu verstehen gegeben, daß es sich nicht lohnte, mit ihr rumzumachen. Sie war nie eines der »Mädchen« gewesen, hinter denen die geilen Kerle her waren.

Das hier waren aber keine Machtspielchen irgendeines Polizisten. Dies hier war ein äußerst begehrenswerter Freier. Dean Kiang war Anwalt und Chinese. Dean war einer der Männer, denen sie – wenn es nach *Skinny Dragon* ging – zulächeln und Honig um den Bart schmieren sollte: für ihn arbeiten, falls sie die Stelle kriegen konnte, sich unentbehrlich machen und dann den Sack zuschnüren. Dann mußte sie für den Rest ihres Lebens nichts mehr tun und konnte sich zurücklehnen. Was Dr. Dong betraf, so hatte *Skinny* ihr vor ein paar Monaten geraten, ihn auf Befehl zu küssen oder bei Bedarf – wie es auf Beipackzetteln immer so schön hieß. Sai hatte auf eine Traumhochzeit im Juni hingearbeitet und darauf, daß April endlich das Leben führen konnte, das sie nach Ansicht ihrer Mutter glücklich machen würde. Nur nicht aufhören zu küssen, egal, wie der Kerl aussah oder ob er ein Arschloch war. Und Liebe? – pah! Sai sagte immer, die Liebe sei wie eine Lilie: Sie blüht nur einen Tag. Denk an was anderes.

Unvermittelt preßte Kiang seine nassen Lippen fest auf Aprils Mund. Zuerst saugte er gierig und machte dann einen Vorstoß mit der Zunge, als wolle er Aprils Mandeln erreichen. Er grub seine Hüftknochen in sie hinein, so daß sie ihre Waffe schmerzlich in der Seite spürte. Er umklammerte ihre Hüfte wie eine Weinranke, die einen Baum erdrosseln will. Er drängte sich gegen ihre Brust, griff nach ihrem Hintern und zog sie an sich. Er drückte sie gegen die harte Schwellung in seiner gutgeschnittenen, nadelgestreiften Hose.

»Oh, Baby.« Stöhnend zog er ihren Rock hoch und rieb sie unsanft zwischen den Schenkeln. Mit dem anderen Arm hielt er sie so fest, daß sie kaum noch Luft bekam. April protestierte, doch er hörte nicht auf, mit der Zunge in ihrem Mund herumzuwühlen und sie grob zu küssen. Er fummelte an ihr herum, als wolle er sie jetzt auf der Stelle nehmen.

Denk an was anderes, würde ihre Mutter jetzt raten. Doch woran April denken mußte, war, daß Dean zuviel Knoblauch gegessen hatte und sein Hemd zu sehr gestärkt war. Er hatte genau so einen dünnen, knochigen Körper wie ihr Vater. Und einen schrecklich gierigen Mund. Sie mußte an eine Ziege denken, die es auf der Weide trieb und an sexbesessene Affen im Urwald. Kiangs Hand, die bisher ihre Schenkel gerieben hatte, griff ihr zwischen die Beine und drückte fest zu. April schlug die Ratschläge ihrer Mutter in den Wind und erinnerte sich daran, daß sie Polizistin war und keine hilflose Frau. Sie schob Kiang weg.

»Hör sofort auf!«

Er wollte aber nicht aufhören. Er ließ sie nicht los.

»*Sofort* aufhören.« Sie versetzte ihm einen Stoß mit dem Ellbogen.

»Baby«, stöhnte er. Ihr Widerstand war ihm offensichtlich egal. Er war in ganz anderen Sphären.

Auch sie war kurzzeitig in anderen Sphären gewesen. Fast so, als hätte sich ihre legendäre Drachenmutter in ihren Verstand eingeschlichen und sie vergessen gemacht, wie man trat und boxte, was recht und was unrecht war. April war kurzzeitig wie gelähmt gewesen und hatte sich nicht getraut, dem chinesischen Staatsanwalt in die Eier zu treten und ihn damit zu blamieren.

Ihm war es offensichtlich gleichgültig, daß er sich blamierte. Während er sich wieder sammelte, war April entsetzt ob seiner Arroganz und ihrer untypischen Zurückhaltung. Bevor er sie endlich losließ, faßte er ihr noch mal an den Hintern und begrapschte sie gründlich von hinten und von vorn, während sie auf seine Arme einschlug.

Dann – als wäre rein gar nichts geschehen – setzte er sich wieder an seinen Schreibtisch. »Hör zu, ich hab nicht viel Zeit. Worum geht's?« Er warf einen demonstrativen Blick auf seine Armbanduhr.

Mord. Es ging um Mord. Am liebsten hätte sie ihn umgebracht. »Du hast mich doch hergebeten«, erinnerte sie ihn.

»Rück schon raus damit, Baby.« Er grinste anzüglich. »Was ist los?«

April errötete, verwirrt über sein sprunghaftes Verhalten und ihre eigene Reaktionen darauf, schlug ihren Notizblock auf und referierte nüchtern die heutigen Ereignisse.

»Wir brauchen gar keine Blutflecke mehr auf dem Nerzmantel. Egal, was Liberty anhatte, als er seine Frau umbrachte. Wir haben ihn bereits verhaftet – wegen eines anderen Mordes.« Voller Stolz auf sein kleines Abenteuer rutschte Dean auf seinem Stuhl herum.

»Wie bitte?«

»Wir haben ihn festgenommen wegen Mordes an Wally Jefferson.«

»Was? Nein. Du bringst da was durcheinander«, warf April wütend ein. »Dieser Julio, dieser Typ, den wir gestern aufgegabelt haben –«

»Ja, damit habt ihr mir 'ne Menge Ärger gemacht. Ich hab ihn verhört. Er war's nicht.«

»Was redest du da? Der Kerl war –«

»Wir haben die Mordwaffe gefunden. Mit Libertys Fingerabdrücken. Es steht fest. Liberty hat Jefferson umgelegt. Und seine Frau wohl auch.« Mehr gab's dazu nicht zu sagen.

April wurde ganz schlecht. Dean Kiang ekelte sie an. Sie hatte seinen Speichel im Mund. Hoffentlich mußte sie sich nicht übergeben. »Wo ist Julio jetzt?«

»Wir haben ihn gehen lassen. Wir wissen, wo er steckt, er ist immerhin ein Tatzeuge. Er kommt schon wieder und packt aus.«

»Und wer hat Liberty verhaftet?«

»Eure Leute. Er ist in Midtown North.«

Und niemand hatte ihr Bescheid gesagt. Ducci hatte sie angepiepst, Mike auch, aber sie hatte keinen erreichen können. Niemand vom Revier hatte ihr Bescheid gegeben. April stand auf und griff nach ihrem Mantel.

»Moment, wir müssen noch was besprechen.«

»So?«

»Ich wollte dir noch sagen, daß ich unsere Verabredung heute abend nicht einhalten kann. Ich werde Liberty gegen sieben, halb acht verhören.« Und wieder warf er einen Blick auf seine Uhr.

»Kein Problem«, versicherte April. Sie hatte auch keine Zeit.

»Vielleicht könnten wir uns ja später sehen?«

Klar, träum weiter. Sie ging, ohne ihn weiter zu beachten.

In der 54. Straße war die Hölle los, als April eintraf. Der Wind hatte an Stärke zugenommen und schnitt wie ein eisiges Messer durch die aufgeregte Menschenmenge, die sich in der Dämmerung vor dem Reviergebäude eingefunden hatte. Es handelte sich um die Gattung Mensch, die Transporter mit

Schüsseln obendrauf fuhr, schwere Kameras dabeihatte, erregt in Mikrofone sprach und wie Soldaten mit Gewehren mit Minicams herumfuchtelte. Es wurden immer mehr. Und kein einziger Beamter, der den Verkehr regelte oder die Aasgeier vom Eingang fernhielt.

April parkte einen halben Block weiter in zweiter Reihe. Vor Wut zitternd über den Verrat von allen Seiten lief sie zum Revier. Um sich zu beruhigen, atmete sie ein paarmal tief durch. Die Kälte kribbelte in der Nase, ein Niesen bahnte sich an. Statt dessen begann sie zu schreien, als sie sich der Ansammlung näherte. »Bringen Sie die Kameras weg. Sofort. Sie kennen die Vorschriften. Das ist ein Polizeirevier. Machen Sie den Eingang frei.«

Die Aasgeier wichen ein paar Zentimeter zurück. Im Gebäude selbst war noch mehr los. April mußte dem Sergeant im Vorzimmer laut zurufen, um den Lärm zu übertönen. »Sergeant, wir brauchen draußen ein paar Beamte.«

»Hier drin auch«, erwiderte er. »Sind schon welche unterwegs.«

»Wo ist er?«

Der Sergeant brauchte nicht fragen, wen sie meinte. Er deutete mit dem Daumen nach oben. Bemüht, einen kühlen Kopf zu bewahren, stieg April die Treppe hoch. Oben angelangt, trat Mike wie auf ein Stichwort aus seinem Büro. Er erwartete sie mit ernster Miene und bat sie in das winzige Büro. Er machte die Tür zu.

»Hast du was damit zu tun?« fragte sie kalt.

»Ich bin auch eben erst gekommen. Ich hab versucht, dich anzurufen. Wo warst du?«

»Eine lange Geschichte.«

»Wo hast du deine Mutter gelassen?«

»Ich hab einen Freund gebeten, sie nach Hause zu fahren. Das verzeiht sie mir nie. Nicht in zehntausend Leben.« April wollte Mike packen und ganz fest halten. *Skinny Dragon* fand, Mike roch zu süßlich für einen Mann, aber April mochte diesen Geruch. Sie atmete ihn tief ein. Mike gefiel ihr. Er war sexy und stark. Er konnte jede Situation meistern. Sie mochte sein Haar, seinen Schnurrbart. Sie mochte seine gefährliche Aufmachung, und daß er sie respektierte. Auch wenn er sie noch so sehr begehrte, er wäre nie einfach über sie hergefallen. April, die nie geweint hatte in all ihren Jahren als Cop, bei keiner Tragödie, egal, was passiert war, wie viele Tote oder Verletzte es gegeben hatte, war plötzlich den Tränen nah.

»Sie haben unseren Tatverdächtigen verhaftet«, war alles, was sie herausbrachte. Er nickte. Das wußte er bereits.

»Hast du mit Kiang gesprochen?« fragte er.

»Dieser *pendejo*«, entfuhr es ihr wütend. Ein Schamhaar war er. Schlimmer noch.

»So schlimm?«

»Ja.« April zitterte vor Wut.

»Hey, nicht aufregen.« Seine beruhigenden Worte machten sie noch wütender.

»Wie kannst du das sagen? Die verarschen uns alle nach Strich und Faden.« Mit glühenden Augen stieß sie ihm einen Finger in die Brust. Sie sah so wild aus wie *Skinny Dragon*, wenn sie einen hysterischen Anfall hatte. »Ist dir eigentlich klar, was hier los ist? Die –«

Er schnappte ihren Finger und küßte ihn. »Es ist noch nicht aller Tage Abend. Hast du eigentlich noch mal mit Ducci geredet?«

»Nein, hat er etwas zum Nerz zu sagen?«

»Weiß ich nicht. Er war nicht da, als ich anrief.«

April schüttelte den Kopf. »Wo steckt er bloß?«

»Er hat eine Nachricht hinterlassen. Er ruft zurück.«

Kurz darauf waren sie auf dem Weg zum Mannschaftsraum. Iriarte hatte sich in seinem Büro verschanzt. Er telefonierte und wandte ihnen den Rücken zu, als sie vorbeigingen.

Hagedorn saß über Formulare gebeugt an seinem Schreibtisch. An ihm war der Papierkram hängengeblieben – er mußte Formulare über die Festnahme ausfüllen, die Strafanzeige, die Quittung für Libertys Habe und ein Formblatt für die Datenverarbeitung. Bei letzterem mußte man etwa hundert verschiedene Einträge machen, und zwar von Hand. Er sah nicht auf, als sie eintraten.

»Hallo, Charlie«, grüßte Mike, öffnete seinen Ledermantel und rückte lässig das Pistolenhalfter zurecht. »Ihr habt 'ne Festnahme gemacht? Was war denn los?«

Hagedorn sah zu Iriartes Büro, bevor er Mike antwortete. »Habt ihr das nicht mitgekriegt?«

April warf einen Blick auf die Verwahrungszelle. Sie war leer.

»Nein. Wir haben nichts mitgekriegt.«

»O je, ich dachte –« Hagedorn trommelte mit einem Stift auf den Schreibtisch. Hilfesuchend sah er sich nach Iriarte um, doch der zeigte sich weiterhin nur von hinten.

Mike beugte sich über die Formulare, er konnte Libertys Namen entziffern. »Was ist los?«

Hagedorn schmatzte unwillig. »Die Typen im 30. sind echt das Letzte. Die haben euch bestimmt erzählt, bei Jeffersons Ermordung hätte es keine Zeugen gegeben.«

»Und was habt ihr herausgefunden?« fragte Mike.

Hagedorn hüpfte fröhlich hoch. »Wir haben den Täter.« Yeah.

»Tatsächlich. Wer könnte das wohl sein?« fragte Mike mit Unschuldsmiene.

»Verarschen kann ich mich selbst. Sie wissen ganz genau, daß wir das schwarze Arschloch festgenommen haben. Für einen Mord haben wir ihn schon mal. Nicht schlecht für den Anfang«, freute sich Hagedorn schenkelklopfend.

April sah sich nach einem schwarzen Arschloch um, sah aber keins. »Wo fand die Festnahme statt?« fragte sie.

Hagedorn begutachtete seine Formulare. »In 'nem Haus in der 110. Straße. 'ne Schwarze war bei ihm, vermutlich seine Freundin. Er e-mailte Ihrem Freund, diesem Seelenklempner, daß er im Fernsehen eine Erklärung abgeben wolle.«

»Was Sie nicht sagen.« Mike zeigte leichtes Interesse.

»Wir mußten ihn natürlich verhaften, bevor es dazu kam.

»Warum haben Sie mir nicht Bescheid gesagt?« fuhr April ihn an.

Hagedorn schenkte ihr keine Beachtung. »Wir gehen davon aus, daß Liberty Jefferson umgebracht hat, weil Jefferson sah, wie er seine Frau tötete und versuchte, ihn zu erpressen. Nachdem Jefferson aus dem Weg geräumt war, wollte er wiederauftauchen.«

»Keiner der Polizisten hat den Täter bei der Schießerei gesehen. Gibt's Beweise dafür, daß Liberty der Täter ist?« April klang ziemlich wütend.

Hagedorn sah sie zum ersten Mal richtig an. »Seine Fingerabdrücke sind auf der Mordwaffe.« Mit geballter Faust riß er den Arm siegesgewiß zurück. Yeah.

»Mi Dios«, murmelte Mike.

April hatte das bereits gewußt, aber Mike offensichtlich nicht. »Schön, daß wir das auch mal erfahren, Hagedorn. Wer hat bisher mit Liberty geredet?« fragte April.

»Nur der Lieutenant und ich. Chang war noch nicht da.«

Kiang hieß er, doch April berichtigte Hagedorn nicht. »Was hat er gesagt?«

»Wer, Liberty? Er will mit seinem Anwalt sprechen.«

»Ich würde ihn gerne sehen«, murmelte April.

Hagedorn wandte sich wieder seinem Papierkram zu. »Tun Sie das. Es dauert noch vier, fünf Stunden, bis er in den Knast kommt.« Hagedorn lachte. »Er ist im Verhörraum«, fügte er hinzu.

April warf Mike einen Blick zu. Er bedeutete ihr mit einer winzigen Kopfbewegung, daß sie Hagedorn vorerst noch nicht das Genick brechen sollte. Sie ging in ihr Büro, legte den Mantel ab und versuchte, die sinnlosen Gedanken aus dem Kopf zu verbannen. Mike trat ein. Auch er hatte seinen Mantel ausgezogen und hatte sich gekämmt. »Denkst du das gleiche wie ich?« fragte er.

April runzelte die Stirn. »Gar nicht so leicht, auf einer Pistole, die im Schnee rumgeflogen ist, Fingerabdrücke zu finden. Wie soll das denn –«

»Genau das frag ich mich auch.«

Sie warf ihre Handtasche in die Schublade und stieß sie zu. »Reden wir mal mit ihm.«

Sie machten sich auf den Weg ins Verhörzimmer. Liberty war allein. Erst sah es von hinten so aus, als hätte er den Kopf auf den Tisch gelegt, um sich auszuruhen. Doch als Mike und April eintraten, bemerkten sie, daß man ihn mit Handschellen ans Tischbein gekettet hatte und er nicht aufrecht sitzen konnte. Das hatte er Hagedorn zu verdanken. Sehr nett. Als er die Tür hörte, drehte er sich um.

»Ach, Sie sind das«, murmelte er. Er sah schlimmer aus als letztes Mal. Er war blaß und erschöpft – sein Haar fast gänzlich ergraut.

»Wie lange sind Sie schon hier?« fragte Mike.

»Eine Stunde. Wo waren Sie denn? Sie haben den Spaß verpaßt.«

»Tut mir leid.« Mike machte eine unbestimmte Geste.

Liberty rasselte mit den Handschellen. »Das ist mir alles neu. Was passiert denn, wenn man mal aufs Klo muß?«

»Haben Sie schon jemanden gefragt?« wollte April wissen.

Liberty wandte den Blick ab. »Das interessiert hier doch niemanden. Wahrscheinlich soll ich mir in die Hose pinkeln.«

Mike kramte einen Schlüssel hervor und nahm ihm die Handschellen ab. April trat einen Schritt zur Seite, so daß Mike und Liberty den Raum verlassen konnten. Kurz darauf kamen sie zurück. Immer noch ohne Handschellen. Liberty setzte sich wieder auf denselben Stuhl.

Auf dem Tisch stand ein Kassettenrecorder. April legte eine neue Kassette ein und drückte auf »Start«. Sie diktierte Datum, Uhrzeit, Ort und Namen der Anwesenden und erklärte Liberty, daß die Kassette zu seinem eigenen Schutz sei.

Mike machte den Anfang. »Sie sitzen ganz schön in der Patsche. Erzählen Sie uns doch mal, was passiert ist.«

»Danke, daß Sie mir die Handschellen abgenommen haben. Ich werde aber auf meinen Anwalt warten.«

»Hat man Ihnen gesagt, wie lange das dauern kann?«

»Was soll das denn heißen?«

»Es kann sein, daß Sie Ihren Anwalt frühestens morgen zu Gesicht bekommen. Wir sind im Moment die einzigen Freunde, die Sie haben. Sie könnten uns sagen, was passiert ist und uns allen eine Menge Zeit sparen.«

Liberty befeuchtete sich die Lippen.

»Möchten Sie was trinken?« fragte April.

»Ich hab meinen Anwalt bereits angerufen.«

»Das ist auch gut so. Aber die ganze Prozedur dauert 'ne Weile. Sie haben Riesenmist gebaut, das wissen Sie. Die hängen Ihnen diesen Mord an. Sie sind jetzt in der Mühle gefangen, so schnell kommt man da nicht raus.« Mike schüttelte den Kopf. »Ich hielt Sie für schlauer. Warum wollen Sie es sich noch schwerer machen?«

Liberty sah ihn grimmig an. »Ich hab mir schließlich nicht ausgesucht, am Tischbein festgekettet zu werden.«

April rückte einen Stuhl zurecht und setzte sich.

»Wie ein Hund«, fügte Liberty hinzu.

Aprils Augen blitzten auf. Sie hatte im Hauptquartier Gefangene gesehen, die an die Wand gekettet waren, so daß sie sich nicht mal setzen konnten. Libertys Hemd war feucht. Sie konnte seine Angst geradezu riechen.

»Das ist doch gegen mich persönlich gerichtet, glauben Sie nicht auch?« fragte er.

»Hat man Ihnen gesagt, welche Beweise gegen Sie vorliegen?« Mike setzte eine wohlwollende Miene auf.

»Den Medien mache ich ja gar keinen Vorwurf«, sagte Liberty. »Die erfinden alle möglichen Geschichten. Aber ihr solltet doch an der Wahrheit interessiert sein.«

Mike kauerte auf seinen Schnurrbartspitzen. »Und?«

»Ihr könntet ja nicht mal euren Weg aus 'nem Pappkarton raus ermitteln.«

»Sie waren zwei Tage verschwunden«, sagte April leise. »Haben Sie den Mörder Ihrer Frau gefunden?«

»Irgend jemand hat den Kerl umgelegt, bevor ich herausfinden konnte, ob er was wußte oder was damit zu tun hatte.«

»Haben Sie ihn erschossen?«

Liberty schüttelte den Kopf. »Hätte ich gar nicht gekonnt. Ich hab keine Waffe.«

»Aha. Und was ist passiert?« fragte April.

»Ich wollte mit ihm reden. Ich wollte den Club aufsuchen, wo er immer rumhängt, aber ich kam gar nicht rein. Da war 'ne Razzia. Ich hörte einen Schuß, wußte aber nicht, wem er galt. Cops rannten wild durch die Gegend. Zwei Kerle rannten uns über den Broadway nach. Einer trug ein Stirnband. Er hatte eine Reihe Goldzähne.« Liberty deutete auf seinen Oberkiefer. Er war ganz fahl im Gesicht.

»Uns?« fragte Mike.

»Was?«

»Sie sagten ›uns‹.«

Liberty sah ihn verärgert an. »Ich hab mich versprochen. Jedenfalls hat der Kerl mit den Goldzähnen Jefferson umgelegt.«

»Schönes Märchen«, sagte Mike.

»Scheiße, das ist kein Märchen. Seid ihr denn alle unfähig?«

»Nein«, sagte Mike mit traurigem Kopfschütteln. »Ich hab Sie immer bewundert. Ich hielt Sie für intelligent. Aber diese löchrige Geschichte kauft Ihnen sogar ein blöder Cop wie ich nie im Leben ab. Wenn das Phantom mit den Goldzähnen Liberty erschossen hat, wieso sind dann Ihre Fingerabdrücke auf der Waffe?«

»Was? Das kann nicht sein.« Liberty war entsetzt.

»Ist aber so. Warum erzählen Sie uns nicht einfach, was es mit der Frau da unten auf sich hat, die eine Aussage machen will. Und wie Ihre Fingerabdrücke auf die Waffe gekommen sind, mit der Jefferson erschossen wurde?«

April warf Mike einen kurzen Blick zu. Mike wartete mit unverändertem Gesichtsausdruck. Nach kurzem Zögern begann Liberty zu reden. Als er alles erzählt hatte, machte sich April auf, um aus der Kartei ein Foto von Julio zu holen.

47

Zwei Stunden später winkte Lieutnant Iriarte Mike und April mit freundlichem Gesicht in sein Büro. Hagedorn, der immer noch mit Formularen eingedeckt war, schenkte ihnen keine Beachtung, als sie an seinem Schreibtisch vorbeikamen. April betrat Iriartes Büro mit gesenktem Blick, damit er ihr nicht ansah, wie es stand. Mike war fast einen Kopf größer als Iriarte und viel besser in Form. Iriartes dünnes Bärtchen wirkte neben Mikes vollem Schnurrbart richtig blutleer. Mike war seit zwölf Stunden im Dienst, machte jedoch überhaupt keinen müden Eindruck, sondern war sogar recht gut gelaunt. Die Hände an den Seiten, stand er breitbeinig in seinen Cowboy-Stiefeln da – als stünde ein Duell bevor. April warf die Kassetten auf den Tisch; sie hatte die Gespräche mit Liberty und Belle Lindsay mitgeschnitten. Was die Ereignisse der beiden letzten Tage – und vor allem der letzten Nacht betraf, stimmten die Aussagen der beiden in allen wichtigen Punkten überein.

Iriarte war offensichtlich verärgert. »Erzählen Sie mir bloß nicht, er hat was gesagt.«

»Wer?« fragte Mike.

»Sie wissen schon, wen ich meine: Liberty. Sie haben doch mit ihm geredet. Was sagt er denn?«

»Was hat er denn vorher gesagt?« fragte April.

»Hat gefragt, ob er telefonieren darf«, erwiderte Iriarte mürrisch.

Mike meldete sich zu Wort. »Lieutenant, wissen Sie, wer unten wartet?«

Iriarte zuckte mit der Schulter. Was interessierte ihn das?«

»Drei von Libertys Geschäftspartnern unterhalten sich unten gerade mit McCarthy. Es ist Sonntag abend, da unten stehen drei weiße Kerle in Anzügen. Jeder hat einen Anwalt dabei, auch im Anzug. Alle sechs Anzüge verlangen eine Entschuldigung vor laufender Kamera und daß Liberty sofort hier rauskommt.«

»Da können Sie lange warten«, erwiderte Iriarte schulterzuckend. McCarthy war der stellvertretende Revierleiter, da Johnson heute abend nicht im Dienst war. Verärgerte Menschen waren nicht sein Problem. Er war für Ermittlungen zuständig.

»Und wissen Sie, wer noch? Richter Lindsay mit seiner Frau, Sie wissen schon – die Filmproduzentin. Die machen auch keinen glücklichen Eindruck. Die Frau, die bei Libertys Festnahme mit ihm gefilmt wurde, ist ihre Tochter. Sie sahen sie im Fernsehen. Sind ausgeflippt. Das Haus, in dem Liberty festgenommen wurde, gehört Richter Lindsays Mutter. Das sieht nicht gut aus, Lieutenant.« Mike lächelte.

»Scheiße.» Jetzt hatte er Iriartes Aufmerksamkeit.

»Jason Frank ist ebenfalls hier«, fügte April hinzu.

»Was will *der* denn?«

»Ich hab ihn angerufen«, sagte sie. »Ich hab ihm erzählt, was vorgefallen ist, und er wollte mir was zeigen. Was ist eigentlich los? Als Sergeant Sanchez und ich heute morgen aufbrachen, dachten wir, Sie würden Liberty zur Befragung herbringen. Wir kommen zurück, und er ist verhaftet und ans Tischbein gekettet. Was ist denn passiert?«

»Ich hab ihn nicht an den Tisch gekettet.« Iriarte machte keinen glücklichen Eindruck. »Ich muß mich vor Ihnen nicht rechtfertigen, Woo. Wir haben ihn festgenommen, weil die Situation sich völlig verändert hat. Wir fanden Libertys Fingerabdrücke auf der Waffe, mit der Jefferson umgebracht wurde. Wir haben einen Haftbefehl. Dem DA war sehr daran gelegen, daß wir ihn wegen der Jefferson-Sache verhaften.«

»Dann müssen wir noch mal mit dem DA sprechen, die Situation stellt sich nämlich wieder anders dar.«

Iriarte verdrehte die Augen. »Ach ja? Was ist denn jetzt los?«

»Einiges.«

»Lassen Sie hören.«

April setzte sich. Mike blieb stehen. Er nickte April zu, sie sollte fortfahren. »Als Dr. Frank neulich hier war, wollte er die Obduktionsberichte und Fotos von Petersen und Merrill Liberty sehen. Ich zeigte ihm die Fotos von Petersen. Er interessierte sich sehr für die markierte Stelle über Petersens Magen. Genau wie Ducci.«

»Seelenklempner sind keine richtigen Ärzte. Die Typen von der Haare-und-Fasern Abteilung auch nicht. Was wissen die schon?« grummelte Iriarte.

»Erinnern Sie sich noch an die Geschichte von der Frau mit dem Kleiderbügel?« fuhr April unbeirrt fort.

»Nicht schon wieder«, brummte Iriarte unwillig.

»Ich hab im Labor nachgefragt, ob sie die Autopsiefotos irgendwie vergrößern können, damit man besser sieht, wie groß dieses Ding auf Petersens Brust tatsächlich ist und um was es sich da handelt – vielleicht läßt sich ja erkennen, ob die Wunde mit Make-up kaschiert war und wir sie deshalb bei der Autopsie übersehen haben.«

»Was?«

»Während Petersens Autopsie war das UV-Licht nicht eingeschaltet. Wir haben womöglich einiges übersehen, auch die Fasern von Petersens T-Shirt.«

Iriarte kratzte sich an der Wange. Er konnte offensichtlich nicht mehr folgen. »Make-up?« grummelte er, ohne auf das T-Shirt einzugehen.

»Sie wissen schon, Bestattungsinstitute machen das auch bei Toten, die eine schlimme Krankheit hatten oder schwere Verletzungen, damit sie –«

»Schon gut, ich verstehe.« Iriarte rieb sich über Augen und Nasenrücken, als hätte er Kopfschmerzen. »Sagen Sie schon. Kann dieses fotografische Wunder bewerkstelligt werden?«

Mike lächelte breit. Die Idee mit dem Make-up war von ihm.

»Das wissen wir noch nicht, Sir. Aber es gibt noch genug andere Probleme, die den Autopsiebericht in Zweifel ziehen.«

Iriarte schnaufte laut, er klang wie eine zornige Ziege. Er wechselte das Thema. »Was haben Liberty und die Frau gesagt?«

April faßte ihre Notizen zusammen. »Der Kerl, der Jefferson erschoß, rannte über den vierspurigen Broadway. Er erkannte Liberty und bedrohte ihn mit der Waffe. Bei ihm war ein zweiter Mann, der Belle Lindsay schlug. Liberty stürzte sich auf den Schützen, der ließ die Waffe fallen. Der andere Kerl ging mit einem Messer auf Liberty zu und verletzte ihn an der Brust. Liberty ging zu Boden, sah die Waffe, schnappte sie und warf sie außer Reichweite. Daher die Fingerabdrücke. Dann fing die Frau an zu schreien, und die beiden Kerle machten sich davon.«

»Er ist verletzt?«

»Ja«, bestätigte April.

»Könnten die Verletzungen nicht von den früheren Morden stammen?« verlangte Iriarte.

»Sie sind frisch, Sir. Die Notfallambulanz hat einen Blick draufgeworfen, nichts entzündet, noch nicht geheilt – ganz frisch.«

»Scheiße.«

Mike nahm den Faden auf. »Beide, Liberty und Belle Lindsay, identifizierten Julio Andreas Garcia auf dem Foto als den Täter. Haben die Ballistiker noch was rausfinden können?«

»Ja. Gestern wurde in der Nähe der Freiheitsstatue eine Leiche aus dem Fluß gefischt. Wir wissen noch nicht, um wen es sich handelt. Hispanic, zwischen fünfunddreißig und vierzig. Exotischer, goldener Zahnersatz – zumindest was davon beim Kopfschuß noch übriggeblieben ist. Liegt wahrscheinlich seit vier Tagen im Wasser. Kann sein, daß er schon vorher tot war. Drei Kugeln im Kopf stammen aus der Waffe, mit der Jefferson umgebracht wurde. Sie untersuchen gerade, ob das Blut in Libertys Wagen von der Wasserleiche stammt.«

»Diesen Mord können wir Liberty sicher nicht anhängen, so beschäftigt wie er in den letzten Tagen war. Was haben wir jetzt, vier Morde?«

»Drei«, sagte Iriarte, der Petersen immer noch als natürlichen Tod einschätzte.

»Jefferson und der Unbekannte gehen sicher auf Julios Konto.«

»Vielleicht hat Jefferson die Wasserleiche auf dem Gewissen. Womöglich hat der Unbekannte Libertys Wagen geklaut.«

»Jefferson hatte die tolle Idee, Libertys Wagen für Drogendeals zu benutzen. Irgendwas lief schief. Der Kerl wurde erschossen. Das Auto ließen sie stehen. Dann wurde ihnen doch mulmig, und sie warfen die Leiche in der Nähe von Staten Island ins Wasser. Wir sollten die Strömung in der Nähe des Wagenfundorts überprüfen, vielleicht läßt sich der Zeitrahmen ermitteln.«

»Ich wette, es gibt keinen Zusammenhang mit Merrill Libertys und Petersens Mord«, sagte Mike.

»Es war nur ein Mord«, beharrte Iriarte.

»Ich wette, es waren zwei Morde«, sagte April. »Und ich schätze, Julio hat Jefferson letzte Nacht umgebracht. Er hatte Angst, Jefferson würde nicht dichthalten, was die Drogendeals betrifft, da er mittlerweile der Tat an Merrill Liberty verdächtigt wurde. Julio mußte davon ausgehen, daß Jefferson lieber für einen Drogendeal in den Knast geht als für Mord.«

Schweigend ließen die drei sich das Gesagte durch den Kopf gehen.

Schließlich hatte Iriarte eine Lösung. »Okay«, seufzte er. »Wir machen's so. Zwei dieser Morde gehen uns nichts an. Jefferson gehört dem 30. Revier. Sollen die sich diesen Julio schnappen.«

April und Mike nickten. Ein guter Plan.

Iriarte fuhr sich mit der Zunge über die Lippen. »Und was Liberty angeht…«

»Jason Frank hat den ganzen Tag versucht, mich zu kontaktieren. Wollen Sie mal sehen, was er uns mitgebracht hat?«

»Ich kann Seelenklempner nicht leiden«, murmelte Iriarte. »Das sind keine richtigen Ärzte.«

April lächelte. Das hatte sie auch immer gedacht. Sie langte in ihren Ärmel und beförderte einen runden, schmalen Plastikbehälter zutage.

»Was ist das?«

April öffnete den Behälter und zog eine dünne, drei Zentimeter lange Nadel hervor. An einem Ende war eine Spitze, am anderen ein weißer Plastikknopf. Die Nadel steckte in einer durchsichtigen Plastikhülle. Iriarte griff nach seiner

Brille und las die Aufschrift: Hohlnadel, 3,3 mm. Besorgt fuhr er mit der Hand an den Mund.

»Und paßt dieses kleine Ding etwa zu dem Loch – angenommen, da ist ein Loch – in Petersens Brust und zu der Wunde in Merrill Libertys Hals?«

»Drei Millimeter sind etwa halb so breit wie ein Stilett. Wir müssen es im Labor vermessen lassen und sehen, was dabei herauskommt. Merrill Liberty können wir notfalls ja noch mal ausbuddeln.«

»Wo hat der Seelenklempner das her?«

»Gibt's in jeder Notaufnahme, in jedem OP-Saal. Man kann damit zum Beispiel Flüssigkeit herausziehen, um Druck zu vermindern. Jeder Assistenzarzt kann sie handhaben. Gibt's in verschiedenen Größen: für Erwachsene, Kinder und Säuglinge. Sie sind sehr scharf, man kann sehr schnell und tief damit zustechen. Sieht aus wie eine Stricknadel, nicht wahr?«

April ließ die Hohlnadel in ihren Ärmel zurückgleiten und zog sie wieder hervor, um Iriarte zu demonstrieren, wie schnell man sie als tödliche Waffe zur Hand hatte und wie leicht sie sich bei Verlassen des Tatorts verstecken ließ.

»Sie müssen Liberty erst mal wieder auf freien Fuß setzen, Sir.«

Stöhnend warf Iriarte einen Blick auf seine Armbanduhr. Es war 20.59 Uhr. Liberty war bereits seit Stunden in Gewahrsam. An einem Sonntag abend um 21 Uhr würde Lieutenant Iriarte den Bürgermeister, den Police Commissioner und den Bezirksstaatsanwalt anrufen müssen. Sie sollten von ihm erfahren, welche Probleme bezüglich der stellvertretenden Rechtsmedizinerin aufgetaucht waren – und daß Liberty wieder auf freiem Fuß war. Ihm stand kein schöner Abend bevor. Er warf April einen wütenden Blick zu. Der Fluch ihrer Mutter ging anscheinend schon in Erfüllung, und sie mußte heute abend dafür zahlen. Sie sah Mike an.

Rosa Washingtons Name brauchte nicht erwähnt zu werden.

Iriarte sagte: »Los, gehen Sie schon, bringen Sie sie her. Ich sag dem DA Bescheid, er soll mit ihr reden und feststellen, was sie mit der Sache zu tun hat. Das wird ihm gar nicht gefallen«, sagte Iriarte mit drohendem Unterton, als sei April schuld an den Morden und der Schlamperei bei den Autopsien.

»Danke, Sir«, sagte sie.

Sie und Mike tauschten verständnisinnige Blicke. Iriarte wollte sie beide wieder mal so schnell wie möglich loswerden. Er wollte nicht als derjenige in den Zeitungen stehen, der Liberty festgenommen hatte, sondern als derjenige, der ihn auf freien Fuß gesetzt hatte.

48

Rosa Washington wohnte in Greenwich Village. Sie fuhren auf dem Broadway gen Süden. Mike saß hinter dem Steuer des grünen, nicht gekennzeichneten Ford Taunus, der Captain McCarthy gehörte. April saß schweigend neben ihm. Die Nacht war klar und eisig kalt. April starrte aus dem Fenster auf die schwindelerregenden Lichter. Neonreklamen, die für Theater, Unterwäsche, Uhren, Sex, Turnschuhe warben, schossen aus der Dunkelheit und versetzten den Sinnen einen drogenähnlichen Schock. Als sie den Times Square passierten, wo zu Neujahr – das war erst zwölf Tage her – die goldene Kugel abgesenkt worden war, verspürte April einen kleinen Energieschub. Obwohl die Kälte bis ins Mark ging, war an diesem Sonntagabend noch viel los auf den Straßen. Januar in New York. April zog ihren Schal zurecht. Aus dem Scanner kamen nur statisches Rauschen und unverständliche Wortfetzen. Mike schaltete ihn ab. Ducci hatte eine Nachricht hinterlassen: Auch unter UV-Licht hatte er keine Blutspuren auf Merrill Libertys Nerzmantel finden können. Das Haar an Petersens Leiche stammte definitiv von Rosa Washington. Die Frage war, wann es dort hingekommen war.

»Aus welchem Grund nehmen wir sie mit?« fragte April nach einer Weile. »Für absichtliche oder versehentliche Schlamperei bei der Autopsie?«

Sie hatte sieben Tage ohne Unterbrechung gearbeitet, an den letzten drei Tagen jeweils vierzehn Stunden am Stück. Der heutige Tag mit der Beerdigung und dem Fiasko in Kiangs Büro war der schlimmste gewesen. Sie versuchte, sich innerlich wachzurütteln. Erschöpft und kraftlos wie sie war, bemühte sie sich, wenigstens genug Energie für die bevorstehende Konfrontation mit der Rechtsmedizinerin aufzubringen.

»Du kennst sie besser. Wie sollen wir's machen?«

»Stell doch nicht immer so schwierige Fragen«, klagte April. »Sehen wir doch einfach mal wie's läuft.« Sie starrte gedankenverloren vor sich hin, bis Mike sagte: »Da wären wir.«

April musterte das Gebäude, in dem Rosa Washington wohnte. Neun Stockwerke. Roter Backstein. Kleine Fenster, bis auf die, die auf die Hudson Street hinausgingen. Jede zweite Wohnung in der Mitte hatte Flügeltüren und davor einen kleinen Balkon für Pflanzen. Das Gebäude stammte aus der Vorkriegszeit, war aber nicht so opulent wie Petersens Wohnung in der Fifth Avenue. Dieses Gebäude hier war einfach alt, fast ein wenig runtergekommen, mit einer Feuertreppe an der Außenseite. Mike parkte vor einem Hydranten und stellte den Motor ab.

»Am besten, wir gehen alles ganz ruhig an.« April atmete ein paarmal tief durch. Sie spähte hoch zur Wohnung im sechsten Stock. In den Fenstern der Wohnung links brannte noch die weihnachtliche Dekoration, in der Wohnung selbst war es dunkel. Die rechte Wohnung war ebenfalls dunkel, die mittleren Fenster jedoch erhellt. Vermutlich war Rosa noch auf.

Die Eingangstür des Hauses stand offen. Mike fand Rosas Namen auf einem Mieterverzeichnis: Wohnung 6B. Es gab mehrere Möglichkeiten: Er konnte beim Hausmeister klingeln und – falls er überhaupt da war – ihn überreden, daß er ihnen aufmachte. Er konnte auch direkt bei Rosa klingeln, damit wäre allerdings der Überraschungseffekt vertan. Oder warten, bis ein anderer Mieter kam und ihnen die Tür öffnete. Offensichtlich gefiel ihm keine dieser Möglichkeiten. Ungeniert öffnete er das Schloß mit einem Werkzeug aus seiner Tasche.

April ging an ihm vorbei und betrat den Aufzug. »Ganz ruhig«, sagte sie noch mal, als der Aufzug sich nach einigen anfänglichen Hüpfern langsam in Bewegung setzte. Ihr wurde auf einmal klar, daß sie sich vor Rosa fürchtete.

Der Aufzug hielt im sechsten Stock an, und Mike stieg als erster aus. April folgte ihm in den engen Flur. Es gab fünf Wohnungen auf dieser Etage. 6B befand sich in der Mitte des Korridors, direkt gegenüber des Aufzugs. April stellte sich vor die Tür. Sie warf Mike einen kurzen Blick zu; er wirkte angespannt. Er nickte ihr kurz zu, sie drückte auf die Klingel. Sie wußte, daß ihre Position ihm nicht gefiel. Es war ihm lieber, wenn er selbst in der Schußlinie stand und sie ihm von der Seite Deckung gab. Sie lächelte. Macho-Gehabe. Rosa würde ihnen schon nichts tun.

Unter dem Türspalt war Licht zu sehen, doch Rosa ließ sich Zeit. April klingelte noch einmal. Vielleicht hatte sie ja Besuch.

Schließlich kam eine tiefe Stimme aus der Wohnung. »Das ist die falsche Wohnung.«

»Sergeant Woo hier«, sagte April. »Und Sergeant Sanchez«, fügte sie hinzu.

»Es ist spät. Was wollen Sie?«

»Daß Sie die Tür aufmachen«, erwiderte Mike.

Rosa sagte nichts. Sie ließ sich Zeit, rasselte mit den Ketten und Schlössern. Als sie endlich die Tür geöffnet hatte, sah sie an April vorbei zum Aufzug. Der Aufzug war nicht mehr da, er war wieder hinuntergefahren. »Was gibt's?« fragte Rosa.

»Wir müssen Sie mitnehmen.« April registrierte Rosas weißen Pullover, die graue Hose und den goldenen Gürtel. Goldene Ohrringe, eine goldene Uhr. Die Ärztin hatte ihr Haar gewaschen, es stand nicht wild ab, außerdem trug sie roten Lippenstift. Sie sah gut aus.

»Ich habe heute frei«, sagte sie.

Ich auch, dachte April. »Dürfen wir reinkommen oder wollen Sie sich auf dem Flur mit uns unterhalten?«

Rosa wirkte keineswegs beunruhigt, als sie zur Seite ging und die beiden Polizisten die geschmackvoll eingerichtete Wohnung betraten. Der Vorraum war mit Parkett ausgelegt, eine schwarz gestrichene Einfassung säumte die Wände des tieferliegenden Wohnzimmers, zu dem zwei kleine Stufen hinabführten. Der gelbe Anstrich und in die Decke eingelassene Lampen sorgten für eine warme Atmosphäre. Vor den Fenstern, die auf die Hudson Street gingen, standen Bäumchen und Grünpflanzen. Die beiden dunkelbraunen Sofas und die beiden tiefen Sessel sahen sehr gemütlich aus. Dazwischen stand ein großer, mit Büchern beladener Tisch. Den Mittelpunkt des Raumes bildeten die Flügeltüren, die auf den schmalen Balkon führten, den April und Mike schon von unten gesehen hatten. April bemerkte, daß die Flügeltür einen Spaltbreit offenstand.

Rosa beobachtete teilnahmslos, wie die beiden ihre Wohnung in Augenschein nahmen. »Wollen Sie sich setzen?« fragte sie und deutete auf die beiden Stufen, die zu dem Wohnraum führten.

Mike warf einen Blick auf seine Armbanduhr. »Wir haben's eilig«, erwiderte er.

April sah ihm an, daß er gleich wieder loswollte. Unten im Flur hatte April schon vorsorglich den Mantel aufgeknöpft. Hier in der Wohnung war es sehr warm, obwohl die Fenster nicht ganz geschlossen waren. Wenn sie nicht gleich wieder gingen, würde sie den Mantel ablegen. Es sah nicht so aus, als würde Rosa sofort mitkommen. Dr. Washington ließ sich auf dem Sofa vor der Flügeltür nieder. April war immer noch unschlüssig, ob sie den Mantel anlassen oder ausziehen sollte. Bevor sie eine Entscheidung fällen konnte, begann Rosa zu sprechen.

»Ich hab in den Nachrichten gesehen, daß Liberty verhaftet wurde. Gute Arbeit.«

»Ja, nahezu genial«, erwiderte Mike sarkastisch.

»Gibt's ein Problem?« Die Ärztin sah ihn verwirrt an.

»Das erzählen wir Ihnen auf dem Revier.« Mike sah nochmals auf seine Uhr. »Wir werden dort erwartet.«

Rosa fragte nicht, von wem. Mit grimmigem Gesicht wandte sie sich an April. »Ich hab euch doch auch ins Vertrauen gezogen. Ihr könntet mich wenigstens aufklären.«

»Sie sind uns ein paar Erklärungen schuldig«, sagte April leise.

»Worüber?«

»Ihre Beziehung zu Tor und Daphne Petersen.«

»Hey, was soll das. Ich hab mit dieser Hexe nichts zu tun.«

»Sie rief Sie doch an, am Tag als ihr Mann starb. Was wollte sie denn von Ihnen?«

»Sie wollte wissen, wann die Leiche freigegeben wird.«

»Bevor die Todesursache feststand? Kommen Sie, Rosa, das Spiel ist aus. Gestehen Sie ruhig. Wir wissen Bescheid über Sie und Petersen.«

»So geht das nicht«, sagte Rosa schnippisch. »Ich bin Ärztin. Ich komme nicht mit aufs Revier. Sie können morgen jemanden in meinem Büro vorbeischicken.«

»Es kommen ständig Ärzte aufs Revier, um sich mit uns zu

unterhalten«, erwiderte April. »Morgen ist zu spät. Wir brauchen Sie jetzt.«

»Ich hatte eine anstrengende Woche. Am Wochenende arbeite ich nicht«, sagte Rosa störrisch. »Meine Position gebietet etwas mehr Respekt.«

»Rosa, wenn's um Mord geht, spielt Respekt keine so große Rolle mehr. Machen Sie es sich nicht noch schwerer.« April schürzte die Lippen. Sie warf Mike einen Blick zu, der in der Nähe der Tür stand und auf seinen Schnurrbartspitzen herumkaute.

Rosa betrachtete ihn nervös. »Na gut. Anscheinend ist mir bei Petersen ein Fehler unterlaufen«, gab sie unvermittelt zu. »Lassen wir es dabei bewenden.«

»Jeder macht mal Fehler«, erwiderte April sachlich.

»Ich dachte, es würde niemand merken. Wir haben doch so gut aufgepaßt.«

»Sie und Daphne?«

»Mit der hab ich nichts zu tun, das sagte ich doch bereits«, entgegnete Rosa wütend. »Ich kannte Tor. Sind Sie nicht deswegen –?« Entsetzt beobachtete sie, wie April die Augen aufriß: Rosa Washington war Petersens heimliche Geliebte gewesen!

Mike begriff sofort: »Offensichtlich waren Sie nicht vorsichtig genug.«

»Wir haben uns nur hier getroffen. Können Sie sich das vorstellen, dieser Schweinehund hat mich nicht ein einziges Mal zum Essen eingeladen?« Rosa starrte die beiden wütend an. »Hatte Angst, seine Frau könnte dahinterkommen und mit seinem Geld durchbrennen.« Sie atmete stoßweise. »Das war vielleicht ein Typ.«

Die Hohlnadel, die nur Ärzte handhaben konnten, Rosas Haar auf Petersens Leiche – auf seinem Pullover – der Nerzmantel, den Emma am Tatort gesehen hatte –, alles deutete auf Rosa hin. Das war Duccis Nachricht gewesen. Rosa hatte nicht etwa die Todesursache übersehen – sie hatte Petersen umgebracht.

Mike öffnete seine Jacke und stellte sich zwischen Rosa und die Tür. Er bedeutete April, daß sie aus dem Weg gehen sollte. Sie stellte sich vor die Flügeltür. »Warum?«

Rosas Gesicht war wutverzerrt. »Kein Mensch darf mich fesseln oder schlagen. Für kein Geld der Welt. Einmal reicht.« Mit zusammengepreßten Lippen kämpfte sie gegen die Tränen an.

»Und Merrill Liberty? Hat die Sie auch verletzt?«

»Ich bin Ärztin. Verstehen Sie?« Rosa saß reglos da. »Ich bin Ärztin. So kann man nicht mit mir umspringen.«

»Ich verstehe nicht ganz. Könnten Sie das bitte erklären? Warum haben Sie nicht einfach Schluß mit ihm gemacht, wenn er Ihnen weh getan hat?« fragte April.

Rosa schüttelte den Kopf. »Er wollte micht nicht gehen lassen.«

April warf Mike einen kurzen Blick zu. Sie standen jetzt zu beiden Seiten des Zimmers. April kam der Gedanke, Rosa könnte vielleicht auf die verrückte Idee kommen, zu schießen. Doch wo war die Waffe? Rosa hatte keine. Vielleicht hinter den Sofakissen. Rosas Hände lagen gefaltet auf dem Schoß. Sie beruhigte sich. Sie machte einen gefährlichen und hilflosen Eindruck zugleich. Unheimlich. Diese Frau hatte ihren Liebhaber umgebracht und ihn dann kaltblütig im Lauf ihrer Arbeit seziert. Alle Teile des Puzzles, die so gar nicht hatten passen wollen, fügten sich auf einmal zu einem Ganzen. Rosa hatte Zugang zu Petersens Leiche in der Leichenhalle gehabt. Sie hatte das T-Shirt mit dem winzigen Loch aus dem Weg geschafft und die Wunde mit wasserfestem Make-up kaschiert. Rosa hatte so beherrscht reagiert, als Ducci während der Autopsie darauf hingewiesen hatte. Wahrscheinlich war sie davon ausgegangen, daß sie als Rechtsmedizinerin alles unter Kontrolle hatte. Erst später, als

April nicht lockerließ, bekam sie es mit der Angst zu tun. April zog den Mantel aus und hängte ihn über eine Stuhllehne.

Rosa wandte sich an April. »Das habe ich Ihnen zu verdanken, weil Sie meine Arbeit kritisiert haben. Ich habe an Ihrer Arbeit doch auch nicht rumgemäkelt. Und jetzt wollen Sie mich fertigmachen. Das ist nicht meine Schuld«, klagte sie.

»Ich finde, das sollten wir nicht hier besprechen, Rosa«, sagte April.

»Ich bin Ärztin, ich hab einen Doktortitel. Ihr Straßenratten, wißt ihr überhaupt, wie lange das dauert, hm? Wißt ihr, wie teuer das ist, wie viele Jahre das kostet? Ich hab zehn Jahre studiert, am Hungertuch genagt, zwei Jobs gleichzeitig gehabt. Mußte Kredite aufnehmen über achtzigtausend Dollar«, schrie sie. *»Nennen Sie mich gefälligst Doktor!«*

»Es geht hier nicht um Ihr Medizinstudium, sondern um Mord.« April behielt Rosas Hände im Auge. »Nennen Sie mich Doktor«, sagte Rosa beharrlich.

»Wo ist Ihr Mantel, Dr. Washington?« fragte Mike.

»Sie haben doch schon jemanden eingelocht. Wozu brauchen Sie mich noch?«

»Meinen Sie Liberty?«

»Scheißfootballspieler«, murmelte Rosa. »Das ist doch nur ein beschissener Footballspieler. Lassen Sie den doch sitzen.«

»Er hat niemanden umgebracht«, sagte April leise.

»Er ist doch nicht auf freiem Fuß!« schrie Rosa aufgebracht. »Ich hab doch in den Nachrichten gesehen, daß er verhaftet wurde.«

Mike schüttelte den Kopf. »Sie haben zu früh abgeschaltet. Die Elfuhrnachrichten bringen eine ganz andere Geschichte. Liberty wurde nicht wegen Mord an Tor Petersen und Merrill Liberty festgenommen.«

»Nein!« Rosa wurde wild. »Das glaube ich nicht.«

»Sie wollen doch nicht, daß jemand anderes für Ihre Taten bestraft wird.«

»O nein. Ihr könnt mir den Mord nicht anhängen. Ich hab mir nichts zuschulden kommen lassen. Ich hab nichts falsch gemacht. Ich bin vorschriftsmäßig vorgegangen. Mein Chef war krank. Ich hab lediglich die Anweisungen meines Chefs, des Bürgermeisters und des Police Commissioners befolgt.« Rosa erhob sich, sie zitterte am ganzen Körper. »Der einzige Fehler war, daß ich Tor Petersen kannte. Sonst können Sie nichts beweisen.«

»Wir können beweisen, daß Sie ihn getötet haben.« April beobachtete Rosa und gab ihr etwas Zeit, eine Entscheidung zu treffen. Am besten war es, wenn man ein Geständnis entlocken konnte. Doch manchmal gingen sie statt dessen auf einen los.

»Sie müssen mich da rausholen«, schrie Rosa. »Das ist Ihre Schuld. Das hab ich allein Ihnen zu verdanken. Jetzt sitzen wir alle in der Patsche. Ich werde Ihre Karriere ruinieren. Ich werde alle ruinieren. Da kommt keiner ungeschoren davon.«

April fuhr durch den Kopf, daß der Bürgermeister, der Police Commissioner und selbst Rosas Chef schon irgendwie davonkommen würden. Mike und sie würden jedoch wahrscheinlich keinen Orden bekommen.

»Gehen wir, Rosa«, sagte sie. »Das können Sie alles auf dem Revier zu Protokoll geben.«

Rosa ging auf die Flügeltür zu. Zuerst dachte April, sie wollte sie schließen, doch Rosa riß sie schnell auf und trat auf den winzigen Balkon. Ohne groß zu überlegen, folgte April ihr hinaus. Rosa starrte bebend hinunter auf die Straße.

»Nein«, sagte April sachte. »Das ist keine Lösung.« April zitterte ebenfalls. Sie hörte, wie ihre Stimme in der Kälte brach. Sechs Stockwerke tiefer war der Gehweg. Das niedrige Balkongeländer war für Pflanzen gedacht und nicht für Menschen.

»Kommen Sie wieder rein. Wir wollen doch nur mit Ihnen reden. Sie werden Gelegenheit haben, sich zu rechtfertigen. Kommen Sie rein«, drängte April. »Kommen Sie. Das ist keine Lösung.« Sie streckte die Hand aus, doch Rosa griff nicht danach. »Kommen Sie schon.«

»Ich geh nicht mit aufs Revier. Hören Sie? Ich gehe auf kein Polizeirevier. Ich bin eine von den Guten.« Rosa weinte. »So werde ich immer behandelt, nur weil ich schwarz bin. Wenn ich sterbe, ist das Ihre Schuld. Sie haben mein Blut an den Händen.«

»Nein.« April bibberte am ganzen Körper. Ihre Waffe steckte im Halfter. Sie war zu dicht an der Frau, als daß sie die Pistole hätte ziehen können. Das hätte auch nichts genützt. Schließlich war April nicht in Gefahr.

»Doch!« schrie Rosa. »Sie wollen diese Morde an zwei Weißen unbedingt einer Schwarzen anhängen. Wie können Sie mir das antun? Ihr seid doch auch zwei Farbige, ist euch das nicht klar?«

»Nein, Rosa«, entgegnete April. »Kommen Sie rein. Darüber reden wir später.«

»Ihr seid sehr wohl farbig – eine Chinesin und ein Hispanic.« Sie spuckte die Worte geradezu hervor. »Ihr seid nicht besser als ich.

»Mike!«

»Ich bin hier.« Mike legte April die Hand auf die Schulter, um sie aufzufordern, zur Seite zu gehen. »Komm rein, April.«

April schüttelte den Kopf. Sie wollte nicht zur Seite gehen und der hysterischen Frau die Gelegenheit geben, vom Balkon zu springen. »Ich hab doch nichts getan.«

»Rosa, hören Sie mir zu«, sagte Mike. »Niemand will Ihnen weh tun. Und Sie wollen sich doch auch nichts antun.« Er kniff April in die Seite. *Geh jetzt endlich weg da!*

Auf dem Balkon war kein Platz für drei. Es gab keine

Möglichkeit, Rosa in die Mitte zu nehmen und sie hinunter zum Wagen zu geleiten, bevor sie völlig ausrastete. Sie wollten, daß sie ruhig mit ihnen kam. Sie hatten sich doch nett benommen. Doch Rosa begann zu schreien, sie rief nach Hilfe.

»Hilfe! Hilfe! Polizeigewalt. So hilf mir doch jemand. Die wollen mich umbringen. Hilfe!« Die Schreie waren auf der Straße zu hören. Zeugen würden später berichten, was sie gesehen hatten. Zwei gegen eine. Polizeigewalt.

»Okay, das reicht jetzt«, sagte April schroff. Sie griff nach Rosa, um sie in die Wohnung zu ziehen. Bei Aprils Berührung machte Rosa einen Satz nach vorn und griff nach Aprils Arm, um sich mit ihr zusammen übers Geländer zu katapultieren.

April duckte sich und verlagerte das Gewicht. Sie wollte Rosa aus dem Gleichgewicht bringen, um sicherzustellen, daß diese auf der richtigen Seite des Geländers landete. Die beiden Frauen klammerten sich aneinander fest, als Rosa übers Geländer fiel. Aprils Knie krachten gegen die Gitterstäbe. Ihr blieb die Luft weg. Sie blieb mit den Knien an der Brüstung hängen. Mike umklammerte von hinten ihre Taille und verhinderte so, daß die beiden Frauen in die Tiefe stürzten. Aprils Schultergelenk kugelte sich aus. Ein Schrei blieb in ihrer Kehle gefangen.

Stöhnend vor Schmerz umklammerte sie Rosas Handgelenke und versuchte, sie hochzuziehen. Rosa baumelte in der Luft und trat mit den Füßen gegen die Hauswand.

»Lassen Sie mich los!«

»Nehmen Sie meine Hand.«

April bekam keine Luft mehr. Sie konnte weder denken noch sprechen. Sie hörte Geräusche von der Straße unten. Mike sagte etwas, sie verstand ihn aber nicht. Er redete in einer ihr unbekannten Sprache. Sie zog an Rosas Arm, konnte die schwerere Frau aber nicht hochziehen. Von unten hörte sie Sirenen.

»Halt dich fest, Baby.« Das hatte sie gehört. »Nimm die andere Hand«, sagte Mike.

Wessen? Wie? Aprils Finger waren erfroren. Sie hörte die Sirene der Feuerwehr. Wie lange hing sie schon hier? Zwei Minuten? Fünf Minuten? Sie zitterte. Sie konnte nicht mehr länger festhalten.

»Nimm die andere Hand«, sagte Mike noch einmal.

Wie sollte sie das bewerkstelligen, ohne die Frau fallen zu lassen? Tränen gefroren in Aprils Augen. Sie wollte nicht loslassen. Mike kroch auf die Seite und griff nach Rosas Handgelenk und der Druck ließ etwas nach, dann ergriff er das andere. Jetzt hielten Mike und April Rosa gemeinsam an den Armen fest. Sie versuchten, die Frau hochzuziehen. Jemand hämmerte gegen die Wohnungstür. Wahrscheinlich die Feuerwehr.

Rosa trat gegen die Backsteinwand und schrie, sie sollten sie loslassen. Menschen von der Straße unten gaben unverständliche Instruktionen. Eine Leiter wurde hochgefahren. »Halt dich fest.«

Hinter ihnen wurde die Wohnungstür mit einem lauten Krachen aufgebrochen.

Sie zogen, und Rosas Kopf tauchte über dem Geländer auf. Mike griff nach. »Kommen Sie, Rosa, Sie wollen doch nicht sterben.«

»O Gott«, schrie April. »Sie müssen mithelfen, Rosa.«

Rosas Gesicht war vor Wut und Schmerz verzerrt. Sie ließ sich bis auf Brusthöhe übers Geländer ziehen. Und dann, als die Tragödie eigentlich schon abgewendet schien, und April und Mike erneut zugriffen, um sie ganz hochzuziehen, und die Feuerwehrleute mit ihren Äxten angerannt kamen, biß Rosa Mike fest in den Arm. Er schnellte zurück und ließ los. Als die Feuerwehrleute in die Wohnung stürmten, wand Rosa sich aus Aprils Umklammerung und stürzte sich vom Balkon.

Sie verfehlte das runde Sprungtuch, das sechs Feuerwehrleute für sie bereithielten. Ein Stöhnen ging durch die Menge auf dem Gehweg. Bevor sie auf dem Beton aufschlug, streifte sie zwei Feuerwehrmänner.

Und oben, im sechsten Stock, geschah etwas, wofür sich April bis ans Ende ihrer Tage schämen würde. Überwältigt vom Schmerz der ausgekugelten Schultergelenke und der Tatsache, daß sie das Leben der Tatverdächtigen, die sie aufs Revier bringen sollten, nicht hatte retten können, geschah etwas für einen Cop sehr Ungewöhnliches. Sie fiel in Sergeant Sanchez' Armen in Ohnmacht.

49

Der Fernseher lief fast ständig während Aprils siebentägiger Rekonvaleszenz. Sie mußte die ersten beiden Tage im Krankenhaus bleiben, ihr Zimmer war nicht weit von Rosa Washingtons entfernt. Rosa hatte den Sturz überlebt. Sie hatte sich unzählige Knochen gebrochen, die zum Teil so zertrümmert waren, daß die Ärzte nicht damit rechneten, daß sie je wieder würde laufen können. Sie sagten allerdings auch vorher, daß Rosa sich im Laufe des Jahres genug erholen würde, um im Rollstuhl vor Gericht zu erscheinen, wo man sie für ihre Taten zur Verantwortung ziehen würde.

Durch den von Schmerzmitteln, Erschöpfung und einer schrecklichen Erkältung verursachten Nebel im Kopf hindurch verfolgte April im Fernsehen, wie Liberty ins Park Century zurückkehrte. Er gab keinen Kommentar ab. Sie sah auch, wie Cinda Stewart Liberty darum bat, in der Sendung *Ahead of the News* von seiner Tortur zu berichten. Sie sah, wie Emma Chapman vor dem Theater, an dem sie zur Zeit engagiert war, aus dem Wagen stieg und – um eine Erklärung für die Presse gebeten – sagte, daß sie froh darüber sei, daß die Polizei Merrill Libertys und Tor Petersens Mörderin gefunden habe und Libertys Unschuld bewiesen sei. Sie erwähnte besonders Sergeant Mike Sanchez und Sergeant April Woo und sagte, daß das Department, ja, ganz New York, diesen beiden erstklassigen Beamten für ihre außerordentliche Arbeit zu Dank verpflichtet sei. Mit diesen Worten machte Emma *Skinny* zu einer glücklichen Drachenmutter – endlich gab es mal etwas, womit sie angeben konnte. April bezweifelte allerdings, daß sie großes Lob ernten würden. Mike Sanchez und Jason Frank besuchten April, die ans Bett gefesselt war, riefen täglich an und schickten Blumen. Von Dean Kiang keine Spur. Doch an den mußte sie auch nicht ständig denken. Sie mußte an Mike Sanchez denken und daran, was für ein toller Mann er doch war.

Am Morgen des ersten Tages, an dem sie wieder Dienst hatte, wachte sie um halb sieben in ihrem eigenen Bett auf. Ihre Schultern schmerzten noch sehr, und die Erkältung war noch nicht auskuriert. Sie setzte sich vorsichtig auf und wählte Mikes Nummer.

Nach dem dritten Läuten hob Mike gähnend ab. »Hallo? Sanchez.«

»Mein Wagen springt nicht an«, murmelte April.

Mikes Stimme wurde vor Begeisterung ganz sanft. »Wie geht's dir?«

»Phantastisch«, log sie.

»Aha… hast du denn schon den Schlüssel in die Zündung gesteckt?«

»Ich glaube nicht, daß das hilft. Der Wagen ist – du weißt schon…«

»Was du nicht sagst. Wie spät ist es überhaupt?«

»Tut mir leid, daß ich so früh anrufe, aber ich wollte dich nicht verpassen.«

Erst schwieg er eine ganze Weile und sagte dann: »Ich bin in zwanzig Minuten da.«

Zwanzig Minuten später stand Mike in seinem neuen Ledermantel vor Aprils Haus. Er schenkte dem Regen keine Beachtung. *Skinny Dragons* Kopf war wie immer im Fenster plaziert. Sie machte ein mißbilligendes Gesicht und hatte einen chinesischen Fluch auf den Lippen. Als sei er vom restlichen Körper abgetrennt, stand der Kopf zur Warnung da, denn sie würde ihm nie verzeihen, daß er ihre Tochter liebte. Pech. Heute hatte April ihn gerufen. Er winkte dem Kopf zu.

»Guten Morgen, Mrs. Woo. Wie geht's Ihnen?« Der Wind trug seine Worte davon.

Sie konnte ihn gar nicht gehört haben, trotzdem tauchte als Erwiderung eine zaghafte Hand über der Fensterbank auf. Mike war überglücklich, diese kleine Geste war doch ein gutes Zeichen. Kurz darauf stand April in der Haustür. Sie trug schwarze Gummistiefel und einen schwarzen Regenmantel mit Kapuze. Zimtfarbenen Lippenstift. Sie sah kurz zum Himmel auf und zog die Kapuze hoch, bevor sie ihm entgegenrannte. Während sie auf den Camaro zugingen, den er hinter Aprils LeBaron geparkt hatte, wurde aus dem Regen ein schwaches Nieseln.

»Was machen wir mit deinem Wagen? Soll ich dir Starthilfe geben? Dann könntest du in eine Werkstatt fahren.«

»Danke, daß du mich abgeholt hast«, murmelte sie. Ihre Augen blitzten auf. Mike verschlug es den Atem.

»Du willst gar keine Starthilfe?« Er atmete tief durch und blies eine Dampfwolke in den kalten, nebligen Morgen.

»Nicht nötig«, murmelte sie. Mit ihrem inneren Auge tastete sie ihn ab wie ein Schmetterling, der in einem Garten voller Blumen auf der Suche nach Nektar ist.

Mi Dios, existe? War das denn möglich? Das Herz hüpfte ihm bis zum Hals. War das möglich? Seit Monaten hatte er nur noch Augen für diese Frau gehabt, hatte auf ein Zeichen gewartet. Er hatte so lange vergeblich gewartet, daß er schon langsam die Hoffnung verloren hatte. Gib auf, sagte er sich, denk an was anderes. Oft war er ganz nah an sie herangekommen, um dann im letzten Moment doch wieder mit einem Blick abgewiesen zu werden, der einem hungrigen Tiger, der im Begriff stand, sich aufs Fressen zu stürzen, Einhalt geboten hätte. Denk an was anderes, sagte ihm sein Kopf. Es gibt tausend andere Frauen, zieh weiter. Und was tat er statt dessen? Er zog sich ein paar Zentimeter zurück, nur um wieder den Boden unter den Füßen zu verlieren, wenn er sie das nächste Mal sah. Bei der Arbeit hatte er an einem Schreibtisch ihr gegenübergesessen, hatte sie riechen können und sich danach gesehnt, ihren Körper zu spüren, ganz zu spüren.

»Willst du einsteigen oder wollen wir hier im Regen rumstehen? Mir ist alles recht«, sagte sie.

Herrgott. Das war es, das Zeichen. Sie liebte ihn. Kein Zweifel. Mikes vernarbte Augenbraue schoß in die Höhe, als er ihr die Tür aufhielt. Er sah sich nach dem verteufelten Kopf im Fenster um. Er war verschwunden. Ein gutes Omen. Er stapfte um den Wagen herum, stieg auf der Fahrerseite ein und warf einen Blick in den Spiegel. Gesicht und Haare waren tropfnaß. Sein Mantel ebenfalls. Er sah schrecklich aus. Das Auto roch nach nassen Polstern. Dies war nicht der beste Augenblick, aber er konnte ihn nicht einfach ungenutzt verstreichen lassen. Seine Lippen brannten. Er wollte nicht schon wieder alles verbocken. Er schloß die Augen und atmete tief durch. Was war jetzt das Richtige? Sollte er fragen, ob sie ihn heiraten wollte? Ob sie mit ihm schlafen wollte? Oder sollte er sie einfach küssen.

Okay. Er öffnete die Augen. April hatte die Kapuze abgenommen und musterte ihn stirnrunzelnd.

»Geht's dir gut?« fragte sie.

»Ja, klar.« Er nickte, darum bemüht, cool zu bleiben.

»Und?«

»April… ich hab nachgedacht.« Er kratzte sich an der Wange. »Wir kennen uns mittlerweile ja recht gut. Und jetzt arbeiten wir schon seit sechs Wochen nicht mehr im gleichen Revier. Was hältst du davon, wenn wir heiraten?«

April stieß einen Pfiff aus. »Einfach so?«

Mike zuckte mit den Schultern. »Nicht einfach so. Das hab ich mir gründlich überlegt. Ich finde, ein Cop sollte einen Cop heiraten. Weißt du, was ich meine?«

April nagte auf der Unterlippe und warf einen Blick auf ihr Haus.

»Also, was hältst du davon?«

Ehe sie antwortete, beobachtete sie, wie die Regentropfen die Windschutzscheibe hinunterrannen. »Von Liebe sagst du gar nichts?«

»Was? Hab ich nicht gesagt, daß ich dich liebe? Das weißt du doch. Du bist ja verrückt, wenn du das nicht weißt.« Er klopfte seine Taschen nach den Autoschlüsseln ab. Das lief gar nicht gut, er wollte weg hier. »Ich will dich schließlich heiraten und mein ganzes Leben mit dir teilen.«

»Hier.« Sie reichte ihm die Schlüssel.

»Und?« Er machte sich am Zündschloß zu schaffen.

Nach einer Weile schüttelte sie den Kopf. »Ich kann nicht jemanden heiraten, mit dem ich nicht vorher geschlafen habe. Mindestens ein Jahr oder so. Man muß doch herausfinden, ob man überhaupt zusammenpaßt.«

»Meinst du das ernst?« Mike faßte neuen Mut.

»Das scheint mir recht wichtig.«

»Ist es auch.« Mike räusperte sich. »Ja, man sollte nicht heiraten, wenn man nicht« – er hüstelte – »zusammenpaßt.« Er warf einen Blick auf seine Armbanduhr. 7 Uhr. Er wußte nicht, wann ihr Dienst anfing.

April wischte sich ein paar Regentropfen vom Regenmantel und wartete auf Mikes nächsten Zug.

Mike sog nachdenklich an seinem Schnurrbart. »Hast du Hunger? Wollen wir vielleicht bei mir frühstücken?«

»Gern«, erwiderte sie. »Hast du was zu essen da?«

»Äh, eigentlich nicht. Macht das was?« Mike musterte sie nochmals eingehend, um sicherzugehen, daß er alle Zeichen richtig deutete.

»Nein, das macht nichts«, sagte sie lächelnd. Sein Herz setzte aus. *Jesu Christe,* es war ihr ernst.

So einfach sollte das auf einmal sein, nach all der Zeit? Mike startete den Wagen und gab donnernd Gas. Um 7.33 Uhr hörte es auf zu regnen. Um 7.45 Uhr waren Mike und April in Mikes Wohnung in ihren ersten leidenschaftlichen Kuß versunken. Sie versuchten gerade einander zu umarmen – trotz der diversen Waffen, die dabei im Weg waren –, als das Telefon klingelte.

Heftig atmend nahm Mike ab. »Ja. Sanchez.«

»Stör ich, Mike?«

»Was gibt's?« Er liebkoste Aprils Hals und würde für Nichts in der Welt damit aufhören.

April stöhnte ein wenig vor Schmerz, als sie die Ärmel hochzog und ihre schlanken, sanften Arme um Mikes Hals schlang. Er küßte die Innenseiten ihres Armes. Ihre Haut roch nach Seife und Rosen. Sie preßte ihre Hüfte gegen ihn. Er küßte sie auf den Mund. Sie schmeckte nach Pfefferminz. Er spürte ihre Brüste, ihren Herzschlag, wie sich ihr Schenkel zwischen seine Beine drängte. Ihm war ganz benommen zumute, ihm schwindelte vor Aufregung. Er wollte mit ihr auf den Boden sinken und nie mehr aufstehen.

Er hörte nicht, was man ihm sagte. »Ich hab 'ne schlimme Erkältung«, sagte er. »Außerdem hab ich heute frei.«

»Es ist sehr wichtig. Kommst du?«

April hatte ihre Waffe bereits abgelegt und war gerade dabei, ihn zu entwaffnen. Dabei streifte sie eine zarte Stelle unter seinem Arm, es kitzelte und er mußte ins Telefon lachen. Und er hatte immer gedacht, sie hätte keinen Humor! Sie machte sich an seinem Hemd, an seiner Gürtelschnalle zu schaffen. Er stöhnte auf.

»Mike –! Kommst du jetzt oder was?«

»Nein, heute nicht«, krächzte er. Er wollte den Hörer auf die Gabel legen, und das Telefon fiel krachend zu Boden. Bis er die beiden Teile zusammengebastelt hatte, hatte April schon fast alle Kleider abgelegt. Er starrte sie wie ein kleiner Junge mit großen Augen an.

»Jesus, April –«

»Worum ging's?« fragte sie.

»Ach, nichts. Ähm –« Er zog die Hose aus, blieb hängen, stolperte und wäre beinahe hingefallen. Nicht gerade cool, nein, gar nicht cool.

»Sehr schön«, murmelte April bei seinem Anblick. Und auf spanisch sagte sie: »Küß mich ganz viel.« Die Begierde brachte ihn fast um den Verstand, trotzdem bemerkte er, daß ihre Aussprache ziemlich gut war. Wahrscheinlich meinte sie nicht »küß mich ganz viel«, sondern was »küß mich ganz viel« wirklich bedeutete. Das tat er denn auch.

Danksagung

Vor allem möchte ich den Beamten des New York Police Departments danken, die täglich ihr Leben riskieren und New York so zu einer sicheren und liebenswerten Stadt machen. Wie in all meinen Büchern habe ich auch diesmal versucht, realistische Figuren zu gestalten, die jedoch mit den wirklichen Personen in den von mir beschriebenen Revieren und Organisationen keine Ähnlichkeit haben. Handlungen und Personen sind frei erfunden.

Ich danke der ehemaligen Commanding Officer von Midtown North, Polizeikommissarin Diane Prizutti, die mir Einblicke in ihre Arbeit ermöglichte. Kommissarin Jane Perlov, Commanding Officer des 30. Reviers, danke ich dafür, daß sie – bildlich gesprochen – ihren Schreibtisch mit mir teilte. Dank auch an Pam Delaney und meine Freunde bei der Police Foundation, die so viel Gutes tut. Dank auch an Jim Jacobs, Steve Zeidman, Debra LaMorte und natürlich Dean John Sexton von der New York University School of Law, von denen ich stets Neues lerne. Dank den Glass Institute Fellows und Dr. Wilma Bucci für ihre unermüdliche Unterstützung. Für die Beratung in psychologischen Fragen danke ich Dr. Richard C. Friedman und meiner Lieblingscousine, Dr. Deborah Loeff, die die Mordwaffe aus Chicago mitbrachte und mich das Töten lehrte.

Dank auch meiner Agentin Nancy Yost für ihren Einsatz. Bei Dutton Signet danke ich vor allem Audrey LeFahr und Elaine Koster für gute Zusammenarbeit und redaktionelle Brillanz.

Nicht zuletzt möchte ich meinen guten, treuen Freunden Edmund, Alex, Lindsey und Peanut danken.